Linda Castillo

Der Bedrohung so nah

Seite 3

Verratenes Vertrauen

Seite 217

FSC
MIX
Papier
FSC® C014496

Genehmigte Sonderausgabe 2018
für BEBUG mbH / vip Verlag

HarperCollins Germany GmbH
Valentinskamp 24
20345 Hamburg

Titel der nordamerikanischen Originalausgabe:
Cops and … Lovers?

erschienen bei: Silhouette Books, Toronto

Titel der amerikanischen Originalausgabe:
Just A Little Bit Dangerous

erschienen bei: MIRA Books, Toronto

Published by arrangement with
HARLEQUIN ENTERPRISES II B.V./SARL

Umschlaggestaltung: HarperCollins, Birgit Tonn
Umschlagabbildung: scorpp _GettyImages, miroslav_1 _GettyImages,
Cyrsiam_shutterstock
Satz: GGP Media GmbH, Pößneck
Printed in Germany
Dieses Buch wurde auf FSC®-zertifiziertem Papier gedruckt.
ISBN 978-3-86789-614-6

Linda Castillo

Der Bedrohung so nah

Thriller

Aus dem Amerikanischen von
Miriam Höllings

PROLOG

Erin McNeal liebte den Geschmack von Adrenalin. Doch als sie ihren Partner mit gefesselten Händen und einer Pistole im Nacken auf dem Boden liegen sah, bildete es tief in ihrem Hals einen bitter schmeckenden Kloß. Verdammt, wie ist er nur in diese Lage geraten? Und warum war sie auch noch dumm genug gewesen, ihm in diese gottverlassene Lagerhalle zu folgen? Offenbar hatten sie auch neun Jahre Polizeidienst nicht genügend Vorsicht gelehrt.

Mit klopfendem Herzen zog sie ihren Dienstrevolver aus dem Halfter an ihrem Rücken und betete, dass sie ihn nicht brauchen würde. Auf einen Schusswechsel konnte sie gut verzichten. Die beiden Männer waren mit halb automatischen Pistolen bewaffnet und würden nicht zögern, sie auch zu benutzen. Aber Erin war Polizistin. Sie würde nicht zusehen, wie ihr Partner erschossen wurde, nur weil sie in der Unterzahl war.

Ohne die Männer aus den Augen zu lassen, spannte sie den Hahn mit dem Daumen. Die Verstärkung, die sie per Funk angefordert hatte, würde nicht rechtzeitig genug eintreffen, um das Unvermeidliche zu verhindern. Ihr Partner hatte höchstens noch eine Minute zu leben – wenn er Glück hatte. Damit blieben ihr ungefähr dreißig Sekunden, sich etwas einfallen zu lassen.

„Entweder du sagst uns jetzt, wer dein Informant ist, Cop, oder wir prügeln es aus dir heraus", sagte der Mann mit dem schlecht sitzenden Anzug.

Erin war zu weit entfernt, um den Typen zu erkennen. Doch die Gelassenheit und seine ruhige Hand verrieten ihr, dass er ein Profi war. Dem erwartungsvollen Unterton in seiner Stimme nach zu urteilen, würde ihr Partner nicht der erste Mensch sein, den er umbrachte. Wo, zur Hölle, blieb die Verstärkung?

„Wir haben nicht die ganze Nacht Zeit", sagte der andere Mann. „Leg ihn um."

Der Mann im Anzug hob seine Waffe. „Letzte Chance, Cop."

Erin kam aus ihrer Deckung hinter dem Gabelstapler hervor, hob den Revolver und richtete ihn auf den Mann im Anzug. „Polizei! Waffen fallen lassen und die Hände über den Kopf!"

Der Mann schwenkte herum, wobei er langsam die rechte Hand in sein Sakko gleiten ließ. „Was, zum Teufel …"

Erin zielte auf den Mann, der nach seiner Waffe griff.

„Keine Bewegung!“

Die Männer blickten sich kurz an, und Erin überkam ein ungutes Gefühl. Sie schienen nicht vorzuhaben, sich kampflos zu ergeben. Schon gar nicht einer Frau.

Langsam hob ihr Partner den Kopf. Sie sah die gleiche Angst in seinen Augen, die auch in ihrer Brust wie ein wildes Biest wütete. Sie war in der Unterzahl, das war offensichtlich. Keine gute Voraussetzung, sein eigenes Leben aufs Spiel zu setzen, geschweige denn, das von jemand anderem zu retten.

Verdammt, so war das nicht geplant gewesen.

Als Panik sie zu übermannen drohte, ging sie automatisch in ihre wieder und wieder trainierte Schusshaltung. Die Beine schulterbreit auseinander, den Hahn des Revolvers gespannt, die Waffe auf das Ziel gerichtet – doch keinesfalls, ohne zu zittern. „Waffen fallen lassen!“, rief sie. Das Blut rauschte so laut in ihren Ohren, dass sie sich selbst kaum hörte.

Aus dem Augenwinkel nahm sie plötzlich eine Bewegung über sich wahr. Erschrocken zuckte sie zusammen, als sie die Gestalt auf dem Gerüst sah. Dunkle Kleidung. Getönte Brille. Ein flüchtiges Aufblitzen von blauem Stahl.

Eine Mischung aus Angst und Adrenalin schoss durch ihren Körper. Sie schwenkte den Revolver nach oben und fühlte ihr Blut in den Adern gefrieren. Der Typ auf dem Gerüst war viel zu jung, um eine Waffe auf einen Cop zu richten. In ihrer Polizeiausbildung hatte sie gelernt, dass sie in solchen Situationen abdrücken musste, doch sie konnte nicht. Ihr Finger war wie erstarrt. Eine Sekunde später peitschte ein Schuss durch die Luft. Das Geräusch hallte in ihrem Kopf wider, als das Geschoss ihre Schulter mit der Kraft einer Kanonenkugel durchschlug. Sie begann rückwärts zu wanken. Ein gleißender Schmerz schoss ihr durch den Arm in die Fingerspitzen und zwang sie in die Knie.

Benommen hob sie die Waffe und feuerte zweimal in rascher Folge. Die Gestalt fiel über das Geländer und kam mit einem abscheulich dumpfen Geräusch auf dem Boden auf.

Ein weiterer Schuss peitschte durch die Lagerhalle. Erin schrie den Namen ihres Partners. Zu spät. Die Kugel hatte ihr Ziel bereits gefunden. Erin versuchte, sich aufzurichten, doch ihr versagten die Beine, und sie sank zurück auf den Betonboden. Ein beinah unmenschlicher Laut löste sich aus ihrer Kehle, und ihre Sicht verschwamm. Noch immer bei Bewusstsein, hörte sie wie durch einen Schleier das Heulen von Sirenen in der Ferne. Wütende Rufe. Schritte auf dem Betonboden.

Zwanzig Meter weiter der regungslose Körper ihres Partners.

Wut und Unglauben mischten sich mit Trauer, während ein brutaler Schmerz ihren Körper durchzuckte. Doch das war nichts im Vergleich zu dem Gefühl der Schuld, das ihr Herz in tausend Stücke riss.

Bitte lieber Gott, lass ihn nicht sterben.

Als die Dunkelheit sich um sie schloss, betete sie still, dass ihr Partner überleben und ihr eines Tages verzeihen würde. Und dass sie eines Tages in der Lage sein würde, sich selbst zu verzeihen. Dann verlor sie das Bewusstsein.

1. KAPITEL

Erin McNeal fuhr mit ihrem Auto auf den Parkplatz der Polizeistation von Logan Falls, Indiana, und starrte das zweigeschossige Backsteingebäude an. Sie spürte die Angst in sich aufziehen wie ein plötzlich nahendes Unwetter.

„Du schaffst das“, sprach sie sich laut Mut zu und zwang sich, die Finger vom Lenkrad zu lösen, das sie fest umklammert hielt. Doch die Worte halfen weder gegen das Herzklopfen noch gegen das erstickende Gefühl der Enge in ihrer Brust.

Es war unglaublich, wie nervös sie war. Beinah hätte sie laut aufgelacht. In ihrer neunjährigen Dienstzeit als Polizistin hatte sie es mit einigen der gefährlichsten Verbrecher Chicagos aufgenommen. Und nun gingen ihr die Nerven durch, weil sie ein Bewerbungsgespräch bei dem Polizeichef einer Stadt hatte, die gerade einmal halb so groß war wie ihr ehemaliges Revier.

Doch das gehört der Vergangenheit an, dachte sie finster. Sie war nicht mehr bei der Polizei von Chicago. Sie war nicht mehr die einzige Frau dort, die sich in neun Jahren von einer Streifenpolizistin über Zivilfahnderin zum Detective in der Abteilung für Drogenkriminalität hochgearbeitet hatte.

Tatsache war, dass Erin arbeitslos war. Und mit der ramponierten Schulter, ihrem ruinierten Ruf und einem Sack voll persönlicher Probleme war der Deputy-Posten in Logan Falls das Beste, worauf sie hoffen konnte. Kleinstadt hin oder her, sie musste einen guten Eindruck machen.

Die Nerven bis aufs Äußerste gereizt, stieg sie aus dem Auto und ging zum Eingang der Polizeiwache. Sie hängte sich ihre Tasche über die Schulter, umfasste die Bewerbungsmappe fest, hob das Kinn und atmete zweimal tief ein. Doch es half nichts. Nur mit Mühe konnte sie den Drang unterdrücken, in nervöses Gelächter auszubrechen. Als sie vor sechs Monaten durch die Tür einer verlassenen Lagerhalle, in der sich ein bewaffneter Verdächtiger verschanzt hatte, gestürmt war, hatte sie nicht annähernd so viel Angst gehabt wie heute. Aber damals war sie ein Adrenalinjunkie gewesen und hatte gewusst, dass sie gut in ihrem Job war. Jetzt war ihr Selbstvertrauen am Boden und ihre Karriere im Eimer. Sie hatte Glück, wenn sie diese Angelegenheit überstand, ohne auch noch ihre Selbstachtung zu verlieren.

Sie zwang sich, die Vergangenheit ruhen zu lassen, setzte ihr bestes Cop-Gesicht auf und ging zur Tür. Sie konnte nur hoffen, dass der Mann dahinter nicht allzu hohe Ansprüche hatte.

Grübelnd ging Polizeichef Nick Ryan den Lebenslauf durch. Auf dem Papier war die Karriere von Exdetective Erin McNeal tadellos. Zwei Empfehlungen aus den jeweiligen Abteilungen, eine Tapferkeitsauszeichnung, einen Blue Star für eine schwere Verletzung im Dienst. Commander Frank Rossi, ein alter Freund aus Polizeischultagen, dem er einen Gefallen schuldete, hatte sie empfohlen.

Er hatte ihm versichert, dass sie eine gute Polizistin war. Gerissen. Hart. Vielleicht etwas zu selbstbewusst und zu sehr von sich selbst überzeugt. Zumindest bis zu jener Nacht, in der sie einen Undercovereinsatz in den Sand gesetzt und ihr Partner dafür die Rechnung bezahlt hatte. Frank war gezwungen gewesen, sie aus dem aktiven Dienst zu nehmen. Am Ende hatte sie schmachvoll gekündigt.

Warum, zum Teufel, musste diese Bewerbung ausgerechnet auf seinem Schreibtisch landen? Einen Cop mit einer Vorgeschichte wie dieser konnte er in seinem Team genauso wenig gebrauchen wie einen Tornado, der durch seine Stadt fegte. Warum hatte Frank ihn nicht gleich gebeten, von der Brücke am Logan Creek zu springen?

Doch Nick suchte nun schon seit fast einem Monat nach einem neuen Deputy. Angeschlagener Ruf hin oder her, Erin McNeal passte ins Profil. Und sie war Franks Nichte. Zu dumm, dass Frank ausgerechnet jetzt diesen Freundschaftsdienst einforderte.

Besorgt und verärgert zugleich starrte Nick auf ihren Lebenslauf. Die Misere dieser Frau war nicht sein Problem. Auch wenn Erin McNeal einmal eine gute Polizistin gewesen war, hatte sie in seinen Augen die ultimative Sünde begangen und im entscheidenden Moment nicht abgedrückt. Und ein Cop, der nicht in der Lage war, seinem Partner Rückendeckung zu geben, hatte es nicht verdient, ein Cop zu sein.

Aber Nick war Frank einen Gefallen schuldig. Sein Freund war immer für ihn da gewesen. Als Trauzeuge, als Nick und Rita geheiratet hatten, genauso wie als Sargträger auf ihrer Beerdigung zwölf Jahre später.

Seufzend lehnte Nick sich in seinem Stuhl zurück und fuhr sich mit den Fingern durch die Haare. Er wollte nichts mit dieser Sache zu tun haben. Auch wenn Logan Falls eine Kleinstadt war, in der es kaum mehr als ein paar Gelegenheitsdiebstähle und die eine oder andere häusliche Auseinandersetzung gab, einen lädierten Cop konnte er in seinem Team nicht gebrauchen. Aber er hatte Frank versprochen, sich um sie zu kümmern und aufzupassen, dass sie nicht in Schwierigkeiten geriet. Ihr eine Chance zu geben, wieder auf die Beine zu kommen. Nick war sich sicher, dass er es bereuen würde. Doch er hatte in seinem Leben schon so vieles bereut, da kam es auf eine Sache mehr oder weniger auch nicht mehr an.

„Beeindruckender Lebenslauf." Hector Price, zurzeit Nicks einziger Vollzeit-Deputy, pfiff anerkennend durch die Zähne. „Der Beste, der uns vorliegt, Chief. Der Typ hat traumhafte Referenzen. Sechs Jahre Streife. Zwei Jahre Zivilfahnder. Ein Jahr Detective bei der Drogenfahndung."

„McNeal ist eine Frau", sagte Nick gereizt.

Hector guckte verblüfft. „Mensch, die hat echt was drauf. Ein schwarzer Gürtel in Karate. Und sie hat sogar eine höhere Trefferquote beim Schießen als Sie, Chief. Sie ist wirklich gut!" Als er Nicks finsteren Blick sah, fügte er schnell hinzu: „Also ich meine natürlich für eine Frau."

Auch für einen Mann, dachte Nick missmutig. Zu gut. Er fragte sich, ob und wem sie etwas beweisen wollte. Es würde ihn überhaupt nicht wundern, wenn all diese außergewöhnlichen Fähigkeiten mit ihren Schuldgefühlen zusammenhingen.

Er kannte ihren Partner Danny Perrine aus Chicago. Und er hatte etliche Gerüchte über die Schießerei gehört. Offenbar hatte Erin McNeal in jener Nacht nicht nur ihre Treffsicherheit und ihren schwarzen Gürtel in Karate, sondern auch all die anderen Dinge, die man ihr auf der Polizeischule beigebracht hatte, vergessen. Danny hatte einen hohen Preis dafür zahlen müssen.

„Solange sie damit leben kann, all ihre großartigen Qualifikationen am Zebrastreifen vor der Schule unter Beweis zu stellen", sagte Nick.

„Wir hatten noch nie einen weiblichen Cop in Logan Falls, Chief. Das wird bestimmt interessant."

Nick hätte gerne darauf verzichtet und eine Sorge weniger gehabt. Er hatte sie zwar noch nicht einmal kennengelernt, aber er mochte sie aus Prinzip nicht. Das war unfair, doch es war ihm egal. Nur weil er Frank einen Gefallen tat, hieß das nicht, dass er sie deswegen gleich mögen musste. Er würde einfach abwarten, bis sie von allein dahinterkam, dass die Polizeiarbeit in einer Kleinstadt nichts für sie war.

Es klingelte, und die Eingangstür öffnete sich. Nick sah auf. Bei dem Anblick der Frau, die in der Tür stand, wurde ihm warm ums Herz. Sie sah aus, als hätte sie soeben die Höhle des Löwen betreten mit dem Vorsatz, ihn ordentlich zu verdreschen, ganz gleich, wie groß seine Pranken waren. Sie strahlte dabei eine merkwürdige Mischung aus Nervosität und Leg-dich-ja-nicht-mit-mir-an-Haltung aus. McNeal konnte es nicht sein, die erwartete er erst in zwei Stunden. Abgesehen davon würde er einen Cop sofort erkennen. Nein, diese Frau war kein Cop, sondern eine unbedarfte Zivilistin. Wahrscheinlich verkaufte sie irgendetwas an der Haustür und hatte heute ihren ersten Tag.

Ihr Anzug war gut geschnitten. Nicht sehr figurbetont, aber dafür umso stilvoller. Selbst mit flachen Schuhen war sie auch im Vergleich zu seinen ein Meter neunzig nicht gerade klein. So wie sie sich bewegte, war sie sicherlich sportlich. Bestimmt würde sie ihm gleich einen Kofferraum voll Büromaterial präsentieren und ihm das Geschäft seines Lebens anbieten. Er stöhnte innerlich auf.

Ohne sich die Mühe zu machen, aufzustehen, sah er sie an. „Kann ich Ihnen helfen?“

„Ich möchte zu Nick Ryan.“

Sie hatte die grünsten Augen, die er je gesehen hatte. Katzenaugen, dachte er, groß und vorsichtig, voll weiblicher Geheimnisse, eingerahmt von dunklen samtweichen Wimpern. Hohe Wangenknochen und ein voller Mund dominierten ihr etwas zu blasses, zu ernstes Gesicht. Sommersprossen zierten ihre schmale Nase. Das widerspenstige rotbraune Haar hatte sie zu einem Knoten im Nacken zusammengebunden. Sie sah aus, als wäre sie eine weite Strecke mit offenem Fenster gefahren.

„Sicherlich haben Sie das Hausieren-verboten-Schild an der Tür übersehen“, sagte er, in der Hoffnung, ihnen beiden Zeit zu ersparen.

„Ich möchte Ihnen nichts verkaufen“, sagte sie. „Ich habe einen Termin.“

Nick starrte sie an. Eine ungute Ahnung überkam ihn, als er die Mappe in ihrer Hand und den entschlossenen Ausdruck in ihren kühlen grünen Augen bemerkte. Normalerweise brachte ihn eigentlich nichts so schnell in Verlegenheit, doch er spürte, wie ihm die Hitze den Nacken hochkroch – und das dringende Bedürfnis, Frank Rossi zu erwürgen.

„Sie sind Erin McNeal“, sagte Nick.

Sie nickte. „Ich bin ein bisschen zu früh.“

„Nicht nur ein bisschen." Er warf einen Blick auf seine Uhr. „Zwei Stunden, um genau zu sein."

„Die Fahrt ging schneller, als ich dachte." Sie ging ihm entgegen und streckte die Hand aus.

Er kam hinter seinem Schreibtisch hervor. „Ich bin Nick Ryan."

Irgendwie hatte er sich einen Exdetective ganz anders vorgestellt. Er hatte harte und müde Augen erwartet, die in all den Jahren im Dienst viel zu viel gesehen hatten. Doch diese Frau war alles andere als hart. Sie war jung und schlank und irgendwie viel zu … sanft.

„Ich soll Sie von Frank grüßen", sagte sie.

Stirnrunzelnd streckte Nick die Hand aus. Vermutlich lachte sich Frank in Chicago gerade ins Fäustchen. Ihr Händedruck irritierte ihn. Ein bisschen zu schnell, doch überraschend kräftig. Erstaunt stellte Nick fest, dass sie Schwielen an den Händen hatte. Offenbar trainierte sie mit Gewichten. Wie, um alles in der Welt, hatte er sie nur für eine Vertreterin halten können? Sanft oder nicht, diese Frau war ein Cop durch und durch.

„Ich habe meinen Lebenslauf mitgebracht", sagte sie.

„Frank hat ihn mir gefaxt."

Schnell ließ er ihre Hand los, als ihm bewusst wurde, dass er sie noch immer hielt. Obwohl sie nicht besonders nah bei ihm stand, konnte er ihren weiblichen Duft, eine Mischung aus einem exotisch-würzigen Parfüm und dem Geruch frisch gewaschener Haare, riechen. Wie war es möglich, dass eine Frau mit schwieligen Händen und den Augen eines Cops so gut roch?

Als er bemerkte, dass er sie anstarrte, riss er sich von ihrem Anblick los und sah Hector an, der ebenfalls mit offenem Mund dastand und den Blick nicht von ihr abwenden konnte. „Das ist Deputy Price."

Erin streckte ihre Hand aus. „Freut mich, Deputy."

„Ma'am." Hector sprang auf die Füße, wischte sich die Hand an der Uniformhose ab und reichte sie ihr.

Nick kämpfte nach wie vor mit der Tatsache, dass Detective Erin McNeal nicht annähernd so abgebrüht und zynisch war, wie er es erwartet hatte, sondern eine Frau war, die himmlisch roch und aussah, als wäre sie gerade einer dieser dramatischen Polizeifernsehserien entsprungen.

Sie war keine Schönheit im klassischen Sinne. Ihre Haare waren weder richtig rot noch braun und ließen sich kaum in einem Knoten bändigen. Ihr Mund war für seinen Geschmack etwas zu groß, und auch aus Sommersprossen machte er sich nicht viel. Doch ihre natürliche Ausstrahlung war durchaus attraktiv. Sie hatte etwas von dem Mädchen von nebenan, das schon immer lieber mit Zwillen als mit Puppen gespielt hat.

Sie musterte Nick. „Frank hat mir erzählt, dass Sie ein alter Freund von ihm sind.“

Nick runzelte die Stirn. Die Art, wie sie das Wort „alt“ betonte, gefiel ihm nicht. Nur weil er sich wesentlich älter als achtunddreißig fühlte, hieß das nicht, dass es auch so war. „Ja, wir kennen uns schon recht lange“, sagte er.

Nick merkte, dass es ihm mindestens genauso schwerfiel wie seinem Deputy, den Blick von ihr abzuwenden. Er räusperte sich. „Damals in Chicago waren Frank und ich Partner.“

„Er spricht nur gut von Ihnen“, sagte sie.

„Nur weil ich ihm einen Gefallen tue.“

Ihr Blick fixierte ihn, als frage sie sich, ob er sie gerade gekränkt hatte. Offenbar hatte sie eine sehr gute Wahrnehmung. Für einen kurzen Moment hatte Nick die Hoffnung, dass sie den Job am Ende doch ablehnen würde.

„Ich bin wirklich viel zu früh“, sagte sie. „Ich kann gerne warten, wenn Sie gerade beschäftigt sind.“

Großartig, er hatte sie schon wieder angestarrt. Er benahm sich wie ein pickelgesichtiger Teenager, der seinem Lieblingsplaymate begegnete. Erin McNeal war eine Polizistin – und eine schlechte dazu. Vermutlich war sie genauso wie all die anderen Frauen, mit denen er damals in Chicago zusammengearbeitet hatte.

Als er bemerkte, dass Hector beinah die Augen aus dem Kopf fielen, zeigte er auf sein Büro. „Dort drinnen können wir reden, Ms McNeal.“

Mit großen selbstbewussten Schritten ging sie zu der Tür. Er folgte ihr, wobei er es tunlichst vermied, ihren Hintern zu inspizieren, auch wenn er instinktiv wusste, dass ihm der Anblick gefallen würde. Am besten nahm er gar nicht erst zur Kenntnis, dass diese Frau eine Figur hatte, die ihm gefiel. Je weniger er an ihr mochte, desto besser.

Er setzte sich hinter den Schreibtisch in seinem Büro und sah zu, wie sie auf dem Stuhl ihm gegenüber Platz nahm. Ihr Blazer öffnete sich ein kleines Stück, als sie ihre Beine überkreuzte, und gab für einen kurzen Augenblick den Blick auf etwas Spitze und den Ansatz ihrer Brüste unter ihrer Bluse frei. Fest entschlossen, sich auf das Interview zu konzentrieren, heftete er seinen Blick auf die Unterlagen, die vor ihm lagen. „Ihre Referenzen sind wirklich beeindruckend“, sagte er. „Frank hat Sie sehr empfohlen.“

„Frank war ein guter Commander.“

„Es hilft sicherlich, dass er Ihr Onkel ist.“

Nick sah auf seine Unterlagen. Ob sie wusste, dass Frank ihm von der Schießerei erzählte hatte? „Sie haben Ihre Abschlussprüfung zum Detective mit sehr gutem Ergebnis bestanden. Nach nur zwei Jahren haben Sie sich von der Zivilfahndung versetzen lassen, um Detective zu werden. Hier steht, weil Sie die ‚geistige Herausforderung suchen‘. Ihre Aufklärungsrate ist hoch. Und Ihre Treffsicherheit ausgezeichnet.“ Er sah sie an. „Ziemlich beeindruckend, wenn man bedenkt, dass in Chicago über dreizehntausend Polizisten im Dienst sind.“

Sie sah ihm direkt in die Augen. „Ich liebe meinen Beruf.“

Eine Antwort, die ihm trotz seiner Vorbehalte ihr gegenüber gefiel. Bestimmt hatte sie einige Hürden auf dem Weg zum Detective überwinden müssen. Er kannte etliche Männer, die nicht einmal halb so gut waren wie sie. Und ebenso viele, die bis zum Äußersten gehen würden, sie am Aufstieg zu hindern, weil sie dem falschen Geschlecht angehörte. Trotzdem hatte sie es geschafft. Nick bewunderte Beharrlichkeit fast ebenso wie Mut. Er fragte sich, ob sie mutig genug war, das Thema anzuschneiden, über das offenbar keiner von ihnen reden wollte.

„Hier in Logan Falls ist es recht ruhig“, sagte er. „Ein paar straffällige Jugendliche. Häusliche Auseinandersetzungen. Letzten Freitag wurde der Brass Rail Saloon ausgeraubt, aber so was kommt nur sehr selten vor. Meinen Sie, dass Sie mit so viel Aufregung zurechtkommen?“

„Wenn ich in Chicago mit einem Stadtteil wie der South Side fertig geworden bin, dann wird Logan Falls wohl kaum ein Problem für mich darstellen.“

Natürlich hatte er die Frage nicht ernst gemeint, doch anscheinend hatte er sie damit provoziert. Stolz war sie also auch. Verärgert darüber, wie wenig sie seinen Erwartungen entsprach, studierte er erneut ihre Unterlagen. Frank hätte ihn wenigstens vorwarnen können, wie gut sie aussah. Aber am meisten ärgerte er sich darüber, dass es ihm überhaupt auffiel.

„Ich sehe, Sie hatten persönliche Probleme“, sagte er.

„Nichts Großes ...“

„Es ist meine Pflicht, Sie danach zu fragen.“ Er blätterte eine Seite um. „Sie haben sich einer dienstlichen Anordnung widersetzt.“

Sie betrachtete ihn argwöhnisch, während sie ihr Gewicht auf dem Stuhl verlagerte. „Ich hatte ein Problem mit einer Anweisung, was ich meinem Lieutenant auch mitgeteilt habe."

„Worum ging es dabei?"

„Ein paar unliebsame Fälle, die zugunsten vermeintlich wichtiger Dinge zurückgestellt wurden. Die Opfer waren hauptsächlich Prostituierte, für die sich niemand interessierte. Ich fand das nicht fair."

Nick bestätigte das Gesagte mit einem unverbindlichen Nicken. Es gefiel ihm gar nicht, dass er ihrer Meinung war, aber er vermisste die Arbeit in der Großstadt und die politische Dimension, die diese mit sich brachte, nicht im Geringsten. „Macht die Schulter noch Probleme?" Ihre Augen weiteten sich. Offenbar war sie auf diese Fragen nicht vorbereitet gewesen. „Frank hat mir von der Schießerei erzählt", erklärte er.

„Ein bisschen Arthritis", antwortete sie daraufhin. „Aber nichts wirklich Schlimmes."

„Haben Sie die medizinischen Tests bestanden?"

Sie nickte. „Ich bin Linkshänderin, daher beeinträchtigt die Verletzung meine Treffsicherheit nicht. In der rechten Hand habe ich allerdings nicht mehr so viel Kraft."

Oberflächlich gesehen war ihre Antwort durchaus akzeptabel und auf den Punkt gebracht. Vermutlich genau so, wie sie es geplant hat, dachte Nick. Doch er war ein aufmerksamer Beobachter und sah auch die weniger deutlichen Zeichen. Weder die Tatsache, dass sie ihre Tasche so fest umklammert hielt, dass ihre Knöchel weiß hervortraten, noch das leichte Zittern ihrer Hand oder die angespannten Muskeln ihres Kiefers waren ihm entgangen. Alles Anzeichen von Stress. Offensichtlich setzte ihr die Schießerei wesentlich mehr zu, als sie zugab. Typisch Cop, dachte er und stöhnte innerlich auf. Er hätte sein letztes Hemd darauf verwettet, dass die Frau, die ihm gegenübersaß, einen ganzen Sack voll persönlicher Probleme mit sich herumtrug. Genauso wie er.

„Frank hat gesagt, Sie hätten Glück gehabt, dass Sie überhaupt lebend wieder aus der Lagerhalle gekommen sind."

Für einen Moment sah es so aus, als wolle sie ihm widersprechen. Doch dann überlegte sich es sich offenbar anders. „Ich hatte sehr viel Glück."

Im Gegensatz zur Ihrem Partner Danny Perrine. Der Gedanke machte ihn wütend. Er fragte sich, ob sie vorhatte, ihm die Geschichte von allein zu erzählen, oder ob er ihr jedes einzelne Detail aus der Nase ziehen musste.

„Waren Sie danach beim Polizeipsychologen?", fragte er beiläufig. Ihr Blick fixierte ihn. Sie wusste, dass es keine beiläufige Frage war, das sah er ihr an. Auch wenn sie es versuchte, gelang es ihr nicht, ihre Reaktion darauf vor ihm zu verbergen. Er hatte das kurze Aufflackern ihrer Gefühle in der Tiefe ihres Blickes gesehen.

„Ich war für einige Monate bei Dr. Ferguson in Behandlung. Das ist Pflicht für alle Cops, die in einen Schusswechsel verwickelt waren. Sie hat mir eine uneingeschränkte Dienstfähigkeit attestiert."

„Warum hat Frank Sie dann gefeuert?"

„Frank hat mich nicht gefeuert, ich habe gekündigt."

„Auf dem Papier vielleicht. Aber dass Sie gehen würden, war klar. Und natürlich wussten Sie, dass es sich im Lebenslauf besser macht, wenn Sie von sich aus kündigen." Auch wenn Nick sie nicht ansah, spürte er ihre Anspannung. Er ließ die Stille kurz wirken, dann sah er sie an. „Sie haben doch nicht gedacht, dass ich Sie nicht nach der Schießerei fragen würde, oder?"

Erin sah ihn mit wachsamen Augen an. „Natürlich nicht."

„Mir liegt Ihre komplette Akte vor", erklärte er. „Möchten Sie mir Ihre Version der Geschichte erzählen?"

„Frank sagte ..."

„Warum hören Sie nicht auf, darüber nachzudenken, was ich bereits von Frank weiß, und erzählen mir einfach, was passiert ist?"

Zum ersten Mal schien er sie aus der Fassung gebracht zu haben. Sie blinzelte, dann senkte sie den Blick, während sie nervös mit ihren Händen spielte. „Er hätte Ihnen nicht meine komplette Akte geben dürfen. Teile davon sind vertraulich."

„Sie glauben doch nicht allen Ernstes, dass er Sie hier hereinspazieren lässt, damit Sie mich mit Ihren Testergebnissen und Ihrer Aufklärungsrate blenden können, wenn wir beide genau wissen, dass Sie in den vergangenen sechs Monaten ernsthafte Probleme hatten, oder?"

„Frank weiß, dass ich eine gute Polizistin bin."

„Und er weiß auch, dass Sie zurzeit etwas labil sind. Sie waren in eine Schießerei verwickelt. So etwas belastet einen selbst, ob man das zugeben will oder nicht. Frank wollte mich nicht im Unklaren lassen, nicht nachdem, was mit Danny Perrine passiert ist."

Sie zuckte zusammen. „Ich bin nicht labil. Ich habe einen Fehler gemacht ..."

„Einen ziemlich großen, der Ihrem Partner beinahe das Leben gekostet hätte."

„Ich bin mir völlig darüber im Klaren ..."

Nick gab ein kurzes ungläubiges Lachen von sich, um zu verdeutlichen, was er von Cops hielt, die Fehler machten. „Nur weil Sie sich darüber im Klaren sind, heißt das noch lange nicht, dass sich das Problem in Luft auflösen oder es nie wieder vorkommen wird."

„Ich hab es verbockt", sagte sie. „Ich bin zu früh in den Polizeidienst zurückgekehrt nach der ... der Sache mit Danny. Aber es geht mir schon besser ..."

„Oh, gut zu wissen. Da fühle ich mich im gemeinsamen Einsatz mit Ihnen jetzt gleich viel sicherer, da ich nun weiß, dass es Ihnen jetzt besser geht."

Wütend sah sie ihn an. „Ich wäre Ihnen dankbar, wenn Sie sich Ihren Sarkasmus sparen könnten."

Es verschaffte ihm zwar eine gewisse Befriedigung, ihre Wut zu sehen, doch er ging darüber hinweg. „Bitte nehmen Sie es nicht persönlich, McNeal. Ich versuche nur, herauszufinden, ob Sie noch immer für den Polizeidienst geeignet sind."

„Warum geben Sie mir nicht einfach eine Chance, es zu beweisen?"

„Weil ich Angst habe, dass Sie im entscheidenden Augenblick versagen. Auf eine Kugel im Rücken kann ich gut verzichten."

Sie starrte ihn an. Ihre Augen waren geweitet, und ihre Nasenflügel bebten kaum merklich. „Sie können sich in jedem Fall auf mich verlassen."

„Wenn das der Fall wäre, wären Sie noch immer in Chicago."

„Franks persönliches Gutachten von mir war falsch."

Nick lehnte sich vor. „Sie meinen, er hat gelogen? Warum sollte er?"

„Ich bin seine Nichte. Er will mich beschützen, um Himmels willen. Er denkt, zu Hause wäre ich am besten aufgehoben."

„Er hat Ihnen eine Stelle in der Verwaltung angeboten. Warum haben Sie abgelehnt?"

„Ich bin Polizistin. Schreibtischarbeit ist nichts für mich."

„Und deswegen spielen Sie lieber Rambo und lassen Ihren Partner im Stich, wenn es drauf ankommt?"

„So war es nicht."

Er war ungerecht, das wusste er. Aber dies hier war seine Stadt. Er hatte das Recht dazu, sie auf Herz und Nieren zu prüfen.

„Ich weiß, was in der Lagerhalle passiert ist", sagte er. „Ich weiß von

Danny Perrine. Sie haben nicht abgedrückt, McNeal. Wann hatten Sie vor, mir das zu erzählen?"

Sie starrte ihn an. Die Muskeln an ihrem Kiefer waren angespannt, und aus ihren Augen sprühten Funken.

„Bevor Sie nun auf Ihre Auszeichnungen und Qualifikationen hinweisen – warum erklären Sie mir nicht einfach, weshalb ich Sie einstellen sollte?"

Nur mit Mühe und Not konnte Erin sich davon abhalten, ihn zum Teufel zu schicken. Vor sechs Monaten noch hätte sie ihm ins Gesicht gelacht. Doch heute, verunsichert und verzweifelt, wie sie war, brachte sie es einfach nicht fertig. Stattdessen fragte sie sich, wie dieses Vorstellungsgespräch innerhalb von weniger als zehn Minuten einen so katastrophalen Verlauf hatte nehmen können.

Er weiß es, dachte sie. Er weiß genau, dass ich es nicht mehr kann.

Mit einem Mal spürte sie tief in ihrem Inneren wieder diesen vertrauten Schmerz. Wie eine messerscharfe Klinge schnitt er durch sie und hinterließ eine frische Wunde aus Zweifel und Schuld.

Sie senkte den Blick. Ihre Hände hielten ihre Handtasche fest umklammert. Sie zwang sich, ihren Griff zu lösen. Sie würde nicht zulassen, dass dieser Mann eine linkische Anfängerin aus ihr machte. Sie hob den Kopf und sah ihn unverwandt an.

„Das hier wird nicht funktionieren. Und wir wissen es beide", sagte sie.

Nick fuhr sich mit Zeigefinger und Daumen über den Nasenrücken. „Wenn das mal keine Untertreibung ist", sagte er finster.

Enttäuschung machte sich in ihr breit. Nichtsdestotrotz streckte sie das Kinn vor und erhob sich. „Ich werde Ihnen nicht länger die Zeit stehlen, Chief Ryan."

„Wir sind noch nicht fertig."

„Doch, das sind wir." Sie hängte sich die Handtasche über die Schulter.

Er stand auf. „Sehen Sie, ich habe Frank …"

„Sie müssen mir keinen Gefallen zu tun, Chief. Nur weil mein Onkel Ihr Freund ist, sind Sie nicht verpflichtet, mich anzustellen. Ich brauche Ihr Mitleid nicht." Und genauso wenig brauchte sie diesen Job. Es gab genug andere Stellen für sie. Sie musste nur die richtige finden. Auf keinen Fall hatte sie es nötig, sich mit einem Idioten wie Nick Ryan abzugeben und sich bei jeder Gelegenheit runtermachen zu lassen.

Zum ersten Mal schien er ernsthaft verärgert. „Es war nicht persönlich gemeint ...“

„Schon in Ordnung. Ich bin es gewohnt, unterschätzt zu werden. Ich habe ein ziemlich dickes Fell.“ Sie versuchte, zuversichtlich zu lächeln, musste sich dabei jedoch auf die Unterlippe beißen, damit diese nicht zitterte. Verdammt. „Ich habe noch andere Optionen.“

„Ach, wirklich?“

„Sicherheitsdienste und solche Sachen.“

„Aha.“

„Abgesehen davon arbeite ich ohnehin lieber in einer größeren Stadt.“

„Das glaube ich gerne.“

Sie würde irgendetwas anderes finden müssen. Letzten Monat hatte sie die Rate für ihr Auto nicht bedienen können. Vielleicht war ein Job bei einer Sicherheitsfirma tatsächlich gar nicht so verkehrt.

„Vielen Dank, dass Sie sich die Zeit genommen haben.“ Ohne ihn anzusehen, ging sie zur Tür. Sie kam sich vor wie eine Versagerin. Sie konnte sich nicht daran erinnern, wann sie sich das letzte Mal so schlecht gefühlt hatte. Vielleicht nach dem letzten versiebten Bewerbungsgespräch. Oder als sie zum letzten Mal das Revier verlassen hatte. Oder an dem Tag, an dem sie rausgefunden hatte, dass sie nicht so stark war, wie sie dachte, als sie im alles entscheidenden Moment nicht reagiert hatte.

„McNeal.“

Erst als sie die Tür erreicht hatte, blieb sie stehen. Sie war sich nicht sicher, was passieren würde, wenn sie sich umdrehte. Normalerweise war sie weder besonders emotional veranlagt noch hatte sie nah am Wasser gebaut. Doch zum ersten Mal seit einer sehr langen Zeit fühlte sie, dass sie kurz davorstand, hemmungslos loszuheulen.

„Frank Rossi empfiehlt nicht jeden“, sagte Nick.

Die Hand auf die Türklinke gelegt, hielt Erin inne. Wütend blinzelte sie die Tränen weg.

„Ich vertraue seinem Urteil“, sagte er. „Sie haben neun Jahre für ihn gearbeitet. Vielleicht sollten auch Sie ihm vertrauen.“

Die Bedeutung seiner Worte drang nur langsam zu ihr durch. Wie ein leichter Nieselregen, der auf verdorrtes Land fällt. Hoffnung keimte in ihr auf, und sie bekam weiche Knie. Sie atmete ein. Und wieder aus. Dann drehte sie sich um und sah ihn an, vergeblich darum bemüht, ihr Zittern zu unterdrücken. „Frank ist mein Onkel und nicht grade sehr objektiv, wenn es um mich geht.“

„Selbst wenn das stimmen sollte: Gibt es irgendeinen Grund, warum ich an Ihrer Befähigung für den Polizeidienst zweifeln sollte?"

„Ich war eine gute Polizistin", sagte sie etwas außer Atem. „Und ich bin es nach wie vor."

„Ich brauche einen Deputy. Sie sind mir empfohlen worden. Und Sie haben die entsprechenden Referenzen. Sind Sie interessiert?"

Erin starrte ihn an. Ob er ihr den Job auch dann anbieten würde, wenn er von den Albträumen wüsste? Oder von den wiederkehrenden Erinnerungen, die sich auf sie stürzten wie ein Raubvogel auf seine Beute? Schon die Fehlzündung eines Autos reichte aus, um sie in Gedanken zurück in die Lagerhalle zu versetzen.

„Sie wollen mich einstellen?", platzte es aus ihr heraus.

Sein Blick durchbohrte sie. „Logan Falls ist eine Kleinstadt. Ein guter Ort, um wieder auf die Beine zu kommen und sich darüber klar zu werden, ob Sie weiterhin im Polizeidienst bleiben oder lieber etwas anderes machen wollen."

Ihr Herz klopfte so heftig, als wäre sie gerade eine Meile gerannt. Hoffnung, aber auch Angst stiegen in ihr auf, als sie seinem stechenden Blick standhielt. „Ich bin interessiert."

„Dann setzen Sie sich am besten wieder hin, damit wir das Bewerbungsgespräch zu Ende führen können."

Noch vor sechs Monaten hätte ihr Stolz es ihr geboten, ihm zu sagen, er solle sich zur Hölle scheren. Doch heute war ihr klar, dass sie sich in dieser Situation beide nicht erlauben konnten, einem geschenkten Gaul ins Maul zu schauen. Entweder Frank hatte ihn hereingelegt, oder Chief Nick Ryan brauchte wirklich dringend einen Deputy. Sie war sich nicht sicher, welche der beiden Möglichkeiten schlimmer war.

„In Ordnung." Mit wackeligen Beinen ging sie zum Stuhl zurück und setzte sich wieder.

Sie beobachtete, wie er erneut hinter seinem Schreibtisch Platz nahm. Den Krähenfüßen um die Augen herum nach zu urteilen, musste er in etwa Ende dreißig sein. Seine braunen Haare waren kurz geschnitten und so dunkel, dass sie fast schwarz waren. Obwohl es noch nicht mal Nachmittag war, lag bereits ein dunkler Schatten auf seinem rasierten, kräftigen Kinn. Er war nicht besonders gut aussehend, aber schöne Männer hatte sie noch nie gemocht. Ein paar Ecken und Kanten waren ihr lieber als ein perfektes Gesicht, und Charakter war ihr wichtiger als Charme. Die markanten Züge seines Gesichts verrieten ihr, dass er über beides im Übermaß verfügte.

Mit der Narbe an seiner rechten Augenbraue, dem stechenden Blick und dem unnachgiebigen Mund hatte Nick Ryan eindeutig ein Charaktergesicht. Er war gut über einen Meter achtzig groß, denn sogar mit ihren hochgewachsenen einssechsundsiebzig musste sie zu ihm aufsehen. Er hatte die schlanke Statur eines Langstreckenläufers gepaart mit der Muskelkraft eines Boxers. Doch es war nicht sein Körper, der ihm eine machtvolle Präsenz verlieh, sondern seine Augen. Sie hatten die Farbe von starkem Kaffee und waren so kalt wie der Wind am Lake Michigan im Januar. Sein Mund war ein gerader Strich, und sie wusste instinktiv, dass er nicht oft lächelte.

„Wann können Sie anfangen?"

Sie blinzelte. Peinlich berührt stellte sie fest, dass sie ihn angestarrt hatte. „Montag." Wie sie allerdings innerhalb von zwei Tagen den Umzug von Chicago nach Logan Falls bewerkstelligen sollte, wo sie noch nicht einmal eine Wohnung hier hatte, war ihr ein Rätsel. Aber irgendwie würde sie es schaffen.

„Sie müssen diese Formulare ausfüllen." Er reichte ihr einige Bögen Papier. „Die Bezahlung ist nicht so gut wie in Chicago, aber dafür sind die Lebenshaltungskosten hier auch niedriger."

Wie betäubt nahm sie die Papiere. Furchtbar, wie stark ihre Hände zitterten. „Ich habe noch keine Wohnung." Sie war die rund hundert Meilen von Chicago heute Morgen in weniger als zwei Stunden gefahren und hatte sich nicht weiter in der Stadt umgeguckt, sondern sofort die Polizeiwache angesteuert.

„Über dem Blumenladen in der Commerce Street ist eine Zweizimmerwohnung frei." Nick öffnete die oberste Schublade seines Schreibtisches, zog eine Visitenkarte heraus und gab sie ihr. „Mike Barton ist mein Nachbar. Er sucht seit zwei Monaten nach einem Mieter. Am besten rufen Sie ihn an."

Sie hatte noch nicht richtig verarbeitet, dass er sie eingestellt hatte, da bot er ihr auch schon eine Wohnung an. „Das werde ich machen."

„Übernachten Sie hier, oder fahren Sie zurück nach Chicago?"

„Wenn es heute mit einer Wohnung klappt, werde ich am Abend zurückfahren, um meine Sachen zu holen. Dann könnte ich übermorgen einziehen." Erin erhob sich. Sie fühlte sich wie nach einer Achterbahnfahrt.

„Gut, dann sehen wir uns am Montagmorgen."

Sie erhob sich und ging zur Tür. Auf halbem Weg hielt sie jedoch inne, holte tief Luft und drehte sich zu ihm um.

„Wieso haben Sie Ihre Meinung geändert?“, fragte sie.

Mit undurchschaubarer Miene stand er auf und ging zu ihr.

„Am liebsten hätten Sie mich zur Hölle geschickt. Sie waren kurz davor. Aber Ihr Stolz hat es nicht zugelassen. Sie wollten nicht, dass ich sehe, wie sehr ich Sie aus dem Konzept gebracht habe. Das hat mich beeindruckt.“

„Sie haben mich nicht aus dem Konzept gebracht.“

Er besaß tatsächlich die Frechheit und lächelte belustigt. „Ach nein?“

Ihre Wangen brannten. Sie mochte es nicht, wenn man mit ihrer Würde spielte. Es war nicht mehr viel davon übrig. „Ich war verärgert, dass Sie mir so auf den Zahn gefühlt haben, obwohl ich ganz offensichtlich über die nötigen Qualifikationen verfüge.“

„Das werden wir sehen.“ Zu ihrer Überraschung streckte er die Hand aus. „Sorgen Sie einfach dafür, dass ich meine Entscheidung nicht bereue.“

„Das werde ich.“ Sie reichte ihm die Hand.

Die Berührung durchfuhr sie wie ein elektrischer Schlag, der von ihm auf sie übersprang und jedes einzelne Nervenende in ihrem Körper in Erregung versetzte. Unwillkürlich zuckte sie zusammen. Hoffentlich hatte er es nicht bemerkt. Nur vage war sie sich seines Griffs bewusst. Er war fest, aber nicht schmerzhaft. Sein Blick bohrte sich in ihren und jagte ihr einen kribbelnden Schauer nach dem anderen über den Rücken.

Der Knoten in ihrer Brust war geplatzt, aber nur, um einem neuen Gefühl der Anspannung zu weichen. Nur allzu gerne hätte sie dieses schwerelose Gefühl darauf geschoben, dass sie so lange auf diesen Augenblick gewartet hatte. Doch tief in ihrem Inneren wusste sie, dass das nicht stimmte. Die Tatsache, dass er so nah bei ihr stand und sie die frische Note seines Aftershaves riechen konnte, war viel eher dafür verantwortlich. Es war verrückt, so einem unwichtigen Detail überhaupt ihre Aufmerksamkeit zu schenken. Schon vor langer Zeit hatte sie gelernt, dass Polizeidienst und Beziehungen genauso kompatibel wie Benzin und Feuer waren – und ebenso explosiv.

Verstört von ihrer eigenen Reaktion, ließ sie seine Hand los und trat einen Schritt zurück. Nicks Blick ruhte auf ihr, doch er lächelte nicht. Er sah genauso überrascht und irritiert aus, wie sie sich fühlte.

Wenn er die Zähne noch stärker zusammenbiss, würde er anschließend zum Zahnarzt müssen.

Er räusperte sich, öffnete ihr die Tür und ließ sie vorangehen. Sofort nutzte sie den Moment zur Flucht. Ohne Deputy Price weiter Beachtung zu schenken, hastete sie zur Eingangstür, um sich möglichst schnell in Sicherheit zu bringen. Unsicher, was da gerade genau zwischen ihr und Nick Ryan passiert war, wusste sie nur, dass es nicht gut war. Und dass es sich auf keinen Fall wiederholen durfte. Dieser Job war ihre letzte Chance.

Sie umfasste den Türknauf, als Nicks Bariton durch den Raum hallte. „McNeal."

Sie hielt inne. Ein Dutzend Szenarios gingen ihr durch den Kopf. Er wollte mehr Details über den Vorfall mit Danny. Oder er wollte wissen, warum ihre Hände zitterten, warum er hören konnte, wie das Herz in ihrem Brustkorb hämmerte. Sie atmete tief ein, drehte sich um und zwang sich, ihn anzusehen.

Mit ausdrucksloser Miene stand Nick vor seiner Bürotür. „Sagen Sie Frank, er hat was gut bei mir."

2. KAPITEL

Nick starrte in seinen Kaffeebecher. Was für ein Dummkopf er doch war. Nur zu gerne hätte er geglaubt, dass er Erin McNeal nur deswegen eingestellt hatte, weil er Frank einen Gefallen schuldete. Weil sie beeindruckende Zeugnisse hatte oder vielleicht sogar, weil er einer Kollegin helfen wollte, wieder auf die Beine zu kommen. Doch er wusste ganz genau, dass die Entscheidung, sie einzustellen, viel eher von der Verzweiflung, die er in ihren Augen gesehen hatte, ausgelöst worden war– und der Tatsache, dass sie sich trotz allem einfach umgedreht hatte und beinahe aus seinem Büro marschiert wäre.

Er warf einen Blick auf die Uhr an der Wand. Das war jetzt schon das vierte Mal in zwanzig Minuten, stellte er verärgert fest. Er versuchte sich einzureden, dass er nicht an sie dachte, dass er nicht nervös war, weil sie an ihrem ersten Tag mit ihm auf Streife fahren würde. Aber er wusste, dass das Unsinn war. Es waren drei Tage vergangen, seit er Logan Falls erste Polizistin eingestellt hatte. Und er hatte mehr an sie gedacht, als ihm lieb war. Natürlich vor allem wegen der Schießerei und weil es seine Pflicht als ihr Chef war, zu wissen, was in ihr vorging, vergewisserte er sich selbst. Trotzdem konnte er es nicht leugnen: Sein Interesse an ihr war viel persönlicherer Natur, als ihm lieb war.

Am meisten störte ihn, wie er auf sie reagiert hatte. Nicht als Vorgesetzter oder als Kollege, sondern als Mann. Als Mann, der bereit gewesen war, seinen gesunden Menschenverstand außen vor zu lassen, als er die tiefe Verletzlichkeit und den verletzten Stolz hinter ihrer harten Fahr-zur-Hölle-Fassade gesehen hatte – und die weiblichen Kurven, die seinen Puls in die Höhe getrieben hatten.

Was Frank wohl davon halten würde, wenn er wüsste, dass sein Freund ein Auge auf seine fast zehn Jahre jüngere Nichte geworfen hatte?

Nick verzog das Gesicht und nahm einen Schluck Kaffee. Er hatte sich schon oft gefragt, wie lange sein Desinteresse an Frauen anhalten würde. Er hatte geglaubt, nach Rita sei er so immun gegen weibliche Reize, wie man es als Mann nur sein konnte, und es hatte ihm auch überhaupt nichts ausgemacht. Je weniger Ablenkung er hatte, desto mehr Aufmerksamkeit konnte er seiner Tochter schenken. Doch dann war Erin McNeal in sein Büro spaziert und hatte ihn eines Besseren belehrt. Allerdings hatten sich seine Hormone einen äußerst ungünstigen Zeitpunkt ausgesucht, ihm seine Bedürfnisse als Mann vor Augen zu führen.

Also gut, sie war attraktiv. *Na und?* Nick verfügte über mehr Verstand und Selbstdisziplin, als ihm guttat. In der Regel gelang es ihm recht gut, sich Ärger vom Hals zu halten. Und mit ihrer wohlgeformten Figur war Erin McNeal dafür prädestiniert, ihm Ärger zu bereiten. Nicht, dass er sich ihre Kurven bewusst angesehen hatte. Aber es gab Momente, da konnte ein Mann einfach nicht anders, als die Vorzüge einer Frau zu bemerken, egal, wie eisern er sich vornahm, sie zu ignorieren.

Diese Frau interessierte ihn, so viel musste er sich wohl oder übel selbst eingestehen. Aber er würde damit fertig werden. In den letzten drei Jahren hatte er keinen Gedanken an eine neue Beziehung verschwendet. Nach Rita hatte er sich geschworen, nie wieder sein Herz an eine Frau zu verlieren. Die Konsequenzen waren zu schwerwiegend. Ganz abgesehen davon *mochte* er McNeal nicht einmal.

Die Glocke an der Eingangstür klingelte. Erschrocken zuckte Nick zusammen. Kaffee schwappte über den Rand seines Bechers. Er fluchte. Ohne hinzugucken, wusste er, dass es Erin war.

Er versuchte, die nervöse Anspannung, die in ihm aufstieg, zu ignorieren, und blickte durch seine offene Bürotür zum Eingang. Sein Herz hämmerte wie wild, als er sah, wie sie auf ihn zusteuerte. Obwohl er wusste, dass er es später bereuen würde, musterte er sie von Kopf bis Fuß. Der dunkelblaue Blazer und der Rock, die sie trug, waren eigentlich eher konservativ, doch ihr Hüftschwung und die Form ihrer Waden sprachen eine andere Sprache. Sie erinnerte ihn an einen Panther. Graziös und dennoch auf der Hut. Und ein bisschen gefährlich. Ihre Beine waren lang, ihre Schritte selbstbewusst, doch er spürte die Anspannung, die sich hinter ihrem geschmeidigen Gang verbarg. Sie sah ihm in die Augen.

„Morgen“, sagte er.

„Morgen.“ Sie betrat sein Büro.

„Sie sind früh. Es ist noch nicht mal acht.“

„Ich fange gerne früh an.“

Obwohl eine innere Stimme ihn davor warnte, erlaubte er sich einen Blick auf die Seidenbluse unter ihrem Blazer. Noch bevor er wieder wegsehen konnte, wurde er von der Spitze und den Kurven darunter abgelenkt, auch wenn diese ihn natürlich absolut nichts angingen.

Innerlich fluchend deutete er auf den Stuhl ihm gegenüber. „Setzen Sie sich.“

„Danke.“

Ihre Augen schienen ihm heute dunkler als letztes Mal. Sie hatten die Farbe eines Regenwalds, schattenreich und geheimnisvoll. Sie setzte sich und kreuzte die Beine übereinander, wobei das Revers ihres Blazers ein wenig auseinanderfiel. Schnell wandte er den Blick ab und sah auf seine Unterlagen. „Haben Sie eine Wohnung gefunden?"

„Oh ja. Sogar die, die Sie mir empfohlen haben."

„Gut. Mr. Barton ist bestimmt ein guter Vermieter." Nick wusste nicht, was mit ihm los war. Noch nie in seinen zehn Jahren als Polizeichef hatte er mit einem seiner Deputys kein vernünftiges Gespräch zustande gebracht. Was hatte Erin McNeal nur an sich, dass er sich in ihrer Gegenwart wie ein pubertierender Jugendlicher fühlte und keinen Ton herausbrachte?

Wütend über sein eigenes Verhalten stand er auf und ging zu dem metallenen Aktenschrank hinter seinem Schreibtisch, in dem ihre Uniform, ihr Dienstrevolver und ihre Dienstmarke fein säuberlich auf einem Haufen lagen.

„Bis zum Ende Ihrer Probezeit in dreißig Tagen fahren Sie mit mir", sagte er. „Ich werde Ihnen die Stadt zeigen. Die Brennpunkte, die Stadtgrenzen und die wichtigsten Gebäude. Clyde Blankenships Pferde sind heute Morgen ausgerissen. Wir werden kurz bei ihm vorbeifahren, um uns zu vergewissern, dass er seinen Zaun repariert hat. Er ist schon über neunzig, da leistet er manchmal nicht mehr ganz so gute Arbeit."

„Pferde?"

Stirnrunzelnd sah Nick sie an. Hielt sie sich als Großstadtcop aus Chicago etwa für was Besseres und war sich zu fein für die niederen Tätigkeiten des Polizeialltags? „Letzte Woche hat die Schule wieder angefangen. Hector ist an der Reihe, den Verkehr vor der Schule zu regeln. Wir werden bei ihm vorbeifahren und gucken, wie es läuft."

Erin nickte.

„Der Umkleideraum ist neben dem Wasserspender", sagte Nick. „Dort können Sie sich umziehen. Spind Nummer fünf."

„In bin in einer Minute fertig."

Die Vorstellung, wie sie ihren Rock abstreifte, kam völlig ungebeten. Entschieden schob er sie beiseite. „Aufgaben und Dienstzeiten werden wöchentlich an dem Brett über der Stechuhr ausgehängt."

Sie stand auf und nahm ihre Sachen von seinem Schreibtisch. „Wie viele Deputys arbeiten für Sie?"

„Hector und zwei Teilzeitkräfte." Ein Hauch ihres süßen exotischen

Geruchs stieg ihm in die Nase und lenkte ihn ab. Allmählich wurde es ihm wirklich zu bunt.

Er musterte sie, wobei er versuchte, ihren sinnlichen Mund und den feinen Schwung ihres Kinns zu ignorieren. „Haben Sie noch irgendwelche Fragen?“, fragte er, während er sich erhob.

„Nein, ich gehe mich umziehen.“

Er umrundete seinen Schreibtisch, und sie folgte ihm in den Vorraum. Ein Umstand, dem er sich deutlich bewusst war. „Der Umkleideraum ist da vorn.“ Er zeigte zum Ende des Flurs, der in den hinteren Teil des Gebäudes führte.

„In fünf Minuten bin ich wieder bei Ihnen.“

„Lassen Sie sich Zeit.“

Erins Hand zitterte, als sie die Uniformhose anzog und ihre Bluse hineinsteckte. Der Dienstrevolver lag auf der Bank neben ihr und erinnerte sie daran, dass sie nach sechs Monaten und vier Bewerbungsgesprächen zurück im Polizeidienst war. Eigentlich hätte sie begeistert sein sollen, dass sie ihr Leben endlich wieder auf Kurs brachte. Doch in Wahrheit war es ebenso beunruhigend wie spannend. Sie spürte die Verantwortung wie Blei auf ihren Schultern lasten, als sie ihren Revolver in das Halfter steckte und versuchte, nicht darüber nachzudenken, ob sie je wieder den Mut haben würde, ihn zu benutzen.

Entschieden schob Erin die Selbstzweifel beiseite. Es gab jetzt ohnehin kein Zurück mehr.

Sie strich ihr Hemd glatt, nahm ihre Ersatzuniform und ging zu Tür. Ihr Herz klopfte. „Du schaffst das“, murmelte sie, fest entschlossen, sich nicht von ihrer Unsicherheit einschüchtern zu lassen.

Eine Kinderstimme drang aus dem Vorraum zu ihr. Neugierig schritt sie den Flur entlang, blieb jedoch stehen und trat nicht ein. Ein kleines Mädchen mit weizenblonden Haaren saß an Hectors Schreibtisch und war gerade dabei, ein Malbuch aus dem Rucksack zu holen. Sie sah nicht viel älter aus als acht oder neun Jahre, doch ihre Augen wirkten so erwachsen, wie Erin es bei einem Kind noch nie gesehen hatte.

Nick kam aus seinem Büro und ging zu dem Mädchen. „Warum bist du nicht in der Schule, Honey?“, fragte er.

Das Mädchen zuckte mit den Schultern. „Ich möchte gerne bei dir mitfahren.“

„Heute ist ein Schultag.“

„Ich will aber nicht zur Schule.“

Er beugte sich über sie und gab ihr einen Kuss auf die Stirn. Dann richtete er sich wieder auf und sah sie ernsthaft amüsiert an. „Ich dachte, dieses Jahr gehst du gerne in die Schule. Ist heute nicht Büchereitag?"

„Mrs. McClellan mag mich nicht."

„Sie mag dich nicht? Was gibt es denn an dir nicht zu mögen?" Er wuschelte durch ihr Haar und ließ seine Hand kurz auf ihrem Kopf liegen. „Es muss unter uns bleiben, aber Mrs. McClellan hat mir verraten, dass du ihre Lieblingsbibliothekarin bist."

Das Mädchen sah auf sein geöffnetes Malbuch, das auf dem Schreibtisch lag. „Kann ich nicht einfach ein bisschen hierbleiben? Ich habe mir extra was zu malen mitgebracht. Guck, hier. Ich bin auch ganz ruhig."

„Honey, ich würde liebend gerne den Tag mit dir verbringen, aber du darfst nicht noch mehr vom Unterricht verpassen, und ich muss arbeiten." Er kramte in ihrem Rucksack und holte eine Schachtel Buntstifte hervor. „Wer hat dich auf die Wache gebracht?"

Das Mädchen lehnte sich nach vorn und warf Erin über Nicks Schulter hinweg einen unfreundlichen Blick zu. „Wer ist die Frau?"

Nick sah zu Erin, dann zurück zu dem Mädchen. „Sie heißt Erin. Sie ist mein neuer Deputy ..."

„Aber das ist ein Jungenname."

„Steph, bitte sag mir, wer dich hierhergebracht hat."

„Niemand." Sie wählte einen Buntstift aus und begann zu malen. „Ich bin einfach gegangen. Mr. Finn hat mich zum Büro des Direktors geschickt, weil ich mit Kimmy Bunger geredet habe. Als die Aufsicht auf Toilette war und keiner aufgepasst hat, bin ich einfach gegangen."

Erin sah, wie sich Nicks Schultern anspannten. „Moment mal", sagte er bestimmt. „Du bist einfach gegangen? Es hat dich kein Erwachsener hierhergefahren?"

„Das ist doch nicht schlimm, Daddy. Die Schule ist nur zwei Blocks entfernt."

„Ich fürchte, die Schule ohne Erlaubnis zu verlassen *ist* schlimm, Steph. Du weißt, dass ich wieder den Direktor anrufen muss, oder?"

Sanft nahm er ihr den Buntstift aus der Hand, dann stellte er sich hinter sie und zog ihren Stuhl zurück.

Und zum ersten Mal bemerkte Erin den Rollstuhl. Verzweifelt bemüht, ihren Schock unter Kontrolle zu kriegen, starrte sie das Mädchen an.

„Du weißt genau, dass du die Schule nicht ohne Erlaubnis verlassen darfst", sagte Nick, während er das Telefon nahm und wählte. „Warum hast du deinem Lehrer nicht gesagt, dass du nach Hause möchtest? Warum hast du mich nicht angerufen?"

Wie erstarrt stand Erin da. Nur am Rande bekam sie mit, wie Nick am Telefon nach dem Direktor verlangte, während sie krampfhaft versuchte, sich einzureden, dass der Anblick des Rollstuhls ihr nichts ausmachte. Dass er keine Erinnerungen in ihr ausgelöst hatte.

Trotzdem zogen die Bilder aus der Nacht der Schießerei vor ihrem inneren Auge herauf. Danny, wie er in einer Pfütze aus Blut am Boden lag. Sie konnte das Schießpulver förmlich riechen.

Verzweifelt versuchte sie, sich zu konzentrieren und gegen den Flashback anzukämpfen, doch er war zu stark. Eine erdrückende Angst stieg in ihr auf.

Die gefaltete Uniform, an der sie sich festgeklammert hatte, rutschte ihr aus den Händen und fiel zu Boden. Nick sah auf, und seine Augen verengten sich. Erschrocken und besorgt, er könne ihre Reaktion falsch verstehen, hob sie die Uniform auf und zog sich in den vermeintlich sicheren Flur zurück. Ihre Brust fühlte sich an, als würde sie von einem riesigen Schraubstock zusammengedrückt. Nur mit Mühe gelang es ihr, zu atmen und Luft in ihre Lunge zu pumpen. Alles würde gut werden, versuchte sie sich zu beruhigen. Der letzte Flashback war schon eine ganze Weile her, doch es kam immer mal vor. Ein Geräusch, ein Duft oder etwas, das sie sah, reichte aus, um die Bilder aus der Nacht, in der sie angeschossen worden war, heraufzubeschwören …

Sie rief sich selbst zur Ruhe, strich über die Vorderseite ihrer Uniform und beobachtete, wie Nick vor seiner Tochter kniete, um ihr einen Schuh zuzubinden. Das Mädchen trug ein pinkfarbenes Sweatshirt mit einer passenden Hose und gepunktete Turnschuhe. Ein fröhliches Outfit, das ideal war, um auf Bäume zu klettern oder Himmel und Hölle zu spielen. Doch ein Blick in die Augen des Mädchens, und sie wusste, dass es alles andere als fröhlich war. Es war offensichtlich, dass es nicht so bald aus diesem Rollstuhl aufstehen würde, um Himmel und Hölle zu spielen.

„Pack dein Buch und deine Stifte zusammen", sagte Nick. „Ich bringe dich nach Hause"

„Ich will nicht nach Hause."

„Du hast die Wahl", sagte er bestimmt. „Entweder in die Schule oder nach Hause."

„Bitte, Daddy, ich möchte mit dir kommen."

Erin sah den Schmerz, der kurz in Nicks Augen aufflackerte, als er die Zähne aufeinanderbiss und zu Boden sah. Ganz langsam straffte er den Rücken, als koste es ihn mehr Kraft, als er hatte. „Pack deine Sachen ein, Honey. Ich fahre dich nach Hause."

Sichtlich verärgert fuhr das Mädchen mit dem Rollstuhl näher an den Schreibtisch heran und begann, die Stifte einzeln in die Büchertasche zu schmeißen.

Erin hatte noch nicht einmal gewusst, das Nick Ryan eine Familie hatte. Da er keinen Ring trug, hatte sie angenommen, dass er unverheiratet war. Dass sein Kind eine Behinderung hatte, berührte sie sehr. Ein stechender Schmerz durchzuckte ihre Brust und bahnte sich quälend langsam seinen Weg durch ihren Körper, bis er sie komplett ausfüllte. Ihr Herz weinte stumm, als sie an einen anderen Rollstuhl dachte und an den Mann, den sie in eine Hölle geschickt hatte, die sie sich nicht einmal in ihren schlimmsten Albträumen vorstellen konnte.

„McNeal."

Erschrocken zuckte sie zusammen, als sie Nicks Stimme hörte. Sie zwang sich, ihn anzusehen.

Er stand am Ende des Flurs und warf ihr einen Blick zu, der ihr das Blut in den Adern gefrieren ließ. „In mein Büro."

Die Hand auf ihren Magen gepresst, ging sie an ihm vorbei in sein Büro. Oh mein Gott. Sie wünschte, sie hätte anders reagiert. Was dachte er bloß von ihr?

Nick betrat nach ihr den Raum und schloss die Tür. Als er sich zu ihr umdrehte, hatten seine Augen die Farbe eines äußerst gefährlichen Tornados angenommen, der genau auf sie zukam.

„Wenn Sie ein Problem mit dem Rollstuhl haben, schlage ich vor, dass Sie schnurstracks nach Chicago zurückkehren und vergessen, dass sie Logan Falls jemals betreten haben", fuhr er sie an.

„Es ist nicht …"

„Herrgott noch mal! Sie sehen aus, als wären Sie einem Geist begegnet. So geht das nicht. Sie können nicht jedes Mal, wenn Sie meine Tochter sehen, die Nerven verlieren."

Erin sah Nick an. Ihr Herz klopfte wie wild, während sie nach Worten suchte… „Es tut mir leid. Ich war … abgelenkt."

„Abgelenkt? Sie wären beinah zusammengebrochen", unterbrach er sie.

„Ich dachte …"

„Sie dachten?"

„Ich dachte an … Danny." Ihm von den Flashbacks und den Albträumen zu erzählen käme einem beruflichen Selbstmord gleich.

„Was hat der denn damit zu tun?"

Sie wartete, bis sie sich gesammelt hatte und sicher sein konnte, dass ihre Stimme sie nicht im Stich lassen würde. Dann hob sie das Kinn und sah ihn an. „Er sitzt im Rollstuhl. Und es ist meine Schuld."

Weil er eine achtjährige Tochter hatte, fluchte Nick normalerweise nicht. Doch heute machte er eine Ausnahme. Er hatte mit allen möglichen Gründen für Erins Verhalten gerechnet, aber dass es etwas mit ihrem Expartner zu tun hatte, machte ihn sprachlos und nahm ihm komplett den Wind aus den Segeln.

Dass die Leute negativ auf den Rollstuhl seiner Tochter reagierten, war für ihn nichts Neues. Einige starrten sie an, andere ignorierten sie, und wieder andere lächelten viel zu viel, weil sie sich in der Gegenwart eines Mädchens, das nicht laufen konnte, unwohl fühlten. Ganz egal, wie unschuldig dieses Verhalten auch sein mochte, es ging niemals spurlos an Stephanie vorüber und machte ihn unglaublich wütend. Nie würde er den Tag vergessen, an dem sie von der Schule nach Hause gekommen war und so stark geweint hatte, dass sie kaum hatte sprechen können. Sein Herz war in tausend Stücke zerbrochen, als sie ihm erzählt hatte, dass die Kinder sie gehänselt hatten. Wohl unzählige Male hatte er sich gewünscht, dass er an ihrer Stelle im Rollstuhl säße.

Aus irgendeinem Grund hatte er von Erin etwas anderes erwartet. Er wusste selbst nicht genau, warum. Aber sie war eine mehrfach ausgezeichnete Polizistin und hatte schon einiges gesehen. Er hatte gehofft, sie würde darüberstehen. Doch als sie ihm von ihrem Partner erzählt hatte, war ihm klar geworden, dass ihre Reaktion kein Zeichen von Charakterschwäche war, sondern auf die Geister ihrer Vergangenheit zurückzuführen war.

Doch das war, verdammt noch mal, nicht sein Problem.

„Ich hätte Ihnen nicht erzählen dürfen, dass ich … die Sache mit Danny noch nicht verarbeitet habe", sagte Erin.

„Frank hat es ja auch nicht für nötig befunden", sagte er trocken. „Warum sollten Sie sich dann die Mühe machen?"

„Für Frank ist das kein Thema. Er macht mich nicht dafür verantwortlich."

„Er hat Ihre Akte also nicht gesäubert?"

„So etwas würde er nie tun.“

„Und die Dienstaufsicht hat Sie von jeglicher Schuld freigesprochen?“

Sie sah ihn an, als wären sie auf dem Weg zum Schafott und als wäre er ihr Henker.

„Ja.“

Nick gefiel es nicht, wie sich die Dinge entwickelten. Ganz offensichtlich war diese Frau von offizieller Seite entlastet worden. Das Problem war nur, dass sie selbst das offenbar anders sah.

„Die Polizei ist nicht der richtige Ort, um die eigene Vergangenheit aufzuarbeiten“, sagte er. „Auch nicht in Logan Falls.“

„Ich arbeite daran.“

Sogar aus einem Meter Entfernung konnte er sehen, dass sie zitterte. Was, um alles in der Welt, war dieser Frau nur widerfahren? Was hatte Frank ihm da eingebrockt? Er war wirklich alles andere als glücklich mit der Situation. Und die Art und Weise, wie er auf sie reagierte, gefiel ihm noch viel weniger. Herrgott, er wünschte, er hätte sie niemals eingestellt.

Doch tief in seinem Inneren wusste er, dass das nicht ganz der Wahrheit entsprach. Sie war eine attraktive Frau, die seine Aufmerksamkeit in völlig falsche Bahnen lenkte. Und vielleicht stimmte es, und sie hatte ihren Partner in einer Notsituation im Stich gelassen. Trotzdem war sie ein Cop. Ein Cop, den es im Dienst schwer getroffen hatte. Sie verdiente eine Chance, wieder auf die Beine zu kommen.

Stirnrunzelnd ging Nick hinter seinen Schreibtisch, jedoch ohne sich zu setzen. Er war noch immer wütend, aber es wäre falsch, seinen Ärger an Erin auszulassen. Er wusste nicht im Detail, was sie durchgemacht hatte. Laut Frank war die Schießerei nicht direkt ihr Fehler gewesen – sie hatte sich größtenteils an die Vorschriften gehalten. Doch sie hatte im falschen Augenblick gezögert, wofür sie – und vor allem ihr Partner – einen hohen Preis gezahlt hatte. Die anschließende Untersuchung der Dienstaufsicht hatte ihrer Karriere unwiderruflichen Schaden zugefügt. Sie hatte ihr Selbstvertrauen verloren. Um zu verhindern, dass man ihr kündigt, hatte sie es am Ende lieber selbst getan.

„Ich hoffe, das Ganze hat keine Auswirkung auf Ihre Entscheidung, mich einzustellen“, sagte sie.

Er drehte sich um. Ihre Schultern waren angespannt, das Kinn nach vorn gereckt. Ihr unverwandter, aber ein wenig zu eindringlicher Blick ruhte auf ihm. Es bedrückte ihn, zu sehen, dass es sie offenbar ihre ganze Kraft kostete, den Augenkontakt mit ihm aufrechtzuerhalten. Was auch immer in der Lagerhalle passiert war, es hatte einen hohen Tribut von ihr gefordert. Es war offensichtlich, dass sie sich selbst die Schuld daran gab. Nick wusste aus eigener Erfahrung, wie einfach es war, Schuld auf sich zu nehmen, wenn der wirklich Schuldige dazu nicht in der Lage war.

„Sie können hier nicht arbeiten, wenn Sie den Anblick eines Rollstuhls nicht ertragen können", sagte er.

„Ich werde mich daran gewöhnen."

„Sind Sie sich sicher?"

„Es hat mich nur völlig ... unvorbereitet getroffen. Ich wollte sie nicht verletzen."

„Ich glaube nicht, dass sie es bemerkt hat. Aber sie ist sehr sensibel, wenn es um ihre Behinderung geht. Ich möchte nicht, dass das noch mal passiert."

„Das wird es nicht." Schuld spiegelte sich in Erins Blick wider. „Ich habe überreagiert. Es tut mir leid."

Und wieder konnte Nick seinen Blick nicht von ihr lassen. Ihre dunkelgrünen Augen hoben sich deutlich von ihrer blassen Haut ab. Erleichtert stellte er fest, dass sie nicht weinen würde. Mit weiblichen Tränen hatte er noch nie umgehen können. Wenigstens das blieb ihm erspart. Gott sei Dank. Mit der scheinbar endlosen Tiefe ihrer Augen und dem weichen Mund hatte er schon genug zu kämpfen.

„Wir haben jetzt keine Zeit dafür", sagte er, „aber Sie schulden mir eine etwas ausführlichere Erklärung."

Ein tiefer Seufzer entfuhr ihr. „Ich weiß."

Er warf einen flüchtigen Blick zur Tür, hinter der Stephanie wartete. Schon immer hatte er das Gefühl gehabt, sie beschützen zu müssen. Doch der Autounfall vor drei Jahren, durch den ihre Mutter ums Leben gekommen und ihre Wirbelsäule verletzt worden war, hatte seinen Beschützerinstinkt noch verstärkt. Allerdings schien er in letzter Zeit etwas außer Kontrolle zu geraten.

„Ich werde sie nach Hause bringen", sagte er. „Sie können mitfahren. Danach beginnen wir mit unserer Schicht und reden."

„Nick, ich bin eine gute Polizistin ..."

„Es geht nicht darum, ob Sie eine gute Polizistin sind oder nicht. Die Frage ist, ob Sie schon wieder in der Lage sind zu arbeiten."

„Natürlich bin ich dazu in der Lage", fuhr sie ihn an.

Versonnen sah er sie an. Er konnte einfach nicht umhin zu bemerken, wie sich das Sonnenlicht in ihrem rotbraunen Haar brach und es schimmern ließ wie orientalische Seide. Verflucht noch mal, warum musste sie eine Frau sein und damit alles verkomplizieren? Und warum machte ihm das überhaupt so viel aus?

„Ich hoffe, dass Sie recht haben", sagte er und ging zur Tür.

Erin beobachtete, wie Nick seine Tochter aus dem Rollstuhl hob und in den Dienstwagen setzte und sie anschnallte. Ohne mit Erin zu reden oder sie auch nur eines Blickes zu würdigen, klappte er den Rollstuhl zusammen und verstaute ihn hinter der Heckklappe des SUVs. Dann ging er um den Wagen herum, setzte sich ans Steuer und ließ den Motor an.

Erin setzte sich auf den Beifahrersitz. Sie bereute noch immer, dass ihr die Nerven durchgegangen waren. Sie hatte gehofft, die Flashbacks seien vorbei. Doch in dem Moment, als sie Stephanies Rollstuhl gesehen hatte, waren die Erinnerungen an die Nacht der Schießerei einer riesigen Flutwelle gleich in ihr Bewusstsein gebrochen. Der Mann auf dem Gerüst. Das Aufblitzen des blauen Stahls einer Waffe. Eine einzige Sekunde des Zögerns, die sie ihr Leben lang verfolgen würde.

Fest entschlossen, sich von diesem Vorfall nicht weiter erschüttern zu lassen, schob sie die Bilder beiseite, lehnte sich zurück und sah aus dem Fenster. Sie hatte überreagiert. Aber wenn sie in den letzten Monaten eines gelernt hatte, dann, dass sich die Uhr nicht zurückdrehen ließ. Und ein Fehler mehr oder weniger machte ohnehin keinen großen Unterschied mehr.

Sie atmete zweimal tief durch und beruhigte sich langsam. Zum ersten Mal, seit sie in den Wagen gestiegen war, nahm sie die Landschaft, die an den Scheiben vorbeirauschte, während sie zu Nicks Haus fuhren, bewusst wahr. Sie hatte noch nie in einer Kleinstadt gewohnt, doch sie hatte sich schon bei ihrer Ankunft spontan in Logan Falls verliebt. Es war eine typische Kleinstadt im Mittleren Westen, umgeben von endlosen Weizen- und Maisfeldern und schönen weißen Farmhäusern mit Wiesen, auf denen Rinder weideten. Kopfsteinpflasterstraßen und Backsteinfassaden prägten das Bild der Innenstadt. Den Glockenturm des Gerichtsgebäudes zierte ein silbernes Dach, und in der Mitte des gegenüberliegenden Geschäftszentrums prangte ein Springbrunnen. Große Ahornbäume und stattliche Eichen rahmten das dahinterliegende rotgeklinkerte Schulgebäude ein, das genau im Übergang zwischen der Innenstadt und einem sehr gepflegten Wohnviertel lag.

Schweigend fuhren sie durch eine etwas ländlichere Gegend. Nur das Rauschen von Nicks Polizeifunkgerät war zu hören. Stephanie saß auf dem Rücksitz und starrte aus dem Fenster. Sie hatte eine Miene aufgesetzt, die Erin gar nicht erst versuchte zu deuten.

„Sieht so aus, als wenn Mrs. Thornsberry zu Hause ist“, riss Nicks Stimme sie aus ihrer Tagträumerei, als der Chevrolet Suburban in einen von weißen Zäunen gesäumten Schotterweg einbog. Vor ihnen lag ein weißes Holzhaus mit schwarzen Fensterläden und einer großen Veranda, die fast einmal ums ganze Haus herumführte. Erin wusste nicht, was sie erwartet hatte, doch bestimmt nicht, dass Nick Ryan an einem Ort lebte, der so fröhlich aussah, als würden Kinder hier spielen und Erwachsene im Garten grillen. Allerdings war auf den zweiten Blick schnell klar, dass der Schein trog. In diesem Garten hatte schon lange keiner mehr gespielt. Wie ein verlassenes Schiff stand die Schaukel in einer Ecke im hohen Gras, und der Basketballkorb über der Tür war verrostet. Das zerrissene Netz wehte im Wind.

Erin lächelte, als sie ein Pferd entdeckte, das neben dem Lattenzaun graste. „Wessen Pferd ist das?“, fragte sie, in der Hoffnung, ein Thema gefunden zu haben, das Stephanies Laune etwas aufhellen würde.

„Das ist Bandito“, antwortete das Mädchen. „Er ist ein Appaloosa.“

„Er ist wunderschön“, sagte Erin. „Reitest du?“

„Früher bin ich Western Pleasure und Trail geritten.“ Stephanie seufzte. „Aber jetzt nicht mehr.“

„Wieso denn nicht?“

Ein verärgertes Geräusch war vom Rücksitz zu hören. „Sie haben doch bestimmt bemerkt, dass meine Beine nicht mehr stark genug sind, sich in den Steigbügeln zu halten.“

Erin drehte sich auf ihrem Sitz um und lächelte Stephanie an. „Sagt dir der Begriff therapeutisches Reiten etwas?“

Das Mädchen musterte sie mit einem Blick aus ihren sanften, intelligenten Augen, der sehr viel mehr Interesse verriet als ihre Antwort. „Nein.“

„Es ermöglicht Kindern mit Behinderung, zu reiten und dabei gleichzeitig Muskeln aufzubauen. Aber in erster Linie geht es darum, Spaß zu haben.“

„Mein Dad sagte, Bandito wird langsam zu alt zum Reiten.“

Erin riskierte einen Blick in Nicks Richtung. „Haben Sie mal mit Stephanies Arzt gesprochen …“

„Steph verbringt den größten Teil ihrer Zeit mit Physiotherapie", sagte Nick bestimmt und sah in den Rückspiegel, um seine Tochter anzulächeln. „Nicht wahr, Honey?"

„Ja, aber ich vermisse Bandito", sagte sie.

Erin beschloss, dass es besser war, nicht länger vom Reiten zu reden. „Na ja, auch wenn du nicht mehr reitest, Steph, vielleicht könntest du mir dein Pferd in den nächsten Tagen mal zeigen."

„Bandito mag keine Fremden", sagte das Mädchen.

Nick warf seiner Tochter einen weiteren Blick über den Rückspiegel zu, während er den Wagen parkte. „Das reicht, Steph. Deputy McNeal versucht nur, nett zu sein."

„Aber sie hört nicht auf, dumme Fragen zu stellen."

Er stellte den Motor aus und beendete das Thema, von dem Erin wünschte, sie hätte es nie angeschnitten, indem er die Tür öffnete. Erin stieg aus und sah zu, wie Nick den Rollstuhl entlud, die Tür öffnete und seine Tochter vom Rücksitz hineinhob.

„Ich kann gerne draußen warten", sagte Erin schnell, als er in Richtung Haus ging.

Nick blieb stehen und sah sie finster an. „Sie können ebenso gut mit reinkommen. Mrs. Thornsberry möchte Sie bestimmt gerne kennenlernen."

„Mrs. Thornsberry?"

„Stephanies Nanny."

„Oh." Verlegen begleitete sie Nick, als er den Rollstuhl zur Vordertür schob. Ihre Arbeit als Polizistin in Logan Falls würde sich ziemlich von der in Chicago unterscheiden.

Das Farmhaus war umgeben von ein paar Morgen Land. Ein großer Ahornbaum spendete Schatten im Garten an der Seite des Hauses. Dahinter lag eine kleine Scheune. Der daran grenzende kreisförmige Pferch zeugte von Banditos aktiveren Tagen. Erin fand es schade, dass Stephanie nicht mehr ritt. Die Kindheit war so kostbar, und es tat ihr leid, dass das kleine Mädchen etwas davon verpasste.

Die Eingangstür öffnete sich. „Nick? Stephanie? Um Himmels willen, was macht ihr den um diese Uhrzeit hier?" Eine kleine rundliche Frau mit grauem Haar und Brille begrüßte sie mit einem mütterlichen Lächeln. „Haben wir einen Gast?"

„Darf ich vorstellen: Deputy McNeal." Nick sah Erin an. „Mrs. Thornsberry."

Erleichtert stellte Erin fest, das Stephanie und Nick eine starke Frau in ihrem Leben hatten. Mrs. Thornsberry war zwar bestimmt schon an die siebzig Jahre alt, doch Erin konnte an ihrem Blick sehen, dass sie alles andere als gebrechlich war. Sie war nicht viel größer als einen Meter fünfzig, aber hinter der freundlichen Fassade und Stimme ruhten großmütterliches Mitgefühl und Weisheit genauso wie der eiserne Wille eines Fünf-Sterne-Generals.

„Freut mich, Sie kennenzulernen", sagte Erin ehrlich.

Mrs. Thornsberry blickte ihr fest in die Augen. „Willkommen in Logan Falls." Dann wandte sie sich stirnrunzelnd an Stephanie. „Warum bist du nicht in der Schule, junge Dame?"

Das Mädchen guckte betreten auf seine Schuhe.

Nick drückte seiner Tochter die Schulter. „Sie ist plötzlich auf der Polizeiwache aufgekreuzt und hat gesagt, sie möchte heute mit mir fahren."

„Hört sich in meinem Ohren nach Schuleschwänzen an", sagte Mrs. Thornsberry streng, doch Erin blieb das kaum verhohlene Mitgefühl in ihrer Stimme nicht verborgen. Das Kindermädchen öffnete die Tür weit, bevor sie zurück ins Haus ging. „Können Sie bitte Stephs Büchertasche nehmen?", fragte sie Erin mit einem Blick über die Schulter.

Erin nahm die Tasche von Stephanies Schoß.

Nick lächelte ihr verstohlen zu. „Sie haben den Test bestanden."

„Ich nehme an, das ist gut?", fragte Erin.

„Hector hat einige Anläufe gebraucht."

Ohne eine Antwort abzuwarten, schob Nick den Rollstuhl über die speziell angefertigte Schwelle. Erin folgte ihm mit der Büchertasche.

Der Geruch von Essen hing in der Luft, und Frank Sinatras Stimme erfüllte den Raum. Die Möbel waren alt, aber von guter Qualität. Ein bequem aussehendes Sofa und ein dazu passender Sessel waren gegenüber einem Fernseher gruppiert. Im Esszimmer dahinter stand eine Nähmaschine auf einem Tisch, der bedeckt war mit unzähligen Stoffstapeln.

„Ich war gerade dabei, ein paar Sachen auszubessern", sagte Mrs. Thornsberry. „Stephanie, du hast doch bestimmt Hausaufgaben auf." Ohne zu zögern, wandte sie sich an Nick und sah ihn über den Rand ihrer Brille hinweg an. „Soll ich den Direktor anrufen, oder machen Sie das?"

Er verzog das Gesicht. „Ich hab mich schon darum gekümmert."

„Bringen Sie Steph zurück in die Schule?", fragte die Nanny.

„Sie möchte heute zu Hause bleiben", sagte er.

„Sie hat in diesem Jahr bereits eine Menge verpasst."

„Ich werde ihre Hausaufgaben besorgen, Em."

Nickend wandte sich Mrs. Thornsberry an Erin. „Möchten Sie einen Kaffee?"

„Wir können nicht bleiben", unterbrach Nick.

„Ach, kommen Sie, Chief. Jetzt lassen Sie mir die Freude. Ich habe gerade eine frische Kanne aufgesetzt."

„Ich habe keine Hausaufgaben", beschwerte sich Stephanie.

Mrs. Thornsberry schnalzte mit der Zunge. „Warum gehst du dann nicht auf dein Zimmer und schreibst mir einen schönen Brief, in dem du mir erklärst, warum du die Schule heute schon wieder ohne Erlaubnis verlassen hast, Honey?"

Stephanie verdrehte die Augen.

„Ich bringe dir gleich ein Glas Milch und ein paar Kekse", fuhr Mrs. Thornsberry fort. „Nehmen Sie Sahne, Deputy McNeal?"

Die Frau wechselte so nonchalant von einem Thema zum anderen, dass Erin sich im ersten Augenblick überhaupt nicht angesprochen fühlte. „Ja gerne. Danke", erwiderte sie und fügte hinzu: „Und bitte nennen Sie mich Erin."

Stephanie drehte ihren Rollstuhl herum, und als Erin sah, wie Nick sich zu ihr hinunterbeugte, um ihr einen Kuss auf die Wange zu geben, wurde ihr ganz warm ums Herz. „Bitte hör auf Mrs. T., Steph", sagte Nick sanft. „Ich bin rechtzeitig zum Abendessen wieder zu Hause."

Das Mädchen sah ihn unter langen Wimpern an. „Zeigst du mir dann, wie man Schach spielt?"

„Das kannst du doch schon längst." Er fuhr ihr mit den Fingerknöcheln zart über die Wange. „Letztes Mal hatte ich keine Chance gegen dich."

Sie grinste. „Dann lasse ich dich dieses Mal gewinnen."

„Abgemacht." Nick streckte die Hand aus, und sie klatschte ihn ab.

„Okay." Das Mädchen rollte über den Flur davon in sein Zimmer.

Erin fühlte sich wie ein Eindringling, aber sie hatte nicht weggucken können. Der grimmige Polizeichef, der ihr vor einer halben Stunde die Leviten gelesen hatte, schien ihr unvereinbar mit dem Vater, der sich so rührend um sein Kind kümmerte.

Als er sich zu ihr umdrehte, starrte sie ihn noch immer an. Eine tiefe Wärme stieg in ihr auf, als sich ihre Blicke trafen. Und für einen Moment war ihr, als hätte sie noch nie in ihrem Leben einen Mann gesehen, der so traurig aussah.

„Tut mir leid, dass Sie so Ihren ersten Morgen bei der Arbeit verbringen müssen“, sagte Nick.

„Das geht schon in Ordnung“, antwortete sie. Vermutlich war ihm die Situation genauso unangenehm wie ihr.

„Am besten, ich sage Ihnen gleich, dass fast alle meiner Deputys Stephanie früher oder später fahren mussten.“ Er verzog das Gesicht. „Sie schwänzt die Schule. Meistens bin ich dann da. Aber wenn nicht, erwarte ich, dass derjenige, der gerade Dienst hat, sie nach Hause fährt.“

„Das tue ich gerne.“

„Steph ist ein gutes Mädchen, aber sie macht zurzeit eine schwierige Phase durch.“

„Wie alt ist sie?“

„Am Samstag wird sie neun.“

Erin hatte keine Ahnung, was sich eine Neunjährige zum Geburtstag wünschte, aber sie würde ihr etwas kaufen. Irgendetwas, um einen Funken Freude in das Leben dieses Mädchens zu bringen, und wenn er noch so klein war.

„Wie lange geht das mit dem Schwänzen schon?“

„Ungefähr ein Jahr.“

Sie dachte daran, dass er keinen Ring trug. „Eine Scheidung kann Kinder ganz schön hart treffen, aber sie sind erstaunlich anpassungsfähig.“

Die Muskeln an seinem Kiefer spannten sich an, doch er hielt ihren Blick fest. „Ich bin Witwer.“

Der Schatten, der sich über seine Augen legte, war so schnell wieder verschwunden, dass Erin sich nicht sicher war, ob sie ihn überhaupt gesehen hatte. Entsetzt über ihren Irrtum, zuckte sie innerlich zusammen. „Es tut mir leid, ich war davon ausgegangen …“

„Schon in Ordnung, die Annahme liegt nahe.“

Die Tatsache, dass Nick verwitwet war, warf ein ganz neues Licht auf Stephanies Verhalten. Erin spürte einen stechenden Schmerz in der Brust, als sie an ihre eigene Mutter dachte und daran, wie es für ein junges Mädchen sein musste, ohne Mutter aufzuwachsen.

„Hier ist Ihr Kaffee.“

Erleichtert blickte Erin auf. Mrs. Thornsberry war mit einem Tablett aus der Küche gekommen. Der Kaffee roch himmlisch.

„Vielen Dank“, sagte Erin und nahm eine Tasse.

„Haben Sie Erin schon zu Stephanies Party am Samstag eingeladen, Chief?“, fragte die Nanny.

Nick warf ihr einen warnenden Blick über den Rand seiner Tasse zu. „Nein.“

Seinem Gesichtsausdruck nach zu urteilen, war er nicht gerade begeistert davon, dass sie dieses Thema angeschnitten hatte. Erin konnte es ihm nicht verübeln, so wie sie auf den Rollstuhl seiner Tochter reagiert hatte. Abgesehen davon erwartete sie gar nicht, dass man sie zur Feier einlud. Dafür kannte sie diese Familie nicht gut genug. Sie hatte nicht vor, es persönlich zu nehmen. Sie würde es ihm leicht machen. „Ich werde mit Auspacken beschäftigt sein.“

„Unsinn“, sagte Mrs. Thornsberry. „Es ist eine gute Gelegenheit für Sie, Nick und Stephanie näher kennenzulernen. Hector wird auch da sein. Wir würden uns wirklich freuen, wenn Sie kommen ...“

„Sie hat Dienst, Em“, unterbrach Nick.

Mrs. Thornsberry beachtete ihn kaum. „Nun, dann können Sie ja wenigstens danach auf ein Stück Kuchen vorbeischauen.“

Nicks Handy klingelte. Eine Entschuldigung murmelnd stellte er seine Tasse auf den Tisch, zog das Telefon aus seiner Tasche und meldete sich schroff mit seinem Namen.

„Wann?“, fragte er scharf.

Sein Tonfall ließ Erin aufhorchen. Sie stellte ihre Tasse auf den Tisch.

„Ich komme sofort.“ Er steckte das Handy zurück in seine Tasche und sah Erin an. „Ein Notruf.“

3. KAPITEL

Nick rannte zum Wagen und riss die Tür auf. Sie bekamen nur selten einen Notruf, aber wenn, dann nahm er die Sache sehr ernst. Er rutschte hinters Steuer und schnappte sich das Funkgerät. „Was gibt's, Zentrale?"

Erin setzte sich neben ihn auf den Beifahrersitz. Etliche Strähnen hatten sich aus ihrem Knoten gelöst. Verdammt, schalt er sich sofort. In einer Situation wie dieser durfte ihm so was nicht einmal auffallen. Er sollte sich stattdessen lieber auf die Stimme aus dem Funkgerät konzentrieren.

„Höchste Alarmstufe", tönte es aus dem Lautsprecher. „Bewaffneter Raubüberfall im Brass Rail Saloon in vollem Gang."

„Das ist das zweite Mal in zwei Wochen. Wer hat es gemeldet?"

„Ein Passant, der gesehen hat, wie ein Mann im blauen Hemd die Eingangstür eingetreten hat."

„Nicht gerade unauffällig." Nick startete den Motor des Chevrolet Suburbans und rammte den Gang rein.

Staub und Schotter wirbelten hinter ihnen auf, als er auf der Auffahrt beschleunigte. „Informieren Sie das Büro des Sheriffs", rief er ins Mikrofon. „Und geben Sie Hector Bescheid. Er soll sich eine Weste anziehen und hinfahren. Keiner geht rein. Ich bin gleich da." Auf dem Highway angelangt, schaltete er das Blaulicht, jedoch nicht die Sirene an und trat das Gaspedal durch.

„Jugendliche Straftäter?", fragte Erin. „Häusliche Streitigkeiten?"

Er warf ihr einen Blick zu und sah, wie sie sich anschnallte. Ihre Wangen waren leicht gerötet und ihre Augen vor Aufregung aufmerksam geweitet. Sie schien aufgeregt. Nick war sich nicht sicher, ob das ein gutes Zeichen war. „Dieselbe Bar wurde letzte Woche schon einmal überfallen", sagte er. „Patrick bringt sein Bargeld nicht oft genug zur Bank. Er hat über zweitausend Dollar verloren. Der Räuber war bewaffnet."

„Werden wir reingehen?", fragte Erin.

„Erst wenn ich die Situation besser abschätzen kann."

„Bis dahin könnte es schon zu spät sein …"

„Ich gehe rein, wenn ich es für richtig halte."

„Ich gebe Ihnen Deckung."

„Sie bleiben im Wagen." In halsbrecherischem Tempo raste er um eine Kurve. „Ich will so wenig Aufsehen wie möglich. Und keine Verletzten."

„Aber vielleicht brauchen Sie Rückendeckung ...“

„Das hier ist nicht Chicago, McNeal.“

„Seit wann sind die Täter nur in Chicago bewaffnet?“

Er nahm seinen Blick von der Straße und sah besorgt zu ihr rüber. Sie sprühte förmlich vor Aufregung. „Wenn Sie sich etwas beweisen wollen, tun Sie das woanders.“

„Es wird Ihnen nicht gefallen, aber ich weiß, was ich tue.“

„Dann beweisen Sie es mir, indem Sie sich an meine Anweisungen halten.“

Nick nahm die Ampel an der Main Street bei Rot. Er fragte sich, wie lange es wohl dauern würde, bis Erins Stolz die Oberhand gewann, und was er dann tun sollte. Verdammt, er hatte wirklich wichtigere Sorgen.

Der Brass Rail Saloon war am Ende des Blocks. Nick fuhr auf den Parkplatz des angrenzenden Gebäudes. Staub wirbelte auf, als er den Wagen zum Stehen brachte. „Sie bleiben, wo Sie sind, McNeal“, blaffte er. Dann zog er seinen Revolver aus dem Halfter, öffnete die Tür und rannte los.

Adrenalin rauschte durch Erins Adern, seit sie den Funkspruch gehörte hatte. Doch als sie Nick hinterhersah, wie er quer über den Parkplatz zur Rückseite der Bar sprintete, kämpfte sie gegen ihre eigene Enttäuschung an.

„Wenn Sie sich etwas beweisen wollen, tun Sie das woanders.“

Dass er sie angewiesen hatte, im Wagen zu warten, tat weh. Er schätzte sie falsch ein. Nur weil sie nicht vor einem Kampf zurückscheute, war sie noch lange nicht übereifrig. Sie mochte ihren Job ganz einfach. Die Aufregung, die die Gefahr mit sich brachte, ebenso wie das euphorische Gefühl, das sie überkam, wenn ihre Fähigkeiten und ihr Wissen zu einer erfolgreichen Festnahme führten. Nick kannte sie nicht gut genug, um sich ein Urteil über sie zu erlauben. Sie hatte weder sich selbst noch Nick Ryan etwas zu beweisen.

Frustriert beobachtete sie, wie er hinter dem Gebäude verschwand. „Na großartig“, murmelte sie. Aus dem Augenwinkel sah sie, wie ein Auto auf den Parkplatz fuhr und direkt vor dem Eingang der Bar hielt. Erin hielt die Luft an. Ganz bestimmt war der alte Ford mit den breiten Reifen und dem lauten Motor kein Wagen des Sheriffs. Der Fahrer stieg aus und sah sich um. Er war so groß wie ein Stier und sah auch genauso gefährlich aus. Als sie den Griff einer Pistole entdeckte, der aus dem Bund seiner Jeans hervorlugte, begannen die Alarmglocken in ihrem Kopf zu schrillen.

Ihre Hände zitterten. Sicherlich war es nur die Aufregung, versuchte sie sich zu beruhigen, doch es war zwecklos. Sie kannte die Anzeichen der Angst nur zu gut: Herzklopfen, Zittern, ein bitterer Geschmack in der Kehle.

Doch keine zwei Sekunden später zog sie ihren Revolver aus dem Halfter, öffnete die Tür und stieg aus. Sie konnte unmöglich im Wagen bleiben, wenn draußen ein Verdächtiger mit einer Waffe rumlief. So viel stand fest. Sie konnte spüren, wie das Adrenalin in ihre Muskeln gepumpt wurde, als sie zu dem Gebäude rannte und ihren Körper gegen die Backsteinfassade presste. Bis auf den alten Ford war der Parkplatz leer. Nick war nirgends zu sehen.

Die Waffe lag schwer in ihrer verschwitzten Hand, und ihr Herz hämmerte wie wild, als sie sich langsam an der Mauer entlangschlich. Sie spürte einen Flashback herannahen und kämpfte dagegen an. Doch sie konnte die Bilder nicht aufhalten. Wie ein schlechtes Video liefen sie vor ihrem inneren Auge ab. Danny, gefesselt und hilflos am Boden. Das Krachen eines Schusses. Der Geruch von Schießpulver. Angst und ein Schmerz, so stark, dass er ihr den Atem raubte.

Keuchend versuchte sie, die Erinnerungen und die Gefühle, die sie in ihr auslösten, beiseitezuschieben. Sie spürte, wie sie in ihrer Uniform zu schwitzen begann. Nick verließ sich auf sie. Sie durfte nicht zulassen, dass sie ihn ebenso enttäuschte wie Danny.

Plötzlich bewegte sich etwas vor der Bar. Ein zweiter Mann mit einer braunen Papiertüte kaum aus dem Eingang. Natürlich hatte sie Nicks Anweisung nicht vergessen, doch konnte es wirklich in seinem Sinne sein, wenn sie die Täter entkommen ließ? Der Gedanke, allein gegen zwei bewaffnete Männer anzutreten, behagte ihr allerdings auch nicht besonders. Denn sie wusste ja, wie das letzte Mal ausgegangen war. Außerdem hatte sie keine Verstärkung und war noch in der Probezeit. Sie hatte noch nicht einmal Handschellen bekommen. Trotzdem konnte sie auf keinen Fall zusehen, wie diese beiden Kleinstadtganoven sich mit einer Tüte voll Geld aus dem Staub machten, in dem Bewusstsein, der Polizei ein Schnippchen geschlagen zu haben. Sie hatte keine andere Wahl: Sie musste die Männer aufhalten.

Das Herz schlug ihr bis zum Hals, während sie sich an der Mauer entlang zum Eingang des Gebäudes schlich und wartete. Als die Männer zurück zu ihrem Auto gehen wollten, trat sie aus der Deckung.

„Polizei! Lassen Sie die Waffen fallen", rief sie.

Der Fahrer wirbelte herum. Er musterte sie eindringlich mit einem Blick aus seinen kleinen rattenähnlichen Augen. Dann stieß er einen obszönen Fluch aus, machte jedoch keinerlei Anstalten, sich von seiner Waffe zu trennen.

„Fallen lassen", schrie Erin. „Sofort!"

Der Mann warf seinem Partner einen Blick zu und murmelte etwas, das Erin nicht verstand. Viel zu laut rauschte das Blut in ihren Ohren.

„Ich bin unschuldig!", spie er ihr entgegen.

„Waffe fallen lassen!"

Er schmiss seine Waffe auf den Boden. „Sie machen 'nen Fehler, Lady."

„Ich will Ihre Hände sehen", fuhr sie ihn an.

Er fletschte die Zähne, während er langsam die Hände hob.

„Los! Auf den Boden! Gesicht nach unten!"

Fluchend ging der Mann auf die Knie, dann legte er sich mit dem Gesicht nach unten auf den Schotter. Langsam schob Erin sich zu ihm vor und trat seine Waffe weg.

Dann wandte sie sich dem anderen Mann zu. „Sie auch. Auf den Boden."

„Und was machst du, wenn ich es drauf ankommen lasse, Schätzchen?", fragte er höhnisch grinsend.

„Es dich bereuen lassen", erwiderte sie.

Ohne den Blick von ihr zu wenden, ließ der Mann sich zu Boden sinken und legte sich flach auf den Bauch.

Erleichtert senkte Erin ihre Waffe und trat einen Schritt zurück. Wo, um alles in der Welt, war Nick? Wo waren die Männer des Sheriffs? Und wo war Hector? Ohne Verstärkung wäre es beinah unmöglich, die Männer in Schach zu halten, wenn einer von ihnen auf die Idee käme, sie herauszufordern. Innerlich fluchend sah sie über ihre Schulter zu dem Gebäude, hinter dem der Suburban parkte.

Völlig unvorbereitet traf sie nur wenige Sekunden später die volle Wucht eines Körpers und presste ihr die Luft aus den Lungen. Angst und Schrecken überkamen sie, als sie ihren Fehler erkannte. Oh mein Gott, der zweite Mann. Er war so schnell gewesen, dass sie nicht einmal gehört hatte, wie er aufgestanden war.

Die Beine mit denen ihres Angreifers verschränkt, taumelte sie rückwärts und landete schließlich auf dem Rücken. Dabei schlug sie so hart auf, dass sie Sterne sah. Ein Dutzend Szenarios rasten ihr durch den

Kopf. Auf keinen Fall durfte er ihre Waffe in die Hände bekommen. Wenn Nick genau in diesem Augenblick auftauchte … Sie konnte den Gedanken, noch einen weiteren verletzten Cop auf dem Gewissen zu haben, nicht ertragen.

Das Gewicht des Mannes lastete schwer auf ihr. Er roch nach Schweiß und schlechtem Atem. Erin begann, um sich zu treten. Ihr rechter Absatz traf sein Schienbein. Fluchend griff der Mann nach ihrer Waffe. Den Griff fest umklammert, versuchte sie, die Pistole zwischen sich und ihren Angreifer zu bringen. Er war um einiges stärker als sie. Es war nur eine Frage der Zeit, bis er sie überwältigen würde. Daran änderte auch ihre Nahkampfausbildung nichts. Es gelang ihr, sich zu befreien, und sie rollte sich zur Seite. Aus dem Augenwinkel sah sie, wie nun auch der andere Mann aufstand. Ihr Angreifer war schon auf den Knien, doch Erin war schneller und ging in Schussposition.

„Halt, oder ich schieße!"

Die Männer erstarrten. Der andere Mann hob die Hände. „Immer mit der Ruhe."

Der Fahrer starrte Erin an. Sie war etwas mitgenommen, aber ihm schien es nicht viel besser zu gehen. Die Sekunden vergingen, während sie sich schwer atmend gegenüberstanden und gegenseitig fixierten.

„Auf den Boden!" Eiskalt und ruhig hallte Nicks Stimme durch die Luft.

Erin war so erleichtert, dass sie weiche Knie bekam. Blinzelnd wischte sie sich den Schweiß aus den Augen und sah über ihre Schulter. Nur wenige Meter entfernt stand Nick und hatte seine Waffe auf ihre Angreifer gerichtet. Hector Price und zwei Deputys des Sheriffs Departments waren bei ihm.

„Wir übernehmen, McNeal", sagte Nick finster.

Sie zitterte stark, als sie ihren Revolver zurück in das Halfter steckte. Es war die Nachwirkung des Adrenalinrausches. Wie aus weiter Ferne hörte sie das Geräusch zuschnappender Handschellen und eine Stimme, die den Männern ihre Rechte vorlas. Plötzlich wurde ihr übel. Na großartig. Das war bislang auch noch nie passiert. Aus Angst, sich tatsächlich übergeben zu müssen, ging sie zu Nicks Wagen. Es war zwar albern, aber sie wollte nicht, dass er sie so sah. Sie war mit den Nerven am Ende, und der Schreck steckte ihr noch in den Knochen.

„McNeal."

Die Wut in seiner Stimme ließ sie zusammenzucken. Warum, um alles in der Welt, war er wütend? Sie hatte ihm gerade ziemlich aus der Patsche geholfen und zwei bewaffnete Täter für ihn zur Strecke gebracht.

„Nur eine Minute, Chief", antwortete sie, vergeblich bemüht, das Zittern in ihrer Stimme zu überspielen.

„Jetzt, McNeal."

Seufzend hielt sie inne. Doch sie drehte sich nicht um. Sie brauchte nur ein paar Sekunden, um sich zu sammeln. Tief durchatmend versuchte sie, ihre zitternden Hände unter Kontrolle zu bekommen. Sie hörte, wie Nick näher kam, was ihre Anspannung noch vergrößerte. Mein Gott, warum konnte er sie nicht in Ruhe lassen, bis sie sich von dem Schrecken erholt hatte?

Ganz langsam drehte sie sich zu ihm um. Schlagartig wurde ihr bewusst, wie es sich anfühlen musste, einem Erschießungskommando gegenüberzustehen. „Sie sehen nicht gerade so aus, als hätten Sie vor, sich bei mir zu bedanken", sagte sie.

Seine Augen durchbohrten sie wie zwei Dolche, als er näher kam. „Sind Sie verletzt?"

„Mir geht es gut."

Ungefähr einen halben Meter vor ihr blieb er stehen. Nah genug, dass sie spüren konnte, wie sich die Hitze seines Ärgers mit dem berauschenden Duft seines schweren männlichen Aftershaves mischte. Er sah ganz danach aus, als hätte er vor, ihr gehörig den Marsch zu blasen.

„Gut", blaffte er. „Denn Sie haben genau zwei Minuten, um mir zu erklären, was Sie sich bei der Aktion gedacht haben."

Auch wenn es ihr nur mit Ach und Krach gelungen war, hatte Erin McNeal soeben zwei Verdächtige zur Strecke gebracht, die doppelt so groß waren wie sie selbst. Nick wusste nicht, ob er sie deswegen lieber auf der Stelle erwürgen oder umarmen sollte. Es gab verdammt viel, das er nicht wusste, denn die Adrenalinausschüttung in seinem Körper war noch nicht verebbt. Fest stand, dass Erin es tatsächlich fertigbrachte, mitgenommen und verletzlich auszusehen und dabei gleichzeitig auch noch Stärke auszustrahlen. Doch was ihn davon am meisten reizte, konnte er nicht genau sagen. Nur dass sie zu allem Überfluss in der blauen Uniform mit den geröteten Wangen und den offenen rotbraunen Haaren, die ihr wie Strähnen aus Seide über die Schulter fielen, auch noch viel zu gut aussah.

„Ich habe Ihnen die Anweisung gegeben, im Auto zu bleiben und nicht wie ein weiblicher Rambo zwei bewaffnete Täter niederzustrecken", sagte er.

„Hätte ich etwa zusehen sollen, wie die beiden flüchten? Es tut mir leid, wenn Sie ein Problem damit haben, Chief, aber so läuft das bei mir nicht."

„Sie sind in der Probezeit, McNeal. Sie haben noch nicht einmal alle Formulare ausgefüllt, und schon machen Sie Jagd auf Verbrecher."

„Ich habe Ihnen Rückendeckung gegeben."

„Sie haben sich meiner ausdrücklichen Anweisung widersetzt."

„Ich habe der Situation angemessen gehandelt", konterte sie. „Wo, zur Hölle, waren Sie eigentlich so lange?"

„Der Kerl hinten hat mich leider etwas zu sehr beschäftigt, um den Babysitter für Sie zu spielen."

Ärger blitzte in ihren Augen auf. „Ich bin eine ausgebildete Polizistin."

„Sie sind ein wandelndes Pulverfass."

Für einen kurzen Augenblick sah er etwas in ihrem Blick aufblitzen. Offenbar hatte er einen empfindlichen Nerv getroffen, doch er konnte seine Wut nicht länger zurückhalten. „Ich werde nicht zulassen, dass Sie sich selbst und andere in Gefahr bringen, nur weil Sie glauben, etwas beweisen zu müssen."

„Wäre es Ihnen lieber gewesen, Steph hätte da drinnen auch noch ihren Vater verloren?"

Er zuckte innerlich zusammen. Es war, als hätte sie ihm einen Dolch mitten ins Herz gestoßen. Er spürte den Schmerz beinah körperlich, doch er versuchte, seine Gefühle, so gut es ging, vor ihr zu verbergen. Es ging Erin nichts an, wie tief die Schuld saß, die er jedes Mal spürte, wenn er seine Tochter im Rollstuhl sah.

„Fordern Sie mich nicht heraus, McNeal", sagte er warnend. „Es wird nicht gut für Sie enden."

Sie blinzelte, als wäre sie von ihren eigenen Worten schockiert. „Es tut mir leid. Das hätte ich nicht sagen dürfen. Es war völlig unangebracht ..."

„Frank hat mich vor Ihrem Killerinstinkt gewarnt."

„Ich hatte nicht die Absicht ..."

„Natürlich hatten Sie das. Sie brauchen es gar nicht schönzureden. Direkt an die Gurgel, das ist doch Ihre Art, nicht wahr?"

„Sie haben nicht die leiseste Ahnung, was meine Art ist."

Vergeblich versuchte er, die Wut zu unterdrücken, die sich in seiner Brust aufgestaut hatte, doch es war zu spät. Er wusste, dass er überzogen reagierte, aber diese Frau brachte ihn einfach zur Weißglut. „Sie mögen das Risiko, nicht wahr, McNeal?"

„Ich weiß nicht, wovon Sie sprechen."

„Von einer geheimen Todessehnsucht vielleicht?"

„Das ist doch absurd."

„Oder dass Sie mit aller Gewalt versuchen, das, was Sie vor sechs Monaten in der Lagerhalle vergeigt haben, wiedergutzumachen?"

Sie zitterte am ganzen Körper. „Zur Hölle mit Ihnen."

Einem spontanen Impuls folgend, nahm er sie am Arm und führte sie zu seinem Wagen. Weg von den neugierigen Blicken der andern Deputys und der Menschenmenge, die sich vor der Bar gebildet hatte. „Sie haben mir nicht die Wahrheit gesagt."

„Ich habe Sie nie belogen."

„Sparen Sie sich Ihre semantischen Feinheiten. Dass Sie die Schießerei noch nicht verarbeitet haben, ist schon schlimm genug. Aber Ihre Vorliebe fürs Risiko macht Sie zu einer tickenden Zeitbombe."

„Sie übertreiben ..."

„Das kommt vor, wenn man mich belügt. Es bringt mich auf die Palme."

„Ich habe mich wie ein Cop verhalten, Nick. Ich habe getan, was ich für richtig hielt."

„Haben Sie auch nur einen Gedanken daran verschwendet, dass wir keine Verstärkung hatten? Dass Sie noch nicht einmal Handschellen dabeihatten? Dass der Täter vielleicht noch eine weitere Waffe wer weiß wo versteckt haben könnte? Dass ein unschuldiger Zivilist bei einer Schießerei hätte verletzt werden können?"

„Natürlich habe ich all diese Sachen in Betracht gezogen."

Nick blieb vor seinem Streifenwagen stehen. „Wenn ich Ihnen eine Anweisung erteile, haben Sie sie auszuführen. Und zwar ohne Wenn und Aber. Verstanden?"

„Ich habe zwei Verdächtige entwaffnet und Ihnen den Rücken freigehalten."

„Sie haben sich Hals über Kopf in eine gefährliche Situation gestürzt. Wenn ich mit Ihnen zusammenarbeiten soll, dann muss ich Ihnen vertrauen können, McNeal. Und so wie die Dinge stehen, werde ich einen Teufel tun und mich auf Ihr Urteilsvermögen verlassen."

„Dank meines Urteilsvermögens habe ich zwei Verbrecher zur Strecke gebracht ..."

„Sie sind noch nicht bereit, in den Polizeidienst zurückzukehren."

Nicks Hände zitterten vor Wut. Es war ihm bewusst, wie überzogen seine Reaktion war, doch er konnte nichts dagegen tun. Und er hatte nicht vor, zu analysieren, warum das so war. Es interessierte ihn nicht. Aber es war offensichtlich, dass sie ihn tief getroffen hatte. Es war, als stecke ein Giftpfeil in seinem Fleisch, der seine Eingeweide langsam von innen heraus verrotten ließ.

Schweigend starrte sie ihn an. Nur das schwere Atmen der beiden und der Verkehr auf der Commerce Street waren zu hören. Erin liebte das Risiko. Die Erkenntnis traf ihn wie ein Schlag. Sie war ein Adrenalinjunkie. Die Art und Weise, wie sie gerade ihr Leben aufs Spiel gesetzt hatte, ließ keinen anderen Schluss zu. Sie war leichtsinnig und verantwortungslos. Zwei Dinge, mit denen Nick nicht umgehen konnte. Nicht nach dem, was mit Rita passiert war. Nicht nach der Spur der Verwüstung, den ihr Tod im Leben seiner Tochter und seinem eigenen hinterlassen hatte.

Überwältigt von der Intensität seiner Wut, ließ er Erin abrupt los und trat einen Schritt zurück. „Ich will einen ausführlichen Bericht auf meinem Schreibtisch. Danach können Sie Ihren Spind ausräumen."

„Was soll das heißen?"

„Sie sind doch eine intelligente Frau. Was denken Sie denn?"

Ungläubig sah sie ihn an. „Sie können mich nicht feuern."

„Ich habe es gerade getan."

Sie starrte ihn an. Ihr Atem ging so heftig, dass sich ihre Brust unter ihrer Uniform hob und senkte.

„Wenn Sie sich umbringen wollen, dann tun Sie das anderswo. Ich will damit nichts zu tun haben. Ganz egal, wessen Nichte Sie sind." Ohne ihre Antwort abzuwarten, machte er auf dem Absatz kehrt und marschierte davon.

Erin zitterte noch immer, als sie ihre Wohnungstür aufschloss. Es geht mir gut, versuchte sie sich selbst zu beruhigen. Nicks harsche Worte hatten ihr nichts anhaben können. Sie brauchte weder diesen Job noch Nick Ryan.

Sie konnte nicht glauben, dass er sie gefeuert hatte!

Sicher war es nur eine Übersprunghandlung. Er hatte einfach ein Problem damit, dass sie als Frau in einem gefährlichen Job arbeitete.

Genauso wie der stellvertretende Bezirksstaatsanwalt Warren Prentice damals, an den Erin vor vielen Jahren ihr Herz verschenkt hatte und der es ihr in tausend Stücke zerbrochen wiedergegeben hatte, weil er nicht akzeptieren konnte, dass sie ein Cop war. Der Vergleich hinterließ einen bitteren Geschmack in ihrem Mund.

Es stand Nick nicht zu, sie derart zusammenzustauchen, nur weil sie ein kalkuliertes Risiko eingegangen war. Doch tief in ihrem Inneren fragte sie sich, ob in seinen Anschuldigungen ein Fünkchen Wahrheit steckte. Ob die Schuldgefühle, gegen die sie seit Monaten ankämpfte, dazu geführt hatten, dass sie leichtsinnig gehandelt hatte.

„Ich werde nicht zulassen, dass Sie sich selbst und andere in Gefahr bringen, nur weil Sie etwas beweisen wollen."

Seine Worte hallten noch immer in ihren Ohren wider, als sie in den Flur trat und die Tür hinter sich zuzog. Mit geschlossenen Augen lehnte sie sich gegen den Türrahmen. Es stimmte nicht. Sie wollte nichts beweisen. Es gab nichts, dessen sie sich schuldig fühlen musste. Für wen hielt sich dieser verdammte Nick Ryan eigentlich? Freud?

Sie trat einen Schritt zurück und ging ins Wohnzimmer, vorbei an den leeren Umzugskartons, die sie ebenso ausblendete wie die Schmerzen, die sich seit dem Kampf immer weiter in ihrem Körper ausbreiteten. Ihr Gegner hatte nicht sehr groß ausgesehen, aber er hatte ihr ordentlich einen verpasst. Nicht hart genug, um sie ernsthaft zu verletzen, aber sie spürte jeden blauen Fleck einzeln.

Das Umzugskistenpacken konnte warten – eine Handvoll Aspirin und ein heißes Bad nicht, sonst würde sie sich morgen nicht mehr bewegen können, was natürlich nicht infrage kam. Sie musste ihre Sachen runter zum Auto schleppen und zurück nach Chicago fahren.

Behutsam löste sie ihr Halfter und legte es auf den Couchtisch, dann streifte sie ihre Stiefel ab, setzte sich aufs Sofa und zog ihre Uniformbluse aus, um die Schürfwunde in Augenschein zu nehmen, die sich von ihrem Ellbogen bis hinauf zur Schulter zog. Die Abschürfung war zwar eher oberflächlich, aber dennoch tief genug, um zu bluten. Und sie brannte höllisch.

„Das hat dir gerade noch gefehlt, McNeal", murmelte sie. „Eine weitere Narbe." Die Schmerzen ignorierend öffnete sie ihren BH, streifte ihn ab und legte ihn auf die Lehne des Sofas. Eigentlich hätte Nick ruhig die Schläge einstecken können. Wenn er wüsste, wie viel Haut sie im Kampf gelassen hatte, wäre er vielleicht etwas dankbarer für ihre Hilfe.

Sie zog ihren Gürtel heraus, stand auf und ging ins Badezimmer. Dort drehte sie den Hahn voll auf und warf einen Kräuterbadewürfel ins Wasser. Lavendelaroma erfüllte den Raum. Sie atmete tief ein und merkte, wie sie sich langsam entspannte. Nachdem sie die richtige Wassertemperatur eingestellt hatte, stieg sie in die Wanne und tauchte bis zum Kinn unter. Ihre Schürfwunde und die offene Stelle an ihrem Knie protestierten, doch für ihre Muskeln war es eine Wohltat. Seufzend schloss sie die Augen. Nachdem sie diesen sprichwörtlichen Tag aus der Hölle überlebt hatte, konnte es nur noch besser werden.

Gerade als sie dabei war, ihre Gedanken treiben zu lassen, klingelte es an der Tür. Erin öffnete die Augen und stieß einen Seufzer aus. Wer konnte das sein? In der ganzen Stadt kannte sie keine Menschenseele außer Nick und Hector.

Es klingelte erneut.

„Einen Moment!" Sie kletterte aus der Wanne und trocknete sich schnell ab. Dann zog sie sich ihren Bademantel über und tappte barfuß zur Tür. Als sie durch den Spion sah, wurde ihr schwer ums Herz, und ihr Magen krampfte sich zusammen. Nick stand vor der Tür. Er war noch immer in Uniform und sah genauso wütend aus wie zu dem Zeitpunkt, als sie ihn verlassen hatte.

Eine merkwürdige Unsicherheit überkam sie. Sie wandte sich ab und presste eine Hand auf ihren Magen, um das flaue Gefühl zu vertreiben. Prüfend sah sie an ihrem Bademantel herunter. Sie war zwar nicht unbedingt nackt, aber dennoch gefiel ihr der Gedanke nicht, dass ihr Chef – oder in dem Fall wohl besser ehemaliger Chef – sie in diesem Aufzug sah. Vor allem weil er offenbar vorbeigekommen war, um mit ihr ein Entlassungsgespräch zu führen, das sie so schnell nicht vergessen würde.

„McNeal, ich weiß, dass Sie da sind", rief er durch die Tür. „Wir müssen reden."

Fest entschlossen, die Sache so würdevoll wie möglich hinter sich zu bringen, legte sie ihre Hand auf den Türknauf. Es scherte sie einen Dreck, ob der allmächtige Nick Ryan sie im Bademantel sah. Wenn es ihm nicht passte, war das, verdammt noch mal, sein Problem.

Sie atmete zweimal tief durch, dann riss sie die Tür auf.

Erin McNeal in einen Frotteebademantel gehüllt und nach frisch gepflückten Blumen duftend war das Letzte, was er erwartet hatte.

Die Verwandlung vom Cop zur Frau machte ihn sprachlos. Wie erstarrt stand er da, während sein Gehirn versuchte, einen klaren Gedanken zu fassen, der nichts mit weicher Haut oder weiblichen Kurven zu tun hatte. Allerdings war dieses Unterfangen ungefähr genauso erfolgreich, als versuchte er, Atome zu spalten.

Ihre Haare waren hochgesteckt. Dunkle feuchte Strähnen klebten an der samtenen Haut ihres Halses. Sein Blick wanderte tiefer, doch er widerstand der Versuchung und hielt inne. Besser, er wusste gar nicht erst, dass diese Frau ein Dekolleté hatte, dass einem Mann den letzten Funken Verstand rauben konnte. Stattdessen sah er ihr in die Augen. Als er sah, wie ihre Wangen erröteten, spürte auch er die Hitze langsam seinen Nacken hinaufkriechen. Und das war natürlich nicht der einzige Teil seines Körpers, der auf den Anblick all dieser Kurven reagierte.

„Es tut mir leid, dass ich Sie störe", sagte er.

Sie schluckte, und ihre Kehle erbebte. „Ich war kurz versucht, nicht aufzumachen. Aber wir können es ebenso gut auch gleich hinter uns bringen."

„Ich kann gerne ein andermal wiederkommen."

Sie legte ihren Kopf zur Seite. „Ich kann auch eine Jeans anziehen, wenn Ihnen das lieber ist als der Bademantel, Chief. Aber ich gehe davon aus, dass das relativ wenig Einfluss auf den Verlauf dieses Treffens haben wird."

Natürlich stellte er sich sofort vor, wie sie in Jeans aussehen würde, aber auch das war keine gute Idee. Nicht wenn sie so wie jetzt mit schimmernder wasserfeuchter Haut vor ihm stand. Nicht bei dem wohligen Gefühl, das seinen Körper bei ihrem Anblick durchflutete. Warum musste es nach drei Jahren ausgerechnet *diese* Frau sein, die ihn daran erinnerte, dass er noch immer ein Mann mit gewissen Bedürfnissen war?

„Ich werde es kurz machen", sagte er.

„Das würde ich begrüßen. Möchten Sie reinkommen?"

„Nein, lieber nicht."

„Hören Sie, wenn Sie hierhergekommen sind, um die Kündigung offiziell zu machen, dann können Sie wenigstens reinkommen."

„Ich bin nicht gekommen, um Ihnen zu kündigen."

Sie kniff die Augen zusammen. „Ich dachte, Sie halten mich für ein wandelndes Pulverfass und eine Bedrohung für die Einwohner von Logan Falls, wenn nicht gar für die gesamte Menschheit."

Nick konnte sich ein Lächeln nicht verkneifen. Er senkte seinen Blick, der unglücklicherweise auf ihre Zehen fiel, die genauso sexy waren wie der Rest von ihr.

Schnell sah er ihr wieder in die Augen. „Sie waren nicht die Einzige, die heute etwas überreagiert hat."

„Soll das so etwas wie eine Entschuldigung sein?"

„Lassen Sie mich ausreden, McNeal. Ich habe vielleicht etwas überzogen reagiert, aber Sie haben ebenfalls über die Stränge geschlagen. Das werde ich nicht tolerieren." Er hörte ein Geräusch hinter sich und sah sich um. Mrs. Newman, ihres Zeichens eine der größten Klatschtanten der Stadt, hatte gerade ihre Einkaufstüten vor ihrer Wohnungstür abgestellt. Sie warf Nick einen flüchtigen Blick zu, bevor sie mit unverhohlener Neugierde in Erins Wohnung schielte. Na großartig, dachte er, das würde die Gerüchteküche ordentlich anheizen.

Erin bemerkte die Nachbarin ebenfalls und machte einen Schritt zur Seite. „Möchten Sie nicht doch reinkommen?"

„Ich kann nicht lange bleiben." Er trat ein. Es wäre wirklich besser gewesen, das Ganze am Telefon zu klären, doch dazu war es jetzt zu spät.

Erin drehte sich um, und Nick folgte ihr ins Wohnzimmer, wobei er vergeblich versuchte, die Rundungen ihres Hinterns unter dem Bademantel zu ignorieren. Die ganze Situation war ihm furchtbar unangenehm.

Die Wohnung war klein mit zwei hohen Fenstern und durchscheinenden Gardinen, in denen sich das gelbe Sonnenlicht fing. Die Möbel waren veraltet, aber praktisch. Erin McNeal schien nicht auf Rüschen zu stehen. Keine Fotos oder Andenken. Es überraschte ihn nicht, dass sie nicht sonderlich ordentlich war. Sie hatte zwar gerade erst ausgepackt, doch die Anzeichen von weiblichem Chaos waren unübersehbar. Ein willkürlich auf einen Karton geschmissenes Handtuch, ihre Stiefel neben dem Sofa, wo sie sie ausgezogen hatte, und das Pistolenhalfter auf dem Couchtisch. Sein Blick blieb an dem Stück Spitze hängen, das über der Lehne des Sofas hing. Ihr BH. Derselbe, der bei ihrem ersten Treffen unter ihrer Bluse hervorgeblitzt war. Nein, dachte er. Es war absolut keine gute Idee gewesen hierherzukommen.

„Möchten Sie etwas trinken?"

Er riss seinen Blick von ihrem BH los. Was, um alles in der Welt, war nur mit ihm los? Er benahm sich wie ein sexhungriger Teenager in der Pubertät, der beim Anblick eines BHs fast ins Koma fiel. Es gab unzählige Gründe, warum diese Frau tabu für ihn war. Dass sie für ihn arbeitete, war nur einer davon.

„Nein." Er räusperte sich und verlagerte das Gewicht von einem Fuß auf den anderen, um der plötzlichen Enge in seinem Schritt entgegenzuwirken. „Hören Sie, Erin, es kommt öfter vor, dass ein Cop nach einer Schießerei sein Selbstvertrauen verliert."

„Ich habe mein Selbstvertrauen nicht verloren."

„Sie sind viel zu bemüht. Sie versuchen, etwas zu erzwingen, was Zeit braucht. Sie können es nicht übers Knie brechen. Ich möchte nur verhindern, dass Ihnen am Ende noch etwas zustößt."

Sie errötete.

„Ich brauche noch immer einen Deputy", sagte er. „Und das Letzte, was Sie gebrauchen können, ist eine weitere Kündigung in Ihrem Lebenslauf. Was halten Sie davon, wenn wir es noch einmal probieren?"

„Wenn Sie mich bitten zu bleiben, lautet die Antwort: ja."

Nick verzog das Gesicht. Er war sich zwar nicht sicher, ob das die Antwort war, die er hören wollte, aber er würde damit leben können. „Ich will ehrlich zu Ihnen sein, McNeal. Ich habe meine Zweifel, ob Sie schon wieder für den Polizeidienst bereit sind. Ich werde Ihre Probezeit verlängern …"

„Ich bin bereit."

„Sie haben heute Morgen entgegen meiner ausdrücklichen Anweisung gehandelt und sind ein unnötiges Risiko eingegangen. Der Zwischenfall hätte wesentlich schlimmer enden können. Ich werde dieses leichtsinnige Verhalten weder von Ihnen noch von einem anderen Deputy akzeptieren. Ist das klar?"

Sie sah ihm direkt in die Augen. „Die beiden Männer waren bewaffnet und gefährlich. Hätte ich sie etwa entkommen lassen sollen?"

„Einer der beiden hätte Ihnen beinah die Waffe abgenommen. Dann wäre aus einem Raubüberfall ziemlich schnell eine Geiselnahme oder Schlimmeres geworden."

„Offenbar haben Sie Schwierigkeiten damit, es mir zu glauben", sagte sie, „aber ich bin ein Profi. Und ich weiß, wie …"

„Selbst wenn das stimmen sollte, darum geht es nicht."

„Worum dann? Um meine Urteilsfähigkeit?"

„Nach dem, was ich heute gesehen habe und was ich über Ihre persönliche Vergangenheit weiß, bleibt mir gar nichts anderes übrig, als Ihre Urteilsfähigkeit infrage zu stellen."

„Ich verstehe." Als sie das Kinn reckte, wusste Nick, dass er ins Schwarze getroffen hatte. „Sie sind davon überzeugt, dass ich die Schießerei noch immer nicht verarbeitet habe."

„Und? Habe ich recht damit?"

„Warum fragen Sie überhaupt? Ihre Meinung steht doch ohnehin schon fest."

„Hören Sie, Erin, Cops reagieren unterschiedlich auf Schießereien. Einige ziehen sich zurück, andere kündigen, und wieder andere fangen an zu trinken. Herrgott noch mal! Sehen Sie sich doch die Scheidungsrate an. Oder die Selbstmordrate. Egal, was Sie in der Lagerhalle getan oder nicht getan haben: Sie haben nichts wiedergutzumachen."

Sie überkreuzte die Arme vor der Brust. „Sind Sie jetzt neuerdings unter die Psychiater gegangen?"

„Nein. Aber ich bin Polizeichef – und Ihr Vorgesetzter. Und ich habe das Recht, zu wissen, was in Ihnen vorgeht. Mein Leben und das Leben meiner Deputys hängt im Ernstfall davon ab."

„Bestimmt ist es nicht das, was Sie hören wollen, Chief, aber wenn ich noch mal in der gleichen Situation wäre, würde ich wieder ganz genauso handeln."

„In Ordnung. Dann werde ich Sie eben entsprechend einsetzen."

Besorgt sah sie ihn an. „Und das heißt was?"

„Das heißt, dass Sie so lange, bis Sie bereit sind, etwas mehr Verantwortung zu übernehmen, den Verkehr am Zebrastreifen vor der Schule regeln werden."

Wut blitzte in ihren Augen auf. „Das ist nicht fair."

„Das Leben ist nicht immer fair, McNeal. Gerade Sie sollten das wissen."

„Das können Sie nicht machen."

„Doch, ich kann. Und ich schlage vor, Sie gewöhnen sich daran. Denn das wird bis auf unbestimmte Zeit Ihre neue Aufgabe sein. Ich werde entscheiden, wann sich das ändert. Wenn ich der Meinung bin, dass Sie mit sich ins Reine gekommen sind, dann können wir noch einmal darüber reden."

„Ich *bin* mit mir im Reinen."

„Dann beweisen Sie es mir."

„Sie haben kein Recht, mich abzustrafen."

„Das hat nichts mit Ihnen persönlich zu tun. Es geht mir einzig und allein um Ihr Wohlbefinden und die Sicherheit Ihrer Kollegen und der Einwohner dieser Stadt. Außerdem zwingt Sie keiner."

Nick hielt den Atem an, während er beobachtete, wie sie mit sich kämpfte und versuchte, ihren Ärger und ihren Stolz in den Griff zu bekommen. Natürlich hätte sie ihn am liebsten zum Teufel geschickt, doch dazu stand zu viel für sie auf dem Spiel.

Nach einem kurzen Moment straffte sie die Schultern und sah ihm direkt in die Augen. „In Ordnung, Chief. Wie Sie möchten. Ich werde die neue Aufgabe annehmen."

Er lächelte innerlich. Sie hatte den Test bestanden. Sie hatte ihm bewiesen, dass sie ihre Gefühle unter Kontrolle hatte. Vielleicht kam am Ende doch noch alles wieder in Ordnung. „Gut", sagte er.

„Das heißt allerdings nicht, dass es mir gefallen muss." Sie sah ihn finster an und hob die Hand, um sich eine Haarsträhne aus dem Gesicht zu streichen.

„Bei der Polizei geht es nicht darum …" Er hielt inne, als er die hässliche Schürfwunde an ihrem Ellenbogen sah.

„Was ist mit Ihrem Arm passiert?"

Sie blickte auf ihren Ellenbogen. „Muss im Handgemenge passiert sein. Nichts Schlimmes."

Nick würde einen Teufel tun und sie berühren. Er war erfahren genug, um sich der Gefahr bewusst zu sein, in die er sich damit begeben würde. Die Art und Weise, wie er auf sie reagierte, gefiel ihm ganz und gar nicht. Womöglich würde er feststellen, dass ihre Haut genauso warum und weich war, wie er es sich ausmalte. Es würde alles nur unnötig verkomplizieren.

„Das müssen Sie untersuchen lassen", sagte er steif.

„Nicht nötig. Es ist nur ein Kratzer."

Sie war so nah, dass er den Duft ihres frisch gewaschenen Haares wahrnehmen konnte.

Nick starrte den kleinen Wassertropfen an, der an einer ihrer dunklen Locken, die sie hinters Ohr gesteckt hatte, hing. Wie es wohl sein würde, ihn mit seiner Zunge aufzufangen und dabei die sanfte Haut an ihrem Hals zu schmecken. Ob sie wohl genauso gut schmeckte, wie sie roch?

Der Stoff seiner Jeans begann, in seinem Schritt zu kneifen. Verflucht. Das durfte doch nicht wahr sein! Die Intensität, mit der sein Körper auf sie reagierte, war wirklich beunruhigend. Dafür war jetzt weder die richtige Zeit noch der richtige Ort. Und Erin McNeal war ganz bestimmt die falsche Frau.

Eine innere Stimme drängte ihn, das Weite zu suchen. Nick trat einen Schritt zurück und unterbrach den Zauber, den sie auf ihn ausübte. So durfte es auf keinen Fall weitergehen. Erschüttert von seinem eigenen Verhalten, wandte er sich Richtung Tür.

Er fühlte ihren Blick im Rücken, drehte sich jedoch nicht um. Es war offensichtlich, dass er davonlief. Doch das war ihm egal. Solange er sich von dieser Frau fernhielt, würde alles gut werden. Bestimmt würde sie in ein paar Monaten Logan Falls verlassen und wieder zurück nach Chicago gehen. Dann war er sie los. Auch wenn ihm ihr Aussehen gefiel und er sie unter anderen Umständen gerne in seinem Bett gehabt hätte: Erin McNeal war die letzte Frau, mit der er etwas anfangen würde.

Er ging, ohne sich noch einmal umzudrehen.

4. KAPITEL

Der Himmel im Mittleren Westen erstrahlte in einem karibischen Blau, als Erin ihr orangefarbenes Leibchen umschnallte und aus dem Streifenwagen stieg, den sie gegenüber der Grundschule geparkt hatte.

In voller Uniform und mit einer Sicherheitsflagge bewaffnet überquerte sie die Straße zur Logan Falls Elementary School. Sie war bereit, sich durch die vor ihr liegende Aufgabe zu quälen, auch wenn sie absolut keine Lust dazu verspürte.

Sollte Nick doch seine kleinliche Genugtuung haben. Sie entrollte die Fahne und betrachtete die blinkenden Warnlichter der Schulzonenschilder. Wenigstens hatte er ihre Kündigung zurückgenommen, wofür sie ihm sehr dankbar war. Sie musste ihre Karriere ohnehin wieder von null aufbauen. Sie hatte vor, die Zeit in Logan Falls zu nutzen, um mit ihren Problemen ins Reine zu kommen. Und wenn alles lief wie geplant, war sie in ein paar Monaten bereit, wieder in eine größere Stadt zu ziehen. Vielleicht sogar zurück nach Chicago – vorausgesetzt, Frank würde sie zurücknehmen.

Ein Schulbus fuhr vorbei. Erin zwang sich zu einem Lächeln und winkte, während sie ihren Platz auf dem Zebrastreifen einnahm. Eine leichte Brise raschelte durch die Blätter der Ahornbäume und Ulmen entlang der Commerce Street. In der Ferne dröhnte ein Rasenmäher. Sie atmete den Geruch von frisch geschnittenem Gras ein, und ein Gefühl der Zufriedenheit überkam sie. In Logan Falls setzte langsam die Hauptverkehrszeit ein, wenn man es denn so nennen konnte. In Bademäntel gehüllte Mütter ließen ihre Kinder an der Bordsteinkante raus. Die älteren Kinder sammelten sich auf dem Fußweg, wo Erin stand. Die leisen Stimmen und das Gelächter klangen in Erins Ohren so fremd wie eine andere Sprache.

Nachdem sie neun Jahre in einem der gefährlichsten Stadtteile Chicagos im Einsatz gewesen war, hätte es sie eigentlich zu Tode langweilen müssen, den Verkehr vor einer Schule zu regeln. Doch komischerweise fand sie Gefallen an der Einfachheit ihrer Aufgabe und der heilen Kleinstadtwelt. Es machte ihr Spaß, das friedvolle Leben einer Kleinstadt aus erster Hand zu erleben und zu beobachten, wie sich Mütter mit liebevollen Umarmungen von ihren Kinder verabschiedeten.

All die Jahre war ihr Leben von Action und Gefahr geprägt gewesen, und sie hatte erwartet, dass ihr die Aufregung fehlen würde. Doch zu ihrer eigenen Überraschung verspürte sie tatsächlich das Bedürfnis, den Einwohnern dieser Stadt zu dienen und sie zu beschützen, so wie ihr Diensteid es von ihr verlangte. Sie fühlte sich in der Zeit zurückversetzt, an einen Ort, der rein und gut war, einen Ort, an dem die Menschen das Gesetz achteten, weil sie davon überzeugt waren.

In der ersten Stunde ihrer Schicht hatte Erin sich mit der Direktorin Mrs. Helmsley über die neue Tribüne unterhalten, die an der Nordseite des Sportplatzes gebaut werden sollte. Sie hatte einer Viertklässlerin dabei geholfen, ein verloren geglaubtes Schulheft wiederzufinden. Und als ein Erstklässler ohne Schneidezähne sie gefragt hatte, ob sie einen völlig überteuerten Schokoriegel kaufen wollte, hatte sie ihre guten Vorsätze in den Wind geschlagen und sogar gleich zwei gekauft.

Sie dachte darüber nach, wie groß der Unterschied zu Chicago war, wo so viele Kinder in Armut lebten und ihren Verstand und ihre Körper mit Crack, Heroin oder anderen Drogen vergifteten – je nachdem, womit sie zuerst die unglückselige Bekanntschaft machten. Während Erin auf dem Zebrastreifen stand und die Kleinstadtidylle, die sich wie eine Szene aus einem Hollywoodfilm vor ihr entfaltete, auf sich wirken ließ, fragte sie sich, ob Nick eigentlich wusste, wie glücklich er sich schätzen konnte.

Es war nicht das erste Mal, dass sie an diesem Morgen an ihren mürrischen Chef dachte. Um ehrlich zu sein, hatte sie in den letzten Tagen ziemlich oft an ihn gedacht. Bestimmt lag es daran, dass sie sich noch immer über ihn ärgerte. Nicht nur darüber, wie er sich beim Überfall auf den Brass Rail Saloon verhalten hatte, sondern auch, weil er sie dazu eingeteilt hatte, für die Verkehrssicherheit vor der Schule zu sorgen.

Doch sie konnte nicht leugnen, dass es noch einen anderen Grund gab, warum er sie so beschäftigte. Auch wenn sie es nur äußerst ungern zugab, hatte ihre Reaktion auf ihn sogar äußerst wenig mit ihrer Arbeit bei der Polizei zu tun. Nein, es war vor allem eines: körperliche Anziehungskraft.

Dabei machte Erin sich normalerweise nicht viel aus Sex. Sie hatte ihr ganzes Berufsleben in einer Männerdomäne gearbeitet und sich daran gewöhnt. Über die Jahre hatte sie unzählige männliche Freunde dabei gewonnen. Was die hormongesteuerten Probleme anging, die daraus resultieren konnten, hatte sie sich eigentlich immer für immun gehalten – jedenfalls bis jetzt.

Erin versuchte, ihre Gefühle zu analysieren – das Herzklopfen, die feuchten Hände, das nervöse Flattern im Bauch. Am liebsten hätte sie die Symptome auf die Tatsache geschoben, dass er es darauf angelegt hatte, ihr das Leben schwer zu machen. Aber wenn sie ehrlich war, musste sie sich eingestehen, dass das nicht stimmte. Nick war ein attraktiver Mann. Das war auch ihrem Körper nicht verborgen geblieben. Doch das durfte weder jetzt noch in Zukunft eine Rolle spielen. Schließlich hatte er bereits unter Beweis gestellt, dass er ein Problem damit hatte, dass sie als Frau einen gefährlichen Beruf ausübte. Und was das anging, brauchte sie weder seine Anerkennung noch seine Zustimmung noch sonst irgendetwas.

Trotzdem ließ sich nicht bestreiten, dass Nick Ryan mit seinen kaffeebraunen Augen, der grüblerischen Art und dem entschlossenen Zug um den Mund ziemlich gut aussah. Er brachte sie durcheinander. Er machte sie wütend. Und er übte eine Anziehungskraft auf sie aus wie schon seit Jahren kein Mann mehr. Doch noch beunruhigender war die Tatsache, dass sie sich nicht nur auf körperlicher Ebene von ihm angezogen fühlte. Die Emotionen, die für einen winzigen Augenblick in seinen Augen aufgeblitzt waren, als er ihr erzählte hatte, dass er Witwer war. Der qualvolle Gesichtsausdruck, den er beim Anblick des Leids seiner Tochter hatte. Der harte Cop, der sich in Gegenwart eines traurigen kleinen Mädchens in einen einsamen Witwer verwandelte, der, so gut es ging, versuchte, mit einer schrecklichen Situation fertig zu werden. All das hatte sie tief in ihrem Inneren berührt. Sie kannte die vielen Gesichter des Schmerzes, die Nick Ryan mit jeder seiner Bewegungen, mit jeder Geste ausstrahlte, aus erster Hand. Und egal, wie sehr sie sich dagegen sträubte, es berührte sie zutiefst. Wie sollte sie nur damit umgehen?

„Indem ich es ignoriere natürlich“, murmelte Erin in sich hinein, als sie ihre Fahne senkte, die Straße überquerte und zu einer Gruppe von Kindern ging. Als die Autos anhielten, gab sie den Kindern ein Zeichen. „Okay, Kinder, ihr könnt rübergehen. Viel Spaß in der Schule!“

Nur weil der Polizeichef umwerfend gut aussah und dazu auch eine menschliche Seite hatte, hieß das noch lange nicht, dass sie einem banalen Impuls folgen und dadurch ihren Job gefährden würde. Im Gegenteil. Erin hatte ihre Hormone im Griff. Das war schon immer so gewesen. Außerdem mochte Nick sie nicht einmal. Und sie hatten komplett unterschiedliche Auffassungen über Polizeiarbeit. Das sollte eigentlich reichen, um die Distanz zwischen ihnen lange genug aufrechtzuerhalten, bis sich ihre Faszination für ihn – wenn man es überhaupt so nennen konnte – von allein erledigt hatte.

Die Gruppe von Schülern überquerte hinter Erin die Straße. „Vergesst nicht, immer schön in beide Richtungen zu gucken, bevor ihr loslauft", übertönte sie die lärmenden Kinderstimmen.

Als die Kinder auf der anderen Seite angekommen waren, ließ ein kleines Mädchen in einem pinkfarbenen Sweatshirt ein Blatt Papier fallen. „Mein Bild!", rief sie, als der Wind es erfasste und über den Gehweg trieb.

Erin hatte keinen Grund zur Beunruhigung, da die Autos anhielten. Zum Glück schien es hier in Logan Falls keine aggressiven Fahrer zu geben. Sie hob ihre Fahne höher, um sich der Aufmerksamkeit der Fahrerin im ersten Auto zu vergewissern. Die junge Frau hinter dem Steuer verdrehte die Augen und lächelte.

Erin blickte über die Schulter zu dem kleinen Mädchen und sah, wie es hinter dem Blatt herrannte und es nach wenigen Metern wieder einfing. „Ich hab es!", rief die Kleine.

Plötzlich erklang das tiefe Dröhnen eines Motors. Etwas weiter hinten scherte ein dunkler Wagen aus der Reihe der wartenden Fahrzeuge aus. Er hatte einen verchromten Kühlergrill, und die Sonne spiegelte sich in der abgedunkelten Windschutzscheibe. Dass ein ungeduldiger Fahrer unschuldige Kinder in Gefahr brachte, machte Erin wütend.

Verärgert schwenkte sie ihre Fahne und bedeutete dem Fahrer, an die Seite zu fahren. Doch der Wagen beschleunigte sogar noch.

„Was, zur Hölle …" Erins Wut verwandelte sich augenblicklich in Ungläubigkeit, als ihr klar wurde, dass das Auto direkt auf sie zuhielt. Ihr einziger Gedanke galt dem kleinen Mädchen in dem pinkfarbenen Sweatshirt. Sie wirbelte herum, packte es am Arm und gab ihm einen Schubs. Der Motor heulte auf. Erin sprang. Ein Schrei ertönte – ihr eigener –, gefolgt von dem Geräusch von Stahl, der mit voller Wucht auf einen Körper prallt. Ein Schmerz durchzuckte Erins rechte Hüfte, und sie wurde durch die Luft gewirbelt. Der Asphalt kam immer näher, dann fiel sie in die Dunkelheit.

Nicks Puls raste, als er die Notaufnahme des Parke County Hospitals betrat. Er mochte keine Krankenhäuser und dieses ganz besonders nicht. Es war in dieser Notaufnahme gewesen, in der sein Leben auf den Kopf gestellt worden war, nachdem eine andere Frau mit ihrem Leben gespielt und dafür mit dem ultimativen Preis bezahlt hatte.

Er hatte keine gedankliche Verbindung zwischen Erin und Rita herstellen wollen, doch er konnte nicht länger leugnen, was ihn – abgesehen von der Tatsache, dass er sich unvernünftigerweise von ihr angezogen fühlte – am meisten an Erin störte: Sie liebte das Risiko. Er konnte es an ihrem Lebenslauf sehen. Und er hatte es in Franks Stimme gehört, als dieser ihm Erin empfohlen hatte. Gestern hatte Nick sich aus erster Hand davon überzeugen können, als er mit angesehen hatte, wie sie es, ohne zu zögern, mit einem Angreifer aufgenommen hatte, der doppelt so groß war wie sie.

Offenbar hatte er es nicht wahrhaben wollen, sonst wäre es ihm schon viel früher aufgegangen. Der Schmerz war zu groß. Oder er hatte ihn zu tief in sich begraben. Oder beides.

Auch Rita, die Frau, die er dreizehn lange Jahre mehr geliebt hatte als sein eigenes Leben, war ständig Risiken eingegangen. Sie war impulsiv gewesen. Leichtsinnig. Unvorsichtig. Deshalb war sie damals gestorben. Ihr Tod hatte Nick nicht nur sein Herz geraubt, sondern auch sein Glück, ebenso wie das seiner Tochter. Auf keinen Fall würde er Erins leichtsinniges Verhalten tolerieren. Nicht als Polizeichef. Nicht als Freund. Und ganz sicher nicht als irgendetwas anderes.

Es wäre einfach, Erin für den Zwischenfall vor der Schule verantwortlich zu machen. Sie zu verurteilen. Ja sogar, sie zu feuern. Was heute passiert war, schien ein guter Anlass zu sein. Und es war ihm verdammt noch mal egal, ob das fair war oder nicht. Er wollte, dass sie ein für alle Mal aus seinem Leben verschwand. Und mit ihr diese absurde Anziehungskraft, die sie auf ihn ausübte.

Doch leider wusste er genau, dass Erin keinerlei Schuld an dem Unfall traf. Er hatte die letzten beiden Stunden damit zugebracht, die Unfallstelle zu untersuchen. Ein verfluchter Zeuge nach dem anderen hatte sie von jeglichen Fehlern freigesprochen. Nein, dachte er bitter, sie traf keine Schuld. Sicher, sie hatte nicht eine Sekunde an ihre eigene Sicherheit gedacht, aber er konnte ihr schlecht vorwerfen, dass sie einem kleinen Mädchen das Leben gerettet hatte.

Die Krankenschwester vor den Türen der Notaufnahme sah auf, als Nick an ihr vorbeilief, versuchte jedoch nicht, ihn aufzuhalten. Vermutlich hatte sie den säuerlichen Ausdruck auf seinem Gesicht schon viel zu oft gesehen. Nick schob die Türen auf und hielt gerade rechtzeitig inne, um zu hören, wie eine vertraute Frauenstimme einen Fluch ausstieß. Ein riesiger Stein fiel ihm vom Herzen, als er hörte, wie Erin den diensthabenden Arzt beschimpfte. Eine völlig normale Reaktion in dieser Situation, sagte er sich, auch wenn das nicht erklärte, warum seine Hände noch immer zitterten.

Stirnrunzelnd schritt er durch den bodenlangen Vorhang in die geschäftige Notaufnahme. Zu seiner Linken hielt eine Frau ein weinendes Kind, dem eine Krankenschwester gerade ein paar Ohrentropfen verabreichte. Zu seiner Rechten wurde einem kleinen Jungen mit einer Baseballkappe das Knie genäht, was ihm sicherlich jede Menge Ruhm bei seinen Sportskameraden einbringen würde. Nick suchte den Raum nach einer blauen Uniform und einen Schopf rotbrauner seidiger Haare ab.

Als er sie erblickte, stockte ihm der Atem. Sie lag auf einer Liege und sah eher genervt als verletzt aus. Ein Arzt in einem grünen Kittel beugte sich über sie. Nick merkte, wie die Anspannung langsam aus seinem Körper wich. Noch immer trug sie ihre Uniformhose, doch ihre Bluse hatte sie gegen ein Krankenhaushemd getauscht. Er versuchte, zu ignorieren, wie der weiche Stoff sich gegen ihre Brüste schmiegte. Er wollte in ihr nicht die verletzliche Frau sehen – sie war sein Deputy, Herrgott noch mal. Und verletzlich war sie schon gar nicht. Sein Beschützerinstinkt war einfach zu stark. Sich um eine Frau zu kümmern, die nicht genügend Verstand hatte, auf sich selbst aufzupassen, war das Allerletzte, was er jetzt gebrauchen konnte.

Sie hob ihren Kopf und zuckte kurz zusammen, als sie ihn entdeckte. Er konnte die Unsicherheit in ihrem Blick lesen. Zögernd lächelte sie ihn an.

Langsam ging er zu ihrer Liege. Der Arzt war gerade dabei, mit den letzten Stichen eine ziemlich hässliche Platzwunde an ihrer Schläfe zu schließen.

„McNeal.“ Warum bloß hörte sich seine Stimme jedes Mal, wenn er ihren Namen aussprach, an wie ein verrostetes Türscharnier.

„Ich hab mich schon gefragt, wann Sie kommen würden, um mich zu feuern.“ Sie sah auf ihre Uhr. „Zwei Stunden. Sie lassen nach.“

Er stellt sich neben die Liege und sah sie finster an. Ihr Haar hatte sich aus dem Knoten gelöst und lag weich auf dem Kissen. Nick verspürte den Drang, es zu berühren, um herauszufinden, wie es sich anfühlte, unterdrückte diesen Impuls aber sofort.

„Geht es Ihnen gut?“, fragte er.

„Sobald der Arzt aufhört, mich mit dieser verdammten Nadel zu stechen, geht es mir wunderbar“, grollte sie.

Nick sah den Arzt an. „Ich nehme an, sie ist okay?“

„Sie hat eine leichte Gehirnerschütterung“, sagte der Arzt, den Blick nicht von der Wunde nehmend, die er gerade nähte. „Hauptsächlich blaue Flecken und Schürfwunden. Und eine Prellung an der Hüfte, die noch ein paar Tage schmerzen dürfte. Das hier ist die einzige Platzwunde."

„Zum Glück hat sie einen harten Schädel." Nick sah zu ihr runter. „Sie hätten sich ausrechnen können, dass Sie das Duell gegen ein Auto verlieren werden."

„Da muss ich wohl in der Polizeischule nicht aufgepasst haben."

„Werden Sie sie über Nacht hierbehalten?", fragte er den Arzt. Der Mann schüttelte den Kopf. „Nicht nötig. Ihre Pupillen sind in Ordnung, und die Computertomografie hat ebenfalls nichts ergeben. Wecken Sie sie alle zwei Stunden, und sorgen Sie dafür, dass sie bei klarem Bewusstsein ist. Fragen Sie sie nach ihrem Namen und dem Datum."

Alarmiert sah Nick zu Erin hinunter. „Haben Sie jemanden, der sich um Sie kümmern kann, McNeal?"

„Nein, aber vielleicht könnte mich jemand alle zwei Stunden anrufen …"

„Kommt nicht infrage", unterbrach der Arzt sie. „Entweder jemand ist bei ihr, oder ich behalte sie hier."

„Ich werde nicht über Nacht hierbleiben", blaffte Erin den Arzt an.

Nick spürte eine leichte Panik in sich aufsteigen. Bei jedem anderen Deputy hätte er seine Hilfe angeboten. Doch er zögerte. Dies war Erin – die Frau, die völlig falsche Gefühle in ihm wachrief. Er wollte sich nicht in diese unangenehme Lage bringen.

„Ich werde nicht bleiben", wiederholte sie.

„Ich kann Sie einweisen lassen", warnte der Arzt.

Wenn die Situation nicht so ernst gewesen wäre, hätte Nick gelacht. So wie es aussah, konnte er von Glück sagen, wenn er das hier überstand, ohne etwas zu tun, das er später bereuen würde.

„Ich werde mich um sie kümmern", sagte er einen kurzen Moment später.

Überrascht sah sie ihn an. „Ich glaube nicht …"

„Wenn ich ohnehin Ihre Nachmittagsschicht übernehmen muss", unterbrach er sie, „kann ich ebenso gut alle paar Stunden nach Ihnen sehen."

Der Arzt hatte seine Arbeit beendet und stellte das Edelstahltablett zur Seite. „Okay, Deputy McNeal, wollen wir mal gucken, wie es Ihnen geht. Bitte setzen Sie sich aufrecht hin." Der Arzt legte ihr die Hand auf den Rücken und half ihr in eine aufrechte Position. „Irgendwelche Anzeichen von Schwindel?“

„Nein. Meine Hüfte tut weh.“

„Die können Sie zu Hause mit Eis kühlen. Kopfschmerzen?“

„Nein.“ Dann sah sie Nick an und runzelte die Stirn. „Ich hoffe, Sie sind nicht hier, um mir wegen dieser Sache Kopfschmerzen zu bereiten, oder, Chief?“

Der Arzt warf Nick einen amüsierten Blick zu. „Sie können sie wiederhaben, Chief Ryan. Unter der Bedingung, dass sie den Nachmittag freibekommt. Gegen die Schmerzen werden rezeptfreie Mittel ausreichen. Bei verschwommener Sicht oder Anzeichen von Verwirrung rufen Sie mich an.“

„Danke, Doc“, murmelte sie.

Nick sah ihm nach, dann wandte er sich Erin zu. „Wissen Sie, McNeal, dass Sie es schaffen, sich beim Verkehrsdienst vor der Schule in ernsthafte Schwierigkeiten zu bringen, hätte ich noch nicht mal *Ihnen* zugetraut.“

„Tut mir leid, wenn ich Sie enttäusche, aber der Typ in dem Auto hat mir keine Chance gelassen.“ Sie versuchte, sich aufrecht hinzusetzen, und zuckte vor Schmerzen zusammen.

Nick unterdrückte das Bedürfnis, die Hand auszustrecken, um ihr zu helfen. „Vermutlich nicht.“

Finster starrte sie ihn an. „Es war nicht meine Schuld.“

„Das habe ich auch nicht gesagt.“

„Aber gedacht.“

„Warum hören Sie nicht auf, zu spekulieren, was ich denke, und packen Ihre Sachen, damit wir von hier verschwinden können?“

„Passen Sie bloß auf, dass Sie nicht aus Versehen was Nettes zu mir sagen. Das würde ich bestimmt nicht verkraften.“ Sie befühlte den Verband an ihrer Schläfe. „Haben Sie den Typen gekriegt?“

„Nein.“ Er runzelte die Stirn, als er ihre blassen Lippen und die Schatten unter ihren Augen sah. „Ein paar Zeugen haben den Wagen gesehen. Eine dunkle Limousine mit einem Kennzeichen aus Illinois. Das ist alles, was wir haben. Geht es Ihnen gut genug, um ein paar Fragen zu beantworten?“

„Natürlich.“ Sie verzog das Gesicht, während sie ihre Beine über den Rand der Liege schwang. „Aua.“

Nick umfasste ihren Oberarm, um sie zu schützen. „Ich kann nicht glauben, dass Sie den Arzt angelogen haben. Ihnen ist schwindelig.“

„Mir ist *nicht* schwindelig.“

„Wenn ich nicht hier gestanden hätte, wären Sie glatt von der Liege gekippt."

„Wäre ich nicht."

„Verdammt, sind Sie stur." Er spürte ihre weiche Haut unter seinen Fingern, und der saubere Duft ihrer Haare brachte ihn beinah um den Verstand. Er trat einen Schritt zurück. „Ach McNeal, was soll ich bloß mit Ihnen machen?"

„Es reicht schon, wenn Sie mich nicht anschreien. Ich habe Kopfschmerzen. Und wenn Sie schreien, wird es nur noch schlimmer."

Nick wollte ihr nicht in die Augen blicken und ihre Verletzlichkeit sehen, denn das würde unweigerlich Gefühle in ihm auslösen, die ihm ganz und gar nicht gefielen. Doch früher oder später würden sich ihre Blicke treffen, und er wusste jetzt schon, dass es ihm unmöglich sein würde wegzusehen. „Gladys Delany hat mich gebeten, Ihnen zu danken, dass Sie ihrer Tochter das Leben gerettet haben."

„Das kleine Mädchen in dem pinkfarbenen Sweatshirt", murmelte Erin.

„Sie haben sie gerade noch rechtzeitig aus dem Weg geschubst. Und die halbe Stadt hat Ihnen dabei zugesehen."

Erin wandte den Blick ab und zupfte übereifrig einen Fussel von ihrer Hose. „Ich bin froh, dass es ihr gut geht."

Warum fiel es ihr so schwer, Lob anzunehmen? Instinktiv wusste Nick, dass jetzt nicht der richtige Zeitpunkt war, sie danach zu fragen. Er verschob es auf später. „Ziehen Sie sich an, dann fahre ich Sie nach Hause."

Sie blickte auf ihr Krankenhaushemd hinunter und sah für einen Moment verlegen aus. „Äh … meine Bluse liegt hinter Ihnen auf dem Stuhl."

Er drehte sich um, nahm ihre Bluse und starrte auf den BH darunter. Na großartig. Vorsichtig nahm er auch das Stück Seide und überreichte ihr beides. „Bitte schön."

„Danke, Chief. Würden Sie sich netterweise für einen Augenblick umdrehen?"

Nick kehrte ihr den Rücken zu und stellte sich mit dem Gesicht zum Vorhang. Überdeutlich nahm er das Rascheln ihrer Kleidung hinter sich wahr. „Ich habe ein paar Fragen zu dem Wagen, der Sie angefahren hat", sagte er.

„Er war blau oder grau. Amerikanisches Modell. Verchromter Kühlergrill. Getönte Scheiben. Die Stoßstange war verdammt hart und hat einen Abdruck an meiner Hüfte hinterlassen. Sie können sich wieder umdrehen."

Nick drehte sich um und fühlte, wie sein Puls bei ihrem Anblick in Uniform und mit offenem Haar, das ihr über die Schultern fiel, schlagartig in die Höhe schoss. „Haben Sie den Fahrer gesehen?"

„Die Sonne hat sich in der Windschutzscheibe gespiegelt. Ich konnte keine Gesichter erkennen, aber ich glaube, es waren zwei Personen in dem Auto." Behutsam stellte sie ihre Füße auf den Boden und stand auf.

„Zwei Personen?" Zu Beginn hatte Nick vermutet, dass sie es mit einem betrunkenen Fahrer zu tun hatten, doch inzwischen schien das nicht mehr allzu wahrscheinlich. Die Uhrzeit war dafür ziemlich ungewöhnlich. Und der Wagen hatte ein Kennzeichen aus Illinois. „Was ist Ihre Meinung dazu?"

Erin versuchte aufzustehen, musste sich jedoch sofort wieder an der Liege festhalten. „Oh nein ..."

Augenblicklich war Nick bei ihr und legte ihr den Arm um die Taille. „Werden Sie mir bloß nicht ohnmächtig, McNeal", knurrte er.

„Ich werde nicht ohnmächtig."

Er wollte etwas sagen, doch das Gefühl, sie im Arm zu halten, machte ihn sprachlos. Ihre Kurven, ihre weiche Haut und der geheimnisvolle weibliche Duft verwirrten seine Sinne. Es war ihm absolut unmöglich, auch nur einen klaren Gedanken zu fassen. Die hektische Betriebsamkeit der Notaufnahme um sie herum trat völlig in den Hintergrund. Alles, was er fühlte, war Erin. Die Wärme ihres Körpers an seinem. Der Duft ihres Haars. Das Gefühl ihrer Brüste an seinem Unterarm. Sofort kämpfte er gegen das Verlangen an, das in ihm aufstieg, doch er wusste, dass es ein aussichtsloser Kampf war.

„Ach nein?", sagte er und entließ sie aus seiner Umarmung. „Was ist es dann? Ein Schwächeanfall? Schwindel? Sturheit?"

„Mir ist nur ein bisschen übel. Passen Sie lieber auf Ihre Schuhe auf."

„Na großartig", brummte er. „Ich sollte den Arzt rufen, damit er Sie hierbehält."

„Er hat gesagt, Übelkeit sei normal. Ich bin einfach nur zu schnell aufgestanden. Sie könnten ruhig etwas nachsichtiger mit mir sein."

Nicks Herz schlug noch immer viel zu schnell, und er spürte, wie sich in seinem Inneren eine merkwürdige Mischung aus sexueller Erregtheit und Schuldgefühlen zusammenbraute. Er hatte einfach viel zu lange keinen Sex mehr gehabt. Das war alles. Früher oder später musste er etwas dagegen unternehmen. Stephanies Lehrerin Lindsey Burns war eigentlich ganz nett. Und hübsch dazu mit ihren blonden Haaren und den freundlichen blauen Augen. Warum hatte er sie bloß nach ihrem ersten und einzigen Date nicht zurückgerufen?

„Meinen Sie, dass Sie es bis nach draußen schaffen, ohne ohnmächtig zu werden?“, fragte er.

Erin lächelte ihn herausfordernd an. „Selbst wenn. Davon werde ich mich bestimmt nicht aufhalten lassen.“

Nick widerstand der Versuchung, ihr Lächeln zu erwidern. Er wollte diese Frau nicht zu nah an sich herankommen lassen. Sie würde ihm nur Probleme bereiten, das sah er ihr an der Nasenspitze an. Und Probleme hatte er auch ohne sie schon genug in seinem Leben. „Gehen wir“, sagte er und versuchte, nicht daran zu denken, was er sich da gerade eingebrockt hatte.

Erin zog ein ärmelloses Nachthemd über und griff nach ihrem Morgenmantel, wobei sie sich vergeblich bemühte, ihren schmerzenden Kopf stillzuhalten. So viel zu meinem Heldentum, dachte sie mürrisch. Hätte sie nicht so starke Schmerzen gehabt, wäre es ihr peinlich gewesen, dass Nick für sie den Babysitter spielte. Doch im Moment tat ihr Kopf so weh, dass sie sich nur noch in ihrem dunklen Schlafzimmer in das weiche Bett fallen lassen wollte, nachdem sie eine Handvoll Aspirin geschluckt hatte.

Vor ihrem Schlafzimmer blieb sie stehen und atmete einmal tief durch. Dann öffnete sie die Tür. Nick stand im Flur und sah so nervös aus, als sei er auf seinem ersten Date. Offenbar war ihre Wohnung der letzte Ort, an dem er jetzt sein wollte. Sie sah, wie sein Blick an ihrem Körper hinabglitt, und mit einem Mal fühlte sie sich merkwürdig befangen.

„Sie müssen das nicht tun.“ Sie zog die Aufschläge ihres Morgenmantels fester zusammen.

„Ich habe es dem Arzt verpochen. Und mit einer Gehirnerschütterung ist nicht zu spaßen, das wissen Sie ebenso gut wie ich, McNeal.“

Am besten, er ging so schnell wie möglich wieder. Es war offensichtlich, dass ihm die Situation genauso unangenehm war wie ihr. Doch anscheinend waren sein Verantwortungsgefühl und sein Beschützerinstinkt zu stark ausgeprägt, um sie allein zu lassen.

„Wie geht es Ihrem Kopf?“ Die Hände in den Hosentaschen vergraben, kam er zu ihr.

„So muss sich das Schlagzeug gefühlt haben, das mein Bruder zu Weihnachten bekommen hatte, als wir klein waren. Er war Led-Zeppelin-Fan." Sie ging vorbei an den Umzugsboxen und dem Durcheinander zum Sofa und versuchte, sich selbst davon zu überzeugen, dass es ihr nicht das Geringste ausmachte, wie unordentlich ihre Wohnung noch immer war, seit Nick das letzte Mal hier gewesen war. Es gab Wichtigeres. Sie war ein Cop. Nick war ein Cop. Und schließlich hatten alle Cops unordentliche Wohnungen, oder?

„Sie humpeln", sagte er.

„Nur weil ich zu stolz bin, um zu kriechen."

Sein Mund verzog sich zum Ansatz eines Lächelns. „Wo haben Sie Ihr Aspirin?"

Sie riskierte es, ihn anzusehen, und wünschte augenblicklich, sie hätte es nicht getan. Sein durchdringender Blick machte sie wie immer nervös. Warum kam sie sich nur jedes Mal, wenn er sie mit seinen dunkelbraunen Augen ansah, so nackt vor? Es war, als durchschaute er sie und sah all die Dinge, die sie so sorgsam versuchte zu verbergen.

„Im Medizinschrank im Badezimmer steht eine Flasche", antwortete sie.

Er ging ins Badezimmer.

Erin gab einen erleichterten Seufzer von sich, als sie allein war – auch wenn es nur für eine Minute war. Sie war durcheinander. Und ihr war unwohl. Am liebsten hätte sie es auf den Unfall vor der Schule geschoben, doch sie wusste, dass das nicht der einzige Grund war. Aber wenn Sie sich eingestand, dass Nick der Auslöser für ihre Unruhe war, würde sie es nicht länger ignorieren können.

Dabei würde sie ganz bestimmt nicht den Fehler begehen, sich in ihren Chef zu verlieben. Schon gar nicht, wenn er von der Sorte Mann war, die einfach nicht damit umgehen konnte, dass es Frauen gab, die einen gefährlichen Beruf wie Polizistin ausübten.

Dank Warren Prentice kannte sie den Typus Mann mit dem Super-Beschützer-Syndrom nur zu gut. Und so, wie Nick reagiert hatte, als sie die beiden Verbrecher aus dem Verkehr gezogen hatte, war er ein besonders schwerer Fall. Niemals würde sie so dumm sein, ihre Karriere für einen Mann oder den trügerischen Glauben an ein trautes Glück zu zweit aufzugeben.

„Hier, bitte schön."

Beim Klang von Nicks Stimme fuhr sie zusammen und drehte sich um. Mit zwei Aspirin in der einen und einem Glas Wasser in der anderen Hand stand er vor ihr. Erin atmete einmal tief durch, doch als ihr dabei der Geruch seines Aftershaves in die Nase stieg, wurde ihr augenblicklich schwindelig. Was absolut nichts mit der Beule an ihrem Kopf zu tun hatte. Gütiger Himmel, neben diesem Mann zu stehen war, wie auf einer Flutwelle zu surfen.

Sie versuchte, das Gefühl abzuschütteln, nahm die Tabletten und steckte sie in den Mund. Ihre Finger streiften seine, als sie ihm das Glas Wasser abnahm. „Danke."

„Warum setzen Sie sich nicht hin?"

„Eigentlich hatte ich vor, mich ein bisschen hinzulegen, sobald Sie wieder weg sind."

Amüsiert sah er sie an. „Versuchen Sie, mich loszuwerden?"

„Ich möchte Ihre Dienste nicht länger als nötig beanspruchen."

Ein Lächeln umspielte seinen Mund. „Das weiß ich sehr zu schätzen. Aber um ehrlich zu sein, habe ich noch ein paar Fragen, bevor ich mich empfehlen kann. Das heißt, wenn Sie sich dem gewachsen fühlen."

Etwas in seiner Stimme ließ die Polizistin in ihr aufhorchen und erinnerte sie daran, dass sie einem Verbrechen zum Opfer gefallen war. Endlich ein unverfängliches Thema, bei dem sie sich nicht mehr ganz so unwohl fühlte. Sie ließ sich ins Sofa sinken. „Schießen Sie los."

Nick setzte sich auf den Stuhl ihr gegenüber. „Gefährliche Körperverletzung unter Zuhilfenahme eines Kraftfahrzeugs ist eine ziemlich unübliche Straftat für Logan Falls." Er lehnte sich vor, stützte seine Ellenbogen auf die Knie und sah sie aufmerksam an. „Haben Sie eine Ahnung, was dahinterstecken könnte?"

„Ein ungeduldiger Fahrer? Aggressives Fahrverhalten?" Sie zuckte mit den Schultern. „Vielleicht war er betrunken."

„Er? War es ein männlicher Fahrer?"

„Ich glaube, ja. Ich hab zwar nur die Silhouette gesehen, aber sie sah nicht nach einer Frau aus."

„Sie haben vorhin einen Beifahrer erwähnt. Sind Sie sich sicher?"

Sie nickte. „Das bin ich."

„Mit Verkehrsrowdys haben wir in Logan Falls normalerweise keine Probleme." Nick verzog das Gesicht. „Ich habe mit mehreren Zeugen am Unfallort gesprochen. Alle haben ausgesagt, dass es wie Absicht aussah. Stimmen Sie dem zu?"

„Vielleicht. Ich weiß es nicht. Es ging alles ziemlich schnell."

„Gibt es irgendjemanden, der einen Grund haben könnte, Ihnen etwas anzutun?"

Ein unangenehmer Schauer durchfuhr sie bei der Frage. „Worauf wollen Sie hinaus?"

Er lehnte sich in seinem Stuhl zurück und sah sie eindringlich an. „Sie sind seit neun Jahren bei der Polizei. Da macht man sich nicht nur Freunde. Manche Verbrecher haben ein verdammt gutes Gedächtnis."

Erin wusste, dass er recht hatte. Über die Jahre hatte sie etliche Straftäter zur Strecke gebracht und sich dabei einige Feinde in Chicago gemacht. Doch auch wenn sie die Möglichkeit nicht ausschließen konnte, glaubte sie nicht so richtig daran. „Der Gedanke, dass irgendein Krimineller mir bis nach Logan Falls folgt, um mich auf einem Zebrastreifen vor einer Schule zu überfahren, scheint mir etwas weit hergeholt, Nick."

„Vielleicht. Aber trotzdem können wir diese Möglichkeit nicht ganz außer Acht lassen. Ich möchte, dass Sie Ihre Umgebung in Zukunft besonders aufmerksam beobachten und ..."

„Das tue ich sowieso", unterbrach sie ihn. „Ich bin Polizistin, schon vergessen?"

„Aber Sie sind nicht unbesiegbar. Sie sollten das Ganze besser nicht auf die leichte Schulter nehmen."

„Ich nehme nichts auf die leichte Schulter, ich finde allerdings, dass Sie etwas übertreiben."

„Ich möchte nur, dass Sie auf alles vorbereitet sind."

„Auch wenn Sie es mir nicht glauben werden: Ich kann wunderbar auf mich selbst aufpassen."

„Darum haben Sie auch eine Beule in der Größe von Texas an Ihrem Kopf."

Verärgert darüber, dass er ihre Fähigkeit, auf sich selbst aufzupassen, infrage stellte, stand sie auf. Doch ein pulsierender Schmerz schickte sie augenblicklich zurück aufs Sofa. „Aua – das nervt." Sie fluchte.

Sofort war Nick an ihrer Seite und hielt seine Hände über ihre Schultern, ohne sie jedoch zu berühren. „Ich hätte dem Arzt sagen sollen, dass er Sie dabehalten soll", knurrte er und ließ seine Arme zurücksinken.

„Es sind nur Kopfschmerzen", sagte sie. „Solange ich nicht anfange, in fremden Sprachen zu reden, oder behaupte, von Außerirdischen entführt worden zu sein, ist alles im grünen Bereich. Meinen Sie, Sie könnten mir noch ein Aspirin geben?"

Stirnrunzelnd nahm er die Flasche, schüttete eine Tablette in seine Hand und gab sie ihr. „Wenn die Kopfschmerzen in zwanzig Minuten nicht weg sind, bringe ich Sie zurück ins Krankenhaus."

„Das werden wir noch sehen." Erin nahm das Aspirin und trank die Hälfte des Wassers. Aus dem Augenwinkel sah sie, wie Nick in Richtung Flur ging. Erleichtert stellte sie das Glas auf den Couchtisch, lehnt sich zurück ins Sofa und schloss die Augen."

„Okay, McNeal. Ich will, dass Sie sich hinlegen."

Sie öffnete ein Auge und sah, wie er ein Kissen und ihre Decke aus ihrem Schlafzimmer holte. „Sie machen Scherze, oder?"

Er sah auf die Decke in seinem Arm. „Sehe ich so aus?" Er legte ein Kissen gegen die Armlehne des Sofas.

„Hinlegen."

„Aber …"

„Das ist ein Befehl."

Sie rollte mit den Augen, um ihr Unbehagen zu überspielen, während sie sich den Morgenmantel von den Schultern schob. „Tun Sie das für all Ihre Deputys, Chief?"

„Nur für die, dies es mit einem Stahlkoloss aufnehmen, der sechzig Sachen draufhat."

Als sie den Morgenmantel unter ihrem Körper hervorzog und sich zurück ins Kissen lehnte, merkte sie, dass sie sich tatsächlich dringend hinlegen musste.

„Wissen Sie, Chief, Sie würden eine ziemlich schlechte Krankenschwester abgeben."

„Treiben Sie es nicht zu weit." Er nahm ihr den Morgenmantel ab und deckte sie zu. „Sie hatten heute großes Glück. Es hätte auch ganz anders ausgehen können …" Nick hielt inne. Bewegungslos und mit zusammengekniffenen Augen starrte er auf ihre nackte rechte Schulter.

Als Erin ihren Fehler bemerkte, war es bereits zu spät.

Die Narbe.

Oh Gott. Er hat die Narbe gesehen.

5. KAPITEL

Der Anblick ihrer Narbe ließ ihn erstarren. Die gezackte Linie reichte von der Außenseite ihrer Schulter bis zum Schlüsselbein. Es war deutlich zu erkennen, dass sie nicht das Werk eines Chirurgen war, sondern aus der brachialen Gewalt einer eindringenden Kugel und der Anstrengung eines Notarztes, dem es vorrangig darum gegangen war, die schwere Blutung zu stoppen, hervorgegangen war.

Erst als Erin sich versteifte, merkte Nick, dass er sie anstarrte. Sie hatte die Decke bis zum Kinn gezogen und hielt sie fest umklammert. Was war nur los mit ihr? Ganz offensichtlich war ihr seine Gegenwart unangenehm. Wenn er noch länger blieb, zog das die Situation nur unnötig in die Länge. Doch er konnte es nicht ungeschehen machen. Er hatte die Narbe gesehen. Und als Cop – und ihr Vorgesetzter – kam er verdammt noch mal nicht drumherum, sie danach zu fragen.

Er sah ihr in die Augen. Die Gefühle standen ihr deutlich ins Gesicht geschrieben. „Es ist nicht das erste Mal, dass ich eine Schusswunde sehe, McNeal."

„Aber es ist das erste Mal, dass Sie meine sehen." Sie wandte den Blick ab. Sie war nicht länger der taffe Cop, sondern eine Frau mit einer entstellenden Narbe. „Sie ist hässlich."

Der Unterschied zwischen der Polizistin und der Frau Erin war verblüffend. Er sah, wie sie gegen ihre Gefühle ankämpfte, und verspürte den unbändigen Drang, sie zu beschützen. Er durfte ihre Aussage so nicht stehen lassen. Zugegeben, die Narbe war ziemlich übel, doch sie sollte wissen, dass sie ihm nichts ausmachte. Weder als Cop noch als Mann. „Es ist nichts, wofür Sie sich schämen müssten", sagte er sanft.

„Woher wollen *Sie* das wissen?", fuhr sie ihn an.

Die Kälte in ihrer Stimme überraschte ihn. Er holte tief Luft. Mit einem Mal wurde ihm klar, wie tief auch ihre emotionale Verletzung sein musste und wie wenig er über jene Nacht wusste.

„Möchten Sie mir erklären, was Sie damit meinen?", fragte er.

Ihre Lippen verzogen sich zu einem humorlosen Lächeln. „Fragen Sie mich das als Freund oder als Vorgesetzter, der sich ein Bild von meiner geistigen Verfassung machen will?"

„Wie wär's mit einem bisschen von beidem?"

Seufzend umarmte Erin eins der Sofakissen und legte die Stirn in Falten. „In der Nacht, als Danny Perrine angeschossen wurde, habe ich selbst auch eine Kugel abbekommen. Sie hat einen ziemlichen Schaden angerichtet. Mehr gibt es nicht zu erzählen."

„Das wusste ich bereits. Aber warum fühlen Sie sich schuldig? Warum wollen Sie nicht mit mir darüber sprechen?"

Sie warf ihm einen finsteren Blick zu. „Ich möchte eben nicht darüber reden. Nicht jetzt."

„Wir arbeiten zusammen. Ich muss Ihnen vertrauen können. Ich finde, Sie schulden mir eine Erklärung."

Sie sah auf ihre Hände, mit denen sie nervös über den Stoff des Kissenbezugs strich. „Ich habe versagt und im entscheidenden Moment nicht abgedrückt, Nick. Es war meine Schuld, dass ich die Kugel kassiert habe. Und dass Danny angeschossen wurde. Was erwarten Sie denn?"

„Frank sagt, es war nicht Ihr Fehler."

„Die Dienstaufsicht ist zum gleichen Ergebnis gekommen. Aber die waren ja auch nicht dabei."

„Sie sehen es also anders?"

„Hätte ich schneller reagiert, säße Danny jetzt nicht mit einer Kugel im Rücken im Rollstuhl. Ich wäre in Chicago und nicht hier in Logan Falls, um mir mühsam zurückzuholen, was ich verloren habe. Beantwortet das Ihre Frage?"

„Das erklärt nicht, warum Sie sich schuldig fühlen."

„Weil ich einen Fehler gemacht habe. So einfach ist das."

„Und nun versuchen Sie, diesen vermeintlichen Fehler wiedergutzumachen, indem Sie Ihr Leben aufs Spiel setzen und unnötige Risiken eingehen? Wir wissen beide, dass das nichts an den Tatsachen ändern wird."

„Was soll ich denn sonst tun?"

„Was wollen Sie beweisen, McNeal?"

Wütend funkelte sie ihn an. „Ich will gar nichts beweisen."

„Doch. Ich glaube, genau das wollen Sie. Aber weder mir noch Frank oder den Kollegen der Dienstaufsicht, sondern ganz allein sich selbst."

„Sie kennen mich nicht annähernd so gut, wie Sie glauben."

„Sie fangen an, sich zu verteidigen."

„Ganz richtig, verdammt noch mal."

„Erin, ich weiß, wie es ist, sich für etwas verantwortlich zu fühlen, an dem einen keine Schuld trifft."

„Ach wirklich, Nick? Mir reicht's. Ich werde mir Ihr Psychogeschwätz nicht länger anhören." Abrupt stand sie auf, nahm den Morgenmantel, der auf der Rückenlehne des Sofas lag, und zog ihn über, während sie in die Küche ging.

Nick wusste, dass es zwecklos war, ihr zu folgen. Das Ganze hatte sie ziemlich mitgenommen. Auf keinen Fall wollte er riskieren, dass sie in seiner Gegenwart zusammenbrach. Das änderte jedoch nichts daran, dass er an einem Punkt angelangt war, an dem er endlich ein paar Antworten brauchte. Er musste wissen, was in der Lagerhalle vorgefallen war. „Sie können nicht zulassen, dass die Schuld Sie zerfrisst. Hören Sie endlich auf, sich selbst dafür verantwortlich zu machen. Am Ende wird Ihnen deswegen noch etwas zustoßen."

„Der Unfall war nicht mein Fehler."

„Ich spreche nicht von heute."

Abrupt blieb sie an der Tür zur Küche stehen und drehte sich zu ihm um. „Wie würden Sie sich fühlen, wenn Ihr Partner Ihretwegen im Rollstuhl sitzt und seinen Beruf an den Nagel hängen muss? Wenn er Sie so sehr hassen würde, dass er Ihnen nicht einmal in die Augen sehen kann? Wenn Sie ihn anrufen, um sich nach ihm zu erkundigen und seine Frau die Verbitterung in ihrer Stimme nicht verbergen kann? Und Sie sich das trotzdem immer wieder antun, weil Sie sich schuldig fühlen? Seine Kinder gucken mich an, als wäre ich der Teufel in Person, Nick."

Er ging zu ihr. „Vielleicht würde ich mich schuldig fühlen. Aber verantwortlich? Nicht wenn die Dienstaufsicht mich freigesprochen hätte. Das sind alles ziemlich erfahrene Cops."

„Ich hatte an dem Abend damals nur den einen Gedanken: eine Festnahme, egal um welchen Preis. Die Möglichkeit, dass jemand verletzt werden könnte, habe ich gar nicht in Betracht gezogen. Ich habe weder an Danny noch an seine Frau noch an seine beiden Kinder gedacht."

„Ein Cop kann seinen Job nur dann machen, wenn er den Kopf freihat und …"

„Ich habe nicht rechtzeitig abgedrückt! Erst als es zu spät war und wir beide bereits am Boden lagen."

„Warum haben Sie gezögert, McNeal?"

Überrascht blinzelte sie ihn an.

„Der Schütze … er war fast noch ein Kind …"

Plötzlich fügten sich einige Puzzleteile in Nicks Kopf zu einem Bild zusammen, und ihm wurde einiges klar. „Sie sind nicht der erste Cop, der aus diesem Grund gezögert hat", sagte er.

„Hören Sie, Nick. Ich weiß, dass Sie mir helfen möchten. Aber das tun Sie nicht. Ich kann Ihren Psychoquatsch nicht gebrauchen. Ich werde schon allein damit fertig."

Er schnaubte verächtlich. „Das sehe ich."

Ihre Nasenflügel bebten vor Wut. „Sparen Sie sich Ihren Sarkasmus. Es hat mir grade noch gefehlt, dass Sie ..."

„Sie müssen nicht allein damit zurechtkommen. Wie kann ich Ihnen das nur klarmachen?"

„Ich allein bin dafür verantwortlich, dass mein Partner angeschossen wurde, also werde ich auch allein damit fertig werden."

„Danny Perrine ist nicht der Einzige, der in der Nacht angeschossen wurde, McNeal. Auch Sie haben eine Kugel kassiert. Sie haben Ihr Leben riskiert. Die Narbe ist der Beweis dafür. Haben Sie jemals darüber nachgedacht, dass Sie Ihnen beiden vielleicht das Leben gerettet haben?"

„McNeal, die Heldin? Hört sich wirklich gut an, Chief, aber wir wissen beide, dass es nicht so war."

Frustriert fuhr Nick sich mit den Fingern durch die Haare. „Wissen Sie, McNeal, wenn wir nicht in Logan Falls wären, würde ich Sie sofort vom Dienst suspendieren. Und zwar schneller, als Sie gucken können."

Sie lachte trocken. „Passen Sie bloß auf, dass mein Selbstvertrauen keine Höhenflüge bekommt."

„Sie machen sich selbst das Leben unnötig schwer."

„Lassen Sie es sein, Nick. Ich möchte nicht mit Ihnen drüber reden. Ich möchte ..."

„Es verdrängen? Wir wäre es, wenn Sie zur Abwechslung mal offen und ehrlich zu mir sind und aufhören, sich etwas vorzumachen?"

„Nicht gut."

„Stattdessen baden Sie lieber in Selbstmitleid? Das hätte ich Ihnen eigentlich gar nicht zugetraut."

„Das ist nicht fair. Es war nicht einfach für mich."

„Oh, kommen Sie mir bloß nicht so. Hat Ihnen noch keiner gesagt, dass das Leben nicht immer fair ist?"

„Ich weigere mich, mit Ihnen weiter darüber zu diskutieren."

Sie drehte sich um und wollte in die Küche gehen, doch Nick packte sie am Oberarm und zwang sie, ihn anzusehen. Warum begriff sie denn nicht, dass er nur versuchte, ihr zu helfen?

„Sie sind ein guter Cop", sagte er. „Sie sind mutig und tapfer, und Sie haben eine vielversprechende Zukunft vor sich. Aber Sie müssen sich selbst die Zeit zur Heilung geben und sich damit abfinden, dass im Leben manchmal unschöne Dinge passieren, die wir nicht kontrollieren können." Er verzog das Gesicht, als er dabei an die harte Realität der letzten drei Jahre seines eigenen Lebens dachte. Doch zum Glück ging es hier nicht um seine, sondern um ihre Probleme. Und das war ihm mehr als recht.

Als sie sich zu ihm umdrehte, sah Nick die Tränen in ihren Augen schimmern. Ergriffen starrte er sie an. Er konnte sich nicht entscheiden zwischen dem Impuls, sie zu trösten, und seinem plötzlichen, unbändigen Bedürfnis nach Distanz.

„Jetzt fangen Sie mir bloß nicht an zu weinen, McNeal."

„Ich weine *nicht*." Sie versuchte sich wegzudrehen, sodass er ihre Tränen nicht sehen konnte, doch er hielt sie fest.

„Sie sind ein Mitglied meines Teams", sagte er. „Ich bin für Ihre Sicherheit verantwortlich. Ich bin auf Ihrer Seite, sehen Sie das denn nicht?"

„Ich kann darüber jetzt nicht reden." Sie wischte sich die Tränen mit der Rückseite ihrer Hand aus dem Gesicht. „Lassen Sie mich endlich los. Das Ganze ist auch so schon demütigend genug."

Er hatte nicht vor, ihre Tränen an sich heranzulassen. Aber zu sehen, wie diese starke Frau sich vor ihm in ein zitterndes Nervenbündel verwandelte, ließ ihm keine Wahl. Dabei wollte er weder daran denken, welche körperlichen Schmerzen ihr die Kugel bereitet haben musste, noch daran, welche Seelenqualen sie durchlitten hatte. Und am allerwenigsten daran, was das auf körperlicher und – noch viel schlimmer – auf emotionaler Ebene in ihm auslöste.

Trotzdem konnte er nicht anders, als die Arme nach ihr auszustrecken. „Kommen Sie."

Einen Augenblick lang zögerte sie, dann machte sie einen vorsichtigen Schritt auf ihn zu. „Nick ..."

„Schh ..." Als er spürte, wie sich ihr weicher Körper gegen seinen schmiegte, war es, als fließe ein sanfter Strom durch ihn hindurch, der langsam seine Lust entfachte. Der Duft ihrer Haare und ihrer Haut stieg ihm in die Nase. Wie gut sie roch, so frisch und weiblich. Ihre Nähe war einfach unbeschreiblich. Er spürte, wie seine Selbstbeherrschung dahinschmolz.

Als sie die Arme um seinen Nacken legte, schloss er die Augen und versuchte, all die Empfindungen, die auf seinen Körper einströmten, und die Gefühle, die sie in ihm weckte, zu verdrängen. Dies war weder

der richtige Zeitpunkt noch war Erin McNeal die richtige Frau dafür. Viel zu leicht war sie in der Lage, den emotionalen Schutzwall, den er in den vergangenen drei Jahren so sorgsam errichtet hatte, einfach niederzureißen. Doch die Wärme ihres Körpers entfachte ein loderndes Feuer in ihm, und das Gefühl ihrer weichen Brüste an seinem Oberkörper quälte ihn auf eine längst vergessen geglaubte Art und Weise.

Sie murmelte etwas an seiner Schulter, aber ihre Worte drangen nicht zu ihm durch. Ihre Nähe raubte ihm die Sinne. Er konnte an nichts anderes mehr denken. Er konnte ihr gar nicht nah genug sein. Wollte sie spüren, ihren Körper an sich pressen. Verdammt, er konnte sich unmöglich länger zurückhalten.

Er schloss seine Arme fester um sie und genoss das wohlige, angenehme Gefühl, das ihre Nähe in ihm auslöste, auch wenn es sein Verlangen nur noch weiter anheizte. Fasziniert stellte er fest, wie weich sich ihre Haare anfühlten, als er darüberstrich. Wie Seide. Er legte den Kopf zur Seite und berührte es mit der Wange, während er ihren Kopf mit den Händen umfing. Ihr Duft war unbeschreiblich betörend. So süß. Geheimnisvoll. Sinnlich.

Und sie erregte ihn so sehr, dass er es heiß und qualvoll in seinem Schritt spürte. Ihr Körper setzte sämtliche Abwehrmechanismen außer Kraft, und mit einem einzigen imaginären Schlag wischte er auch den letzten Rest seiner Selbstbeherrschung beiseite. Das Verlangen war einfach zu stark. Er wollte sie spüren. Ihren Körper. Ihre Lippen. Ihre Haut unter seinen Händen.

Seufzend schmiegte sie sich in seine Arme. Sanft berührte er ihre Schläfe mit den Lippen, und eine Welle der Emotionen brach über ihm zusammen und riss ihn mit sich. So kraftvoll, dass es ihm den Atem raubte. Er ließ sich treiben, schwamm mit dem Strom, versuchte verzweifelt, sich irgendwie über Wasser zu halten, denn er war sich nicht sicher, ob er jemals wieder aus diesem Strudel der Gefühle auftauchen würde. Doch seine Bemühungen waren vergebens.

Es war nur eine Umarmung, versuchte Erin sich einzureden. Nur eine Geste des Mitgefühls unter Kollegen, weil er verstand, was sie durchmachte, und sie trösten wollte. Doch sie wusste genau, dass das nicht stimmte. Wäre sie mutig genug gewesen, hätte sie zugegeben, wie gut sie sich in seinem Arm fühlte. Und wie sehr es sie erregte, seinen festen, harten Körper zu spüren. Es war lange her, dass sie einen Mann nah genug herangelassen hatte, um in seinen Armen zu liegen.

Als sie spürte, wie seine Hände ihren Rücken hinunterglitten, durchzuckte ein heißer Schauer der Erregung ihren Körper. Sie spürte seine Lippen an ihrer Schläfe und seinen warmen Atem an ihrer Wange. Überall dort, wo er ihre Haut berührte, hinterließ er ein köstliches Kribbeln. Es war so warm und so beruhigend. Viel erotischer, als es ein Kuss je sein würde. Irgendwo in ihrem Kopf schrillte eine Alarmglocke, doch sie hörte nicht hin. Es war nur eine harmlose Umarmung, die weder ihm noch ihr etwas bedeutete. Sie waren zwei Cops, die füreinander da waren und eines Tages vielleicht sogar Freunde werden würden. Was konnte es schon schaden, wenn er sie für einen Moment hielt? Wenn sie sich nur für einen einzigen, winzigen Moment ihre eigene Schwäche eingestand und ihn gewähren ließ?

Er zog sie enger an sich, und zum ersten Mal bemerkte sie, wie schnell sein Atem ging. Seine Hände wanderten ruhelos über ihren Körper, während er sie an sich drückte und sie seine harten, festen Muskeln spürte. Natürlich wäre es besser, sich von ihm loszumachen und nicht zuzulassen, dass die Situation noch weiter aus dem Ruder lief. Sie durfte nicht zulassen, dass sie sich danach sehnte, von ihm gehalten zu werden und seine Küsse zu spüren. Es durfte nicht sein. Nicht hier und nicht jetzt. Und nicht mit diesem Mann. Doch sie war unfähig, sich zu bewegen und ihren Körper von seinem zu lösen. Es war, als hätte Nick sie mit einem Zauber belegt.

Sie schloss die Augen und versuchte, gegen ihre Gefühle anzukämpfen. Gegen die Lust und das Verlangen. Vergeblich. Sie spürte seine Hände an ihren Seiten, wie sie langsam höherglitten und die Außenseite ihrer Brüste streiften. Ein weiterer Schauer der Erregung durchfuhr sie. Er umfasste ihr Gesicht mit beiden Händen. Und als seine dunklen Augen ihren Blick suchten, wusste sie, was als Nächstes geschehen würde. Und sie sehnte sich genauso danach, wie sie sich davor fürchtete.

Als seine Lippen ihren Mund berührten, war es die unendliche Zärtlichkeit, die darin lag, die alle Dämme zum Einsturz brachte und ein ungekanntes Feuer der Lust in ihrem Körper entfachte. Ein fast schmerzhaftes Ziehen entsprang ihrem Unterleib und setzte sämtliche ihrer Nervenenden in Brand. Es war überwältigend, wie sehr er sie erregte. Die Intensität, mit der ihr Körper auf ihn reagierte, versetzte sie für einen kurzen Moment in Panik. Konnte es wirklich sein, dass sie einen Mann gefunden hatte, der sie mit nur einem einzigen perfekten Kuss vergessen ließ, wer sie war? Nein, so einen Mann konnte es gar nicht geben, und wenn, dann war es bestimmt nicht dieser Kleinstadtcop, der ein Problem damit hatte, dass sie Polizistin war.

Sie machte sich von ihm los und stolperte rückwärts.

Nick hielt sie nicht zurück, sondern ließ die Arme sinken. „Tut mir leid“, murmelte er.

Plötzlich wurde sie sich peinlich bewusst, was da gerade zwischen ihnen vorgefallen war. Sie starrte ihn an. Der ernste Blick aus seinen dunklen Augen und sein versteinerter Gesichtsausdruck verrieten ihr, dass es ihm ebenso ging. Und trotzdem: Ihr Körper wollte mehr.

„Ich hätte das nicht tun sollen …“

„Ich hätte das nicht zulassen dürfen“, sagte sie gleichzeitig.

„Ich bin Ihr Vorgesetzter, Herrgott noch mal.“ Er drehte sich um und sah aus dem Fenster auf die Straße darunter. „So etwas darf mir einfach nicht passieren. Ich …“

„Sie sind nicht alleine schuld. Wir haben beide einen Fehler gemacht“, unterbrach Erin ihn. „Und wir werden wie zwei Erwachsene damit umgehen.“

Er drehte sich wieder zu ihr und sah sie finster an. „Werden wir das?“

„Ja.“ Sie war noch immer außer Atem, spürte noch immer, wie er seinen Mund auf ihren gepresst hatte und wie sehr sie sich nach ihm verzehrte.

„Ich bin zu weit gegangen“, sagte er. „Ich hätte Ihre Schwäche und Wehrlosigkeit nicht …“

„Ich bin weder schwach noch wehrlos.“

Fluchend senkte er den Kopf. „Das darf sich auf keinen Fall wiederholen.“

„Das wird es nicht“, versicherte sie ihm leicht benommen. „Der Unfall hat mich etwas mitgenommen. Wir sollten es nicht komplizierter machen, als es ist.“

Seine versteinerte Miene verriet ihr, dass er ihr nicht glaubte. Völlig unvermittelt drehte er sich um und ging zur Tür. „Gehen Sie schlafen, McNeal. Ich werde Mrs. Thornsberry vorbeischicken, damit sie über Nacht bei Ihnen bleibt.“

Erin wollte ihm widersprechen, doch sie wusste, dass es zwecklos war. Außerdem wollte sie gar nicht, dass Nick zurückkam. Nicht wenn ihr Herz noch immer wie wild klopfte und ihre Lippen sich nach seinen sehnten. Sie setzte sich aufs Sofa und sah ihm hinterher, als er durch die Tür verschwand. Wie, um alles in der Welt, sollte sie für diesen

Mann arbeiten, wenn sie jedes Mal, wenn er sie berührte, völlig die Kontrolle verlor?

Nick war bislang immer auf seine Selbstbeherrschung stolz gewesen. Umso schwerer fiel es ihm, zu glauben, was er da gerade getan hatte. Er hatte Erin McNeal geküsst. Offenbar hatte er jetzt komplett den Verstand verloren. Sie war sein Deputy, um Himmels willen!

Und eine Frau mit einer äußerst draufgängerischen Ader dazu. Was war bloß in ihn gefahren, dass er sich aufführte wie ein sexverrückter Teenager und nicht wie der verantwortungsbewusste Mann, der er war?

Und der Kuss war noch nicht einmal das Schlimmste, denn dabei wäre es nicht geblieben, wenn sie sich nicht von ihm losgemacht hätte. Er konnte sich nicht daran erinnern, wann er eine Frau zum letzten Mal so sehr begehrt hatte wie Erin McNeal. Was, um alles in der Welt, sollte er nur tun?

„Hol dich der Teufel, Frank“, murmelte er.

Nick blieb an seinem Wagen stehen und riskierte einen Blick nach oben zum Fenster ihrer Wohnung im zweiten Stock. Das Licht brannte noch immer. Verärgert stellte er fest, wie erregt er nach wie vor war.

Mit zusammengebissen Zähnen schloss er die Autotür auf und setzte sich hinters Steuer. Er würde in der kommenden Woche vorsichtig sein müssen. Auch wenn er es nur äußerst ungern zugab, war er offenbar doch anfälliger, als er angenommen hatte. Nicht unbedingt emotional, aber körperlich. Es schien ganz so, als ließen sich gewisse Bedürfnisse, die er als Mann hatte, nicht ewig beiseiteschieben. Er brauchte wieder weibliche Gesellschaft, so viel stand fest. Stephanie würde sich schon irgendwann daran gewöhnen. Vielleicht würde eine Frau nicht nur die Lücke in seinem, sondern auch in ihrem Leben füllen.

Doch was Nick ganz bestimmt *nicht* brauchte, war Erin McNeal. Nur weil sie ihn so heißmachte wie keine andere, war sie noch lange nicht die Richtige für ihn. Sie war genau die Art von Frau, die er Stephanie nicht zumuten konnte. Sein kleines Mädchen war schon einmal von einem leichtsinnigen Erwachsenen verletzt worden. Er würde nicht zulassen, dass das noch einmal passierte. Eher würde er sich das Herz aus der Brust reißen.

Erin war die erste Frau, die er seit Ritas Tod geküsst hatte. Und die Tatsache, dass es ganz bestimmt kein unschuldiger Kuss gewesen war, verstörte ihn. Es sah so aus, als habe er persönliches Neuland betreten.

Völlig unerwartet traf ihn der vertraute Schmerz tief in seiner Brust, die Wunde so frisch verheilt, dass sie immer noch blutete, wenn man sie berührte. Doch es erstaunte ihn, dass der Schmerz selbst nach drei langen Jahren nichts von seiner Intensität eingebüßt hatte. Seit Ritas Tod war er nicht mehr derselbe. Mit ihr war ein Teil von ihm gestorben. Am Tag ihrer Beerdigung hatte er sich geschworen, nie wieder den qualvollen Fehler zu begehen, jemanden zu lieben.

Fluchend schob er den Gedanken an Rita zur Seite. Laut und rau hallte seine Stimme durch die Stille des Wagens. Erin McNeal war tabu für ihn. Er musste nicht nur sich selbst, sondern auch Stephanie vor ihr schützen. Er durfte nicht zulassen, dass Erin ihn oder seine Tochter verletzte. Und nachdem, was heute passiert war, würde sie genau das tun. Egal, wie attraktiv sie war oder wie sehr er sich nach ihr sehnte. Er durfte in ihr nicht mehr als die Polizistin sehen.

Energisch legte er den Gang ein und lenkte den Wagen auf die Straße, um nach Hause zu fahren. Erin konnte ihm egal sein, versicherte er sich. Sie brauchte niemanden, der auf sie aufpasste. Und wenn sie vorhatte, sich weiterhin so selbstzerstörerisch zu verhalten, war das nicht sein Problem.

Hoffentlich konnte er Mrs. Thornsberry davon überzeugen, die Nacht bei Erin zu verbringen. Nick wusste, dass er kniff, doch auch wenn Erin seine Mitarbeiterin war: Er fühlte sich der Situation einfach nicht gewachsen. Außerdem war er nicht der Einzige, den der Kuss völlig unvorbereitet getroffen hatte. Er hatte das Erstaunen und die Betroffenheit in Erins Gesicht gesehen. Noch ein weiterer Grund neben all den anderen, sich von ihr fernzuhalten. Es war für sie beide am besten, wenn er ihr aus dem Weg ging.

6. KAPITEL

Erin wollte nicht über den Kuss nachdenken. Es hätte sie nur daran erinnert, wie sie in Nicks Armen dahingeschmolzen war, als seine Lippen ihre berührt hatten. Auch wenn sie das Risiko liebte – diese Gedanken waren selbst ihr zu gefährlich. Denn dann würde sie sich eingestehen müssen, dass sie, seitdem sie wach war, an nichts anderes mehr als an diesen Mann gedacht hatte. Und sie würde zugeben müssen, wie empfänglich sie für ihn war. Dass sie gewollt hatte, dass er sie küsste. Und dass sie sich danach sehnte, dass er es wieder tat.

Offenbar wurde sie mit der Zeit immer besser im Leugnen, denn sie weigerte sich strikt, darüber nachzudenken. Sie war auf dem Weg zu Nicks Haus und überquerte gerade die Stadtgrenze. Und der einzige Grund, warum sie zu Stephanies Party ging, war das kleine Mädchen selbst. Sie mochte zwar ein schwieriges Kind sein, aber das konnte man ihr kaum anlasten, wenn man bedachte, was sie alles durchgemacht hatte. Den Tod ihrer Mutter und ihre schwere Verletzung.

Erin konnte Stephanies Geburtstag nicht einfach ignorieren. Das Mädchen hatte jede Freude verdient, die ihr die Erwachsenen in ihrer Umgebung bereiten konnten.

Und es würde die Dinge nur schlimmer machen, wenn Erin sich noch weiter von Nick zurückzog. Er mochte sie zwar falsch einschätzen und eine gänzlich andere Auffassung von der Polizeiarbeit haben, aber er war noch immer ihr Chef. Und dieser Job war viel zu wichtig, als dass sie ihn durch eine unüberlegte Umarmung und einen dummen Kuss aufs Spiel setzen würde. Sie würde Himmel und Hölle in Bewegung setzen, um ihn zu behalten.

Nur weil sie Nick in der letzten Woche kaum gesehen hatte, hieß das noch lange nicht, dass der Kuss auch ihre professionelle Beziehung zueinander beeinträchtigen musste. Oder dass sie ihm deswegen nicht mehr in die Augen sehen konnte. Schließlich sind wir beide erwachsen, sagte sie sich wohl schon zum hundertsten Mal. Und selbst wenn er nicht mit der Situation umgehen konnte, *sie* hatte alles im Griff.

Sie schob die Gedanken an Nick beiseite und warf einen Blick auf das Geschenk, das neben ihr auf dem Beifahrersitz lag. Sie lächelte zufrieden. Es hatte sie gestern zwar fast den ganzen Tag gekostet, es zu besorgen – sie hatte ihren freien Tag für einen Trip nach Chicago genutzt –, doch dafür hatte sie das perfekte Geschenk für Stephanie gefunden. Sie konnte es kaum erwarten, das Gesicht des kleinen Mädchens zu sehen.

Fünf Minuten später fuhr sie die Auffahrt zu Nicks Haus hinauf und parkte neben seinem Suburban. Obwohl es schon früher Abend war, hätte sie erwartet, ein paar Kinder zu sehen, die schaukelten oder Bälle auf den Korb an der Garage warfen. Doch der Garten war verlassen. Bandito graste zufrieden in der Nähe des Zauns und schlug mit seinem Schwanz, der ein wenig zu lang und zu verfilzt war, nach Fliegen. Kein Kinderlachen, kein Versteckspiel. Keine Erwachsenen, die es sich auf Gartenstühlen bequem gemacht hatten. Außer Nicks Suburban und dem alten Buick von Mrs. Thornsberry stand nur noch Hectors Wagen neben dem Haus.

Erin nahm das Geschenk, stieg aus und ging zur Eingangstür. Es gab überhaupt keinen Grund, nervös zu werden, versuchte sie sich selbst einzureden. Denn auch wenn es sich natürlich nicht vermeiden ließ, war sie schließlich nicht gekommen, um Nick zu treffen. Trotzdem bekam sie bei dem Gedanken, ihm zum ersten Mal nach dem Kuss wieder gegenübertreten zu müssen, feuchte Hände.

Es war wirklich dumm von ihr, wegen einer freundschaftlichen Umarmung, die etwas aus dem Ruder gelaufen war, so nervös zu sein. Dies war ein Kindergeburtstag, um Himmels willen. In fünfundvierzig Minuten würde ihre Pause beendet sein, und sie würde wieder zu ihrer Schicht zurückkehren. Das war genug Zeit, um Stephanie das Geschenk zu übergeben und das Stück Kuchen zu essen, das Mrs. Thornsberry ihr versprochen hatte. Außerdem war es eine gute Gelegenheit, Nick zu zeigen, dass sie ihm nicht aus dem Weg ging und der Kuss für sie beide nichts weiter zu bedeuten hatte.

Sie wischte sich die feuchten Hände an ihrer Uniformhose ab und klingelte. Ihr blieb beinah das Herz stehen, als ausgerechnet Nick die Tür öffnete. Noch nie zuvor hatte sie ihn ohne Uniform gesehen, und der Anblick machte sie ein wenig schwindelig. Es verwunderte sie nicht im Geringsten, dass er in einer ausgewaschenen Jeans sogar noch besser aussah als sonst. Das schwarze Poloshirt ließ seine Augen noch dunkler erscheinen, und sie fragte sich, ob er zu den Leuten gehörte, deren Augenfarbe sich mit ihrer Laune änderte.

Eine Weile stand sie einfach nur schweigend da. Sie hoffte inständig, dass er nicht sah, wie ihre Wangen sich röteten. „Hi", sagte sie und hielt ihm das Geschenk entgegen. „Ich wollte das hier abgeben."

„McNeal", sagte er schließlich und warf einen Blick auf das Geschenk. „Wie geht es Ihrem Schädel?"

„Der gleiche Dickschädel wie eh und je."

Er lächelte zwar nicht, doch sie sah das amüsierte Aufflackern in seinen dunklen Augen. „Nun, alles in allem ist das vielleicht gar nicht so schlecht“, sagte er.

Schweigend standen sie einander gegenüber. Er machte keine Anstalten, sie hereinzubitten. Unbehaglich blickte sie auf ihre Stiefel.

„Sie haben heute Abend Dienst“, sagte er.

Sicher hatte seine Schichteinteilung nichts damit zu tun, dass er sie nicht sehen wollte. Nicht, dass ihr das etwas ausmachen würde. Nur weil Hectors Wagen in der Auffahrt stand, hieß das noch lange nicht, dass er sie ebenfalls zu der Party einladen musste, oder?

„Ich habe gerade Pause“, sagte sie schnell. „Ich habe nur ein paar Minuten.“ Unsicher, was sie sagen oder tun sollte, gab sie ihm das Päckchen. „Das ist für Stephanie.“

Er nahm das Geschenk. „Oh … danke. Ich werde es ihr geben.“

„Gut.“

Obwohl sie gerne das Leuchten in Stephanies Augen gesehen hätte oder Nicks Lächeln, machte es ihr nichts aus, dass er sie nicht hereinbat. Zumindest versuchte sie, sich das einzureden. Immerhin kannten sie sich erst wenige Wochen, und sie war weit davon entfernt, eine Freundin der Familie zu sein, die man zur Geburtstagsfeier seiner Tochter einlud. Trotzdem war sie enttäuscht.

„Erin!“

Erschrocken fuhr sie zusammen, als sie die Stimme von Mrs. Thornsberry hörte, und sah, wie die ältere Dame hinter Nick auftauchte. „Ich bin so froh, dass Sie gekommen sind. Es war nicht leicht, Hector dazu zu bewegen, ein Stück Kuchen für Sie übrig zu lassen. Ich hoffe, Sie mögen Schokoladentorte.“

Nick runzelte die Stirn. „Sie ist im Dienst, Em.“

„Herrgott, es wird schon nicht gegen irgendwelche Regeln verstoßen, wenn Polizisten im Dienst ein Stück Geburtstagskuchen essen, oder?“ Freundlich lächelnd sah Mrs. Thornsberry sie an. „Da steht ein großes Stück für Sie in der Küche.“

Erin erwiderte ihr Lächeln etwas unschlüssig. Sie wollte Nick nicht verärgern, es aber gleichzeitig auch seiner Haushälterin recht machen. Und sie hätte Stephanie wirklich gerne das Geschenk persönlich überreicht, doch offenbar war Nick strikt dagegen, dass sie blieb. „Vielen Dank, Mrs. Thornsberry, aber …“

„Nick, wo haben Sie Ihre Manieren gelassen?“, schimpfte die ältere Dame. „Wollen Sie Erin nicht hereinbitten?“

Nick sah Mrs. Thornsberry finster an.

„Grundgütiger, sie wird doch wohl noch für ein Stück Kuchen Zeit haben.“ Sie warf ihm einen verärgerten Blick über ihre Schulter zu, als sie in Richtung Wohnzimmer ging.

Erin fühlte sich zunehmend unwohler. Ganz offensichtlich war Nick nicht sehr begeistert darüber, sie zu sehen. Und es war mehr als deutlich, dass er sie nicht hierhaben wollte. Sie sah zu ihrem Wagen hinüber und trat einen Schritt zurück. „Ich muss dann mal wieder los …“

„Schon in Ordnung.“ Er öffnete die Tür etwas weiter und machte einen Schritt zur Seite. „Kommen Sie rein.“

„Ich möchte nicht stören.“

Ihre Blicke trafen sich, und Erin fühlte sich beinah nackt. Augenkontakt hatte ihr noch nie Probleme bereitet, aber Nicks Blick war so intensiv, dass sie wegsehen musste.

„Wir werden uns sowieso nicht länger aus dem Weg gehen können“, sagte er mit tiefer Stimme.

Noch immer versuchte sie, seine dunklen, gefährlichen Augen zu meiden. „Ich bin Ihnen nicht aus dem …“

„Da wir zusammenarbeiten, scheint es mir ohnehin keine besonders gute Strategie zu sein.“

Die Röte stieg ihr ins Gesicht, und sie spürte ein warmes Kribbeln im Bauch, als die Erinnerung an seinen Kuss ungebetenerweise zurückkam. Der Druck seiner Lippen auf ihren. Die Art und Weise, wie er sie im Arm gehalten hatte. Wie hart sich sein Körper angefühlt hatte, als er sie näher zu sich gezogen hatte.

Sie wollte etwas Schlagfertiges erwidern, einfach nur, um ihm zu beweisen, dass der verfluchte Kuss ihr nicht das Geringste ausgemacht hatte, doch sie brachte keinen Ton heraus. Schweigend tat sie einen Schritt an ihm vorbei und trat ein. Der Duft seines Aftershaves vernebelte ihr die Sinne und brachte die Nervenenden in ihrem Körper zum Vibrieren, während die Erinnerung an den Kuss in ihr immer lebendiger wurde. Verzweifelt versuchte sie, das Verlangen zu ignorieren, das in ihr aufkeimte.

Nick deutete in Richtung Flur. „Es war wirklich nicht nötig, aber es ist sehr nett von Ihnen, dass Sie ein Geschenk mitgebracht haben. Stephanie wird sich bestimmt darüber freuen.“

Atemlos und etwas durcheinander, ging Erin durch den Flur. Hätte sie doch bloß ihren gesunden Menschenverstand benutzt und das Geschenk vorbeigebracht, wenn Nick nicht zu Hause war.

Einen Augenblick später betraten sie das Wohnzimmer. Hector begrüßte sie nickend von seinem Platz auf dem Sofa aus. Mrs. Thornsberry sah von der Küchentür herüber. Stephanie saß, umgeben von zerknülltem Geschenkpapier und etlichen Geschenken, in ihrem Rollstuhl in der Mitte des Raumes.

„Hi, Steph“, sagte Erin. „Herzlichen Glückwunsch.“

„Danke.“

Das Herz ging ihr auf, als das kleine Mädchen lächelte. Sie hatte so ein wunderschönes Lächeln. Schade, dass sie es so selten zeigte.

„Dad hat mir eine Staffelei zum Zeichnen geschenkt“, sagte sie. „Möchten Sie mal meinen neuen Malblock sehen?“

„Gerne.“ Erin fühlte sich ein wenig unbeholfen, als sie den Block entgegennahm, da sie vom Zeichnen nicht viel verstand. Sie befühlte das Papier. „Sehr schön. Was malst du denn am liebsten?“

„Manchmal zeichne ich Bandito. Manchmal meine Mutter, aber ich bin nicht sehr gut im Gesichterzeichnen. Meistens denke ich mir einfach Sachen aus. Abendkleider kann ich ziemlich gut.“

„Dann bist du ja eine richtige kleine Modedesignerin“, sagte Erin.

Stolz blitzte in den Augen des Mädchens auf, und es strahlte. „Mein Dad sagt, Liz Clairborne kann sich warm einpacken.“

„Da hat er bestimmt recht.“ Erin gab ihr den Zeichenblock zurück. „Wenn du Lust hat, kannst du mir ja irgendwann mal ein paar deiner Zeichnungen zeigen.“

„Klar.“

Mrs. Thornsberry nahm Nick das Geschenk aus den Händen und legte es Stephanie in den Schoß. Das Mädchen hob es auf und schüttelte es. „Ziemlich groß.“

Mit verschränkten Armen lehnte Nick an der Wand und lächelte seine Tochter an. Das erste Lächeln, das sie von ihm gesehen hatte, seitdem sie das Haus betreten hatte.

„Mach es auf, mein Liebling.“ Sein Blick traf Erin, und das Lächeln, das er seiner Tochter geschenkt hatte, umspielte noch immer seinen Mund. Es war eins der schönsten, das sie je gesehen hatte. Zu schade, dass er es so selten zeigte. Und es war nicht für sie bestimmt gewesen. Unangenehm berührt wandte sie den Blick ab.

Gespannt sah Erin zu, wie das Mädchen das Geschenk auspackte. Plötzlich hielt es inne, und das Rascheln des Papiers verstummte. Es herrschte absolute Stille im Raum. Stephanie blinzelte, dann starrte sie den orangefarbenen Basketball an, als hätte sich jemand einen üblen Scherz mit ihr erlaubt.

„Es ist ein Basketball“, sagte sie mit monotoner Stimme.

Erins Magen krampfte sich zusammen. Sie betete, dass sich ihr sorgsam ausgesuchtes Geschenk nicht als großer Fehler herausstellte. Sie trat einen Schritt vor. „Ich habe den Korb draußen über dem Garagentor gesehen und mir gedacht, dass du vielleicht wieder anfangen möchtest zu spielen.“

Das Mädchen starrte Erin mit weiten blauen Augen an. Den Schmerz, der sich darin spiegelte, kannte Erin nur zu gut. Auch sie hatte sich in den vergangenen Monaten mehr als einmal von der harten Realität geschockt und verraten gefühlt. Ihr wurde schwer ums Herz, als sie sah, wie sich die endlos blauen Augen mit Tränen füllten.

„Ich kann kein Basketball mehr spielen“, sagte Stephanie mit dünner Stimme. „Meine Beine …“

„Oh Honey, sicher kannst du das“, sagte Erin sanft. „Wenn du möchtest, kannst du Unterricht nehmen. Auch Menschen mit einer Behinderung spielen Basketball und gewinnen Marathonläufe. Sie können alle möglichen Dinge tun, die Spaß machen.“

„Ich möchte, aber ich kann nicht.“ Stephanie sah ihren Vater an. „Warum hat sie mir den Ball gekauft? Ich kann doch nicht mehr spielen.“

Der Schmerz, der Erin überkam, war so stark, dass er ihr den Atem raubte. Sie konnte nichts anderes tun, als ihre Hand auf die Brust zu pressen und zu beten, dass das Mädchen es begreifen würde. Das Letzte, was sie wollte, war, einem Kind wehzutun, das schon viel zu oft verletzt worden war.

„Oh Honey“, sagte Mrs. Thornsberry, „ich bin mir sicher, Erin hat sich nichts Böses dabei gedacht …“

„Ich kann nicht spielen“, schrie das Mädchen. „Ich will den Ball nicht.“

„Aber du kannst, Steph“, sagte Erin. „Ich kann es dir beibringen. Ich … “

„Es reicht.“ Nicks Stimme war hart wie Stahl.

Erin sah zu ihm hinüber. Wie versteinert stand er da und schaute sie an. Er hatte die Hände an den Seiten zu Fäusten geballt, und sein Blick war hart und kalt wie Gletschereis.

Eine Grabesstille herrschte im Raum. Fassungslos, als habe sie gerade den Kronleuchter von der Decke geschossen, starrte Hector sie an, während Mrs. Thornsberry sich mit übertriebenem Eifer daranmachte, das Geschenkpapier vom Boden aufzusammeln.

Erin sah zu Stephanie. „Es tut mir leid“, sagte sie hilflos.

Das Mädchen drehte den Rollstuhl herum, bevor es mit einem herzzerreißenden Schluchzer im Flur verschwand.

Erin wurde übel. Nicht im Traum hatte sie gedacht, dass der Basketball Stephanie so in Aufruhr versetzen könnte. Wie hatte sie nur so unsensibel sein können? Wie hatte sie erwarten können, dass das Mädchen etwas verstand, was ihm bislang niemand erklärt hatte? Offenbar hatte das noch keiner für nötig gehalten.

Erin sah zu Nick hinüber. Die gleißende Wut, die ihr aus seinen Augen entgegenschlug, ließ sie zurückschrecken. „Ich wollte Steph nicht wehtun“, sagte sie. „Ich hätte nicht gedacht …“

„Genau das ist Ihr Problem, McNeal“, fuhr er sie an. „Sie handeln, ohne zu denken.“

Erin trat einen Schritt zurück. Es tat weh, dass er sie so falsch einschätzte. Doch zugleich war sie auch verärgert darüber, dass dieser Mann, auf dessen Meinung sie offenbar immer mehr gab, erneut ihr Urteilsvermögen infrage stellte.

Erin war nicht der Typ, der schnell die Kontrolle verlor und vor anderen Menschen zusammenbrach. Schon in sehr jungen Jahren hatte sie gelernt, wie nutzlos Tränen waren. Doch als sie dort stand und Nicks wütenden Geschichtsausdruck sah und daran dachte, wie weh sie seiner Tochter getan hatte, stiegen ihr die Tränen in die Augen.

„Ich muss zurück an die Arbeit.“ Abrupt drehte sie sich um und ging zur Tür.

„Warten Sie.“

Erin ging weiter, denn sie traute ihren Gefühlen nicht. Und Nick war der letzte Mensch auf dieser Welt, vor dem sie zusammenbrechen wollte.

Sie trat durch die Haustür nach draußen. Dankbar, an der frischen Luft zu sein, atmete sie die kühle Abendluft ein. Als sie die Terrassentreppen hinter sich gelassen hatte, verfiel sie in einen Laufschritt.

Hinter ihr knallte die Haustür ins Schloss. Nick, dachte sie und beschleunigte ihre Schritte. Wann würde sie endlich lernen, nicht immer bei allem, was sie tat, bis an die Grenze zu gehen?

Mit Tränen in den Augen blieb sie an ihrem Auto stehen und suchte nach dem Schlüssel.

„Ich möchte mit Ihnen reden, McNeal.“

Sie blickte über ihre Schulter und sah, wie Nick über den Rasen auf sie zukam. Na großartig. Sie war kurz davor, in Tränen auszubrechen, und er wollte mit ihr reden. Der Kerl hatte wirklich ein perfektes Timing, das musste man ihm lassen.

„Ich muss zurück an die Arbeit", sagte sie.

„Das kann warten."

Einen Augenblick lang war sie versucht, ihn zu ignorieren. Einfach in ihr Auto zu steigen und davonzufahren. Aber natürlich tat sie das nicht. Erin war noch nie vor Problemen davongelaufen. Warum nur löste Nick jedes Mal in ihr einen Kampf-oder-Flucht-Instinkt aus?

Er stand nun direkt hinter ihr, doch sie drehte sich nicht um. „Können Sie mir erklären, was das sollte?", fragte er herausfordernd.

„Es tut mir leid", sagte sie.

„Und warum drehen Sie sich nicht um und gucken mich an?"

Sie wischte sich die Tränen mit dem Ärmel ab. Wie demütigend. „Ich habe gesagt, dass es mir leidtut, Nick. Was wollen Sie denn noch?"

„Ich versuche nur, Sie zu verstehen. Ich habe nicht die leiseste Ahnung, wieso Sie Steph den Ball gekauft haben. Warum erklären Sie es mir nicht?"

Langsam drehte Erin sich zu ihm um. Mit erhobenem Kinn sah sie ihn an. „Ich habe ihr einen Basketball gekauft, weil sie wissen soll, wie stark sie noch immer ist und was sie erreichen kann. Dass sie nicht auf ein erfülltes Leben verzichten muss, nur weil sie im Rollstuhl sitzt."

„Sie kann kaum stehen, McNeal. Wie, um alles in der Welt, soll sie Basketball spielen?"

„Es nennt sich Rollstuhlbasketball, Nick. Erzählen Sie mir nicht, dass Sie noch nie davon gehört haben."

„Es ist zu früh für so etwas."

„Woher wollen Sie das wissen?"

„Ich bin ihr Vater", sagte er. „Und ich weiß, was sie durchgemacht hat. Ich weiß, dass es zu viel für sie wäre."

„Sie ist bereit, Nick. Auch wenn Sie das nicht wahrhaben wollen. Früher oder später wird sie herausfinden, wie viele Möglichkeiten ihr noch immer offenstehen, und dann wird sie nicht mehr aufzuhalten sein, egal, ob Ihnen das gefällt oder nicht. Besser, Sie gewöhnen sich schon mal an den Gedanken." Die Worte waren aus ihr herausgesprudelt. Hart. Vernichtend. Und so wahr, dass ihr das Bedürfnis, Nick zu beweisen, dass sie recht hatte, fast körperliche Schmerzen bereitete.

Seine Augen verengten sich. „Sie wissen nicht, wovon Sie sprechen."

„Ich habe zwei Monate lang mit körperlich behinderten Kindern trainiert. Rollstuhlbasketball. Therapeutisches Reiten. Langstreckenläufe. Die Kinder lieben es. Sie *lieben* es. Ich habe gesehen, wie es das Leuchten in ihre Augen zurückgebracht hat. Ihr Selbstvertrauen zurückgekehrt ist. Ihre Einstellung zum Leben sich dramatisch verbessert hat.“ Von ihren eigenen Worten und Gefühlen tief ergriffen, hielt sie inne. Sie wusste, dass sie zu weit gegangen war. Doch sie hatte sich einfach nicht zurückhalten können.

Eindringlich sah Nick sie an. „Stephanie ist noch dabei, sich zurechtzufinden. Sie ist nach wie vor sehr geschwächt. Nicht nur körperlich, sondern auch seelisch. Ich werde nicht zulassen, dass sie erneut verletzt wird.“

„Dafür zahlt sie einen ziemlich hohen Preis.“

Seine Miene verdunkelte sich. „Sie sind gerade an einer Grenze angelangt, die Sie lieber nicht überschreiten sollten.“

„Grenzüberschreitungen gehören zu meinen Stärken, Chief. Das sollten Sie doch inzwischen wissen.“

„Sie sind leichtsinnig und unverantwortlich. Nicht nur, was Ihre persönliche Sicherheit angeht, sondern auch mit Ihren Worten.“

„Sie haben mich nach meiner Meinung gefragt, Chief. Ich sage Ihnen nur, was ich denke. Sie ersticken das Kind mit Ihrer …“

„Sie braucht meinen Schutz.“

„Sie braucht ein Leben, das wieder lebenswert ist. Zur Hölle mit den Risiken.“

„Es war Leichtsinn, der sie in den Rollstuhl gebracht hat!“ Bedrohlich kam er auf sie zu. „Und das werde ich nicht noch einmal zulassen. Also lassen Sie sie in Ruhe!“

Seine Worte ebenso wie seine Wut ließen sie innehalten. Zitternd und schwer atmend stand sie ihm gegenüber. Sie hatte es nicht gewollt, aber es sah ganz danach aus, als habe sie seine ganz persönliche Büchse der Pandora in seiner Brust geöffnet, die nun vor Schmerz überquoll.

Abrupt drehte er sich um. Offenbar war ihm bewusst geworden, wie haarscharf er davor war, die Kontrolle zu verlieren. Er ging zur Motorhaube des Wagens, stützte sich mit den Händen darauf ab und ließ den Kopf sinken.

Einige Minuten lang war nur das zirpende Geräusch der Grillen zu hören. Erschüttert lehnte Erin an der Fahrertür. Ihr Herz schlug viel zu schnell. Sie hätte ihm gern von ihrer freiwilligen Arbeit bei der Quest Foundation erzählt, einer Stiftung, die sich darauf spezialisiert hatte, körperlich behinderten Kindern dabei zu helfen, sich im Leben zurechtzufinden. Doch so wütend, wie er war, würde sie sicherlich nicht zu ihm vordringen.

Er stieß sich vom Auto ab und richtete sich auf. Dann kam er seufzend auf sie zu. „Es tut mir leid“, sagte er.

„Schon in Ordnung. Es geht mich nichts an.“

„Ich habe die Fassung verloren. Und das nicht zum ersten Mal. Das ist absolut nicht in Ordnung.“ Er stieß einen Fluch aus, dann sah er sie wachsam an. „Stephanie bedeutet mir alles, McNeal. Alles. Ich liebe sie mehr als mein Leben. Die letzten drei Jahre waren die Hölle für sie. Und ich werde ihr weiteres Leid ersparen, koste es, was es wolle.“

Seine Augen waren dunkel wie die Nacht. Als sie den gequälten Ausdruck darin sah, hätte sie am liebsten die Hand ausgestreckt und ihn berührt, um ihm zu zeigen, dass er nicht allein war. Doch sie wusste, dass er ihr nicht glauben würde.

„Ich weiß, Sie wollen nur das Beste für Steph“, sagte sie.

„Darum passe ich auf sie auf.“

„Nick, ich wollte mich nicht einmischen. Ich bin manchmal nur etwas …“

„Impulsiv?“ Der Ansatz eines Lächelns umspielte seine Lippen.

„Das höre ich nicht zum ersten Mal.“ Offenbar war er darum bemüht, die Spannung zwischen ihnen beiden zu lösen. Erleichtert atmete sie aus. „Warum sitzt Steph im Rollstuhl?“

Er schwieg so lange, dass Erin schon befürchtete, er würde ihr überhaupt nicht mehr antworten. Als er es endlich tat, war seine Stimme so tief und leise, dass sie sich vorbeugen musste, um ihn zu verstehen.

„Der Autounfall vor drei Jahren. Meine Frau kam dabei ums Leben, und Stephanie ist dabei an der Wirbelsäule verletzt worden. Sie hat zwei Wochen auf der Intensivstation gelegen.“

Er hatte den Blick in die Dunkelheit über dem Rasen gerichtet. Sogar im Profil konnte Erin seine angespannten Gesichtszüge sehen. Die Tiefe seiner Gefühle spiegelte sich in seinen Augen wider. Es brach ihr beinah das Herz, zu sehen, wie er nach Worten rang.

„Zwei Wochen später musste ich in ihre unschuldigen Augen blicken und ihr eröffnen, dass sie vielleicht nie wieder würde laufen können. Noch nie in meinem Leben ist mir etwas so schwer gefallen.“ Er lachte freudlos auf. „Und das Einzige, worum sie sich gesorgt hat, war, dass sie dann vielleicht nicht mehr für Bandito sorgen könnte. Und das von einem kleinen Mädchen, das sein Leben für Basketball und Reitshows gegeben hätte und das gerade seine Mutter verloren hatte. Ihre Tapferkeit hat mich zutiefst beschämt."

„Es tut mir leid, Nick. Ich kann mir vorstellen, wie hart es gewesen ist." Ihre Worte klangen unpassend.

„Ja, McNeal, mit tut es auch leid. Sie ist ein wundervolles Kind."

„Ich weiß." Erin sehnte sich danach, ihre Hand auszustrecken, um sein männliches Kinn zu berühren. Mit den Fingern über seine Schultern zu fahren, um seine Verspannungen zu lösen. Seine zu Fäusten geballten Hände in ihre zu nehmen, um sie behutsam zu öffnen. Doch sie tat nichts dergleichen, denn sie wusste, dass es nicht das war, was er brauchte. Ihre Blicke trafen sich. Selbst in der Dunkelheit fühlte sie sich nackt, wenn er sie ansah. Sie hätte ihm gern erzählt, dass auch körperlich behinderte Kinder mit einer speziellen Ausrüstung und einer erwachsenen Begleitperson reiten konnten. Doch instinktiv spürte sie, dass dies der falsche Zeitpunkt dafür war. Viel zu dicht schlummerten seine Gefühle an der Oberfläche. Er würde nicht wollen, dass sie zum Vorschein kamen, wenn sie weiter in ihn drang.

Sie schwiegen beide für einige Minuten. Erin wusste, dass er Zeit brauchte, und gab sie ihm. Außerdem war sie sich nicht sicher, was sie tun würde, wenn der starke Mann, für den sie immer mehr Respekt empfand, zusammenbrach. Das Bedürfnis, ihn zu berühren, war stark, sie selbst hingegen fühlte sich ausgesprochen schwach.

„Besteht die Möglichkeit, dass sie irgendwann wieder gehen kann?"

„Sie wurde bereits zweimal operiert, und der Neurochirurg ist optimistisch."

„Hat sie Schmerzen?"

„Zum Glück nur selten. Meistens können sie mit entzündungshemmenden Mitteln unter Kontrolle gebracht werden", sagte er. „Sie hat etwas Gefühl und ein bisschen Kraft in ihrem linken Bein. Aber in den letzten Monaten hat sich eine posttraumatische Störung entwickelt. Sie leidet an einer Syringomyelie."

„Das ist eine Erkrankung des Rückenmarks, die nach einer Verletzung oder einer Operation entstehen kann, oder? Eins der Kinder, mit denen ich in Chicago gearbeitet habe, litt daran."

Er musterte sie aufmerksam. Anscheinend hatte er nicht erwartet, dass sie mit der Krankheit etwas anfangen konnte. „Die meisten Leute haben noch nie davon gehört."

„Es gibt da eine Operation ..."

„Laminektomie und Duraplastik." Nick verzog das Gesicht. „Bislang nicht ausreichend getestet und nicht ohne Risiken."

„Was für Risiken?"

Wieder umspielte der Hauch eines Lächelns seinen Mund. „Es war klar, dass diese Frage von Ihnen kommen musste, oder?"

„Was wäre das bestmögliche Ergebnis?" Erin blieb beharrlich.

„Im besten Fall würde Stephanie das Gefühl in ihren Beinen zurückbekommen und sofort mit einer Physiotherapie beginnen können. Im schlimmsten Fall bildet sich neues Narbengewebe, oder die Wirbelsäule wird beschädigt. Beides hätte weitere Lähmungen zur Folge, die Stephs Lebensqualität wesentlich verschlechtern könnten. Wenn wir nichts tun und abwarten, besteht immerhin die Chance, dass sie irgendwann mit einer Gehhilfe wieder laufen kann."

Erin dachte über seine Worte nach und fragte sich, wie sie selbst in dieser schwierigen Situation entscheiden würde. „Und Sie sind bereit, sich damit zufriedenzugeben?"

„Ich habe sie schon einmal fast verloren." Nick sah über die Auffahrt hinüber zu dem Zaun, an dem Bandito graste. „Ich werde es kein zweites Mal riskieren."

Nick wusste selbst nicht so genau, warum er sich Erin anvertraut hatte. Vielleicht weil er spürte, dass sie anders war als die meisten Menschen und ihn verstand. Sie hatte selbst eine tragische Vergangenheit. Vielleicht war das die Gemeinsamkeit, die sie verband.

Es war lange her, dass er mit jemandem über den Unfall geredet hatte. Und darüber, welche verheerenden Folgen er für das Leben seiner Tochter und sein eigenes gehabt hatte. Es waren vor allem die dunklen Monate danach, über die er nur ungern sprach. Am liebsten hätte er dieses Kapitel seines Lebens beerdigt. Monatelang hatte er getrauert. Es war die Art von tiefer schwarzer Trauer, die einen überkam, wenn man einen Seelengefährten verloren hatte. Er hatte diese Trauer, so gut es ging, unter Verschluss gehalten, da sie sonst wie ein Gift aus ihm herausgeströmt wäre. Er konnte und wollte nicht zulassen, dass Stephanie damit in Berührung kam.

Er schob die Gedanken an die Vergangenheit beiseite und sah Erin an. Sie lehnte gegen den Wagen und blickte in Richtung der Wiese, auf der man Bandito grasen hörte.

„Es tut mir leid, dass ich Sie so angefahren hab", sagte er. „Das war völlig unangebracht."

„Wissen Sie, Chief, ich gewöhne mich langsam daran, von Ihnen angeschrien zu werden."

Spielerisch stieß sie ihm mit dem Ellbogen in die Seite. Anscheinend versuchte sie, die emotionsgeladene Situation zu überspielen, wofür er ihr unendlich dankbar war.

„Ich wusste nicht, dass Sie mit behinderten Kindern gearbeitet haben", sagte er nach einer Weile. „Das ist vorbildlich."

„Die Quest Foundation ist eine Stiftung, die mit Kindern mit den verschiedensten Behinderungen arbeitet. Kopfverletzungen, Wirbelsäulenschäden, Downsyndrom, Muskelschwund. Ein paar Monate nach der Schießerei habe ich dort eine Zeit lang ehrenamtlich als Trainerin für Rollstuhlbasketball gearbeitet. Meist mit Teenagern. Ein paarmal bin ich auch mit zum Reitzentrum gefahren, um die jungen Reiter zu betreuen. Es ist schwer in Worte zu fassen, was für eine außergewöhnliche Erfahrung das war."

„Das kann ich mir vorstellen."

„Nick, diese Kinder haben die Pferde geliebt! Es gibt ähnliche Projekte, die Hunde in Altenheime oder auf Krebsstationen bringen. Genauso wie Hunde haben Pferde einen unglaublich positiven Einfluss auf Kinder."

„Sie haben als Trainerin für Rollstuhlbasketball gearbeitet. Trotzdem hat es sie ziemlich aus der Bahn geworfen, als Sie Stephs Rollstuhl zum ersten Mal gesehen haben."

„Es war nicht ihr Rollstuhl."

„Was war es dann?"

Erin biss sich auf die Unterlippe. „Es waren die Erinnerungen, die er ausgelöst hat. An die Schießerei. An Danny."

„Flashbacks?"

Sie nickte laut seufzend.

„Oh McNeal." Er neigte den Kopf nach vorne und legte Daumen und Zeigefinger an den Nasenrücken. „Posttraumatische Belastungsstörung?", fragte er nach einer Weile.

„Albträume, Schlafstörungen und jede Menge Schuldgefühle, die mir einfach keine Ruhe ließen. Der Polizeipsychologe hat es Überlebendensyndrom genannt."

„Daher haben Sie sich für die ehrenamtliche Arbeit gemeldet."

Sie lächelte schwach. „Nach alldem, was ich durchgemacht habe, wollte ich etwas zurückgeben. Der Psychologe hatte mir die Stiftung empfohlen."

„Hat es geholfen?“

„In den ersten Monaten schon. Für eine Weile lief es sogar ganz gut. Ich habe etliche der Kinder zum Lachen gebracht. Wissen Sie, Chief, wenn ich will, kann ich ziemlich lustig sein.“

Der Gedanke entlockte ihm ein Lächeln. „Das glaube ich gern.“

„Aber es hat nicht lange gedauert, bis ich gemerkt habe, dass ich es nicht schaffe. Die Arbeit hat mich zu viel Energie gekostet. Außerdem hatte ich ständig Flashbacks. Ich weiß, es hört sich selbstsüchtig an, aber nach einer Weile habe ich es einfach nicht mehr ausgehalten. Es waren wunderbare Kinder, aber ihre Verletzungen und ihre Probleme …“

„Das war nicht selbstsüchtig. Menschlich vielleicht. Was zählt, ist doch, dass Sie es versucht haben.“

Er hörte, wie sie einen tiefen Seufzer von sich gab, und betrachtete ihr Profil. Als er eine Träne auf ihrer Wange schimmern sah, bekam auch er einen Kloß im Hals. Weinte sie etwa seinetwegen?

Einen Anflug von Panik ignorierend, machte er einen Schritt auf sie zu. Er legte ihr einen Finger unters Kinn und zwang sie, ihn anzusehen. „Warum die Tränen, McNeal?“

„Sie werden es mir nicht glauben, aber ich weine nie.“

„Es tut mir leid. Anscheinend habe ich ein Händchen dafür, Sie zum Weinen zu bringen.“ Der Drang, sie zu trösten, war erstaunlich stark, seine Gegenwehr hingegen verdammt schwach. Er konnte den vertrauten Geruch ihres Haars riechen, der sich mit der Süße ihres Atems mischte. Der Dreiviertelmond stand am Himmel und schien auf ihr Gesicht. Er sah den wachsamen Ausdruck in ihren Augen und konnte den Umriss ihres Mundes erkennen. Oh mein Gott, wie sehr er sich danach sehnte, sie zu küssen.

Nick fuhr ihr mit dem Daumen über die Wange und wischte eine Träne fort. Sie zu berühren war ein Fehler, der ihm zum Verhängnis werden würde, das wusste er instinktiv. Eine Stimme in seinem Inneren warnte ihn. Wenn er sich nicht umdrehte und ging, bevor es zu spät war, würde sie sein Leben ins Chaos stürzen. Aber er brachte es einfach nicht fertig, unbeteiligt zuzusehen, wie sie weinte.

Ein tiefes, mächtiges Gefühl stieg in ihm auf. Auch wenn er sich nicht traute, es beim Namen zu nennen, machte er sich nicht einmal die Mühe, dagegen anzukämpfen. Er war es satt, zu kämpfen, nur um am Ende doch von seinen Emotionen für diese Frau überwältigt zu werden. Sie hatte ihn dazu gebracht, sein Innerstes zu entblößen, und er hatte es zugelassen. Was konnte eine tröstende Umarmung schon für Schaden anrichten? Oder ein Kuss unter Freunden?

Offenbar wurde er mit der Zeit immer besser darin, sich selbst etwas vorzumachen.

„Kommen Sie", flüsterte er.

Überrascht sah sie ihn an. „Sie wissen, was das letzte Mal passiert ist, als wir das versucht haben."

„Allerdings, und es hat es mir verdammt gut gefallen."

Ohne ihre Reaktion abzuwarten, machte er einen Schritt auf sie zu und umfasste ihr Gesicht mit beiden Händen. Er spürte ihre weiche Haut und die Tränen. Und er roch ihren verführerischen Duft. Den Duft, von dem er in den letzten Tagen so oft geträumt hatte.

Erstaunt sah sie ihn an, doch das war ihm egal. Er selbst war nicht weniger überrascht, sondern geradezu schockiert von dem, was er tat – aber auch das würde ihn nicht aufhalten.

Er schob sie mit dem Rücken gegen den Wagen, während er ihren Mund langsam, aber bestimmt seinem näher brachte. Ihre Augen weiteten sich, und er hörte, wie sie scharf die Luft einsog. Er spürte den Kloß in seinem Hals.

Einen kurzen Moment lang war sie steif wie ein Brett, aber schon im nächsten Augenblick schmolz sie in seinem Arm dahin. Nick spürte, wie sie sich entspannte, als seine Lippen die ihren berührten und er sie fordernd mit seiner Zunge beschwor, ihn einzulassen. Sie gab einen kehligen Laut von sich, bevor sie den Mund öffnete und ihn willkommen hieß.

Es war, als breche ein Damm in ihm, und all die so sorgsam unter Verschluss gehaltenen Emotionen brachen wie eine Flutwelle über ihn herein. Verlangen und Lust strömten glühend heiß durch seine Adern, doch da war auch noch ein anderes Gefühl, das er lieber nicht benennen wollte.

Er küsste sie innig und leidenschaftlich. Erkundete auch den entferntesten Winkel ihres Mundes mit seiner Zunge. Als sie ihren warmen, weichen Körper geben seinen presste, wurde sein Verlangen immer dringlicher. Er wollte sie.

Nur verzögert nahm er sein eigenes tiefes Stöhnen war. Er strich ihr mit den Händen über die Schultern bis zu den Brüsten, die er durch den Stoff ihrer Uniformbluse hindurch umfasste. Scharf sog sie die Luft ein und drückte den Rücken durch, um ihm entgegenzukommen. Als sie ihren Körper an ihn presste, konnte er sich kaum mehr zusammenreißen. Beinah wie von selbst wanderten seine Finger zu den Knöpfen ihrer Bluse. Er nestelte daran herum und fluchte innerlich, als er bemerkte, wie sehr seine Hände zitterten. Endlich. Der erste Knopf war geöffnet. Noch zwei weitere, und er fuhr mit seinen Händen in ihre Bluse, spürte ihre weiche Haut und die Spitze ihres BHs.

Sie hatte feste, runde Brüste. Nick umfasste sie und strich mit den Daumen über ihre aufgerichteten Spitzen. Sie erschauerte, was ihn nur noch mehr erregte. Er hatte das dringende Bedürfnis, das weiche Fleisch ihrer Brüste unter seinen Händen zu spüren, ihre geschmeidige Haut zu küssen und zu schmecken.

Er öffnete noch zwei weitere Knöpfe ihrer Bluse und suchte den Verschluss ihres BHs. Vergeblich. Wie peinlich. „Was für ein BH ist das?“, flüsterte er frustriert.

„Äh, ein Sport-BH …“

Sie hatte den Satz noch nicht ganz zu Ende gesprochen, schon hatte er den BH nach oben geschoben, sich über sie gebeugt und eine ihrer Brustwarzen in den Mund genommen. Erin stöhnte auf und wölbte ihren Rücken, um ihm vollen Zugang zu gewähren. Ihre Reaktion fegte auch den letzten Rest seiner Zurückhaltung hinweg. Natürlich war es ein Fehler, sich so hemmungslos seinen Gefühlen hinzugeben, aber er konnte nicht anders. Dazu war sie einfach viel zu verführerisch und so wundervoll empfänglich. Zum Teufel mit den Konsequenzen. Sie war das Risiko wert.

Er hatte gar nicht gemerkt, dass er die Augen geschlossen hatte. In diesem Moment gab es nur noch ihren Körper für ihn und sein eigenes pulsierendes Verlangen. Er sehnte sich so sehr nach ihr, dass er drauf und dran war, sie hier und jetzt zu nehmen. Ein Gedanke, der ihn zugleich erstaunte und erregte. Zum erstens Mal seit Jahren fühlte er sich wieder lebendig. Anstelle der Leere in seinem Inneren brannte ein loderndes Feuer, das dabei war, außer Kontrolle zu geraten …

„Chief?“

Wie durch einen dichten Nebel drang die Stimme in sein Bewusstsein. Doch dann traf es ihn mit voller Wucht. Um Himmels willen, Stephanies Nanny! Nick stolperte rückwärts, während Erin sich abwandte, um ihre offene Bluse zu verbergen. So durcheinander, erregt und verlegen war er nicht mehr gewesen, seit er als Teenager knutschend mit einem Mädchen auf dem Rücksitz im Wagen seiner Mutter erwischt worden war. Er drehte sich um und sah Mrs. Thornsberry an.

7. KAPITEL

„Was gibt's, Em?" Nick fuhr beim Klang seiner eigenen Stimme zusammen. Sie hörte sich heiser und atemlos an, als hätte er einen Block Zement verschluckt.

Mrs. Thornsberry stand nur ungefähr sechs Meter entfernt, hatte die Hände in die Hüften gestemmt und sah ihn an, als wäre er gerade mit einem Ufo auf der Auffahrt gelandet. „Ich wollte nicht stören", sagte sie betont höflich.

Nick rührte sich nicht von der Stelle. Er konnte nicht zu ihr gehen, ohne dass sie seine Erektion gesehen hätte. „Sie stören nicht", sagte er.

„Soso."

Unbehaglich verlagerte er das Gewicht von einem Fuß auf den anderen. „McNeal und ich haben uns nur unterhalten."

„So ähnlich hat es auch ausgesehen", Mrs. Thornsberry schnalzte mit der Zunge. „Steph fragt nach Ihnen."

Sofort bekam er ein schlechtes Gewissen. Seiner Tochter ging es schlecht, und sie brauchte ihn. Und was tat er? Stand knutschend mit seiner Untergebenen auf der Auffahrt.

„Geht es ihr gut?", fragte er besorgt.

„Ja, es ist alles in Ordnung. Sie wartet bei der Garage auf Sie."

„Bei der Garage?" Es war schon fast Schlafenszeit für sie. Was machte sie bei der Garage?

„Ich muss gehen", sagte Erin.

Nick drehte sich zu ihr um. Sie stand neben dem Streifenwagen. Ihre Lippen glänzten im Mondschein. Vorsichtig sah sie ihn mit ihren dunklen Augen an. Es war, als könne er noch immer ihren Mund auf seinem spüren, ihren süßen Atem und den Duft ihres Haares riechen. Sofort durchfuhr ihn eine erneute Welle der Erregung, die sich in seinem Schritt bemerkbar machte.

Was hatte er getan? Warum machte er immer und immer wieder den gleichen Fehler, wenn es um diese Frau ging? Sie war nicht gut für ihn. Und sie war nicht gut für Stephanie. Erin war wild und impulsiv, und am Ende würde sie ihnen beiden das Herz brechen. Warum konnte er trotzdem nicht die Hände von ihr lassen?

„Ähm …" Nick unterdrückte das Bedürfnis, sich in den Schritt zu fassen. Er war noch immer schmerzvoll erregt, und sein Körper sehnte sich danach, erlöst zu werden. Es war an der Zeit, dass er sich wieder mit anderen Frauen verabredete. Anfing zu joggen. Kalt duschte. Vielleicht war es auch am besten, wenn er sich selbst in den Fuß schießen würde. Ganz egal, Hauptsache, es hielt ihn von Erin McNeal fern.

„Steph fragt nach mir“, sagte er schließlich nach einer kleinen Pause. „Ich muss gehen.“

Ohne ein Wort öffnete Erin die Fahrertür und stieg ein. Unsicher, was er sagen sollte, ging Nick zu ihr. Er konnte das, was sich gerade zwischen ihnen abgespielt hatte, nicht unkommentiert lassen. „McNeal.“

Sie knallte die Autotür zu, dann ließ sie das Fenster runter.

„Sag Steph bitte, dass mir das mit dem Basketball leidtut, okay?“

„Sicher.“ Er lehnte sich vor. „Erin …“

„Du musst jetzt nichts sagen.“ Sie ließ den Motor an.

Nick sah keine andere Möglichkeit, als das Unausweichliche auszusprechen. „So etwas darf nicht noch einmal passieren.“

„Ich weiß. Ich hätte heute Abend nicht herkommen sollen.“

Er verzog das Gesicht. „Damit hast du vermutlich recht.“

Sie zuckte kaum merklich zusammen, doch Nick hatte es gesehen. Er hasste sich dafür, dass er sie den Preis für seine mangelnde Selbstbeherrschung zahlen ließ.

„Ich werde deine Einarbeitung an Hector übergeben“, sagte er. „Am besten, wir gehen uns für eine Weile aus dem Weg. Das Ganze ist für keinen von uns fair.“ Er wusste selbst nicht so genau, was er mit „das Ganze“ eigentlich meinte, doch auf jeden Fall war es etwas, das sie nicht weiterverfolgen durften, egal, wie gut es sich anfühlte, sie in seinen Armen zu halten.

„Natürlich. Ganz deiner Meinung“, sagte sie etwas zu schnell und mit etwas zu viel Überzeugung.

Nick wollte nicht weiter darüber diskutieren. Er würde es bei seinen Worten belassen – auch wenn sein Körper definitiv anderer Meinung war. Er straffte den Rücken und trat von dem Auto zurück. Ohne ihn anzusehen, legte Erin den Gang ein und fuhr davon.

Als er den Rücklichtern hinterhersah, schlug sein Herz viel zu schnell, und seine Hände waren feucht. Doch das hatte nichts weiter zu bedeuten. Er hatte seit drei Jahren keine Frau mehr gehabt, da waren seine Hormone einfach mit ihm durchgegangen. Kein Grund zur Besorgnis, redete er sich selbst ein. Es war nichts passiert.

Er ging zurück zum Haus und versuchte, die Stimme in seinem Kopf zu ignorieren, die ihn einen Lügner nannte.

Gerade als er ins Haus gehen wollte, um noch einige Minuten mit

Stephanie zu verbringen, bevor sie zu Bett ging, hörte er das unverwechselbare Geräusch eines Basketballs, der auf Beton traf. Er hielt kurz inne, dann nahm er den Weg an der Seite des Hauses vorbei und lugte neugierig um die Ecke. Vor ihm lag der Teil der Auffahrt, der von einem Scheinwerfer beleuchtete wurde und dessen Boden er damals hatte betonieren lassen, als Stephanie mit dem Basketballspielen angefangen hatte.

Stephanie saß mit dem orangefarbenen Ball, den Erin ihr geschenkt hatte, in der Hand in ihrem Rollstuhl und hatte den Blick fest auf den rostigen Korb über dem Garagentor geheftet. Konzentration zeichnete sich auf ihrem Gesicht ab, während sie versuchte, die Entfernung zwischen Ball und Korb abzuschätzen. Einen Augenblick später lehnte sie sich vor und warf den Ball über ihre Fingerspitzen nach oben, sodass er einen perfekten Bogen machte. Nick hielt den Atem an. Der Ball prallte am Rand des Korbes ab.

„Oh verdammt", sagte sie, als der Ball auf dem Beton aufkam.

Er wusste auch nicht, warum es ihn so tief berührte, doch als er sah, wie Stephanie ihren Rollstuhl vorwärts manövrierte, um den Ball zu holen, und sich für einen neuen Versuch bereit machte, spürte er einen Stich in seinem Herzen. Der Schmerz raubte ihm beinah den Atem.

Sie braucht ein Leben, das wieder lebenswert ist. Zur Hölle mit den Risiken.

Unwillkommen hallten Erins Worte in seinen Ohren wider. Erin hatte unrecht, sagte Nick zu sich selbst. Stephanie brauchte seinen Schutz. Wenn er in der Nacht ihres Unfalls bei ihr gewesen wäre, säße sie jetzt nicht im Rollstuhl.

Er lehnte sich gegen die Wand des Hauses, da es einen Moment dauerte, bis er seine Gefühle wieder unter Kontrolle hatte. Er war nicht überfürsorglich, er war nur vorsichtig. Stephanie *brauchte* jemanden, der aufpasste, dass sie nicht noch einmal verletzt wurde.

Nach einer Weile ging er zu seiner Tochter. Er lächelte, doch sein Gesicht fühlte sich an, als wäre es aus Plastik, und er fürchtete, sie würde ihn sofort durchschauen. Seine Kleine war in den letzten Jahren ziemlich aufmerksam in solchen Dingen geworden.

Sie sah ihn unter ihren Wimpern hindurch an und grinste.

„Der ging daneben."

Nick spürte den Kloß in seinem Hals und schluckte, bemüht, sich nicht von seinen Gefühlen überwältigen zu lassen. „Das hab ich gesehen."

„Es tut mir leid, dass ich so gemein zu Erin war."

„Mach dir keine Sorgen um Erin. Sie versteht das schon. Sie hat mir gesagt, dass es in Ordnung geht, wenn du den Basketball nicht möchtest. Dann kauft sie dir was anderes."

Stephanie hielt ihm den Ball entgegen. „Guck mal, Dad, das hab ich gar nicht gesehen, als sie mir den Ball gegeben hat. Hier."

Nick sah hinunter auf die orangefarbene Kugel. Ein scharfer Schmerz durchzuckte seine Brust, als sein Blick auf den Namen seiner Tochter fiel, der in geschwungener schwarzer Handschrift über dem eines bekannten Spielers der Chicago Bulls stand.

„Das ist ja ein Ding", murmelte er.

„Ziemlich cool, oder? Woher wusste Erin, dass er mein Lieblingsspieler ist?"

Nick war sprachlos. Er wusste nicht, was er erwidern sollte. Offenbar war Erin tatsächlich mehr als zweihundert Meilen gefahren, um dieses Autogramm zu organisieren.

Stephanie sah den Ball in ihren Händen an. „Ich habe über das, was sie gesagt hat, nachgedacht."

„Über was denn?"

„Du weißt schon ... über Rollstuhlbasketball. Ich hab das mal im Fernsehen gesehen, aber ich hab nie geglaubt, dass ich es auch schaffen kann."

„Du kannst alles schaffen, wenn du es willst, Honey."

„Na ja, ich dachte, vielleicht könnte ich mal ein paar Trainingsstunden oder so was probieren. Ich war immer eine ziemlich gute Spielerin."

„Bist du sicher, dass das eine gute Idee ist?"

„Mein Rücken tut nicht mehr so weh, falls du dir deswegen Sorgen machst. Vielleicht könnten wir Dr. Brooks mal fragen."

Nick räusperte sich. Er hoffte, seine Stimme würde fest genug sein und nicht verraten, wie sehr sein Herz schmerzte. „Du solltest längst im Bett sein."

Sie legte ihren Kopf schief, als wäre sie wieder sechs Jahre alt und fordere seine Autorität heraus, wie sie es in den vergangenen Jahren so oft getan hatte. „Wirst du wenigstens darüber nachdenken?"

Überwältigt von der Intensität der Liebe, die er für dieses Kind fühlte, und dem Bedürfnis, sie in seine Arme zu nehmen und sie zu beschützen, sah er sie an. Doch mindestens genauso wollte er, dass sie glücklich war. Dass sie all die Dinge tun konnte, die andere Mädchen in ihrem Alter taten. Zum ersten Mal seit dem Unfall fragte er sich, ob sich beides miteinander vereinbaren ließ. Vielleicht hatte Erin McNeal ja recht.

„Ich werde es mir überlegen. Aber nur, wenn du mir versprichst, kein Basketballprofi zu werden", sagte er nach einer Weile. „Ich fürchte, ich käme nicht damit klar, dass du dann so häufig auf Reisen wärst."

Nachdenklich sah Stephanie ihn an. „Glaubst du, die Profis vermissen ihre Väter, wenn sie unterwegs sind?"

„Du würdest mich bestimmt vermissen." Grinsend beugte er sich zu ihr und zog sie zärtlich am Ohr. „Aber ich dich noch viel mehr."

Sie fuhr ihren Rollstuhl zurück und warf ihm den Ball zu. „Das heißt, ich bekomme Unterricht?"

Nick fing den Ball, konnte sich jedoch nicht überwinden, ihn zurückzuwerfen. „Ich werde drüber nachdenken, okay, Liebling?"

„Aber dann versprich mir bitte, dass du gut darüber nachdenkst. Okay, Dad?"

„Das verspreche ich."

Erin saß an ihrem Schreibtisch und starrte aus dem Fenster der Polizeiwache. Sie versuchte, nicht an Nick zu denken – und scheiterte kläglich. Stirnrunzelnd sah sie auf den Haufen Formulare und Berichte, die vor ihr lagen, und tippte eine Reihe von Informationen in den Computer. Unfähig, sich auch nur im Ansatz für diese Arbeit zu begeistern, beobachtete sie den Verkehr auf der Commerce Street vor dem Fenster, so wie sie es schon seit heute Morgen um sieben Uhr tat. Jetzt, zwei Stunden später, waren erst sechzehn Autos vorbeigefahren. Logan Falls, dachte sie. Ein Leben auf der Überholspur.

Was, um alles in der Welt, sollte sie nur mit Nick machen?

Hectors Methoden der Einarbeitung unterschieden sich grundsätzlich von Nicks. Während der Chief sie mit auf Streife genommen hatte, bevorzugte Hector es, seine Runden allein zu drehen und dafür den ganzen Papierkram auf ihrem Schreibtisch abzuladen. Doch im Grunde war sie froh darüber, denn ihr war heute nicht nach Gesellschaft zumute.

Am liebsten hätte sie Nick für ihre schlechte Laune verantwortlich gemacht, doch sie wusste, dass sie selbst Schuld hatte. Sie und dieser verdammte Kuss. Wie konnte das bloß sein? In einer Großstadt wie Chicago hatte sie eine blendende Karriere hingelegt, und hier brachte sie es in nur einer Woche fertig, ihren Kollegen zu verprellen, ihren

Boss gegen sich aufzubringen und auch sonst alles falsch zu machen. Wie hatte sie nur zulassen können, dass Nick sie küsste? Und wie, um alles in der Welt, kam sie dazu, seinen Kuss auch noch zu erwidern?

Es wäre einfach, die emotionsgeladene Stimmung nach Stephanies Ausbruch dafür verantwortlich zu machen. Oder Nicks Wut. Oder das schlechte Gewissen, das sie hatte, weil ihr Geschenk dem Mädchen so viel Kummer bereitet hatte. Doch Erin machte sich nichts vor: Sie hatte gewollt, dass Nick sie küsste. Sie hatte seinen harten, fordernden Mund auf ihrem spüren wollen. Ganz egal, welche Konsequenzen es haben würde. Es ließ sich nicht leugnen, genauso wenig wie die Tatsache, dass sie jedes Mal Herzklopfen bekam, wenn sie sich vorstellte, dass er es wieder tat.

Sie merkte, wie sich bei der Erinnerung an die Begegnung auf der Auffahrt ihre Wangen röteten. Schnell schob sie den Gedanken beiseite. Sie konnte es ja doch nicht mehr ändern. Inzwischen waren zwei Tage vergangen, und sie hatte Nick seitdem nicht mehr gesehen. Vermutlich war es auch gut so. Einen Mann wie Nick, der ihren Verstand durcheinanderbrachte und ihren Körper mit Versprechungen lockte, die sie beide auf Dauer nur unglücklich machen würden, konnte sie in ihrem Leben nicht gebrauchen.

Er hatte ihr gesagt, dass er ihren Leichtsinn nicht tolerieren konnte. Doch Erin wusste, dass er in Wahrheit ein Problem damit hatte, dass sie eine erfolgreiche Polizistin war, die nicht davor zurückschreckte, sich notfalls selbst in die Schusslinie zu begeben. Nun, sie hatte genug von Männern, die nicht damit umgehen konnten, dass sie ein Cop war. Warren Prentice war dafür das beste Beispiel gewesen. Es war zwar schon sechs Jahre her, doch tief in ihrem Inneren hatte sie sich noch immer nicht verziehen, dass sie beinah naiv genug gewesen war, im Namen der Liebe ihre Karriere aufzugeben.

Liebe? Pah. Wie war sie nur auf diese absurde Idee gekommen? Nein, sie glaubte nicht an die große Liebe. Auf keinen Fall würde sie dafür ihre Karriere aufs Spiel setzen. Es war das Beste, Nick aus dem Weg zu gehen, versicherte sie sich selbst. Das war nicht nur am einfachsten, sondern vor allem auch am sichersten. Sie würde ihre Zeit in Logan Falls absitzen, bis sie wieder auf die Beine gekommen war. Mit etwas Glück war Frank vielleicht sogar schon in sechs Monaten bereit, sie wieder einzustellen. Dann würde sie endlich dorthin zurückkehren, wo sie hingehörte: nach Chicago.

Sie zuckte zusammen, als die Klingel an der Eingangstür ertönte. Eigentlich hatte sie Hector erwartet, doch als sich die Tür öffnete, rollte stattdessen Stephanie herein. Unsicher, wie sie nach dem Fiasko auf der Geburtstagsparty dem Mädchen gegenübertreten sollte, blickte Erin auf das Formular vor sich und gab weitere Informationen in den Computer ein.

„Hi."

Erin sah auf. Als sie sah, wie das Mädchen damit kämpfte, ihren Rollstuhl durch die Tür zu bugsieren, wurde ihr sofort warm ums Herz. „Hi, Steph", sagte sie. „Ist alles in Ordnung?"

„Ja, danke." Die mangelnde Begeisterung in ihrer Stimme war uncharakteristisch für eine Neunjährige. „Ist mein Dad da?"

Besorgt rollte Erin mit ihrem Stuhl zurück und sah das Mädchen an. „Du bist doch nicht etwa krank, oder?"

Nein, ich bin nur sehr traurig und einsam und brauche jemanden zum Reden. Es stand Stephanie so deutlich ins Gesicht geschrieben, als hätte sie die Worte ausgesprochen. Mitgefühl und ein merkwürdiges Gefühl von Verständnis machten Erin das Herz schwer. Wie oft hatte sie als Kind die gleiche Traurigkeit gespürt, da sie ohne Mutter aufgewachsen war. Sie fragte sich, ob Nick diese Traurigkeit ebenfalls sah, wenn er in die Augen seiner Tochter blickte. Und ob es ihn innerlich zerriss, weil es nichts gab, was er tun konnte, um ihr zu helfen.

„Ich hatte gehofft, dass mein Dad hier ist, damit er mich nach Hause fahren kann", sagte Stephanie.

„Hector hat gesagt, dass Nick heute fast den ganzen Tag bei Gericht ist. Aber ich kann ihn anrufen, wenn du möchtest."

Stephanie sah auf ihren Rucksack. „Können Sie mich vielleicht nach Hause fahren?"

Nick hatte sie vorgewarnt, dass Stephanie hin und wieder die Schule schwänzen würde, und hatte beide seiner Deputys angewiesen, den Direktor anzurufen und seine Tochter nach Hause zu Mrs. Thornsberry zu fahren, wenn sie auf der Polizeiwache aufkreuzte, während er nicht da war.

„Natürlich kann ich das." Es war das Letzte, was sie tun konnte, seit sie Stephanie auf ihrer Party in Aufruhr gebracht hatte. „Dann habe ich wenigstens einen Grund, diesen Papierkram liegen zu lassen."

Erin brauchte beinah zehn Minuten, um Stephanie aus dem Rollstuhl zu heben und sie im Streifenwagen anzuschnallen. Als sie endlich den

Rollstuhl im Kofferraum verstaut hatte, war sie ganz schön ins Schwitzen gekommen. Zum ersten Mal wurde ihr das Ausmaß der Verantwortung bewusst, die Nick für seine Tochter trug. Sie wusste, dass er sein Schicksal, ohne zu klagen, auf sich nahm, doch ihr war auch klar, wie viel Liebe und Hingabe es erforderte, sich um ein körperlich behindertes Kind zu kümmern.

Sie bog in die Commerce Street ein und machte sich auf den Weg zu Nicks Haus.

„Wahrscheinlich denken Sie, dass ich mich wegen des Basketballs ganz schön angestellt habe", sagte Stephanie nach einer Weile.

Die Aussage überraschte Erin. Da sie nicht so genau wusste, was sie erwidern sollte, warf sie einen Blick in den Rückspiegel und studierte das Mädchen. „Es war mein Fehler. Ich hätte wissen müssen, dass ein Basketball dich traurig machen könnte."

„Das hat er nicht. Also vielleicht schon, aber nur am Anfang. Aber jetzt hab ich mich langsam an die Idee gewöhnt. Ich glaube, dass es mir vielleicht sogar Spaß machen könnte. Wieder Basketball zu spielen, meine ich."

„Es ist in Ordnung, wenn der Ball dir nicht gefällt, Steph. Ich nehme ihn gern zurück und …"

„Aber ich möchte ihn behalten", widersprach das Mädchen. „Es ist nur … Als ich ihn gesehen habe, musste ich daran denken, dass ich vielleicht nie wieder gehen kann, und das hat mich traurig gemacht. Aber dann habe ich darüber nachgedacht und überlegt, ob ich nicht ein paar Trainerstunden oder so etwas nehmen könnte."

„Du möchtest lernen, wie man Rollstuhlbasketball spielt?", fragte Erin vorsichtig.

„Vielleicht. Also, Sie haben ja gesagt, dass es Training für Kinder im Rollstuhl gibt, oder?"

Sie dachte an Nick und fragte sich, wie sie am besten mit der Situation umgehen sollte. „Was sagt denn dein Dad dazu?"

„Er macht sich zu viele Sorgen, aber das tut er meistens. Mom hat ihn immer einen Miesepeter genannt. Aber er hat mir versprochen, es sich zu überlegen."

Erin blinzelte erstaunt. Sie hatte den Eindruck gehabt, Nick sei strikt dagegen. Der Gedanke, dass er sich vielleicht hat erweichen lassen, wärmte ihr Herz.

„Dann hattest du am Ende also doch noch einen schönen Geburtstag?"

„Ja, sehr schön.“ Seufzend sah das Mädchen aus dem Fenster. „Mein Dad ist ziemlich cool. Ich durfte an dem Abend länger aufbleiben. Er hat mir sogar einen grünen Wellensittich gekauft. Ich hab sie Bertha getauft. Und Mrs. Thornsberry hat einen total leckeren Kuchen gebacken. Sie ist fast wie eine Großmutter. Ich wünschte mir nur …“ Die Stimme des Mädchens verstummte.

Erin ließ einen Augenblick verstreichen, bevor sie nachfragte. „Was wünschst du dir, Steph?“

„Ich wünschte, meine Mom hätte dabei sein können. Ich meine, sie wäre vielleicht traurig, dass ich im Rollstuhl sitze, aber wenn sie bei mir war, habe ich mich immer gleich viel besser gefühlt. Sie war sehr hübsch, und sie hat sehr viel gelacht. Auch mein Dad musste oft über sie lachen. Jetzt ist er immer so ernst und lacht kaum noch.“

Die Worte trafen Erin mitten ins Herz, und die Erwähnung von Nicks Frau löste eine Reihe ziemlich komplizierter Gefühle in ihr aus. „Dein Dad hat mir von deiner Mutter erzählt. Es tut mir sehr leid.“ Sie fühlte mit dem kleinen Mädchen, als sie an ihre eigene Kindheit und den Tod ihrer Mutter zurückdachte.

„Manchmal vermisse ich sie.“

„Das kenne ich“, sagte Erin.

„Wirklich?“

„Ja. Ich habe meine Mutter verloren, als ich sechs war.“

Stephanies blaue Augen weiteten sich. „Ihre Mutter ist auch gestorben?“

Erin nickte. „Sie hatte Krebs.“

„Das muss schlimm gewesen sein. Sie waren ja erst sechs Jahre alt. Haben Sie geweint?“

„Und wie. Ich habe sie sehr vermisst.“

„Ich habe auch ziemlich viel geweint. Aber jetzt nicht mehr. Einmal habe ich sogar gesehen, wie mein Dad geweint hat, aber er weiß nichts davon. Es war irgendwie merkwürdig. Ich habe es Mrs. T. erzählt, und sie meinte, dass jeder weint, wenn er traurig ist. Meinem Dad habe ich es lieber nicht gesagt. Es wäre ihm bestimmt peinlich.“

Obwohl Erin spürte, wie ihr die Tränen in die Augen stiegen, musste sie lächeln. Es war erstaunlich, wie viel Feingefühl Stephanie mit ihren neun Jahren bereits besaß.

„Schwänzt du deswegen die Schule? Weil du traurig bist?“

„Ich weiß es nicht.“ Stephanie sah aus dem Fenster, dann auf ihre Schuhe. „Manchmal werde ich wütend. Also nicht auf meinen Dad oder Mrs. T. oder so. Einfach nur, weil ich meine Mutter so sehr vermisse und ich Sachen, die ich früher gemacht habe, jetzt nicht mehr machen kann. Wie Basketball spielen oder auf Bandito reiten."

Erin wusste nicht, wie sie einer unschuldigen Neunjährigen sagen sollte, dass das Leben nicht immer fair war. „Es ist in Ordnung, wenn du wütend wirst, Steph, aber Schwänzen ist keine so gute Idee."

„Ich weiß."

„Aber soll ich dir was verraten?"

Das Mädchen sah sie fragend an. „Was?"

„Es hilft, wenn man darüber redet. Und ich glaube, dein Dad und Mrs. T. sind ziemlich gute Zuhörer."

„Sie auch."

Erin spürte, wie sie einen Kloß im Hals bekam. Sie sah in den Rückspiegel und schluckte.

„Hört dieses blöde Gefühl, bei dem ich immer weinen muss, irgendwann auf?", fragte Stephanie.

„Es wird einfacher", sagte Erin vorsichtig. „Schon bald wirst du dich daran erinnern, wie viel Spaß du mit deiner Mutter hattest, und dabei lächeln. Es wird nicht mehr ganz so doll wehtun, an sie zu denken."

„Wir hatten sehr viel Spaß miteinander. Sie hatte mir oft die Haare geflochten. Einmal hat sie sogar Banditos Schwanz geflochten. Das sah wirklich lustig aus."

Erin sah in den Rückspiegel und lächelte. „Siehst du", sagte sie, „und schon musst du lächeln."

Schweigend fuhren sie weiter, bis sie in Nicks Auffahrt einbogen. Auf der benachbarten Wiese hob der Appaloosa seinen Kopf und sah zu ihnen herüber an. „Hey, da ist ja Bandito", sagte Erin.

Stephanie winkte ihrem Pferd und warf ihm durch das offene Fenster einen Handkuss zu. „Er ist so schön. Ich habe ihn mal auf einem Jahrmarkt vorgeführt. Und im Westernreiten haben wir den ersten Platz gemacht. Im Hindernisreiten war er nicht ganz so gut. Ich kann Ihnen meine Auszeichnungen zeigen, wenn Sie möchten."

„Die würde ich sogar sehr gerne sehen. Genauso wie Bandito."

Das kleine Mädchen strahlte. „Wirklich?"

„Na klar." Erin brachte den Wagen zum Stehen.

„Interessieren Sie sich wirklich für Pferde? Ich dachte neulich, Sie wollten nur nett sein."

„Ich mag Pferde sehr. Und ich *bin* auch sehr nett." Erin sah Stephanies Lächeln und fügte hinzu: „Wenn du mich erst mal richtig kennst."

„Glauben Sie wirklich, dass ich ihn irgendwann wieder reiten kann, Erin? Ich meine, mit meinen Beinen und so? Sie haben neulich gesagt, dass es geht, und ich musste immer daran denken."

Erin wollte keine falschen Hoffnungen wecken. Das Mädchen hatte in den vergangenen Jahren schon zu viele Enttäuschungen erleben müssen. Und Nick schien strikt gegen alles zu sein, was auch nur das geringste Risiko in sich barg oder irgendwie gefährlich war. Doch Erin war sich sicher, dass Stephanie wieder auf dem Rücken eines Pferdes würde sitzen können. Sie hatte gesehen, wie Kinder mit wesentlich schwereren Behinderungen es mit der Hilfe von Erwachsenen geschafft hatten, als sie für einige Wochen bei der Quest Foundation gearbeitet hatte. Sie selbst hatte einen Jungen im Teenageralter mit Syringomyelie betreut. Vermutlich würde Nick ihr diese kleine Freude im Namen der Sicherheit untersagen. Andererseits hatte er sich offenbar auch beim Basketball erweichen lassen. Was konnte er schon dagegen haben, wenn sie auf Bandito saß?

„Möchtest du es mal ausprobieren?", fragte Erin und hoffte inständig, dass sie sich damit nicht wieder in etwas hineinmanövriert hatte, das Nick erneut gegen sie aufbrachte.

Stephanies breites Lächeln war Antwort genug.

„Oh Honey, ich weiß nicht." Nervös befühlte Mrs. Thornsberry ihre Perlenkette mit den Fingern.

„Ach bitte, bitte!", sagte Stephanie und bewegte den Rollstuhl mit den Armen in der Küche vor und zurück. „Bandito ist so einsam, Mrs. T., und Erin hat gesagt, sie würde mich begleiten."

„Begleiten?", fragte die ältere Dame. „Wie das?"

„Ich gehe nebenher und passe auf, dass sie nicht herunterfällt", erklärte Erin von ihrem Platz an der Küchentür aus.

„Oh." Mrs. Thornsberry bedachte Erin mit einem strengen Blick. „Haben Sie das schon mal gemacht?"

„Ich habe ein paar Monate ehrenamtlich bei der Quest Foundation in Chicago gearbeitet. Sie haben dort ein anerkanntes Reitprogramm."

Offenbar sagte das der älteren Dame etwas. „Ich habe davon gehört. Eine sehr angesehene Institution."

Erin nickte. „Die Freiwilligen durchlaufen ein ziemlich intensives Trainingsprogramm."

Mrs. Thornsberry sah immer noch nicht überzeugt aus.

„An meinem ersten Tag", fuhr Erin fort, „habe ich zugesehen, wie ein querschnittsgelähmter Vierzehnjähriger zum ersten Mal in seinem Leben geritten ist. Nie wieder werde ich seinen Gesichtsausdruck vergessen, als sie ihn auf das Pferd gehoben haben. Es war eines der bewegendsten Erlebnisse in meinem Leben."

„Kommen Sie, ich zeige Ihnen meine Turnierschleifen", unterbrach Stephanie sie. „Einen Pokal habe ich auch."

Mrs. Thornsberry trocknete sich die Hände an einem Geschirrhandtuch ab und sah zu Stephanie hinunter. „Honey, warum holst du nicht deine Stiefel, während Erin und ich uns noch kurz unterhalten."

Erin atmete tief durch. Sicher würde Mrs. Thornsberry ihr einen Vortrag halten. Sie war mal wieder zu weit gegangen. Es wäre nicht das erste Mal, seit sie in Logan Falls war.

„Sie haben doch nicht vor, Erin davon abzuhalten, mit mir zu reiten, oder?", fragte Steph.

„Ab mit dir." Mrs. Thornsberry schob den Rollstuhl in Richtung Tür. „Hol deine Reitstiefel aus dem Schrank, und dann helfe ich dir, sie anzuziehen. Wenn deine Füße zu geschwollen sind, kannst du auch Turnschuhe anziehen."

„Wirklich? Okay!"

Als das Mädchen außer Hörweite war, drehte sich die ältere Dame zu Erin um. „Es ist lange her, dass ich sie so aufgeregt gesehen habe."

„Ich hoffe, ich habe ihr nicht zu viel Hoffnung gemacht", sagte Erin. „Ich möchte nicht, dass sie enttäuscht wird."

„Sie meinen, wenn Nick es ihr nicht erlaubt?"

Erin sah Mrs. Thornsberry in die Augen. „Er scheint fest entschlossen, jegliche Aktivität, die auch nur im Ansatz gefährlich sein könnte, von ihr fernzuhalten."

„Nick ist ein guter Mann, Erin. Er kann ziemlich unnachgiebig sein, vor allem wenn es um Stephanie geht. Aber er opfert sich für sie auf. Ich habe noch keinen engagierteren und liebevolleren Vater gesehen als Nick. Sein ganzes Leben dreht sich um das Mädchen."

„Das würde ich auch nie infrage stellen."

„Natürlich nicht."

„Aber er ist eben auch ein bisschen …" Erins Stimme verstummte. Sie wusste nicht, wie sie es in Worte kleiden sollte, ohne dass es zu hart oder wertend klang. Schließlich hatte sie selbst keine Kinder und von Erziehung keine Ahnung. Trotzdem hatte sie in ihrem Leben einige Erfahrungen gemacht, die es ihr unmöglich machten, mit der Wahrheit hinterm Berg zu halten.

„Überfürsorglich?“ Mrs. Thornsberry sah sie wissend an.

Erin nickte. „Es gibt so viele Dinge, die Stephanie noch immer tun kann. Aber Nick zieht sie nicht einmal in Betracht und weigert sich, darüber nachzudenken. Bestimmt ist Steph deswegen manchmal frustriert.“

„Meinen Sie, dass sie darum die Schule schwänzt?“

„Vielleicht ist es ein Schrei nach etwas, das sie nicht bekommt.“

„Nick ist ein guter Vater“, sagte Mrs. Thornsberry mit Nachdruck. Sie rückte mit den Händen ihre Schürze zurecht und drehte sich zur Anrichte, sodass sie Erin den Rücken zukehrte. „Ritas Tod hat diese Familie hart getroffen. Auch Stephanie wäre in der Nacht damals fast gestorben. Die erste Woche war schrecklich. Nick hat so viel Zeit im Krankenhaus verbracht, dass er praktisch kaum zum Trauern kam. Ritas Tod hat ihn verändert, und das nicht unbedingt zum Guten.“

„Inwiefern?“

Er war schon immer ein sehr in sich gekehrter Mann, der seine Gefühle eher für sich behält … nun ja, es sei denn, er ist wütend. Der Umgang mit anderen Menschen lag ihm noch nie besonders. Aber nach Ritas Tod, da hat er einfach dichtgemacht.“

„Sie meinen, emotional?“

„Ganz genau. Er war ganz verrückt nach Rita. Aber sie hat ihn wahnsinnig gemacht.“ Mrs. Thornsberry lächelte gedankenverloren. „Sie hat nie auf andere gehört. Keine Regeln befolgt. Sie mochte laute Musik und liebte es, mit offenem Verdeck in ihrem Cabrio viel zu schnell zu fahren. Und sie war eine begeisterte Fallschirmspringerin. Am liebsten sprang sie ausgerechnet nachts! Vor ein paar Jahren war sie in Florida, um mit den Haien zu tauchen. Sogar einen Bungeesprung hat sie einmal gemacht. Sie liebte einfach alles, was schnell oder gefährlich oder am besten beides war. Damit hat sie Nick fast in den Wahnsinn getrieben.“

Erin wusste nicht, worauf diese Unterhaltung hinauslief, aber sie spürte, wie sich ihr Herz zusammenzog. „Was ist passiert?“

„Rita war nachts mit Stephanie unterwegs. Rita und Nick hatten sich kurz zuvor gestritten. Er hat es mir nie erzählt, aber ich habe es gehört. Wie immer ist Rita auch dieses Mal zu schnell gefahren. An der Logan-Creek-Brücke hat sie die Kontrolle über den Wagen verloren. Er hat sich überschlagen und ist die Böschung runtergestürzt. Das Verdeck des Cabrios war offen. Sie hatte keinerlei Schutz. Ich habe damals bereits seit einigen Jahren für die Ryans gearbeitet. Ich hatte gerade einen Auflauf in den Ofen geschoben, als der Deputy Nick anrief." Mrs. Thornsberry nahm ihre Brille ab und putzte übertrieben sorgfältig mit ihrer Schürze daran herum. „Mein Gott, es ist wirklich schrecklich, was dieser Mann durchgemacht hat", sagte sie kopfschüttelnd. „Seitdem ist er nicht mehr derselbe."

Erin erinnerte sich an das, was Nick ihr von dem Unfall erzählt hatte. Die meisten Details hatte er ausgelassen. Zum ersten Mal verstand sie, warum er seiner Tochter gegenüber so überfürsorglich war. „Und seit dem Unfall sitzt Stephanie im Rollstuhl?"

Mrs. Thornsberry nickte. „Er hat Rita oft davor gewarnt, zu schnell zu fahren. Aber sie hat nie auf ihn gehört."

„Es muss furchtbar für ihn gewesen sein."

„Diese Familie hat mehr als genug durchgemacht. Ich vermute, dass Nick seine Tochter beschützen möchte, weil er Angst hat, dass er sie sonst genau wie Rita verlieren wird. Am Anfang dachte ich, dass es sich mit der Zeit legen würde. Dass seine ... Fürsorge etwas nachlassen würde. Doch inzwischen sind drei Jahre vergangen, und er hat sein Verhalten gegenüber Stephanie noch immer nicht geändert." Sie sah Erin an. „Und auch nicht, was sein übriges Leben angeht."

Erin wusste sofort, dass sie nicht länger über Stephanie oder Nicks überfürsorgliche Art dem Mädchen gegenüber sprachen, sondern über den leidenschaftlichen Kuss, bei dem die Haushälterin sie und Nick an Stephanies Geburtstagsparty erwischt hatte. Sie errötete bei der Erinnerung.

„Seit dem Unfall hat es keine andere Frau in seinem Leben gegeben", sagte Mrs. Thornsberry. „Eine ziemlich lange Zeit für einen Mann, allein zu bleiben."

„Wir haben nichts miteinander", sagte Erin schnell.

„Er wirkt oft ... abwesend, seit Sie auf der Bildfläche erschienen sind. Dabei macht er sich normalerweise nicht viel aus Frauenbekanntschaften."

Was wohl heißen sollte, dass es nicht oft vorkam, dass er irgendwelche Frauen auf seiner Auffahrt küsste. Erin wusste nicht so recht, was sie erwidern sollte. Auf keinen Fall wollte sie, dass Mrs. Thornsberry einen falschen Eindruck bekam und dachte, da wäre etwas zwischen Nick und ihr. Denn da war nichts. Nichts, bis auf diesen einen verdammten, umwerfenden, atemberaubenden Kuss.

Die alte Dame lächelte wissend. „Ich habe gesehen, wie er Sie anguckt."

„Als wenn er mich am liebsten erwürgen würde." Erin lachte gezwungen. Sie war fest entschlossen, die Unterhaltung auf ein anderes Thema zu lenken, denn allmählich wusste sie nicht mehr, wie sie damit umgehen sollte.

„Sie haben ihn ganz schön durcheinandergebracht, Erin. Sie haben Ihren eigenen Kopf und lassen sich nicht von ihm einschüchtern. Bevor Sie in sein Leben getreten sind, war mir gar nicht bewusst, wie sehr er das gebraucht hat."

Trotz ihrer Bemühungen, die Unterhaltung möglichst ungezwungen zu halten, begann Erins Herz schneller zu schlagen. „Ich bin nicht die richtige Frau für diesen Job", flüsterte sie leicht verzweifelt.

„Das, meine Liebe, bleibt abzuwarten."

„Ich krieg meine Stiefel nicht an!" Stephanie kam mit ihrem Rollstuhl in die Küche gefahren. In ihrem Schoß lag ein Paar Turnschuhe. Die Enttäuschung stand ihr deutlich ins Gesicht geschrieben. „Meine Füße sind geschwollen", verkündete sie.

„Dein Dad wird sie dir heute Abend ein bisschen massieren." Mrs. Thornsberry schnalzte mit der Zunge. „Aber jetzt kannst du erst mal deine Turnschuhe anziehen." Sie kniete sich vor das Mädchen, dann warf sie Erin einen Blick über ihre Schulter zu. „Können Sie ihr den anderen Schuh anziehen, Erin? Bandito wartet schon."

„Und rauf mit dir!" Erin hob das Mädchen auf den Rücken des anscheinend unendlich geduldigen Banditos.

„Ich kriege das Bein nicht rüber", sagte Stephanie.

„Du schaffst das." Erin duckte sich unter Banditos Hals hindurch und zog das Bein des Mädchens auf die andere Seite. „Puh, wie viel wiegst du eigentlich?", fragte sie scherzhaft. „Eine Tonne?"

„Nein!"

„Fühlt sich aber so an."

„Hey, ich sitze!"

Die Freude in Stephanies Stimme ließ Erins Herz höherschlagen. Die Veränderung in dem kleinen Mädchen war nicht zu übersehen. Ihre kornblumenblauen Augen strahlten vor Glück, und sie grinste über das ganze Gesicht. Erin hatte sie noch nie so aufgeregt gesehen. Sie spürte, wie der Funke auch auf sie übersprang und ihre Seele erhellte wie der erste Sonnenstrahl nach einem Frühlingsgewitter.

Sie trat einen Schritt zurück und musterte Pferd und Reiterin aufmerksam. „Halt dich gut am Horn fest“, sagte Erin. „Egal, was passiert, du darfst auf keinen Fall loslassen.“

Konzentriert biss Stephanie sich auf die Lippen und legte beide Hände um den ledernen Knauf. „Okay.“

Fünf Minuten später führte Erin das Pferd mit dem Mädchen auf dem Rücken den Gang entlang zur Scheunentür. Stephanies rechter Fuß baumelte nutzlos an der Seite herab, doch sie hielt das Horn so fest umschlossen, dass ihre Knöchel weiß hervortraten. Erin war zufrieden. „Sieht aus, als könnte es losgehen. Lass uns mit Bandito auf die Koppel gehen.“

„Ich mag nicht, dass ich meine Beine nicht benutzen kann. Bandito ist Beinkommandos gewohnt.“

„Dann müsst ihr beiden euch was Neues einfallen lassen.“ Erin lief links neben dem Pferd und führte es zu dem Pferch, der ungefähr fünfzig Meter entfernt war. „Pferde sind schlaue Tiere, Steph. Bandito kann umtrainiert werden und andere Kommandos lernen.“

Erin öffnete das Tor zum Pferch und sah zu Stephanie hinauf. Das Mädchen lächelte von einem Ohr zum anderen.

„Er erinnert sich an mich“, flüsterte sie. „Ich spüre es.“

„Natürlich tut er das“, sagte Erin. „Pferde vergessen einen Menschen, den sie lieben, niemals, nur weil sie ihn längere Zeit nicht gesehen haben.“

Sie führte das Pferd in den Pferch, wobei sie Stephanie nicht aus den Augen ließ. Die Septembersonne brannte auf Erins dunkelblaue Uniform herunter, und sie begann zu schwitzen. Für einen Herbsttag im Mittleren Westen war es ziemlich warm, doch sie war so verzaubert von dem Strahlen auf Stephanies Gesicht, dass ihr die Hitze nichts ausmachte. Es war der perfekte Tag für einen Ausritt.

„Ich möchte traben“, sagte Stephanie.

„Auf keinen Fall.“

„Ich werde schon nicht runterfallen.“

„Das sagen alle, bevor sie vom Pferd fallen.“

Stephanie kicherte. „Okay, können Sie ihn dann wenigstens etwas schneller laufen lassen? Er braucht die Bewegung.“

„Ich bin diejenige, die sich hier bewegt“, maulte Erin gut gelaunt, doch sie dachte an Nick. „Kein Trab, Kleine.“

„Okay, dann heben wir uns das fürs nächste Mal auf.“

Erin wischte sich den Schweiß von der Schläfe. Sie hoffte inständig, dass es ein nächstes Mal geben würde.

„Das macht Spaß!“

„Kein Wunder“, sagte Erin. „Die ganze Arbeit bleibt ja auch an Bandito und mir hängen.“

Obwohl sie ziemlich außer Atem war, musste sie lächeln. Sie war dabei, ihre frische Uniform durchzuschwitzen, während sie das Pferd weiter durch den Pferch führte. Staub hatte sich auf ihre Stiefel und den Saum ihrer Hose gelegt, und ihre Haare lösten sich langsam aus dem Knoten im Nacken. Doch es machte ihr nichts aus. Dafür genoss sie es viel zu sehr, Stephanie zuzusehen. Sie mochte das Mädchen, und eine tiefe Zufriedenheit überkam sie, als sie sah, was für eine Freude sie ihm gemacht hatte.

Am hinteren Ende der kleinen Koppel blieb Erin stehen.

„Was ist los?“, fragte Stephanie.

„Ich habe Seitenstiche.“ Gerade wollte sie Stephanie fragen, ob sie Durst hatte, als sie aus dem Augenwinkel eine Bewegung am Ende der Auffahrt sah. Bestürzt erkannte sie den Wagen, der die Auffahrt hinaufgefahren kam und eine Wolke Staub hinter sich aufwirbelte. Es war Nicks Suburban.

8. KAPITEL

Nick blieb fast das Herz stehen, als er sah, wie Stephanie mit Erin an ihrer Seite auf Bandito eine Runde drehte. Er traute seinen Augen kaum. Das Pferd lief schnell genug, dass Stephanie sich ernsthaft hätte verletzen können, wenn sie das Gleichgewicht verloren und heruntergefallen wäre.

Wie konnte Erin nur so verantwortungslos sein?

Er trat abrupt auf die Bremse und brachte den Wagen in Sichtweite der Koppel vor der Scheune zum Stehen. Dann riss er die Tür auf und rannte los. Als er die Scheune betrat, war er außer Atem, nicht nur von dem kurzen Sprint, sondern auch von der Wut, die in ihm brodelte und die sein Blut wie heißes Quecksilber durch seine Adern pumpte.

Nick war immer stolz auf seine Selbstbeherrschung gewesen. Seit er mit neunundzwanzig Vater geworden war, hatte er daran gearbeitet, seine Emotionen im Zaum zu halten, vor allem seine Wut. Doch als er sah, wie Erin das Pferd mit seinem kleinen Mädchen auf dem Rücken durch die Hintertür der Scheune hereinführte, gingen seine Gefühle mit ihm durch. „Was glauben Sie, was Sie da tun?“, herrschte er sie an.

Erin blieb stehen und sah ihn mit wachsamen Augen an. „Ich habe …“

„Nicht böse sein, Dad.“

Stephanies Worte trafen ihn wie Peitschenhiebe. Er sah seine Tochter an und spürte, wie sich der Druck in seiner Brust verstärkte. „Ich bin nicht böse auf dich, Steph.“

„Aber du sollst auch nicht auf Erin böse sein. Sie hat nichts Falsches getan. Es war meine Idee, auf Bandito zu reiten.“

Noch immer tief erschüttert von der Angst und dem Zorn, die ihn so unvorbereitet übermannt hatten, ging Nick langsam zu dem Pferd und streckte die Arme aus. „Komm her“, sagte er und zog Stephanie in seine Arme. Ihr Klein-Mädchen-Duft hüllte ihn ein wie eine weiche Wolke. „Alles okay?“, fragte er.

„Mir geht es gut, Dad. Ehrlich. Wir sind nur ganz langsam geritten.“

Er schloss die Augen, um den herannahenden Gefühlsausbruch abzuwehren. Er würde nicht zulassen, dass diesem unschuldigen Kind wehgetan wurde. Nicht noch einmal. Und ganz bestimmt nicht durch die fahrlässige Rücksichtslosigkeit eines Erwachsenen.

„Du riechst nach Bandito.“

Stephanie grinste. „Ich mag seinen Geruch.“

Nick zwang sich zu einem Lächeln. Sie sollte nicht merken, wie aufgebracht er war. „Könntest du nach drinnen gehen und Mrs. T. bitten, eine Tasse Kaffee für mich zu machen, Honey?"

Das Mädchen sah ihn misstrauisch an. „Du wirst Erin anschreien, oder?"

Er hörte, wie Erin hinter ihm Bandito in den Stall führte, doch er drehte sich nicht zu ihr um. Er war wütend und wollte es auch bleiben. Und er wusste nicht, was ihr Anblick in ihm auslösen würde. „Erin und ich müssen uns unterhalten."

„Worüber?"

„Über Verantwortung. Und Grenzen." Er trug Stephanie zu ihrem Rollstuhl und setzte sie hinein. „Sag Em, dass ich gleich komme."

Als Stephanie an ihm vorbeisah und Erin anguckte, blieben Nick weder das kurze, etwas unsichere Lächeln auf den Lippen seiner Tochter noch der Funke neu gewonnenen Respekts, der dabei in ihren Augen aufblitzte, verborgen. Es war lange her, dass Stephanie jemand anderen außer ihn und Mrs. T. angelächelt hatte. Viel zu lange. Er fragte sich, wie es Erin McNeal wohl gelungen war, in nur so kurzer Zeit ihr Herz zu gewinnen.

„Ich geh dann mal", sagte Stephanie zu Erin. „Tut mir leid, dass Sie so verschwitzt und dreckig geworden sind."

Erin sah an ihrer Uniform hinunter. „Ach, ein bisschen Staub hat noch niemandem geschadet."

Nick versuchte, Erin, so gut es ging, zu ignorieren, während er seiner Tochter half, den Rollstuhl umzudrehen. Er sah ihr hinterher, wie sie im Haus verschwand. Dann schloss er die Tür und drehte sich zu Erin um. Sein Puls war gefährlich hoch.

Wie erwartet spielte sie die Harte. Herausfordernd streckte sie ihm ihr Kinn entgegen.

„Das war nicht geplant … auch wenn es vielleicht so aussieht."

Er ging langsam auf sie zu. „Ach wirklich?"

Sie machte einen Schritt zurück. „Stephanie kam auf die Wache und hat nach Ihnen gefragt. Sie hat geschwänzt und brauchte jemanden, der sie nach Hause fährt. Da Sie im Gericht waren, habe ich sie gefahren. Irgendwie hat dann eins zum anderen geführt und …"

„Eins hat zum anderen geführt?" Nick erkannte seine eigene Stimme nicht wieder. „Finden Sie nicht, dass das eine ziemlich lahme Entschuldigung ist?"

„Es ist die Wahrheit."

„Was glauben Sie eigentlich, wer Sie sind, dass Sie einfach so in mein Haus spazieren und die Gesundheit meiner Tochter aufs Spiel setzen?"

„Es war nicht gefährlich."

Nick biss die Zähne zusammen, als er hörte, dass sie auch noch die Frechheit besaß, es zu leugnen. „Das Pferd wiegt eine halbe Tonne. Und es ist seit über drei Jahren nicht mehr geritten worden. Und Sie wollen mir erzählen, das war nicht gefährlich?"

„Bandito ist gut trainiert, und sein Verhalten ist ausgezeichnet." Erin machte einen weiteren Schritt rückwärts. „Es war Stephanies Wunsch, Nick. Sie hat mich angefleht, mit ihr zu reiten."

„Und da haben Sie ihr einfach vorgeschlagen, dass sie sich auf Banditos Rücken schwingt und ein paar Runden dreht? Wie konnten Sie nur so verantwortungslos sein?"

„Es war nicht verantwortungslos. Steph tat mir leid, und ich wollte ihr helfen. Sie liebt dieses Pferd …"

„Sie ist ein neun Jahre altes Kind mit einer schweren Rückenverletzung, das nicht in der Lage ist, eine qualifizierte Entscheidung darüber zu treffen, ob es ein Pferd reiten kann oder nicht. Genauso wenig wie Sie."

„Sie hat das wirklich großartig gemacht. Und sie hat gelacht, Nick, *gelacht.* Sobald sie auf dem Pferd saß, blühte sie richtig auf."

„Ich bin mir über ihre Bedürfnisse durchaus im Klaren. Es ist nicht nötig, dass Sie mich darauf hinweisen, McNeal."

„Sind Sie sich da sicher?"

Nick hatte versucht, die Wut, die in ihm kochte, zu kontrollieren, doch Erin hatte den Bogen überspannt. „Sie wissen nichts über sie. Und über mich noch viel weniger."

„Vielleicht weiß ich mehr, als Sie denken."

„Was soll das heißen?"

„Ich weiß von dem Unfall, Nick. Und ich weiß, was Ihrer Frau zugestoßen ist. Und warum. Und ich glaube, das erklärt einen Großteil Ihres Verhaltens."

Unsicher, was passieren würde, wenn er noch näher kam, blieb er zwei Schritte entfernt vor ihr stehen. Vielleicht würde er sie küssen. Auf jeden Fall war er zu wütend, um logisch zu handeln. Wenn es um diese Frau ging, schien ihm jegliche Vernunft abhandengekommen zu sein.

„Dies hier hat nichts mit Rita zu tun", sagte er.

„Vielleicht hat es mehr mit ihr zu tun, als Ihnen klar ist."

„Es geht um Sie und Ihre verantwortungslose Art. Und wie Sie damit das Leben anderer zerstören. Stephanie und ich sind durch die Hölle gegangen. Wir haben nicht vor, es Ihretwegen ein zweites Mal zu tun."

„Das Leben ist voller Risiken", sagte Erin leise. „Sie können nicht aufhören zu leben, nur weil Sie Angst davor haben, verletzt zu werden."

„Nur weil ich versuche, Risiken aus dem Weg zu gehen, heißt das noch lange nicht, dass ich aufgehört habe zu leben. Nicht jeder ist so adrenalinsüchtig wie Sie."

„Hier geht es nicht um mich. Es geht um Sie. Und darum, dass Sie nicht loslassen können ..."

„Nein, es geht darum, dass Sie auf der Suche nach Absolution die Sicherheit meiner Tochter aufs Spiel gesetzt haben."

„Mir scheint eher, ich bin ein bequemer Sündenbock für Sie, weil Sie Ihren eigenen Ängsten nicht ins Auge sehen können."

Wut, Angst und noch ein anderes Gefühl, das er nicht benennen wollte, bildeten einen verheerenden Cocktail in seinem Inneren, den er nicht länger kontrollieren konnte. Er ging hoch wie eine Bombe. Mit einem Schritt war er bei ihr. Ihre Augen weiteten sich, als er sie am Arm packte und rückwärts schob. „Sie haben ein Talent dafür, die falschen Dinge zur falschen Zeit zu sagen."

Erschrocken atmete sie ein, als sie mit dem Rücken gegen die Wand stieß. „Sie haben sich nicht mehr unter Kontrolle."

Nick hatte mit aller Macht darum gekämpft, seine Distanz gegenüber dieser Frau zu wahren, doch es war zwecklos. Inzwischen zweifelte er sogar daran, dass er sie jemals besessen hatte. Er hatte sich viel zu sehr auf Erin eingelassen. Körperlich wie emotional. Und so, wie die Dinge standen, gab es nur einen Weg, sich vor ihr in Sicherheit zu bringen: Abschreckung.

„Das stimmt", sagte er und presste seinen Mund auf ihren.

Erin hatte nicht damit gerechnet, dass er sie zärtlich küssen würde. Sie hätte einen leidenschaftlichen, hitzigen Kuss erwartet, als sie das Feuer in seinen Augen gesehen hatte.

Doch das Verlangen, diese ursprüngliche raue Sinnlichkeit, mit der er sie küsste, war überwältigend. Sie spürte seine Frustration genauso wie seine schwindende Selbstbeherrschung, die wie ein fadenscheiniger Schleier im Begriff war, sich aufzulösen.

Die Mischung machte sie atemlos und jeglichen Widerstand mit einem Schlag zunichte. Ungehemmte, entfesselte Leidenschaft überschwemmte ihren Körper, wie ein Fluss, der über seine Ufer trat. Sie ließ sich von der Strömung mitreißen, ließ sich herumwirbeln, bis sie kaum noch wusste, wo oben oder unten war. Und es war ihr egal.

Er fuhr mit den Händen ihre Arme hinunter und hinterließ eine glühend heiße Spur auf ihrer Haut. Sie verschränkte ihre Finger mit seinen, während er sie küsste. Es war ein Kuss, der sämtliche Schutzwälle niederriss und die Stimme der Vernunft in ihr verstummen ließ, bis sie ihn mit jeder Faser ihres Körpers willkommen hieß.

Leidenschaftlich erwiderte sie seinen Kuss. Nur am Rande nahm sie wahr, wie er ihre Hände nach oben über ihren Kopf hob und dort festhielt, während er seinen Körper an sie drückte. Sein Gewicht lastete auf ihr, und seine harte Erektion presste sich wie Stahl gegen ihren Bauch. Sie erschauerte, als Blut in erogene Zonen strömte, deren Existenz sie bislang nicht einmal erahnt hatte.

Heftig atmend machte Nick sich von ihr los. Sie spürte seinen Atem an ihrer Wange. Mit halb geöffneten Augen sah er sie an. „Tun wir's, McNeal", flüsterte er. „Hier und jetzt. Wir wollen es doch beide. Warum hören wir nicht endlich mit dem Katz-und-Maus-Spiel auf und kommen zur Sache?!"

Ohne eine Antwort abzuwarten, küsste er sie erneut. Hart und fordernd. Und mit einer erbarmungslosen Intensität, die sie ganz benommen machte. Was sie fühlte, war eine beunruhigende Mischung aus Verwirrung und Lust. Es war falsch, seinen Kuss zu erwidern. Sie wusste, wie gefährlich es war, mit dem Feuer zu spielen. Und Nick Ryan war ein Pulverfass, das kurz vor der Explosion stand. Und dann war sie diejenige, die die Verletzungen davontragen würde. Er machte sich nichts aus ihr. Und er war wütend.

Aber warum küsste er sie dann? Und warum, um alles in der Welt, ließ sie es auch noch zu?

Ihr Verstand befahl ihr, sich von ihm loszumachen und diesen Wahnsinn zu stoppen, bevor es zu spät war. Doch ihr Körper weigerte sich, diesen Befehl auszuführen.

Seine Hände glitten über ihre Schultern. Als er bei ihren Brüsten innehielt, stöhnte sie auf. Sie spürte, wie ihre Brustwarzen sich aufrichteten und ihre Brüste unter seinen Händen anschwollen, als wollten sie das enge Gefängnis ihres BHs sprengen. Das lustvolle Ziehen in ihrem Schoß wurde immer dringlicher.

„Also, was ist, McNeal?“, flüsterte er. „Der Dachboden ist gleich da drüben. Hören wir endlich auf, so zu tun, als wäre nichts.“

Eine nervöse Erwartung stieg in ihr auf, und sie tat nichts, um ihn aufzuhalten, als er mit einer Hand zum Knopf ihrer Hose glitt. Er presste seine Handfläche gegen ihren Bauch, und sie sog scharf die Luft ein. Sie wollte protestieren, doch sein Kuss raubte ihr den Atem. Zu viele Eindrücke auf einmal. Zu überwältigend waren seine Berührungen. Sie konnte nicht mehr atmen, nicht mehr denken, nur noch fühlen. Und solange er nicht aufhörte, war das alles, was sie wollte.

Er drang mit dem Finger in sie ein, und sie stöhnte auf. Seine Direktheit schockierte sie, machte sie atemlos, doch ihr Körper verlangte nach mehr. Unwillkürlich bog sie den Rücken durch und kam ihm entgegen. Er versiegelte ihren Mund mit einem Kuss und erstickte das lustvolle Wimmern, als sie sich völlig hemmungslos seinen Berührungen hingab.

Sie spürte das Spiel ihrer Muskeln, die sich unter seinen Fingern langsam zusammenzogen und wieder entspannten. Lust stieg in ihr auf, wie ein Sturmgewitter, das sich schon bald gewaltsam entladen würde. Bereitwillig öffnete sie sich für ihn und ließ zu, dass seine Finger ihre intimste Stelle streichelten und sie immer höher, immer näher an den Abgrund ihres Verlangens führten. Bis zu einem Punkt, an dem es kein Zurück mehr gab.

„Hören Sie auf, dagegen anzukämpfen, McNeal“, flüsterte er mit tiefer Stimme. „Hören Sie auf, gegen mich anzukämpfen.“

Die Bedeutung seiner Worte ließ sie erstarren. Sie hatte nie gedacht, dass ihr eigenes Verlangen so stark sein konnte. Sie wollte Nick. Mehr als alles andere auf der Welt. Mehr als sie für möglich gehalten hätte. Doch auch wenn er sie küsste wie noch kein Mann vor ihm, ihren Körper mit seinen Händen verwöhnte und sie ganz langsam und mit Bedacht in den Wahnsinn trieb – seine Wut stand zwischen ihnen wie ein Block aus Eis. Sie durfte nicht zulassen, dass es aus Wut geschah.

Sie legte die Hände gegen seine Brust und entwand sich seiner Umarmung. „Ich kann das nicht.“ Rot vor Scham und am ganzen Körper zitternd, stolperte sie rückwärts. „Nicht so.“

Nick ließ sie los. Seine Augen waren dunkel und bedrohlich, und seine Nasenflügel bebten bei jedem Atemzug. „Warum nicht?“

Unfähig, ihm länger ins Gesicht zu sehen, wandte Erin sich von ihm ab, während sie versuchte, wieder zu Atem zu kommen. „Sie sind wütend.“

„Das hat Sie gerade eben auch nicht gestört."

„Ich möchte nicht, dass es aus Wut passiert."

„Und was genau, dachten Sie, wird passieren?"

Sie war sich darüber im Klaren, dass er direkt hinter ihr stand, und starrte geradeaus. „Nichts. Gar nichts wird passieren", sagte sie, entsetzt darüber, wie leicht sie ihm in die Falle gegangen war.

„Sicher?"

Erin durchschaute ihn und wusste genau, was er vorhatte. Er versuchte bewusst, sie abzuschrecken, damit er sich nicht damit auseinandersetzen musste, dass zwischen ihnen mehr war, als er wahrhaben wollte. Dass es mehr war als nur körperliches Verlangen.

Ihre Wangen brannten vor Scham darüber, dass sie sich ihm so hemmungslos hingegeben hatte. Sie war nicht der Typ Frau, der so etwas leichtfertig tat. Seit der katastrophalen Trennung von Warren vor etlichen Jahren hatte sie keinen Sex mehr gehabt. Und er hatte ihr noch nicht einmal gefehlt – bis sie Nick getroffen hatte.

Erin atmete tief durch, dann drehte sie sich zu ihm um.

Er sah ihr in die Augen. „Es tut mir leid", sagte er. „Das hätte ich nicht tun dürfen. Ich hätte nicht solche Sachen sagen dürfen." Die Anspannung stand ihm ins Gesicht geschrieben.

Kein Mann hatte sie je so angesehen, wie Nick Ryan es tat. Wie schaffte er es nur, so einfühlsam und distanziert zugleich auszusehen? Erin konnte nicht anders, als ihren Blick über seinen Körper schweifen zu lassen. Seine Brust hob und senkte sich, und es war offensichtlich, wie erregt er noch immer war.

„Ich muss gehen", flüsterte sie mit belegter Stimme.

Ohne den Blick abzuwenden, ging sie rückwärts in Richtung Tür. Mit unergründlicher Miene beobachtete er sie wie ein Jäger seine Beute.

„Halten Sie sich von Stephanie fern", sagte er in ruhigem, gefährlichem Ton. „Sie mag Sie, Erin, aber sie ist verletzlich. Ich möchte nicht, dass ihr wehgetan wird."

„Ich würde ihr nie wehtun", sagte sie.

„Das weiß ich. Nicht absichtlich. Aber sie ist sehr sensibel. Ich will nicht, dass Sie ihr das Herz brechen, wenn Sie sich dazu entscheiden, zurück nach Chicago zu gehen."

Erin wappnete sich innerlich gegen seine Worte. Er konnte sie nicht verletzen. Es machte ihr nichts aus. Sie war ein Cop. Beziehungen waren nicht ihre Sache. Doch egal, wie sehr sie es sich auch einredete: Es fühlte sich an, als habe er ihr mit einem Bajonett einen Stich genau in den Solarplexus versetzt. Ihren Stolz vergessend drehte sie sich um und verließ fluchtartig die Scheune, ohne sich umzusehen.

Erin hatte sich fest vorgenommen, nicht zu weinen. Nicht schon wieder, um Himmels willen. Offenbar war es zu einer neuen Angewohnheit geworden, seit sie nach Logan Falls gekommen war und auf Nick Ryans Abschussliste stand. Sie stieg in den Streifenwagen und knallte die Tür zu. Warum musste sie auch ständig gegen ihre eigenen Regeln verstoßen? Sie hatten ihr gute Dienste erwiesen, seit Warren ihr das Herz gebrochen und bewiesen hatte, dass die meisten Männer nicht selbstbewusst genug waren, um es mit einer Frau aufzunehmen, die einen gefährlichen Beruf ausübte.

Nur dass Nick Ryan nicht wie die meisten Männer war.

Als sie aus der Auffahrt fuhr, machte sie den Fehler, in den Rückspiegel zu sehen. Sie erhaschte einen Blick auf Stephanie, die auf der Veranda vor dem Haus saß und ihr winkte. Das kleine Mädchen sah so verlassen aus, mit dem Pokal auf dem Schoß, dass Erin schlucken musste. Ungefähr hundert Meter entfernt stand Nick an der Scheunentür, die Arme vor der Brust verschränkt, und sah zu, wie sie davonfuhr.

Beide taten ihr so leid, dass ihr schwer ums Herz wurde. Stephanie, weil sie so gerne ein aktiveres und normaleres Leben führen wollte, und Nick, weil er den Gedanken nicht ertrug, dass seine Tochter auch nur das kleinste Risiko einging. Es konnte einem das Herz brechen. Eine Situation, in der es keinen Sieger geben würde. Es blieb nur die Frage, wer von beiden am Ende mehr verlieren würde.

„Halten Sie sich von Stephanie fern."

Nicks Worte hallten ihr in den Ohren, und sie spürte einen erneuten Stich in der Brust. Zum ersten Mal wurde ihr klar, wie sehr ihr die beiden ans Herz gewachsen waren. Der Gedanke versetzte sie ein bisschen in Panik, was eher untypisch für sie war. Wann würde sie endlich lernen, dass sich ihre Arbeit als Cop nicht mit einem Privatleben vertrug? Vor allem nicht mit Beziehungen zu Männern. Und auch nicht zu deren Kindern.

Es war offensichtlich, dass Nick nichts mit ihr zu tun haben wollte. Zumindest auf der Gefühlsebene. Und eine rein körperliche Beziehung zu einem Mann, der sein Herz nicht riskieren wollte, aus Angst, es zu verlieren, wollte sie nicht. Ganz egal, wie sehr sie sich zu ihm hingezogen fühlte. Nicht, dass sie sein Herz überhaupt haben wollte, erinnerte sie sich selbst streng.

Stephanie hingegen hatte sich bereits in ihr Herz geschlichen, was alles andere als gut war. Vor allem da Nick ihr verboten hatte, das Mädchen zu sehen. Es würde sie nur verletzen, wenn ihre Gefühle noch tiefer wurden. Am besten hielt sie sich von Stephanie fern. Nick wollte sie ohnehin nicht in ihrem Leben haben. Und vielleicht hatte er recht, und es war das Beste, wenn Erin zurück nach Chicago ging und Nick und seine Tochter vergessen würde.

Und Schweine können fliegen, dachte sie ironisch.

Da sie nicht zur Polizeiwache zurückkehren und dort womöglich Hector mit ihrem vom Küssen geschwollenen Mund und rot geränderten Augen begegnen wollte, bog sie in die County Line Road ab, die stadtauswärts führte. Die Straße war umgeben von Bäumen, die einen grünen Gürtel um Logan Creek bildeten, und war ziemlich verlassen. Mit ein bisschen Glück würde sie ein paar Minuten haben, um sich zu sammeln.

Sie war so versunken in ihre eigenen Gedanken, dass sie den schwarzen Lincoln erst bemerkte, als er ihr fast hinten drauffuhr. Sie trat auf das Gaspedal und stellte die Sirene an. Sie hatte nichts dagegen, einen Strafzettel für zu schnelles Fahren auszustellen.

„Okay, du Raser …"

Noch bevor sie den Satz zu Ende gesprochen hatte, fuhr der Lincoln plötzlich mit seiner Stoßstange von hinten in den Streifenwagen. Der Aufprall schleuderte Erin nach vorn. Überrascht klammerte sie sich ans Lenkrad. Sie drehte den Kopf, um einen Blick auf den Fahrer zu erhaschen, doch genau wie bei dem Auto, das sie vor der Schule angefahren hatte, waren die Fenster dieses Wagens dunkel getönt. Sie warf einen Blick in den Rückspiegel, damit sie den Wagen über Funk melden konnte, doch die Buchstaben auf dem Nummernschild waren überklebt.

Wie sie es in verschiedenen Kursen in den letzten Jahren gelernt hatte, trat sie auf die Bremse. Vielleicht ein Betrunkener, sagte sie zu sich selbst, während sie auf den Tacho guckte und langsam wurde.

Ohne den Wagen aus den Augen zu lassen, griff sie nach ihrem Funkgerät, um Hector um Verstärkung zu bitten.

Ein weiterer Stoß, dieses Mal noch heftiger als der zuvor, schlug ihr das Gerät aus der Hand. Gerade rechtzeitig hob sie den Blick, um zu sehen, wie der Lincoln nach links ausscherte und versuchte, neben ihr aufzuschließen. Sie lehnte sich vor und schnappte das Funkgerät vom Boden. Instinktiv trat sie aufs Gas.

„Hier ist McNeal. Ich brauche Verstärkung. Ich bin auf der County Line Road, westlich der Logan-Creek-Brücke."

Sie sah zu dem Lincoln, der nun fast neben ihr war. Ihr Magen krampfte sich zusammen, als sie den Lauf einer Schrotflinte entdeckte, die aus dem geöffneten Beifahrerfenster auf sie gerichtet war.

„Hector, hier ist Erin. Er hat eine Schrotflinte. Verdammt, er versucht …"

Ihre Windschutzscheibe explodierte. Glassplitter prasselten auf sie nieder. Erin blieb keine Zeit zu schreien. Sie zog das Steuer mit einem Ruck nach links, in der Hoffnung, den Lincoln zu rammen und von der Straße abzutreiben. Sie konnte die Motorhaube im Seitenspiegel sehen. Mit heulendem Motor schloss der Lincoln zu ihr auf. Sie sah auf den Tacho. Nur achtzig Stundenkilometer. Es kam ihr vor wie hundertfünfzig.

Ein zweiter Schuss löste sich aus der Schrotflinte. Instinktiv duckte Erin sich. Sie griff nach ihrem Revolver und zog ihn aus dem Halfter. Im Rückspiegel sah sie, dass der Lincoln ziemlich weit zurückgefallen war.

Der Streifenwagen fuhr über eine Bodenwelle und geriet ins Schlingern. Als sie merkte, dass sie auf dem Standstreifen fuhr, trat sie mit voller Kraft auf die Bremse, doch es war zu spät. Die Logan-Creek-Brücke erschien bedrohlich in ihrem Blickfeld. Der Wagen machte einen Satz. Erin sah hohes Gras und ein grünes Kaleidoskop aus Bäumen, die viel zu schnell auf sie zukamen. Oh Gott, der Wagen würde sich überschlagen. Schreiend stemmte sie sich gegen die Rückenlehnen – und betete, dass die Männer im Lincoln nicht vorhatten, ihr die Böschung hinunter zu folgen, um ihren Job zu Ende zu bringen.

9. KAPITEL

Nick hätte wissen müssen, dass Stephanie wütend auf ihn sein würde. Natürlich verstand sie nicht, warum er Erin fortgeschickt hatte. Dass es besser für sie war und sie beide vor weiterem Leid bewahrte.

Ehrlich gesagt war er sich noch nicht einmal sicher, ob er selbst verstand, warum er solche Probleme mit Erin hatte. Aber eins stand fest: Sein Instinkt sagte ihm, dass sie eine Bedrohung darstellte. Für Stephanie. Und vielleicht auch für ihn. Er wusste nicht, was ihm mehr Angst machte.

Er hatte die Gemeinsamkeiten zwischen Rita und Erin bislang nicht zugeben wollen, doch die Wahrheit ließ sich nicht länger leugnen. Es gab Parallelen. Rita hatte das Risiko geliebt. Sie war spontan gewesen. Mutig und unerschrocken. Und vor langer Zeit einmal hatte er sie dafür geliebt. Doch dann hatte sie das Schicksal einmal zu oft herausgefordert. Und nach dem Schmerz, der ihr Tod ihm zugefügt hatte, war ihm die Lust auf Risiko gründlich vergangen. Vor allem, wenn es um Herzensangelegenheiten ging. In den letzten drei Jahren hatte er tausendfach für seine Liebe büßen müssen.

War er dabei, mit Erin den gleichen Fehler zu begehen? Und was war mit Stephanie? Sie hatte ihre Mutter verloren und die Fähigkeit zu laufen. Das unendlich kostbare Geschenk einer glücklichen Kindheit war ihr geraubt worden.

Er wünschte sich so, dass sie wieder unbeschwert und fröhlich sein konnte. So sehr, dass er es mit jeder Faser seines Körpers spürte. Egal, wie sehr er sich zu Erin hingezogen fühlte – oder wie viel sie ihm inzwischen bedeuten mochte –, sie war genau das, was er im Moment nicht brauchte. Eine Beziehung mit einer draufgängerischen Polizistin aus Chicago würde ihn unweigerlich ins Unglück führen. Er durfte sie nicht zu nah an sich heranlassen oder – Gott bewahre – zulassen, dass er sein Herz an sie verlor.

Nick musste beinahe lachen, so absurd kam ihm die Situation vor. Nein, er würde sich nicht in Erin McNeal verlieben. Es stimmte zwar, dass er sich zu ihr hingezogen fühlte, aber welcher Mann in den besten Jahren würde das nicht tun? Schließlich war sie unglaublich sexy. Doch am Ende zählte nur eins: Er würde nicht zulassen, dass sie ihm oder seiner Tochter das Herz brach, ganz egal, wie gut sie küsste.

Er würde seine Triebe in den Griff bekommen. Er brauchte nur etwas Zeit, dann würde er eine andere Frau finden, für die er etwas empfand. Irgendwann würde er sie mit nach Hause bringen und Stephanie vorstellen. Eine Frau, die kochen konnte und ihre Zeit nicht damit verbrachte, Verbrechern hinterherzujagen und mit Waffen zu spielen. Er würde es schaffen, sich von Erin fernzuhalten. Er hatte sich gut genug unter Kontrolle. Und genug Willenskraft hatte er allemal.

In seinen Träumen vielleicht, dachte er frustriert.

Er stand auf der Veranda vor dem Haus und starrte auf die Auffahrt, auf der Erin vor zehn Minuten mit ihrem Streifenwagen davongefahren war. Was hatte er sich nur dabei gedacht, sie so zu bedrängen? Das war nicht seine Art. Und sie hatte es nicht verdient, wie ein Sexobjekt erniedrigt und begrapscht zu werden. So eine Beziehung wollte sie genauso wenig wie er. Was, um alles in der Welt, war nur in ihn gefahren?

Pure Lust. In dem Augenblick war ihm alles egal gewesen. Er hatte sie so sehr gewollt, dass er seine Wut als Vorwand genommen hatte, eine unsichtbare Grenze zu überschreiten. Ganz offensichtlich war bei ihm eine Sicherung durchgebrannt. Er war ja noch nicht einmal mehr in der Lage, ins Haus zurückzukehren, ohne dass Mrs. Thornsberry bemerkte, in welcher Verfassung Erin ihn zurückgelassen hatte.

Nick empfand viel zu viel Respekt für Erin – und Frauen im Allgemeinen –, um sie mit so einer offenkundigen Verachtung zu behandeln. Aber er wusste ganz genau, warum er es dennoch getan hatte. Er hatte gehofft, sie mit seinen groben Annäherungsversuchen ein für alle Mal abzuschrecken. Nur leider war sein Plan in dem Moment, als er ihre warme Haut unter seinen Händen gespürt hatte, nach hinten losgegangen.

Ein Blick aus der endlosen Tiefe ihrer grünen Augen, und es war um seine Selbstbeherrschung geschehen. In dem Augenblick, als er ihre süßen Lippen berührt hatte, war er nicht mehr Herr seiner Sinne gewesen. Wie ein Kartenhaus war sein Plan in sich zusammengestürzt.

Als er den besorgten Unterton in Mrs. Thornberrys Stimme hörte, drehte er sich um und zog eine Augenbraue hoch.

„Was gibt es denn, Em?“

Die Haushälterin öffnete die Fliegengittertür und reichte ihm sein Handy. „Es ist Hector. Erin hatte einen Unfall.“

Eine Staubwolke wirbelte auf, als Nick in seinem Suburban die Auffahrt hinunterraste. Er griff nach dem Funkgerät.

„Hector, hat sie gesagt, wo sie ist?“

„County Line Road ist alles, was ich verstehen konnte, Chief. Sie hatte Verstärkung angefordert. Es hörte sich dringend an. Sie hat etwas von einer Schrotflinte gesagt."

„Wo auf der Country Line Road?"

„Bei der Logan-Creek-Brücke. Soll ich Sie dort treffen?"

Der Name der Brücke ließ ihn für einen kurzen Augenblick stutzen. „Rufen Sie einen Krankenwagen ..."

„Ist schon unterwegs."

„Bis gleich." Nick steckte das Funkgerät wieder in die Halterung. Als er in die County Line Road einbog, überkam ihn ein komisches Gefühl. Es war wie ein Déjà-vu. Der Unfall seiner Frau lag zwar fast drei Jahre zurück, doch er erinnerte sich an jedes qualvolle Detail. Sein Herz raste. Erschüttert von dem Sturm der Gefühle, der in seiner Brust wütete, hielt er das Lenkrad fest umklammert und zwang sich zur Ruhe. Er durfte jetzt nicht an Ritas Unfall denken oder die furchtbaren Tage und Monate der Dunkelheit danach.

Er hatte keine Beziehung mit Erin McNeal. Sie bedeutete ihm nichts. Wenn sie sich selbst in Schwierigkeiten gebracht haben sollte und verletzt war – oder gar Schlimmeres –, würde es ihm diesmal nicht in der Seele wehtun, so wie damals, als Rita gestorben war. McNeal war sein Deputy, mehr nicht. Sie hatte ein paar Probleme als Cop, und er gab ihr die Chance, nach einer tragischen Schießerei wieder auf die Beine zu kommen. Sie sah gut aus, und er hatte sich danebenbenommen. Das war alles. Er weigerte sich, weiter in die Tiefe zu gehen und seine Gefühle zu analysieren.

Er hatte nicht vor, das Schicksal herauszufordern und sich mit einer Frau einzulassen, die, ohne mit der Wimper zu zucken, ihr Leben riskierte. Genauso wenig würde er das Herz seiner Tochter aufs Spiel setzen. Egal, wie sehr er sich zu Erin hingezogen fühlte: Eine Beziehung mit ihr kam nicht infrage. Er würde nicht zulassen, dass sie ihn verletzte. Er würde sie emotional auf Abstand halten. Seit Rita in seinen Armen gestorben war, war er immun gegen die Liebe, verdammt. Er würde nicht noch einmal zulassen, dass das Schicksal sein Herz zum Schafott führte.

Sein Puls raste, als er die Bremsspuren bei der Brücke entdeckte. Eine lähmende Angst streckte ihre Klauen nach ihm aus, als er den Suburban mit quietschenden Reifen zum Stehen brachte. Er riss die Tür auf und rannte los.

„McNeal!", rief er atemlos.

Der Wagen war nirgends zu sehen, aber der penetrante Geruch von verbranntem Gummi hing in der Luft. Benommen vor Angst blieb er an der Brücke stehen. An dieser Stelle war Rita verunglückt. Ihm wurde übel. Sein Blick folgte den Spuren über den Asphalt bis zum Straßenrand. Nur knapp an den Stahlpfeilern vorbei hatte sich Erins Wagen offenbar einen Weg durch das Gestrüpp gebahnt, bevor er die Böschung hinuntergestürzt war.

Er stolperte vorwärts. Für eine Sekunde blieb ihm das Herz stehen. Nur wenige Meter entfernt im schlammigen Flussbett lag der Streifenwagen auf dem Dach. Nick rannte los und kletterte die steile Böschung hinunter. „Erin!" Seine Stimme klang fremd.

Er rannte zum Wagen. Sein Puls raste. „McNeal! Verdammt, antworten Sie!"

Er fiel vor der Fahrertür auf die Knie und beugte sich vor, um durch das Fenster in das Innere des Wagens zu spähen. Sein Herz setzte aus, als er sah, wie Erins Körper vom Sicherheitsgurt gehalten leblos in der Luft hing. Ihr Gesicht war blass, die Augen waren offen und ausdruckslos. Sie ist tot, war sein erster Gedanke.

„McNeal!" Panik überkam ihn. Ohne nachzudenken, streckte er die Hand aus. Ihre Haut fühlte sich kühl an. Sie reagierte nicht. „Erin! Können Sie mich hören?"

Sie antwortete ihm mit einem langgezogenen Stöhnen. Blinzelnd sah sie ihn an. „Oh Nick. Ich glaub, ich hab Mist gebaut."

Bei dem Klang ihrer Stimme wäre er beinah zusammengebrochen. Seine Gefühle drohten ihn zu überwältigen. Erleichterung, Dankbarkeit und noch andere Empfindungen, für die er keinen Namen finden wollte. Für einen Moment verschlug es ihm die Sprache, und er dankte Gott dafür, dass sie noch lebte.

„Haben Sie Schmerzen?", brachte er nach einer Weile hervor.

Sie bewegte sich leicht, dann zog sie die Augenbrauen zusammen. „Angesichts meiner Lage eine ziemlich dumme Frage, Chief."

Er starrte sie an. Noch immer schnürte es ihm die Kehle zu. Er schluckte. Er war kurz davor, zusammenzubrechen, und sie machte Witze. „Haben Sie sich verletzt?" Seine Stimme klang rau. „Den Hals? Den Rücken?"

„Überall, außer vielleicht unter meinen Füßen."

Ein Lachen löste sich aus seiner Kehle und löste seine Anspannung. „Sie haben mir einen ganz schönen Schrecken eingejagt."

Sie schloss die Augen und lächelte leicht. „Ich mir selbst auch."

„Es riecht nach Benzin. Ich muss Sie irgendwie hier rausbekommen. Können Sie sich bewegen?“

Sie öffnete und schloss die Handflächen. „Ja.“

„Und die Beine?“

Sie verzog das Gesicht vor Anstrengung, doch Nick konnte sehen, wie sich ihre Füße bewegten. „Alles in Ordnung. Los geht's. Ich möchte ungern riskieren, als gegrilltes Sandwich zu enden.“

Er hoffte inständig, dass sie keine Verletzung an der Wirbelsäule oder am Genick hatte, als er halb durch das Fenster kletterte, um ihren Sicherheitsgurt zu lösen. „Ich öffne den Gurt, entspannen Sie sich, und lassen Sie sich einfach auf mich fallen, okay?“

Sie nickte.

Er hielt sie mit einem Arm umfangen, während er den Gurt löste. Sie sackte auf ihn. „Alles okay?“

„Es hat nicht mal wehgetan.“

Nick schloss die Augen, als eine neue Welle der Gefühle über ihm zusammenschlug. „Ich werde Sie jetzt runterlassen und aus dem Auto ziehen. Halten Sie einfach still, und lassen Sie mich machen, okay?“

Er hätte sich denken können, dass sie nicht auf ihn hören würde. Kaum hatte er begonnen, sich rückwärts aus dem umgedrehten Wagen zu schieben, kroch Erin bereits auf allen vieren hinter ihm her. „Nick ...“

„Ich habe gesagt, Sie sollen liegen bleiben“, fuhr er sie an.

„Da war ein Wagen. Ein Lincoln. Mit einer Schrotflinte ...“

Die Haare in seinem Nacken stellten sich auf. „Wer auch immer das gewesen ist, sie sind fort.“ Er stand auf, sah über die Schulter und löste den Riemen an seinem Halfter mit dem Daumen. „Ich werde Sie gleich zu dem Wagen befragen, okay? Erst mal möchte ich, dass Sie sich hinlegen. Ich habe eine Halskrause und eine Decke im Auto ...“

Sie versuchte, sich aufzurichten, doch er hob sie auf seinen Arm. „Wann werden Sie endlich lernen, meine Anweisungen zu befolgen?“

„In meinem nächsten Leben vielleicht.“ Sie sah in Richtung Straße. „Der Wagen. Sind Sie sicher, dass er weg ist?“

„Ich habe niemanden gesehen, als ich ankam. Hector müsste jeden Augenblick hier sein. Und ein Krankenwagen ...“

„Sie haben versucht, mich umzubringen, Nick. Sie haben die Windschutzscheibe zerschossen. Ich konnte nichts mehr sehen. Plötzlich war die Brücke vor mir und ...“

„Schh.“ Der Drang, sie zu beschützen, war so groß, dass er die Zähne aufeinanderbiss. „Ich bin bewaffnet. Niemand wird Ihnen etwas antun können.“

Sie fühlte sich so zerbrechlich an in seinem Arm. Trotz des Benzingeruchs vernebelte ihm ihr verführerischer Duft die Sinne. Er widerstand der Versuchung, sein Gesicht an ihres zu schmiegen. Stattdessen schloss er die Augen, um ihre Wärme zu spüren und sich zu vergewissern, dass sie wirklich da war.

Vor Anstrengung ächzend, trug er sie die Böschung hinauf. Als er oben angekommen war und sie ins Gras legte, hörte er ein Geräusch von unten. Sie drehten sich beide um und sahen gerade noch, wie der Streifenwagen in Flammen aufging.

„Oh mein Gott“, sagte Erin heiser. „Sie haben mir das Leben gerettet.“

Nick wollte ihre Dankbarkeit nicht. Und auch die Art, wie sie mit ihren großen grünen Augen zu ihm aufsah, gefiel ihm nicht. Beides brachte ihn ganz schön durcheinander und weckte das Bedürfnis in ihm, sie festzuhalten und nie wieder loszulassen.

„Dafür, dass Sie sich grade mit Ihrem Streifenwagen überschlagen haben, sind Sie ziemlich redselig“, knurrte er.

„Bin ich gefeuert, weil ich ihn zu Schrott gefahren habe?“

„Das hängt davon ab, wie sehr mir der Stadtrat in der nächsten Sitzung den Marsch blasen wird. Ich werde Sie es wissen lassen.“

Als Erin versuchte, sich aufrecht hinzusetzen, drückte er sie sanft ins Gras zurück. „Langsam, McNeal. Tun Sie mir den Gefallen, und bleiben Sie für ein paar Minuten einfach nur ganz still liegen, okay?“

Dieses Mal folgte sie seiner Anweisung.

„Ich hole jetzt die Halskrause und die Decke. Rühren Sie sich nicht vom Fleck.“

Er lief zur Rückseite seines Wagens und öffnete die Heckklappe. Nachdem er den Erste-Hilfe-Kasten durchsucht und gefunden hatte, was er brauchte, eilte er zu ihr zurück. Er ging auf die Knie und legte ihr die Halskrause um. Dann schüttelte er die Decke auf und deckte sie von Kopf bis Fuß damit zu. Sogar durch den Flanellstoff konnte er sehen, wie sie zitterte. An ihrer rechten Schläfe prangte eine rote Wunde, und es tat ihm unendlich leid, ihre schöne Haut so geschunden zu sehen.

„Das wird Ihnen über den Schock hinweghelfen“, sagte er.

„Schon klar, Chief. Aber mir geht es gut. Wirklich.“

Noch bevor er wusste, was er tat, streckte er die Hand aus und umfasste ihr Kinn. Sie zuckte zusammen. Ihre Haut fühlte sich wie Samt an. Warm und geschmeidig.

Vorsichtig betrachtete sie ihn. Ihre Augen verdunkelten sich, und das Grün schimmerte wie ein dunkler Wald. Ihre Haare umgaben sie wie Stränge aus Seide. Auch wenn sie eine Platzwunde an der Schläfe und einen Schmutzfleck am Kinn hatte – noch nie zuvor hatte er eine Frau gesehen, die so durch und durch schön war.

Nick beugte sich vor und küsste sie auf die Stirn. „Ich bin froh, dass Ihnen nichts passiert ist, McNeal."

Lächelnd sah sie zu ihm auf. „Danke, dass Sie mir den Hals gerettet haben."

„Nun, Sie haben einen ziemlich schönen Hals, wenn Sie mich fragen." Er versuchte, sie anzulächeln, doch es missglückte. „Es tut mir leid, was ich in der Scheune zu Ihnen gesagt habe. Und wie ich Sie behandelt habe."

„Nick, es ist okay …"

„Nein, das ist es nicht. Ich hatte kein Recht dazu."

„Ich bin ein großes Mädchen. Ich weiß, was ich tue."

„Sie waren ziemlich aufgewühlt, als Sie gefahren sind. Und das war meine Schuld. Ich weiß nicht, was ich getan hätte, wenn Sie …" Er konnte den Satz nicht zu Ende bringen und schluckte stattdessen. Er straffte den Rücken, doch es schnürte ihm noch immer die Kehle zu. Ihm wurde flau im Magen, und ein Zittern mit der Heftigkeit eines Erdbebens überkam ihn, als ihm bewusst wurde, wie tief seine Gefühle für diese Frau waren, die ihn mit ihrer störrischen Art fast in den Wahnsinn trieb.

„Nick?"

Eindringlich sah er sie an. Wie weich sich ihre Haut anfühlte. Er sah, dass ihr schlanker Körper unter der Decke zitterte. Wie nah sie dem Tod gewesen war … Verzweifelt versuchte er, sich zusammenzureißen. In einem Anfall von Panik zog er seine Hand zurück. Das Zittern wurde immer stärker. Sein Magen krampfte sich zusammen. Er wollte nicht, dass sie ihn so sah.

Ohne zu antworten, stand er auf und ging zu seinem Wagen. Er spürte, wie wackelig er auf den Beinen war, und er hatte das Gefühl, keine Luft mehr zu bekommen. Beim Suburban angekommen, stützte er beide Hände auf die Motorhaube und lehnte sich nach vorn. Ihm war so schlecht, als hätte ihm jemand in den Magen getreten.

„Nick.“

Er antwortete nicht. Drehte sich nicht um. Sah sie nicht an. Er hatte noch nicht einmal die Kraft, ihr zu sagen, dass sie ihn in Ruhe lassen sollte. Schwer atmend und schwitzend stand er da und kämpfte gegen die Panik an – oder was auch immer über ihn gekommen war und ihn so fest im Griff hielt, dass er sich nicht einmal mehr bewegen konnte, ohne vor ihren Füßen zusammenzubrechen.

„Hey“, sagte sie sanft, „geht es Ihnen gut?“

Er schreckte zusammen, als er ihre Hand auf seiner Schulter spürte. Er wollte ihr sagen, dass sie zurück unter die Decken gehen sollte. Dass sie sich hinlegen musste, weil es möglich war, dass sie unter Schock stand, auch wenn sie es selbst nicht merkte. Vielleicht hatte sie sich am Rücken oder am Kopf verletzt und spürte die Schmerzen noch nicht.

Doch stattdessen stützte er sich weiter zitternd auf die Motorhaube, unfähig, ihr ins Gesicht zu sehen. Er wollte nicht, dass sie die Wahrheit in seinen Augen las. „Lassen Sie mich“, sagte er mit tiefer Stimme.

„Was ist los?“

„Verdammt, McNeal. Sie können nicht einfach aufstehen und hier herumlaufen.“

„Ich wollte mich nur vergewissern, dass alles in Ordnung ist“, flüsterte sie.

„Mir geht es gut.“

„Sie zittern …“

„Vergessen Sie's.“

In der Ferne heulte eine Sirene und durchbrach die Spannung zwischen ihnen. Nick fiel ein Stein vom Herzen, als er das Geräusch hörte. Erin musste so schnell wie möglich untersucht werden. Doch das war nur die halbe Wahrheit. Wenn er noch länger mit ihr allein gewesen wäre, würde sie weiter in der Wunde stochern, die sich gerade wieder geöffnet hatte.

Früher oder später würde er sich zu ihr umdrehen müssen. Er biss die Zähne zusammen und versuchte, ein neutrales Gesicht zu machen. Dann drehte er sich zu ihr – und sah ihre Tränen. Ein Anblick, der ihn zutiefst rührte. Er konnte sich einfach nicht länger zurückhalten. Fluchend machte er einen Schritt auf sie zu und zog sie in seine Arme. Das Gefühl, sie zu halten, war einfach überwältigend. Es fühlte sich so richtig und so gut an, dass es ihm selbst die Tränen in die Augen trieb. Er hatte das dringende Bedürfnis, sie vor der ganzen Welt zu beschützen, auch wenn er wusste, dass sie das gar nicht wollte.

„Warum die Tränen?" Er drückte sein Gesicht gegen ihr Haar und atmete den Duft ein. „Es ist vorbei. Bei mir sind Sie sicher. Alles wird gut."

„Und was ist mit Ihnen?"

„Mir geht es gut." Noch immer rang er um Fassung. Er schluckte. Es gefiel ihm gar nicht, dass ihr Unfall ihm so zusetzte, als läge er selbst verletzt und blutend am Boden.

„Danach sieht es mir aber nicht aus."

„Eins nach dem anderen, McNeal, okay?" Er lockerte seine Umarmung, um ihr in die Augen zu sehen, und versank beinah in deren grüner Tiefe. „Sie haben geweint, als Sie von mir fortgefahren sind, nicht wahr?"

„Nick, es war nicht Ihr Fehler", sagte sie mit fester Stimme.

Er war sich nicht sicher, ob er ihr glauben sollte, doch er ließ ihre Bemerkung unkommentiert. Noch mehr Schuldgefühle waren das Letzte, was er brauchte. Die Vorstellung, dass alles auch ganz anders hätte enden können, machte ihm schon genug zu schaffen. „Was ist passiert?", fragte er nach einer Weile.

Im Kontrast zu ihrer blassen Haut erschienen ihre Augen unglaublich groß und leuchtend. Als sie den Mund öffnete, um zu sprechen, zitterten ihre Lippen. „Es war ein Auftragskiller."

Unruhig schritt Nick im Flur der Notaufnahme auf und ab. Mit jedem Schlag pumpte sein Herz eine neue Welle der Besorgnis durch seinen Körper.

„Es war ein Auftragskiller."

Wie eine Totenglocke hallten Erins Worte in seinen Ohren. Doch nach dem Vorfall in der Schule wunderte es ihn nicht im Geringsten. Tausend unbeantwortete Fragen schwirrten ihm durch den Kopf. Gleichzeitig spürte er, wie sein Beschützerinstinkt immer stärker wurde und drohte, seine eiserne Selbstbeherrschung zu Fall zu bringen.

Wer wollte Erin McNeal umbringen?

„Chief Ryan?"

Nick drehte sich um, als er die Stimme des diensthabenden Arztes hörte. „Wie geht es ihr?"

Der Arzt kam durch die Doppeltür der Notaufnahme auf Nick zu und blieb neben ihm stehen. „Sie hat sehr viel Glück gehabt. Ein paar blaue Flecke und Platzwunden. Die Computertomografie hat nichts ergeben. Und die Röntgenbilder sind auch in Ordnung. Die Bluttests stehen noch aus, aber sie kann nach Hause gehen. Sie können jetzt mit ihr sprechen."

Erleichtert atmete Nick aus. „Danke, Doc."

Er drehte sich um und schritt durch die Türen der Notaufnahme. Suchend blickte er umher, doch er fand sie sofort. Erin lag auf einer Liege in der Ecke. Als ihre Blicke sich trafen, wurde ihm warm ums Herz. Beim Anblick ihres zaghaften Lächelns konnte er trotz aller Sorge und der Fragen in seinem Kopf nicht anders, als zurückzulächeln.

Ohne sie auch nur für einen Moment aus den Augen zu lassen, ging er zu ihr. „Hat Ihnen schon mal jemand gesagt, dass Sie Ärger geradezu magisch anziehen, McNeal?"

Ihr Lächeln weitete sich zu einem Grinsen. „Was glauben Sie denn?"

„Wenn ich nicht so froh darüber wäre, dass Sie noch am Leben sind, würde ich Sie jetzt ordentlich zusammenstauchen."

„Immerhin haben Sie gelächelt, als Sie mich gesehen haben. Ich glaube, das ist ein gutes Zeichen." Zu seiner Überraschung hob sie eine Hand und legte sie an seine Wange. „Mir war nicht klar, dass Sie sich solche Sorgen gemacht haben."

Nick zuckte zusammen. Er wusste, dass sie auf seinen Gefühlsausbruch am Unfallort anspielte, doch er ließ sie gewähren und genoss das angenehm warme Gefühl ihrer Berührung.

„Sie haben ein wirklich schönes Lächeln, Chief. Sie sollten es viel öfter zeigen."

Ihre Worte, zusammen mit ihrer Hand auf seiner Wange, hatten eine erregende Wirkung auf ihn und brachten einen Körperteil auf den Plan, an den er jetzt lieber nicht denken wollte. Erst jetzt fiel ihm auf, dass ihre Pupillen geweitet waren. Vermutlich hatte der Arzt ihr ein paar Schmerzmittel gegeben.

Na großartig, das hatte ihm gerade noch gefehlt: eine wehrlose, sexy Polizistin, die eine unerklärliche Anziehungskraft auf ihn ausübte und dringend seines Schutzes bedurfte. „Die Medikamente vernebeln Ihnen die Sinne", sagte er mürrisch.

„Ich hab zwar ein paar Schmerzmittel bekommen, aber deswegen kann ich trotzdem noch sehen, dass Sie ein schönes Lächeln haben." Seufzend ließ sie sich auf das Kissen zurücksinken. „Und Sie riechen sehr, sehr gut."

Nick wusste nicht, was er sagen oder tun sollte. Er spürte, wie ihm die Hitze den Nacken hinaufkroch – und das war nicht der einzige Teil seines Körpers, der auf sie reagierte. Er griff nach ihrer Hand, um sie zurück auf die Liege zu legen. „Wir müssen reden", sagte er. „Fühlen Sie sich in der Lage, ein paar Fragen zu beantworten?"

Unruhig wanderte ihr Blick umher. „Na schön."

Er fühlte mit ihr, als er sah, dass sie offenbar noch nicht bereit war, den Unfall in Gedanken erneut zu durchleben. Er hätte es ihr gerne erspart, doch das ging nicht. Sie hatten keine andere Wahl.

„Ich muss wissen, was passiert ist", sagte er. „Außerdem brauche ich eine Beschreibung des Wagens, damit ich die Highway Patrol verständigen kann."

„Na klar." Er konnte sehen, wie viel Mühe es sie kostete, ihr professionelles Copgesicht aufzusetzen. „Schwarzer Lincoln. Viertürer. 2000er-Modell vielleicht. Das Kennzeichen war überklebt, aber ich konnte erkennen, dass der Wagen in Illinois zugelassen worden ist. Und er hat eine große Beule im Kotflügel vorne rechts."

„Eine Beule?", fragte er interessiert. „Der Wagen hat sie *gerammt?*"

Sie nickte. „Die Stoßstange und den hinteren Kotflügel."

„Ich werde dafür sorgen, dass jemand aus dem Labor eine Probe von den Farbspuren nimmt. Vielleicht können wir so das Modell bestimmen." Er verzog das Gesicht. „Und der Fahrer?"

„Ich habe nur den Beifahrer gesehen."

„Können Sie ihn beschreiben?"

„Weiß, dunkle Haare. Um die vierzig. Ich konnte ihn nicht so genau erkennen. Er hatte eine Schrotflinte auf mich gerichtet, auf meinen Kopf ..." Mit zitternder Stimme hielt sie inne.

Nick wandte den Blick ab, um ihr einen Moment zu geben, sich zu sammeln. Die ganze Sache gefiel ihm immer weniger. Wer wollte Erin umbringen? Jemand aus ihrer Vergangenheit? Ein Bekannter? Ein Verrückter? Oder steckte noch etwas viel Unheilvolleres dahinter?

Er sah zu ihr hinunter, und wieder überkam ihn eine Welle des Mitgefühls. Sie würde nicht weinen. Nicht jetzt. Nicht Erin McNeal, die Polizistin. Doch das änderte nichts daran, dass sie immer noch sehr verletzlich aussah. Und blass. Sie zitterte. Doch nicht für eine Sekunde machte sie den Eindruck, sie sei verängstigt. Sein Respekt für sie, der ohnehin schon ziemlich groß war, wuchs fast ins Unermessliche.

„Sie machen das großartig, Erin."

„Hey, das war nur ein kleiner Unfall. Keine große Sache", sagte sie mit etwas zu viel Nachdruck.

Nick seufzte und machte sich gar nicht erst die Mühe, sie darauf hinzuweisen, dass der „kleine Unfall“, wie sie es nannte, sie beinah das Leben gekostet hatte.

„Der Arzt wird mich doch nicht hierbehalten, oder?“

„Haben Sie etwa etwas gegen Krankenhäuser, McNeal?“

„Nur wenn ich drin bin. Könnten Sie mich vielleicht jetzt nach Hause fahren?“, fragte sie. „Sonst ziehe ich meine Waffe und schieße um mich, sollte es auch nur ein Arzt wagen, mich noch mal mit einer Nadel zu stechen“, versuchte sie zu scherzen.

Er zwang sich zu einem Lachen, während er sich fragte, woran es wohl lag, dass ihr weder vom Schock noch von den Medikamenten etwas anzumerken war. „Ich bringe Sie nach Hause“, sagte er. „Dort können wir weiterreden.“

Trotz der Medikamente, die sie eingenommen hatte, schmerzte jeder einzelne Muskel ihres Körpers ganz gewaltig, als sie ihre Wohnung erreichten.

Nick öffnete ihr die Tür, dann zeigte er aufs Sofa. „Setzen Sie sich“, sagte er. „Ich hole Ihnen eine Decke, danach mache ich uns einen Kaffee.“

Ohne Widerrede humpelte sie zum Sofa und ließ sich gegen eines der Kissen sinken. Ein weiteres hielt sie vor der Brust umklammert. Sie zog die Beine an und versuchte, nicht daran zu denken, was für ein Glück sie gehabt hatte. Sie hätte sich ernsthaft verletzen können – oder sogar Schlimmeres.

Der Vorfall hatte sie nicht nur körperlich mitgenommen, sondern auch ihr Selbstvertrauen hatte einen herben Schlag abbekommen. In den Lauf einer Schrotflinte zu blicken hatte ihr nicht gerade gutgetan. Sie mochte es nicht, sich so hilflos zu fühlen. Und noch viel weniger mochte sie es, wenn man sie bedrohte.

Sie hörte Nick in der Küche mit dem Geschirr hantieren und seufzte. Auch wenn sie es nur ungern zugab, war sie froh, dass er da war. Er war für sie wie ein Fels in der Brandung einer unruhigen See voller Emotionen und viel zu wenig Fakten. Eine Kombination, auf die sie in ihrer momentanen Verfassung gut hätte verzichten können.

Vom Sofa aus sah sie zu, wie Nick von der Küche ins Schlafzimmer ging. Sie gab sich Mühe, es zu ignorieren, doch sie konnte nicht umhin, die kontrollierte Geschmeidigkeit seiner Bewegungen zu bemerken, ebenso wie die unterschwellige Ruhelosigkeit, die ihn wie eine dunkle

Aura umgab. Er machte einen nachdenklichen Eindruck. Irgendwie nervös, beunruhigt. Erin fragte sich, ob das mit seinem Verhalten an der Unfallstelle zusammenhing. Eigentlich war Nick nicht der Typ Mann, der sich von einem Autounfall aus der Ruhe bringen ließ. Gerne hätte sie daran geglaubt, dass es die Sorge um sie gewesen war, die ihn so aus der Bahn geworfen hatte. Doch ihr Verstand wusste es besser. Er hatte an Rita gedacht. Erin wusste aus eigener Erfahrung, wie Trauer aussah, und es war offensichtlich, dass er ihren Tod noch immer nicht überwunden hatte.

Einen Augenblick später war er mit einer Decke zurück und legte sie über sie. „Ist Ihr Kopf klar genug, dass Sie ein paar Fragen beantworten können?“, fragte er. „Es wird ein paar Minuten dauern, bis der Kaffee fertig ist.“

Sie nickte. Es wäre töricht zu glauben, dass sie es noch länger hinausschieben konnte. Außerdem war sie ein Cop. Jemand hatte versucht, sie umzubringen, und sie musste etwas dagegen unternehmen.

„Erzählen Sie mir alles.“ Er ließ sich auf den Zweisitzer ihr gegenüber fallen. Erwartungsvoll sah er sie an. „Details. Beschreibungen. Mögliche Motive.“

Erin berichtete von dem schwarzen Lincoln, dem Beifahrer mit der Schrotflinte und davon, wie ihr Streifenwagen von der Straße abgedrängt worden war. Nick hörte aufmerksam zu und machte sich hin und wieder Notizen auf einem Block. Seine dunklen Augen waren wachsam, sein Blick war rasiermesserscharf.

Als sie fertig war, holte er den Kaffee aus der Küche und nahm erneut ihr gegenüber Platz. „Verbrechen dieser Art sind für Logan Falls ziemlich ungewöhnlich.“

„Ich weiß.“

„Und es ist jetzt schon der zweite Vorfall, seit Sie in der Stadt sind. Erst die dunkle Limousine, die Sie vor der Schule überfahren wollte, und nun das hier. Beide Wagen hatten Nummernschilder aus Illinois. Haben Sie eine Idee, wer dahinterstecken könnte?“

„Ich bin mir nicht sicher.“ Sie hob den Becher zum Mund und nahm einen Schluck. „Vermutlich ist das kein Zufall, oder?“

„Aber warum versucht jemand, Sie umzubringen?“

Diese Frage kam zwar nicht unerwartet, ließ sie aber dennoch zusammenzucken.

„Ich bin seit neun Jahren bei der Polizei, davon ein Jahr im Rauschgiftdezernat. Vielleicht ist irgendjemand schlecht auf mich zu sprechen.

Vielleicht jemand, den ich hinter Gitter gebracht habe und der nun wieder auf freiem Fuß ist. Ich weiß es nicht."

Ein Szenario, das Nick nicht gefiel, das war ihm anzusehen. Er stand auf, ging in die Küche und nahm das Telefon zur Hand. Sie beobachtete, wie er eine Beschreibung des Wagens und einen Fahndungsaufruf an die Highway Patrol durchgab.

Kaum zu glauben, wie viele Facetten dieser Mann hatte. In einem Augenblick war er noch hart und unerbittlich, im nächsten unglaublich zärtlich. Es war derselbe Mann, der sie regelmäßig zusammenstauchte und sie fast besinnungslos küsste, während seine magischen Finger ihre Selbstbeherrschung langsam, aber sicher zunichtemachten.

Er trug noch immer seine Uniform. Unwillkürlich wanderte ihr Blick zu seinen breiten Schultern und den muskulösen Unterarmen. Sein Oberkörper ging in eine schlanke Taille über, und er hatte die Beine eines Läufers. Der oberste Knopf seines Hemds war geöffnet, sodass ein paar dunkle Brusthaare zu sehen waren.

Wie es sich wohl anfühlen würde, wenn sie ihm das Hemd aufknöpfte und mit ihren Fingern über diese Haare hinab zu den harten Muskeln seines Bauches strich? Ob er ihr widerstehen könnte? Würde er sie in seine Arme ziehen, um sie zu küssen, bis sie vor Lust verging? Fasziniert starrte sie ihn an, auch wenn es sie entsetzte, dass sie so offen von einem Mann träumte, mit dem eine Beziehung unmöglich war.

Er legte auf, kam zurück ins Wohnzimmer und setzte sich ihr gegenüber auf den Zweisitzer. „Gibt es da vielleicht etwas, das Sie mir verschwiegen haben?", fragte er. „Jemand, der kürzlich aus dem Gefängnis entlassen wurde? Ein persönlicher Rachefeldzug? Irgendetwas in die Richtung?"

„Nicht dass ich wüsste."

„Was ist mit der Schießerei, in die Sie vor einem halben Jahr verwickelt waren?"

Seine Frage überraschte sie zwar nicht, traf sie aber dennoch völlig unvorbereitet. *Danny.* Der Fehler, der sie ihr Leben lang verfolgen würde. Mein Gott, wie gerne sie das alles endlich hinter sich lassen würde. „Ich habe auch schon darüber nachgedacht, ob es da irgendeine Verbindung geben könnte", sagte sie. „Aber das ergibt einfach keinen Sinn. Ich sehe nicht, wie die Geschehnisse dieser Nacht in irgendeiner Weise einen Rachefeldzug zur Folge haben könnten."

„Die meisten Schießereien machen bei näherer Betrachtung keinen großen Sinn." Er lehnte sich vor und stellte seinen Becher zwischen ihnen auf den Couchtisch. Mit zusammengezogenen Augenbrauen sah er sie an. „Ich muss wissen, was genau in dieser Nacht vorgefallen ist, Erin."

Sie umfasste ihren Becher und konzentrierte sich auf die Wärme, die er an ihre eisigen Finger abgab. „Ich hab es Ihnen ja schon gesagt: Ich habe versagt und eine Kugel kassiert. Genau wie Danny. Ich habe einen der Männer angeschossen ..."

„Wissen Sie, wer dieser Mann war?"

„Wir haben ihn nie identifizieren können. Als die Verstärkung eintraf, war er schon weg."

„Wieso sind Sie dann so sicher, dass Sie ihn getroffen haben?"

„Da war jede Menge Blut, aber kein Verdächtiger und keine Leiche."

Interessiert sah er sie an. „Warum haben Sie mir das nicht früher erzählt?"

„Ich weiß, was Sie denken, Nick, aber keiner der Beteiligten von damals hat irgendwas mit der Sache von heute zu tun. Es ist schon Monate her. Es war in einer anderen Stadt, und wir haben nichts, was darauf hindeutet, dass zwischen den beiden Vorfällen ein Zusammenhang besteht."

„Noch nicht. Aber Sie wissen genauso gut wie ich, dass wir einen Zusammenhang nicht ausschließen können." Er machte ein ernstes Gesicht. „Haben Sie mir sonst noch was verschwiegen?"

Erin wusste, dass er verärgert war, weil sie nicht von Anfang an offen und ehrlich zu ihm gewesen war. Doch sie hatte keine Lust, jedes kleine Detail der Schießerei wieder ans Licht zu holen. Ihr Bedürfnis, die Geschehnisse jener Nacht endlich hinter sich zu lassen, war so groß, dass sie es kaum fertigbrachte, daran zu denken, geschweige denn darüber zu reden.

„Ich will die ganze Geschichte hören. Und zwar alles, ohne Auslassungen."

Sie zuckte zusammen, als sie seinen entschlossenen Tonfall hörte. „Ich habe Ihnen doch bereits erzählt, was passiert ist."

„Dabei haben Sie aber ein paar wesentliche Details ausgelassen, McNeal. Was ist mit dem Rest?"

„Es ist ... kompliziert."

„Ich hab die ganze Nacht Zeit."

Ihr Magen krampfte sich zusammen. Offenbar machte es ihr mehr aus, als sie gedacht hatte. Es war nicht nur beschämend, es würde auch unglaublich wehtun, die Verachtung in seinen Augen zu lesen, wenn er die Wahrheit erfuhr. Es war erstaunlich, wie wichtig ihr seine Meinung in so kurzer Zeit geworden war. Aber es ließ sich nicht leugnen. Schlagartig wurde ihr bewusst, wie hoch der Preis war, den sie bezahlen würde, wenn sie ihm erzählte, was tatsächlich vorgefallen war. Es würde sie seinen Respekt kosten. Und die zaghafte Freundschaft – oder was auch immer es war, das sich zwischen ihnen entwickelt hatte, seit sie durch die Tür der Polizeiwache gekommen war und in seine dunklen, gefährlichen Augen gesehen hatte. Die Erkenntnis traf sie wie ein Schlag.

„Danny und ich haben einen anonymen Hinweis bekommen. Ein Drogendeal in einer Lagerhalle auf der South Side. Ein paar Kilo Black-Tar-Heroin und eine Geldübergabe. Reine Routine. Wir waren uns unserer Sache ziemlich sicher, zu sicher." Sie lachte hohl. „Wir sind ohne Verstärkung reingegangen. Und ohne die DEA zu benachrichtigen. Wir wollten den Erfolg mit niemandem teilen."

Sie sah die Situation wieder vor sich. Die gespannte Erwartung. Das Hochgefühl. Und nur wenig später das verheerende Unheil, das über sie hereinbrach. „Danny ist zuerst rein. Zwei oder drei Minuten vor mir. Ich habe so lange wie möglich gewartet, dann habe ich über Funk Verstärkung angefordert und bin durch den Hintereingang hinterhergegangen. Wir hätten warten sollen. Wir hätten ..." Das Ausmaß ihrer Fehler legte sich wie Blei auf ihre Schultern und ließ sie verstummen. „Die Aktion stand von Anfang an unter keinem guten Stern. Es ist alles Mögliche schiefgelaufen. Als ich dazukam, hatten die beiden Männer Danny schon am Boden. Sie waren sehr gut gekleidet und bis an die Zähne bewaffnet. Ruhig und gelassen." Ihre Stimme hörte sich in der Stille ihrer Wohnung fremd an. „Sie wollten ihn umbringen", sagte sie. „Einfach so. Wie bei einer Hinrichtung. Er war ein Cop, verdammt."

Bei der Erinnerung lief ihr ein Schauer über den Rücken. Erstaunt stellte sie fest, dass ihre Zähne klapperten. Sie hatte nicht damit gerechnet, dass es ihr so schwerfallen würde, die Geschehnisse jener Nacht wiederzugeben. Nicht nach all der Zeit. Doch sie musste all ihre Kraft zusammennehmen, um fortzufahren.

„Ich konnte nicht zulassen, dass sie meinen Partner umbringen." Sie sah Nick an. Es war absolut unmöglich zu erahnen, was hinter seiner kühlen, emotionslosen Fassade vor sich ging. Aber in Anbetracht dessen, was sie ihm gleich erzählen würde, wollte sie es lieber gar nicht wissen. „Ich war in Unterzahl. Aber ich wollte die Männer unbedingt verhaften. Die Risiken waren mir dabei völlig egal. Es ist mir überhaupt nicht in den Sinn gekommen, dass jemand verletzt werden könnte."

Vor ihrem inneren Auge sah sie Danny vor sich. Die Angst stand ihm ins Gesicht geschrieben. Und sie erinnerte sich an ihr eigenes Entsetzen mit solcher Deutlichkeit, dass ihr Herz für einen Moment aussetzte. Ihr Atem wurde flach. Unwillkürlich hielt sie die Luft an. „Ich zog meinen Revolver und befahl den Männern, ihre Waffen fallen zu lassen und sich auf den Boden zu legen."

Eindringlich sah Nick sie an. Seine Miene war ernst und konzentriert. „Was ist dann passiert?"

„Laut Dannys Informant hätten es nicht mehr als zwei Männer sein dürfen. In der Vergangenheit war er eine zuverlässige Quelle. Doch da war noch ein weiterer Mann. Auf dem Gerüst. Aber als ich ihn gesehen habe, war es bereits zu spät." Der Schrecken des Augenblicks überrollte sie wie eine Lawine. Kalt und erstickend. „Wie aus dem Nichts war er plötzlich über mir. Er war fast noch ein Kind. Vielleicht sechzehn, höchstens siebzehn Jahre alt, aber das habe ich Ihnen ja schon erzählt. Und er hat mich angelächelt. Das hat mich völlig aus der Bahn geworfen." Sie lehnte sich vor und legte den Kopf in die Hände, in der Hoffnung, die blutigen Bilder vertreiben zu können – und mit ihnen ihre Schuld. „Er hatte eine Waffe, Nick. Ich hätte ihn ausschalten müssen, aber ich konnte nicht. Ich habe es nicht übers Herz gebracht, auf ein Kind zu schießen. Meine Ausbildung, mein Training – alles umsonst. Ich hatte einfach nicht den Mumm, ihn zu stoppen. Wie eine verdammte Anfängerin habe ich dagestanden, während er seine Pistole hob und mich niederschoss."

Nick fluchte.

„Als ich zu Boden ging, habe ich abgedrückt – und ihn offenbar auch getroffen –, doch als ich mich wieder aufgerappelt hatte, hatte einer der anderen beiden Danny bereits in den Rücken geschossen."

„Sind Sie sicher, dass Sie den Mann auf dem Gerüst getroffen haben?", fragte er.

„Ja. Ich habe gesehen, wie er über das Geländer gefallen ist."

Sie schloss die Augen und kämpfte gegen ihre Gefühle an. Egal, wie schmerzhaft es war, sie würde Nick alles erzählen müssen. Sie fragte sich, wie er wohl reagieren würde, wenn er herausfand, dass sie das Leben ihres Kollegen für ihr eigenes aufs Spiel gesetzt hatte.

„Ich hätte es verhindern können, wenn ich mich wie ein Cop verhalten hätte."

„Hinterher ist man immer …"

„Danny wurde angeschossen, weil ich zu feige war, zu schießen."

„Sie standen unter Beschuss“, sagte er. „Natürlich hatten Sie Angst. Das ist menschlich.“

„Ich war so darauf versessen, die Männer festzunehmen, dass ich nicht mehr logisch denken konnte. Als nicht alles so lief wie geplant, habe ich Panik bekommen. Ich hab nur auf den Jungen geschossen, um meinen eigenen Kopf zu retten. Dabei hätte ich es viel früher tun müssen. Für Danny. Ich habe meinen Partner im Stich gelassen. Mein Gott, dafür gibt es keine Entschuldigung …“ Ihre Stimme kippte.

Die Stille, die folgte, war unerträglich. Wie Blei legte sie sich auf ihre Schultern, während die Worte, die sie aus tiefstem Herzen hasste, unerbittlich in ihrem Kopf hallten und sie beschämten.

Ich habe meinen Partner im Stich gelassen.

Sie bereitete sich innerlich auf die Verachtung vor, die ihr aus Nicks Augen entgegenschlagen würde, bevor sie ihn ansah. Doch zu ihrer großen Überraschung fand sie dort nichts als Verständnis.

„Sie haben Ihr Bestes gegeben, McNeal. Mehr können wir alle nicht tun. Sie haben gezögert, weil der Angreifer fast noch ein Kind war. So was ist hart.“

„Ein Kind mit einer Waffe ist genauso gefährlich wie ein Erwachsener.“

„Das stimmt, aber der Einsatz von tödlicher Gewalt ist für einen Cop immer schwierig. Vor allem dann, wenn Kinder im Spiel sind und für die Entscheidung über Leben und Tod nur der Bruchteil einer Sekunde bleibt.“

Sie schluckte den Kloß in ihrem Hals herunter und senkte den Blick auf ihre Hände, mit denen sie das Kissen fest umklammert hielt, damit sie nicht zitterten. „Sie tun so, als wäre es in Ordnung.“

„Vielleicht ist es das nicht“, sagte er. „Aber Sie hatten nur zwei Möglichkeiten, und es war keine leichte Wahl. Das ist manchmal schwer zu akzeptieren, aber es bleibt uns nichts anderes übrig. Wir können es nicht ändern, Erin.“

„Danny ist gelähmt“, sagte sie. „Er wird nie wieder als Polizist arbeiten können. Jedenfalls nicht auf der Straße. Wie konnte ich ihm das nur antun? Und jedes Mal, wenn ich ihn sehe, stellt er sich dieselbe Frage. Natürlich spricht er sie nicht aus. So etwas würde er nie tun. Aber ich kann es ihm ansehen. Genauso wie seiner Frau und den Kindern. Und jedes Mal, wenn ich daran zurückdenke, was in jener Nacht passiert ist, bricht es mir das Herz.“ Mit tränenverschleierten Augen sah sie ihn an. „Nick, ich habe Dannys Leben zerstört.“

Schuldgefühle waren Nick nicht unbekannt. Sie konnten einem das Leben zur Hölle machen. Er hielt sich selbst für einen Experten auf diesem Gebiet. Immerhin lebte er schon seit drei langen Jahren mit seiner Schuld. Er kannte die verheerende Kraft dieser Gefühle, die den Verstand und den Geist attackierten wie ein Krebsgeschwür, das den Körper von innen heraus zerfraß, aus erster Hand.

Dass Erin McNeal die gleiche leidvolle Erfahrung machen musste, weil ein Einsatz unter ihrer Verantwortung missglückt war, betrübte ihn zutiefst. Auch wenn er sich geschworen hatte, sie nicht so nah an sich heranzulassen: Es tat ihm leid, dass er von Anfang an so hart zu ihr und strikt dagegen gewesen war, sie einzustellen, obwohl sie über die notwendigen Qualifikationen verfügte.

„Und der Mann, den Sie angeschossen haben, konnte nicht identifiziert werden?“, fragte Nick.

„Wir haben die Krankenhäuser der Umgebung überprüft, aber das hat nichts ergeben. Keine der Notaufnahmen in der Nähe hatte eine Schusswunde gemeldet. Das Blut wurde zur DNA-Analyse ins Labor geschickt, doch es konnten keine Übereinstimmungen in der landesweiten Datenbank gefunden werden.“

Er nickte. Offenbar war die Polizei von Chicago in einer Sackgasse angelangt. Ebenso wie Erin und er. Wenn es tatsächlich eine Verbindung zwischen der Schießerei und dem Vorfall an der Logan-Creek-Brücke von heute gab, würden sie nicht so bald dahinterkommen.

Verdammt, er hasste Sackgassen.

„Sie wissen, dass es nicht Ihr Fehler war, was Danny passiert ist, oder?“

Ein Lächeln huschte über Erins Gesicht, so sanft und vergänglich wie eine leichte Sommerbrise. „So heißt es jedenfalls.“

„Aber Sie glauben es nicht.“

Unruhig wanderte ihr Blick umher, dann sah sie auf ihre Hände, bemüht, sie stillzuhalten. „Das letzte Mal, als ich Danny besucht habe, hat er nicht mit mir geredet. Er konnte mir noch nicht einmal in die Augen sehen.“

Nick widerstand der Versuchung, zu ihr zu gehen. Sie zu berühren war gefährlich, besonders in einer Situation wie dieser. Es würde ihn unweigerlich ins Verderben stürzen. Er hätte sie gerne getröstet, doch er war sich nicht sicher, ob er dann noch die Kraft aufbringen würde, sich zu beherrschen. Nicht wenn ihr berauschender Duft die Luft des kleinen Raums, in dem sie saßen, erfüllte und er sich lebhaft daran erinnern konnte, wie gut es sich anfühlte, sie im Arm zu halten. Wie weich ihre Haut war, wie gut sie schmeckte. Er würde sich davor hüten, Öl ins Feuer zu gießen.

„Danny hat nicht von Ihnen erwartet, dass Sie Ihr Leben für ihn aufs Spiel setzen", brummte er. „Kein Cop kann das erwarten."

„Er hat sich drauf verlassen, dass ich ihm Rückendeckung gebe. Seien wir ehrlich, Nick. Ich habe eine Todsünde begangen."

„Und jetzt setzen Sie alles daran, sich selbst dafür büßen zu lassen, nicht wahr? Sie bestrafen sich mit der Schuld und stürzen sich in unkalkulierbare Risiken. Haben Sie dabei jemals an die Leute gedacht, denen Sie damit wehtun, wenn Ihnen etwas zustößt?"

Sie presste die Lippen aufeinander. „Sie können sich Ihre wohlmeinenden Worte sparen, Chief."

„Sie haben Ihr Bestes gegeben. Mehr kann ein Polizist nicht tun."

„Erzählen Sie das Danny. Oder seiner Frau. Oder noch besser: Erzählen Sie es seinen Kindern, wenn sie ihren Vater fragen, ob er mit ihnen Ball spielt, und er ihnen sagen muss, dass er nie wieder laufen können wird …"

„Hören Sie auf damit", unterbrach Nick sie barsch.

Die Hände in das Kissen geklammert, saß sie ihm gegenüber und starrte ihn an. „Er hasst mich", sagte sie mit erstickter Stimme.

„Er hasst, was ihm zugestoßen ist", sagte Nick. „Das heißt noch lange nicht, dass er Sie hasst. Oder Ihnen die Schuld dafür gibt."

„Frank hat mich suspendiert …"

„Das war zur Ihrer eigenen Sicherheit und nicht, weil Sie ein schlechter Cop sind. Er wusste, dass Sie Zeit brauchen, um wieder auf die Beine zu kommen."

Er konnte sehen, wie der emotionale Schutzwall, den sie um sich herum aufgebaut hatte, zu bröckeln begann, während sie wie erwartet versuchte, ihre Haltung zu wahren. Ihre Augen füllten sich mit Tränen, die ihr schon bald über die Wangen liefen. Doch sie gab keinen Laut von sich, noch immer bemüht, nicht die Fassung zu verlieren. Warum ließ sie ihren Gefühlen nicht einfach freien Lauf? Warum war sie so hart zu sich selbst?

Als er sah, wie sehr sie darum kämpfte, stark zu erscheinen, tat sie ihm leid, und er spürte, wie sich auch in seinem Hals ein Kloß bildete.

Doch mit dem Mitgefühl kam auch die beängstigende Erkenntnis, wie viel sie ihm inzwischen bedeutete.

Der Gedanke versetzte ihm einen Stich. Er hatte sich geschworen, nie wieder eine Frau so nah an sich heranzulassen. Wie hatte das passieren können? Wie hatte er zulassen können, dass ihm eine Frau wie Erin McNeal so viel bedeutete? Eine Frau, die ihn früher oder später mit ihrem Leichtsinn und ihrer impulsiven Art in den Wahnsinn treiben würde. Eine Frau, die das Herz seiner Tochter bereits erobert hatte und gefährlich nah dran war, auch seins im Sturm zu nehmen und dabei jeden noch so sorgsam errichteten emotionalen Schutzwall niederzureißen. Ein Gedanke, der ihn nicht nur überwältigte, sondern ihm auch eine gehörige Portion Angst einjagte.

Einem plötzlichen Impuls folgend, stand er auf und ging, ohne sie anzusehen, in die andere Ecke des Raums. Er brauchte Platz. Abstand. Wie schaffte es diese Frau, seine Abwehrmechanismen so spielend außer Gefecht zu setzen? Und warum löste gerade sie ein Verlangen in ihm aus, das so stark war, dass er anfing zu zittern, wenn er nur daran dachte, sie zu berühren? Warum Erin McNeal? Eine Frau, die ihn unweigerlich zugrunde richten würde, wenn er sie zu nah an sich heranließ?

Unsicher, was er als Nächstes tun sollte, fuhr er sich mit einer Hand durch die Haare und starrte ziellos in die Küche. Wenn er sich zu ihr umdrehte und ihr in die Augen sah, würde er zu ihr gehen. Er würde seine Arme um ihre zitternden Schultern legen und sie so lange halten, bis sie sich beruhigt hatte. Nur dass es dieses Mal nicht dabei bleiben würde. Auch nicht bei einem Kuss. Er wollte mehr, und er war nicht sicher, wie lange er sein Verlangen noch im Griff haben würde.

Offenbar gewöhnte er sich allmählich an das Spiel mit dem Feuer.

„Nick?“

Er ignorierte die Alarmglocke, die in seinem Kopf zu schrillen begann, und drehte sich langsam zu ihr. Als sich ihre Blicke trafen, wurde ihm schwer ums Herz. Es waren die Fülle und die Klarheit dessen, was er sah, die ihm den Atem raubten. Sie war so wunderschön und sah dabei zugleich so verletzlich aus, dass er den unbändigen Drang in sich spürte, sie zu beschützen. Doch zur gleichen Zeit verlangte ihm ihre Stärke seinen ganzen Respekt ab. Und es war genau diese Kombination von Gefühlen, die ihn schier um den Verstand brachte.

In der Tiefe ihres Blickes sah er sein eigenes Schicksal.

Sie saß noch immer auf dem Sofa. Und bevor er wusste, was er tat, ging er zu ihr, um sie in die Arme zu schließen. Aufmerksam beobachtete sie, wie er vor ihr auf die Knie ging, ohne sich jedoch zu bewegen oder die Augen von ihm abzuwenden. Er breitete seine Arme aus. Ihr einladender Seufzer fegte auch den letzten Zweifel fort, als er die Arme um ihre zitternden Schultern legte und sie an sich zog. Ihr Duft raubte ihm die Sinne und berauschte seinen Körper. Wie aus weiter Ferne hörte er, dass sie seinen Namen sagte. Dann schlang auch sie ihre Arme um ihn und war plötzlich ganz nah. Sie war so warm und weich, dass es ihn beinah in den Wahnsinn trieb.

„Es tut so weh, Nick. Das mit Danny ist meine Schuld. Und der Schmerz will einfach nicht nachlassen."

„Es ist in Ordnung, wenn es wehtut, McNeal. Lassen Sie den Schmerz zu. Lassen Sie ihn raus."

„Das versuche ich ja, aber er sitzt so tief."

„Ich werde Ihnen helfen." Er machte sich etwas von ihr los und sah in ihre sanften Augen, die bis tief in sein Innerstes zu blicken schienen. Er hatte das Gefühl, ins Bodenlose zu fallen. „Als Erstes müssen wir rausfinden, wer Ihnen etwas antun möchte. Dann kümmern wir uns darum, was in Ihrem Kopf vorgeht. Eins nach dem anderen. In Ordnung?"

Sie gab ein heiseres Lachen von sich. „Sie sind der erste Mensch, der mich versteht."

„Ich weiß, wie es ist, wenn man sich schuldig fühlt", sagte er.

„Vermutlich sind wir durch die gleiche Hölle gegangen." Ihre Augen waren so klar, dass er das Gefühl hatte, bis in ihre Seele blicken zu können. Doch er sah auch die Fragen, die sich darin verbargen. Nur mit Mühe und Not gelang es ihm, sich nicht für immer darin zu verlieren, dabei hätte es ihm beängstigenderweise noch nicht einmal etwas ausgemacht.

„Der Unfall heute Nachmittag", setzte sie an. „Er hat Erinnerungen heraufbeschworen, oder?"

Für einen kurzen Augenblick dachte er daran, es abzustreiten. Er wollte nicht darüber reden. Es würde nur die alte schmerzende Wunde wieder aufreißen. Doch sie wussten beide, dass sie recht hatte. Die Vergangenheit hatte ihn an diesem Nachmittag eingeholt und die qualvolle Erinnerung an einen anderen Unfall, der sein Leben für immer verändert hatte, wieder aufleben lassen.

„Es gibt Dinge, die vergisst man nie", sagte er. „Egal, wie sehr man es sich wünscht. Selbst wenn man damit abgeschlossen hat."

„Haben Sie das denn?"

Vermutlich. Soweit es überhaupt möglich war. Er war durch die Hölle gegangen, nachdem er seine Frau verloren hatte, aber mit der Zeit hatte die Trauer aufgehört, wie ein wildes Biest in seiner Brust zu wüten. Und irgendwann in den letzten Monaten war aus dem Schmerz ein taubes Gefühl geworden, das kam und ging wie eine unberechenbare Krankheit. Trotzdem wollte er nicht, dass sie diese frisch verheilte Wunde wieder aufriss.

Ohne zu antworten, erhob er sich und setzte sich auf das Sofa neben Erin. Als wäre es die natürlichste Sache der Welt, lehnte sie sich gegen ihn und legte ihren Kopf auf seine Schulter.

„Ich weiß, dass Ihnen das heute ziemlich zugesetzt haben muss. Es tut mir leid."

„Sie konnten nichts dafür, McNeal."

„Möchten Sie darüber reden?"

Er hatte damit gerechnet, dass sie ihn irgendwann fragen würde. Aber er wusste nicht, ob es eine gute Idee war, ausgerechnet mit Erin, zu der er sich so hingezogen fühlte, dass er bereits an seinem Verstand zweifelte, über seine tote Frau zu sprechen. Ihr Leichtsinn stand zwischen ihnen wie eine Mauer aus Beton.

„Rita ist in der Nähe von der Stelle, an der Sie heute Nachmittag von der Straße abgekommen sind, verunglückt", sagte er. „Es war ein ziemlicher Schock, Ihren Streifenwagen dort unten am Fluss zu sehen."

„Oh Nick, das muss schrecklich für Sie gewesen sein."

„Mir geht es gut, McNeal. Ich habe mit der Zeit gelernt, damit zu leben."

„Wie ist es passiert?"

Nick atmete einmal tief durch. „Rita hatte gerne ihren Spaß. Aber leider war ihre Vorstellung von Spaß manchmal etwas extrem. Einmal musste ich mich sogar in eine Höhle abseilen, weil sie eingeklemmt war und allein nicht wieder loskam." Dass er mit einem Lächeln auf den Lippen von ihr sprechen konnte, erstaunte ihn. Genauso wie die Tatsache, dass er irgendwann in den letzten Monaten die Fähigkeit verloren hatte, ihr Gesicht heraufzubeschwören. Er fragte sich, ob das ein Zeichen dafür war, dass er dabei war, seine Trauer langsam zu überwinden. Und was es für seine Beziehung mit Erin bedeutete.

„Ich kann gar nicht sagen, wie oft wir uns über ihren waghalsigen Fahrstil gestritten haben", fuhr er fort. „Meistens weil ich mir Sorgen um Stephanie gemacht habe. Es war fast so, als forderte Rita ihr Schicksal heraus. Ich habe mich immer gefragt, wie viel ihr all das, was wir gemeinsam aufgebaut hatten, eigentlich bedeutete. Unsere Ehe. Unsere Tochter." Er sah Erin eindringlich an. „Ritas verantwortungslose Art und ihr extremer Eigensinn haben unsere Ehe belastet, aber ich habe sie trotzdem geliebt. Als Polizist kenne ich die Statistiken. Ich wusste, dass es nur eine Frage der Zeit war, bis etwas passieren würde. Aber Rita hielt sich selbst für unbesiegbar. Sie hatte gesagt, sie wolle für immer neunundzwanzig bleiben. Zu ihrem dreißigsten Geburtstag habe ich ihr ein Auto gekauft. Nicht irgendeins, sondern ein Cabriolet. Klein und schnell, einen Flitzer. Genau das, was sie sich gewünscht hatte – und das Letzte, was sie gebrauchen konnte." Nick hatte erwartet, dass die Trauer ihn brutal überwältigen würde. Doch zu seiner Überraschung tat sie es nicht. Irgendwann war aus seinem Kummer ein eher melancholischer Schmerz geworden, der wesentlich sanfter war und bei Weitem nicht so schonungslos in seiner Intensität.

„Zwei Wochen später hatten wir einen Streit. Ich erinnere mich noch nicht einmal, worüber. Wahrscheinlich irgendetwas Unwichtiges. Aber wir waren beide wütend. Rita hat sich Stephanie geschnappt und ist mit ihr weggefahren." Nick stockte. Sein Puls raste, und ein Schweißfilm hatte sich auf seinen Nacken gelegt. Es war ihm nicht ganz klar, warum er Erin die Details dieses Nachmittags erzählte. Doch es war zu spät. Die Schleusentore waren geöffnet, der Strom war nicht mehr zu stoppen.

„Ich war als Erstes bei ihr."

„Oh Nick."

Er zuckte zusammen, als Erin seine Hand nahm, doch die Berührung gab ihm Kraft. „Rita war im Wagen eingeklemmt. Bewusstlos. Und ich wusste sofort, dass es schlimm um sie stand. Steph saß auf dem Rücksitz und weinte. Ich weiß noch, dass ich Gott dafür dankte, dass sie am Leben waren. Ich dachte …" Von seinen Gefühlen übermannt, hielt er inne.

Flüchtig nahm er wahr, wie Erin seine Hand drückte. Es fühlte sich warm an. Beruhigend. Es war lange her, dass er jemanden so nah an sich herangelassen hatte. Er war sich nicht ganz sicher, warum ihm ihre Geste so viel bedeutete, doch er konnte sie annehmen und Stärke daraus ziehen. Und es war besser, wenn er nicht daran dachte, warum das so war.

„Es ist mir gelungen, Steph zu beruhigen, aber als ich mich um Rita kümmern wollte …" Er stockte, dann atmete er einmal tief durch und fuhr fort: „Sie ist nie wieder zu Bewusstsein gekommen. Sie starb in meinen Armen."

Tränen verschleierten Erins Blick. Mrs. Thornsberry hatte ihr nicht erzählt, dass Nick das Cabriolet für Rita gekauft hatte. Erst jetzt wurde ihr klar, was für Vorwürfe er sich machen musste. Sie fühlte seinen Schmerz, als wäre es ihr eigener, und die Intensität und das Ausmaß nahmen ihr den Atem.

Das Gesicht wie versteinert, starrte Nick geradeaus. Sie konnte es kaum ertragen, ihn so zu sehen. So leidend und einsam. Er gab sich selbst die Schuld an etwas, für das er nichts konnte.

Sie hatte nicht vorgehabt, die Hand nach ihm auszustrecken. Denn sie wusste, dass sie es beide nicht wollten. Doch tief in ihrem Innern fühlte sie, dass es genau das war, was sie jetzt brauchten.

Sie wandte sich zu ihm und fuhr mit der Rückseite ihrer Finger über sein Kinn. „Es muss schrecklich gewesen sein, Nick. Es tut mir so leid."

„Es war hart für Stephanie und mich. Aber wir haben es geschafft. Es geht uns gut."

„Lieben Sie Rita noch immer?"

„Ein Teil von mir wird sie immer lieben. Wir hatten einige sehr schöne Jahre zusammen. Doch wenn ich meine Augen schließe, sehe ich sie nicht mehr vor mir, so wie früher. Und ich rieche ihr Parfüm nicht mehr, wenn ich einen Raum betrete. Ich wache nicht mehr mitten in der Nacht auf und denke, sie liegt neben mir."

Erin konnte sich nicht vorstellen, wie schlimm es sein musste, einen Seelengefährten zu verlieren. Bislang hatte sie geglaubt, sie hätte Warren geliebt. Doch erst jetzt, als sie den Kummer dieses Mannes vor sich sah, begriff sie, wie weit sie davon entfernt gewesen war.

Es war offensichtlich, dass er noch immer eine tiefe Liebe für seine Frau empfand und eine Weile brauchen würde, bis er wieder bereit für eine neue Beziehung war. Aber warum machte ihr das so viel aus? Eine Beziehung war wirklich das Letzte, was sie zurzeit in ihrem Leben gebrauchen konnte. Und das galt ebenso für Nick. Keiner von ihnen war bereit dafür. Doch merkwürdigerweise machte das die Sache auch nicht besser.

„Es hört sich vielleicht ein bisschen komisch an, und ich weiß, was Sie durchgemacht haben, Nick, aber ich glaube, Sie können sich sehr glücklich schätzen."

„Wieso?"

„Immerhin haben Sie erfahren, was Liebe ist. Es gibt eine Menge Menschen, denen das versagt bleibt. Ich glaube, das ist das Schlimmste, was einem im Leben passieren kann.“

„Nicht so schlimm, wie hilflos mit ansehen zu müssen, wie diese Liebe von einem geht.“

„Liebe lässt sich nie kontrollieren“, erwiderte Erin.

Nick legte den Kopf zur Seite, und seine Augen verdunkelten sich, als er sie ansah. „Wenn man nicht verrückt werden will, muss man die Kontrolle behalten. Egal um welchen Preis.“

Erin wusste, dass er auf den Funken anspielte, der jedes Mal kurz davor war, ein Feuer zu entfachen, sobald er sie ansah, ihren Namen aussprach oder sie berührte.

„Kontrolle wird überbewertet.“

Für einen kurzen Augenblick sah er sie beunruhigt an, dann zeigte sich der Ansatz eines Lächelns auf seinem Gesicht. „Sie haben ein ziemlich loses Mundwerk, McNeal. Das muss an den Schmerzmitteln liegen.“

Am liebsten wäre sie im Erdboden versunken. Was war nur in sie gefahren? In jedem Fall lag es nicht an den Schmerzmitteln. Vielleicht konnte und wollte sie nicht länger ignorieren, was zwischen ihnen war. Dieser Abend wäre ein guter Zeitpunkt, um endlich reinen Tisch zu machen. Allerdings war sie sich sicher, dass ihm genauso wenig daran gelegen war wie ihr. Es war einfach zu viel auf einmal. Die Gefühle, die Erinnerungen an die Vergangenheit. Sie fühlte sich wie eine Sicherung kurz vorm Durchbrennen.

„Der Arzt hat mir ein leichtes Mittel zur Muskelentspannung gegeben, aber nur zu Ihrer Information: Ich bin durchaus in der Lage, klar zu denken“, sagte sie.

„Da bin ich aber beruhigt. Ich würde mir nur ungern vorwerfen lassen, Ihre geistige Unzurechnungsfähigkeit in irgendeiner Art und Weise auszunutzen.“

Nervös lachte sie auf. Genauso fühlte sie sich immer in seiner Gegenwart: unzurechnungsfähig – und fest entschlossen, einen Fehler zu begehen, den sie hinterher bitter bereuen würde.

„Ihr Pupillen sind geweitet“, flüsterte er.

„Auch das liegt nicht an den Tabletten.“ Sie hob die Hand und strich mit den Fingern über sein Kinn.

Er zuckte zurück, und sein Blick verdunkelte sich. Eindringlich sah er sie an. „Ach McNeal, ich hätte mir denken können, dass Sie gerne mit dem Feuer spielen.“

„Tue ich das denn?“, fragte sie.

„Ja, genau das tun Sie. Und wir müssen beide komplett verrückt sein, auch nur eine Sekunde drüber nachzudenken. Ich glaube, wir können beide gut darauf verzichten, uns die Finger zu verbrennen.“ Er verschränkte seine Hände mit ihren, bevor er sie langsam nach unten führte und losließ. „Ich glaube, ich gehe besser, bevor wir beide noch zu Pyromanen werden.“

„Oder spontan in Flammen aufgehen“, flüsterte sie ohne Überzeugung. Vielleicht weil ihr der Gedanke besser gefiel, als er sollte. Vielleicht weil sie selbst nicht so genau wusste, was sie eigentlich wollte. Die einzige Gewissheit, die sie hatte, waren seine elektrisierenden Berührungen, die ihr Körper direkt ins Lustzentrum ihres Gehirns weiterleitete.

Er hatte recht. Natürlich wäre es vernünftig, ihn jetzt zur Tür zu bringen. Sie spielten nicht nur mit dem Feuer, sondern mit einer Stange Dynamit, die eine verdammt kurze Zündschnur hatte und sie beide in Stücke reißen würde, wenn sie explodierte. Und früher oder später würde er ihr das Herz brechen.

Doch als ihre Blicke sich trafen, wusste sie, dass sie das Spiel verloren hatte, noch bevor es überhaupt angefangen hatte. Es würde weder Sieger noch Verlierer geben, was ihr merkwürdigerweise völlig gleichgültig war. Jetzt zählte nur noch, wer als Erstes die wenigen Zentimeter überwinden würde, die sie noch voneinander trennten.

Nick beugte sich zu ihr und zog sie langsam, aber bestimmt an sich. Erin überließ sich seiner Führung, während in ihrer Brust Furcht und freudige Erwartung miteinander rangen. Seine Lippen berührten ihre, und die Zärtlichkeit seines Kusses war einfach unbeschreiblich. Verlangen stieg in ihr auf, während in ihrem Kopf die Alarmglocken schrillten. Doch sein warmer, fester, leidenschaftlicher Kuss ließ sie augenblicklich verstummen.

Er liebt sie noch immer.

Die Warnung verblasste unter dem Ansturm ihres Verlangens. Als sie seine Zunge an ihren Lippen spürte, öffnete sie den Mund, um ihn einzulassen. Auch sie wollte mehr. Ein tiefes Knurren löste sich aus seiner Kehle, als sie seinen Kuss erwiderte und damit auch das letzte Quäntchen seiner Selbstbeherrschung zu Fall brachte.

Eine Welle der Gefühle brach über sie herein. Erin fühlte sich verloren, wie ein winziges Floß inmitten einer stürmischen See. Eine weitere Berührung, und sie würde kentern und für immer verloren sein. Doch die geheimnisvolle, dunkle Tiefe lockte sie.

Sie war unfähig zu widerstehen, so wie der Seemann, der müde und erschöpft dem betörenden Gesang der Sirenen erlag und ihnen mit seinem Schiff ins Verderben folgte.

Nick umfasste ihr Gesicht und küsste sie leidenschaftlich und fordernd. Erin legte ihm die Arme um den Nacken. Als sie mit einer Hand seinen Rücken entlangfuhr, spürte sie, wie seine steinharten Muskeln vor Anspannung zitterten.

„Das ist keine gute Idee", murmelte er. „Aber ich kann einfach nicht widerstehen."

Sie konnte seine Stimme kaum hören, so laut rauschte das Blut in ihren Ohren. Noch bevor ihr vernebeltes Gehirn eine Antwort finden konnte, küsste er sie erneut mit unbarmherziger Finesse, die sie erschauern ließ. Sie fühlte sich ganz schwach vor Lust. Ohne auch nur eine Sekunde seinen Mund von ihrem zu nehmen, hob er sie hoch und legte sie ganz auf das Sofa. Erin lehnte sich zurück in die Kissen. Jeder einzelne ihrer Sinne war geschärft, als er sich über sie beugte.

Ein Seufzer entfuhr ihr, und er legte sich auf sie. Er stütze sich mit den Armen ab, um sein Gewicht abzufangen, und küsste sie noch leidenschaftlicher und tiefer als zuvor. Sie öffnete sich ihm, spielte mit seiner Zunge. Voller Verlangen spürte sie seine harte Erektion an ihrer Hüfte. Ein Gefühl, das ein Feuer in ihr entfachte, das sich glühend heiß durch ihren Körper brannte. So heiß, dass sie fast glaubte, es nicht mehr länger aushalten zu können. Sie konnte nicht mehr denken, nur noch fühlen und sich ihrem Instinkt hingeben. Kaum hatte sie die Beine gespreizt, spürte sie, wie er sich an ihr rieb. Sie fühlte sich so berauscht und high, als hätte sie eine starke Droge genommen, von der sie nicht genug bekommen konnte.

Tausende von Gründen, warum sie keinen Sex mit diesem Mann haben sollte, schwirrten ihr durch den Kopf. Er verkörperte all das, was sie nicht wollte. Er war zu stark, zu beschützend. Er hatte ein Problem mit ihrem Job als Polizistin. Und er wollte keine Beziehung. Alles, was er wollte, war Sex. Aber zur Hölle damit. Auch sie wollte Sex. Und sie würde alles tun, um dieses verzehrende Feuer zu löschen, das in ihr brannte.

Erin wusste, dass sie im Begriff war, einen Fehler zu begehen. Doch das Verlangen in ihr war einfach zu stark. Das Feuer in ihrem Körper erstickte die Stimme ihres Verstandes, als sie sich den Flammen übergab.

11. KAPITEL

Nick hatte vergessen, wie stark Begierde sein konnte. Und das war es, was er für Erin McNeal empfand. Begierde. Nach einfachem, unkompliziertem Sex. Ohne Konsequenzen. Er war ein Mann in den besten Jahren, der zu lange keine Frau mehr gehabt hatte. Natürlich wollte er sie. Sie war attraktiv. Und sie waren es beide leid, dagegen anzukämpfen. So einfach war die Sache.

Aber wenn es so einfach war, warum spielten dann seine Gefühle verrückt? Und warum machte es ihm Angst? Warum lag er nachts wach und dachte an sie? Machte sich Sorgen? Warum bedeutete sie ihm überhaupt etwas? Und warum, verdammt noch mal, setzte ihm die Tatsache, dass er sie nicht beschützen konnte, so zu?

Entschieden schob er diese Gedanken beiseite und küsste sie noch inniger, noch leidenschaftlicher. Er genoss die samtene Geschmeidigkeit ihres Mundes. Sie fühlte sich so unendlich gut an unter ihm. So warm. So weich. Ihr Körper schmiegte sich an seinen, und er hatte das dringende Bedürfnis, ihre Haut unter seinen Händen zu spüren. Das Bedürfnis, ihre Bluse aufzuknöpfen. Doch seine Hände zitterten so stark, dass er sie kaum aufbekam. Er war frustriert.

„Ich mach das“, flüsterte sie und begann, die Knöpfe zu öffnen. Zum Vorschein kam ein weißer Spitzen-BH. Er umfasste ihre Brüste. Sie waren klein und rund und fühlten sich unglaublich gut an.

„Du bist wunderschön“, murmelte er und fuhr mit dem Daumen über ihre harten Brustwarzen.

Erin stöhnte, und ihr Körper bäumte sich unter seinem auf. Nick biss die Zähne zusammen in dem Versuch, sich zu beherrschen. Er würde sich Zeit lassen. Er war noch nie ein schneller Liebhaber gewesen. Doch bei dieser Frau war alles anders. Sie machte ihn so heiß, dass er sich noch nicht einmal ausgezogen hatte und schon aufpassen musste, dass das, was wie das erotischste Erlebnis seines Lebens begonnen hatte, nicht viel zu schnell wieder zu Ende war.

Er schob ihren BH nach oben über ihre Brüste. Wildes Begehren flammte in ihm auf. Er wollte ihre Haut schmecken und spüren, wie sich ihr Körper unter seinem wand.

Beinahe wäre sie vom Sofa gefallen, als er mit dem Mund ihre Brustwarze umschloss. Sie bog den Rücken durch und rief seinen Namen. Er begann zu saugen, doch das war nicht genug. Er wollte sie, brauchte sie wie die Luft zum Atmen. Und hatte nur noch den einen Gedanken: sich in ihr zu versenken.

Er legte eine Spur von Küssen von ihrem Hals zu ihrem Mund, dann küsste er sie erneut. Voller Leidenschaft und Verlangen verlor er sich in ihrer Süße. Doch natürlich hatte all das nichts zu bedeuten. Es war nur ein Teil des üblichen Rituals, das weder mit ihm noch mit ihr das Geringste zu tun hatte.

Mit zitternden Händen machte er sich an ihrem Gürtel zu schaffen und öffnete ihn. Er stöhnte vor Lust, als er spürte, wie sie ihn umfasste, ihn wild machte. Er küsste ihre Schläfen, ihre Wangen, ihren Hals, während er den Reißverschluss ihrer Hose hinunterzog. Als er seine Hand auf ihren flachen Bauch legte und sie weiter nach unten schob, spürte er, wie sie sich verspannte. Doch er dachte gar nicht daran, aufzuhören. Er küsste sie, während er mit dem Finger in sie eindrang. Heiße, feuchte Seide umgab ihn.

Erin gab einen kleinen Schrei von sich, und er konnte spüren, wie ihr Körper sich anspannte, während er sie streichelte. Das Blut rauschte so laut in seinen Ohren, dass er kaum hörte, wie sie seinen Namen rief.

Das hier war nicht nur Sex.

Der Gedanke traf ihn völlig unvorbereitet.

Er machte sich von ihr los, damit er ihr ins Gesicht sehen konnte. Bewegt sah er zu ihr hinunter, doch gleichzeitig spürte er die Panik in seiner Brust.

Mit geröteten Wangen und Sehnsucht in den Augen erwiderte sie seinen Blick. Ein leichter Schweißfilm bedeckte ihre Stirn. Ihr Mund war leicht geschwollen von seinen Küssen. Großer Gott, er wollte sie – mehr denn je.

Nick schloss die Augen, überwältigt von der Tiefe seiner Gefühle. Er wollte keine schnelle Nummer mit ihr. Er wollte viel mehr als nur ihren Körper. Er wollte ihr Herz, ihre Seele, ihren Geist. Möge Gott ihm beistehen, aber er liebte diese Frau.

Der Anflug von Panik in seiner Brust war dabei, sich zu einem tobenden Tornado auszuwachsen.

Er hatte gegen seine eigenen Prinzipien verstoßen. Prinzipien, die drei lange Jahre für ihn unumstößlich gewesen waren. Prinzipien, ohne die er nach dem Tod seiner geliebten Frau nicht überlebt hätte.

Erin McNeal war genau die Art von Frau, die schlecht für ihn war. Sie würde zu Ende führen, womit sie schon begonnen hatte, und sein ganzes Leben auf den Kopf stellen. Sie würde ihm das Herz rausreißen und es nicht einmal bemerken. Und sie würde Stephanie wehtun – seiner süßen unschuldigen Tochter, die schon so schrecklich viel durchgemacht hatte.

Sanft machte er sich von Erin los und stand auf. Er spürte das Pulsieren zwischen seinen Beinen und das dringende Verlangen, in ihr zu sein. Frustration überkam ihn. Sein Herz zog sich zusammen, als ihm klar wurde, was er getan hatte. Wieso hatte er diese Frau nur so nah an sich herankommen lassen?

Das Blut rauschte durch seine Adern, und er fühlte sich noch immer leicht benommen, während er mit dem Rücken zu ihr stand und sich zwang, einen klaren Kopf zu bekommen. Er konnte sie nicht ansehen. Nicht wenn er so qualvoll erregt war und seine Selbstbeherrschung an einem seidenen Faden hing.

„Nick?“

Er blieb eisern und widerstand der Versuchung, sich umzudrehen. Das konnte und würde er weder sich noch Stephanie antun. „Bleiben Sie, wo Sie sind, McNeal.“

Er hörte, wie sie hinter ihm aufstand. „Was ist los?“, frage sie.

Ganz langsam drehte er sich zu ihr um. Ihr Anblick war beinah mehr, als er ertragen konnte. In ihren Augen lag ein sanfter Blick, voller Verlangen, Vorsicht und Unsicherheit. Die Bluse ihrer Uniform stand offen. Er konnte ihren BH und die Rundungen darunter sehen. Ihr Mund war rot und geschwollen von seinen Küssen, und ihr Duft umgab ihn wie ein süßes Elixier.

Er wollte sie so sehr, dass er dafür fast jede Höllenqual in Kauf genommen hätte. *Aber nur fast.*

Er war nicht stark genug. Er würde es nicht verkraften, sein Herz ein zweites Mal zu verlieren.

Er schob die Gefühle beiseite, die ihr Anblick in ihm auslöste. „Ich muss gehen.“

„Nick …“

Er ging in Richtung Tür. Er hatte keine andere Wahl. Noch eine einzige Berührung, und er würde nie wieder die Willenskraft finden zu gehen. „Sie sind mit sofortiger Wirkung beurlaubt.“

„Beurlaubt?“, wiederholte sie ungläubig. „Moment mal!“

Doch er fuhr fort: „In der Zwischenzeit werde ich mit meinen Deputys abwechselnd Ihre Wohnung bewachen.“

„Meine Wohnung bewachen?“

„Jemand hat die Jagdsaison auf Sie eröffnet. Schon vergessen?“

„Nein, aber …“

„Sie werden weiterhin Ihr volles Gehalt bekommen. Ich werde Sie benachrichtigen, wenn Sie zurück zur Arbeit kommen können."

„Das werde ich auf keinen Fall akzeptieren!"

Er betete, dass sie ihm nicht hinterherlaufen würde. Er wusste nicht, was er tun würde, wenn sie ihn erneut berührte. Ob er sie an sich ziehen und küssen würde, bis sie beide besinnungslos waren? Oder würde er sie auf den Boden legen und wilden leidenschaftlichen Sex mit ihr haben, bis sie sich nicht mehr bewegen konnten? Er beschleunigte seinen Schritt und riss die Tür auf. Der Drang, sich umzusehen, wurde immer stärker, aber er blieb eisern. Er wollte nicht sehen, wie verletzt sie war. Nicht wahrhaben, dass es seine Schuld war. Er trat in den Flur hinaus und hörte, wie sie seinen Namen rief. Er knallte die Tür hinter sich zu.

„Chief?"

Nick zuckte zusammen, als er Hectors Stimme hörte, und sah von den Papieren auf seinem Schreibtisch auf. Der Deputy stand in der Tür zu seinem Büro und starrte ihn an, als hätte er sich den Kopf kahl rasiert und einen Ring durch die Nase gezogen.

„Haben Sie das Klingeln nicht gehört?", fragte Hector.

Stirnrunzelnd sah Nick auf das blinkende Licht des Telefons, das auf seinem Schreibtisch stand. Es war jetzt vierundzwanzig Stunden her, dass er Erin zum letzten Mal gesehen hatte, und es war nicht das erste Mal, dass er alles um sich herum vergaß. „Wer war das?", fragte er mürrisch.

„Frank Rossi. Sie hatten ihn um Rückruf gebeten."

Nick wartete, bis Hector wieder ins Vorzimmer zurückgekehrt war, dann drückte er auf Wiederwahl. „Wurde auch Zeit, dass du anrufst, Frank. Ich dachte schon, du meidest mich."

„Hey, warum sollte ich so was tun, mein Freund?", fragte Frank.

„Vielleicht hat es etwas mit Erin McNeal zu tun."

„Meine Lieblingsnichte", sagte Frank unbedarft. „Und ein guter Cop ist sie auch noch. Wie läuft es mit ihr?"

„Großartig, mal abgesehen davon, dass ich es nicht leiden kann, wenn jemand meine Deputys von der Straße abdrängt und auf sie schießt. Du hast nicht zufällig eine Ahnung, worum es dabei gehen könnte, oder?"

Nur das Rauschen einer angespannten Stille drang durch die Glasfaserkabelleitung.

„Ich finde, es ist an der Zeit, dass du mir einen Tipp gibst. Ganz offensichtlich scheinst du das vergessen zu haben, als du sie zu mir runtergeschickt hast“, fuhr Nick seinen Freund an. „Wer hat es auf sie abgesehen, Frank?“

Ein Fluch durchbrach das Schweigen, dann war ein Seufzen zu hören. „Geht es ihr gut?“

„Es geht ihr gut. Ich habe sie beurlaubt. Und ich warte immer noch auf eine Antwort.“

„Ich weiß selbst nicht ganz genau, was los ist, Nick.“

„Aber offensichtlich weißt du mehr als ich. Ich wäre dir dankbar, wenn du mir mitteilen könntest, was du weißt.“

Frank seufzte. „Du hast doch von der Schießerei gehört, in die Erin vor sechs Monaten verwickelt war, oder? Und von dem Jungen, den sie in der Nacht in der Lagerhalle angeschossen hat?“

„Ja. Und weiter?“

„Wir haben das Blut vom Tatort ins Labor zum DNA-Test geschickt. Es war zwar ziemlich unwahrscheinlich, dass uns das weiterbringt, aber einen Versuch war es trotzdem wert. Als wir die vorläufigen Ergebnisse hatten, haben wir sie in die nationale Datenbank eingegeben, aber ohne Erfolg.“

Nick merkte, wie sich seine Nackenhaare sträubten. „Also konntet ihr den Kerl nicht identifizieren. Was hat es dann mit McNeal zu tun?“

„Erin und Danny Perrine haben in der Nacht einen Tipp bekommen, Nick. Angeblich sollte ein Heroin-Deal stattfinden. Ein paar Kilos gegen Cash. Eigentlich keine große Sache.“

Nick war nicht sicher, ob es ihm gefiel, was Frank zu sagen hatte. Wenn es um Schusswechsel ging, bei denen Polizisten verletzt wurden, hielt er nicht viel vom Rätselraten. Und noch viel weniger gefiel ihm, in welche Richtung sich die ganze Sache entwickelte. „Wer war der Kerl?“

„Sagt dir der Name Damon DiCarlo was?“

Das Herz hämmerte in seiner Brust. „Wenn er mit Vic DiCarlo verwandt ist, dann haben wir ein ernsthaftes Problem.“

„Damon ist sein Sohn.“

Dieses Mal war es an Nick zu fluchen. Vic DiCarlo war so etwas wie der Pate von Chicago. Skrupellos. Mächtig. Und für Brutalitäten bekannt, bei denen selbst erfahrenen Cops übel wurde. „Und so was verschweigst du mir, du Mistkerl?“

„Ganz ruhig, Nick, ich bin noch nicht fertig."

„Warum wusste ich nichts davon?"

„Weil ich es selbst erst seit Kurzem weiß. Abgesehen davon dachte ich, dass Erin da unten bei dir in Sicherheit sein würde."

Ein eisiger Schauer lief Nick über den Rücken, als sich die Dinge in seinem Kopf langsam zu einem Bild zusammenfügten. Erin hat Vic DiCarlos Sohn angeschossen."

„Das vermuten wir jedenfalls."

„Und warum, zur Hölle, hat die Polizei von Chicago sechs Monate gebraucht, das rauszufinden?"

„Damon DiCarlo ist polizeilich nicht erfasst", sagte Frank. „Er war noch nie in Haft, und seine DNA befindet sich nicht in der Datenbank. Wir brauchten erst einen Durchsuchungsbefehl für seine Wohnung. Und selbst dann war es nicht einfach, etwas Brauchbares zu finden. Am Ende konnten wir die DNA anhand der Haarwurzel eines Haars von seiner Bürste identifizieren. Aber das hat eine Weile gedauert. Danach mussten die Laborergebnisse mit dem Blut vom Tatort verglichen werden, was auch nicht ganz einfach war."

„Habt ihr ihn euch schon vorgeknöpft?"

„Das hätten wir gerne schon vor Wochen getan, dann wären wir auch wesentlich schneller an seine DNA gekommen, aber Damon DiCarlo ist verschwunden. Das FBI hat schon seit Wochen ein Team auf ihn angesetzt, konnte ihn aber bislang nicht ausfindig machen."

„Wie lange ist er schon verschwunden?"

„Seit sechs Monaten."

Nick fluchte erneut. „Was ist mit seinem Alten?"

„Der ist auf Sizilien, wo wir ihn nicht kriegen können …"

„Er ist nicht auf Sizilien."

Frank zögerte. „Laut FBI schon."

„Ich wette, dass er sich in den USA aufhält. Vielleicht sogar hier in Logan Falls. Und er ist hinter Erin her, verdammt."

„Das ist unmöglich."

Nick biss die Zähne aufeinander. „Du bringst nicht nur Erin, sondern auch meine ganze Stadt in Gefahr."

„Die Polizei von Chicago arbeitet nicht mit Vermutungen. Wir haben zwar geahnt, dass DiCarlo in die Sache verwickelt ist, aber ohne Beweise waren mir die Hände gebunden."

„Was ist mit Erin? Wusste sie davon?"

„Sie hat es geahnt. Danny Perrines Informant hat ihnen den Tipp gegeben, aber Erin hatte keine Beweise."

Nick spürte, wie der Zorn durch seine Adern rauschte. Erin hätte sich ihm anvertrauen sollen. Doch um sie würde er sich später kümmern. Im Moment brauchte er erst mal Fakten. Und zwar alle. „Erzähl mir, was ich wissen muss, Frank."

„So wie es aussieht, hat Damon mit Heroin gedealt. Schon seit der Highschool. Doch Vic war ziemlich altmodisch. Wie die meisten Mafiosi hielt er nicht viel von Drogen – vor allem nicht von Heroin. Wahrscheinlich wusste er noch nicht einmal von Damons Geschäften. Erin hat Damon in der Nacht angeschossen, wenn nicht sogar getötet. Vermutlich hat DiCarlo davon erfahren und ihn zu einem Arzt gebracht, um seinen Ruf zu schützen. Es könnte sein, dass Damon in der Nacht gestorben ist und DiCarlo nach Italien geflogen ist, um ihn dort beisetzen zu lassen. Wir hatten vor, McNeal zu holen, sobald wir die ganze Geschichte kennen."

„Du kommst zu spät", sagte Nick mit ausdrucksloser Stimme. „Wir hatten hier bereits zwei Unfälle."

„Wenn DiCarlo sie töten wollte, dann hätte er es längst getan."

Nick spürte, wie Furcht in ihm aufstieg, zusammen mit einer gefährlichen Wut. Sein Blick fiel auf seine freie Hand, die er so fest zu einer Faust geballt hatte, dass die Gelenke schmerzten. „Ich will Schutz für McNeal."

„Ich schicke dir gleich morgen früh einen U.S. Marshal runter. Dann bringen wir sie in einen geheimen Unterschlupf ..."

„Zwei Marshals. Und morgen früh ist zu spät. Ich will sie jetzt, verflucht noch mal!" Die Angst versetzte ihm einen Stich. Nicht nur Erin, sondern seine ganze Familie war in Gefahr. Stephanie. Mrs. Thornsberry. „Und ich will Schutz für meine Familie."

„DiCarlo hat es nicht auf deine Familie abgesehen, Nick."

„Im Gegensatz zu dir bin ich nicht bereit, das Risiko einzugehen. Tu, was ich dir sage, und schick zwei Marshals für Erin und zwei für meine Familie und mich." Ohne eine Antwort abzuwarten, schmetterte er den Hörer auf die Gabel.

Er konnte es kaum glauben: Hatte es doch tatsächlich den Abschaum der Chicagoer Unterwelt bis nach Logan Falls gespült. Warum, zur Hölle, hatte Erin ihm nichts gesagt?

Der Drang, zu ihr zu gehen, war überwältigend. Er musste sich vergewissern, dass sie in Sicherheit war. Und er musste dafür sorgen, dass es so blieb, bis die Männer vom Marshal Service eintrafen. Er hatte das unbändige Verlangen, Erin zu beschützen, doch zugleich auch die schreckliche Gewissheit, dass es ihm bei Rita nicht gelungen war. Genauso wenig wie bei Stephanie.

Nicks Herz schlug wie wild. Abrupt stand er auf. Wie, um alles in der Welt, sollte er Erin und seine Familie gegen einen Mafiaboss verteidigen, der eine ganze Privatarmee in der Hinterhand hatte? Mit großen Schritten ging er zur Tür und betrat das Vorzimmer.

Hector sah von seinem Schreibtisch auf und kniff die Augen zusammen. „Stimmt was nicht, Chief?"

„Nehmen Sie den Streifenwagen, und folgen Sie mir nach Hause." Nick durchschritt den Raum, öffnete den Waffenschrank und nahm die Schrotflinte heraus, die er zuletzt vor einem Jahr in der Hand gehabt hatte, um sie für die Pfadfindertour zu säubern. „Nehmen Sie die. Und extra Munition für Ihre Dienstwaffe. Und ziehen Sie Ihre kugelsichere Weste an."

„Meine Weste?" Hector sprang auf, die Augen so groß wie Untertassen. „Heiliger Strohsack, Chief, was ist los?"

„Vorsichtsmaßnahmen. Ich habe gerade mit der Polizei in Chicago gesprochen. Es könnte sein, dass Vic DiCarlo vorhat, Erin einen Besuch abzustatten. Wegen einer Sache, die vor ein paar Monaten in Chicago passiert ist."

„Vic DiCarlo?" Hector starrte ihn mit offenem Mund an. „*Der* Vic DiCarlo?"

Der Name jagte Nick einen kalten Schauer über den Rücken. „Wir fahren zu mir. Von dort aus werden sie Steph und Mrs. Thornsberry zu einem Rehabilitationszentrum in Indianapolis begleiten."

„Nach Indianapolis? Jetzt gleich?"

„Nein, vor fünf Minuten", erwiderte Nick scharf. „Niemand hat es auf sie abgesehen. Es ist eine reine Vorsichtsmaßnahme. Aber mir ist einfach wohler, wenn sie nicht in Logan Falls sind."

„Jawohl, Chief. Wird sofort erledigt."

„Im Rehacenter werden sie sicher sein. Em hat die Adresse. In ein paar Stunden werden zwei U.S. Marshals zu ihnen stoßen. Ich bleibe solange hier und sorge dafür, dass McNeal in einen geheimen Unterschlupf gebracht wird."

Etwas unsicher, aber dennoch aufgeregt ging Hector zum Garderobenständer und nahm seine Mütze. „Ich werde gut auf sie aufpassen, Chief, und sie mit meinem Leben beschützen."

Nick stand in der Mitte des Raumes. Er fühlte sich, als hätte er einen Schlag in die Magengrube bekommen. Er hoffte inständig, dass es nicht so weit kommen würde.

Der Schlag, den Erin dem Sandsack versetzte, war so hart, dass ihr ganzer Arm bis hinauf zur Schulter vibrierte. Sie war längst ins Schwitzen gekommen. Ihre Laune besserte sich allmählich, aber ihre Muskeln fühlten sich an wie Pudding. Die Prellungen vom Unfall taten ein Übriges. Doch auf keinen Fall würde sie jetzt aufhören. Boxen war bislang immer ihr Allheilmittel gegen Stress gewesen. Doch es wunderte sie kein bisschen, dass es nicht anschlug, wenn es um Nick Ryan ging.

Seit dem Vorfall gestern in ihrer Wohnung hatte sie ihn weder gesehen noch gesprochen. Aber das war auch besser so, dachte sie wohl zum hundertsten Male. Er hatte kein Recht, sie zu beurlauben. Es gab keinen einzigen guten Grund dafür, außer dass es so einfacher für ihn war, ihr aus dem Weg zu gehen. Und ein Wachposten vor ihrem Haus war völlig übertrieben. Sie brauchte keine Bodyguards.

Am meisten störte es sie, dass er ihr aus dem Weg gehen wollte. Es tat weh. Nicht nur, weil er sie zurückgewiesen hatte, als sich gerade eine zögerliche Freundschaft zwischen ihnen entwickelte, sondern vor allem wegen all der anderen Gefühle, die in ihrem dummen Herzen Sturm liefen.

Sie waren weder besonders weise noch vernünftig. Aber diese Eigenschaften hatten noch nie zu ihren Stärken gehört. Trotzdem, eine Frau wie sie, die genug Erfahrung mit Männern wie Nick hatte, sollte es eigentlich besser wissen.

Am liebsten hätte sie laut gelacht – oder geweint. Sie hatte sich Hals über Kopf in einen Mann verliebt, der ein Problem damit hatte, dass sie eine Polizistin war, weil sein Beschützerinstinkt viel zu ausgeprägt war, als dass er sich damit abfinden konnte. Er würde sie nie verstehen. Stattdessen würde er versuchen, sie zu kontrollieren, damit er sie beschützen konnte.

Er war genau wie Warren, der ihr das Herz aus der Brust gerissen hatte und es vor ihren Augen in tausend Stücke zerfetzt hatte. Sechs Jahre war es her, dass sie wie eine Idiotin vor ihm gestanden hatte, bereit, alles aufzugeben, nur damit er sie liebte. Ganz egal, wie weh es tat, auf keinen Fall würde sie mit Nick den gleichen Fehler begehen.

Mit einem harten Lachen hielt sie den Sack an und stellte sich für den nächsten Schlag in Position. Warum musste bloß alles immer so kompliziert sein?

Sie tänzelte nach links, holte mit dem rechten Arm aus und schlug zu. *Rumms!* Das dumpfe Geräusch ihres Handschuhs, der auf Leder traf, hallte durchs Schlafzimmer und verschaffte ihr ein wenig Befriedigung. Er wollte sie nicht. Und wenn schon. Sie würde damit leben können. Er liebte seine tote Frau noch immer. Eine Beziehung war für keinen von ihnen gut und würde die Dinge nur unnötig komplizieren. Sie brauchte weder ihn noch seine kompromisslose Art.

Rumms!

Auch wenn er der einzige Mann auf der Welt war, der sie fast besinnungslos geküsst hatte. Was bedeutete das schon? Nichts als Hormone.

Rumms! Rumms!

Und dass es ihr fast das Herz zerriss, wenn sie daran dachte, den Rest ihres Lebens ohne ihn zu verbringen, hieß das noch lange nicht, dass sie ihn liebte, oder?

Liebe? Großer Gott, wie kam sie bloß auf so was?

„Sie sollten Ihre Tür abschließen, McNeal. In letzter Zeit sind in Logan Falls ein paar zwielichtige Charaktere unterwegs."

Erin wirbelte herum, als sie Nicks Stimme hörte. Ihre Knie wurden weich, und sein Anblick raubte ihr fast den Atem. Sie hatte schon eine Menge Cops in ihrem Leben gesehen, aber noch nie war sie einem Mann begegnet, dem seine Uniform so gut stand wie Nick. Natürlich sah er nicht gerade erfreut aus, sie zu treffen. Aber das hatte sie auch nicht erwartet. Schließlich hatte es ihn noch nie gefreut, sie zu sehen – es sei denn, er konnte sie feuern oder ihr anderweitig das Leben zur Hölle machen.

Sie starrte ihn an. Das Herz schlug ihr bis zum Hals. Sein Blick, aus Augen, dunkel wie die Nacht, durchbohrte sie, und seine Lippen waren zu einem harten Strich zusammengepresst. Wie lange er wohl schon da gestanden und ihr zugesehen hatte?

Fest entschlossen, die Unbeteiligte zu spielen, drehte sie sich um und versetzte dem Sack einen weiteren Schlag. *Rumms!* „Was machen Sie denn hier?"

„Wir müssen reden."

Rumms! „Worüber?"

„Über Vic DiCarlo."

Es war, als würde sie von innen heraus zu Eis gefrieren. Sie streckte die Arme aus und brachte den Sack mit ihren Handschuhen zur Ruhe.

Dann drehte sie sich zu Nick um und sah den Ärger, der wie glühend heiße Kohlen in seinen Augen schwelte.

„Frank hat mir Ihr kleines Geheimnis verraten", sagte er mit gefährlich leiser Stimme.

Sie wusste nicht, was sie erwidern sollte. „Ich kann mir vorstellen, wie das für Sie aussieht, aber …"

„Verdammt noch mal, McNeal. Jetzt hören Sie auf, die Dumme zu spielen. Es beleidigt meine Intelligenz. Und eine miserable Schauspielerin sind Sie auch." Ein freudloses Lächeln umspielte seinen Mund. „Sie haben mich angelogen. Sie wussten genau, dass DiCarlo versucht hat, Sie vor der Schule umzubringen. Dennoch haben Sie es nicht für nötig gehalten, mich darüber zu informieren!"

„Ich habe Sie nicht angelogen …"

„Es war DiCarlos Sohn, den Sie in der Nacht in der Lagerhalle angeschossen haben, McNeal. Glauben Sie wirklich, so was lässt der auf sich sitzen?"

Seine Worte trafen sie wie Schläge in den Magen. „Ich wusste nicht genau, wen ich angeschossen habe."

„Das glaube ich Ihnen nicht", sagte er. „Ich habe Ihnen eine Chance gegeben, und Sie haben mich angelogen. Ich habe Sie wider besseres Wissen eingestellt, und Sie haben mich zum Narren gehalten." Er lachte bitter. „Ich hab es Ihnen nicht mal besonders schwer gemacht, oder?"

Sein selbstironischer Tonfall brachte sie auf die Palme. „Verschwinden Sie, Nick."

„Sie hatten DiCarlo die ganze Zeit in Verdacht. Sie hätten es mir sagen müssen."

„Frank hat mich gebeten, es für mich zu behalten, bis wir es beweisen können."

„Frank ist ein Idiot. Er hätte Sie sofort in einen geheimen Unterschlupf bringen müssen."

„Das wäre völlig übertrieben", sagte sie, doch ihre Stimme klang wenig überzeugend.

„Die DNA-Tests sind da. Es war Damon DiCarlo."

Plötzlich wurde ihr übel. „Es tut mir leid …"

„Vielleicht stehen Sie ja auf den Adrenalinkick oder das Risiko, aber ich kann sehr gut darauf verzichten." Die Lippen zu einem harten Strich zusammengepresst, kam er auf sie zu. „Sie haben diesmal nicht nur sich selbst in Gefahr gebracht, sondern auch meine Stadt … und meine Familie."

Noch nie zuvor hatte Erin ihn so wütend gesehen. Die Muskeln an seinem Kiefer waren angespannt, und er hatte die Hände zu Fäusten geballt. Sein Anblick, zusammen mit der schockierenden Neuigkeit, dass DiCarlo hinter den beiden Anschlägen steckte, löste eine Welle der Angst in ihr aus.

„Ich würde niemals …“

„Sie haben meine Tochter da mit reingezogen.“ Mit zusammengekniffenen Augen und bebenden Nasenflügeln stand er direkt vor ihr. „Sie haben sie in Gefahr gebracht.“ Bei diesen Worten gab er dem Sandsack einen harten Stoß. Der Sack schwang zurück und traf Erin an der Schulter, hart genug, dass sie das Gleichgewicht verlor. Zornig holte sie aus – und versetzte ihm einen Schlag an den Kiefer, der ihn rückwärtstaumeln ließ.

Rumms!

Kaum hatte sie ihn getroffen, bereute sie es auch schon. In ihren vergangenen neun Jahren als Cop hatte sie noch nie aus Wut zugeschlagen. Noch nicht einmal, wenn ihr Gegenüber es verdient hätte. Und ausgerechnet jetzt musste sie ihre Angst und ihre Frustration an einem Mann auslassen, der ganz offensichtlich nichts dafür konnte.

Seine Augen funkelten vor Wut wie schwarze Diamanten.

„Es tut mir leid. Ich wollte nicht …“ Es ging so schnell, dass sie nur die verschwommene Bewegung seiner Uniform wahrnahm, dann war er auch schon bei ihr.

Mit einem klassischen Ringergriff legte er sie auf die Matte. Überraschend sanft landete sie auf ihrem Rücken. Als ihr klar wurde, wie einfach er sie übermannt hatte, kam die Wut zurück. Doch in dem Augenblick, als er über ihr war, verwandelte sie sich in etwas anderes.

Er setzte sich rittlings auf sie und drückte ihre Arme an den Seiten auf den Boden. „Machen Sie das nie wieder“, knurrte er.

Erin bekam keine Luft mehr. Zu viele Emotionen auf einmal. Er war zu nah. Und sie war nicht stark genug, um weiterhin gegen ihre Gefühle für ihn anzukämpfen. Egal, was sie tat, es würde die Situation nur noch schlimmer machen.

„Lassen Sie mich los“, sagte sie atemlos.

„Nicht bevor Sie mir erzählen, was hier eigentlich vor sich geht.“

„Lassen Sie mich aufstehen, dann kann ich es Ihnen erklären.“

„So wie eben, als Sie mich geschlagen haben?“

Sein Kiefer war an der rechten Seite gerötet. Mit schlechtem Gewissen sah sie ihn an. „Es tut mir leid.“

„Seit Tagen zermartere ich mir das Gehirn, wer es auf Sie abgesehen haben könnte, McNeal, und Sie kriegen den Mund nicht auf?"

„Was hätte ich denn sagen sollen, Nick? Bitte stellen Sie mich ein, aber übrigens, es könnte sein, dass ein stadtbekannter Mafioso hinter mir her ist und mich umlegen möchte? Das wäre garantiert nicht gut angekommen."

Nick fluchte.

„Frank dachte, hier in Logan Falls sei ich sicher", sagte sie.

„Das ist einfach unfassbar. Wie konntet ihr beide nur so verantwortungslos sein?"

„Ich wollte Ihre Familie nicht gefährden." Die Bedeutung ihrer Worte hing über ihr wie eine dunkle Wolke. „Oh Nick ... Sie glauben doch nicht, dass Stephanie ... Das wollte ich nicht ..."

„Sie haben die Möglichkeit nicht einmal in Betracht gezogen, oder, McNeal?"

Seine Worte waren scharf wie Rasierklingen. „Ich würde sie niemals in Gefahr bringen. Wo ist sie?"

„Hector bringt sie an einen Ort, wo sie in Sicherheit ist."

Erin war erleichtert. „Ich werde nicht zulassen, dass DiCarlo damit durchkommt. Ich werde ihn aufhalten."

Schwer atmend und das Gesicht gerötet vor Wut, sah Nick zu ihr herunter. „Und wie genau wollen Sie das anstellen? Wollen Sie warten, bis er an Ihre Tür klopft, und ihn mit Kanonenfeuer und Handgranaten in die Flucht schlagen? Ihn in einem kleinen Handgemenge zu Boden schicken? Oder wollen Sie ihn mit Ihren Kampfsportkünsten das Genick brechen?"

Für einen Moment lang sah Erin nur noch rot, so heftig und so schnell kam der Wutausbruch über sie. Sie bäumte sich unter ihm auf und versuchte, ihn abzuschütteln, doch er war einfach zu schwer. „Das können Sie ruhig mir überlassen."

Nick beugte sich über sie. „Das werde ich ganz bestimmt nicht tun."

„Was geht Sie das überhaupt an?", erwiderte sie.

„Kann sein, dass ich nicht ganz bei Trost bin, aber ich werde nicht zulassen, dass Ihnen etwas zustößt."

„Ich bin Ihnen doch völlig egal", fuhr sie ihn an.

„Da irren Sie sich", knurrte er. „Auch wenn es besser wäre, so wie ich Sie kennengelernt habe. Sie haben nicht mehr Verstand als ein Terrier, dem gerade ein Pitbull seinen Knochen weggenommen hat. Trotzdem bedeuten Sie mir verdammt noch mal mehr, als mir lieb ist. Mehr, als Ihnen lieb ist. Also glauben Sie ja nicht, dass ich Sie in dieser gefährlichen Lage alleinlassen werde. Denn das wird nicht passieren."

Nick konnte kaum glauben, was er da gerade zu Erin gesagt hatte. Doch von dem Augenblick an, als er ihre Wohnung betreten und sie in Jogginghose und T-Shirt auf den Sack hatte einschlagen sehen, war es zu spät gewesen. Er versuchte nicht einmal, so zu tun, als hätte er sich unter Kontrolle. Warum auch? Er hatte es nicht mehr seit dem Tag, als sie in sein Büro spaziert war und ihn mit ihrem Großstadtpolizistengehabe und ihren schönen grünen Augen überfallen hatte.

Er sah zu ihr hinunter und spürte, wie sich langsam noch andere Gefühle in seine Wut mischten, die er lieber verdrängte, genauso wie ein körperliches Verlangen, das so stark war, dass es ihn in seinem tiefsten Inneren erschütterte. Auch wenn er wusste, dass sie schlecht für ihn war – und es war offensichtlich, dass sie nicht vorhatte, sich zu ändern: Er wollte sie.

„Ihnen fehlt der Mut für eine Frau wie mich", sagte sie.

Sie versuchte, bleiläufig zu klingen, doch sein Geständnis hatte sie anscheinend überrascht. Kein Wunder, es hatte ihn ja selbst überrascht. Es hätte nie so weit kommen dürfen. Das wussten sie beide. Warum hatte er nicht einfach seinen Mund gehalten?

„Sie machen es mir nicht gerade leicht", sagte er finster. „Ich sollte Sie einfach in Ruhe lassen und den Weg für DiCarlo freimachen."

Erin schnaubte. „Als wenn ich Sie bräuchte, um mich zu beschützen."

„Oh ja, Entschuldigung. Ich vergaß. Natürlich wird Erin McNeal mit jemandem wie DiCarlo allein fertig. Nur weil die meisten seiner Opfer in eine Kaffeekanne passen, wenn er mit ihnen fertig ist, gilt das noch lange nicht für Sie. Nicht für Erin McNeal, den weiblichen Supercop."

„Sie können mich mal."

Erin versuchte sich aufzurichten, doch sein Gewicht drückte sie noch immer auf den Boden. Am liebsten hätte er sie so lange durchgeschüttelt, bis sie endlich verstand, welche Gefahr von DiCarlo ausging. „Er will Sie umbringen, McNeal. Sie haben seinen Sohn angeschossen. Vielleicht sogar getötet. Was, glauben Sie, wird er mit Ihnen machen, wenn er Sie zu fassen bekommt?"

„Er wird mich nicht zu fassen bekommen."

Sie klang zuversichtlich, doch erleichtert spürte er, wie sie erschauderte. Offenbar erkannte sie endlich den Ernst ihrer Lage.

„Ich bringe Sie in ein Motel." Er biss die Zähne zusammen und versuchte, gegen das Verlangen anzukämpfen, das sich so beständig und qualvoll durch seinen Körper zog. Er ließ sie los und stand auf. Auf einen Ellbogen gestützt, sah sie zu ihm hinauf. „Ich werde mit Ihnen kommen. Aber nur unter einer Bedingung."

„Sie sind nicht in der Position, Forderungen zu stellen." Er streckte ihr die Hand entgegen, während er versuchte, die Rundungen unter ihrem eng anliegenden T-Shirt zu ignorieren. „Ich werde nicht mit Ihnen verhandeln, McNeal."

„Und ich werde nicht untätig herumsitzen und darauf warten, dass DiCarlo mich findet."

Am liebsten hätte er laut aufgelacht. Doch sie meinte es ernst. Und die Entschlossenheit in ihrer Stimme ließ ihn zusammenzucken. „Ich gebe Ihnen fünf Minuten, Ihre Tasche zu packen", sagte er. „Wenn Sie dann nicht fertig sind, muss ich Sie leider in Handschellen abführen."

„Das würden Sie nicht wagen."

„Doch, das würde ich. Und das wissen Sie."

Sie ergriff seine Hand, und er zog sie mühelos auf die Beine. „Ich will DiCarlo", sagte sie.

„Das beruht scheinbar auf Gegenseitigkeit."

„Es ist die ideale Gelegenheit ..."

„Packen Sie Ihre Sachen, McNeal."

„Verdammt, Nick. Ich bin es Danny schuldig."

„Loyalität ist eine bewundernswerte Tugend, aber wenn Sie tot sind, wird sie Ihnen nichts mehr nützen." Er sah auf die Uhr. „Ihnen bleiben noch genau viereinhalb Minuten, Ihre Tasche zu packen."

„Wenn DiCarlo mich unbedingt finden will, warum hat er dann nicht früher nach mir gesucht? Die Schießerei ist inzwischen sechs Monate her."

„Frank sagte, er war auf Sizilien. Vermutlich um seinen Sohn zu beerdigen."

„Für DiCarlo wären es zwei ziemlich halbherzige Versuche, mich umzulegen. Das ist normalerweise nicht seine Art."

„Vielleicht möchte er sie lebend. Wenn es um Rache geht, ist er sich meist für einen persönlichen Besuch nicht zu schade. Den Job des Sensenmanns übernimmt er gerne selber."

Sie fluchte gänzlich undamenhaft, drehte sich um und marschierte in die andere Ecke des Raumes.

Noch immer verspürte er den Drang, sie zu beschützen. Doch da war noch ein anderes Bedürfnis, dem am besten mit Distanz und Sachlichkeit beizukommen war.

„Na gut", blaffte sie. „Ich komme mit Ihnen. Aber nur so lange, bis wir einen Plan gefasst haben. Ich habe nicht vor, die Sache auszusitzen."

Für einen kurzen Augenblick kreuzte der Gedanke, ihr zu sagen, sie solle das mit den beiden U.S. Marshals ausdiskutieren, die sie in ein paar Stunden in einen geheimen Unterschlupf bringen würden, durch seinen Kopf. Doch er beschloss, dass es besser war, ihr vorerst nicht zu sagen, dass sie aus dem Verkehr gezogen werden sollte.

„Okay, McNeal. Ich hab's verstanden. Und jetzt packen Sie endlich. Sie haben nur noch zwei Minuten."

Nick sah ihr hinterher, wie sie ins Schlafzimmer marschierte. Jetzt musste er nur noch einen Weg finden, die nächsten paar Stunden seine Hände von ihr zu lassen.

12. KAPITEL

Nick wusste, dass es ein Fehler war, Erin ins Pioneer Motel zu bringen. Doch offenbar war es ihm bei dieser Frau zur Gewohnheit geworden, Fehler zu machen. Es genügte, wenn sie in Hörweite voneinander waren, um die Anziehungskraft zwischen ihnen zu aktivieren, die ihn beinah magisch zu ihr hinzog. Im besten Fall hatte er eine frustrierende Nacht vor sich. Doch was hätte er sonst tun sollen? Sie im Stich lassen, jetzt, wo klar war, dass es jemand auf sie abgesehen hatte? Dafür war er noch nie der Typ gewesen, selbst wenn das manchmal nicht besonders klug war. Und ihm fiel beim besten Willen kein sicherer Ort für sie ein. In ihrer Wohnung konnte sie auf keinen Fall bleiben. Daher hatte er sich für das Pioneer Motel entschieden – und eine sehr, sehr lange Nacht, die vor ihm lag.

Das Motel lag am Highway kurz vor der Stadtgrenze und bot genau die Abgeschiedenheit und Anonymität, die sie brauchten, bis die Männer vom Marshal Service eintrafen. Jetzt musste er nur noch die nächsten Stunden die Hände von ihr lassen. Doch das sollte nicht weiter schwer sein, so wild entschlossen, wie sie war, DiCarlo zu kriegen.

„Nett hier", maulte sie, als sie ihre Tasche auf eins der Doppelbetten schmiss.

Er schloss die Tür hinter ihr und verriegelte das Sicherheitsschloss. „Willkommen in Logan Falls Version eines Fünf-Sterne-Hotels."

Ohne sie anzusehen, schob er die Gardine ein paar Zentimeter beiseite und spähte hinaus auf den Parkplatz. Es dämmerte bereits, aber die Laternen waren noch nicht angegangen. Bis auf einen Sattelschlepper und einen alten Kombi war der Parkplatz leer. Er konnte keinen Lincoln aus Illinois mit laufendem Motor entdecken, doch das beruhigte ihn nicht wirklich. Als erfahrener Cop wusste er, wie schnell sich das ändern konnte. DiCarlo war nicht gerade dafür bekannt, besonders subtil zu Werke zu gehen.

Seit Nick vor einer Stunde mit Frank gesprochen hatte, war sein Unbehagen stetig gewachsen. Jedes Mal, wenn er an DiCarlos gewalttätigen Ruf dachte, richteten sich seine Nackenhaare auf. Und jedes Mal, wenn er daran dachte, was passieren würde, wenn Erin dem Mafioso in die Hände fiel, überlief ihn ein eiskalter Schauer.

Er kannte kaum jemanden, der hartnäckiger und ausdauernder war als diese Frau. Und sie trieb ihn damit in den Wahnsinn. Wie konnte es sein, dass sie so viel Freude und Glück in das Leben seiner Tochter gebracht hatte und dabei gleichzeitig sein Leben so komplett auf den Kopf stellte? Sie war impulsiv. Eigenwillig und mutig. Und wesentlich verwundbarer, als sie je zugeben würde. Wie konnte er sich nur emotional mit einer Frau einlassen, die vorhatte, den skrupellosesten Mafioso Chicagos im Alleingang zu Fall zu bringen?

Es war zum Verrücktwerden, aber er wusste nicht, wie lange er sich noch von ihr fernhalten konnte. Es war ihm ein absolutes Rätsel, wie es so weit hatte kommen können. Von dem Tag an, als sie in sein Büro marschiert war und ihn kühl mit ihren grünen Katzenaugen gemustert hatte, war er nicht mehr er selbst gewesen. Jedes Mal, wenn er sie ansah, dachte er daran, wie gut es sich anfühlte, sie in seinen Armen zu halten.

„Gucken Sie sich das mal an."

Er drehte dem Fenster den Rücken zu und sah zur ihr rüber. Sofort bekam er einen trockenen Mund. Den geöffneten Laptop vor sich, saß sie im Schneidersitz auf dem Bett. Die ausgewaschene Jeans und das alte T-Shirt, das sie sich angezogen hatte, bevor sie ihre Wohnung verlassen hatten, standen ihr besser, als ihm lieb war. Und betonten ihre Figur genau an den richtigen Stellen. Sie hatte die Haare zu einem Pferdeschwanz gebunden, sodass er ihren schlanken Hals und ihr fein geschwungenes Kinn sehen konnte. Er spürte das absurde Verlangen, mit der Zunge über ihre Kehle zu fahren, nur um herauszufinden, ob sie genauso gut schmeckte, wie sie aussah.

Das Blut wich ihm aus dem Kopf, als er sich dem Bett näherte. „Was ist das, McNeal? Haben Sie Zugang zur Datenbank des Kriminallabors von Illinois?"

„Noch besser." Sie lächelte triumphierend. „Diese Datenbank ist zwar noch in der Entwicklung. Aber sie enthält die Bewegungen sämtlicher aktenkundiger Krimineller, insbesondere der Mafia. Also die ganz großen Nummern."

„Die scheinen Sie besonders gerne zu haben", bemerkte er trocken. „Und ich frage lieber gar nicht erst, wie Sie sich Zugang zu der Datenbank verschafft haben."

„Das ist auch besser so." Ihre Finger flogen über die Tastatur. „Wie ich Sie kenne, würden Sie mich garantiert verhaften."

Missmutig sah Nick auf den Bildschirm, auf dem Vic DiCarlos Name aufblinkte. „Der Kerl kommt ganz schön rum."

„Eine seiner Firmen besitzt einen Learjet mit extra umgebauten Tanks für Langstreckenflüge." Sie drückte eine Taste, um weiter runterzuscrollen. „Einen Tag nach der Schießerei in der Lagerhalle hat DiCarlos Firmenpilot einen Flug von New York nach London angemeldet. Von dort ging es weiter nach Sizilien."

„Interessantes Ziel."

„Bestimmt eine Familienfeier."

„Oder eine Beerdigung."

Erins Finger zitterten leicht, als sie erneut eine Taste drückte.

„Interessante Schlussfolgerung, Chief. Aber Sizilien würde sich auch anbieten, um sich von einer Schusswunde zu erholen."

„Und was genau wollen Sie mit diesen Informationen machen?", fragte er.

„Sie benutzen, um DiCarlo loszuwerden."

„Wie sollen Sie das anstellen? Ihm mit dem Laptop eins überziehen?"

Stirnrunzelnd sah sie vom Bildschirm auf. Ihre Augen waren so klar und ernst, dass er für einen kurzen Augenblick versucht war, etwas so Dummes zu tun, wie sie zu küssen, um sie von Vic DiCarlo abzulenken.

„Laut Datenbank ist DiCarlo in Sizilien", sagte er stattdessen.

„Ich bin der Meinung, er ist zurück in den Staaten", sagte sie. „Er weiß, dass das FBI ihn beobachtet, also fliegt er heimlich." Sie hielt inne. „Warum helfen Sie mir nicht dabei, zu überlegen, wie wir ihn aufstöbern können."

Ärger stieg in ihm auf, doch er schluckte ihn runter. Es würde nichts nutzen, wenn er sie anfuhr. Er hatte es bereits mehrfach versucht, und es hatte nicht funktioniert. Vielleicht sollte er ihr einen Schrecken einjagen, damit sie endlich begriff, dass die Mafia keinen Spaß verstand, wenn es um Rache ging.

„Sie haben seinen Sohn erschossen, Erin. DiCarlo wird das nicht hinnehmen. Und er wird es genauso wenig vergessen."

„Wenn er mich wirklich umbringen wollte, hätte er es längst getan."

„Vielleicht reicht ihm das nicht. Vielleicht will er es Ihnen heimzahlen. Sie kennen seinen Ruf, wenn es um Cops geht. Wenn er an Ihnen ein Exempel statuieren will, dann werden wir Sie nicht einmal mehr beerdigen können, so wenig wird er von Ihnen übrig lassen."

Sie wollte etwas sagen, doch er brachte sie mit erhobener Hand zum Schweigen. „Tun Sie uns beiden den Gefallen, und überlassen Sie es dem FBI, sich um DiCarlo zu kümmern."

Sie löste die Beine aus dem Schneidersitz, stand auf und ging in die andere Ecke des Zimmers. „Ich werde nicht einfach davonlaufen."

Nick beugte sich vor, drückte auf den Ausknopf ihres Laptops und klappte es zu. „Wenn es nach mir geht, werden Sie genau das tun."

Sie warf ihm einen Blick zu. „Ihre persönliche Meinung über weibliche Cops beeinträchtigt Ihr Urteilungsvermögen, Chief."

„Was, zur Hölle, meinen Sie damit?"

„Damit meine ich zum Beispiel das unangebrachte Ehrgefühl, sobald Sie daran denken, dass ich es mit DiCarlo aufnehmen werde. Geben Sie es ruhig zu, Chief. Egal, wie aufgeklärt Sie sich geben: Tief in Ihrem Inneren sind Sie davon überzeugt, dass Frauen bei der Polizei nichts zu suchen haben."

Ärger stieg in ihm auf. „Leichtsinniges Verhalten hat bei der Polizei nichts zu suchen."

Sie lachte höhnisch. „Richtig. Das war ja angeblich auch der Grund, warum Sie so hochgegangen sind, als ich die beiden Männer vor dem Brass Rail Saloon überwältigt habe."

„Das hatte nichts damit zu tun, dass Sie eine Frau sind."

„Hector hätte garantiert ein Schulterklopfen, einen goldenen Orden und ein Bier ausgegeben bekommen. Ganz bestimmt hätten Sie ihn nicht zum Zebrastreifendienst vor der Schule verdonnert ..."

„Hector hätte nicht sein Leben riskiert, nur um zwei Kleinstadtkriminelle unschädlich zu machen, die ohnehin in der nächsten Stunde von der Highway Patrol aufgegriffen worden wären."

„Ich werde nicht vor DiCarlo davonlaufen, nur weil der Gedanke, dass ich ihn zur Strecke bringen könnte, Ihr männliches Ego kränkt."

Nick kochte über vor Wut. Ehe er sich's versah, war er bei ihr und packte sie an den Oberarmen. „Wollen Sie meine Meinung dazu hören, McNeal?"

Sie starrte ihn an. Die Überraschung, aber auch eine gehörige Portion Ärger standen ihr ins Gesicht geschrieben. „Lassen Sie mich los."

„DiCarlo ist nicht irgendein zweitklassiger Gangster. Er ist gerissen und skrupellos. Und er hat eine ganze Armee hirnloser Handlanger, die nur darauf warten, einen Cop umzulegen. Halten Sie mich ruhig für einen Hinterwäldler, wenn Sie sich dann besser fühlen und es Ihnen dabei hilft, Ihr Gewissen zu beruhigen. Aber erwarten Sie nicht, dass ich tatenlos dabei zusehe, wie Sie ins offene Messer rennen."

Die Farbe war ihr aus dem Gesicht gewichen, doch ihre Miene war nach wie vor finster. „Ich bin Polizistin, Nick. Es ist mein Job, die Bösen zur Strecke zu bringen, egal, wie Furcht einflößend sie sind."

„Sie sind ein wandelndes Pulverfass. Diese Sache ist eindeutig eine Nummer zu groß für Sie. Aber Ihnen scheint der Verstand zu fehlen, das einzusehen."

„Da bin ich anderer Meinung."

„Offensichtlich."

Sie machte einen Schritt zurück, doch Nick schloss zu ihr auf. „Mutig zu sein und Risiken einzugehen, um sein Gewissen zu beruhigen, sind zwei verschiedene Dinge", sagte er.

„Sie haben ein Problem damit, dass ich ein Cop bin, und das beeinflusst Ihr Verhalten mir gegenüber." Erin ging rückwärts und hielt inne, als ihr Rücken mit einem dumpfen Geräusch gegen die Wand prallte.

„Vielleicht haben Sie damit recht. Aber offensichtlich sind Sie genauso überfordert, McNeal. Vielleicht ist das für uns beide eine Nummer zu groß." Er stand so dicht vor ihr, dass sich ihre Körper beinah berührten. Er versuchte, sich nicht anmerken zu lassen, wie sehr er darum kämpfte, nicht die Beherrschung zu verlieren. Doch mit der Gewissheit eines Seemanns, der zusah, wie sein Schiff sank, wusste er, dass er den Kampf verlieren würde.

Ohne sie auch nur einen Moment aus den Augen zu lassen, nahm er ihre Hände und zog sie zu sich. „Sie sind mir nicht egal, Erin. Auch wenn ich mir wünschte, es wäre anders. So wie ich mir wünschte, dass eine Menge Dinge zwischen uns nicht passiert wären. Aber es ist nun mal, wie es ist. Und ich werde nicht zulassen, dass Sie Jagd auf DiCarlo machen."

Sie war so nah, dass er ihren betörenden Duft riechen konnte. Er spürte die Hitze, die ihr Körper ausstrahlte, und merkte, wie der Funke übersprang. Langsam führte er ihre Hände zum Mund und küsste ihre Fingerknöchel.

„Nicht", sagte sie atemlos.

„Was soll ich nicht tun? Mir Sorgen um Sie machen? Sie küssen?"

Nick hörte, wie sie die Luft einsog. Ihre Augen weiteten sich, und als er ihre Fingerspitzen an seine Lippen führte, wusste er, dass auch ihre Selbstbeherrschung an einem seidenen Faden hing.

„Sie sollen nichts tun, was Sie später bereuen werden", sagte sie.

„Das habe ich bereits." Er streckte die Hand aus und fuhr ihr mit dem Finger über die seidige Haut an ihrem Hals, während er sich fragte, wie es wohl wäre, diese Spur mit seiner Zunge zu verfolgen. Ihre Wangen waren gerötet, als sie zu ihm aufsah.

„So viel Risikobereitschaft hätte ich Ihnen gar nicht zugetraut."

„Es wäre nicht das erste Mal, dass Sie mich falsch einschätzen, oder?"

„Ich habe nicht vor, mich auf etwas einzulassen, das eine Nummer zu groß für mich ist."

„Sie stecken bereits bis über beide Ohren drin." Er lächelte sie an. „Aber sonst wäre es ja auch kein Risiko, oder? Und Sie sind nicht allein."

Erins Augen verdunkelten sich. Sie wussten beide, was als Nächstes geschehen würde. „Wie kommt es dann, dass Ihre Nähe das Einzige ist, was mir Angst macht?"

„Vielleicht weil wir beide wissen, wie gut es sein wird. Dass es danach nie mehr so sein wird wie früher." Sein Herz klopfte so laut, dass er seine eigenen Worte kaum verstand. Verlangen war nur eine von tausend anderen Emotionen, die in seinem Inneren tobten und die er am liebsten verdrängt hätte. Er hatte das Gefühl, kurz vor der Explosion zu stehen. Er begehrte sie so sehr, dass es beinah wehtat. Und er befürchtete, dass er die Kontrolle verlieren und versuchen würde, sie zu verführen, sobald er sie küsste.

Er stützte sich mit den Händen neben ihr an der Wand ab und beugte sich vor. Nur ein einziger Kuss, sagte er sich. Danach würden sie sich hinsetzen und wie Erwachsene über das Problem sprechen. Wie Cops, verdammt noch mal. Nick würde sie davon überzeugen, mit den beiden Männern vom Marshal Service zu gehen. Und Erin würde zustimmen. Das FBI würde DiCarlo hochnehmen, und die Sache war erledigt.

Doch der Augenblick, als seine Lippen ihre berührten, machte seinen Plan mit einem Schlag zunichte. Es war überwältigend. Der Kuss ging ihm durch Mark und Bein. Als sie den Mund öffnete, um ihn zu empfangen, war es, als verlöre er den Boden unter den Füßen. Voller Leidenschaft drang er fordernd mit seiner Zunge in ihren samtigen Mund. Sie gehörte ihm.

„Ich gehe nicht sehr oft Risiken ein", flüsterte er. „Warum zeigst du mir nicht, dass es sich lohnt?"

Als er ihren weichen Körper fühlte, war er das Kämpfen leid. Er konnte sein Verlangen nicht länger kontrollieren. Er wollte sie. Hatte sie schon immer gewollt. Von dem Moment an, als er sie das erste Mal gesehen hatte.

Er drückte sie an sich und küsste sie. Hart und fordernd. Ihren Mund, den Hals hinunter. Schmeckte ihre Haut. Roch, wie sich ihr süßes, exotisches Parfüm mit dem Schweiß ihres Workouts zu einem betörenden Duft vermischte. Er war wie berauscht. Feuriges Verlangen strömte wie heiße Lava durch seine Venen. Er konnte sich nicht mehr länger zurückhalten.

Er löste das Band aus ihren Haaren. Wie Seide fiel es ihr über die Schultern. „Ich liebe dein Haar", sagte er. „Ich möchte es ansehen, fühlen, mein Gesicht darin vergraben."

Seine Hände zitterten unkontrolliert, als er ihr das T-Shirt über den Kopf zog. Sie trug keinen BH, und ihre kleinen wohlgeformten Brüste kamen zum Vorschein. Ihre Taille war so schmal, dass er sie fast mit beiden Händen umfassen konnte.

Ihre Schönheit ließ ihn verstummen. Ehrfurchtsvoll trat er einen Schritt zurück und sah sie an. „Du bist unglaublich schön."

Ihre dunklen Brustwarzen richteten sich auf. Nick konnte gar nicht genug bekommen von ihrem Anblick. Voller Verlangen beugte er sich zu ihren Brüsten hinunter und begann, an einer ihrer Spitzen zu saugen.

Erin stöhnte auf und wand sich unter seinen Berührungen.

„Das ... ist ... einfach zu viel", flüsterte sie.

Er umfasste ihr Gesicht mit beiden Händen und küsste sie. Dann sah er sie an. „Nein, es ist nicht mal annähernd genug", widersprach er. „Ich will mehr. Viel mehr."

„Nick, das ist verrückt ..."

„Absolut verrückt", stimmte er ihr zu und küsste die sensible Stelle unter ihrem Ohr. „Soll ich aufhören?"

„Äh ... vielleicht könnten wir es ... ein bisschen langsamer angehen lassen und erst einmal darüber nachdenken."

„Wenn ich dich küsse, kann ich nicht nachdenken. Wie soll das funktionieren?"

„Vielleicht können wir warten, bis wir mit dem Küssen fertig sind."

Er lachte, als ihm klar wurde, dass er sich ihr noch nie zuvor so nah gefühlt hatte. „Dieses Mal wird es nicht beim Küssen bleiben", sagte er.

Als sie ihn ansah, konnte er die Unsicherheit in ihren grünen Augen lesen. „Das würde alles ziemlich kompliziert machen."

„Das ist es schon."

„Ist das ein gutes oder ein schlechtes Zeichen?"

„Eher eine Katastrophe", sagte Nick, lächelte jedoch dabei.

„Ich habe befürchtet, dass du so etwas sagen würdest."

„Ich kann nicht länger dagegen ankämpfen, Erin."

„Vielleicht sollten wir es einfach zulassen und gucken, was passiert?"

Ohne seinen Blick von ihrem Gesicht zu wenden, ließ er seine Finger unter den Bund ihrer Jeans gleiten und schob sie nach unten, bis er ihren Slip berührte. Ihre Beine waren lang und schlank, ihre Muskeln perfekt definiert. Dennoch schien ihm ihre feingliedrige und weibliche Erscheinung gänzlich unvereinbar mit der Tatsache, dass sie Polizistin war.

Er hatte ganz vergessen, wie schön eine Frau sein konnte und welche Gefühle diese Schönheit in einem Mann auslösen konnte. Er begehrte sie so sehr, dass es beinah wehtat. Und zum ersten Mal in seinem Leben weigerte er sich, auf seinen Verstand zu hören, der ihn davor warnte, diesen Schritt zu gehen. Denn er würde ihn an einen Punkt führen, von dem es kein Zurück mehr gab.

Zögerlich streckte sie die Hand aus und umfasste ihn durch den Stoff seiner Hose. Er biss die Zähne aufeinander und drückte sie an sich. Es war, als stünde die Welt um ihn herum still. Nur mit größter Mühe schaffte er es, sich zu beherrschen. Wie war es ihm bloß in der Vergangenheit gelungen? Es war lange her, dass eine Frau ihn dort berührt hatte. Seit er überhaupt auch nur an Sex gedacht hatte. Leicht panisch dachte er daran, wie schnell alles vorbei sein konnte, wenn es ihm nicht gelang, sich zusammenzureißen.

Sanft schob er ihre Hand zur Seite, hakte seine Finger unter ihren Slip und zog ihn ihr über die Hüften. Der Anblick ihrer Scham, die sich dunkel von ihrer Haut abhob, ließ sein Herz noch schneller schlagen.

Er spürte ihre Hand an seinem Reißverschluss, doch dieses Mal fehlte ihm die Kraft, sie zurückzuhalten.

Er küsste sie leidenschaftlich, während sie ihm die Hose auszog. Dann machte er sich kurz von ihr los, um sein Hemd auszuziehen, und stieg aus seinen Boxershorts. Er küsste ihren Hals und spürte, wie seine Erektion über ihren Bauch strich. Jede Berührung war wie ein Stromschlag.

Erin wollte zum Bett gehen, doch Nick hob sie hoch und trug sie küssend durch den Raum, um sie auf die Matratze zu legen. Sie presste sich an ihn. Ihr Körper fühlte sich so gut an, dass es ihn ganz atemlos und schwach machte.

„Es ist lange her", murmelte er rau.

„Bei mir auch", flüsterte sie. „Bist du … sicher, dass es in Ordnung ist?"

Er wusste, worauf sie anspielte, und mit einem Mal war es ihm sehr wichtig, dass sie wusste, dass er nicht mehr um seine Frau trauerte. „Du bist die erste Frau seit Rita", sagte er. „Aber es ist okay. Ich hatte genug Zeit, Erin. Es ist nicht so, als würde ich sie betrügen."

Sie schenkte ihm ein zauberhaftes Lächeln. „Darüber bin ich sehr froh, Nick. Und ganz egal, was nach heute Nacht passiert, du sollst wissen, dass ich immer unglaublich froh sein werde, dass wir diese Zeit miteinander verbringen durften."

Ihre Worte ließen ihn lächeln und beschworen eine Vielzahl unerwünschter Gefühle herauf. Er hätte ihr gerne so viel mehr gesagt, doch er unterdrückte den Impuls. Wer wusste schon, wo das alles hinführen würde. Und es gab nach wie vor so vieles, das zwischen ihnen stand. Er wusste nur, dass sie ihm mehr bedeutete, als gut war. Und dass er mit ihr schlafen wollte – mehr alles andere auf der Welt.

Er berührte ihre Wange, ihre Augenlider, ihren Mund. Wie weich sie war. Sie nahm seine Finger in den Mund und begann daran zu saugen. Die süße Intimität dieser Geste brachte ihn fast um den Verstand, und seine Beherrschung schwand ein weiteres Stück. Er begann zu zittern. Langsam zog er seine Finger aus ihrem Mund, beugte sich vor und küsste ihre Lippen, ihren Hals. Wie gut sie schmeckte, wie sehr er sich nach dieser Frau verzehrte. Er wollte mehr. Er wollte sie für sich, doch er wusste, er würde nie genug von ihr bekommen.

Sie stöhnte auf, als er eine Spur von Küssen über ihre Brüste hinunter bis zu ihrem Bauch zog. Er spürte ihre Anspannung, als er zu ihrem Nabel kam, doch er machte weiter. Alles um ihn herum wurde nebensächlich. Er konnte nichts anderes mehr fühlen, sehen oder hören – nur noch dieses unbändige Verlangen in sich.

„Ich möchte dich hier küssen", flüsterte er, während er tiefer rutschte.

Für einen Augenblick fürchtete er, sie würde ihn aufhalten. Doch dann öffnete sie ihre Schenkel für ihn. Er hörte ihr Stöhnen, als sein Mund sie berührte, und er genoss den Moment. Genau so war es richtig, so sollte es sein. Das war nicht nur körperliche Lust. Er fühlte weit mehr als das. Entschieden schob er den Gedanken beiseite. Er wollte keine Gefühle, er wollte Sex. Jede Faser seines Körpers schrie danach, fieberte seiner Erlösung entgegen. Sex. Einfachen, unkomplizierten Sex.

Sie rief seinen Namen, fuhr mit den Händen in sein Haar und bäumte sich unter ihm auf.

Doch er gab nicht nach, hörte nicht auf, sie zu küssen, sondern führte sie ein zweites Mal immer weiter bis an den Abgrund ihres Verlangens.

Schon bald würde er ihr dort Gesellschaft leisten und sich mit ihr gemeinsam in die unendliche Tiefe ihrer Lust stürzen. Er konnte nur hoffen, dass sie beide den Sturz überleben würden.

Nicht in ihren kühnsten Träumen hätte Erin Sex wie diesen für möglich gehalten. Er hatte nicht nur ihren Körper, sondern auch ihr Herz berührt. Und dennoch fühlte sie sich innerlich zutiefst zerrissen und von beiden betrogen.

„Nick …"

Sie spürte das lustvolle Ziehen in ihrem Unterleib, spürte, wie es sie in ihrem Innersten erschütterte. Nicht mehr lange, und sie würde erneut die Kontrolle verlieren. Er ließ sie Dinge fühlen, die sie nicht fühlen wollte. Körperlich. Und emotional.

„McNeal."

Sie öffnete die Augen und sah, wie er sie anguckte. Die Intensität seines Blicks erschreckte sie, und sie versuchte ihm auszuweichen, um vor ihm zu verbergen, was in ihrem Körper und in ihrem Herzen vorging. Doch vergebens. Seine dunklen wissenden Augen schienen direkt bis in ihre Seele zu blicken und all ihre wohlgehüteten Geheimnisse zu durchschauen.

„Das ist mir noch nie passiert", flüsterte sie. „Ich meine, noch nie … habe ich so die Kontrolle verloren."

„Noch nie …?"

Plötzlich war es ihr peinlich, doch das Bedürfnis, ihm zu erzählen, ihm zu beichten, dass sie noch nie zuvor ihre Sexualität in diesem Maße ausgekostet hatte, war stärker. Er sollte wissen, dass es unfassbar schön mit ihm gewesen war. Dass er ihr etwas gegeben hatte, das ihr bislang versagt geblieben war.

„Also ich … ich meine … ich bin noch nie …"

Plötzlich schien ihm zu dämmern, was sie meinte. Seine Augen verdunkelten sich, und er lächelte. „Nun, dann ist es mir eine ganz besondere Ehre, der Erste zu sein."

Trotz ihrer Verlegenheit musste sie lächeln. „Bild dir bloß nichts drauf ein."

„Zu spät."

„Warum hast du … also ich meine … warum hast du das für mich getan?"

„Es ist lange her für mich. Vielleicht wird es … ziemlich schnell gehen. Und ich möchte nicht, dass es … so einseitig ist."

Es berührte sie sehr tief, wie offen er ihr gegenüber war und dass er ihr etwas so Persönliches anvertraut hatte. „Es war nicht einseitig."

Sie spürte seine harte Erektion an ihrer Hüfte und merkte, wie sehr es sie erregte. Es war ein Fehler, sich mit ihm einzulassen. Sie würden beide dafür bezahlen. Auf beruflicher wie auf persönlicher Ebene. Es konnte sie ihren Job und ihn seine Karriere kosten. Doch Erin ahnte, dass das noch nicht alles war. Auch ihr Herz war in Gefahr.

Nick Ryan war genau der Typ von Mann, in den sie sich verlieben konnte.

Der Gedanke war beängstigend. Und aufregend zugleich. Sie erschauerte.

Sie bewunderte und respektierte ihn. Und es war beinah unheimlich, was für eine ungeheure Anziehungskraft er auf sie ausübte. Aber das hieß noch lange nicht, dass sie ihn auch lieben musste. Er hatte ein Problem damit, ihren Beruf zu akzeptieren. Es würde unweigerlich in einer Katastrophe enden.

Solange sie sich nicht in ihn verliebte, war alles gut. Dann würde sie es überleben, wenn es aus zwischen ihnen war.

Doch besser fühlte sie sich deswegen nicht.

Ein Kuss zerstreute ihre Gedanken. Sie schloss die Augen, um nicht von ihren Gefühlen überwältigt zu werden. Leidenschaftlich erwiderte sie seinen Kuss. Sie wollte nicht, dass ihre Beziehung noch komplizierter wurde, als sie ohnehin schon war. Sie hatte gegen ihre eigenen Grundsätze verstoßen, indem sie ihn so nah an sich rangelassen hatte. Sie konnte es sich nicht leisten, sich jetzt auch noch in Gefühle zu verstricken.

„Ich will dich spüren", flüsterte er. „Jetzt."

Ihr Herz schlug wie wild, als er sich auf sie legte und ihr Körper erbebte, als sie die Schenkel für ihn spreizte.

„Du zitterst", sagte er.

„Es ist einfach … das, was mit uns passiert … es macht mir Angst, Nick."

„Und ich dachte immer, du liebst die Gefahr." Ein zaghaftes Lächeln umspielte seinen Mund.

„Vielleicht gehen wir ein größeres Wagnis ein, als uns beiden bewusst ist."

„Ich werde dir niemals wehtun, Erin."

„Ich weiß." Sie wusste, dass er es ernst meinte. Genauso wie sie wusste, dass er dieses Versprechen niemals würde halten können.

„Sie mich an", sagte er. „Ich möchte dir in die Augen sehen, wenn ich mit dir verschmelze."

Sein Blick war heiß und verzehrend. Sie konnte sich nicht bewegen, nicht atmen, nicht wegsehen. Seine Augen waren dunkel vor Leidenschaft und unglaublich schön.

Er zog ein Kondom über und drang in sie ein. Es war, als stünde ihr ganzer Körper lichterloh in Flammen. Kaum hatte sie sich an seine Größe gewöhnt, durchströmte sie eine ungeahnte Hitze. Verlangen pur. Sie nahm ihn in sich auf, kam ihm entgegen. Langsam begann er, sich in ihr zu bewegen. Sie bäumte sich auf vor Lust, rief seinen Namen. Einmal. Zweimal. Dann setzte ihr Verstand aus. Sie konnte nicht mehr denken, nicht mehr sprechen, nur noch fühlen. Eine Welle der Lust nach der anderen schlug über ihr zusammen, bis sie komplett die Kontrolle verlor.

Niemals hätte sie geglaubt, dass es so etwas zwischen einem Mann und einer Frau gab. Zwei Menschen, zwei Seelen, zwei Herzen – vereint in einem unendlichen Augenblick der Intimität.

Nie zuvor hatte ihr ein Mann so viel bedeutet wie Nick. Und kein anderer Mann würde es jemals tun. Er führte ihre Sinne bis ans Äußerste und brachte ihre sorgsam errichteten Schutzmauern zum Einsturz, bis auch der letzte Funken Selbstbeherrschung erloschen war, und nahm ihr Herz vollkommen in Beschlag.

Nick hatte ihren Körper erneut zum Gipfel ihrer Lust geführt. Sie war kurz davor, sich im freien Fall zu verlieren, und hatte nur noch einen Gedanken: Er hatte ihr Leben für immer verändert.

Es war nur Sex. Atemberaubender, überwältigender, umwerfend guter Sex. Und der Stich, den er jedes Mal in seinem Herzen spürte, wenn sie ihn aus ihren unergründlich grünen Augen ansah, war nicht mehr als Zuneigung, die er für sie empfand. Anders konnte und durfte es nicht sein.

Doch sie wussten beide, dass das nicht stimmte.

Was, um alles in der Welt, sollte er bloß machen?

Er spürte, wie sich die lustvolle Spannung in seinem Körper steigerte, und biss die Zähne zusammen. Seine Gefühle drohten ihn zu überwältigen, als er sie erneut zum Höhepunkt führte. Erin schrie unter ihm auf. Verschwitzt klebten ihre Körper aneinander. Mit lusterfüllten Augen sah sie ihn an. Sie fühlte sich so gut an, so unglaublich gut, dass er nicht wollte, dass es schon zu Ende ging, doch er konnte es nicht mehr länger hinauszögern.

Er schloss die Augen und presste seine Lippen auf ihre. Sie öffnete ihren Mund, während er noch tiefer in sie eindrang. Er küsste sie, füllte sie aus, nahm Besitz von ihrem Körper. Und er wusste, es würde ihn für immer verändern.

Erschöpft legte er sich neben ihr auf die Seite und zog sie in seine Arme. Ihr Liebesspiel hatte ihn nicht nur körperlich angestrengt, sondern auch emotional sehr berührt. Sie fühlte sich so gut an, dass er am liebsten für immer so mit ihr liegen geblieben wäre – das heißt, wenn er nicht vorgehabt hätte, noch ein weiteres Mal mit ihr zu schlafen. Und das hatte er, sobald er sich wieder bewegen konnte. Allerdings war er sich nicht so sicher, wann das sein würde. Seine Muskeln waren schwer wie Blei.

Plötzlich spürte er etwas Feuchtes auf seiner Schulter. „Erin?", fragte er besorgt.

Sie versuchte, sich wegzudrehen, aber Nick umfasste ihr Kinn und zwang sie, ihn anzusehen. Alarmiert stellte er fest, dass sie weinte. „Hey, was ist denn los? Hab ich dir etwa wehgetan?"

„Nein, mir geht es gut." Sie blinzelte, und eine weitere Träne rollte ihr über die Wange. „Ich weine normalerweise nicht so schnell …"

„Wenn ich dir wehgetan habe …"

„Nein, es ist nur …"

„Habe ich was Falsches gesagt?"

Sie schüttelte den Kopf.

Nick fühlte, wie sein Magen sich vor Angst zusammenkrampfte. „Warum weinst du?"

„Ich weiß es nicht. Ich weiß nur … dass ich es tue."

Als wenn ihn das weiterbringen würde. „Es ist in Ordnung." Eine Antwort, die sich richtig anfühlte, auch wenn er keine Ahnung hatte, was los war. „Erin, wenn ich irgendetwas getan oder gesagt habe, das dich verletzt hat …"

Sie stieß ein heiseres Lachen aus und sah ihn an. „Das hast du nicht, Nick."

Noch immer verstand er nicht, was los war. Eindringlich sah er sie an.

„Es ist nur … was ich *fühle*. Ich meine, mit dir … gerade eben, es war wirklich unvorstellbar schön. Beinah magisch. Nicht nur der Sex. Alles. Es hat mich sehr tief berührt. So etwas habe ich noch nie erlebt."

Ihre Worte ließen ihn zusammenzucken. Dies war definitiv nicht die Unterhaltung, dir er jetzt führen wollte. Dafür lauerten seine eigenen

Gefühle viel zu dicht unter der Oberfläche. Er hatte einen Kloß im Hals, als er sie ansah. Wie zart und sexy sie aussah, so an ihn gekuschelt, mit Tränen in den Augen.

Sie wischte sich übers Gesicht. „Ich kann nicht glauben, dass ich anfange zu heulen, nur weil wir …“

„… Sex hatten“, vollendete er ihren Satz schnell.

„Richtig.“ Sie nickte energisch. „Wir hatten Sex.“

Für einen Moment herrschte Schweigen zwischen ihnen, dann musste Nick lachen. Erin sah ihn an und fiel mit ein. Es war ein sanftes, melodiöses Geräusch. Er fühlte sich so lebendig wie schon seit Jahren nicht mehr. Er lachte so lange weiter, bis ihm selbst die Tränen kamen und ihm schwindelig davon wurde.

Als aus ihrem Lachen ein gelegentliches Kichern geworden war, zog er sie in seine Arme und küsste ihre Schläfe. „Auch für mich war es atemberaubend, Erin“, sagte er.

„Da bin ich aber froh.“ Sie strahlte ihn an. „Ich hatte ganz vergessen, wie überwältigend Sex sein kann.“

„Vielleicht sind wir einfach nur aus der Übung.“

„Na ja, wir könnten die nächsten paar Stunden ja dazu nutzen, uns wieder daran zu gewöhnen.“

Er lachte, während ihm bewusst wurde, wie sehr er diese Frau mochte. Doch da war noch ein anderes Gefühl, das ihm die Kehle zuschnürte und ihn für einen Moment sprachlos machte. Nicht weil Erin die erste Frau nach Rita war, sondern wegen der Intensität seiner Gefühle für sie.

„Eins würde mich aber dennoch interessieren, Erin“, sagte er mit tiefer Stimme.

„Was denn?“

Er lächelte, als er sah, wie sie sich verspannte. „Wer war der Idiot, der dich davon überzeugt hat, dass kein Mann, dem du etwas bedeutest, jemals deinen Job als Polizistin akzeptieren würde?“

„Wer hat denn gesagt, dass ich …“

„Natürlich du. Und zwar mindestens hundertmal, seit wir uns kennen.“

Einen kurzen Augenblick lang sah es so aus, als würde sie ihm nicht antworten. Und es war auch in Ordnung, dass sie ihre Vergangenheit nicht mit ihm teilen wollte. Schließlich hatte er kein Recht darauf. Doch er hätte gerne gewusst, was in ihr vorging. Vor allem interessierte ihn, was sie so vorsichtig gemacht hatte.

Sie lächelte, doch es sah so aus, als sei ihr die Frage unangenehm. „Sein Name ist Warren Prentice, seines Zeichens aufstrebender Yuppie und stellvertretender Bezirksstaatsanwalt der Extraklasse."

„Ich kann mich aus meinen Chicagoer Zeiten vage an den Namen erinnern", sagte er.

„Ich kam gerade frisch von der Polizeischule. Warren hatte einen meiner Fälle zur Anklage gebracht. Wir haben zusammengearbeitet und sind so ... zusammengekommen. Er war älter als ich. Ehrgeizig. Aalglatt und zweifelsohne auf dem Weg nach oben."

So gut es ging, versuchte Nick seine Eifersucht zu unterdrücken. „Was ist passiert?"

„Ich war ziemlich naiv und bis über beide Ohren verliebt. Für halbe Sachen bin ich nicht zu haben, Nick. Bei mir ist es immer alles oder nichts. Genau wie bei den Fehlern, die ich mache. Und es war ein Fehler, mich in ihn zu verlieben. Als er um meine Hand angehalten hat, kannten wir uns gerade einmal zwei Monate."

„Hast du ..."

„Nein, ich habe ihn nicht geheiratet."

„Wieso nicht?"

„Ein paar Wochen nachdem er um meine Hand angehalten hatte, war ich an einer Verhaftung beteiligt, die ein bisschen unangenehm wurde. Nicht für mich – ich musste nicht mal meine Waffe ziehen –, aber für meinen Partner. Es wurde niemand verletzt, doch Warren hat mir hinterher ziemlich deutlich zu verstehen gegeben, dass ich meinen Job aufgeben müsse, wenn ich seine Frau werden wollte."

„Er hat dir ein Ultimatum gestellt."

„Am schlimmsten war, dass ich kurz davor war, es zu tun. Egal, wie wichtig mir mein Job war, ich hätte alles für ihn aufgegeben. Ich hatte meine Kündigung schon geschrieben und ein Vorstellungsgespräch bei einer privaten Sicherheitsfirma vereinbart. Doch dann habe ich gemerkt, dass ich nicht einfach so meine Träume beerdigen konnte, nur weil er Angst hatte. Am Ende habe ich ihn verlassen."

Nick wurde wütend, als er daran dachte, dass ein anderer Mann sie so verletzt hatte, indem er versucht hatte, sie zu kontrollieren. Ein Mann, den sie zu der Zeit offenbar geliebt hatte. „Es tut mir leid, Erin. Das muss hart gewesen sein."

„Das war es. Für mich brach damals eine Welt zusammen. Danach bin ich sehr, sehr vorsichtig geworden. Seit Warren hatte ich niemand anderes und ..."

„Was?“ Nick drehte sich zu ihr, sodass er ihr ins Gesicht sehen konnte. „Also nur dass ich dich richtig verstehe: Deine letzte Beziehung ist *sechs* Jahre her?“

Ihr Blick wurde unruhig. „Nach Warren habe ich mich einfach nur leer gefühlt.“ Sie sah ihn nachdenklich an. „Aber weißt du, am Ende war es in Ordnung so. Ich könnte mich selbst niemals aufgeben. Egal für wen.“

Ihre Worte beunruhigten ihn mehr, als er zugeben wollte. Er bewunderte ihre Entschlossenheit und ihren Glauben an sich selbst – waren es doch beides Eigenschaften, die er sehr schätzte –, doch ihre Worte weckten Gefühle in ihm, die er sich lieber nicht eingestand.

„Nur weil man jemanden liebt, heißt das nicht, dass man sich selbst aufgeben muss, Erin.“ Er war überrascht von seinen eigenen Worten. Nicht weil sie falsch waren – er war von der Richtigkeit seiner Aussage überzeugt –, sondern weil er zum ersten Mal das Gefühl hatte, sie wirklich zu verstehen.

„Nein, man muss sich nicht aufgeben“, flüsterte sie. „Aber man muss bereit sein, ein gewisses Risiko einzugehen.“

Nick zog es vor, lieber nicht an diese Risiken zu denken. Dazu fühlte er sich viel zu verletzlich, viel zu ausgeliefert. Er hatte sein Herz in ihre Hände gelegt und keine Kontrolle mehr darüber, was sie damit machte. Und trotzdem begehrte er sie mehr als je zuvor. So sehr, dass er vor Verlangen zitterte. Doch es war mehr als körperliche Lust, erkannte er erstaunt. Viel mehr. Er wollte …

Er hielt inne. Er durfte diesen Gedanken einfach nicht zu Ende denken. Die damit verbundenen Konsequenzen waren zu schwerwiegend und jagten ihm einen gehörigen Schrecken ein.

Sein Körper hatte sich ganz offenbar erholt, denn sein Herz schlug bei ihrem Anblick wieder auf Hochtouren. Was gut war, denn es war ihm wesentlich lieber, mit ihr Sex zu haben, als über ihre höchst explosiven Gefühle füreinander zu sprechen.

Ohne Vorwarnung zog er sie an sich und küsste sie hart auf den Mund. Sie versteifte sich für einen Moment, doch schon kurz darauf schmolz sie in seinem Arm dahin. Er spürte Verlangen in sich aufsteigen. Glühend heiß und verzehrend drohte es ihn erneut zu überwältigen. Er küsste sie leidenschaftlich. Sie stöhnte auf, als er ihre Brüste umfasste, doch er hörte nicht auf. Er hätte es nicht gekonnt, selbst wenn er gewollt hätte. Denn so sicher, wie er sein Herz an sie verloren hatte, wusste er auch, dass sie nicht für immer bleiben würde. Es würde ihm nichts ausmachen, versicherte er sich selbst. Stephanie und er waren besser dran ohne sie. Doch egal, wie sehr er versuchte, sich zu beruhigen, es half nicht. Die Angst, die in ihm steckte, wollte nicht weichen.

Nick hatte genug geredet. Er hatte genug von Worten und Gefühlen. Er sollte sie gehen lassen. Er war einfach noch nicht bereit für eine feste Beziehung. Sein Kopf sagte ihm, dass er das Ganze beenden musste, bevor die Gefühle für sie noch tiefer wurden. Doch er war nicht mehr Herr seiner selbst – nicht zum ersten Mal, seit er sie kannte. Und sicher auch nicht zum letzten Mal, davon war er überzeugt.

Ein Stöhnen entfuhr seiner Kehle, und er küsste sie. Härter. Verzweifelter. Als er sich auf sie legte, öffnete sie ihre Schenkel für ihn. Nicks Herz begann zu klopfen, und alles um ihn herum verschwamm.

„Das ist nicht fair, McNeal“, murmelte er.

„Das sagt der Richtige.“

Er zog ein Kondom über, dann drang er in sie ein. Die Welt schien stillzustehen, als er spürte, wie ihre feuchte Wärme ihn umgab. Er sah Sterne, die durch sein Gesichtsfeld zogen wie winzige Meteoriten. Stöhnend begann er, sich in ihr zu bewegen. Es konnte nicht sein. Durfte nicht sein. Und doch wusste er, dass es wahr war. Er hatte es zugelassen, und er würde die Konsequenzen tragen müssen.

Es würde keine gemeinsame Zukunft für sie geben. Nur diesen Moment der Lust. Schon morgen würde er sie mit den beiden Marshals zurück nach Chicago schicken. Stephanie würde in Sicherheit sein. Genauso wie sein Herz.

Und er würde sich nie wieder eingestehen, wie sehr er sich in Erin McNeal verliebt hatte.

Nick wusste nicht, was ihn geweckt hatte. Er lag im Bett und lauschte aufmerksam. In der Ferne hörte er es donnern, und sein Herz klopfte. Er hatte gar nicht gemerkt, wie er mit Erin im Arm eingeschlafen war.

Dämmriges Licht fiel durch das Fenster auf ihr Gesicht. Wie unschuldig sie aussah. Plötzlich sah er sie wieder vor sich, wie sie unter ihm lag, den Kopf in Ekstase zurückgeworfen, die Haare auf dem Kissen ausgebreitet. Sein Körper regte sich bei der Erinnerung. Lust, Verlangen und tausend andere Gefühle keimten in ihm auf, die er fest entschlossen beiseiteschob, damit sie sich gar nicht erst entfalten konnten.

Er hob den Kopf und warf einen Blick auf den Wecker, der auf dem Nachttisch stand. Mitternacht. Er nahm das Telefon und wählte Hectors Handynummer. Beunruhigt hörte er, wie eine Stimme verkündete, dass seine Nummer zurzeit nicht erreichbar war.

„Verdammt." Bemüht, ruhig zu bleiben, setzte er sich auf und wählte erneut. Wieder dieselbe Ansage. Er wählte die Nummer der Rehaklinik, die er auswendig konnte. Eine weibliche Stimme antwortete beim zweiten Klingeln.

„Hier ist Nick Ryan. Sind meine Tochter Stephanie Ryan und ihre Kinderfrau Emily Thornsberry schon bei Ihnen eingetroffen?"

Er hörte das Klicken einer Tastatur am anderen Ende.

„Ich kann zwar die Reservierung sehen, Mr. Ryan, aber bislang haben sie noch nicht eingecheckt."

Fluchend legte Nick auf. Seine Gedanken rasten. Hector hätte längst da sein sollen. Wo, zur Hölle, waren sie? Und warum hatte Hector sich nicht gemeldet, wenn es unterwegs Probleme gegeben hatte?

Nick fuhr erschrocken zusammen, als sein Handy klingelte. Er schnappte es sich und meldete sich knapp mit seinem Namen.

„Chief!"

Die Angst in der Stimme seines Deputys ging ihm durch Mark und Bein. „Was ist los?", fragte er und wunderte sich über die Furcht, die in seiner eigenen Stimme mitklang.

„Zwei Männer … bewaffnet. Sie haben uns von der Straße abgedrängt und gefesselt. Verdammt." Hectors Stimme kippte.

Nicks Nerven waren bis zum Zerreißen gespannt. Ein Dutzend Szenarios schossen ihm durch den Kopf, eins davon beunruhigender als das andere. *„Was ist passiert?"*

„Sie haben sie, Nick."

Auch ohne dass Hector es aussprach, wusste er, wer gemeint war. Weißglühende Panik stieg in ihm auf. Wie ferngesteuert erhob er sich und durchquerte den Raum, um sich seine Hose anzuziehen. „Wo ist Stephanie?"

„Sie haben sie, Chief. Großer Gott, sie haben sie."

13. KAPITEL

Es war die Angst, die sie geweckt hatte, das spürte sie ganz deutlich. Sie konnte sie riechen, so wie Schießpulver, das nach einem tödlichen Schuss in der Luft hing. Erin setzte sich auf und zog die Decke hoch, um ihren nackten Oberkörper zu bedecken. „Nick?“

Er stand im Dunklen in der Mitte des Raumes. In dem spärlichen Licht, das von draußen durch die Fenster drang, sah sie, dass er eine Hose, aber kein Hemd trug. Er hielt sein Handy fest ans Ohr gepresst. Ein unbehagliches Gefühl stieg in ihr auf.

„Wann?“, rief er ins Telefon.

Erin schwang sich aus dem Bett und begann, ihre Kleidung zusammenzusuchen. Großer Gott, was war passiert? Warum telefonierte Nick? Warum sprach er so laut? Sie sah auf die Uhr. Es war kurz nach Mitternacht.

Nick stieß einen Fluch aus.

Sogar von der anderen Seite des Raumes konnte sie hören, wie schwer er atmete. Sie stieg in ihre Jeans und zog das T-Shirt über den Kopf. „Was ist los? Was ist passiert?“

„Oh nein“, hörte sie seine Stimme in der Dunkelheit. „Oh nein. *Nein!*“

Erin schaltete das Licht ein. „Nick?“

Er ließ das Telefon sinken, wandte sich von ihr ab und lehnte sich gegen den Schrank, als habe er plötzlich kaum noch die Kraft, sich auf den Beinen zu halten.

„Was geht hier vor?“, fragte sie.

Ihr Herz setzte einen Schlag aus, als er den Kopf hob. Er war kalkweiß im Gesicht. Schweiß stand ihm auf der Stirn. Sie spürte seine Gewaltbereitschaft, die ihn wie eine bedrohliche dunkle Aura umgab.

Als sich ihre Blicke trafen, trat sie unwillkürlich einen Schritt zurück. Pure Mordlust funkelte in seinen Augen. Das Herz hämmerte in ihrer Brust.

„Steph und Mrs. T.“, sagte er heiser. „Sie sind nie in Indianapolis angekommen.“

Verwirrt sah Erin ihn an. Es dauerte einen Moment, bis die Bedeutung seiner Worte zu ihr durchgedrungen war, doch dann traf es sie mit der Wucht eines Güterzuges.

„Oh Gott. Oh *nein.*“ Sie fühlte sich, als habe sie einen Schlag in die Magengrube bekommen. Sie presste ihre Hand auf den Magen und tat einen weiteren Schritt rückwärts. „Bitte sag, dass das nicht wahr ist …“

„Hector und Em geht es gut. Aber der Bastard hat meine Kleine.“

Erin wollte die Antwort nicht hören, doch sie musste es wissen. „DiCarlo?“

Ohne Vorwarnung schlug er in den Spiegel am Kleiderschrank. Glas splitterte und flog durch die Luft.

„Nick!“

„Warum ausgerechnet *sie*, verdammt?“, knurrte er.

„Nick …“

„Wenn er ihr was antut, bringe ich den Scheißkerl um. Ich werde ihn mit meinen eigenen Händen erwürgen.“

„Hör auf. Bitte.“

„Ich muss sie finden.“

Erin sah das Blut an seinen Knöcheln und versuchte, gegen die Welle der Angst anzukämpfen, die sie fortzuspülen drohte. „Beruhige dich …“

„DiCarlo ist zu weit gegangen.“ Nicks Stimme war tief und bedrohlich.

Sie starrte ihn an. Ihr Herz schlug so schnell, dass sie meinte, er müsse es hören können. „Wie ist es passiert?“

„Eine Limousine hat sie von der Straße gedrängt.“

„Wir werden sie zurückholen.“

„Ich hätte wissen müssen, dass es dazu kommt.“ Er sah blass aus, angeschlagen. Und so gefährlich wie eine Giftschlange, die bereit war, jeden Moment anzugreifen. „Ich hätte für sie da sein sollen. Und ich war es nicht. Genau wie in der Nacht des Unfalls.“

Die Angst und der Schrecken, die ihm ins Gesicht geschrieben standen, spiegelten ihre eigenen Emotionen wider. Egal, wie sehr sie sich bemühte, sich in den Griff zu bekommen, sie spürte, dass ihr langsam die Kontrolle entglitt, wie Sand, der ihr durch die Finger rann. „Es ist nicht deine Schuld.“

„Dafür ist jetzt keine Zeit“, sagte er barsch.

Erins Magen zog sich zusammen, und ihr wurde übel. Es war ihre Schuld, dass Stephanie da mit reingezogen worden war!

„Ich muss zur Wache“, sagte er.

„Ich komme mit.“

„Du bleibst hier“, befahl er. „Ich will nicht, dass DiCarlo dich auch noch in die Hände bekommt.“ Schweigend hob er sein Uniformhemd auf. Betäubt vor Schmerz sah sie ihm dabei zu, wie er es mit zitternden und blutigen Fingern zuknöpfte.

Ohne sie anzusehen, schnallte er sich das Pistolenhalfter um. „Niemand weiß, dass du hier bist. Lass niemanden rein, außer mir. Und halt deine Waffe griffbereit. Ist das klar?"

Seine Worte drangen kaum zu ihr durch, doch dann wurde ihr die schreckliche Wahrheit bewusst: DiCarlo wollte nicht Stephanie, er wollte sie. Diese Erkenntnis traf sie so hart, dass sie sich nur noch mit Mühe auf den Beinen halten konnte.

Zitternd und mit weichen Knien durchquerte sie den Raum. „DiCarlo will nicht Stephanie, Nick. Er will mich."

Das Donnergrollen, das von draußen zu ihnen hereindrang, verstärkte die Stille, die ihren Worten folgte. Nick steckte sein Handy in die Tasche seiner Uniform, dann drehte er sich zu ihr. Erin zuckte zusammen, als sein eiskalter Blick sie traf.

Kaum zu glauben, dass dies derselbe Mann war, der nur wenige Stunden zuvor so unglaublich zärtlich zu ihr gewesen war und ihr seine intimsten Gedanken anvertraut hatte. Derselbe Mann, der ihr Herz gestohlen hatte, das gerade in tausend Teile zersprang, als ihr klar wurde, dass Nick sie für Stephanies Entführung verantwortlich machte.

Er hatte es zwar nicht gesagt, doch sie konnte es tief in seinen Augen lesen. Sie versuchte sich einzureden, dass sie keine Schuld traf. Doch vergeblich. Er hatte recht. Und es brach ihr das Herz, dass der Mann, den sie liebte, sie beschuldigte, etwas so Kostbares wie sein Kind in Gefahr gebracht zu haben.

„Mach keine Dummheiten", warnte er sie.

„Ich werde warten." Natürlich würde sie das nicht tun. Sie musste Stephanie finden. Sie konnte nicht zulassen, dass das Mädchen für sie büßen würde.

Er kam zu ihr und küsste sie. Es war ein harter, gefühlloser Kuss, geboren aus Verzweiflung und Angst. Dennoch rührte diese Geste Erin so sehr, dass sie einen Kloß im Hals bekam. Sie unterdrückte ein Schluchzen und schluckte.

Mit einem Mal schwach auf den Beinen, ging sie langsam rückwärts und setzte sich aufs Bett. Sie verspürte das irrationale Bedürfnis, ihm zu sagen, dass sie ihn liebte. Vielleicht war dieser Augenblick die einzige Chance, die sie je dazu bekommen würde. Doch sie tat es nicht.

„Pass auf dich auf“, sagte er und öffnete die Tür. Ohne sich noch einmal zu ihr umzudrehen, trat er in die Nacht hinaus.

Erin knallte ihren Ausweis auf den Tresen und durchbohrte den Portier mit ihrem besten Tun-Sie-was-ich-sage-Blick. „Polizei. Ich brauche sofort einen Wagen für einen Einsatz.“

Der Angestellte des Pioneer Motels starrte sie an, als hätte sie von ihm verlangt, sich in den Fuß zu schießen. „W…wie meinen Sie das?“

„Ich brauche einen Wagen“, fuhr sie ihn an. „Sofort.“

Der junge Mann zuckte zusammen. „Äh … geht auch ein Pick-up-Truck?“

„Ja. Geben Sie mir die Schlüssel.“ Sie sah auf die Uhr an der Wand hinter ihm. Eine halbe Stunde war seit dem Anruf von Hector vergangen. Es donnerte so laut, dass die Wände vibrierten. Wie, um alles in der Welt, sollte sie Stephanie finden?

Der Hotelangestellte machte einen Schlüsselbund von seinem Gürtel los und reichte ihn ihr. „Soll ich die Polizei rufen?“

„Chief Ryan ist bereits informiert.“

Der Mann schien nicht sehr überzeugt sein. „Und wann bekomme ich meinen Wagen zurück?“

„Sie können ihn heute Nachmittag an der Polizeiwache abholen.“ Sie nahm den Schlüssel. „Wo steht er?“

„Hinten. Neben dem Müllcontainer.“

Wenn es nach Erin ging, hätte der Pick-up-Truck eher *in* den Container gehört. Zweimal würgte sie den Motor ab, bis es ihr endlich gelang, vom Parkplatz zu fahren. Zu Hause angekommen, schloss sie frustriert die Tür auf. Die Minuten verrannen, ohne dass sie auch nur die leiseste Ahnung hatte, wie sie Stephanie finden sollte. Laut Lehrbuch hätte sie zuerst Nick finden oder Frank in Chicago anrufen müssen. Doch das Wissen, dass sie das Leben eines unschuldigen Kindes in Gefahr gebracht hatte, lastete schwer auf ihr und beeinträchtigte ihr Urteilsvermögen. Erin wusste, dass DiCarlo sie und nicht Stephanie wollte. Sie würde ihm einen Tausch anbieten. Sich selbst gegen das Mädchen. Als sie die Tür hinter sich ins Schloss zog, klingelte das Telefon. Sie durchquerte den Raum. Beim zweiten Klingeln war sie dran. „McNeal“, sagte sie atemlos.

Das Schweigen am anderen Ende der Leitung ließ ihr die Haare zu Berge stehen.

„Während der letzten halben Stunde habe ich alle fünf Minuten in Ihrer Wohnung angerufen, Officer McNeal."

Jedem normalen Menschen wäre bei dem Klang von Vic DiCarlos Stimme das Blut in den Adern zu Eis gefroren. Doch Erin fühlte sich gerade alles andere als normal.

Befriedigt stellte sie fest, wie berechenbar DiCarlo war. Schnell drückte sie den Aufnahmeknopf ihres Anrufbeantworters. „Ich hatte viel zu tun", sagte sie ruhig. „Sie haben etwas, das ich gerne hätte."

„Wie schön, Sie enttäuschen mich nicht. Ich weiß es zu schätzen, wenn eine Frau schnell zur Sache kommt."

Der Schweiß trat ihr auf die Stirn, als sie die unbarmherzige Kälte in seiner Stimme hörte. „Wo ist das Mädchen?", fragte sie knapp.

„Keine Sorge, sie ist bei mir gut aufgehoben. Ich habe eine Schwäche für Kinder, wussten Sie das nicht?"

Ein plötzlicher Kopfschmerz überkam sie und zwang sie, die Augen zu schließen. Sie versuchte, nicht daran zu denken, wie verängstigt und hilflos das Mädchen sich fühlen musste, weil es noch nicht einmal in der Lage war, vor seinem Entführer davonzulaufen. In der Polizeischule hatte Erin gelernt, solche Situationen nicht persönlich zu nehmen und die eigenen Gefühle außen vor zu lassen. Doch die Frau in ihr, die dieses Kind liebte, die Nick liebte, brachte das nicht fertig. Zu groß waren der Schmerz und die Angst. Und die Wut, die in ihrem Inneren aufstieg. „Wenn Sie ihr etwas antun, bringe ich Sie um", sagte sie.

„Wir wissen beide, dass ich kein Interesse an dem Kind habe. Dafür interessiere ich mich umso mehr für Sie."

Erin hielt das Telefon umklammert. Das Herz schlug ihr bis zum Hals. „Was wollen Sie?"

„Sie natürlich. Im Tausch gegen das Kind."

„Ich höre."

„Ungefähr fünfzehn Kilometer südlich von Logan Falls liegt ein verlassener Getreidespeicher an der Bundesstraße 59."

Sie sah auf ihre Uhr. „Ich kann in zehn Minuten dort sein."

„Ich warne Sie, Officer McNeal. Kommen Sie allein. Wenn Sie Ihre Kollegen rufen oder sonst jemanden kontaktieren, werde ich das Mädchen töten."

Erin zwang sich, den Ärger und die Verzweiflung herunterzuschlucken. Ihre Hände zitterten so stark, dass sie für einen Moment befürchtete, sie würde den Hörer fallen lassen. *Lieber Gott, bitte, lass nicht zu, dass er Stephanie etwas antut.*

„Ich werde allein kommen“, sagte sie, doch die Leitung war bereits tot.

Er hatte aufgelegt.

Frustriert lief Nick in dem engen Vorraum der Polizeistation wie ein Tier im Käfig auf und ab. Der Schrecken steckte ihm tief in den Knochen, doch unter der Oberfläche lauerte noch etwas wesentlich Dunkleres, Bedrohlicheres. Der Gedanke daran, wie allein und verängstigt seine süße, unschuldige Tochter sich fühlen musste, war kaum zu ertragen. Die Vorstellung, dass er sie verlieren könnte …

Unbarmherzig mit sich selbst zwang er sich, nicht daran zu denken. Er würde es nicht zulassen. Eher würde er sterben, als sie noch einmal zu enttäuschen.

Das Telefon schrillte. Nick ging ran, und das Klingeln erstarb. „Ryan.“

„Hier ist Frank. Ich bin unterwegs. Irgendwelche Neuigkeiten?“

„Nein.“ Der Qualität der Verbindung nach zu urteilen, rief Frank von seinem Handy aus an. Nick hatte ihn auf dem Weg vom Motel zur Polizeiwache angerufen und ihm die Situation geschildert.

„Wenn ich es schaffe, in diesem Tempo durchzufahren, ohne angehalten zu werden, bin ich in einer Stunde da. Hast du dem FBI Bescheid gesagt?“

Nick warf einen Blick auf seine Uhr. Verzweifelt stellte er fest, dass erst fünf Minuten vergangen waren, seit er mit dem FBI in Chicago gesprochen hatte. „Sie schicken ein Team.“

„Was ist mir Erin?“

Nick hatte sich geschworen, nicht an sie zu denken. Er hatte nicht vor, das emotionale Loch, in dem er sich befand, noch tiefer werden zu lassen. Doch mit der Erwähnung ihres Namens kamen die Bilder sofort zurück. Er sah sie vor sich, wie sie unter ihm lag beim Sex. So weich und verletzlich, die Augen so sanft wie ein Sonnenuntergang im Mittleren Westen. Die Gefühle, die diese Erinnerung heraufbeschworen, gefielen ihm ganz und gar nicht. Sie führten ihm mit Schrecken vor Augen, dass er sich auf etwas eingelassen hatte, das ein paar Nummern zu groß für ihn war und über das er absolut keine Kontrolle mehr hatte. Er war ihr hilflos ausgeliefert.

Gott war sein Zeuge, er hatte wirklich nicht vorgehabt, sich in diese Frau zu verlieben.

„Sie ist im Pioneer Motel.“ Nicks Stimme klang heiser.

„Gut. Dort soll sie bleiben." Frank machte eine Pause. „Und wie geht es dir?"

„Ich bring DiCarlo um, wenn er Steph auch nur ein Haar krümmt, Frank. Das schwör ich dir."

„Ganz ruhig, mein Freund. Daran solltest du im Moment lieber nicht denken."

Wenigstens machte Frank ihm keine falschen Versprechungen, dachte Nick bitter. Aber was hatte er erwartet? Frank war ein Cop. Und Cops waren ehrlich zueinander, egal, wie ernst die Situation auch sein mochte. Sie wussten beide, zu was ein Mann wie Vic DiCarlo fähig war.

Der Gedanke, dass sich seine unschuldige Tochter in der Gewalt dieses Monsters befand, erfüllte ihn mit blindem Zorn. Zum ersten Mal in seinem Leben konnte er für nichts mehr garantieren.

Doch er wusste, dass Frank recht hatte. Seiner Fantasie freien Lauf zu lassen würde ihn in den Wahnsinn treiben. Als Nervenbündel würde er seiner Tochter bestimmt keinen Dienst erweisen. Er musste sich beruhigen. Nachdenken. Einen Plan entwickeln.

„Halt durch, Partner", sagte Frank. „Du hast meine Nummer. Ruf mich an, sobald du von DiCarlo hörst."

Nick legte auf und sah sich um. Nur mit Mühe konnte er sich davon abhalten, irgendetwas zu nehmen und durch den Raum zu schmeißen. Er spürte das dringende Bedürfnis, auf etwas einzuschlagen, um den Druck endlich abzulassen, der sich in ihm aufgebaut hatte wie in einem überhitzten Dampfkessel.

„Was hast du ihr angetan, du Bastard?", sagte er laut.

Und zum ersten Mal in seiner gesamten Dienstzeit wusste Nick nicht mehr weiter. Er hatte keine Ahnung, was er tun oder wo er anfangen sollte. Er dachte kurz darüber nach, seine Deputys anzurufen, aber er wusste instinktiv, dass es besser war, damit zu warten. Wenn DiCarlo misstrauisch wurde, war er unberechenbar. Es brachte Nick beinah um, dass er nichts tun konnte, außer zu warten.

Er ließ sich auf den Stuhl hinter seinem Schreibtisch fallen, vergrub das Gesicht in den Händen und schloss die Augen. In den letzten paar Stunden war sein ganzes Leben in tausend Stücke zerfallen. Erst hatte er sich mit einer Frau eingelassen, die sein Leben garantiert ruinieren würde. Und dann war seine geliebte Tochter von einem skrupellosen Mafioso entführt worden.

Am liebsten hätte er Erin angerufen, doch er widerstand der Versuchung. Auch wenn er es nur ungern zugab, sehnte er sich nach ihrer Stimme. Sie brachte Licht in seine Dunkelheit. Ließ ihn wieder fühlen, was es bedeutete, ein Herz zu haben. Gab seiner geschundenen Seele wieder einen Sinn im Leben. Er hatte mit ihr geschlafen und sie danach in dem Glauben gelassen, dass er ihr die Schuld an der Entführung gab. Er mochte sich gar nicht vorstellen, wie sehr sie das verletzt haben musste. Offenbar wurde er mit der Zeit immer besser darin, andere für seine eigenen Unzulänglichkeiten verantwortlich zu machen.

Dabei traf Erin in Wahrheit keine Schuld. Weder an Stephanies Entführung noch an Ritas Tod oder der Rückenverletzung seiner Tochter. Und auch nicht an der Angst, die er davor hatte, sein Herz zu verlieren.

Doch die Tatsache, dass er so viel für Erin empfand, machte alles auf eine grausame Art und Weise nur noch schlimmer. Er wusste, was für eine Frau sie war. Unabhängig. Und unglaublich selbstbewusst. Und verdammt noch mal viel zu schnell bereit, ihr Leben zu riskieren. Sie glaubte tatsächlich noch an das Gute im Menschen und daran, dass sie als Polizistin etwas bewirken konnte.

Sein bitteres Lachen hallte durch die Stille seines Büros. Was für eine Ironie. Er konnte es nicht länger leugnen. Er hatte sich in eine Polizistin verliebt. In eine Frau, die das Risiko liebte und eine extrem leichtsinnige Ader hatte.

Und trotzdem – er hätte seine Seele verkauft, um sie in diesem Augenblick in seinen Armen halten zu können.

Die Sehnsucht danach, ihre Stimme zu hören, war überwältigend. Er brauchte sie. Sie brauchte ja nicht zu wissen, dass er sich in sie verliebt hatte. Solange er am Ende die Kraft hatte, sie zu verlassen, wenn es an der Zeit war, war alles in Ordnung.

Er griff nach dem Telefon und wählte die Nummer des Pioneer Motels. Eine verschlafene Stimme antwortete nach dem sechsten Klingeln.

„Zimmer 135“, sagte Nick knapp.

„Sie meinen die Polizistin?“

Sein Herz tat einen Sprung. Er hatte beim Einchecken nicht erwähnt, dass sie von der Polizei waren. „Woher wissen Sie das?“

„Sie hat mir meinen Truck abgeknöpft, Mann. Angeblich irgendein Notfall.“

Nick war zu Tode erschrocken und hörte gar nicht bis zum Ende zu. „Hier spricht Police Chief Nick Ryan. Wenn sie noch immer da ist, dann halten Sie sie auf …“

„Tut mir leid, Mann. Sie ist seit zehn Minuten weg.“

Was hatte er erwartet? Sie fühlte sich verantwortlich. Und er hatte es nicht für nötig gehalten, es ihr auszureden. Und das bei der zentnerschweren Schuld, die sie sich ohnehin schon aufgeladen hatte. Natürlich würde sie nicht einfach dasitzen und abwarten. „Welches Modell?“, fragte er.

„Ein blauer Chevy, 85er-Baujahr.“ Der Mann hielt inne. „Ich kriege den Wagen doch wieder, oder?“

Nick legte auf. Schwer erhob er sich. Draußen donnerte es, und der Regen trommelte gegen die Scheiben.

Sie würde versuchen DiCarlo zu erwischen.

Das konnte er nicht zulassen. Allein hatte sie nicht die geringste Chance gegen einen Mann wie DiCarlo. Er würde nicht tatenlos zusehen, wie die Frau, die er inzwischen mehr als sein eigenes Leben liebte, in den sicheren Tod rannte.

Er warf einen Blick auf die Uhr an der Wand. Viertel vor eins. Frank würde nicht vor einer Stunde da sein, und das FBI würde sogar noch etwas später eintreffen. Wenn er den blauen Wagen finden konnte …

Ohne lange nachzudenken, überprüfte er seine Waffe, schnappte sich seine Autoschlüssel und das Handy und ging zur Tür.

Ein Blitz durchzuckte den Himmel und beleuchtete den Eingang des Kornspeichers, der ungefähr fünfzig Meter entfernt vor ihr lag. Erin bog in einen Schotterweg ein und verlangsamte die Geschwindigkeit. Wie ein weidender Dinosaurier inmitten endloser Maisfelder ragte der monströse Bau vor ihr auf. Vor zehn Minuten hatte der Wetterdienst für die Landkreise westlich von Logan Falls eine Tornadowarnung rausgegeben.

Viel schlimmer kann es nicht mehr werden, dachte Erin und zuckte zusammen, als ein ohrenbetäubender Donnerschlag durch die Nacht hallte. Nur wenige Meter vor dem Speicher brachte sie den Wagen zum Stehen und spähte durch den Eingang, der ihr vorkam wie ein dunkler Schlund. Sie wünschte, sie hätte die Zeit gehabt, einen Plan zu schmieden, doch es half nichts. Der einzige Weg, Stephanies Leben zu retten, war ein Austausch. Egal, von welcher Seite sie es betrachtete, es blieb dabei: DiCarlo wollte sie, nicht Stephanie. Das Mädchen war nur der Köder. Seine Trumpfkarte. Jetzt war Erin am Zug, und sie hatte nicht vor, diese Chance zu vertun.

Sie erschauderte, als die ersten riesigen Regentropfen auf die Windschutzscheibe fielen. Normalerweise hatte sie keine Probleme damit, im Dienst ihre Emotionen aus dem Spiel zu lassen. Doch dieses Mal war es anders. Sie musste immerzu an Stephanie denken – und an Nick. Und daran, wie viel für beide auf dem Spiel stand.

Niemals würde sie damit leben können, wenn dem Mädchen etwas zustieß. Dessen war sie sich so sicher wie der Tatsache, dass DiCarlos Drohungen ernst gemeint waren. Er bluffte nicht. Und wenn sie ihr Leben dafür geben musste: Sie würde Stephanie da rausholen.

Sie lehnte sich über den Sitz, nahm ihren Minirevolver Kaliber .22 und steckte ihn in ihr Knöchelhalfter. Dann überprüfte sie die Trommel ihrer Dienstwaffe, bevor sie sie in den Bund ihrer Jeans steckte. Bestimmt würden DiCarlo oder seine Männer sie entwaffnen, doch vielleicht hatte sie Glück, und ihnen entging die Waffe an ihrem Knöchel. Dann hätte sie wenigstens noch etwas in der Hinterhand, wenn es hart auf hart kam. Und das würde es zweifelsohne, davon ging sie aus.

Der Wind schlug ihr ins Gesicht, wirbelte Staub und Schutt auf. Dicke Regentropfen fielen geräuschvoll auf die Motorhaube und den Boden.

Wieder zuckte ein Blitz am Himmel. Das Herz klopfte Erin bis zum Hals, doch sie nahm all ihren Mut zusammen und ging zum Eingang. Sie wusste, dass sie beobachtet wurde. Sie spürte die Blicke auf sich und das Böse, das sie wie eine dunkle Aura umgab, als ihr plötzlich bewusst wurde, dass sie sterben könnte. Doch sie wusste genauso, dass sie keine andere Wahl hatte, als geradewegs in DiCarlos Falle zu laufen.

Als sie den Eingang erreichte, merkte sie, wie Adrenalin ihre Sinne bereits aufs Äußerste geschärft hatte. Der Wind pfiff durch den Speicher und hallte in langen schrillen Tönen wider. Zu ihrer Linken stand ungefähr ein Dutzend Zweihundertliterfässer, rechts neben ihr im Dunkeln lag das verglaste Büro. Ein Gerüstgang über ihr bot ebenfalls ein ideales Versteck.

Sie atmete heftig, als sie all ihre Kraft zusammennahm, um gegen den herannahenden Flashback anzukämpfen. *Ganz ruhig. Einatmen. Ausatmen.*

„DiCarlo!", rief sie.

Zwei Schatten traten aus dem Büro. Ein plötzlicher Adrenalinschub ließ sie automatisch zur Waffe greifen. Jeder Muskel ihres Körpers war zum Reißen gespannt. Als sie den Revolver aus dem Hosenbund zog, stellte sie entsetzt fest, wie stark ihre Hände zitterten. *Ganz ruhig. Einatmen. Ausatmen.* Sie wiederholte die Worte in ihrem Kopf wie ein Mantra.

Die Männer trugen italienische Schuhe und Maßanzüge und musterten sie kühl. Bodyguards – oder Auftragskiller –, dachte Erin und schluckte ihre Angst herunter.

„Mr. DiCarlo erwartet Sie bereits“, sagte einer der Männer. „Lassen Sie die Waffe fallen.“

„Erst wenn ich das Mädchen gesehen habe.“ Erin hielt ihre Waffe auf seine Brust gerichtet. „Jetzt.“

Die beiden Männer tauschten Blicke.

Erin spannte den Hahn. „Die Kugel wird Ihre schusssichere Weste nicht durchdringen, aber sie wird Sie zu Boden schicken.“ Ihre Stimme war wesentlich ruhiger, als sie sich fühlte. „Ein zweiter Schuss in den Kopf, und Sie sind tot, noch bevor Sie unten aufkommen.“

Der Mann sah sie an. Ein Zucken in seiner Wange. Dann hob er einen Arm und schnippte mit den Fingern. Quietschend öffnete sich Tür des Büros. Es zerriss ihr beinah das Herz, als sie sah, wie ein weiterer Mann Stephanie aus der Dunkelheit rollte. Das Gesicht des kleinen Mädchens war dreckig und tränenverschmiert.

„Erin?“, fragte Stephanie leise.

„Ich bin hier, mein Schatz“, antwortete Erin. „Geht es dir gut?“

„Ich habe Angst. Und ich will nach Hause.“

„Alles wird gut.“

„Ich will zu meinem Dad.“

Es trieb Erin die Tränen in die Augen, doch sie riss sich zusammen. „Ich bin von der Polizei, Liebling, genau wie dein Dad“, erinnerte Erin das Mädchen. „Ich werde mich um dich kümmern und dich in Sicherheit bringen, okay?“

Das Mädchen begann zu weinen.

Erin sah den Mann an. „Ich bringe sie zurück nach Logan Falls.“

„Sie gehen nirgendwohin. Lassen Sie die Waffe fallen.“

Es war ihr völlig klar, dass sie nicht in der Position war zu verhandeln, doch sie durfte nichts unversucht lassen. „Erst wenn ich weiß, dass das Mädchen in Sicherheit ist. DiCarlo hat mir sein Wort gegeben.“

„Ich kann für nichts garantieren, Lady. Lassen Sie die Waffe fallen.“

„Nein.“ Ihr Herz hämmerte wie wild. „Sie bekommen mich nur im Tausch gegen das Mädchen, wenn ich sicher sein kann, dass ihm nichts passiert. DiCarlo will mich, nicht sie. Ich will, dass sie zurück in die Stadt gebracht wird.“

„Weg mit der Waffe, Lady.“ Der erste Mann machte einen bedrohlichen Schritt auf sie zu.

Sie umfasste ihre Waffe fester und dachte darüber nach, ob es ihr, gesetzt den Fall, die Männer entwaffneten sie, wohl gelingen würde, den Minirevolver zu ziehen, bevor sie tot war.

„Bringen Sie das Mädchen zurück in die Stadt, oder der Deal platzt."

Ungefähr einen Meter vor ihr blieb der Mann stehen. Er hatte eine ziemlich übel aussehende Pistole auf ihre Brust gerichtet. „Lassen Sie die Waffe fallen, oder ich werde Ihnen und dem Mädchen was antun."

Das waren die Worte, vor denen Erin sich am meisten gefürchtet hatte. Sie war in der Unterzahl. Stephanie und sie waren den Männern ausgeliefert. Jetzt konnte ihnen nur noch ein glücklicher Zufall helfen oder die vage Möglichkeit, dass DiCarlo ein Mafioso der alten Schule war, dem sein Ehrenkodex verbat, Kindern etwas zu Leide zu tun.

Sie hasste das Gefühl der Hilflosigkeit, doch sie hatte keine Wahl. Sie schmiss ihre Waffe auf den Boden und sah dem Mann in die Augen. „Ich möchte nicht, dass ihr etwas zustößt", sagte Erin mit leiser, tiefer Stimme.

„Heben Sie die Hände, und drehen Sie sich um."

Furchterfüllt drehte sie sich um. Sie schloss die Augen, als raue Hände sie mit schneller, unpersönlicher Effizienz abtasteten. Sie bekam weiche Knie vor Erleichterung, als sie merkte, dass der Mann die Pistole an ihrem Knöchel nicht bemerkt hatte.

„Sie ist sauber."

Unsanft drehte er ihr die Hände auf den Rücken. „Die Fesseln waren nicht vereinbart ..."

„Halten Sie den Mund." Sie versuchte, sich mit einem Ruck loszureißen, doch sofort packten die beiden Männer sie fester. Als sie merkte, wie sinnlos es war, sich zu wehren, hielt sie still und ließ sich die Handgelenke mit einem dünnen Draht verbinden. Sie kämpfte gegen die Panik an. Ihre Pistole. Sie würde noch immer drankommen. Es war nicht leicht, aber es würde gehen. *Ganz ruhig. Einatmen. Ausatmen.*

Oh mein Gott, Nick, es tut mir so leid.

„Umdrehen."

Sie drehte sich um und hoffte, dass den Männern die Angst verborgen blieb, die inzwischen jede Faser ihres Körpers erfasst hatte. Jetzt, da sie gefesselt war, schienen die Männer sich etwas zu entspannen. „Wo ist DiCarlo?", fragte sie.

Wie auf ein Stichwort wurde das Heulen des Windes plötzlich von dem unverwechselbaren Dröhnen eines Hubschraubers übertönt. Der Showdown konnte beginnen.

14. KAPITEL

Eine Welle der Panik überkam ihn und drohte ihn mit sich in den Abgrund zu reißen, als er den Suburban durch das Gewitter lenkte. Regen und Hagelkörner prasselten auf die Windschutzscheibe. Obwohl die Scheibenwischer den sintflutartigen Ergüssen kaum gewachsen waren und er fast blind fuhr, drosselte er sein Tempo nicht. Eine Kraft, die stärker war als Panik und tiefer ging als seine Angst, trieb Nick an. Zweimal, nachdem er losgefahren war, hatte er vom Handy aus versucht, Erin in ihrer Wohnung anzurufen. Und jedes Mal war besetzt gewesen. Er hatte geahnt, dass das ein schlechtes Zeichen war. Als er ihre Wohnung betreten hatte, baumelte der Hörer noch am Kabel. Das blinkende Licht des Anrufbeantworters verriet ihm, dass sie ihm ein Zeichen hinterlassen hatte.

Mit Grauen dachte er an das Gespräch, das sie aufgezeichnet hatte. Gott sei Dank hatte sie wie ein Cop gehandelt und den Anruf aufgenommen.

Trotz des gefährlichen Aquaplanings trat er das Gaspedal durch. Fast hätte er den Eingang zum Kornspeicher verpasst. Er musste so hart bremsen, dass der Wagen hinten ausscherte und nur wenige Meter von einem Entwässerungsgraben entfernt zum Stehen kam.

Er machte die Scheinwerfer aus und lenkte den Wagen rückwärts unter eine Baumgruppe in der Nähe des Eingangs. Sein Atem war so laut, dass er sogar das Sturmgetöse draußen übertönte. Er stellte den Motor ab und stieg aus. Regen und Wind peitschten ihm heftig ins Gesicht, doch er fühlte weder die Nässe noch die Kälte, als er sich dem riesigen Getreidespeicher näherte, der in ungefähr hundert Metern Entfernung wie eine altertümliche Ruine vor ihm aus dem Boden ragte.

Der Gedanke daran, welche Angst Stephanie ausstehen musste, brachte ihn fast um den Verstand. Er betete, dass DiCarlo einem unschuldigen Kind nichts antun würde. Gleichzeitig versuchte er, sich in Erin hineinzuversetzen. Hatte sie sich im Tausch für Stephanie angeboten? Oder hatte sie vor, DiCarlo und seine Männer in einen Hinterhalt zu locken? Beide Szenarien jagten ihm einen Schauer über den Rücken. Es konnte so vieles schiefgehen. Er hätte wissen müssen, dass sie nicht im Motel bleiben würde. Es war dumm von ihm gewesen, ihr zu vertrauen. Verdammt, warum musste sie bloß immer die Heldin spielen? Und warum konnte er nicht anders, als sie trotzdem zu lieben?

Sie wusste, dass DiCarlo den Ruf hatte, im Umgang mit Cops besonders skrupellos zu sein. Wenn er Erin etwas antat ...

Er spürte, wie die Angst ihm die Kehle zuschnürte, und drängte den Gedanken beiseite. Doch er schwor sich, wenn DiCarlo es wagen sollte, Stephanie oder Erin etwas anzutun, dann würde er den Dienst quittieren und den Mann eigenhändig zur Strecke bringen.

So schnell er konnte, lief er im Schutz des heftigen Regens zum Speicher. Der blaue Pick-up-Truck, den Erin beschlagnahmt hatte, stand nur wenige Meter neben dem Eingang, aber es saß niemand darin. Ein Augenblick später hörte er das Geräusch von Rotorblättern. Abrupt hielt Nick inne und drehte sich um. Er sah, wie nicht weit entfernt ein Hubschrauber auf einem freien Feld neben dem Speicher landete.

DiCarlo.

Ein persönlicher Besuch des Gangsterbosses war höchst ungewöhnlich. DiCarlo würde seine Zeit nicht mit Smalltalk verschwenden. Nick rannte zurück zu dem Zaun, der das gesamte Gelände umgab, um sich zu verstecken. Zweige und Äste zerkratzten sein Gesicht und zerrissen seine Kleidung, doch er spürte den Schmerz kaum. Seine Stiefel versanken im Matsch, trotzdem preschte er weiter vorwärts. Er musste näher rankommen, ohne entdeckt zu werden.

Und dann musste er Erin und Stephanie in Sicherheit bringen, bevor DiCarlo sie beide umbrachte.

Erin beobachtete, wie Vic DiCarlo aus dem Hubschrauber stieg. Den Schirm zum Schutz vor sich haltend, kam er näher. Sie wurde starr vor Schreck, als ihr klar wurde, dass er vermutlich gekommen war, um sie persönlich hinzurichten.

Sie riss sich von den beiden Gangstern los und rannte zu Stephanie. Sie fiel vor dem Mädchen auf die Knie und gab ihm einen sanften Kuss auf die Wange. „Es ist alles okay, Kleines. Diese Männer wollen nur kurz mit mir sprechen, aber sie werden dich nach Hause bringen."

„Warum haben sie dich gefesselt?" Stephanie weinte.

Erin schloss die Augen und unterdrückte ein Schluchzen. Sie wusste nicht, was sie erwidern sollte. *Oh Herr, bitte mach, dass diesem Kind nichts zustößt.*

„Weil ich Polizistin bin. Sie wollen nicht, dass ich sie verhafte."

Es brach ihr das Herz, als das Mädchen die Arme um sie legte. Sie hätte es so gerne selbst in die Arme geschlossen.

„Ich habe Angst, Erin.“

„Ich weiß, mein Schatz. Ich auch. Aber wir müssen tapfer sein. Und sehr mutig. Okay?“

„Okay.“

„Alles wird gut. Das verspreche ich. Versuch einfach, ruhig zu bleiben, mein Schatz.“

Erin hatte keine Ahnung, was DiCarlo mit ihr vorhatte. Aber sie würde das Kind nicht gehen lassen, ohne ihm wenigstens ein bisschen Ruhe und Zuversicht zu vermitteln.

„Ich liebe dich, Erin.“

Sie schloss die Augen und spürte, wie ihr die Tränen kamen.

Wohlwissend, dass sie vielleicht nie wieder die Gelegenheit dazu bekommen würde, drückte sie ihre Wange an Stephanies. „Ich liebe dich auch, mein Schatz.“

„Bringen Sie das Kind zur Limousine.“

Erins Herz setzte vor Schreck aus, als sie DiCarlos Stimme hörte.

„Nein!“ Stephanie weinte. „Ich will bei Erin bleiben!“

Es dauerte einen Moment, bis Erin ihre Stimme wiedergefunden hatte. „Bitte, Steph, geh mit ihnen. Sie werden dich nach Hause bringen.“ Sie zwang sich dazu, den Blick auf DiCarlo zu richten, in der Hoffnung, dort irgendein Zeichen der Bestätigung zu finden. Doch sein Gesichtsausdruck blieb kalt und ausdruckslos. Sie spürte kaum die rauen Hände, die sie auf die Füße zogen. Als einer der Gangster kam und Stephanie zum Ausgang rollte, drehte sich das Mädchen um und sah sie mit angsterfüllten Augen an. Ein qualvoller Abschied, der Erin beinah das Herz brach.

„Wie rührend.“

Erin sah DiCarlo an. Er stand so nah, dass sie sein teures Aftershave riechen konnte. Er musterte sie mit kühlen Augen, die so leblos waren wie die einer Schaufensterpuppe. Im Laufe der Jahre hatte sie Dutzende von Bildern gesehen, aber keins hatte sie auf seine Präsenz vorbereitet. Er war kleiner, als sie ihn sich vorgestellt hatte, nur wenige Zentimeter größer als sie selbst, doch Macht strömte aus jeder Pore seines Körpers.

Ohne Vorwarnung schoss seine Hand vor und versetzte ihr eine schallende Ohrfeige. Ihr Kopf flog zurück. Betäubt von diesem plötzlichen Ausbruch der Gewalt, sank sie prompt auf die Knie.

„Sechs Monate habe ich auf diesen Moment gewartet“, sagte er.

Benommen schüttelte Erin den Kopf und sah zu ihm auf. „Geben Sie mir Ihr Wort, dass Sie dem Mädchen nichts antun werden.“

„So wie Sie meinem Sohn?"

Sie versuchte gar nicht erst, sich dumm zu stellen. Der Mann, den sie vor sechs Monaten in Chicago erschossen hatte. „Ihr Sohn hatte seine Waffe auf einen Polizisten gerichtet."

„Mein Sohn war erst achtzehn. Er war noch ein Kind, Officer McNeal. Sie haben weder ihm noch mir die Chance gegeben, um sein Leben zu flehen. Warum sollte ich es mit Ihnen anders machen?"

„Das Mädchen ist unschuldig. Sie hat vor drei Jahren ihre Mutter verloren. Sie hat schon genug durchgemacht. Verdammt, lassen Sie sie gehen."

„Sie sind schuld am Tod meines Sohnes", sagte er kalt. „Sie haben mir das Einzige genommen, was mir auf dieser Welt etwas bedeutet hat. Und ich bin hier, um Sie dafür büßen zu lassen."

Wie eine riesige Schlange legte sich die Angst um ihren Brustkorb und schnürte ihr die Luft ab. Zum ersten Mal wurde ihr bewusst, wozu er fähig war und wie weit er gehen würde, um sein Bedürfnis nach Rache zu stillen. „Sie können mit mir machen, was Sie wollen …"

„Natürlich kann ich das. Und ich werde es auch tun. Und ich habe vor, mir sehr viel Zeit dabei zu lassen."

„Geben Sie mir Ihr Wort, dass dem Mädchen nichts passieren wird."

Sie sah das kalte Funkeln in der Tiefe seiner reptilienartigen Augen. Die Kälte seines Blicks drang bis in ihre Seele. „Sie sollen am eigenen Leib erfahren, wie es ist, etwas Kostbares zu verlieren."

Panisch begann sie, an ihren Fesseln zu zerren. Der Draht schnitt tief in die Haut ihrer Handgelenke, doch sie ignorierte den Schmerz. Alles, woran sie denken konnte, war Stephanie – und ihr Vater, der sie liebte. Ungeschickt kam Erin auf die Füße. „Ich bringe Sie um, wenn Sie ihr etwas antun."

„Sie können mir nicht drohen, Officer McNeal."

„Nein, das kann ich nicht. Aber ich bin hier. Und habe mich an meinen Teil der Abmachung gehalten. Sie haben mich gefesselt. Ich gehöre Ihnen, DiCarlo. Ich bin ein Cop, und ich habe Ihren einzigen Sohn erschossen. Machen Sie mit mir, was Sie wollen, aber lassen Sie das Mädchen gehen. Lassen Sie sie gehen, und ich spiele Ihr krankes Spiel mit Ihnen."

„Sie haben gar keine andere Wahl."

„Lassen Sie sie gehen", sagte Erin leise und mit heiserer Stimme. „Bitte."

Er schüttelte den Kopf, als hätte sie ihn beleidigt. „Trauen Sie mir wirklich zu, ein unschuldiges Kind zu töten?"

Erin war sich nicht sicher, warum, aber sie tat es nicht. Wenn DiCarlo wirklich vorgehabt hätte, Stephanie zu töten, hätte er es sicherlich vor ihren Augen getan, um irgendeine Art perverser Befriedigung daraus zu ziehen. Um sie leiden zu sehen. Ihr fiel ein Stein vom Herzen.

DiCarlo wandte sich an den Mann zu ihrer Rechten. „Setzen Sie das Kind ins Auto." Dann sah er den Mann auf der anderen Seite an. „Ich treffe Sie draußen beim Hubschrauber, wenn ich hier fertig bin."

Die beiden Gangster traten zurück und ließen sie allein mit DiCarlo. Zum ersten Mal kam ihr der Gedanke, dass dieser Mann sie tatsächlich umbringen würde. Dass sie Nick nie wiedersehen würde. Nie wieder erleben würde, wie er sanft ihren Namen aussprach oder sie anlächelte. Sie würde ihm wehtun. Genau wie er es befürchtet hatte. Die Ironie des Schicksals trieb ihr die Tränen in die Augen.

Doch gleichzeitig fragte sich die Polizistin in ihr, ob er die Aufnahme gefunden hatte und vielleicht schon auf dem Weg war. Und ob es ihr irgendwie gelingen konnte, an den Revolver in ihrem Knöchelhalfter zu kommen.

„Auf den Boden, Officer McNeal."

Er wird mich töten, dachte sie seltsam gelassen. Eine Hinrichtung. Das war sein Markenzeichen. Erin wurde übel.

„Auf den Boden mit Ihnen, oder ich erschieße Sie auf der Stelle."

Unfähig, sich zu bewegen, starrte sie DiCarlo an. Wie war es nur so weit gekommen? „Tun Sie es nicht", sagte sie. Deutlich spürte sie das Halfter an ihrem rechten Knöchel.

„Entgegen landläufiger Meinungen macht es mir keinen großen Spaß zu töten. Vor allem keine Frauen. Aber ich glaube fest an das Prinzip ‚Auge um Auge, Zahn um Zahn'. Abgesehen davon habe ich einen Ruf zu verlieren. Und jetzt runter auf den Boden, wenn ich bitten darf, damit wir diese unerfreuliche Angelegenheit endlich hinter uns bringen können."

Nick zog auch dem letzten Gangster eine mit dem Schlagstock über, als dieser gerade dabei war, in die Limousine zu steigen. Nur ein einziger lautloser Schlag, und der Mann fiel zu Boden wie ein Sack Mehl. Nick entwaffnete ihn, fesselte ihn an das Untergestell des Wagens und ließ ihn draußen im Regen liegen.

Dann riss er die Tür auf und betete, dass er seine Tochter in der Limousine finden würde. Stephanie schrie auf, und es ging ihm durch und durch. Sie lebte! Er sank vor ihr auf dem schlammigen Boden auf die Knie und nahm sie fest in seine Arme. Tränen brannten in seinen Augen, und eine Welle der Erleichterung ging durch seinen Körper.

„Mein Engel." Er küsste sie auf die Wange, dann auf die Stirn und den Kopf. „Geht es dir gut?" Seine Stimme zitterte, als er die Augen schloss und ihren wundervoll süßen Duft einatmete.

„Daddy." Sie schluchzte in seinem Arm. „Daddy, ich habe solche Angst."

„Es ist okay, Honey. Ich bin ja da. Du bist in Sicherheit." Er schloss die Arme fest um sie. „Haben Sie dir wehgetan?"

„Nein, aber diese Männer waren sehr gemein. Sie haben schlimme Sachen gesagt." Entschlossen, sich nicht von seinen Emotionen überwältigen zu lassen, machte er sich auf Armeslänge von ihr los. „Wo ist Erin?"

„Sie ist in dem großen Gebäude mit einem anderen Mann. Ich glaube, er ist sehr böse. Sie haben Erin gefesselt, aber sie hat gar keine Angst gehabt."

„Ich muss ihr helfen. Ich werde dich jetzt zu dem Maisfeld bringen. Dort kannst du dich verstecken, bis ich wiederkomme. Okay?"

Sie wischte sich die Nase mit dem Ärmel ab und nickte. „Ich habe immer noch Angst."

„Alles wird gut. Ich verspreche es." Er ließ sie nur ungern allein zurück, aber er hatte keine andere Wahl. Nick zog sich die Jacke aus und legte sie ihr über. „Hier hast du meine Jacke, damit du nicht nass wirst."

„Okay."

Er hob sie auf den Arm und ging zu dem nur wenige Meter entfernten Maisfeld. Nachdem er einige Reihen hineingegangen war, blieb er stehen und setzte sie sanft auf den Boden. Als sie zu ihm aufsah, brach es ihm das Herz.

„Bitte lass mich nicht allein, Daddy", flüsterte sie. „Ich habe schreckliche Angst."

Nick sank vor ihr auf die Knie, zog sie in seine Arme und hielt sie fest. „Ich liebe dich, Honey. Aber es geht nicht anders. Egal, was passiert, du bleibst hier, okay? Kannst du das für mich tun? Ich werde wiederkommen und dich holen."

„Versprochen?"

Unfähig zu sprechen, nickte er – und betete, dass er sein Versprechen würde halten können. Mit gezogenem Revolver bahnte er sich den Weg zurück durch die Pflanzen und rannte zum Eingang des Silos.

Erin starrte in den Lauf von DiCarlos Pistole. Sie konnte nicht glauben, dass es tatsächlich so weit gekommen war. Sie würde sterben.

Oh Gott, Nick, es tut mir leid, dass ich dir so wehgetan habe.

Wie sehr sie sich wünschte, sie hätte ihn lieben und ihr Leben mit ihm verbringen können. Der Gedanke daran zerriss ihr das Herz. Auch wenn er sie vielleicht nicht liebte, zweifelte sie nicht daran, dass sie ihm etwas bedeutete. Sie hatte es in seinen Augen gesehen und gefühlt, als er sie berührt hatte. Sie hatte ihr Leben aufs Spiel gesetzt und verloren. Und damit seine schlimmsten Befürchtungen wahr gemacht.

„Auf den Boden, Officer McNeal. Ich werde uns beiden den Gefallen tun und es schnell hinter mich bringen. Es war zwar anders geplant, aber ich mag Sie. Sie haben Mumm. Ich habe nicht das Bedürfnis, Sie schreien zu hören." DiCarlos Stimme übertönte den Regen, der über ihren Köpfen aufs Dach prasselte. Sie war kalt und surreal. Und wesentlich Furcht einflößender als die Waffe in seiner Hand.

Er hob die Pistole. „Runter."

Das Herz klopfte wie wild in ihrer Brust, als sie sich auf die Knie fallen ließ. Ihr Verstand rebellierte gegen das, was passieren würde, sobald sie am Boden liegen würde. Sie versuchte, nicht daran zu denken, was sie alles zurücklassen würde. Nick. Stephanie. Die unerfüllten Träume. Und sie versuchte, nicht an den Schmerz zu denken, den die Kugel ihr zufügen würde. Sich nicht zu fragen, ob es schnell gehen würde oder ob DiCarlo trotz allem vorhatte, sie langsam sterben zu lassen. Mit letzter Kraft hob sie den Kopf und zwang sich, ihn anzusehen. „Ich werde mich nicht für Sie hinlegen. Wenn Sie vorhaben, mich kaltblütig zu erschießen, werde ich Ihnen dabei in die Augen sehen, DiCarlo."

Ihre Stimme zitterte, aber das war ihr egal. Alles in ihrem Inneren schrie danach, sich zur Wehr zu setzen. Doch sie war gefesselt. Er hatte sie in seiner Gewalt. Sie konnte nichts tun. Es gab nur diesen einen Weg.

„Wie Sie wünschen. Ich habe kein Problem damit, Sie auf der Stelle zu erschießen. Die meisten Menschen ziehen es vor, mich dabei nicht anzusehen."

Übelkeit und Angst stiegen in ihr auf und hinterließen einen kalten, bitteren Geschmack in ihrer Kehle. „Mir wird schlecht", sagte sie.

Er gab ein verärgertes Geräusch von sich. „Und? Wie fühlt sich die Angst vor dem Tod an? Zu wissen, dass man gleich sterben wird. So muss sich mein Sohn gefühlt haben, als Sie ihm eine Kugel in die Brust gejagt haben."

„Ich habe Ihren Sohn gewarnt. Er hat zuerst geschossen."

„Lügnerin."

„Er hat mir keine andere Wahl gelassen."

Voller Abscheu starrte DiCarlo sie an. „Sie hatten keine Ahnung, dass Danny Perrine wusste, dass meine Leute an dem Abend in der Lagerhalle sein würden, oder?"

Verwirrt und leicht verunsichert sah sie ihn an. Erstaunen mischte sich in ihre Angst.

„Sie lügen."

„Wir hatten es auf ihn abgesehen, Officer McNeal. Nicht auf Sie. Er konnte den Hals nicht vollkriegen. Und ich kann es einfach nicht leiden, wenn Bullen mehr Geld haben wollen, als sie wert sind. Aber er hat seinen gerechten Lohn bekommen, finden Sie nicht?"

Erin versuchte, die Informationen zu verdauen. Sechs Monate der Schuld lagen hinter ihr. Sechs Monate, in denen sie sich selbst für das, was geschehen war, verantwortlich gemacht hatte. Und nun stellte sich heraus, dass ihr Partner einen Pakt mit dem Teufel geschlossen hatte? Es war einfach zu viel für sie. Sie fühlte sich verraten und betrogen.

„Wie dem auch sei, ich dachte, Sie sollten wissen, dass Officer Perrine eine gierige kleine Ratte war, die sich von uns schmieren ließ. Dieses Wissen mit Ihnen zu teilen versüßt mir diesen Augenblick ganz ungemein."

DiCarlo zog langsam den Hahn seiner Waffe mit dem Daumen zurück. „Das ist für meinen Sohn."

Erin hatte sich wieder auf ihre Fersen gesetzt und versuchte, mit zusammengebunden Händen hinter ihrem Rücken die Pistole unter ihrer Hose aus dem Halfter zu ziehen. Schweiß lief ihr den Nacken herunter. Sie schloss die Augen, um die Angst auszublenden und sich ganz darauf zu konzentrieren, den Minirevolver unter ihrer Jeans zu fassen zu bekommen. Sie fragte sich, wie viele Sekunden ihr wohl noch blieben. Wie viele Atemzüge.

„Lassen Sie die Waffe fallen, DiCarlo!"

Nie zuvor hatte ihr etwas so viel Hoffnung gegeben wie Nicks Stimme. Der Schleier der Verzweiflung lichtete sich, als sie den Kopf hob und sah, wie er mit der Pistole auf DiCarlo gerichtet im Eingang erschien. Im gleichen Augenblick drehte sich der Mafiaboss um. Für ein paar Sekunden war sie vor Schreck wie gelähmt, doch kurz darauf pumpte das Adrenalin durch ihre Adern, und sie tastete weiter nach ihrer Waffe. Sie zog an dem Saum ihrer Jeans, bis sie den kalten Stahl unter ihren Fingern spürte.

Zwei Schüsse fielen in schneller Abfolge. DiCarlo stolperte rückwärts und ging zu Boden. Aus dem Augenwinkel sah Erin, wie auch Nick in die Knie ging.

„Nick!“ Erin setzte das Herz aus. „Nein! Nick!“

Ein Donnerschlag übertönte ihre Schreie. Nur wenige Meter von ihr entfernt hatte DiCarlo sich auf die Seite gedreht und zielte mit seiner Pistole auf sie. Dann schoss er.

Die Kugel sauste an ihrem Ohr vorbei, als ihre Finger endlich den Revolver zu fassen bekamen. Sie umfasste die Waffe mit einer Hand und legte einen Finger auf den Abzug. Dann lehnte sie sich vor und feuerte blind hinter ihrem Rücken vier Schüsse ab. Als sie über ihre Schulter sah, sackte die DiCarlo auf den Boden zurück.

Die Pistole fiel ihr aus der Hand.

„Nick! Nick!“

Noch bevor sie sich aufrichten konnte, war er bei ihr. Als Nick vor ihr auf die Knie ging und sie in seine Arme zog, raubte die Erleichterung ihr die Sprache.

„Alle Achtung, McNeal, wo haben Sie den Trick denn gelernt?“

Beim Klang seiner Stimme brach sie zusammen. Ein heftiges Zittern erfasste ihren Körper, und die Tränen rannen ihr über die Wangen. Doch sie versuchte nicht einmal, sie aufzuhalten. Die Gefühle in ihr waren so stark, dass nicht einmal ihr sonst so eiserner Wille dagegen ankam.

„Ganz ruhig. Das war doch nur ein Scherz …“

„DiCarlo … ist er …“

Nick nickte. „Sieh nicht hin, Darling. Er ist tot.“

Erins Blick fiel auf das Blut an Nicks Schulter.

„Du blutest.“

„Mir geht es gut“, sagte er sanft. „Er hat mich nur am Arm getroffen.“

„Stephanie“, sagte sie erstickt. „Geht es ihr gut? Sie hatte solche Angst. Sie haben sie …“

„Ich habe sie im Maisfeld versteckt. Ihr ist nichts passiert."

„Was ist mit den anderen Männern? Sie waren zu dritt."

„Einen habe ich an den Zaun gefesselt, die anderen beiden an das Fahrgestell von DiCarlos Limousine." Nick sah sie an, dann schloss er sie für einen Moment fest in seine Arme. „Du zitterst ja. Ganz ruhig. Ich binde dich los." Er griff hinter sie und drehte vorsichtig den Draht auf, der sich so brutal in ihre Haut gegraben hatte. „Deine Handgelenke sind aufgeschnitten." Er verzog das Gesicht.

„Es ist okay." Ihre Hände waren taub, doch das spielte jetzt keine Rolle. Sie lebten, sie waren in Sicherheit, und sie waren zusammen. Das war alles, was zählte.

Nick stand auf, ließ seine Hände über ihre Schultern gleiten und half ihr auf die Füße. Ihre Beine fühlten sich an wie aus Gummi. Sie lehnte sich an ihn.

„Schwindelig?", fragte er.

„Vor Erleichterung", sagte sie. „Du hast uns das Leben gerettet."

Unerwartet drehte er sich zur ihr um und zog sie an sich. Noch nie hatte sie sich so sicher und geborgen gefühlt wie in seinem Arm. Und sie merkte, dass auch er zitterte. „Es tut mir so unendlich leid, Nick. Stephanie wäre beinahe gestorben. Und es war meine Schuld. Ich habe mein Leben …"

„Schh." Er streichelte ihren Hinterkopf und fuhr ihr mit den Fingern durchs Haar. „Es war nicht deine Schuld."

„Doch, das war es. Du hast gesagt, dass ich mein Leben aufs Spiel setze, und du hattest recht. Meinetwegen bist du durch die Hölle gegangen. Ich habe Stephanie und mich in Gefahr gebracht."

„Ich habe mich von Anfang an in dir geirrt. Es erfordert sehr viel Mut, hierherzukommen und sich einem Mann wie DiCarlo zu stellen. Du hast dein Leben riskiert, um Steph zu retten."

Er zog sie näher. „Ich habe mich in dir getäuscht. Ich war ein blinder Idiot."

Langsam löste er seine Umarmung. Ihre Blicke trafen sich. Erins Herz zog sich zusammen, als sie die Tiefe seiner Gefühle in der Dunkelheit seiner braunen Augen sah.

„Seit Ritas Tod war ich innerlich wie erfroren", sagte er leise. „Mein Herz war ein Block aus Eis. Ich hatte Angst zu leben. Angst, mich anderen gegenüber zu öffnen und all die Dinge anzunehmen, die das Leben zu bieten hat. Du hast mir immer wieder aufs Neue gezeigt, wie man lebt und dass es ein Leben ohne Risiko nicht geben kann. Du hast nicht lockergelassen und mir vor Augen geführt, dass Steph jung und stark ist und ein erfülltes Leben führen kann, wenn ich sie nur lasse. Und dass man Risiken eingehen muss, um zu leben … und zu lieben.“

Erneut füllten sich ihre Augen mit Tränen, als sie den Mann ansah, den sie mehr liebte als ihr eigenes Leben. „Ich hätte nie gedacht, dass du das jemals zu mir sagen würdest.“

„Ich auch nicht. Und ich habe mich mit Händen und Füßen dagegen gesträubt. Aber du hattest recht.“ Er umfasste ihr Gesicht mit den Händen und küsste sie.

Die Zärtlichkeit seines Kusses raubte ihr beinah den Verstand. Sie schloss die Augen, um sich gegen den Ansturm der Gefühle zu wappnen, und erwiderte seinen Kuss.

„Ich weiß, dass du es nicht gerne hörst, Nick“, murmelte sie. „Aber ich liebe dich. Und es ist mir völlig egal, ob du meine Gefühle erwiderst …“

„Ich liebe dich auch, Erin.“

Seine Worte erstaunten sie – und machten sie so glücklich wie noch nie in ihrem Leben.

Er küsste ihre Schläfen, ihre Nase, ihren Mund. „Ich liebe dich so sehr, dass es mir Angst macht. Aber ich bin bereit, das Risiko einzugehen, Darling. Wenn du mir die Chance dazu gibst.“

„Ich bin noch nie vor einem Risiko zurückgeschreckt“, sagte sie.

„Selbst wenn es wesentlich vernünftiger wäre, sich nicht darauf einzulassen?“

„Vor allem dann.“

„Oh Erin. Ich hätte nie gedacht, dass ich mich jemals darüber freuen würde, dass du das sagst. Aber es macht mich sehr glücklich.“

In der Ferne erhob sich das Geräusch der Polizeisirenen über den Lärm des Regens, der auf das Dach prasselte. Nick legte seine Wange an ihre Schläfe und fuhr ihr mit der Hand über den Rücken.

„Es gibt in Logan Falls keine Vorschrift, die es Polizeibeamten untersagt, einander zu heiraten. Wann machen wir es offiziell?“

Schieres Glück überkam sie, und sie schloss die Augen. „Ich schieße besser als du. Und ich werde in Zukunft auch bestimmt an dem einen oder anderen Kampf beteiligt sein. Bist du sicher, dass dir das nichts ausmacht?“

„Das mit dem Schießen werde ich überleben.“ Er grinste. „Und was die Schlägereien angeht, werde ich dich einfach mit Sex ablenken.“

„Und was ist mit Stephanie? Was wird sie …“

„Sie ist verrückt nach dir, genauso wie Mrs. Thornsberry." Er küsste sie erneut. „Und genauso wie ich. Ich kann den Gedanken nicht ertragen, jemals wieder ohne dich sein zu müssen."

Erin lächelte ihn durch einen Schleier von Freudentränen hindurch an. Sie war die glücklichste Frau der Welt. „Nun, Chief, vielleicht sollten wir Stephanie holen und sie nach Hause bringen, um ihr die frohen Nachrichten zu verkünden."

„Nach Hause", wiederholte er und zog Erin an sich. „Es ist lange her, dass ich mich wirklich zu Hause gefühlt habe."

„Wir sind zu Hause, Nick. Wir sind angekommen."

„Du hast mir den Weg gezeigt. Ich liebe dich."

Sie blinzelte die Tränen fort und sah nach draußen. Der Sturm hatte sich gelegt, und die ersten zarten Sonnenstrahlen brachen durch die Wolken wie flüssiges Gold. Noch nie hatte sie einen schöneren Sonnenaufgang gesehen, und noch nie zuvor in ihrem Leben war sie glücklicher gewesen als in diesem Moment.

Nick nahm ihre Hand und drückte sie fest. In seinem Blick las sie all die Dinge, die ihr Herz schon längst wusste – und die sie in der Tiefe ihrer Seele spürte.

„Ich liebe dich auch", flüsterte sie. „Bis in alle Ewigkeit."

Hand in Hand gingen sie in Richtung Tür, wo eine gemeinsame Zukunft voller Glück und Zuversicht auf sie wartete – und die unendliche Hoffnung auf ein Morgen.

EPILOG

Nick durchschritt den Wartebereich der chirurgischen Abteilung wohl schon zum hundertsten Mal. Ein Dutzend Tassen Kaffee brannten sauer in seinem Magen, und seine Nerven waren bis zum Reißen gespannt. Jedes Mal, wenn eine der Krankenschwestern ohne Nachricht durch eine der Türen kam, hatte er das Gefühl, vor Anspannung zu platzen. Seit knapp zwei Stunden war Stephanie jetzt bereits im OP, und es war keine Sekunde vergangen, ohne dass er sich qualvolle Sorgen gemacht hätte.

„Chief."

Er zuckte zusammen, als er Mrs. Thornberrys Stimme hörte.

„Was gibt es, Em?", fragte er irritiert.

„Ich gehe nach unten in die Cafeteria, um mir einen Kaffee zu holen. Soll ich Ihnen einen mitbringen?", fragte sie.

„Nur wenn Sie auch gleich einen Arzt mitbringen", brummte er. „Warum, um alles in der Welt, dauert es nur so lange?"

„Es sind erst knapp zwei Stunden ..."

„Macht er Ihnen Schwierigkeiten, Em?"

Trotz der Sorge und der Anspannung wegen Stephs Operation tat sein Herz einen Sprung, als er Erins Stimme hörte.

Er drehte sich um und fühlte auch dieses Mal wieder das Kribbeln im Bauch, das ihm inzwischen so vertraut war. „McNeal."

Die beiden Frauen lächelten sich wissend an, bevor Mrs. Thornsberry sich auf den Weg zum Fahrstuhl am Ende des Gangs machte.

Erin betrat den Wartebereich und sah Nick an. „Ich heiße jetzt Ryan, Chief. Hören Sie endlich auf, mich bei meinem Mädchennamen zu nennen."

Er sah ihr in die grünen Augen. Sofort wurde ihm warm ums Herz. Eine Berührung, ein Wort, ein Lächeln von ihr – mehr brauchte es nicht, um ihn glücklich zu machen. Wenn er sie in seinen Armen hielt, war die Welt in Ordnung.

„Es wird schon alles gut gehen", sagte Erin.

„Dr. Brooks sollte längst fertig sein."

„Dr. Brooks ist der beste Neurochirurg von ganz Indiana."

Selbst in ihrer Uniform sah sie atemberaubend aus. Er war jetzt seit knapp einem Monat mit ihr verheiratet, doch er konnte sich einfach nicht an ihr sattsehen. Und so sehr, wie er sie liebte, würde er das wohl auch niemals tun.

Er verspürte das dringende Verlangen, sie in die Arme zu schließen, und streckte die Hände nach ihr aus. „Komm her. Ich möchte dich umarmen."

Zaghaft lächelnd kam sie einen Schritt näher. Er zog sie in seine Arme. Mit geschlossenen Augen stand er da und hielt sie. Er spürte, wie sich seine Anspannung langsam löste.

„Du bist genau das, was mir der Arzt verordnet hat", murmelte er.

„Das freut mich. Es wird mir ein Vergnügen sein, mich später noch für ein paar Leibesübungen zur Verfügung zu stellen", sagte sie.

„Oh McNeal. Du weißt genau, wie man einen Mann glücklich macht."

Sie kuschelte sich in seinen Arm und stieß einen Seufzer aus. Nick kannte sie gut genug, um zu wissen, dass etwas nicht stimmte. „Was ist los?", fragte er.

„Nicht jetzt. Nicht während Stephanie ..."

„Erin." Er entließ sie aus seiner Umarmung und legte ihr die Hand unters Kinn. Er zwang sie, ihn anzusehen. „Raus damit."

„Aus irgendeinem Grund hat mich Stephs Operation an Danny erinnert. Ich kann immer noch nicht fassen, dass er korrupt war. Dass er mich angelogen hat. Mich verraten hat ... für Geld. Es tut so verdammt weh."

„Ich weiß, Darling. Es tut mir leid."

„Aber selbst nach all dem, was er mir angetan hat – nach all den Qualen, die ich seinetwegen durchlitten habe –, kann ich den Gedanken nicht ertragen, dass er ins Gefängnis muss."

„Frank hat mir erzählt, dass sein Anwalt bereits an einem Deal mit der Staatsanwaltschaft arbeitet. Sieht so aus, als würde er mit einer Bewährungsstrafe und ein paar Stunden Sozialdienst davonkommen." Nick war sich nicht sicher, wie er das fand. Immerhin wäre Erin wegen Danny Perrine fast erschossen worden. Doch solange es sie glücklich machte, war er zufrieden.

Beim Klang der sich öffnenden Doppeltüren schnellten sie beide herum. Nick blieb beinah das Herz stehen, als er Stephanies Arzt im OP-Kittel vor sich sah.

Erin trat einen Schritt vor. „Wie ist es gelaufen?"

„Die Operation war erfolgreich", sagte Dr. Brooks. „Vor ein paar Minuten haben wir einen ersten Reflextest durchgeführt, und sie hat ihren rechten Fuß bewegt. Das ist in diesem frühen Stadium ein sehr gutes Zeichen. Sobald sie sich etwas erholt hat, werden wir mehr wissen. Wir …“

Nick hörte nicht weiter zu. Die Gefühle in seinem Inneren raubten ihm die Worte. Er starrte den Arzt an, bemüht, nicht die Fassung zu verlieren. Nur am Rande nahm er wahr, wie Erin seine Hand drückte.

„Wann können wir zu ihr?“, fragte Nick nach einer Weile.

„In etwa zehn Minuten. Wir bringen sie jetzt runter in den Aufwachraum. Vermutlich wird sie fast den ganzen Tag schlafen.“ Nick traten die Tränen in die Augen. Er ging zum Fenster. Sein Herz vollführte einen wahren Freudentanz in seiner Brust. Er fühlte sich, als würde er jeden Moment vor Erleichterung zusammenbrechen.

Einen Augenblick später spürte er Erins Hand auf seiner Schulter.

„Nick?“

Als er sich zu ihr umdrehte, sah er, dass sie Tränen in den Augen hatte.

„Alles wird gut. Sie wird wieder gehen können. Wieder rennen.“ Erin lachte. „Und wenn es nach mir geht, wird sie auch wieder auf Bandito reiten.“

Erst jetzt merkte Nick, dass er weinte. Doch es machte ihm nichts aus. Sein männlicher Stolz wurde bedeutungslos, als er in die Augen seiner Frau blickte und sah, dass sie genauso fühlte wie er.

Er wischte sich mit der Hand über die Wange und hob den Kopf. Lächelnd sah er sie durch einen Schleier von Tränen hindurch an. Erleichterung und Verlangen waren nur zwei der unzähligen Gefühle, die ihn überkamen.

„Wir haben Glück“, sagte er nach einer Weile.

„Mehr als das“, stimmte sie ihm zu.

Er umfasste ihr Gesicht und blickte ihr in die Augen. Tief in seinem Herzen spürte er das Band, das sie miteinander einte. Keine andere Frau auf der Welt war in der Lage, solche Gefühle in ihm hervorzurufen. Er beugte sich vor und küsste sie sanft.

„Die Uniform steht Ihnen wirklich ausgezeichnet, Mrs. Ryan“, sagte er.

„Sie sehen aber auch nicht schlecht aus, Chief.“

„Glauben Sie, es ist unangebracht für einen Polizeichef, seine Untergebene zu küssen?“

„Auf jeden Fall. Aber das hat Sie bislang noch nie davon abgehalten.“

„Sie haben einfach auf alles die richtige Antwort. Ich liebe Sie, McNeal."

„Ryan", korrigierte sie ihn lächelnd. „Und was hältst du davon, wenn du mir erklärst, wie das bei der Polizei von Logan Falls mit Mutterschaftsurlaub gehandhabt wird, während wir darauf warten, dass Steph auf ihr Zimmer gebracht wird?"

Der Boden unter seinen Füßen begann zu wanken. „Du bist …" Überwältigt von seinen Gefühlen, hielt er inne.

Sie grinste.

Das Herz klopfte wie wild in seiner Brust. „Du bist schwanger?"

„Wenn man dem Test Glauben schenken kann."

„Test?"

„Ich habe heute Morgen einen Schwangerschaftstest gemacht."

Nick hielt den Atem an. „Was ist dabei rausgekommen?"

Sie stellte sich auf die Zehenspitzen und küsste ihn sanft.

„Dass es im gesamten Bundesstaat von Indiana keine schwangere Frau gibt, die glücklicher ist als ich", flüsterte sie.

Eine ungekannte Freude überkam ihn und tauchte die ganze Welt um ihn herum in ein strahlendes, atemberaubendes Licht. Lachend zog er sie in seine Arme und wirbelte sie im Kreis herum. Und es machte ihm nicht das Geringste aus, dass ihm dabei schon wieder die Tränen kamen. „Nur von Indiana?", brachte er nach einer Weile hervor.

Sie lächelte ihn an. „Der ganzen Welt."

„Dann bin ich der glücklichste Mann auf der ganzen Welt."

„Ich liebe dich …"

Er ließ sie nicht ausreden, sondern besiegelte diese wundervollen Worte mit einem Kuss. Von allen Männern auf der Welt war er nicht nur der glücklichste, sondern hatte auch das meiste Glück.

– ENDE –

Linda Castillo

Verratenes Vertrauen

Roman

Aus dem Amerikanischen von
Katrin Hahn

1. KAPITEL

Er roch das Adrenalin, sobald er das Hauptquartier der Rocky Mountain Search and Rescue betrat, einer Bergwacht hoch oben in Colorado. Das Adrenalin hing in der Luft wie verbrauchtes Pulver nach einem Schuss. Es wirkte elektrisierend auf einen Mann, der die Höhe liebte.

Und Jake Madigan liebte die Höhe.

Sein eigener Adrenalinspiegel spielte seit dem Anruf um vier Uhr in der Früh verrückt. Als Chef der RMSAR-Reiterstaffel nahm er normalerweise nicht an den Lagebesprechungen teil. Beim Großteil seiner Einsätze fuhr Jake direkt mit seinem Pferd im Anhänger zum angegebenen Ort, um einen verirrten Wanderer oder einen verletzten Kletterer aus dem Hochland zu retten. Doch dieses Mal bestand Teamleiter Buzz Malone darauf, dass Jake bei der großen Lagebesprechung dabei war. Jake fragte sich, was die sechs Männer an einem Sonntagmorgen um vier Uhr früh aus dem Bett getrieben hatte. Und was es mit dem Transporter des Colorado Department of Corrections auf sich hatte, der draußen vor der Tür parkte. Das D. O. C. war die Justizbehörde des Staates.

Er schüttelte die Kälte ab und hängte seinen Duster Coat an den Kleiderständer. Dann legte er seinen Stetson obenauf und begab sich den Flur hinunter, wo sich seine Teamkollegen, wie er hören konnte, gerade zusammenfanden. In den meisten Fällen besprachen sich die Kollegen, wie sie sagten, zwanglos in der Kantine, doch die war an diesem Morgen verwaist. Nur in der Einsatzzentrale brannte Licht. Dieser Raum war für gewöhnlich der Presse vorbehalten oder Operationen, die aufgrund eines großen öffentlichen Interesses von irgendwelchen hohen Tieren geleitet wurden.

Jake hatte für solche hohe Tiere nicht viel übrig.

Er betrat die Einsatzzentrale und musterte die Anwesenden. Sein Blick blieb an zwei Männern hängen, die weit vorn mit grimmigen Mienen und in zerknitterten Anzügen saßen. Er wusste sofort, dass sie zu dem Transporter des Department of Corrections gehörten, der draußen stand. Er fragte sich, ob sie einen ihrer Kunden unterwegs verloren hatten und ob ihnen wohl mehr daran lag, den Sträfling zurückzubekommen oder ihre Bürokratenärsche zu retten.

Vor der Kaffeemaschine, die an der Rückseite des Raumes stand, goss sich John Maitland, der Sanitäter, gerade einen Kaffee in einen

Pappbecher. Jake schnappte sich seinen eigenen Becher vom Tisch und hielt ihn dem Kollegen hin. „Du siehst so aus, als wärst du die ganze Nacht hier, Maitland."

Der Sanitäter füllte Jakes Becher. „Letzte Nacht hatte ich Dienst und musste mich um das Baby kümmern."

Jake war zurzeit nicht allzu versessen auf familiäre Dinge, aber der Gedanke, dass sein Teamkollege mitten in der Nacht aufstand, um ein schreiendes Baby zu trösten und zu füttern, entlockte ihm ein Grinsen. Vor neun Monaten noch zählte John Maitland zu den eingefleischten Junggesellen. Doch dann hatte er oben am Elk Ridge eine hübsche schwangere Rothaarige gerettet. Jetzt war John verheiratet und kümmerte sich wie ein Vater um ein süßes kleines drei Monate altes Mädchen. Selbst unausgeschlafen wirkte er höllisch glücklich.

„Das Baby füttern?", brummte Jake.

„Beth stillt, aber nachts füttern wir mit einem Fläschchen zu, damit wenigstens einer von uns durchschlafen kann. Letzte Nacht war ich an der Reihe."

Das Wort „Stillen" schrillte unangenehm in Jakes Ohren. Er bemühte sich, keine Miene zu verziehen, und wartete einen Moment, bevor er das Thema wechselte. „Was hat es mit dem Transporter der D. O. C. da draußen auf sich?"

„Ein weiblicher Häftling hat sich letzte Nacht unten in Buena Vista aus dem Fenster der Sporthalle geschlichen."

„Und wir haben Bereitschaft?"

„Genau." John blickte über die Schulter zu Buzz Malone, der leise mit den beiden Anzugträgern sprach. „Die Flüchtige hat lebenslänglich. Sie ist wegen vorsätzlichen Mordes in den Knast gewandert."

Das war die schlimmste Sorte, dachte Jake. Eine Mörderin auf der Flucht, die nichts zu verlieren hatte.

„Du siehst so aus, als würde dich deine hübsche Ehefrau nachts vom Schlafen abhalten, John."

Die beiden Männer wandten den Kopf und sahen, wie sich Tony „Flyboy" Colorosa, Pilot des Bell-412-Hubschraubers des RMSAR und der Romeo im Team, schwungvoll Kaffee in den Becher goss.

„Du siehst nicht viel besser aus, Flyboy. Hast du auch eine lange Nacht gehabt?", fragte Jake.

„Was soll ich sagen, Jake? Manch einer von uns hat tatsächlich ein Privatleben." Tony pfiff eine Melodie, während er Zucker in seinen

Kaffee löffelte. „Du solltest es mal ausprobieren. Könnte deine ewig mürrische Laune verbessern."

„Ja, und in Colorado könnte es demnächst mal aufhören zu schneien." John Maitland klopfte Jake grinsend auf den Rücken.

Jake bemühte sich, cool zu bleiben, und pustete auf seinen Kaffee.

„Gentlemen, setzt euch." Buzz Malone trat ans obere Ende des Tisches. „Wir haben nicht viel Zeit, daher fasse ich mich kurz."

Jake setzte sich neben Pete Scully, den Jungsanitäter.

Buzz fuhr fort: „Das State of Colorado Department of Corrections hat uns gebeten, eine entflohene Strafgefangene ausfindig zu machen. Robert Singletary und Jim Neels sind vom Colorado Departement of Corrections, das zu der für uns zuständigen Behörde ernannt wurde. Jim wird euch über die Einsatzziele informieren." Buzz erteilte dem Mann neben ihm das Wort.

Jim Neels war ein Mann mittleren Alters mit den Zügen eines Bluthunds und der Statur eines pensionierten Linebackers. Sein hoffnungslos zerknitterter Anzug, gepaart mit den dicken Augenringen, verriet, dass hinter ihm bereits eine lange Nacht lag. Seinem finsteren Blick nach zu urteilen wusste er, dass der kommende Tag nicht kürzer werden würde.

„Irgendwann zwischen zehn Uhr gestern Abend und halb vier heute Morgen ist eine Insassin aus dem Buena Vista Corrections Center for Women entflohen", setzte Jim Neels an. „Abigail Nichols, siebenundzwanzig Jahre alt, wurde wegen Mordes verurteilt und verbüßt bei uns eine lebenslängliche Haftstrafe. Wir sind dabei, Absperrungen zu errichten, aber wir müssen ein sehr großes Gelände sichern, und dabei brauchen wir Ihre Hilfe." Jim Neels blickte in die Runde. „Dies ist eine Fahndungsoperation, Gentlemen. Wenn Sie der Frau begegnen, rate ich Ihnen zur äußersten Vorsicht." Sein Blick fiel auf Jake. „Sind Sie der einzige Polizist im Team, Mr.. Madigan?"

„Ich bin Deputy Sheriff in Chaffee County."

Jim Neels nickte. „Abgesehen von Deputy Madigan, wenn Sie der Zielperson begegnen, versuchen Sie nicht, sie festzuhalten oder sie in Gewahrsam zu nehmen. Rufen Sie das D. O. C. zur Verstärkung. Die Einsatzkoordination von Rocky Mountain Search and Rescue weiß, dass man Sie direkt zu uns durchstellen soll. Haben Sie das verstanden?"

Tony Colorosa gähnte. John Maitland trank den letzten Rest seines Kaffees aus dem Becher und Jake lehnte sich in seinem Stuhl zurück, kreuzte die Beine an den Knöcheln und betrachtete eingehend seine Stiefel. Die Männer von RMSAR mochten es nicht, wenn irgendwelche Anzugträger daherkamen und ihnen sagten, wie sie ihre Arbeit zu erledigen hatten. Sie waren die Besten der Besten und sollten dennoch in einen Einsatz gehen, den sie nicht erfolgreich zu Ende führen durften.

„Diese Frau hat eine Vorgeschichte. Sie war psychisch krank", fügte Jim Neels hinzu. „Vielleicht hat sie einen Komplizen, das wissen wir zum jetzigen Zeitpunkt noch nicht, auch nicht, wer diese Person sein soll, aber seien Sie gewarnt. Die Frau ist möglicherweise bewaffnet und sie gilt als gefährlich."

„Hat sie schon irgendjemand gesehen?", fragte Jake.

Buzz ging zu einer Staffelei, wo eine topografische Karte das Gebiet der fünf Countys rund um das Gefängnis anzeigte. Jetzt kam Anzugträger Nummer zwei in Schwung. Er zeigte auf die Strafvollzugseinrichtung. „Dies ist unsere Einrichtung in Buena Vista. Wir haben ein Zeitfenster von fünf Stunden. Ein Durchschnittsmensch legt ungefähr 3,2 Meilen pro Stunde zu Fuß zurück. Wir denken, sie ist westwärts gelaufen." Er wies auf ein farblich hervorgehobenes Gebiet. „Das sollte sie irgendwo hier in diesen gelben Bereich bringen."

„Ist sie motorisiert?", fragte Jake.

„Nicht, dass wir wüssten, aber es ist durchaus möglich, dass ein Komplize einen Wagen an einem vereinbarten Ort geparkt hat."

Jake schnaubte. „Wenn sie zu Fuß unterwegs ist und westwärts läuft, wird sie kaum vorankommen. Die Gegend da oben ist rau."

Anzugträger Nummer zwei verzog sein Gesicht. „Nichols ist sehr", er zögerte, „zielstrebig."

Jake wusste nicht genau, was der Mann damit sagen wollte, aber er ließ es dabei bewenden. Egal wie zielstrebig er auch war, kein Mensch konnte zu Fuß eine besonders große Strecke zurücklegen. „Was ist mit der Kleidung?"

„Ein vom Staat gestellter Overall, grau. Blaue Jacke. Weiße Segeltuchschuhe. Das ist alles, was sie hat, es sei denn, irgendjemand hat sie mit anderer Kleidung versorgt."

„Holt jemand die Hunde dazu?", fragte Buzz.

„Das übernimmt Chaffee County. Die Forstverwaltung hat alle Ranger-Stationen in der Gegend verständigt."

„Gibt es eine Personenbeschreibung?", fragte John.

Der Anzugträger blätterte die Seite auf der Staffelei um. Unversehens verstummten alle im Raum. Das Fahndungsfoto zeigte eine junge

Frau mit brauner Lockenmähne, die reichlich von platinblonden Strähnen durchzogen war. Jake sah große Augen von der Farbe eines Bergsees, in dem sich ein veilchenblauer Himmel spiegelte. Abigail Nichols hatte feine dunkle Augenbrauen und volle Lippen, die sie nur so weit geöffnet hatte, dass einem Mann heiß und kalt wurde. Ihr anmutiger Hals animierte jeden im Raum dazu, den Kopf zu recken, damit er den Rest der Verpackung sah.

Jake kam ins Schwitzen. Er betrachtete das Bild weitaus faszinierter, als er eigentlich sein wollte. Das hübsche Geschöpf, das ihn vom Foto anstarrte, glich keiner entflohenen Strafgefangenen, sondern eher einem Model aus der Shampoo-Werbung, mit all den wilden, sonnengebleichten Haaren.

„Sie ist ein Meter fünfundsechzig groß", sagte Anzugträger Nummer zwei. „Wiegt hundertfünfzehn Pfund. Veilchenblaue Augen. Blonde Haare."

Die Stimme verklang, während sich Jake weiter auf das Fahndungsfoto konzentrierte. Die Haut der Frau war makellos und blass wie Sahne. In ihrer Miene spiegelten sich Trotz und eine gewisse Durchtriebenheit. Ihre Augen sprachen von den Geheimnissen einer Frau und lockten die Unachtsamen, ihr zu vertrauen.

Jake fiel eindeutig nicht in die Kategorie der Unachtsamen. Vor zwei Jahren hatte er sich für eine Frau mit hübschem Gesicht und Leidensgeschichte zum Narren gemacht. Ihr Verrat schmerzte ihn bisweilen immer noch, wenn er es sich erlaubte. Er wusste besser als viele andere, dass das Aussehen eines Menschen über seinen Charakter hinwegtäuschen konnte. Und er wusste, wie es sich anfühlte, Opfer einer solchen Täuschung zu sein. Bis heute spürte er das Messer in seinem Rücken. Er hatte sich hundert Mal geschworen, sich niemals wieder so hereinlegen zu lassen.

„Irgendwelche Fragen?"

Jake räusperte sich, um den Frosch aus seiner Kehle zu vertreiben. „Irgendeine Ahnung, wohin sie geht?"

„Wir haben eine Karte in ihrer Zelle gefunden, auf der eine Route gen Osten eingezeichnet war, aber wir glauben, es ist ein Täuschungsmanöver. Wir stellen nach Osten hin Patrouillen auf, dennoch vermuten wir, wie ich erwähnte, dass sie nach Westen und in die höheren Lagen will." Der Anzugträger warf einen Blick auf seine Armbanduhr und gab das Wort an Buzz weiter.

Buzz sah Tony Colorosa an. „Wie sieht die Wetterlage aus, Flyboy?"

Tony horchte auf. Er mochte vielleicht der Romeo im Team sein, seine Arbeit als Hubschrauberpilot nahm er jedoch äußerst ernst. „Der Wetterdienst hat vor etwa einer Stunde eine Warnung rausgegeben. Von Nordwesten kommt ein Tiefdruckgebiet zu uns herein, das an Kraft gewinnt. Es führt einen guten halben Meter Neuschnee mit sich und Böen, die bis heute Nachmittag eine Stärke von fünfzig Knoten erreichen werden. Ich würde sagen, wir haben vielleicht zwei, höchstens aber vier Stunden, bevor ich mich am Stützpunkt zurückmelden muss."

Buzz schien nicht erfreut darüber zu sein, seinen Piloten in launisches Wetter hinauszuschicken. „Das gibt uns maximal vier Stunden mit dem Hubschrauber, Gentlemen. Der Rest der Suche wird am Boden durchgeführt. Meldet euch bei euren Mommies, Frauen und Freundinnen bis einschließlich zum Abendessen ab." Buzz sah Jake an. „Wo willst du anfangen?"

Jake studierte aufmerksam die Karte. Er brauchte einen Moment, um sich in den Kopf der Zielperson zu versetzen. „Ich werde den Anhänger westlich von Buena Vista abstellen und sehen, ob ich ein paar Spuren aufnehmen kann."

Buzz' Aufmerksamkeit wanderte schnell wieder zurück zu seinem Piloten. „Du und Scully, ihr nehmt den Hubschrauber nach Nordwesten und sucht das Gebiet dort ab. Sobald wir vierzig Knoten Windstärke erreichen, will ich, dass ihr wieder hier drinnen seid. Verstanden?"

Tony salutierte spöttisch.

Buzz' Blick glitt zu John Maitland. „Wir beide fahren mit dem Geländewagen nach Südwesten, um mit dem Sheriff's Office von Chaffee County und dem Hundeteam zusammenzuarbeiten." Er ließ den Blick über die Truppe schweifen. „Ich wiederhole noch einmal für alle, diese Operation ist ein Code Gelb. Wir suchen lediglich. Seid äußerst vorsichtig. Die Zielperson gilt als gefährlich und könnte bewaffnet sein. Also dann, Gentlemen, wir legen los."

Dieses Mal hatte sie sich selbst übertroffen, stöhnte Abigail Nichols. Ihr war eiskalt, ihre Finger waren taub und ihre Füße schmerzten bei jedem Schritt. Ihr Magen knurrte vor Hunger, sie war erschöpft und zu Tode verängstigt. Und zu allem Übel hatte sie sich auch noch heillos verirrt. Als ob sie dieses i-Tüpfelchen noch brauchte. Ihr Leben war doch auch schon so im vergangenen Jahr zu einer einzigen Katastrophe geworden.

Doch gerade als sie dachte, es könnte nicht schlimmer kommen, entdeckte sie den Mann auf dem Pferd. Er war noch gut eine Viertelmeile entfernt, doch Abigail brauchte nicht in sein Gesicht zu sehen, um zu erkennen, dass er Polizist war. Sie war im vergangenen Jahr so vielen Polizistentypen begegnet, dass sie sie mit verbundenen Augen erkannte. Sie hatten diesen besonderen Blick an sich. Streng. Kompromisslos. Kaltherzig. Geradezu gemein, größtenteils. Es durfte sie eigentlich nicht überraschen, dass er sie verfolgte, und doch nahm es ihr den Mut. Angst durchfuhr sie bis hinab zu ihren tauben Zehen.

Er war bestimmt ein Sheriff's Deputy oder vielleicht sogar ein Kopfgeldjäger. Bei dem Gedanken an Letzteres erzitterte sie. Es würde zu ihr passen, wenn irgendein schießwütiger Machoidiot es als seine Profession betrachtete, die berühmt-berüchtigte Abigail Nichols festzunehmen, die gefährlichste Verbrecherin seit Bonnie Parker. Das einzige Problem daran war nur, dass Abigail Nichols unschuldig war, und Bonnie Parker war es nicht. Das Buena Vista Corrections Center for Women schien es aber nicht zu interessieren.

Seit fast sechs Stunden schon stapfte sie über Büffelgras-Büschel und über Felsbrocken hinweg. Die kalte, dünne Luft brannte in ihrer Lunge und ihre Muskeln zitterten vor Erschöpfung, aber Abigail schonte sich nicht. Sie hatte sich die letzten vier Monate auf diesen kleinen Ausflug vorbereitet. Körperliche Fitness half einem ein ganzes Stück, wenn man über raues Gelände um sein Leben rannte, obwohl man nicht zur Felskletterin taugte.

Natürlich, ganz gleich, wie gut ihre Kondition auch war, wenn Abigail die falsche Richtung einschlug, landete sie am Ende in Omaha statt in New Mexico, wo Grams mit einer Umarmung, einem Lächeln und einem Platz für die Nacht auf sie wartete. Anschließend würde sie sich an die stolze Aufgabe machen, ihren Namen reinzuwaschen.

Sie hätte längst auf eine Straße stoßen sollen. Genauer gesagt hätte sie schon vor vier Stunden auf eine schmale, unbefestigte Straße stoßen sollen, in deren Verlauf Grams' Pick-up unter einer alten Holzbrücke stand. In dem kleinen Truck hatte Grams Kleider zum Wechseln und einen geheimen Bargeldvorrat versteckt und den Zündschlüssel in einer kleinen Magnetbox unter der Kühlerhaube verborgen.

Abigail konnte nicht begreifen, wie sie diese Straße übersehen hatte. Sie hatte stundenlang die Karte studiert, die Grams ins Gefängnis geschmuggelt hatte. Demnach musste sie der Sonne von Buena Vista nach Westen folgen. Doch leider war sie mitten in der Nacht geflüchtet, und der Himmel hatte sich bei Morgengrauen als zähe graue Suppe präsentiert. Das war bereits Stunden her, doch an der Lage hatte sich inzwischen nichts verbessert. Wenn die Wolken, die den Horizont trübten, tatsächlich auf irgendetwas hindeuteten, dann darauf, dass Abigail mit Pech in spätestens einer Stunde durch Schnee stapfen würde, wenn es kein Eisregen war, der auf sie niederpeitschte. Sie war nicht sicher, was schlimmer war, doch egal, was kam, Abigail musste sich auf eine fürchterliche Dosis Colorado-Wetter gefasst machen.

Sie hielt an, um Luft zu holen. Sie lehnte sich gegen einen Vorsprung aus Granit und starrte über das Tal. Unter ihr erstreckte sich der Pike National Forest wie in einem Bilderbuch. Eine Million Morgen dünn besiedeltes Bergland, Wildwasserbäche und Kiefernwälder breiteten sich vor ihr aus. Unter anderen Umständen hätte Abigail diese atemberaubende Landschaft und die Bergluft sicher genossen. Aber sie war auf der Flucht und sie hatte sich verirrt, und schon bald würde sie sich einem bewaffneten Mann gegenüber sehen, dessen einziges Ziel es war, ihre einmalige Chance auf Freiheit zu zerstören. Sie musste mit ihren Kräften haushalten und alle Energie darauf verwenden, eine möglichst große Distanz zwischen sich und ihn zu bringen.

Seufzend blickte sie zu der Gestalt auf dem Pferd und sah, wie sie sich den Pfad hinaufwand, den sie selbst vor einer knappen halben Stunde genommen hatte. Es gab keinen Zweifel, der Mann kam näher. Wenn sie sich in den nächsten zehn Minuten nicht irgendetwas absolut Brillantes einfallen ließ, würde er direkt vor ihr stehen.

Sie unterdrückte die aufsteigende Panik. Abigail sah sich panisch um. Grams hatte ihr immer gesagt, extreme Zeiten erforderten extreme Maßnahmen. Bisher hatte sie diesen alten Stammtischparolen keine große Bedeutung beigemessen, aber als die Sekunden verstrichen und ihre Wahlmöglichkeiten immer mehr zusammenschrumpften, fand sie, dass jetzt der richtige Zeitpunkt war, sie auf die Probe zu stellen.

Jake lockerte die Zügel und überließ es dem Pferd, sich seinen Weg bergauf im felsigen Gelände zu suchen. Er verfolgte die Zielperson schon seit einer Stunde. Als er sie erstmals gesichtet hatte, hatte er das RMSAR-Hauptquartier angefunkt und mitgeteilt, dass die Gefängnisbehörde und das Chaffee County die Absperrungen gen Osten wieder aufheben könnten. Wenn alles gut ging, und davon ging er aus, befand sich Abigail Nichols noch vor Einbruch der Dämmerung in seinem Gewahrsam und mit ihm auf dem Weg zurück zum RMSAR.

Mit etwas Glück kam er sogar noch rechtzeitig nach Hause, um im Fernsehen zu verfolgen, wie Colorado Avalanche die Red Wings schlug. Er hatte zehn Mäuse darauf gewettet und er wollte weder die Wette verlieren noch das Eishockey-Spiel verpassen.

Jake kannte das Hochland wie seine Westentasche. Er liebte die feindselige Schönheit und achtete die Unberechenbarkeit der Berge. In den zwölf Jahren, die er nun schon beim RMSAR-Team war, hatte er in dieser wilden, schroffen Landschaft vom verwirrten Pfadfinder bis hin zum Demenzkranken schon wirklich alles gesucht. Er kannte diese weite Wildnis gut genug, um jeden Menschen zu bewundern, der sie sechs Stunden lang durchqueren konnte, ohne müde oder panisch zu werden. Für eine Frau ohne Wanderausrüstung oder Erfahrung war Abigail Nichols erstaunlich schnell vorangekommen. Jake fragte sich, ob sie ein Ziel im Auge hatte und was sie hier draußen, mitten im Nirgendwo, zu erreichen glaubte.

Am Gipfel der Anhöhe wurde das Gelände eben, und Jake trieb seine Stute in einen längeren Trab. Brandywine war ein erfahrenes Wanderpferd und so trittsicher wie eine Bergziege. Sie war knochig und muskulös und sie besaß mehr Verstand als die meisten seiner Freunde. Ihr Herz war so groß wie der Pike Peak. Jake hatte die Stute schon oft unter den unwirtlichsten Wetter- und Geländebedingungen geritten, doch sie hatte immer die Ruhe bewahrt. Er vertraute ihr sein Leben blind an und glaubte ihr mehr als den meisten Menschen.

Der Ledersattel unter ihm knarrte leise, als er sein Pferd wieder einen steilen Abhang hinunterführte. Hinter ihm folgte sein Maultier Rebel Yell. Die Hufeisen des Tieres klirrten beim Abstieg gegen den felsigen Boden.

Der Wind hatte zugenommen und wehte jetzt kräftig bis stürmisch aus Westen. Jake schätzte, dass ihm höchstens noch eine Stunde blieb, bis das schwere Wetter einsetzte. Der November in den Colorado Rockies war unvorhersehbar, besonders in den höheren Lagen. Wie oft hatte Jake hier schon nach Wochenend-Kriegern gesucht, die Denver in T-Shirts und Sneakers verlassen hatten, um im Hinterland zu wandern, dort aber von einem Schneesturm überrascht wurden. Verdammte Touristen. In den Bergen war ein bisschen gesunder Menschenverstand überlebenswichtig.

Er legte weitere fünfundvierzig Meter zurück, bevor er registrierte, dass er die Fährte verloren hatte. Verwirrt zog er die Zügel an und ritt zurück. Es sah ihm nicht ähnlich, so etwas zu übersehen. Jake verfolgte

Spuren, seit er reiten konnte, und das hatte er gleich nach dem Laufen gelernt. Er stammte aus einer alten Pferde- und Viehzüchter-Familie und fühlte sich auf einem Pferderücken so wohl wie die meisten Menschen hinter dem Steuer ihres Autos.

Fünfundvierzig Meter weiter zurück nahm er die Spuren wieder auf. Der Abdruck eines Segeltuchschuhs in der feuchten Erde. Ein zertrampeltes Büschel Büffelgras. Ein Zweig, gebrochen an der Stelle, wo die Zielperson ihn gestreift hatte. Dann plötzlich nichts.

Was zur Hölle war hier los?

Jake erinnerte sich an die Warnung des Strafvollzugsbeamten, dass die Zielperson bewaffnet sein könnte. Er ließ den Blick über die unmittelbare Umgebung schweifen. Er lauschte. Es war so still, dass er hörte, wie der Wind durch die Kiefern flüsterte. Brandywine tänzelte unruhig umher, ihr Zaumzeug klirrte, als sie den Kopf zurückwarf. Jakes Nackenhaare prickelten. Es war *zu* still. Warum zwitscherten die Vögel nicht?

„Brr, Mädchen." Während er sich fragte, ob die Zielperson vielleicht zurückgelaufen war, wurde ihm klar, dass ihm gerade ein Anfängerfehler unterlaufen war. *Verdammt.*

Er zog an den Zügeln, stieß der Stute die Fersen in die Seiten und trieb sie damit schnell rückwärts. Im selben Moment zog er die Heckler & Koch.45 aus dem Holster und schwang sie in die Höhe. Adrenalin durchflutete seinen Körper, als er drei Meter über sich ein Paar schmutzige Segeltuchschuhe vom Ast einer Küstenkiefer baumeln sah.

„Ich bin Officer der Polizei." Er drängte Brandywine in eine sicherere Entfernung. „Zeigen Sie mir Ihre Hände."

Zwei bloße Hände erschienen zwischen den Zweigen, schmutzig, aber unbewaffnet.

„Kommen Sie vom Baum runter, Ma'am."

Von der Erde aus kaum sichtbar, saß die Gesuchte unsicher auf einem Ast. Jake reckte den Hals, um sie besser sehen und ihre Verfassung abschätzen zu können, und erstarrte. Nie zuvor hatte er in solche Augen geblickt. Eine faszinierende Mixtur aus Veilchenblau und Nachtblau, gesponnen zu Samt und zart wie der Berghimmel, blitzte ihm entgegen. Ihr Haar war ein wirr gekräuseltes Durcheinander aus Braun, durchzogen von Blond. Es fiel unordentlich über ihre Schultern und war zu wild und ungewöhnlich, um nicht natürlich zu sein.

Jake befand nach wie vor, dass diese Frau nicht wie eine entflohene

Strafgefangene aussah. Die Fotografie, die der Beamte vom Department of Corrections ihnen am Morgen gezeigt hatte, wurde diesem hübschen Geschöpf nicht einmal ansatzweise gerecht. Allem Anschein nach traf das auch auf das psychologische Profil der Frau zu. Sie wirkte auf Jake weit vernünftiger als viele Leute, denen er hier in der Gegend schon über den Weg gelaufen war. Und es schien sie zu beschämen, dass er sie auf dem Baum entdeckt hatte. Aber sie war die einzige blonde Frau in grauen Gefängniskleidern weit und breit. Demnach musste sie die Richtige sein.

„Ich bin Deputy Sheriff beim Chaffee County Sheriff's Department, Ma'am. Ich möchte, dass Sie vom Baum herunterklettern, bevor Sie sich verletzen", sagte er. „Und zwar sofort."

„Woher soll ich wissen, dass Sie wirklich Polizist sind?"

Ihre Stimme wehte wie ein Hauch zu ihm herunter. Ihr Akzent klang nach Appalachen. Jake fragte sich, wie sich eine derart hübsche junge Frau in solch entsetzliche Schwierigkeiten gebracht haben konnte.

Er hakte seine Dienstmarke vom Gürtel und hielt sie hoch, damit sie sie sah. „Jake Madigan, Chaffee County Sheriff's Office. Kommen Sie runter."

Er hörte sie seufzen, dann sah er, wie sie ihre Füße auf dem Ast entlangschob und sich auf den Stamm zubewegte. „Gut. Ich komme. Warten Sie einen Augenblick. Und stecken Sie Ihre Waffe weg! Die Dinger machen mich nervös, vor allem, wenn sie auf mich gerichtet sind."

Jake hielt die Waffe fest. „Seien Sie vorsichtig."

„Als ob Sie das kümmern würde."

Er hob eine Augenbraue. „Na ja, ich würde Sie nur ungern den ganzen Weg zurück nach Buena Vista schleppen, während Sie sich die Lunge aus dem Halse schreien, weil Sie sich beim Sprung von diesem gottverdammten Baum den Knöchel gebrochen haben."

„Glauben Sie mir, Mister, ein gebrochener Knöchel wäre derzeit mein geringstes Problem."

Das bestritt er nicht. Abigail Nichols steckte zweifelsohne in ernsthaften Schwierigkeiten. Jake stieg vom Pferd und ließ die Zügel auf den Boden baumeln, ein Zeichen für Brandywine, hier stehen zu bleiben. Er blickte nach oben und sah, wie die Frau beide Füße auf einen tieferen Ast stellte. Der Ast hätte ihr Gewicht gewiss gehalten, wenn ihn nicht ein Specht durchlöchert hätte. „Sie wollen diesen Ast besser nicht mit Ihrem Gewicht belasten, Ma'am."

„Sagen Sie mir nicht, wie ich zu klettern habe, Cowboy. Ich klettere auf Bäume, seit ich drei Jahre alt bin."

„Das mag stimmen, Ma'am, aber …"

„Ich weiß, was ich tue."

Der Ast brach knackend und die Frau schrie auf, dann stürzte sie durch ein Dutzend kleinerer Äste. Jake blieb kaum Zeit, seine Dienstwaffe ins Holster zu stecken, als blonde Haare und etwas in Gefängnisgrau schemenhaft an ihm vorbeipurzelten und mit einem dumpfen Aufschlag auf dem Boden auftrafen.

„Immer mit der Ruhe." Er trat auf sie zu. „Bleiben Sie bloß liegen."

Sie lag ausgestreckt auf der Seite und fluchte unüberhörbar, aber sie rührte sich nicht.

Oh, verdammt. Das war genau das, was er nicht brauchte: eine *verletzte*, störrische Gefangene, die schön wie die Sünde war und die er jetzt den Berg hinunterschleppen musste. Warum um alles in der Welt hatte er sich freiwillig für diesen Kram gemeldet? Er könnte jetzt genauso gut zu Hause Pferdemist schaufeln!

Jake kniete sich nieder, legte seine Hände fest auf die Schulter der Gesuchten und versuchte, all die blonden Locken zu ignorieren, die über seine Hand strichen. „Sind Sie in Ordnung?"

Ein Ächzen drang unter der Masse von Haaren hervor. „Lassen Sie mich nur einmal durchatmen."

„Können Sie Ihre Zehen bewegen?"

Jake schaute an ihrem Bein hinunter, das kein Ende zu nehmen schien. Abigail Nichols bewegte ihre Zehen unter dem Segeltuchstoff. „Ja."

„Was ist mit Ihren Fingern?"

Sie wackelte mit den Fingern. „Puh, das tut wirklich weh."

Offenbar hatte sie sich nicht ernsthaft verletzt, doch da er ausgebildeter Rettungssanitäter war und wusste, dass verärgerte Strafgefangene zunehmend gegen Polizeibehörden vor Gericht zogen, wollte er alle möglichen Komplikationen von vornherein ausschließen. „Drehen Sie sich für mich um, okay?"

Sie rollte sich langsam auf den Rücken. „Au. Oh du meine Güte."

Sein Puls jagte, als er einen Blick auf ihre veilchenblauen Augen erhaschte, die von dichten schwarzen Wimpern umrahmt waren und ebenso keck wie provozierend blitzten. Genau das brauchte er in seinem Leben nicht mehr. Er hatte genug von dieser Sorte Frau, und die Vorstellung, wieder so eine am Hals zu haben, die dazu noch straffällig geworden und eine Lügnerin war, gefiel ihm ganz und gar nicht.

„Tut irgendwas weh?", fragte er.

„Meine Hüfte und mein Ellbogen. Es fühlt sich so an, als wäre ich auf einem Felsen gelandet."

„Hat es Ihnen den Atem verschlagen?", fragte er.

„Ich weiß ja nicht, wie es Ihnen so geht, aber ich habe zufällig eine Schwäche dafür, Sauerstoff in meine Lunge zu bekommen. Macht das Atmen um einiges einfacher."

„Daran hätten Sie denken sollen, bevor Sie auf diesen Baum geklettert sind. Das war ein verdammt ungeschickter Stunt."

„Nur fürs Protokoll, ich bin Expertin für ungeschickte Stunts." Sie zupfte einen Zweig aus ihrem Haar und warf ihn nach Jake, dann setzte sie sich auf.

Der Gefängnisoverall schmeichelte ihrer Figur nicht gerade, aber Jake kam nicht umhin, ihren Körper, der sich darunter abzeichnete, zu mustern. Abigail Nichols war groß und athletisch gebaut, der Stoff ihres Overalls fiel über ihre Rundungen. Es war dumm von Jake, es überhaupt zu bemerken.

„Was zum Teufel haben Sie da oben auf diesem Baum gemacht?"

Sie sah ihn mit diesem Das-ist-wirklich-eine-sehr-dumme-Frage-Blick an, der heiß genug war, um Schnee zum Schmelzen zu bringen. „Ich habe jedenfalls kein Baumhaus gebaut, wenn Sie das meinen."

„Es ist nicht besonders klug, vor der Polizei wegzulaufen. Früher oder später kriegen wir jeden."

„Ja, genau das dachte ich auch, als Sie das erste Mal an mir vorbeiritten."

Jake unterdrückte seine aufsteigende Verärgerung. Auf das freche Mundwerk konnte er verzichten. Er konnte auch gerne darauf verzichten, wie er auf ihre Augen reagierte. Acht Jahre im Marine Corps hatten ihm genug Disziplin vermittelt und er blieb diesem Kodex seitdem treu. In zwölf Jahren Polizeiarbeit hatte er sich zudem zu beherrschen gelernt und diese Kunst in sein Privatleben übernommen. Die Moral kam aus dem Innersten eines Mannes. Jake besaß einige gute Attribute, und er hatte nicht vor, sich von einer Sirene wie dieser in seichte Gewässer locken zu lassen, nur um an einem Felsen zu zerschellen und einen nassen Tod zu sterben.

„Sind Sie allein?" Jake stand auf und trat zurück.

Sie verdrehte die Augen. „Glauben Sie ernsthaft, irgendjemand ist so dumm, sechs Stunden lang mit mir durch diese gottverlassene Gegend zu stapfen?"

„Stehen Sie auf", sagte er.

Mürrisch kämpfte sie sich auf die Füße zurück und begann, sich den Staub und das trockene Gras von ihrem Overall zu klopfen.

Jake musterte wie gebannt ihren langen, dünnen Körper. Das instinktive Bedürfnis danach überraschte ihn und störte ihn mehr, als er zugeben wollte. Er war kein Gaffer oder aufdringlicher Grabscher, ganz egal, wie gut die Frauen auch aussahen. Er hatte nie ein Problem damit gehabt, seine Leidenschaft im Zaum zu halten. Er wusste nicht einmal, warum er jetzt auf diese Frau so reagierte, aber er tat es nun mal und das nervte ihn.

„Verschränken Sie die Hände hinter dem Kopf und drehen Sie sich um", sagte er.

Sie seufzte verärgert und gehorchte widerwillig.

Erst als sie ihm den Rücken zukehrte, bemerkte Jake den langen Riss in ihrem Overall. Er reichte von der Mitte des Rückens und erstreckte sich bis zur Mitte ihres Schenkels. Der Anblick ihrer seidigen Haut und der weißen Baumwollhöschen darunter nahm ihm den Atem. Sein Mund trocknete aus, und für einige lange Sekunden konnte Jake den Blick nicht von dem kleinen, gefährlichen Stück Haut abwenden.

Abigail Nichols musste den Luftzug gespürt haben, denn einen Augenblick später reckte sie den Kopf herum und entdeckte den Riss. „Oh, großartig." Sie senkte die Hände. „Meine Hosen sind zerrissen."

„Heben Sie die Hände hoch", sagte Jake.

„Verdammter, billiger ..."

„Ihre Hände, Ma'am. Jetzt."

„Aber meine Hosen sind zerrissen und meine ..."

Jake fluchte.

Als Kompromiss legte sie eine Hand an ihren Kopf, mit der anderen hielt sie den zerrissenen Stoff zusammen.

Er seufzte. Na, wenn das kein Schlamassel war?

Jake schüttelte sich und konzentrierte sich wieder auf die Augen der Gefangenen. Doch wenn er gehofft hatte, ihr Blick wäre weniger faszinierend als der Anblick ihres Schenkels, irrte er. Der Ausdruck ihrer Augen traf ihn mit der Wucht eines Hammers.

„Vermutlich sind Ihre Hosen bei dem Sturz an einem Ast hängen geblieben", sagte er etwas atemlos.

„Sie haben mir auch nicht gerade geholfen." Betreten hielt sie eine Hand hinter dem Kopf, die andere umklammerte den Riss. „Ich brauche eine Sicherheitsnadel."

„So etwas habe ich nicht bei mir."

„Ja, Sie sehen auch nicht aus wie der Typ Mann, der immer eine Sicherheitsnadel griffbereit hat. Es ist sicher auch dumm von mir zu fragen, ob Sie Nadel und Faden in Ihren Satteltaschen haben, oder?"

Jake beobachtete, wie sie errötete. Sein Unbehagen wuchs. Aus unerfindlichem Grund ärgerte ihn diese Bemerkung. Vermutlich lag es daran, dass sie sich, auch wenn sie eine Kriminelle war, anständig benahm. „Ich habe ein bisschen was dabei, was wir vielleicht dazu nutzen können. Ich sehe nach, sobald ich mit Ihnen fertig bin. Vielleicht können wir uns so behelfen, dass Sie zurechtkommen."

Sie kniff die Augen zusammen. „Was meinen Sie mit ‚fertig'?"

Jake gefiel es nicht, wie sich die Situation entwickelte. Das Procedere schrieb vor, dass er sie als Nächstes durchsuchen sollte, doch er wollte ihren Körper auf keinen Fall berühren. Für gewöhnlich durchsuchten männliche Officers keine weiblichen Gefangenen, doch die Beamten des D. O. C. hatten sie gewarnt, dass diese Frau vermutlich bewaffnet und gefährlich war. Unten in der Stadt könnte er jetzt per Funk einen weiblichen Officer rufen, damit die Kollegin die schnelle vorläufige Durchsuchung nach Waffen oder Drogen übernahm. Aber die Stadt war fern, im Umkreis von fünfzig Meilen gab es keinen weiblichen Officer, also würde er zur Tat schreiten müssen.

Oh Mann.

Der Gedanke sollte ihn eigentlich nicht kümmern. Er hatte schon so viele Gefangene durchsucht, bevor er sie ins Gefängnis brachte. Das ging meist schnell, war unpersönlich. Meistens fand er auch irgendetwas Illegales dabei. Aber jetzt fühlte sich Jake zum ersten Mal völlig fehl am Platz. Mann, er brauchte das so nötig wie einen Kopftritt von seinem Maultier.

„Ich möchte, dass Sie zu dem Baum hinübergehen und Ihre Hände an den Stamm legen."

Sie verdrehte die Augen. „Erzählen Sie mir nicht, Sie wollen …"

„Ma'am, tun Sie einfach, was ich sage."

„Ich weiß, wie das geht." Während sie den Stoff ihres zerrissenen Overalls umklammert hielt, ging sie zu dem Baum hinüber und legte ihre freie Hand dagegen. Jake fluchte leise, bat sie aber nicht, den Riss loszulassen. Vermutlich war es sogar besser, überhaupt nicht über diesen Riss nachzudenken. Er mochte vielleicht ein Polizist sein, aber unglücklicherweise war er auch ein Gentleman, doch leider wusste er nicht, ob das zu seinen Stärken zählte oder eine tödliche Schwäche war.

„Führen Sie Waffen oder Drogen oder sonst etwas mit sich, von dem ich wissen sollte, bevor ich Sie durchsuche?", fragte er.

„Ich habe nichts bei mir außer einer Wagenladung Pech." Sie schlug die andere Hand gegen den Baum.

Jake versuchte, nicht weiter darauf zu achten, als sich der Stoff teilte und den Blick auf ihren Hintern und auf diese weißen Höschen enthüllte. Er ging hinter ihr her zu dem Baum und legte seine Hand auf ihre Schulter. „Spreizen Sie Ihre Beine auseinander."

Sie tat es widerwillig, aber nicht weit genug, also stieß Jake mit seinem Stiefel gegen die Innenseiten ihrer Segeltuchschuhe. Sie raunte verärgert und spreizte ihre Beine weiter auseinander. Er würde sie so gründlich durchsuchen, dass ihm keine Waffe und kein Messer entgehen konnten.

Er begann oben auf ihrem Kopf, fuhr mit den Händen durch ihr Haar. Es war so dick und lockig, dass er es zwischen seine Finger klemmen musste, um sicherzugehen, dass sich nichts in dieser wilden Mähne verbarg. So unbeteiligt wie möglich strich Jake mit der Hand an ihrer Vorderseite hinunter, fasste unter ihre Arme und achtete darauf, ihre Taschen und verborgenen Winkel im Futter des Overalls nach Waffen zu überprüfen. Er betastete ihren Hosenbund, ihre Hüften, die Außenseiten ihrer Schenkel, fuhr mit den Händen an ihren Beinen hinunter, prüfte sogar ihre Knöchel.

Er versuchte zu übergehen, wie sehr sie zitterte, als er mit seinen Händen über ihren Körper fuhr. Bis jetzt hatte sie tapfer standgehalten. Aber eine Leibesvisitation machte jeden über kurz oder lang fertig. Auch Jake geriet ins Schwitzen, und als er endlich fertig war, zitterten seine Hände ganz leicht. Er trat einen Schritt zurück.

„Okay", sagte er. „Sie können sich jetzt umdrehen."

Sie drehte sich zu ihm um, vermied es aber, ihn anzusehen.

Er zerrte die Handschellen von seinem Gürtel. „Geben Sie mir Ihre Hände."

Zu seiner Überraschung streckte sie sie ihm entgegen. „Bringen wir es hinter uns. Ich friere, ich habe Hunger und ich will, dass mir endlich warm wird."

Jake kaufte ihr die plötzliche Kooperation nicht ab. Nicht dieser Frau. Sie hatte ihr Leben aufs Spiel gesetzt, um zu fliehen, und eine erstaunlich weite Strecke durch das Gelände zurückgelegt, die die meisten Männer erschöpft hätte.

Er blickte auf ihre Hände hinunter. Sie waren klein, zart und weich. *Frauenhände*, dachte er, nur dass diese Hände zerkratzt und voller blauer Flecke waren. Die Fingerspitzen waren rot vor Kälte. Er rief sich in Erinnerung, dass *sie* sich selbst in diese Situation gebracht hatte, nicht er. Dennoch war er nicht der Typ Mann, der andere gerne leiden ließ.

Fluchend schob er die Handschellen zurück in seinen Gürtel. „Warten Sie, ich habe einen zweiten Duster Coat dabei, den können Sie haben. Er hält wenigstens den Wind ab."

„Danke." Ihre Zähne klapperten.

Er zog das Funkgerät aus seinem Gürtel, um einen Hubschrauber anzufordern, und ging zu seinem Pferd, um den Staubmantel zu holen. „RMSAR Homer Zwo, hier ist Coyote Eins. Kannst du mich hören? Over."

Jake fragte sich, ob der Hubschrauber noch in die Luft kam. Der Wind hatte in der letzten halben Stunde deutlich aufgefrischt. Sobald er eine Geschwindigkeit von vierzig Knoten erreichte, hätte der Bell 412 Startverbot.

„Hier ist Coyote Eins. RMSAR Homer Zwo, kannst du mich hören?"

„Hier ist RMSAR Homer Zwo, Coyote. Hast du schon Schnee?"

„Ich bin kurz davor, Homer. Ich habe einen Zehn-Sechsundzwanzig, Festnahme. Beeilt euch. Over."

„Roger. Der Adler ist in sein Nest zurückgekehrt. Wie ist deine Position?"

Als er das Pferd erreichte, blickte Jake über die Schulter, um nach seiner Gefangenen zu sehen, aber sie war fort.

2. KAPITEL

Abigail legte die Strecke in einem waghalsigen Tempo zurück. Sie stolperte über Felsen und Gestrüpp, lief im Zickzack um reißende Wasserläufe herum, die tief genug waren, um einen Menschen, der einmal hineinfiel, nie wieder freizulassen. Das musste sie dem Cowboy Cop schon lassen, er war anständig, und das konnte sie nur von den wenigsten Polizistentypen behaupten, denen sie im letzten Jahr begegnet war. Trotzdem bereute sie es nicht, weggelaufen zu sein. Ganz gleich, wie anständig der Typ auch war, am Ende würde er sie doch wieder ins Gefängnis bringen, und dort wollte sie nicht für ein Verbrechen schmoren, das sie nicht begangen hatte.

Sie hatte noch keine zwanzig Meter Vorsprung, als sie einen Ruf hinter sich hörte. Er brüllte irgendeine Polizistenfloskel wie, sie solle stehen bleiben oder er würde schießen. Doch Abigail blieb nicht stehen. Der darauf folgende Fluch war keine Floskel, aber der Zorn, der in seiner Stimme mitschwang, ließ sie noch erbitterter weiterlaufen. Sie mochte vielleicht einige Male in ihrem Leben betrogen worden sein, aber sie hatte dadurch fürs Leben gelernt. Sie wusste, dass der Mann mit den dunklen blaugrauen Augen und der schleppenden Stimme keiner unbewaffneten Frau in den Rücken schießen würde.

Darauf würde sie jede Wette eingehen.

Ungefähr fünfundvierzig Meter weiter wurde das Gelände eben. Abigail fand ihren Rhythmus und zu ihrem Tempo zurück, das sie sich auf der Laufbahn des Gefängnisses in den letzten Monaten antrainiert hatte. Die Lebenslängliche Mary Beth Jenkins stoppte sechs Mal in der Woche Abigails Zwei-Meilen-Lauf. Dank dem Lauftraining und dem Gewichtheben war Abigail in Topform. Doch ihre Füße brannten und pochten, Abigail betete, dass ihr Körper weiter mitspielte und sich die harte Arbeit auszahlte.

Sie konnte hören, wie das Pferd hinter ihr durch das Gestrüpp brach. Wieder schrie der Cowboy Cop etwas, doch sie konnte seine Worte nicht verstehen. Sie lief stur weiter. Was waren eine stechende Lunge und schmerzende Muskeln im Vergleich zu den Qualen, die sie erwarteten, sollte er sie schnappen. Abigail lief um ihr Leben. Als sich das erste Mal die Zellentür hinter ihr geschlossen hatte, hatte sie sich geschworen, lieber zu sterben, als den Rest ihres Lebens hinter Gittern zu verbringen.

Natürlich hatte das Schicksal anderes mit ihr vor. In einer Minute rannte sie wie eine Olympionikin, in der nächsten stand sie am Rand einer Schlucht und bewahrte sich nur mit allergrößter Mühe davor, in einen Bach zu fallen, der drei Meter tiefer wild dahinströmte.

Abigail sprintete nach links. Sie wollte keine kostbaren Sekunden damit verschwenden, einen Blick über die Schulter zu werfen, aber ihre Neugier war zu groß. Sie sah, wie der Cowboy Cop mit seinem großen gescheckten Pferd erstaunlich schnell näher kam. Ihr Herz klopfte bis zum Hals. Oh Gott, er würde sie schnappen!

Getrieben von Panik hastete sie weiter. Sie sprang über umgefallene Bäume, duckte sich unter einen gelegentlichen Ast und ihre Lungen brannten schmerzhaft dank der Eile und der dünnen, eiskalten Luft.

Sie hörte bereits, wie der lederne Sattel des Polizisten knarrte und die Hufe des Pferdes auf den Boden hämmerten. Gleich würde es zum Sprung ansetzen, das wusste Abigail. Zum ersten Mal konnte sie nachempfinden, wie sich eine Gazelle fühlen musste, wenn sich die Klauen eines Löwen um ihre Kehle schlossen. Es trieb sich noch härter an.

Einen Moment später stürzte sich der Cowboy Cop mit aller Macht auf sie. Er schloss seine starken Arme um ihre Schultern und zog sie dank seines Gewichts zu Boden. Ihre Beine verhedderten sich und Abigail bekam keine Luft mehr.

Abigail landete hart auf dem Bauch. Sie versuchte, fortzukriechen, aber der Cop hielt sie gefangen. Schreiend trat sie mit dem Fuß um sich. Ihre Ferse traf etwas Festes. Abigail hörte den Mann fluchen.

„Hören Sie auf damit und beruhigen Sie sich“, knurrte er verärgert.

Abigail witterte ihre Chance. Offenbar hatte sie dem Cowboy Cop ins Gesicht getreten und dabei sein rechtes Jochbein verletzt. Dieser Schmerzmoment ermöglichte es ihr vielleicht, ihr Leben zu retten. Sie beugte sich rasch vor, zog mit einem Ruck das Funkgerät aus seinem Gürtel und warf es, so fest sie konnte, in Richtung Bach.

Der Cowboy Cop erstarrte.

Abigail hielt die Luft an.

Einen Augenblick später hörte sie, wie etwas platschend ins rauschende Wasser fiel. Und zum ersten Mal seit einem Jahr verspürte Abigail das prickelnde Gefühl des Sieges. Es rann heiß durch ihre Adern.

Doch der Triumph war von kurzer Dauer. Denn schon bald rollte sie der Cowboy Cop auf den Bauch, zog ihre Hände mit einem Ruck auf den Rücken, legte ihr die kalten Handschellen um die Handgelenke und ließ sie einrasten. Offenbar schätzte es Cowboy Cop nicht, dass sie sein Funkgerät weggeworfen hatte.

Abigail lag still da. Sie überlegte, was sie als Nächstes tun würde.

„Teufelsbraten." Der Mann stand auf und ging auf das Steilufer zu.

Sie beobachtete, wie er seine Stiefel wegwarf, den bodenlangen Staubmantel von sich riss und ihn hinter sich ins Gras schleuderte. Er machte sich nicht die Mühe, seine Wrangler Jeans hochzurollen. Er rutschte die Böschung hinunter, stieg ins eisige Wasser und begann mit dem hoffnungslosen Unterfangen, das Funkgerät zu suchen. Sie erkannte an seiner Körperhaltung, wie wütend er war. Bislang hatte sich der Mann beherrscht, das musste sie ihm lassen. Abigail beschlich ein schlechtes Gewissen, weil sie ihm diesen Bluterguss unter dem Auge zugefügt hatte, denn eigentlich verabscheute sie jede Form von Gewalt. Aber dieser Nachmittag erfüllte alle Kriterien für Grams' „extreme Zeiten".

Sie sah, wie er durchs hüfthohe Wasser watete. Allein der Gedanke an dieses eiskalte Wasser ließ sie erschaudern. „Sie sind eine Plage, nicht nur für mich, sondern auch für sich selbst", stieß er hervor.

„Es tut mir leid", sagte sie zerknirscht.

Er sah sie vernichtend an, dann setzte er seine Suche fort.

Seine Augen hatten die Farbe von Kieselsteinen. Sie sprachen von strenger Beherrschung und kühler Distanz, die Polizisten offenbar zu eigen sein schienen. Der Mann wusste vielleicht, wie man eine Jeans ausfüllte, und er besaß unzweifelhaft schöne Augen, aber Abigail würde sich hüten, sich von einem Polizisten bezaubern zu lassen. Sie hasste die Art, wie diese Kerle sie ansahen. Misstrauisch, abfällig und mit diesem ekelhaften Hauch von Überlegenheit, der ihr auf die Nerven ging. Und dieser Mann vor ihr war trotz aller offenbar feinen Eigenschaften Polizist. Sie tat gut daran, es nicht zu vergessen.

„Na gut, Einstein, es sieht so aus, als würden Sie und ich heute Abend auf den Luxus eines Hubschrauberfluges verzichten und allein zurückreiten müssen." Er watete aus dem Wasser und stieg die schlammige Böschung hinauf.

Sie hätte nicht darauf achten sollen, wie der nasse Denimstoff seine schlanken Hüften und die muskulösen Schenkel umspannte, ganz zu schweigen von anderen Teilen seiner männlichen Anatomie, über die sie *nicht* nachdenken wollte. Sie sollte so einiges an diesem Mann nicht beachten, einschließlich der Tatsache, dass er zweifellos der hübscheste Polizist war, den sie je zu Gesicht bekommen hatte.

Er hatte irgendwann seinen Hut verloren, und so kam Abigail in den Genuss, sein kurz geschnittenes dunkles Haar zu sehen. Seine Gesichtszüge waren kantig und hager und seine Wangenknochen hätten jedem Komantschen-Häuptling gut gestanden. Die eingefallenen Wangen und die gerade Nase verliehen seinem Aussehen eine gewisse Härte. Aber sein Mund wirkte seltsam weich und sinnlich genug, um eine Heilige zu verführen.

Abigail verzog das Gesicht, als er seinen Bluterguss unter dem rechten Auge betastete.

„Das mit dem Bluterguss tut mir leid", sagte sie leise.

„Dem Bluterguss?" Er lachte kalt, während er nach seinen Stiefeln griff und in sie hineinstieg. „Sie haben gerade unser einziges Kommunikationsmittel weggeworfen und Sie machen sich Gedanken um einen verdammten Bluterguss?"

„Sie sollten versuchen, ihn zu kühlen."

„Wenn wir in schweres Wetter geraten oder einer von uns verletzt wird ..."

„Es tut mir leid, dass Sie so verärgert sind wegen des Funkgeräts."

„Sie haben verdammt recht, ich bin verärgert! Ich kann nicht begreifen, wie man so etwas unglaublich Dummes tun kann."

„Ich weise nur ungern darauf hin, aber ich denke, Sie sind wütend, weil ich Ihnen voraus war."

Er sah sie ungläubig an. „Was?"

„Ich wäre Ihnen beinahe entkommen, das verletzt Ihr Ego. Deshalb sind Sie so wütend."

„Ich weiß es zu schätzen, dass Sie mich darauf hinweisen, aber ich bin eher wütend, weil vor uns ein Fünf-Stunden-Ritt liegt und schweres Wetter vorhergesagt ist."

„Es tut mir leid, wenn ich Ihnen Schwierigkeiten bereite, aber Sie werden sie sicher wunderbar meistern. Es hat nichts mit Ihnen persönlich zu tun, nur, ich kann nicht zurück."

Er lachte erneut kalt. „Ich bin nur ungern derjenige, der Ihnen diese weltbewegende Neuigkeit mitteilt, Blondie, aber Sie haben keine Wahl."

„Ich kann nicht zurück und ich gehe nicht zurück."

Er starrte sie wütend an. „Sollten Sie noch weitere raffinierte Fluchtpläne auf Lager haben, können Sie sich die gleich aus dem Kopf schlagen. Daraus wird nichts. Verstanden?"

„Sie verstehen nicht."

„Ich verstehe vollkommen. Sie sind aus dem Gefängnis geflohen. Es ist meine Aufgabe, Sie zurückzubringen. Ende der Geschichte."

„So einfach ist das nicht."

„Sehen Sie, wir können uns das hier angenehm gestalten oder ich wende Gewalt an. Es liegt ganz bei Ihnen. Aber sollten Sie sich für die zweite Variante entscheiden, wird es ungemütlich für Sie."

„Cowboy ..."

„Gehen wir."

„Bitte, tun Sie das nicht." Sie bemühte sich nach Kräften, aber ihre Stimme zitterte bei dem letzten Wort. „Ich kann nicht zurück."

Er betrachtete sie kühl. „Sie hätten über die Konsequenzen nachdenken sollen, bevor Sie jemanden töteten."

Seit fast einem Jahr bezeichnete man sie schon als Mörderin, aber selbst jetzt noch ließ sie das Wort innerlich beben. „Ich habe niemanden umgebracht."

„Haben Sie eine Ahnung, wie oft ich das schon gehört habe?"

„Das ist mir egal. Ich bin unschuldig."

„Eine Jury ist da ganz anderer Meinung gewesen. Der Gefängnisdirektor will Sie zurück. Mehr muss ich nicht wissen."

Abigail wusste, dass ihre Unschuldsbehauptung auf taube Ohren stieß. Sie wusste, dass sich diese anhörte wie die verzweifelte Masche einer Mörderin, die Zeit gewinnen wollte. Sie würde diesen Mann niemals von ihrer Unschuld überzeugen. Das konnte nur Dr. Jonathan Reed am Mercy General Hospital in Denver. Der Mann, dem sie ihr Herz geschenkt hatte und der es direkt vor ihren Augen zerbrach.

„Lieber sterbe ich, als ins Gefängnis zurückzugehen", sagte sie.

Er runzelte die Stirn. „Wenn Sie weiterhin solche Dummheiten machen wie mit dem Funkgerät, kriegen wir das hin." Aus seinen Stiefeln quoll Wasser, als er auf sie zuging. „Stehen Sie auf. Wir haben noch einen weiten Weg vor uns."

Als sie das Maultier erreichten, begann es zu schneien. Abigail hatte den Schnee immer geliebt. Er ließ die Welt frisch aussehen und unbefleckt von all den Problemen des Lebens. Er erinnerte sie an zu Hause und an die endlos langen Winter, die sie mit Grams daheim auf der Farm in Calloway County, Kentucky, verbracht hatte, bevor Paps starb.

Sie fragte sich, ob das Leben jemals wieder so unbeschwert sein würde.

Ein paar Meter weiter zwängte sich der Cowboy Cop umständlich in seinen Duster Coat. Er schien in seinen nassen Jeans zu frieren. Er hob seinen Hut mit einer schwungvollen Bewegung vom Boden auf, strich dabei über das getrocknete Gras und setzte ihn auf. „Kommen Sie her."

Misstrauisch ging sie auf ihn zu. „Ich warne Sie. Tun Sie mir ja nicht weh, nur weil ich Ihr dummes Funkgerät weggeworfen habe. Ich habe einen guten Anwalt. Jackson Scott Sargent ist auf Polizeigewalt spezialisiert und hat bisher jeden Fall gewonnen."

„Halten Sie den Mund und drehen Sie sich um." Stirnrunzelnd zog er den Schlüssel für die Handschellen aus einem kleinen Fach in seinem Gürtel.

Erstaunt registrierte Abigail, dass er ihre Handschellen entfernen wollte. Sie drehte ihm den Rücken zu und bot ihm ihre Handgelenke dar. „Oh, na gut … danke."

Er entfernte die Handschelle von einem Handgelenk. „Danken Sie mir nicht, weil ich Sie die Handschellen vorne tragen lasse. Sie müssen auf das Maultier steigen."

„Warten Sie mal."

„Und Sie werden sich mit beiden Händen am Sattelhorn festhalten müssen, weil das Tier einen Gang hat wie ein Truck mit vier platten Reifen."

„Ich weiß nicht, wie man reitet."

„Ist mir egal."

„Und wenn ich runterfalle?"

„Werde ich Sie liegen lassen."

„Sollte mir etwas geschehen, wird mein Anwalt Jackson Scott Sar…"

„Halten Sie den Mund und lassen Sie mich mit dem Anwalt in Ruhe, ja?"

„Ich erzähle Ihnen nur, was passiert, sollte ich körperlich versehrt nach Buena Vista zurückkehren."

„Ich werde daran denken, sobald Sie die nächste Dummheit begehen."

Sie wich zurück, doch der Mann zog an der Handschelle. „Geben Sie mir Ihre andere Hand."

„Bitte …"

„Nein! Nicht, nachdem Sie etwas so unglaublich Dummes und Gefährliches getan haben. Geben Sie mir Ihre Hand. Jetzt."

Sie fand sich damit ab und streckte ihre Hand aus. Viel zu rasch und sicher ließ er die Handschellen einrasten. „Fühlen Sie sich jetzt besser?“, zischte sie.

„Klar.“ Er ging zum Maultier hinüber. Als sie ihm nicht folgte, hob er die Hand und winkte sie mit dem Zeigefinger zu sich. „Wir erwarten jede Menge Schnee, Blondie. Also los jetzt.“

Abigail wusste nicht, wie sie aus dieser Situation herauskommen sollte. Offenbar hielt sich der Cowboy Cop genau an die Vorschriften und nahm seine Arbeit viel zu ernst. Na schön, dann musste sie ihre Augen offen halten und auf eine Gelegenheit hoffen. Und wenn sich keine ergab, musste sie eine erschaffen. Die Vorstellung, eine kalte, nasse Nacht draußen im Schnee zu verbringen, behagte ihr nicht, aber vielleicht würde sich das Wetter auch als Vorteil erweisen.

Sie folgte ihm zu dem Maultier.

„Ich zähle bis drei, dann stecken Sie Ihren linken Fuß in den Steigbügel, legen Ihre Hände auf das Sattelhorn und ziehen sich in den Sattel hoch.“

„Ich weiß, wie man auf ein Pferd steigt.“ Sie hob die Hände und legte sie auf das mit Leder bespannte Sattelhorn. Sie war nur ein paar Mal in ihrem Leben geritten. Damals, auf Grams’ Farm, besaß Mr.. Smith mehrere Shetland-Ponys. Abigail hatte sie sehr gemocht, aber nie gewusst, wie man sich lange auf ihren Rücken hielt. In jenem Sommer verbrachte sie leider sehr viel Zeit damit, sich den Staub vom Hintern zu wischen.

„Eins, zwo, *drei*.“

Abigail zog sich hoch und hob ihr rechtes Bein über den Rücken des Maultiers.

„Sie sind ein Naturtalent“, lobte der Cowboy Cop.

„Vorsichtig, das Lob steigt mir zu Kopf.“ Sie streckte ihm die Zunge heraus, als er sich abwandte.

Er nahm das lange Seil am Halfter des Maultiers und band es an seinen Sattel. „Sie täten gut daran, wach zu bleiben und auf mich und Ihr Reittier zu achten.“

„Als ob das einen Unterschied machen würde. Sie führen mich ja doch in den Tod.“

Er warf ihr einen finsteren Blick zu.

„Und wir werden nass“, sagte sie.

„Willkommen im spätherbstlichen Colorado.“ Er nahm die Zügel auf und sprang geübt auf das große gescheckte Pferd. „Hätten Sie das

Funkgerät nicht weggeworfen, könnten wir uns jetzt an Bord eines schönen warmen Hubschraubers befinden."

„Das Risiko mit dem Wetter gehe ich ein."

Er kniff die Augen zusammen. „Sie stammen nicht aus der Gegend, nicht wahr?"

„Ich habe es mir nicht ausgesucht."

„Sie haben so ein Näseln in der Stimme."

„Ich habe kein Näseln in der Stimme."

„Sie näseln eindeutig. Ich würde sagen, Sie stammen aus Tennessee."

„Ich näsele nicht und ich stamme auch nicht aus Tennessee." Er starrte sie an. „Ich komme ursprünglich aus Kentucky."

Der Cowboy Cop drehte sich im Sattel um und griff in eine große Ledertasche, die hinter ihm quer über dem Sattel lag. Dort holte er ein zusammengerolltes Bündel heraus, schnürte es auf und schüttelte es. Abigail registrierte überrascht, dass es ein langer wetterfester Mantel war. Es irritierte und rührte sie, dass er aufmerksam genug war, an ihr Wohlergehen zu denken, obwohl sie ihm ein ordentliches Veilchen beschert und sein geliebtes Funkgerät weggeworfen hatte.

Er lenkte sein Pferd neben ihr Maultier und stoppte so nah, dass sich ihre Beine leicht berührten. „Der Mantel wird Sie vor Nässe schützen und den Wind abhalten." Er griff um sie herum und schloss den Knopf an ihrer Kehle.

Es war lange her, dass Abigail einem Mann so nahe gekommen war, vor allem einem so gut aussehenden Mann. Ihr Herz flatterte einmal seltsam auf und nieder, dann klopfte es heftig gegen ihre Rippen. Der Mann roch nach Leder, nach freier Natur und Gesundheit. Er war ihr so nah, dass sie die Krähenfüße in seinen Augenwinkeln sah und den Minzgeruch in seinem Atem roch.

In diesem Augenblick trat das Maultier zur Seite, das Knie des Cowboys stieß gegen ihres. Die Berührung schockierte Abigail. Sie hatte sich fest vorgenommen, diesen Mann nicht anzusehen, doch jetzt starrte sie in seine stahlgrauen, kühlen Augen, die leider viel zu scharfsichtig waren. Sein Gesicht war vielleicht dreißig Zentimeter von ihrem entfernt und sein Blick schwankte nicht, während er den Duster Coat fester um sie legte. Sie dachte, ein Feuer in seinen Augen aufblitzen zu sehen, aber es kam und ging zu schnell, um sicher sein zu können.

Dennoch war Abigail überzeugt, die einzige Schwachstelle dieses Mannes erblickt zu haben. Sie wusste, was zu tun war, um ihm zu entkommen.

Wenn Jake es nicht am eigenen Leib erlebt hätte, würde er es niemals glauben. So etwas passierte ihm nicht, nicht ihm, Jake Madigan, der sich immer an die Vorschriften hielt. Nicht dem besonnenen Polizisten, der immer zweimal hinschaute und niemals etwas für bare Münze nahm. Jake durchsuchte keine Frauen mit schmachtenden Blicken, ganz gleich, wie schön sie auch waren. Und er vertraute ihnen nicht, nie und nimmer.

Warum zur Hölle gingen ihm dann diese großen veilchenblauen Augen so nahe?

Die Frau war eine Strafe, nicht nur für die Gesellschaft, sondern auch für seine unerschütterliche Disziplin. Sie verbüßte eine lebenslängliche Haftstrafe wegen Mordes, um Gottes willen. Wenn das allein nicht ausreichte, um seine Libido ein für alle Mal in die Wüste zu schicken, hätte es die Lagebesprechung des Strafvollzugsbeamten heute Morgen tun sollen, insbesondere der Teil über Abigail Nichols' mentale Instabilität. Jake hatte selbst gesehen, dass sie selbstzerstörerisch war. Er war Zeuge, als sie sein Funkgerät in den Bach warf und sie beide damit von der Kommunikation mit dem RMSAR-Hauptquartier und der Leitstelle des Sheriff's Office in Chaffee County abschnitt. Solch eine Tat war nicht etwa mutig, sie war selbstmörderisch.

Jetzt musste er nicht nur mit ihren männermordenden Augen und den weiblichen Reizen klarkommen, über die er gar nicht nachdenken wollte, sondern auch noch mit dem verfluchten Wetter.

Diese verdammte, verrückte Frau.

Der Schnee kam jetzt von der Seite. Jake war völlig durchnässt, er fror von der Taille an abwärts und er begann, sich Sorgen zu machen. Das Wetter schlug erschreckend schnell um und die Sichtweite betrug nicht einmal mehr eine Viertelmeile. Sie würden nicht mehr lange weiterreiten können. Die Schneedecke war bereits dreißig Zentimeter hoch und nahm stetig zu, der Wind hatte Sturmstärke angenommen und heulte heftig um die Bäume. Bald würde er Schneeverwehungen anhäufen, die groß genug waren, um einen Mann zu verschlucken. Er wollte es zwar nicht zugeben, aber sie würden einen Unterschlupf für die Nacht finden müssen.

Jake würde es auf keinen Fall rechtzeitig zum Eishockeyspiel nach Hause schaffen.

Er verfluchte das Wetter und seine Gefangene, kuschelte sich tiefer in seinen Staubmantel und hing seinen Gedanken nach.

„Hey, Cowboy, ich weiß nicht, ob Sie es schon bemerkt haben, aber es schneit wie Teufel."

Er drehte sich zu ihr um und spürte, wie beim Anblick ihrer Augen ein Gefühl in ihm aufzuckte, das er sofort wieder verdrängen wollte. Ihre Wangen und ihre Nase waren rosarot vor Kälte, die wilde Lockenmähne war feucht und mit Schneeflocken durchsetzt und der Sturm wehte ihr immer wieder Strähnen ins Gesicht.

„Setzen Sie die Kapuze auf", sagte er.

Sie hob die mit Handschellen gefesselten Hände, zog dann die Kapuze über ihren Kopf. „Meine Hände sind kalt."

„Ich habe mich schon gefragt, wann Sie zu meckern beginnen." Er hoffte, sie damit von der Kälte abzulenken. Er konnte deutlich sehen, wie sie zitterte. *Geschieht ihr recht*, dachte er. Aber tief in seinem Inneren wollte er nicht, dass sie so fror. Verdammt, es gefiel ihm überhaupt nicht, wie sich die Dinge entwickelten.

„Ich beschwere mich nicht", sagte sie. „Ich weise nur auf eine Tatsache hin."

„Sie würden eine Tatsache nicht mal erkennen, wenn Sie auf eine treten würden und sie an Ihrer Schuhsohle kleben bliebe." Er stoppte sein Pferd. Rebel Yell machte noch ein paar Schritte mehr, dann blieb er neben Brandywine stehen. Jake sah die Frau an. „Und wenn Sie sich nicht des Funkgerätes bemächtigt hätten, säßen wir jetzt im Warmen."

„Korrektur. *Sie* säßen dann im Warmen, ich hingegen würde mich in einer kalten Gefängniszelle wiederfinden und daran denken, dass ich den Rest meines Lebens dort für ein Verbrechen schmoren werde, das ich nicht begangen habe. Unter einer guten Zeit stelle ich mir etwas anderes vor."

Jake wollte glauben, dass es nur ihr Körper war, der seine Hormone in Wallung brachte. Sie konnten es kaum noch erwarten, ihn zu verraten. Doch tatsächlich irritierte ihn die Ehrlichkeit in Abigails Blick. Sie strafte ihr arrogantes, nonchalantes Benehmen und ihr loses Mundwerk Lügen und entblößte eine gequälte Verletzlichkeit.

Er würde sich hüten, Ehrlichkeit von einer Frau wie Abigail Nichols zu erwarten, immerhin war er nicht von gestern. Diese Frau war ungefähr so unschuldig wie Luzifer. Er wusste nur zu gut, wie leicht es manchen Menschen fiel, zu lügen und zu täuschen. Dennoch begann er sich zu fragen, wie sie ihr Leben so hatte verpfuschen können.

Er zog seine Handschuhe aus. „Geben Sie mir Ihre Hände."

Sie sah ihn misstrauisch an, hielt ihm aber ihre Hände hin.

Ohne sie anzusehen, beugte sich Jake aus dem Sattel zu ihr hinüber und schob ihre Hände in seine Handschuhe. „Die werden Sie vor Erfrierungen schützen."

„Und was ist mit Ihnen?" Ihr Blick begegnete seinem.

Jake starrte kurz zurück, dann schnalzte er und trieb Brandywine damit an.

„Wohin reiten wir überhaupt?", fragte sie nach einem Augenblick.

„Ein paar Meilen von hier gab es mal eine Jagdhütte. Wenn sie noch steht, werden wir die Nacht dort verbringen."

„Das klingt vielversprechend."

„Sie wird uns trocken halten und den Wind abwehren. Wenn wir Glück haben, klärt sich das Wetter bis zum Morgen auf."

„Ja, ich freue mich schon darauf, in meine schöne, gemütliche Zelle zurückzukehren. Morgen wird mein Glückstag!"

Er murmelte etwas Unverständliches.

„Der Gefängnisdirektor und ich sind ganz eng, wissen Sie." Sie kreuzte Zeige- und Mittelfinger. „So eng."

Jake wollte nichts darüber wissen. Er kaufte ihr ihre Unschuldsbehauptung nicht einmal ansatzweise ab. Er hatte über die Jahre zu viele Lügen von Straffälligen gehört, dass er einen Verbrecher in dunklen Räumen mit geschlossenen Augen erkennen konnte. Er hatte Lügen von Leuten vernommen, von denen er dachte, dass sie anständig waren, und auch von Leuten, denen er vertraut hatte. Schlimmer, er war von einer Frau belogen worden, der er sein Herz geschenkt hatte.

Das war nicht mehr gutzumachen. Es hatte etwas in ihm unrettbar zerstört. Elaines Lügen hatten das Vertrauen aus seiner Seele gesaugt. Das Schlimmste daran war, dass Jake nicht einmal sicher war, ob er es zurückhaben wollte.

3. KAPITEL

Jake begann sich zu sorgen, ob er die Hütte übersehen hatte. Vielleicht war er aufgrund der Sicht direkt an ihr vorbeigeritten, ohne sie zu sehen. Oder lag es daran, dass er bis auf die Knochen durchgefroren war und unkontrolliert zitterte? Offenbar ritt er mit dieser Frau direkt ins Nichts und damit in einen langsamen und qualvollen Tod.

Er konnte die Gedanken einfach nicht abschütteln, während sie durch das Schneegestöber ritten. Seit zwei Stunden kamen sie nur quälend langsam voran. Er war nass und müde und die Situation beunruhigte ihn zunehmend. Wie musste sich dann Abigail Nichols fühlen? Sie war nicht annähernd für das schwere Wetter gekleidet, hatte nicht genug gegessen und war nicht ausgeruht. Obendrein steckten ihre Hände in Handschellen, und dennoch beschwerte sich Abigail nicht. Entweder war sie wirklich zäh oder sie war die störrischste Person, der er je begegnet war.

Wenn ihn seine Erinnerung nicht trog, hätten sie die Jagdhütte schon vor einer Stunde passieren sollen. Sein Kompass sagte ihm, dass sie in die richtige Richtung ritten. Also wo zur Hölle war dann diese Hütte? Er spürte ein nervöses Flimmern in seinem Magen. Jake brachte so schnell nichts aus der Ruhe, dafür hatte er schon viel schlimmere Situationen in diesen Bergen erlebt und überlebt, doch dieses Mal war er nicht allein. Und auch wenn es sich bei seiner unwilligen Reisebegleiterin um eine entflohene Strafgefangene handelte, lag ihre Sicherheit in seiner Verantwortung. Jake nahm diese Verantwortung ernst. Sie mussten dringend einen Unterschlupf finden. Die Wetterbedingungen wurden von Minute zu Minute schlechter, bald brach die Dunkelheit herein und Jake sah sich mit einer Situation auf Leben und Tod konfrontiert.

Der Wind brannte in seinen Augen, während Brandywine ihn durch den Schnee führte. Der war inzwischen so tief, dass er die Unterseite ihres Bauchs streifte. Jakes Gesicht war nass und schmerzte vor Kälte. Seine Hände waren mehr als taub.

„Sind Sie in Ordnung?“, schrie er über das Heulen des Windes hinweg.

„Sie meinen, abgesehen davon, dass ich unglaublich nass, verfroren und hungrig bin und mein Leben in Trümmern liegt? Hey, Cowboy, mir geht’s ganz wunderbar. Machen Sie sich um mich keine Sorgen. Ich meine, wer braucht schon zehn Finger und zehn Zehen, wenn er den Rest seines Lebens im Gefängnis verbringen wird?“

Obwohl sie keinen Meter von ihm entfernt war, konnte er ihre Silhouette durch das Schneetreiben kaum noch ausmachen. „Wir sind in ein paar Minuten da. Bleiben Sie ruhig und halten Sie einfach durch, okay?"

„Ich halte schon seit einem Jahr durch. Ein paar Minuten mehr machen da keinen großen Unterschied."

Einen Moment später stolperte Brandywine. Jake entdeckte durch den Schnee, dass die Stute über die unterste Stange eines zerbrochenen Zauns gestolpert war. Er zog die Zügel an und sah schemenhaft die Außenfront der Hütte.

Er rutschte vom Pferd und führte es zur Ostseite der Hütte, wo ein flacher Schuppen Wind und Schnee abhielt. Dann ging er zu Rebel Yell hinüber. Abigail starrte ihn zitternd an. Ihre Wangen leuchteten rot in dem blassen Oval ihres Gesichts. Nasse Haarsträhnen kringelten sich wild um ihre Kapuze.

„Nettes Fleckchen", stammelte sie. „Kommen Sie oft hierher?"

Das klang ziemlich abgebrüht, und Jake hätte ihr die Nummer auch abgekauft, wenn sie nicht so mit den Zähnen geklappert hätte. Als Rettungssanitäter wusste Jake, dass sie einer Unterkühlung nahe war, vermutlich war er selbst nicht mehr weit davon entfernt. „Rühren Sie sich nicht", sagte er. Er nahm Rebel Yells Führungsseil, band das Maultier damit an dem Futtertrog fest und wandte sich wieder der Frau zu. „Heben Sie Ihr rechtes Bein über den Nacken des Tieres und rutschen Sie runter", sagte er.

Sie hielt die mit Handschellen gefesselten Hände vor sich und tat, wie ihr geheißen. Es hätte funktioniert, wenn ihre Beine nicht versagt hätten, sobald sie den Boden berührten. Wäre Jake Madigan nicht da gewesen, um sie aufzufangen, wäre sie hingefallen. Aber er war da und hielt sie fest. Er staunte, wie gut sie sich in seinen Armen anfühlte.

Abigail sah ihn überrascht aus veilchenblauen Augen an, in deren Tiefen sich ein wahres Kaleidoskop von Gefühlen widerspiegelte. Jake erkannte Wachsamkeit und Vorsicht darin, gepaart mit etwas anderem, was er nicht benennen konnte. Er atmete tief durch, saugte ihren Duft in seine Lunge und spürte, wie ihn der Geruch überwältigte. Diese Frau roch so erdig und natürlich. Sie roch nach einer berauschenden Mischung aus süßem Bergregen und Frau, die ihn trotz der Kälte erregte. Er spürte einen harten, dumpfen Pulsschlag, aber er wusste nicht, ob es sein Puls war oder ihrer. Nur dass der Puls raste wie der Wind und Jake viel zu klug war, sich zu fragen, warum.

„Vorsicht, ich hab Sie“, sagte er.

„Ich friere.“ Sie verzog das Gesicht. „Meine Füße sind taub.“

„Warum haben Sie denn nichts gesagt?“

„Ich dachte, man muss kein Genie sein, um zu verstehen, dass es hier draußen gefährlich kalt ist.“ Sie verzog ihr Gesicht und schob eine Handvoll Haare aus ihren Augen. „Als ob Sie das überhaupt interessieren würde.“

„Ich bin dafür verantwortlich, dass Sie sicher und gesund nach Buena Vista zurückkommen.“

Ihr trockenes Lachen hätte ihn nicht ärgern sollen, tat es aber doch. „Die Frage ist doch wohl eher, ob tot oder lebendig.“

„Dramatisieren Sie nicht. Das nervt.“

„Ich bin einfach realistisch.“

Jake wusste, dass er weggehen sollte. Er hätte weggehen sollen, sobald er die flüchtige Berührung ihres Körpers gespürt hatte. Aber sie fühlte sich so rund und weich an und ihr Duft setzte sein Urteilsvermögen schachmatt. Ganz zu schweigen von einem anderen Teil seiner Anatomie, das entschlossen zu sein schien, ihn zu verraten.

„Machen Sie sich nichts daraus, Cowboy Cop. Ich weiß, Sie machen nur Ihren Job. Ich nehme es nicht persönlich.“

Ein Blick in ihre Augen verriet, dass sie meinte, was sie sagte. „Ich will nicht, dass Sie verletzt werden“, sagte er.

„Ja, Sie wollen mich eben nur vollständig nach Buena Vista zurückbringen, damit ich den Rest meines Lebens im Gefängnis verbringen kann, und das für ein Verbrechen, das ich nicht begangen habe. Das ist wirklich mitfühlend von Ihnen. Aber ich schätze, in meiner Situation muss man Mitgefühl zu schätzen wissen.“

Jake seufzte. „Ich werde das jetzt nicht mit Ihnen diskutieren.“ Er ließ sie los und trat zurück. „Ich muss die Tiere füttern und für die Nacht mit Streu versorgen.“

Er wandte sich zu Brandywine um, öffnete die Satteltasche und zog ein Halfter, ein Seil und ein Säckchen Getreide heraus. Er streifte das Zaumzeug vom Kopf des Pferdes, ersetzte es durch das Halfter und band die Stute am Futtertrog fest. Er schaufelte den Schnee vom Futtertrog und teilte das Säckchen Getreide zwischen den zwei Tieren auf. Als sie gefüttert waren, wandte er sich wieder seinem Schützling zu. „Geben Sie mir Ihre Hände.“

„Sagen Sie bloß, Sie vertrauen mir genug, um mir die Handschellen abzunehmen.“

„Das ist keine Frage des Vertrauens, Blondie. Dies hier ist ein gefährlicher Sturm und ich könnte Ihre Hilfe gebrauchen."

„Man stelle sich das nur vor, ein Polizist braucht meine Hilfe."

Jake nestelte mit finsterem Blick die Schlüssel aus seinem Gürtel, schloss die Handschellen auf und stopfte sie in das Gürtelfach. Ohne ein Wort zu sagen, drehte er sich wieder zu den Tieren um, band die beiden Schlafsäcke von den Sätteln und gab sie seiner Gefangenen. „Würden Sie bitte festhalten, während ich absattle?"

Sie nickte. „Vielleicht sollten Sie mich zu irgendwas ernennen."

„Ich glaube nicht." Er legte die Schlafsäcke in ihre Arme, dann sattelte er die Tiere ab. Einige Minuten später hatte er je ein Sattelhorn in jeder Hand und wandte sich der Hütte zu. „Mal sehen, ob die Bude noch ein intaktes Dach hat", sagte er.

„Ich werde schwer enttäuscht sein, wenn sie keines hat."

„Da wären Sie nicht die Einzige."

„Ich schätze, es ist übertrieben, auf heißes Wasser zu hoffen."

„Im allerbesten Fall machen wir ein Feuer und schmelzen Schnee, wenn es trockenes Holz gibt."

„Zimmerservice?"

„Ich habe ein paar Fertigmahlzeiten dabei, Proteinriegel und Kekse."

„Schokolade?"

„Erdnussbutter."

„Du meine Güte, Sie wissen wirklich, wie man die Träume einer Frau zunichte macht."

Jake ging an ihr vorbei und griff nach dem Türknauf. Die Tür knarrte, als er sie aufstieß. Der beißende Geruch nach altem Holz und Staub empfing ihn. „Kein Schnee auf dem Fußboden", sagte er. „Das ist ein gutes Zeichen."

Er trat ins Innere der Hütte. Seine Stiefel hallten dumpf gegen den Dielenboden. Es war ein Jahr her, seit er zuletzt in der kleinen Hütte gewesen war. Sie bestand nur aus einem Raum, doch der sah noch immer genauso heruntergekommen aus, wie er ihn in Erinnerung hatte. Damals wollte er mit Tony Colorosa und Pete Scully zelten, doch sie wurden von heftigem Regen überrascht. Jake kannte die Hütte von einer früheren Such- und Rettungsaktion und so retteten sie sich letzten Endes hierher.

„Es ist nicht gerade das Ritz, aber es wird genügen", sagte er.

„Wir sollten uns beschweren. Eine Fensterscheibe fehlt und es schneit in die Küche."

Jake sah, wie sein Schützling in den Küchenbereich schlenderte. Abigail hatte die Kapuze des Duster Coats abgesetzt und eine Handvoll braun und blond gesträhnter Haare kringelten sich um ihre Schultern. Er versuchte darüber hinwegzusehen, dass ihre Zähne klapperten und dass ein Schüttelfrost ihren Körper quälte. Vor allem aber versuchte er zu verdrängen, dass sie eher wie ein guter Freund und weniger wie eine flüchtige Mörderin aussah.

Er riss sich von ihrem Anblick los und schob alle Gedanken an sie beiseite. Sie waren sowieso unangemessen. Dann begutachtete er das zerbrochene Fenster, durch das der Wind Schnee in die Hütte blies. Auf einer Arbeitsplatte aus unbearbeitetem Holz lagen bereits weiße Flocken. „Ich werde das flicken."

„Gibt es ein Bad?"

Jake sah sie misstrauisch an. „Es gibt eine Außentoilette, gleich bei der hinteren Veranda."

Als sie zur Hintertür ging, streckte er die Hand aus und hielt Abigail am Arm fest. „Ich gehe mit Ihnen."

„Wie bitte? Glauben Sie etwa, ich werde in den Schneesturm hinausrennen?"

„Nach der Nummer mit dem Funkgerät traue ich Ihnen das ohne Weiteres zu."

„Ich bin vielleicht verzweifelt, aber ich bin nicht dumm."

„Das ist hier oben ein und dasselbe, Blondie. Wenn Sie sich hier oben von der Verzweiflung leiten lassen, werden Sie sterben."

„Das würde frischen Wind in die Welt bringen, oder?"

Jake runzelte die Stirn. Was sie sagte, gefiel ihm nicht. Sie wirkte weder labil noch übertrieben erregt, aber er erinnerte sich deutlich daran, dass der Officer vom D. O. C. eine Vorgeschichte erwähnte. Abigail Nichols war einmal psychisch krank gewesen. Wenn sie beschloss, durchzudrehen und abzuhauen, würden sie beide erfrieren und ihre Leichen würde man nicht vor dem Frühjahr finden. „Ich bin direkt hinter Ihnen."

„Wie Sie wollen." Sie rollte ärgerlich mit den Augen, marschierte zur Hintertür hinüber und riss sie auf. Ein eisiger Windstoß schob sie einen Schritt zurück.

Die Außentoilette war ein Verschlag ohne Tür unter freiem Himmel. Abigail stand zunächst volle dreißig Sekunden mit offenem Mund da, bevor Jake sich zu ihr beugte und ihr versicherte, er werde ihr den Rücken zukehren. Sie sah ihn nicht einmal an, als sie durch den Türsturz trat und den Schnee vom Sitz wischte. Auf ihr Nicken hin drehte er sich um. Er versuchte nicht darüber nachzudenken, wie lange dieser Sturm wohl andauern würde. Während sie die Außentoilette benutzte, entdeckte Jake die Überreste eines alten Holzstoßes. Das Holz darunter war trocken, aber nicht in rauen Mengen vorhanden. Mit etwas Glück reichte es für drei Tage. Er verließ seinen Posten, ging zu dem Stoß hinüber und sammelte einen Armvoll Holz auf.

Als er sich aufrichtete, fand er Abigail einige Meter entfernt. Sie sammelte Kleinholz. Widerwillig bewunderte er sie dafür. Seine Strafgefangene war also doch ein zäher Knochen. Das sollte ihn nicht beeindrucken, tat es aber doch. Er wusste, wie sich Menschen unter Angst und Druck verhielten, er hatte es oft genug erlebt, doch diese Frau hier war der Inbegriff für Ruhe und Gelassenheit.

Er hätte es gerne geleugnet, aber Jake wusste, dass er in den kommenden Stunden auf der Hut sein musste. Trotz seiner Entschlossenheit, sie auf Distanz zu halten, berührte sie ihn. Zum ersten Mal, seit Elaine ihn verlassen hatte, zweifelte er, dass ihn sein gesunder Menschenverstand auf dem rechten Weg halten würde.

Jake nahm Blickkontakt zu seiner Gefangenen auf und deutete mit einer Kopfbewegung in Richtung Tür. Sie nickte und er folgte ihr. Sobald sie wieder in der Hütte waren, legte er das Holz vor den Kamin. „Ich werde Feuer machen und dann muss ich aus diesen nassen Hosen raus. Warum schauen Sie nicht, ob Sie etwas finden, womit wir die zerbrochene Scheibe abdecken können?"

„Das ist eine gute Idee." Sie trat an die Küchenzeile und zog ein paar verwitterte Sperrholzstücke neben der Spüle hervor.

Jake beobachtete sie aus den Augenwinkeln, während er das Holz im Kamin aufstapelte. Abigail zitterte noch immer, doch schon bald würde ein loderndes Feuer die feuchte Kühle aus dem Raum treiben. Es war übertrieben, auf richtige Wärme zu hoffen, aber immerhin würden sie nicht an Unterkühlung sterben. Jake schätzte, es war das Beste, was sie sich für heute Nacht erhoffen konnten.

Abigail schob ein Sperrholzstück nach dem anderen vor die zersprungene Scheibe, um ein geeignetes Stück zu finden. Als das nicht gelang, suchte sie im Spülschrank nach weiterem Material.

Doch kaum hatte sie die Tür geöffnet, schrie sie laut auf, stürzte zurück und rang nach Luft.

„Was ist, zum Teufel?", rief Jake erschrocken. Hatte sie etwa ein Nest Klapperschlangen freigelegt? Er sprintete zu ihr, um sie vom

Schrank wegzuziehen, doch sie lachte laut auf. Jake sah gerade noch, wie ein Streifenhörnchen in ein faustgroßes Loch huschte, das in den Kriechkeller unter der Hütte führte.

„Ich wollte Sie nicht erschrecken, Cowboy, aber ich bin nicht gerade der Natur-Typ."

„Das merke ich", grummelte er.

Etwas Waches, sehr Bewusstes schwirrte zwischen ihnen wie eine verirrte Kugel. Doch es verschwand so schnell, wie es gekommen war. Plötzlich war Jake nicht länger der besonnene Polizist, der die Situation beherrschte, sondern ein Mann mit all seinen Bedürfnissen und Schwächen. Und sie war nicht länger nur sein Schützling, sondern eine Frau mit veilchenblauen Augen und weicher Haut, die voller Geheimnisse steckte, die es eins ums andere zu enträtseln galt. In ihren Augen las er, dass sie es wusste. Sie atmete bebend aus und ihr Puls raste. Er spürte es deutlich unter seinen Fingern, die er reflexartig um ihre Handgelenke gelegt hatte.

Er wusste, dass es eine ganz schlechte Idee war, dennoch trat er nicht zurück. „Sind Sie in Ordnung?", fragte er.

„Es war nur ein Streifenhörnchen", sagte sie.

„Das habe ich gesehen."

„Ich wollte Sie nicht erschrecken."

„Ich werde es überleben."

Sie lachte gequält. „Sie scherzen."

„Ich schätze mal."

„Hat es wehgetan?" Ihre Augen funkelten vergnügt, doch Jake sah, wie mitgenommen sie wirkte. War das Streifenhörnchen daran schuld, das überrascht aus dem Unterschrank hervorgesprungen war, oder er, weil er ihr so nahe gekommen war? Jake wusste nicht, wie weit er das, was sich zwischen ihnen anbahnte, laufen lassen sollte.

Ihr Gesicht war nur eine Handbreit von seinem entfernt. Jake spürte die Wärme, die von seiner Gefangenen ausging. Mit ihren endlos veilchenblauen Augen schien sie sein Gesicht nach etwas Trügerischem abzusuchen und ihm eine Frage zu stellen, die zu beantworten er nicht die geringste Lust verspürte. Nicht, solange sein Blut dumpf in seinem Kopf dröhnte und das Gefühl ihrer Nähe sein Herz verrücktspielen ließ. Gleichzeitig war ihr Duft so durchdringend, dass Jake glaubte, ihre Haut schmecken zu können.

Jake wusste, er sollte sich sofort zurückziehen und auf das Alarmsignal hören, das laut in seinem Hinterkopf ertönte, aber er tat es nicht.

„Ihre Pupillen sind geweitet", flüsterte sie.

„Ihre auch." Seine Stimme knarrte wie rostiger Stacheldraht.

„Sie wissen, was das heißt."

„Warum erzählen Sie es mir nicht?"

„Es bedeutet, Sie sind erregt."

„Wirklich?" Das musste sie ihm nicht sagen. Jake spürte es deutlich. Abermals schrillten seine Alarmglocken, eine Stimme der Vernunft schrie, er solle aufhören, doch er wusste, was als Nächstes passieren würde.

Sie kam langsam näher. „Wenn ich es nicht besser wüsste, würde ich glauben, Sie wollten mich küssen."

„Aber zum Glück wissen Sie es ja besser!"

„Tue ich das?" Sie stellte sich auf die Zehenspitzen, bis ihr Mund keine zwei Zentimeter von seinem entfernt war. „Ich wette, Sie küssen richtig gut."

Es fiel ihm schwer, sich zu beherrschen, dennoch rührte sich Jake nicht. Er spürte die Schweißperlen auf seinem Rücken. Sein Herz schlug bis zu den Ohren und er meinte, sein Blut in den Adern rauschen zu hören, als sie ihre Augen schloss und ihm noch näher kam.

Gerade als ihre Lippen die seinen berühren wollten, trat Jake zurück. Er wusste nicht, wer ihn mehr erzürnte. Er selbst, weil er in diese Situation geraten war, oder sie, weil sie sich kompromittierte. Aber wenigstens stoppte seine Wut diesen Irrsinn.

Abigail riss die Augen auf, als er sie am Oberarm packte, sie schnell herumdrehte und auf einen klapprigen Stuhl schob. „Wir wollen eines klarstellen, Blondie."

„Ich dachte …"

„Sie dachten falsch", sagte er grob. „Was ist mit Ihnen los? Haben Sie denn keine Selbstachtung mehr und keinen Stolz?"

„Unterstehen Sie sich, mir einen Vortrag über Selbstachtung zu halten."

„Sie brauchen es offenbar, Schätzchen."

Plötzlich schossen ihr die Tränen in die Augen, Jakes Wut wandelte sich in ein schlechtes Gewissen und echtes Mitgefühl.

„Sie kennen mich doch gar nicht", sagte sie. „Sie wissen nicht, was ich im letzten Jahr durchgemacht habe."

„Ich weiß doch, was ich sehe. Vor mir steht eine junge Frau, die kurz davor ist, ihren Körper zu verschenken, weil sie hofft, dafür vielleicht eine Gegenleistung zu erhalten."

Sie brachte es fertig, entsetzt auszusehen. „Ich wollte nicht“, sie schluckte.

„Den Teufel wollten Sie. Ich habe Ihre Signale laut und deutlich vernommen.“ Jake biss die Zähne zusammen, weil ihn die Wut abermals übermannte, doch dieses Mal richtete sie sich gegen ihn selbst. Er wandte sich ab und ging auf die andere Seite des Raumes. Verdammt, das war knapp.

„Ich hätte es nicht getan“, sagte sie.

Jake kniff sich in den Nasenrücken und lachte trocken. „Sehen Sie, solange wir hier zusammengepfercht sind, gibt es eine Regel.“

Sie lehnte sich auf dem Stuhl zurück und zwinkerte heftig, als wollte sie die Tränen aus ihren Augen vertreiben. „Ich kann mich leider nur schlecht an Regeln halten.“

„Alles, was ich will, ist, dass Sie mir reinen Wein einschenken“, erwiderte er. „Es gibt keine Spielchen, keine Lügen, keine Tricks. Sollten Sie nicht in der Lage sein, die Wahrheit zu sagen, sagen Sie besser nichts. Glauben Sie, Sie können sich daran halten?“

Sie presste die Lippen zusammen. „Ich wollte nicht, Sie wissen schon, mit Ihnen schlafen.“

„Wenn Sie nicht mit mir schlafen wollten, was zum Teufel hatten Sie dann vor?“

„Na ja, ich dachte, vielleicht, ich könnte Sie vielleicht ablenken.“

„Mich ablenken?“ Jake biss die Zähne zusammen. „Ein anderer Kerl wäre sicher auf Ihr Angebot eingegangen. Irgendein skrupelloser Cop hätte vermutlich mehr gewollt, als Sie zu geben bereit wären. Und dann?“

„Dann befände ich mich immer noch in derselben Zwickmühle wie jetzt.“

„Ach ja? Und was ist das für eine?“

„Ins Gefängnis zurückgehen zu müssen für ein Verbrechen, das ich nicht begangen habe.“

„Sie werden sich etwas Originelleres einfallen lassen müssen. Ich bin schon zu lange in diesem Geschäft, um noch auf solche Lügen hereinzufallen.“

„Sie wollen etwas Originelles?“ Sie stand unvermittelt auf, zitternd und blass. Tränen schimmerten auf ihren aschfahlen Wangen. „In der Nacht, bevor ich geflohen bin, hat jemand versucht, mich umzubringen. Ich hatte nur zwei Möglichkeiten, entweder ich gehe oder ich sterbe. Also bin ich gegangen. Ist das originell genug für Sie?“

4. KAPITEL

Abigail wollte sich einreden, dass sie nur vor Kälte zitterte. Sie wollte glauben, dass das quälende Beben in ihrem Körper nur der Angst geschuldet war, und der Wut, dass ihr Fluchtplan gescheitert war. Doch sie wusste es besser. Das Flattern in ihrem Bauch und das Rasen ihres Pulses hatten erst in dem Moment begonnen, als sie ihren Körper gegen diesen groß gewachsenen Cowboy mit den unfreundlichen Augen und dem gefährlich sinnlichen Mund gedrückt hatte.

Heiliger Mist, sie hätte ihn fast geküsst! Einen Polizisten! Einen Mann, der alles dafür tun würde, jegliche Chance zu zerstören, die sie hatte, um ihr Leben zu retten. Einen Mann, der anscheinend abgebrühter und zynischer war, als sie gedacht hatte.

Die tödlichste Sorte Mann, die es für eine Frau in ihrer Lage gab.

Abigail war sich nicht zu schade, ihre weiblichen Reize einzusetzen, um an ihr Ziel zu kommen. Sie hatte bemerkt, wie er sie musterte, hatte seine Erregung gesehen und die Schwäche, die einen Mann so durchschaubar machte. Natürlich hätte sie die Dinge kontrolliert, sie kannte ihre Grenzen, aber sie wäre so weit gegangen wie nötig. Was es aus ihr gemacht hätte? Vielleicht eine verzweifelte Frau, aber damit konnte sie leben. Seit einem Jahr lernte sie, mit einer ganzen Menge von Dingen zu leben.

Jetzt, wo Mr.. Vorschrift ihre Pläne durchkreuzt hatte, musste sie sich nicht mehr kompromittieren. Sollte er sich doch zum Teufel scheren. Vielleicht steckte sie in einem weitaus größeren Schlamassel, als sie dachte.

Abigail wurde klar, dass sie im Umgang mit diesem Mann vorsichtig sein musste. Sie hätte fast eine Grenze überschritten und etwas Unwiderrufliches getan, für das sie sich später selbst gehasst hätte. Ein Fehler wie dieser konnte sie ein weiteres Stück ihrer Seele kosten. Doch schlimmer noch war die Erkenntnis, dass sie einen verrückten Moment lang gedacht hatte, sie könne es sogar genießen.

Oh, lieber Gott, offensichtlich war sie tatsächlich verrückt.

Der Cowboy starrte sie an, und in seinem Blick lag die Skepsis eines Polizisten. „Netter Versuch, Blondie. Sie bekommen einen goldenen Stern für Originalität, aber ich kaufe es Ihnen trotzdem nicht ab."

Abigail blieb ruhig. „Es ist aber wahr."

„Und ich bin der Osterhase."

„Es ist mir egal, ob Sie mir glauben oder nicht."

„Warum geben Sie sich dann so große Mühe, mich zu überzeugen?"

„Weil Sie meine letzte Hoffnung sind."

Er trat einen weiteren Schritt zurück, wie ein Raubtier, das gerade von einem kleineren, aber nicht minder gefährlichen Beutetier in die Enge getrieben wurde. „Ich meinte, was ich über das Spielchenspielen gesagt habe", erwiderte er. „Dazu gehört auch Geschichtenerfinden. Haben Sie mich verstanden?"

„Das ist keine Geschichte und ich betrachte mein Leben todsicher nicht als Spiel."

„Ich auch nicht."

„Dann ist es Ihnen einfach völlig gleichgültig?"

„Es ist mir nicht völlig gleichgültig, das Gesetz, meine ich natürlich. Ich habe einen Auftrag und der ist nicht immer angenehm. Sie machen es keinem von uns leichter."

Ein Windstoß erschütterte die Tür. Abigail riss ihren Blick von Cowboy Cop los und schaute aus dem schmutzigen Fenster auf den Wirbel aus Weiß auf der anderen Seite. Sie war so verzweifelt. Sie fühlte sich wie ein Kaninchen, das von einem Rudel blutrünstiger Hunde umringt wurde, das nur darauf wartete, es in Stücke zu reißen.

„Der Sturm wird nicht so bald nachlassen. Wir wollen versuchen, das hier ohne weitere Probleme durchzustehen, in Ordnung?"

„Ich bin unschuldig", beteuerte sie noch einmal vehement. „Ich habe niemanden umgebracht, ich wurde verleumdet und ich werde das beweisen. Ich brauche nur ..."

„Ich will es nicht hören." Er hob eine Hand, um Abigail zum Schweigen zu bringen. „Ich bringe Sie zurück, und damit hat sich's."

Tränen brannten in ihren Augen, aber sie hielt sie wild entschlossen zurück. Sie würde nicht vor diesem Mann weinen. Sie verbat es sich schon seit langer, langer Zeit, vor anderen zu weinen. Und jetzt wollte sie nicht damit brechen. Wenn Abigail Nichols überhaupt noch etwas besaß, dann war es Stolz. Weinen half ihr ohnehin nicht weiter.

Dennoch registrierte sie dankbar, wie sich der Cowboy Cop abwandte. Ein wenig Spannung wich von ihr, als sie nicht mehr seinem kalten, stählernen Blick ausgesetzt war. Sie würde keine Zeit darauf verschwenden, ihn von ihrer Unschuld zu überzeugen. Nicht diesen nüchternen Polizisten, der die Welt in reinem Schwarz und Weiß sah. Sie wollte nur Stück für Stück sein Vertrauen gewinnen und sich dann, wenn er nicht damit rechnete, heimlich davonmachen. Sie wollte alles dafür tun, dass es gelang.

„In meiner Satteltasche befinden sich einige Fertiggerichte", sagte er nach einem Moment. „Warum holen Sie sie nicht heraus und wir essen zusammen?"

Abigails Magen knurrte, als er das Essen erwähnte. Sie hatte seit vierundzwanzig Stunden nichts mehr zu sich genommen und war nach den körperlich zermürbenden Anstrengungen des Tages mehr als ausgehungert. Deshalb ging sie zu der Satteltasche, die er neben der Tür abgesetzt hatte. Sie kniete sich nieder, öffnete die Lederklappe und entdeckte vier einzeln verpackte Mahlzeiten mitsamt einem faltbaren Wasserbehälter. Sie nahm zwei der Tüten heraus.

„Sie müssen die Verpackung nur oben öffnen", sagte er. „Zwischen den Plastikschichten befindet sich eine Chemikalie, die das Essen dann automatisch erwärmt."

Sie wandte sich ihm zu, um ihn zu fragen, wie das vonstattengehen sollte, und erschrak. Er stand mit dem Rücken zu ihr und war unterhalb der Hüfte nackt. Abigail schnappte nach Luft, dennoch musterte sie jeden muskulösen Zentimeter dieses nackten Unterkörpers, der dem Wort perfekt eine neue Bedeutung verlieh.

Das Blut sank aus ihrem Kopf und rauschte immer weiter und immer schneller in die Tiefe. „Was machen Sie denn da?", stammelte sie.

Er warf ihr einen Blick über die Schulter zu, während er in ein Paar trockene Jeans stieg, die er schnell über die Hüften zog. „Etwas Trockenes anziehen, was sonst? Dank Ihnen habe ich die letzten zwei Stunden in nassen Hosen verbracht."

„Das weiß ich, aber warum sind Sie, warum haben Sie", sie rang nach Worten.

„Sie haben doch nicht geglaubt, ich würde mich draußen im Schnee umziehen?"

„Ich habe nicht geglaubt, dass Sie sich direkt vor meinen Augen ausziehen würden!"

„Sie haben mir den Rücken zugekehrt. Wie konnte ich ahnen, dass Sie mich beobachten?" Abigail spürte, wie ihr Mund austrocknete.

„Ich, das habe ich nicht."

„Ah! Und deshalb werden Sie auch gerade rot."

„Ich werde *nicht* rot." Die Hitze in ihren Wangen kam einer Gesichtsröte nicht einmal nahe. Sie fühlte sich an wie offenes Feuer.

„Wenn Sie es sagen."

Seine neuen Jeans waren abgewetzt und umspannten seine schlanken Hüften perfekt. Sein schweres Flanellhemd war aufgeknöpft und enthüllte eine muskulöse, leicht behaarte Brust. Das schwarze, feine Haar wuchs pfeilförmig den Bauch bis zum Hosenbund hinunter, wo es unter dem Stoff verschwand. Abigail schluckte schwer und versuchte zu übersehen, dass sich dieser Mann nicht die Mühe gemacht hatte, den obersten Jeans-Knopf zu schließen.

Großer Gott.

Schwungvoll hob er seine nassen Jeans und die langen Unterhosen vom Boden auf. „Wie heißen Sie überhaupt?", fragte er.

„W-Wie ich heiße?"

„Oder soll ich Sie weiterhin Blondie nennen? Mich stört es nicht. Eine Menge Strafgefangener kennt man nur bei ihren Decknamen."

„Nennen Sie mich nicht Strafgefangene", zischte sie.

Er zuckte mit den Schultern. „Ich unterhalte mich nur."

„Ich heiße Abigail, Abigail Nichols."

„Ich bin Jake."

Jake. Der Name passte zu ihm. Beinahe so gut wie diese Jeans.

„Es sieht so aus, als wären wir hier für eine Weile zusammen eingepfercht, Abigail. Vielleicht fällt uns das leichter, wenn wir uns duzen."

Sie sah zu, wie er die nassen Jeans und die nasse lange Unterhose ordentlich über den steinernen Kamin hängte.

„Ist das Essen bald fertig?", fragte er.

Abigail blickte auf die beiden ungeöffneten Behälter in ihrer Hand. Ihr war der Appetit vergangen. Das musste in dem Moment geschehen sein, als Jake ihr sein nacktes Hinterteil offenbart hatte. Erbarmen, sie wollte sich nicht daran erinnern. „Ich war nicht sicher, wie Sie das mit dem Erwärmen meinten."

Er trat neben sie, nahm einen der Behälter und riss die Folie drumherum ab. „So!"

Er bewegte sich mit der Selbstsicherheit eines Mannes, der mit sich im Reinen war und den es nicht kümmerte, was der Rest der Welt über ihn dachte. Abigail stellte erstaunt fest, dass das Essen zu dampfen begann.

„Ich hoffe, du magst Huhn mit Broccoli." Er reichte ihr einen der Behälter. „Ich meinerseits habe eine Schwäche für Rindfleisch."

„Ich würde sogar Nägel essen, wenn sie gekocht und warm wären." Abigail nahm ihr Essen mit zum Kamin.

Er ging zur Satteltasche hinüber, nahm zwei Plastikgabeln und zwei Wasserbehälter heraus und reichte je eines davon Abigail. „Der Fußboden ist kalt. Du kannst gern auf dem Schlafsack sitzen, wenn du willst."

Abigail nahm es entgegen und trank einen tiefen Schluck. Nachdem sie den Duster Coat abgestreift hatte, rollte sie den Iso-Schlafsack aus, um es sich dort im Schneidersitz bequem zu machen. Jake tat es ihr nach, und bald schaufelten sie sich mit der Gabel Hähnchenstücke und Broccoli in den Mund.

Sie aßen schweigend. Nur der tosende Wind draußen zerriss die Stille. Hin und wieder knackte ein Scheit Holz im Kamin.

Das Hähnchen war erstaunlich gut. Abigail genoss jeden Bissen. Sie wusste nicht, wann oder wo sie das nächste Mal etwas zu essen bekam. Sie musste für die nächsten Tage Kraft tanken. Solange sie besonnen blieb und einen kühlen Kopf bewahrte, konnte sie vielleicht immer noch fliehen. Dieser Jake mochte ein bewaffneter Polizist sein, aber er war kein Mann, der einer Frau in den Rücken schoss, nur weil sie vor ihm davonlief. Alles, was sie brauchte, war ein kleines bisschen Glück.

Die Wärme des Feuers entspannte sie. Abigail kuschelte sich tiefer in den Schlafsack und döste vor sich hin. Sie war satt, sie fühlte sich wohl und ihre unterkühlten Gliedmaßen und Muskeln lösten sich langsam aus der Kältestarre. Abigail spürte ihre Füße wieder, auch ihre Hände schmerzten nicht mehr. Allmählich gewann die Müdigkeit die Oberhand über sie.

Sie schloss die Augen und hörte, wie Jake in der Hütte umherlief. Er öffnete die Tür und sofort zog ein eiskalter Luftzug über Abigails Gesicht. Dann hörte sie, wie Metall auf Metall klirrte.

Sie öffnete die Augen und sah, wie Jake vor dem Kamin kniete und einen großen, verschrammten Kessel über die Glut hievte. Er bemerkte ihren fragenden Blick. „Ich schmelze Schnee, damit wir uns waschen können“, sagte er.

Draußen war es bereits dunkel geworden, nur das Feuer spendete in der Hütte etwas Licht. Der Wind hatte zugenommen und rüttelte an der Hütte wie ein wütender, todbringender Geist. Dennoch konnte Abigail hören, wie der Schnee gegen die Fensterscheibe auf der Nordseite geschleudert wurde. Jake hatte die leeren Essensbehälter in die Küche gebracht. Sie musste eingeschlafen sein.

„Wie spät ist es?“, fragte sie.

„Musst du noch irgendwohin?“

„Nein, ich frage mich nur.“

„Kurz nach sieben.“

Früher Abend also. Dabei kam es ihr vor wie mitten in der Nacht. Während der Sturm draußen einen totalen Krieg gegen die Hütte führte, schien es, als wären sie die einzigen Menschen auf der Welt. Der Gedanke hätte sie vielleicht beunruhigen sollen, aber das tat er nicht. Vielmehr umfing sie hier in der Mitte der Hütte eine seltsame und tröstliche Wärme. Der Sturm mochte unangenehm sein, aber er verschaffte ihr Zeit. Außerdem saß sie hier oben weitaus lieber fest als in einer Gefängniszelle. Denn hier gab es wenigstens noch ein Fünkchen Hoffnung für sie.

Das Wasser im Kessel dampfte. Abigail sah, wie Jake ihn mithilfe eines seiner Lederhandschuhe vom Feuer nahm und zur Küche trug, wo er das heiße Wasser in einen größeren Eimer voller Schnee schüttete. Sie schluckte schwer, als er ihr den Rücken zukehrte und begann, sein Hemd auszuziehen.

Als Jake sein Hemd abstreifte und über einen Stuhl legte, staunte Abigail über seine breiten Schultern, die von festen Muskeln umschlossen wurden. Die verwaschene Jeans, die er trug, hing tief auf seinen schmalen Hüften. Die Jeans ließen keinen Zweifel an Jakes Männlichkeit zu. Abigail versuchte, nicht hinzustarren, aber sie konnte den Blick nicht von ihm losreißen. Der Mann war wie ein Adonis gebaut. Seine Haut schimmerte im Licht des Feuers bronzefarben und sein muskulöser Oberkörper wirkte wie in Stein gemeißelt. Sein Bizeps spannte sich, als Jake sich vorbeugte und Wasser auf sein Gesicht spritzte. Abigail japste im Stillen nach Luft, als er einen Lappen ins Wasser tauchte und damit über seinen Nacken und seine Brust rieb. Dann ging er mit der Hand tiefer.

Abigail drehte sich unversehens weg und starrte auf die Flammen im Kamin. Ihr Gesicht fühlte sich heiß an, doch das lag wohl kaum am Feuer, sondern eher an diesem Mann. Abigail hörte, wie er sich am anderen Ende des Raumes weiter wusch, und es erregte sie so sehr, als würde er neben ihr stehen.

„Ich kann dir etwas Wasser erwärmen, wenn du willst."

Sie zuckte zusammen. Jake stand jetzt hinter ihr. Da sie immer noch auf dem Fußboden vor dem Feuer saß, musste sich Abigail recken, um ihm in die Augen zu sehen. Sie versuchte, seine Brust und das dunkle Haar darauf zu ignorieren. Warum konnte er dieses verflixte Hemd nicht einfach wieder anziehen?

„Ähm, na ja, ja. Ich … gerne."

Was war mit ihrer Stimme los?

Ohne ein Wort zu sagen, ging er zurück zur Küchenzeile. Dort zog er sich sein Hemd und den Duster Coat an, nahm den Kessel und den Eimer und ging zur Tür.

Abigails Puls raste. Obwohl es verführerisch klang, sich endlich mit warmem Wasser waschen zu können, wusste sie nicht, wie es ihr im Beisein von Jake gelingen sollte. Ihm mochte es nichts ausmachen, hier halb nackt herumzustolzieren, ihr tat es das aber schon.

Er kehrte mit einem neuen Kessel voll Schnee zurück. Als er die Tür öffnete, wirbelte die weiße Pracht kalt ins Zimmer herein. Jake hängte den Kessel wieder über das Feuer, stellte dann den größeren, halb mit Schnee gefüllten Eimer wieder auf den klapprigen Tisch.

„Das Wasser dürfte gleich kochen“, sagte er. „Ich habe ein paar saubere Handtücher gefunden, die kannst du benutzen.“

„Danke.“ Sie schaute sich fieberhaft in der Hütte um. Sie war klein und bescheiden und bot keinerlei Raum für Privatsphäre.

Das Wasser im Kessel dampfte bereits. Abigail nahm all ihren Mut zusammen und räusperte sich. „Ich kann mich nicht waschen, solange du in der Hütte bist“, sagte sie.

Ihre Worte verwirrten ihn. „Ich werde dir den Rücken zudrehen.“

„Ich fürchte, das wird nicht reichen. Ich kann nicht mit dir hier drinnen.“

„Oh, Himmelherrgott noch mal.“

„Würde es dir viel ausmachen, für ein paar Minuten draußen zu warten? Bei dem Wetter kann ich doch sowieso nicht weglaufen.“

„Du hast recht. Es schneit wie verrückt und dank des Windes haben wir gefühlt unter zwanzig Grad minus. Ich reiße mich nicht darum, eine Unterkühlung zu bekommen, nur damit du dich waschen kannst.“

Sie sah ihn flehend an. „Bitte, gib mir nur fünf Minuten.“ Sie deutete mit dem Kopf in Richtung des Kamins. „Wir haben kaum noch Feuerholz. Vielleicht könntest du versuchen, noch etwas aufzutreiben.“

Jake seufzte verärgert. Dann ging er zum Kamin, nahm den Kessel vom Feuer und schüttete das warme Wasser in den Eimer auf dem Tisch. Dampf stieg in die kühle Luft auf und vernebelte die Luft für einen Moment.

„Ich werde nach den Tieren sehen“, knurrte Jake. „Du hast fünf Minuten.“ Er blickte auf seine Armbanduhr. „Mach schnell“, sagte er und ging türenknallend hinaus.

Abigail zog sich in genau zwei Sekunden die Kleider vom Leib und drapierte den Overall über den Tisch. Sie tauchte den Lappen kurz ins Wasser und rieb ihn dann genussvoll über ihr Gesicht. Nach diesem Tag draußen in der Kälte tat diese Wärme so gut. Abigail schloss die Augen und ließ das Wasser über ihren Körper strömen. Es erfrischte sie, machte sie munter. Sie fühlte sich wieder sauber und beinahe menschlich. Sie wusste nicht, wie lange sie schon so dastand, doch ihre innere Stimme riet ihr, das fadenscheinige Handtuch zu nehmen und sich rasch abzutrocknen. Sie hasste es, wieder in den Gefängnisoverall schlüpfen zu müssen, doch sie hatte keine andere Wahl. Sie hatte ihn gerade bis zur Taille hochgezogen, als Jake die Tür aufschwang.

Jake erstarrte, als er ihren nackten Rücken sah. Es fühlte sich an, als ob er mit einem Schiff gegen einen riesigen Eisberg geprallt wäre. Dieser Aufprall erschütterte seinen ganzen Körper. Es war ein lähmender Schock, der sich von seinem Kopf bis hinunter zu seinen sehr kalten Zehen erstreckte.

Nur dass er eindeutig nicht mehr fror.

Die Frau vor ihm hatte einen verdammt hübschen Rücken.

Wasser glitzerte auf ihrer seidigen Haut, die im flackernden Licht des Feuers golden schimmerte. Abigails Schultern waren schlank und zart, ihr schmächtiger Brustkorb verjüngte sich zu einer Taille, die so schmal war, dass er sie beinahe mit seinen Händen umfassen konnte.

Er war wie vom Donner gerührt. Für ganze dreißig Sekunden stand er wie besinnungslos da. Er wusste, dass er diesen hübschen Rücken nicht bewundern sollte, aber er konnte sich beim besten Willen nicht davon losreißen.

Nur vage spürte er den Wind in seinem Rücken, den feuchten Schnee auf seinen Haaren und die stechende Kälte auf seinen Wangen. Er wusste, er sollte die Tür schließen, um die Wärme in der Hütte zu halten, aber eine innere Stimme warnte ihn davor, allein mit diesem wunderschönen Wesen in der Hütte zu bleiben. Er war erfahren genug, um zu wissen, dass es jede Menge Ärger mit sich brachte. Und er kannte sich selbst gut genug, um zu wissen, dass dieser Ärger in Riesenschritten auf ihn zugerast kam.

Was für eine Art zu sterben.

„Meinst du, es würde zu viele Umstände machen, die Tür zu schließen?“, fragte sie gereizt. „Es zieht ein wenig.“ Abigail funkelte ihn ungehalten über die Schulter hinweg an. Schnell schob sie ihre Arme in die Ärmel ihres Overalls. „Heute noch, wenn es geht.“

Jake drehte sich schnell um, doch das Bild ihres nackten Rückens hatte sich in seinem Kopf festgebrannt. Er erinnerte sich an den Anblick der weichen, glänzenden Haut, die sich an all den richtigen Stellen rundete, an nasse Locken, die sich an die anmutige Wölbung eines zarten Nackens schmiegten, an den Duft nach Frau und Seife sowie an ihren eigenen unverwechselbaren Geruch, der die Luft erfüllte wie ein exotisches Parfüm.

Oh Mann.

Jake gab sich innerlich einen harten Schubs und trat die Tür sanft zu. Als er den Türknauf ergriff, holte er tief Luft und versuchte, seine kurz aufflackernde Erregung in den Griff zu bekommen. Er würde sich hüten, sich von ihr leiten zu lassen, immerhin war er Profi genug und nahm seine Arbeit ernst. Er wusste, welche Probleme auf ihn zukamen, wenn er sich angesichts des nackten Rückens einer entflohenen Strafgefangenen in einen hormonschwangeren, stammelnden Schuljungen verwandelte.

Während er all seine Gefühle verdrängte, stampfte er den Schnee von seinen Stiefeln und schüttelte die Flocken von seinem Mantel. Er musste an irgendetwas Unverfängliches denken, um seine Fassung zurückzuerlangen und seinen Puls zu beruhigen.

„Ich schlage vor, du ziehst dir sofort etwas Anständiges an, denn ich gehe auf keinen Fall wieder raus." Er hatte versucht, resolut zu klingen, aber eine eigenartige Heiserkeit untergrub seine Bemühungen.

„Du hast mir fünf Minuten bewilligt."

„Und dir zehn gegeben."

„Ich schätze, Polizisten verstehen sich nicht gerade gut aufs Uhrenlesen."

Die Provokation schlug fehl. Jake musste alle Kraft aufwenden, seine Erregung zu bekämpfen, und konnte sich deshalb nicht um diese kleine Beleidigung kümmern.

„Wenigstens wissen wir, wie man dem Gefängnis entgeht", entgegnete er. Eine leise Enttäuschung befiel ihn, als Abigail den Overall mit einem Ruck über ihre Schultern zog.

„Du siehst aus wie der Schneemensch", sagte sie nach einem Augenblick.

„Das wundert mich, denn es schneit draußen."

„Ha, ha, sehr lustig." Sie zog den Reißverschluss ihres Overalls bis zum Kinn. „Geht es den Pferden gut?"

„Ein Pferd. Ein Maultier."

„Wie auch immer.“

„Ich habe ihnen ein paar Alfalfa-Pellets gegeben und sie in einen geschützteren Bereich getrieben, aber es ist verdammt kalt da draußen.“

„Es weht ein wirklich heftiger Sturm, nicht wahr?“

Jake nickte. Ein Whiteout war ihm nicht neu, doch so übel hatte er ihn noch nie erlebt. Der Schnee wirbelte wie wild, getrieben von einem Wind, der ihn binnen Sekunden zu enormen Schneebänken aufpeitschte, die hoch genug waren, um ein Pferd von mehr als ein Meter sechzig Stockmaß zu verschlucken. Er hatte volle zehn Minuten gebraucht, um Brandywine und Rebel Yell nur eineinhalb Meter weiter zu treiben. Die Sichtweite war auf null gesunken, Jake hatte seinen Weg zurück zur Tür eher erahnen müssen. Und kaum betrat er die Hütte, sah er sich mit dem wohl schönsten Rücken konfrontiert, der ihm je unter die Augen gekommen war.

Er wollte gar nicht daran denken, verdammt, nein, das wollte er nicht. Doch plötzlich flackerten wieder Bilder einer golden schimmernden Haut vor seinem inneren Auge auf. Schweiß tröpfelte auf seinen Nacken. Mochte es draußen auch eisig sein, hier drinnen heizte sich die Situation merklich auf.

Die Vorstellung, in der Nähe dieser Frau bleiben zu müssen, behagte Jake nicht. Die Gefahr war zu groß, dass sie sich näherkamen. Eigentlich war er ein Profi, der Grenzen kannte und respektierte, doch diese Frau besaß die Gabe, diese Grenzen einfach zu verwischen. Er wusste, dass er sich gefährlich nahe am Abgrund befand. Er durfte nicht vergessen, dass sie seine Gefangene war. Sie war eine entflohene Strafgefangene und Mörderin und sie hatte versucht, seine Selbstbeherrschung zu untergraben.

Jake durfte sich nicht erlauben, an ihren Körper zu denken.

Dank Elaine war er gegen lügende Schönheiten immun. Auch sie hatte blondes Haar, unglaublich schöne blaue Augen und eine Geschichte, die sein Herz erweicht hatte.

Elaine hatte ihm gezeigt, was einem Mann widerfahren konnte, der sich auf sein Herz verließ und sich seiner Lust und Begierde hingab. Jake hasste es zu wissen, dass er verletzlich war. Immerhin war er Officer der Polizei, ein logisch denkender, erfahrener und besonnen handelnder Mann.

Doch vor drei Jahren war er unvorsichtig genug gewesen, eine nahezu unbekannte Frau zu sich nach Hause einzuladen. Er hatte sich wie ein liebeskranker Teenager verhalten, der sich von seinen Hormonen in den Wahnsinn treiben ließ. Als Polizist schämte er sich bis heute über seine damalige Leichtgläubigkeit. Als Mann hatte ihn diese Erfahrung fürs Leben gezeichnet und tiefe Narben hinterlassen. Jetzt, wo er sich daran erinnerte, brach der Schmerz wieder auf. Er warnte ihn, nicht noch einmal denselben Fehler zu begehen.

Wütend schüttelte er die Gedanken an die Vergangenheit ab. Er schlug den Rest des Schnees von seinem Duster Coat und trat ans Feuer, um sich aufzuwärmen. Seine Hände waren halb erfroren, sein Gesicht war taub. Er hatte den Kamin fast erreicht, als er auf etwas Matschigem und Glitschigem ausrutschte und rücklings auf den Boden prallte.

Was zum Teufel …

Er landete hart auf seinem Rücken und japste nach Luft.

„Oh mein Gott, Jake! Bist du in Ordnung?"

Verschwommen registrierte er, wie sich Abigail neben ihn kniete. Er hätte gern geflucht, doch er bekam gerade so viel Luft, um leise zu stöhnen.

„Bist du verletzt?"

Er öffnete die Augen und ertappte sich dabei, wie er sich von einem unergründlichen veilchenblauen Blick gefangen nehmen ließ. „Geh weg", krächzte er ärgerlich.

„Bist du in Ordnung?"

„Was zur *Hölle* hast du auf den Fußboden gelegt?"

„Nichts."

„Hast du vielleicht versucht, mich umzubringen?"

„Das ist lächerlich."

Während er sich mühsam aufsetzte, blickte er zu der Stelle auf dem Fußboden, wo er ausgerutscht war. Dort glitzerte ein kleines Stück Seife auf den roh behauenen Dielen. Jake sah von der Seife zu Abigail und spürte seine aufsteigende Wut. „Oh, das ist wirklich gut, Blondie. Kein Wunder, dass die Cops dich lieben."

„Einen Augenblick mal!"

„Du hast das Stück Seife nur ganz zufällig auf den Fußboden gelegt in der Hoffnung, du hättest vielleicht mehr Glück."

„Es ist mir aus der Hand gerutscht. Ich, ich hatte es eilig, mit dem Waschen fertig zu werden, und wollte es aufheben, als du …"

„Oder hast du die Seife neben die Tür gelegt und dann dein Hemd ausgezogen in der Hoffnung, dass ich mich ablenken lasse und mir dann den Hals breche?"

„Wenn ich dich ablenken wollte, würdest du es merken."

Darauf wollte sich Jake nicht einlassen. Er wollte nicht darüber nachdenken, wie schwer es werden würde, dieser Frau zu widerstehen, wenn sie es darauf anlegte.

Sie sah zu der Seife hinüber und biss sich auf die Lippe. „Ich weiß, es sieht nicht danach aus, aber es war wirklich keine Absicht."

„Na, dann hattest du vielleicht einfach nur Glück."

„Vielleicht hast du auch nicht aufgepasst, wo du hingehst."

Jake biss die Zähne zusammen und rappelte sich mühsam auf. Verdammt, er wurde zu alt für diesen Mist. „Du bist eine Plage, Lady, weißt du das?"

„Das hörte ich bereits." Sie seufzte. „Sieh mal, ich wollte nicht, dass du fällst. Und ich würde nicht, also ich habe nicht", stammelte sie.

Er musterte sie kühl und ahnte, dass es besser war, wenn sie nicht weitersprach. „Schon gut."

„Bist du wieder in Ordnung?"

„Ich bin okay." Sein Hintern tat weh, aber das würde er *ihr* nicht sagen.

Er ging zum Kamin, warf dabei seinen Duster Coat auf den Tisch und streckte die Hände über das Feuer, um sie zu wärmen. Hinter sich hörte er ein Geräusch, das verdächtig nach einem Kichern klang. Er wandte sich verärgert um. „Was ist so verdammt lustig?"

Sie versuchte, wieder ernst zu werden, aber es gelang ihr nicht wirklich. „Nichts."

„Darum beißt du dir auch auf die Lippen, oder?"

Sie zog einen Schmollmund, aber Jake merkte, dass sie gerade den Kampf gegen sich verlor. Ihr Sinn für Humor war mächtiger. Verdammt, sie fand das lustig. „Na los, mach schon. Lach", sagte er gereizt.

Und schon brach Abigail in heiteres Lachen aus. Es erhob sich fröhlich und melodisch gegen den tosenden Wind, der an der Hütte rüttelte. Eigentlich hätte es Jake ärgern sollen, doch er konnte Abigail nicht böse sein. Dazu faszinierte ihn ihr Lachen viel zu sehr.

„Es tut mir leid, aber, aber", sie rang nach Luft. Das Lachen überkam sie erneut, sobald sie versuchte, den Satz zu beenden.

„Aber was?"

Sie legte ihre Hand auf ihren Mund, aber sie konnte das Lachen nicht zurückhalten. Ihre Schultern bebten. Tränen stiegen ihr in die Augen. „Du sahst so, so … *lustig* aus."

An der Situation hier war absolut nichts lustig. Diese Frau, die nicht viel mehr als hundert Pfund wiegen mochte, hatte ihm ein kapitales

Veilchen verpasst, sein Funkgerät zerstört und ihn schließlich aufs Kreuz gelegt. Ihn, Jake Madigan, einen ehemaligen Officer des Marine Corps und jetzigen Sheriff's Deputy in Chaffee County. Er war Polizist des Jahres, zwei Jahre in Folge.

Das alles sollte ihn mächtig wurmen.

Doch es war viel zu lustig, um sich davon ärgern zu lassen.

Ein widerwilliges Lächeln zerrte an seinem Mund. Er blickte zu Abigail hinüber. Sie krümmte sich vor Lachen, und er spürte widerwillig, wie auch in ihm ein leises Lachen aufstieg. Das musste am Stress liegen, an dieser außerordentlichen Kombination aus zu viel Nähe zu einer viel zu attraktiven Strafgefangenen und der fehlenden Funkkommunikation während des gefährlichen Sturms. Er musste wirklich ein seltsames Bild abgegeben haben, als er zu Boden ging, und so löste sich auch tief aus seinem Bauch heraus ein befreiendes, dröhnendes Lachen.

„Ich verstehe nicht, was daran so lustig ist", gluckste sie.

„Ich auch nicht", kicherte er. „Es ist kein bisschen lustig."

Sie presste eine Hand auf ihren Bauch. „Du hättest dich ernsthaft verletzen können."

„Das hätte ich."

„Du hättest dein Gesicht sehen sollen."

„Du hättest *deines* sehen sollen."

Abigail prustete erneut los. Ihr ganzer Körper bebte vor Lachen und ihr Haar wippte dabei auf und ab.

Jake spürte, wie sich sein Herz zusammenzog. Ihm waren in seinem Leben schon viele Frauen begegnet, doch keine hatte ihn so zum Lachen gebracht. Bisher hatte keine Frau seinen Humor geteilt, dabei fühlte es sich gut an, miteinander zu lachen. Es verband und gab ihm das Gefühl, menschlich zu sein.

Ihr Gelächter hallte in der Hütte wider. Jake sah, wie verführerisch Abigails Haar im flackernden Kaminfeuer schimmerte. Ihre Locken wallten in dicken Strähnen auf die Schultern. Jake wollte es nur zu gern einmal berühren, um zu fühlen, ob es wirklich so weich war, wie es wirkte. Er wollte mit seinen Fingern durch diese wilden Locken fahren und sie an sein Gesicht halten, um zu riechen, ob sie so dufteten wie Abigail. Sein Blick schweifte zu diesem ungemein hässlichen, dreckigen Gefängnisoverall. Obwohl er plump geschnitten war, ahnte Jake, dass der Körper darunter atemberaubend schön war. Er meinte Abigails weiche und erregende Proportionen zu erkennen und die geheimen Stellen einer Frau. Geheime Stellen, die sie mit ihm teilen sollte.

Das Bild ihres nackten Rückens blitzte vor seinem inneren Auge auf. Er hatte feucht schimmernde Haut gesehen, sanfte Linien und Rundungen und eine Gänsehaut, die über den Oberkörper prickelte. Jake spürte, wie ihn die Erinnerung erregte. Die Gefühle übermannten ihn unerwartet schnell und heftig. Diese Macht verwirrte ihn.

Was zur Hölle war mit ihm los? Er war Polizist, um Gottes willen, und diese Frau hier war seine Gefangene.

Ihm wurde schlagartig klar, dass er zu weit gegangen war. Das Lachen in seiner Kehle nahm einen bitteren Klang an. Jakes Verantwortung dem Gesetz, aber auch sich selbst gegenüber holte ihn auf den Boden zurück. Die Erinnerung an seinen persönlichen Ehrenkodex ernüchterte ihn wie ein eiskaltes Bad.

Sein Lachen erstarb.

Sofort richtete sich auch Abigail auf und schob sich schnell eine Locke aus der Stirn. Als sie seinem Blick begegnete, wurde sie sofort wieder ernst. Jake spürte den Sog ihres Blickes und tat einen vorsichtigen Schritt zurück.

Die gelöste Stimmung verstrich so unversehens, wie sie gekommen war. Jake räusperte sich erleichtert. „Wir haben eine lange Nacht vor uns. Am besten gönnen wir uns etwas Ruhe."

5. KAPITEL

Abigail kuschelte sich in den Schlafsack und lauschte dem Wind, der noch immer mit atemberaubendem Tempo um die Hütte heulte. Der Fußboden unter ihr war hart und kalt und zitterte bei jedem Windstoß. Obwohl sie nahe am lodernden Kaminfeuer lag, fror sie bis auf die Knochen.

Sie starrte in die Flammen und dachte über ihr Schicksal nach, warum hatten sich die Dinge nicht ganz anders entwickelt? Sie wusste nicht mehr, wie oft sich dieses Gefühl der Verlorenheit und der Einsamkeit im vergangenen Jahr schon in ihr breitgemacht hatte. Seit ihrer Verurteilung war sie wütend und enttäuscht und wurde von einer schrecklichen Hilflosigkeit gequält. Sie war von einem System demoralisiert und erniedrigt worden, das alles andere als perfekt und geradezu grausam zu den wenigen Bedauernswerten war, die das Unrecht benannten.

Vor eineinhalb Jahren hätte sie sich niemals träumen lassen, dass ihr Leben einmal eine so entsetzliche Wendung nehmen würde. Und jetzt war sie eine verurteilte Mörderin und auf der Flucht vor dem Gesetz. Es war einfach absurd und absolut lächerlich, nur leider war es auch bittere Wahrheit.

Der Mann, der entschlossen war, sie wieder der Justiz zu übergeben, saß ein Stück von ihr entfernt auf dem Fußboden und starrte gedankenverloren ins Feuer. In den Händen hielt er einen dampfenden Becher. Abigail fragte sich, woran Jake wohl gerade dachte. Erinnerte er sich vielleicht an den Moment, als sie beide so gelöst gelacht hatten? Es lag gewiss an dieser gefährlichen Mischung aus Erschöpfung und Angst, dass ihre Gefühle verrücktspielten, doch gerade eben hatte sie sich für einen Moment wieder wie ein Mensch gefühlt. Für einen Augenblick waren all ihre Sorgen verflogen.

Doch jetzt kehrten alle Gefühle mit aller Macht zurück.

„Möchtest du einen Kaffee?"

Sie zuckte zusammen. „Mir geht's gut. Danke."

Er stand auf und ging zu seiner Satteltasche. „Aber du zitterst. Etwas Heißes wird dir guttun."

Das Zittern war ihr nicht aufgefallen. Angesichts der riesigen Katastrophe, die sich inzwischen in ihrem Leben ereignete, nahm sie körperliche Beschwerden kaum noch wahr. Abigail sehnte sich danach, ihren Namen reinzuwaschen, doch die Chance darauf verminderte sich mit jeder Stunde, die verstrich.

Jake nahm einen Becher aus der Satteltasche, klopfte ein wenig Instantkaffee hinein und füllte ihn dann am Feuer mit kochendem Wasser. „Es ist zwar nur Instantkaffee, aber er wird dich warm halten."

„Danke." Es tat gut, den warmen Becher in den Händen zu halten.

Jake musterte sie. „Wir sollten besser schlafen. Wenn der Sturm morgen nachlässt, haben wir einen langen, anstrengenden Ritt vor uns."

Sie spürte einen Stich in ihrem Herzen, als er nach den Handschellen griff, die an seinem Gürtel befestigt waren. „Oh, ich verstehe. *Du* musst schlafen, kannst es aber nicht, weil du Angst hast, dass ich mich aus dem Staub mache?"

„Gib mir dein Handgelenk."

Sie verdrehte die Augen. „Du glaubst doch nicht, dass ich so dumm bin, in diesen Sturm da hinauszulaufen?"

„Ich glaube nicht, dass du meine Antwort wirklich hören willst."

„Nun mach mal halblang, Cowboy! Hinter mir liegt ein harter Tag und ich verspüre keine Kraft mehr, irgendetwas Verrücktes zu unternehmen, in Ordnung?" Sie versuchte, ärgerlich auszusehen, was ihr misslang. Tatsächlich hatte sie sehr wohl darüber nachgedacht, doch wenn er sie fesselte, konnte sie es vergessen. Dabei wollte Abigail lieber in der Natur sterben als durch ein Messer im Duschraum in Buena Vista.

„Ich werde nicht weglaufen", versicherte sie zögernd.

Er malmte mit seinem Kiefer. „Dein Handgelenk bitte."

Abigail schüttelte angewidert den Kopf. Dann stellte sie den Kaffeebecher auf dem Fußboden ab und reichte Jake ihr Handgelenk. Ohne ein Wort zu sagen, schloss er die Handschelle um ihr Gelenk, dann ließ er das andere Ende um die unterste Sprosse einer Stuhllehne einrasten.

„Es tut mir leid, wenn es unbequem für dich wird, aber es ist zu unser beider Sicherheit", sagte er.

„Ich weiß es zu schätzen, dass du an meine Sicherheit denkst", sagte sie sarkastisch. „Wie selbstlos von dir."

Er ging zurück zu seinem Schlafsack und setzte sich.

Abigail richtete sich auf und prüfte die Handschelle. Sie war fest, verdammt. Ihr Arm würde einschlafen und ihre Hand am Morgen kalt und taub sein. Es verhieß ihr eine lange und ungemütliche Nacht.

„Willst du mir erzählen, wie du im Gefängnis gelandet bist?"

Sie blinzelte verwirrt. Meinte er das etwa ernst? War er aufrichtig interessiert? „Du willst wissen, warum ein so nettes Mädchen wie ich eine lebenslängliche Strafe wegen vorsätzlichen Mordes verbüßt?" Abigail hatte schon vor langer Zeit aufgegeben, möglichst neutral über ihre Lage zu sprechen. Sie hatte nie die Hoffnung aufgegeben, dass die Wahrheit eines Tages obsiegte, doch je mehr Zeit verstrich, desto unmöglicher erschien es ihr. „Das ist eine lange Geschichte, Cowboy. Sie wird dich langweilen."

„Ich würde nicht fragen, wenn ich Angst vor Langeweile hätte."

Es war eine Weile her, dass Abigail mit jemandem über die Ereignisse gesprochen hatte. Ihr Anwalt hatte sie kurz nach dem Prozess im Stich gelassen, für einen neuen fehlte ihr das Geld und die meisten Pflichtverteidiger, die ihr zugewiesen wurden, gingen lustlos in die Vorbereitung einer Revision. Sie hatten ihr all die Fragen gestellt, die sie stellen mussten, und alle notwendigen Schritte unternommen, doch Abigail konnte in ihren Augen lesen, wie gleichgültig ihnen ihr Schicksal war. Den Anwälten war es egal, dass Abigails Leben auf dem Spiel stand und dass sie im Gefängnis eingehen würde wie ein Tier. An manchen Tagen war dieses Gefühl der Hoffnungslosigkeit kaum noch zu ertragen gewesen. Sie wollte diese Gefühle nicht wieder heraufbeschwören, indem sie mit Jake darüber sprach.

„Warum willst du es wissen?", fragte sie.

„Ich habe in meinem Leben schon viele Mörder gesehen." Er zuckte mit den Schultern. „Aber du passt nicht ins Profil."

Seine Worte trieben ihr Tränen in die Augen. Abigail konnte sich nicht erinnern, wann sie zuletzt so etwas Nettes gehört hatte.

„Du darfst das nicht sagen, wenn du es nicht so meinst", flüsterte sie.

„Ich sage nie etwas, das ich nicht so meine."

Sie starrte ins Feuer. Die Erinnerungen fegten über sie hinweg, Abigail brauchte etwas Zeit, um sie zu ordnen. Vor ihrer Verhaftung war sie jung und sorglos gewesen. Sie blickte voller Zuversicht in eine leichte, vielversprechende Zukunft. Ob sie jemals wieder so glücklich werden würde?

„Ich war Krankenschwester am Mercy General in Denver", sagte sie. „Ich habe in der Notaufnahme gearbeitet. Nachtschicht."

„Was ist passiert?"

„Vor eineinhalb Jahren ist ein Patient während meiner Schicht gestorben. Ein Patient, für den ich verantwortlich war."

Er musterte sie mit seinen rauchgrauen Augen. „Wie ist er gestorben?"

„Für mich ergab das alles nie einen Sinn. Er wurde eingeliefert, weil er sich bei einem Sturz eine heftige Schnittwunde an der Hand zugezogen hatte, die genäht werden musste." Sie holte tief Luft, weil sich die Bilder wieder vor ihr Auge drängten.

„Doch plötzlich ist er ins Koma gefallen. Ich muss ihm eine tödliche Dosis Valium injiziert haben."

„Du hast ihm …"

„Nein." Sie knetete verstört ihre Hände. „Nein, habe ich nicht. Ich habe ihm eine Tetanusspritze gegeben. Das ist das übliche Vorgehen bei einer ernsthaften Platz- oder Schnittverletzung."

„Aber die Polizei glaubt, es war Valium?"

Sie nickte.

„Kann dir ein Fehler unterlaufen sein?"

„Ich kann die beiden Spritzen unmöglich verwechselt haben. Wir lagern Valium und Tetanus bei uns in verschiedenen Bereichen in der Versorgungsapotheke."

„Und warum wurdest du dann verhaftet und verurteilt?"

Abigail schluckte. Sie wusste, wie ihre Geschichte auf Jake wirken musste, denn sie hatte keinen einzigen stichhaltigen Beweis dafür. „Jemand hat die Krankenakte gefälscht, damit es so aussieht, dass ich diese Injektion verabreicht habe."

„Wer sollte so etwas tun? Und warum?"

Ihre innere Stimme mahnte sie, zu schweigen. Dieser zynische Polizist würde ihr sowieso nicht glauben. Ihre Theorie war bestenfalls wild, vielleicht sogar geradezu verrückt, wenn sie ehrlich war. Niemand würde ihr jemals glauben, manchmal zweifelte sie ja sogar selbst daran.

„Ich wurde verleumdet", seufzte sie.

„Und warum?"

„Warum?" Sie lachte gequält. „Weil der wahre Mörder ein Bauernopfer brauchte."

Die Antwort schien Jake zu verwirren. Abigail schluckte ihre aufkommende Verzweiflung herunter. Es war egal, ob Jake ihr glaubte oder nicht und was er überhaupt von ihr hielt. Noch konnte sie ihm entkommen, sobald sich die Gelegenheit dazu ergab.

„Ich erwarte nicht, dass du mir glaubst", sagte sie.

„Ich suche nach einer Logik, nach Motiv, Mittel und Gelegenheit." Er nippte an seinem Kaffee. „Wem sollte es nutzen, wenn ein Patient stirbt?", fragte er.

Als sie nicht sofort antwortete, sah er sie streng an. „Du hast nichts zu verlieren, wenn du mit mir sprichst."

Sie wusste, wie recht er hatte, und rückte näher ans Feuer. Die Erinnerungen kehrten schmerzhaft zurück und überwältigten sie. Abigail erschauderte. Wie gern würde sie alles ungeschehen machen. Gott, sie war so naiv gewesen.

„Erzähl mir von dem Patienten", sagte Jake.

„Er war ein Obdachloser und wurde ungefähr gegen zwei Uhr morgens bei uns eingeliefert", begann sie. „Er war am Bahnhof betrunken auf die Gleise gefallen und hatte sich an irgendeinem Metallblech geschnitten. Er war in guter körperlicher Verfassung und musste nur genäht werden, also alles Routine. Es war ein Abend unter der Woche und relativ ruhig. Der Mann hieß Jim."

Ihre Stimme klang seltsam fremd. Sie spürte, wie eindringlich Jake sie beobachtete, und ihr Herz hüpfte dabei so wild wie ein kleines Boot auf stürmischer See. Sie schlug die Augen nieder. „Jim war ein netter Mann, nur ein wenig vom Glück verlassen, aber er hatte Humor ..." Abigail spürte, wie die alten Schuldgefühle wieder aufflackerten und sich ihr Magen drehte. „Ich habe ihn auf eine Krankentrage gelegt und ihn in einen Behandlungsraum geschoben. Er riss die ganze Zeit über Witze, während ich seine Vitalfunktionen überprüfte und seine rechte Hand mit acht Fäden nähte. Er schien in Ordnung zu sein, als ich ihn verließ."

Sie schloss die Augen. „Ungefähr zwanzig Minuten später hörte ich, wie eine der anderen Krankenschwestern Code neunundneunzig rief."

„Code neunundneunzig?"

„Diesen Code verwenden wir, wenn das Herz eines Patienten aufhört zu schlagen."

Jake nickte. „Jim?"

„Als ich mit meinem anderen Patienten fertig war, hatten sie ihn schon intubiert, er erhielt lebensrettende Maßnahmen. Ein paar Stunden später ist er dann gestorben."

Bis zum heutigen Tag hatte sich Jims Anblick in Abigails Kopf eingebrannt. Sie erinnerte sich an den Klang seiner Stimme, an seine Späße, sein Lachen. Sie glaubte nicht, dass sie Jim jemals vergessen könnte. Die Erinnerung an ihn würde sie für den Rest ihres Lebens verfolgen.

„Und wie hat sich daraus ein Mordvorwurf entwickelt?"

„Als Jim in die Notaufnahme kam, gab er an, mittellos, ohne Familie und vorübergehend obdachlos zu sein. Aber das stimmte nicht. Er hatte eine Familie, von der er sich allerdings entfremdet hatte. Sie hingegen schien sehr an ihm zu hängen, denn einige Stunden nach seinem Tod tauchten zwei seiner erwachsenen Kinder im Krankenhaus auf, stellten Fragen, forderten Antworten. Es war schrecklich." Ihre Stimme brach, aber sie sprach mühsam weiter. „Zuerst attestierten die Ärzte einen natürlichen Tod auf dem Totenschein, aber Jims Familie ließ den Leichnam heim nach Dallas bringen und eine Obduktion durchführen. Diese ergab, dass ihm eine tödliche Dosis Valium verabreicht worden war."

Jake zog die Augenbrauen zusammen. „Warum sollte ihm jemand Valium injizieren?"

Abigail blickte zu Jake hinüber. Er wirkte ehrlich interessiert. Ob er ihr wohl noch glauben würde, wenn sie ihm die ganze Wahrheit anvertraute? Wenn sie ihm sagte, dass es tatsächlich ihr Fehler war, den sie nun so teuer bezahlen musste? Nur hatte das alles nichts mit der Medikamentendosis zu tun. Es lag einzig und allein daran, dass sie der falschen Person vertraut hatte.

Hoffnung regte sich in ihrer Brust. Sie schloss die Augen und spürte, wie neue Verzweiflung in ihr aufflackerte und alle Hoffnung erstickte. Als ob Mr.. Vorschrift *ihr* glauben würde. Verrückte Abigail. Was würde er wohl sagen, wenn er herausfand, dass sie die Polizei belogen hatte. Und wenn er all die anderen Dinge erfuhr. Nein, sie durfte sich ihm niemals offenbaren.

Er würde ihr sowieso nicht glauben. Als sie ihrem letzten Pflichtverteidiger die volle Wahrheit gebeichtet hatte, empfahl er ihr eine psychologische Beurteilung und die Unterbringung in einer psychiatrischen Anstalt.

Die Erinnerung jagte einen Schauer durch sie hindurch.

„Ich weiß nicht", flüsterte sie. „Ich weiß nur, dass ich ihn nicht umgebracht habe."

„Wer hat es dann getan?"

„Jemand, der in dieser Nacht da war. Jemand, der wollte, dass ich die Schuld auf mich nehme. Jemand, der wusste, dass ich leicht hereinzulegen bin."

„Und warum sollte jemand davon ausgehen, dass du leicht hereinzulegen bist?"

Sie schluckte eine aufflammende Panik hinunter und starrte auf ihre Hand, die gefesselt und zitternd an der Stuhllehne hing.

„Warum sollte jemand davon ausgehen, dass du leicht hereinzulegen bist?", fragte er erneut.

„Aufgrund meiner Vergangenheit."
„Welche Vergangenheit?"
Als sie nicht gleich antwortete, rieb er sich mit der Hand über sein Gesicht. „Sprichst du von deinen psychischen Problemen?"
Die Worte durchbohrten sie wie ein Säbel. Nur weil sie eine verurteilte Verbrecherin war, waren ihre Krankenakten nicht länger vertraulich, sondern für so ungefähr jeden Beamten zugänglich, der einen Einblick wünschte. „Dann weißt du also davon."
„Die Strafvollzugsbeamten haben ein Profil von dir an die hiesige Polizei herausgegeben. Das ist so üblich."
Scham und Kummer überwältigten sie und wandelten sich in einen einzigen tiefen Schmerz, der offenbar ihr ganzes Herz zerdrücken wollte. Abigail wusste, dass die meisten Menschen psychische Probleme mit Geisteskrankheit gleichsetzten. Sie hatte es über die Jahre hinweg hunderte Male gehört. Sie hatten sie in der Highschool Crazy Abigail genannt und nach ihrer Verhaftung war der Name wieder aufgekommen. *Crazy Abigail.* Die Oberstufenschülerin, die ausgeflippt war, weil ihre Mutter ihrem alten Herrn den Stecker herausgezogen hatte. Der gestörte Teenager, der sechs Monate lang nicht sprach. Die junge Frau, die ihren siebzehnten Geburtstag in einer psychiatrischen Klinik verbrachte.
Abigail verdrängte den Schmerz.
„Welche Vergangenheit?", drängte er.
Sie wollte so gerne antworten, sie sehnte sich danach, die Wahrheit offen auszusprechen, aber die Wahrheit verlangte Offenbarungen. Und diese war sie nicht bereit zu teilen, auch wenn ihr Kummer und Enttäuschungen so oft bitter im Magen lagen.
Und sie wollte sie schon gar nicht einem so ehrenhaften Mann wie Jake Madigan offenbaren.

Jake grübelte, was es mit dieser Frau auf sich hatte. Für jemanden, der so stolz auf seine Menschenkenntnis war, fiel es ihm außergewöhnlich schwer, Abigail einzuordnen und zu durchschauen. Aber eines wusste er ganz genau: Er konnte nicht einfach nur dasitzen und zusehen, wie Abigail litt.
Die Situation sollte ihn nicht beunruhigen, er hatte schon so viel Leid gesehen und war selbst oft genug Opfer gewesen, aber der Schmerz in Abigails Augen war rein und entsprang ihrer tiefsten Seele. Er berührte Jake in einer Art, die besser tabu bliebe.

Er wollte sich nicht damit auseinandersetzen. Abigail Nichols entpuppte sich geradezu als Riesen-Pechvogel. Er würde sich hüten, sich in den Strudel ihres Lebens hineinziehen zu lassen. Er wusste, was ihn dann erwartete.

Und doch fühlte er sich so unendlich stark zu ihr hingezogen. Sie wirbelte alle seine Wahrheiten und Überzeugungen durcheinander und ließ ihn seltsam irritiert zurück. Jake vertraute seinem Bauchgefühl. Als Polizist verließ er sich voll und ganz darauf, dass ihn seine Instinkte sicher durch die komplexe Welt voll Gut und Böse führten und auch durch die große Grauzone dazwischen. Und während ihn ebendiese Instinkte ermahnten, auf der Hut zu sein, sagte ihm eine tiefere Stimme, dass die Frau vor ihm keine kaltblütige Mörderin war.

Großer Gott, war das ein Schlamassel.

„Alles, was ich dir dazu sagen kann, ist, dass ich diesen Patienten nicht getötet habe", sagte sie nach einem Moment.

„Die Polizei ist anderer Meinung. Genau wie die Jury."

„Das liegt daran, dass ihnen falsche Beweise vorlagen."

„Was für falsche Beweise?"

„Eine Spritze mit meinen Fingerabdrücken."

„Warum ist dein Anwalt der Sache nicht nachgegangen?"

„Weil die Frau, die mich vertrat, gerade frisch von der Universität kam und nicht über die notwendige Erfahrung verfügte."

Jake runzelte nachdenklich die Stirn. „Diese Spritze mit deinen Fingerabdrücken ist ein objektiver Beweis. Objektive Beweise lügen nicht, Abigail."

„Wann hast du das letzte Mal eine Injektion verabreicht oder einen Patienten behandelt, ohne vorher Latex-Handschuhe überzuziehen?"

Er wusste, worauf sie hinauswollte. Nahezu jeder medizinische Profi trug heute OP-Handschuhe, wenn er zu einem Patienten ging. Vor allem in einem Krankenhaus. Gründe dafür gab es viele, denn die Handschuhe schützten nicht nur Ärzte und Pfleger, sondern auch die Patienten. Abigails Einwand war vernünftig. Allerdings war es möglich, dass sie aus Eile die Handschuhe vergessen hatte, oder weil sie in Panik geraten war.

Das Szenario bereitete ihm ein mulmiges Gefühl in der Magengrube.

Aber Jake würde nicht mit einer Strafgefangenen das Was-wäre-wenn-Spiel spielen. Es war egal, dass ihre Geschichte plausibel klang, dass Abigail nicht wie eine Mörderin wirkte und dass sie litt, dachte er trotzig. Beruflich vertraute er seinen Instinkten, nicht jedoch in Bezug auf eine Frau. Und schon gar nicht in Bezug auf *diese eine* Frau.

Jakes Auftrag lautete, Abigail Nichols wieder zurückzubringen. Als Officer der Polizei erkannte er ganz klar die Grenze zwischen Richtig und Falsch, und diese Grenze übertrat er nicht. Dass Abigail nicht wie eine Mörderin *aussah*, bedeutete nicht, dass sie auch keine war. Das Aussehen konnte über vieles hinwegtäuschen, das wusste er nur zu gut, er würde sich jedenfalls nicht noch einmal von einer hübschen Frau zum Narren machen lassen.

„Ich gehe jetzt besser schlafen", sagte er.

„War das genug Wahrheit für eine Nacht?"

„Sagen wir, ich habe genug gehört." Er ging zum Feuer hinüber und legte noch ein Holzscheit auf die Glut. Er weigerte sich, das unbehagliche Ziehen in seiner Brust mit seinem Gewissen gleichzusetzen. Verdammt, es ging ihn nichts an, ob die Frau schuldig oder unschuldig war. Und es war egal, dass eine tiefe Stimme ihn ermahnte, dieser Frau zuzuhören. Seine Instinkte hatten ihn schon einmal ins Verderben geführt.

„Du solltest etwas Eis auf den Bluterguss legen."

Er hatte das Veilchen vergessen. Als er mit dem Zeigefinger danach tastete, verzog er das Gesicht. Oh ja, er hatte ein Veilchen, ein großes, dem Grad der Schmerzempfindlichkeit nach zu urteilen. In ein bis zwei Tagen würde die Farbe aufblühen wie eine Frühlingsblume. Wenn der Rest des Teams das sah, würden sie dafür sorgen, dass er es nie vergaß.

Mit Blick auf die Handschellen flammte ein leises Mitgefühl in Jake auf. Er hatte sie zu hoch angebracht. Sobald sich Abigail hinlegte, würde die Durchblutung in ihrer Hand unterbrochen, das wollte Jake angesichts der Kälte in der Hütte unbedingt verhindern. Er fingerte den Schlüssel aus dem Fach in seinem Gürtel. Sein Gewissen nagte an ihm. Die einzige Alternative war, Abigail an ihn zu fesseln, doch er wollte nicht die Nacht so nahe bei ihr verbringen.

Zur Hölle.

„Schnee hilft auch", sagte sie. „Gib etwas davon in ein Handtuch und falte das Tuch zu einer Eiskompresse. Vielleicht stoppt es die Schwellung ein wenig."

„Das wird schon wieder."

„Wie du meinst."

Er hatte nicht die Absicht, sich ihr zu nähern, aber seine Beine trugen ihn wie von selbst. Er würde sich hüten, ihr zu vertrauen, nein, vertrauen würde er ihr nicht, aber er konnte sie auch nicht die ganze Nacht an diesen verdammten Stuhl fesseln.

„Ich kann die Handschellen nicht abnehmen", sagte er.

Sie musterte ihn skeptisch. „Ich werde nicht weglaufen."

„Ja, und ich heiße Frosty der Schneemann." Er zog den Schlüssel aus der Handschellentasche an seinem Gürtel, schloss die Handschelle am Stuhl auf und ließ sie an seinem eigenen Handgelenk einrasten.

Abigail riss die Augen auf. „Du wirst doch nicht ..."

„Doch. Ich habe es bereits."

„Aber ich kann nicht ..."

„Halt den Mund und schlaf ein wenig." Er probierte die Handschellen und fand sie fest verschlossen, an ihrem als auch an seinem Handgelenk. Ebenso ungehalten über sich selbst wie über sie schob er seinen Schlafsack näher zu ihrem und legte sich hin. Er spürte jede Bewegung, als sie sich neben ihm in ihren Schlafsack rollte.

Minuten der Anspannung verstrichen. Die Erschöpfung lähmte seinen Körper, aber der Schlaf blieb ihm versagt. Jake lauschte dem Wind und hörte, wie er den Schnee gegen die Fenster der Nordseite peitschte. Er versuchte, nicht an Abigail zu denken und nicht an die Dinge, die sie ihm erzählt hatte, aber das gelang ihm nicht. Er wollte sie ansehen, wollte sehen, wie ihr Gesicht im Schein des Feuers aussah, wenn sie schlief, aber das verbat er sich.

Seufzend verschränkte er seine freie Hand hinter dem Kopf und starrte an die Decke. Er fand sich damit ab, dass eine sehr lange und sehr kalte Nacht vor ihm lag.

Abigail konnte nicht glauben, dass er sein Handgelenk an ihres gefesselt hatte. Von allen möglichen Sicherheitsmaßnahmen war das die allerschlimmste. Wie um alles in der Welt sollte sie jetzt unbemerkt an den Schlüssel kommen und die Handschellen lösen?

Die Minuten erschienen ihr plötzlich so lang wie Stunden, eine unerträgliche Sekunde nach der anderen verstrich. Abigail versuchte zu schlafen, aber sie fror zu sehr und war viel zu aufgedreht. Der Sturm wütete draußen vor den Fenstern, aber sie beachtete ihn nicht. Alle ihre Sinne waren nur auf den Mann gerichtet, der neben ihr lag. Sie musste verrückt sein, dass sie sich mit Fluchtgedanken trug, denn der Sturm da draußen war mehr als gefährlich. Aber das würde ihr Leben im Gefängnis auch wieder sein und der pflichtschuldige Polizist neben ihr wollte alles in seiner Macht Stehende tun, um sie dorthin zurückzubringen.

Es war wieder mal eine Zeit, die nach extremen Maßnahmen verlangte.

Abigail wusste nicht, wie viel Zeit verstrichen war. Schon seit gefühlten Stunden wälzte sich Jake hin und her und brummte vor sich hin. Eine Weile fürchtete sie, er würde überhaupt nicht einschlafen, aber schließlich siegte die Erschöpfung über ihn und er atmete langsam und gleichmäßig. Doch erst als er leise zu schnarchen begann, wagte es Abigail, sich zu bewegen. Vorsichtig stützte sie sich auf einen Ellbogen und blickte zu Jake hinüber. Selbst im Schlaf sah er so gefährlich aus wie ein Raubtier, das seine Beute an sich heranlockte, um sie zu verschlingen.

Bei dem Gedanken erschauderte sie.

Sie wusste, dass sie gleich einen Punkt überschritt, von dem aus es kein Zurück mehr geben würde. Sie blickte hinunter auf Jakes Gürtel und erkannte die Tasche, wo er die Handschellen und den Schlüssel aufbewahrte. Vorsichtig beugte sie sich über ihn und griff nach der Tasche. Die Wahrscheinlichkeit, dass ihr Plan gelang, war äußerst gering, das wusste sie, aber es war auch ihre einzige Chance, um am Leben zu bleiben.

Ihr Herz hämmerte wie wild, als ihre Finger langsam den Taschendeckel berührten. Abigail biss die Zähne zusammen und zerrte vorsichtig an der Lasche. Der Druckknopf sprang auf und riss ein Geräusch einem Gewehrschuss gleich in die Stille. Abigail hielt den Atem an. Der Knall musste Jake einfach wecken. Quälende Sekunden wartete sie darauf, dass er seine Augen öffnete. Sie hatte viel zu viel Angst, sich zu bewegen. Ihre Lippen sprachen ein stummes Gebet, während ihr Herz wie ein Trommelwirbel pochte.

Sie war Jake so nah, dass sie seinen warmen Atem auf ihrer Wange spüren konnte. Sie genoss seinen herb-frischen Duft, der sie an eine Alpenwiese im Morgengrauen erinnerte. Wenn sie sich auch nur einen Millimeter bewegte, würde sie ihn berühren und womöglich wecken. Bei dem Gedanken daran begannen ihre Nerven zu flattern. Abigail rang um Beherrschung, sie atmete lautlos durch und öffnete die Augen. Sie war entschlossen, ihren Plan durchzuziehen.

Das glimmende Feuer warf Schatten auf Jakes Gesicht. Seine dunklen Augenbrauen hatte er zusammengezogen, offenbar quälten ihn selbst im Schlaf tiefe Sorgen. Herrgott, sie hatte noch nie zuvor einen Mann mit so langen Wimpern gesehen. Ein seltsames Gefühl wallte tief in ihr auf. Erbarmen, er war wirklich eine Augenweide. Schade nur, dass er diese Dienstmarke am Gürtel trug und so wild entschlossen war, ihr Leben zu ruinieren.

Abigail war entsetzt, dass sie sich in einem so gefährlichen Moment zu Jake hingezogen fühlte, und konzentrierte sich wieder darauf, den Schlüssel zu finden. Vorsichtig schob sie zwei Finger in die kleine Tasche und tastete sich voran, als sie endlich auf etwas Kaltes, Metallisches stieß. Sie wartete, bis ihre Erregung darüber wieder verblasste, dann zog sie den Schlüssel langsam heraus. Im vergangenen Jahr war ihr in ihrem Leben nichts geglückt, deshalb fiel es ihr jetzt schwer zu glauben, dass etwas derart Riskantes nach Plan verlief.

Vielleicht war ihr Fortuna am Ende doch nicht so böse.

Abigail fischte den Schlüssel vorsichtig aus der kleinen Tasche an Jakes Gürtel, dann rückte sie wieder behutsam von ihrem Bewacher ab und legte sich zurück auf die Seite. Sie drückte die Handschelle mit der freien Hand fest auf den Fußboden, dann steckte sie mit zwei Fingern den Schlüssel in das Schloss und drehte. Die Handschelle sprang auf.

Während Abigail die Fessel von ihrem Handgelenk schob, blickte sie sich nach etwas um, was einen wütenden Mann für eine Weile aufzuhalten vermochte, und entschied sich für den Stuhl. Er würde Jake für ein paar Minuten bremsen. Hoffentlich lange genug, dass sie davonkam.

Jake wusste nicht, was ihn weckte. Vielleicht war es ja die Kälte, die böse und dunkel während der letzten Stunde in seine Knochen gesickert war, als er abwechselnd wegdämmerte und wieder wach wurde. Oder war es die Stille? Der Wind rüttelte zwar immer noch unvermindert an den Wänden, aber in die Hütte hatte sich eine andere Stille gelegt. Das einzige Geräusch kam von dem Zischen der Glut im Feuer. Es war fast, als wäre er allein!

Schlagartig hob Jake den Kopf. Er blickte neben sich und spürte einen scharfen Stich, als ihm plötzlich Adrenalin durch den Körper fuhr.

„Was zur Hölle!“

Er sprang auf die Füße. Der Stuhl, an den sie ihn mit der Handschelle gefesselt hatte, polterte auf den Dielenboden. Er starrte auf den leeren Schlafsack.

Diese verdammte, verrückte Frau hatte ihn an den Stuhl gefesselt.

Seine Knochen waren vom Schlafen auf dem harten Fußboden steif.

Jake zerrte den Stuhl mühsam zur Tür hinüber und riss sie mit einem Ruck auf. Das Pferd war verschwunden, nur Rebel Yell sah ihn mit sanften braunen Augen an.

Na ja, wenigstens hatte sie ihm das Maultier gelassen.

Während er Abigail für ihre Entschlossenheit und sich selbst für seine Naivität verfluchte, zog er den Stuhl polternd mit sich zurück in den Raum. Er konnte nicht glauben, dass er so unfassbar dumm gewesen war!

Du hättest ihre Fessel am Stuhl nicht lösen dürfen.

Aber der ehrbare Teil von Jake wusste, warum er es getan hatte. Als sie ihn letzte Nacht mit diesen atemberaubenden veilchenblauen Augen angesehen hatte, war es um ihn geschehen. Augen wie diese konnten einen Mann dazu bringen, törichte Dinge zu tun und sogar seltsame Geschichten zu glauben, die eine verwirrte junge Frau nur erfand, um ihre Freiheit zurückzugewinnen.

Er hatte sie ihr bedenkenlos abgekauft.

Vielleicht war er ein noch größerer Dummkopf, als er bisher geahnt hatte.

Ein Blick aus dem Fenster verriet ihm, dass das Schlimmste des Sturms vorüber war, doch es schneite immer noch. Sobald der Wind nachließ, würde der Hubschrauber in die Luft gehen und nach ihnen suchen.

Bei dem Gedanken daran überfiel ihn tiefe Scham. Sollte er Abigail nicht zuvor aufspüren, befand er sich in Erklärungsnot. Nicht nur den Strafvollzugsbeamten gegenüber, sondern auch gegenüber seiner eigenen Abteilung und dem RMSAR-Team.

Zur Hölle, war das ein Schlamassel.

Verdammte Frau.

Er griff in das Fach in seinem Gürtel und tastete nach dem Schlüssel. Natürlich, sie hatte ihn mitgenommen. Welcher Verbrecher hätte das nicht?

Jake packte die Stuhllehne, hob den Stuhl über seinen Kopf und ließ ihn hart auf den Boden stürzen. Das Holz splitterte und die Handschelle sprang auf. Er griff seinen Duster Coat, warf ihn sich mit einem Ruck über die Schultern und stürmte im Laufschritt auf die Tür zu.

Mit ein bisschen Glück würde er Abigail finden, bevor sie in schlimmere Schwierigkeiten geriet.

6. KAPITEL

Okay, Pferd, das sind die Grundregeln." Abigail hielt sich am Sattelhorn fest, während das Tier einen Satz durch den tiefen Pulverschnee machte. „Ich sage dir, wohin wir gehen, und du gehorchst, solange sich keine bodenlose Gletscherspalte vor uns auftut. Verstanden?"

Das Pferd machte einen weiteren Satz. Abigail klammerte sich am Sattelhorn fest und betete, dass sie den Sattel richtig angelegt hatte. Sie hatte sich so sehr beeilt, dass sie daran zweifelte. So weit, so gut.

„Langsam, großes Mädchen. Immer mit der Ruhe. Bleib einfach nicht stecken."

Dass ihre Flucht kein Spaziergang werden würde, hatte sie gewusst, doch sie hatte nicht mit dieser Menge Schnee gerechnet. Wo der Wind ihn verweht hatte, türmte er sich hüfthoch auf. Es war beinahe unmöglich, ihn per Pferd zu überwinden.

Abigail hatte aber keine Zeit für *unmöglich*. Dies war ihre letzte Chance auf Freiheit und die würde sie nicht vermasseln.

Wenn alles nach Plan verlief, erreichte sie bis zur Abenddämmerung den Highway. Dort hoffte sie, dass ein Trucker sie per Anhalter mitnahm und nicht allzu viele Fragen stellte. Mit etwas Glück erreichte sie dann bei Tagesanbruch New Mexico.

Es war ein verzweifelter Plan, aber ganz gleich, wie sehr sich die Welt auch gegen sie verschworen hatte, Abigail wusste, dass eine klitzekleine Chance bestand, dass er gelang. Sie musste nur aus dieser unwirtlichen Gegend herauskommen. Wenn sie es bis zu Grams' Haus schaffte, kam sie ihrem Ziel nahe.

Ein Schuss peitschte durch die Stille. Das Geräusch erschütterte sie so sehr, dass sie beinahe das Gleichgewicht verlor. Brandywine blieb abrupt stehen, wandte den Kopf und spitzte die Ohren. Während sie sich im Sattel umdrehte, spürte Abigail, wie ihr Herz bis hinunter zu ihren Fußknöcheln sank.

Jake.

Er war vielleicht eine Viertelmeile entfernt. Bei dem leichten Schneefall konnte sie sein Gesicht nicht genau erkennen, aber die Gestalt war unverkennbar. Sie trug einen schwarzen Stetson, einen langen Duster Coat und ritt auf einem Maultier in hohem Tempo auf sie zu. Oh, er war sicher fuchsteufelswild. Darauf würde sie wetten.

Ihr Herz klopfte heftig gegen die Rippen. Dass Jake ihr folgte, versetzte sie in Panik.

Ein zweiter Schuss durchschnitt die Ruhe. Abigail duckte sich instinktiv, doch das war albern, da es hier draußen ohnehin keine Deckung gab. Trotzdem war Abigail überzeugt, dass Jake nicht auf sie schießen würde, auch wenn sie nicht wusste, woher sie diese Überzeugung nahm. Nein, er feuerte das Gewehr nur ab, um ihr zu sagen, dass er ihr auf den Fersen war.

Abigail hatte allerdings nicht vor, sich von ihm erwischen zu lassen. Sie stupste das Pferd mit den Fersen an, schnalzte und beugte sich im Sattel vor, so wie sie es immer mit Mr.. Smiths Shetland-Ponys getan hatte. „Komm schon, Mädchen. Auf geht's."

Wieder sprang das Pferd über eine Schneeverwehung. Abigail umklammerte das Sattelhorn und trieb das Tier vorwärts. Drei Sätze weiter wurde der Schnee ein bisschen seichter. Das Pferd begann zu traben. Sie ritt noch ein Stück, dann stoppte sie Brandywine am Rand eines lichten Waldes aus Küstenkiefern und Espen. Sie drehte sich abermals um und suchte den Horizont ab, aber Mann und Maultier waren nirgendwo zu sehen.

Wohin um alles in der Welt war er verschwunden?

Sie spürte, wie sich ihre Nackenhaare sträubten. Sie trieb das Pferd in einem schnelleren Trab in den Wald. Der Trab schüttelte jede Faser ihres Körpers mächtig durch, doch wenigstens kamen sie gut voran. Solange es ihren Vorsprung vor Jake erhöhte, konnte sie dieses Schütteln gut ertragen. Vielleicht war sie völlig verrückt, sobald sie die Interstate erreichte, aber immerhin war sie dann frei.

Nach einem kurzen Ritt durch den Wald wurden die Bäume noch lichter und öffneten sich zu einem sanft abfallenden Hang hin mit einem tiefen Wasserlauf, der sich wie eine Narbe bis zu einem zugefrorenen Teich am Fuß des Hangs erstreckte. Abigail lenkte das Pferd in einem Bogen um den Wasserlauf herum, wo der Schnee verweht und vermutlich brusttief war. Sie führte das Tier nach Norden, Richtung Interstate 70, und hoffentlich auf einen Trucker zu, der etwas Gesellschaft brauchte.

Sie hatte gerade einen großen Vorsprung aus eisverkrustetem Granit passiert, als sie etwas hörte. Sofort drehte sie sich im Sattel um und sah Mann und Maultier, die auf sie zustürmten. Ihr Puls schnellte in die Höhe. Für den Bruchteil einer Sekunde starrte Abigail fassungslos zu den beiden hinüber. Wie konnte Jake diese große Distanz so schnell zurückgelegt und sich hinten herum an sie herangeschlichen haben?

Sie schrie einmal auf und schlug ihre Hand auf das Hinterteil des Pferdes. „Los!“

Das Tier machte einen Satz vorwärts, aber es war zu spät. Das Maultier war bereits an ihrer Seite. Jake schrie etwas, was sie nicht verstand, doch sie spürte seine Wut.

Behandschuhte Hände griffen nach den Zügeln ihres Pferdes. „Stopp! Keine Bewegung!“

„Nein!“, schrie sie zurück.

Aber er war zu schnell. Ihr Pferd drehte sich und wirbelte Schnee auf. Jakes Knie stieß hart gegen ihres. Sie sah, wie er mit seinen behandschuhten Händen nach ihr griff. Sie versuchte ihn fortzustoßen, doch er griff einfach nach ihrer Taille und brachte sie so aus dem Gleichgewicht. Abigail schrie abermals auf. Ihr Fuß rutschte aus dem Steigbügel, instinktiv versuchte sie, sich an Brandywines Mähne festzuhalten, doch ihre Finger griffen ins Leere.

Einen Moment später stürzte sie zu Boden. Jake ächzte. Das Pferd scheute zurück, blieb dann aber stehen und beobachtete sie mit gespitzten Ohren. Abigail ermahnte sich, dass dies ihre letzte Chance auf Freiheit war, und versuchte wegzukriechen, doch bevor sie den ersten Fuß aufsetzen konnte, schnellte eine starke Hand vor und fasste ihre Schulter. Unversehens drehte Jake sie auf den Rücken. Sie dachte nicht lange nach und schleuderte ihm eine Portion Schnee ins Gesicht. Er spuckte, aber es brachte ihn nicht aus der Fassung. Sie sah, wie wütend seine grauen Augen aufblitzten, und dann saß Jake auch schon auf ihr.

„Was zur *Hölle* tust du da?“, schimpfte er.

Die Niederlage schmeckte bitter. Abigail bäumte sich mit aller Kraft auf, sie wand sich und trat mit den Füßen nach ihm. Er wehrte sie schwer keuchend ab.

„Ich gehe nicht zurück!“, schrie sie. „Verdammt, lass mich los!“

„Beruhige dich!“, sagte er wütend.

„Geh runter von mir!“

„Dann hör auf, auf mich einzuprügeln.“

„Ich bekomme keine Luft!“

„Doch, bekommst du, wenn du dich beruhigst.“

„Ich gehe nicht zurück. Es ist mir egal, was du mit mir anstellst, aber ich gehe nicht. Lieber sterbe ich.“

„Wenn du so weitermachst, löst du das Problem von ganz allein.“

Sie wandte den Kopf und pustete einen Mund voll Schnee aus. „Du hättest mich erschießen können, aber das traust du dich wohl nicht, du harter Kerl?“

„Wenn du weiterhin so verrücktes Zeug machst, bringst du dich ganz allein um.“

„Geh runter von mir!“

„Erst wenn du dich beruhigst.“

Sie schlug wild um sich, aber Jake lenkte ihre Schläge mühelos ab. „Bring mich nicht dazu, dir Handschellen anzulegen“, fuhr er sie an.

Abigail blinzelte den Schnee von ihren Augen. „Okay. Ich bin ruhig“, zischte sie.

Er atmete schwer, seine Nasenflügel bebten. Er hatte seinen Hut verloren und Schnee glitzerte in seinen Haaren. Sein Kiefer war angespannt und seine Lippen waren zu einem Strich verzogen. Glühend heiße Wut blitzte in seinen Augen auf, aber Abigail las noch etwas anderes darin, etwas, das sie nicht lesen wollte.

Sein Gesicht war nur wenige Zentimeter von ihrem entfernt. Jake hatte ihre Hände ergriffen und hielt sie über ihrem Kopf fest. Er streckte sich flach auf ihr aus, zwischen ihren gespreizten Beinen.

Oh Gott.

Sie befanden sich in einer prekären Lage und der Gedanke daran durchfuhr Abigail wie ein Pfeil. Kälte, Wut und Schmerz schmolzen unter der Hitze der Erregung dahin. Innerhalb eines Augenblicks hatte sich die Situation völlig umgekehrt. Plötzlich war Abigail nicht länger die fliehende Strafgefangene, sondern eine Frau, die seit sehr langer Zeit nicht mehr in den Armen eines Mannes gelegen hatte, und Jake war nicht länger der hartherzige Polizist, sondern ein Mann mit hungrigen Augen und einem Mund, der selbst eine noch so zurückhaltende Frau zu mehr ermunterte.

Abigail fiel eindeutig in die zurückhaltende Kategorie. In den letzten eineinhalb Jahren hatte man sie verletzt, verraten und vergessen, doch sie war immer noch eine Frau. Eine Frau, die schon so lange allein war, dass sie sich an ihr letztes Mal nicht einmal mehr erinnern konnte.

Jake sah sie an, als würde sie ihm etwas bedeuten.

Sie wollte ihn nicht küssen. Es war impulsiv, eine Dummheit. Im ersten Moment starrte sie nur auf diesen wie gemeißelt wirkenden Mund, im nächsten hob sie den Kopf und drückte ihre Lippen auf seine. Er zuckte zusammen, als träfe ihn eine tausend Volt führende Stromleitung. Sein ganzer Körper erstarrte, Abigail spürte, wie sich sein Griff um ihre Handgelenke lockerte. Dann stöhnte er auf und drückte sie tiefer in den Schnee. Seine Lippen entspannten sich und wurden weich. Jake erwiderte ihren Kuss zunächst zögernd, dann immer intensiver und fordernder, dass es ihr den Atem raubte.

Jake war nicht der Erste, der Abigail küsste, Intimität war ihr nicht fremd, aber was Jake mit seiner Zunge in ihrem Mund anstellte, vernebelte ihr alle Sinne. Sie war davon ausgegangen, dass sie ihn ablenken, führen und bezirzen konnte, doch sobald seine Zunge die ihre umspielte und in die Tiefen ihres Mundes abtauchte, sobald sie den köstlichen Geschmack Jakes kostete, vergaß sie alles um sich herum.

Abigail vergaß, dass sie die Initiative ergriffen hatte, und als ihre Zungen einander umschlangen, schwirrte ihr der Kopf und ihr Körper brannte vor Lust, wo immer Jake sie auch berührte. Sie wusste nicht mehr, wo und warum sie dort war, wo sie war, und warum sie von dort fortlaufen sollte.

Er küsste sie, wie sie noch nie in ihrem Leben geküsst worden war, bis sie ihren Verstand völlig verlor und nur noch pures Verlangen spürte. Alles um sie herum war gleißend weiß und der Schnee schmolz warm. Jake presste sich an sie. Er löste seine Hände von ihren und fuhr mit seinen Fingern grob und gierig durch ihr Haar.

Lust durchströmte heiß ihre Adern, sammelte sich in ihrem Bauch und pulsierte feucht in ihrer Mitte, wo sie seine harte Erregung spürte. Er stöhnte etwas Verbotenes an ihr Ohr, aber Abigail war außerstande, es zu verstehen. Sie wusste, was er wollte und was sie wollte.

Doch sie würde sich hüten, dem Unglück Tür und Tor zu öffnen. Dieser Mann würde ihr Leben zerstören. Er würde nur seine Lust befriedigen und ihr Dinge versprechen, die er niemals halten konnte, und dann würde er sie von sich stoßen, so wie einst Jonathan Reed.

Abigail konzentrierte sich darauf, sich nicht von ihm mitreißen zu lassen, aber Jakes Küsse waren wie eine Lawine, die sie schüttelte und umherschleuderte, bis sie besinnungslos war.

Jake wusste, wie es sich anfühlte, eine Frau zu begehren, kannte diesen süßen leichten Schmerz, der mit der Zeit anwuchs und um den man sich bei Gelegenheit einmal kümmern musste. So etwas behielt Jake unter Kontrolle. Das war kein Problem.

Doch dieses Mal hatte er es nicht im Griff, seine Beherrschung entglitt ihm. Er lag hier im Schnee und küsste eine Strafgefangene, und obwohl er es eigentlich besser wusste, war er nicht in der Lage aufzuhören. Diese Frau schmeckte einfach zu gut. Er hatte noch nie eine

Frau so sehr gewollt wie Abigail Nichols. Vor ihr war es keiner Frau gelungen, seine Selbstbeherrschung mit nicht mehr als einem Blick zu durchbrechen. Keine Frau hatte bisher mit nur einer Berührung seinen gesamten Verstand außer Gefecht gesetzt. Sie gefährdete den strengen Ehrenkodex, nach dem er lebte, weil er es nicht ertragen konnte, sie leiden zu sehen. Niemals zuvor hatte er diese Dinge für jemanden aufgegeben. Ganz sicher würde er es nicht für eine Verbrecherin tun.

Aber ihr Mund fühlte sich so feucht und weich und verheißungsvoll unter seinem an, dass er gar nicht genug davon bekommen konnte. Sie schmeckte süß und verboten und das Verlangen nach mehr hämmerte in seinem Körper. Er roch ihr Haar, das verlockend nach Frau und freier Natur duftete. Er fuhr mit den Fingern durch die unbändigen Locken, spürte, wie sie sich um seine Finger verwickelten. Er barg ihren Kopf in seinen Händen, sah ihren Mund und küsste ihn tief.

Als sie ihren Körper wimmernd gegen seinen presste, spürte Jake, wie alles in seinem Kopf durcheinandergeriet. Sein gesunder Menschenverstand verblasste. Er war schmerzhaft erregt, sein Körper steinhart und er schrie nach Erlösung. Jake wusste, dass er aufhören musste, sie zu küssen. Die Vernunft verlangte, dass er dem Ganzen ein Ende bereitete, bevor ihm die Situation völlig aus den Händen glitt.

Sie war ihm schon aus der Hand geglitten.

Sein Verstand wusste, dass er einen Fehler beging, doch seinen Körper kümmerte es nicht. Sein Mund verschmolz mit ihrem. Er wollte seine Hände auf ihrer Haut spüren, wollte in ihre veilchenblauen Augen schauen und sehen, wie sie vor Lust und Begehren blitzten. Seine Hände streiften an ihrem Körper entlang, der sich zart und zerbrechlich anfühlte. Die Handschuhe behinderten ihn, er wollte sie loswerden, doch er hatte Angst, dass der Zauber des Moments verflog, wenn er innehielt, um sie auszuziehen.

Er wollte nicht, dass es aufhörte.

Das Blut rauschte durch seine Adern wie ein Güterzug, der ein klappriges Gleis hinunterraste. Jake atmete schwer, sein Körper zitterte wie der eines liebestollen Teenagers. Den dumpfen Aufschlag im Schnee, keine dreißig Zentimeter von seinem Kopf entfernt, hörte er kaum. Zuerst dachte er, Abigail hätte ihre Schuhe von sich geschleudert, aber seine Nerven zuckten unerklärlicherweise.

Einen Moment später erklang wie zur Antwort ein Gewehrschuss. Jake unterbrach den Kuss, wich aber nicht von Abigail. Er war benommen, jeder Nerv in seinem Körper schrie. „Was zur Hölle war das?“

Abigail versuchte aufzustehen. Sie sah bestürzt aus. „Das war ein …“

Jake schob sie wieder auf den Boden. „Bleib unten.“

„Aber das war ein Gewehrschuss!“

„Ich weiß, was das war. Bleib unten.“

„Jemand schießt auf uns!“

„Nun ja, das ist eine treffsichere Schlussfolgerung.“ Während er sich aufrappelte, blickte sich Jake fieberhaft um. Er verfluchte sich für seine Unachtsamkeit. „Hier sind wir eine leichte Beute.“

Abigail kam auf die Knie. Ihre Haare waren feucht vom Schnee und hingen wirr um ihr Gesicht. Selbst jetzt, wo sein Herz pures Adrenalin durch seine Adern pumpte, kam Jake nicht umhin zu bemerken, wie schön sie war. Er hätte gern vollendet, was sie begonnen hatten, was immer es auch war.

Er entdeckte eine Schlucht gut ein Dutzend Meter entfernt und nickte leicht in die Richtung. „Ich will, dass du zu dieser Schlucht läufst, leg dich dort auf den Bauch und rühre dich nicht, bis ich dort bin.“

„Aber wo bist du …“

„Mach einfach. Ich werde das Pferd holen.“ Er schaute über die Schulter zu der Stelle, wo Brandywine im Schnee scharrte, keine zwanzig Meter entfernt. „Ohne das Pferd kriegen wir ernsthafte Probleme.“ Er starrte Abigail an. Sein Herz flatterte seltsam auf und nieder. Sie würde die Chance nutzen und wieder weglaufen, das wusste er. Aber um sie aus der Schusslinie zu halten, musste er dieses Risiko eingehen.

„Kannst du das für mich tun?“, fragte er.

Sie nickte.

Ein weiterer Schuss durchschnitt die Stille.

„Duck dich. Los!“ Jake schob sie auf die Schlucht zu, dann spurtete er zu Brandywine und betete, dass die Treffsicherheit des Scharfschützen nicht so gut war wie sein Timing.

Was zum Teufel hatte er sich dabei gedacht, Abigail zu küssen?

Noch ein Schuss ertönte, gerade als Jake Brandywines Zügel schnappte. Er sprang auf den Rücken der Stute und trieb das Tier zu einem Sprint, als ob sie ein Rennpferd wäre. Mühevoll kämpfte sie sich durch den Schnee auf die Schlucht zu, dicht gefolgt vom Maultier. Eine Kugel prallte kaum einen Meter entfernt an einer Felswand ab. Jake duckte sich, zog sein Gewehr aus dem Holster, drehte sich um und feuerte in schneller Folge in Richtung des Schützen, dann schob er das Gewehr schnell wieder zurück und lenkte Brandywine zur Schlucht.

Das Gelände war zu abschüssig und gefährlich für ein Pferd, dennoch war es hier sicherer, als oben erschossen zu werden.

Wer zum Teufel schoss da oben auf sie?

Einen Moment später erreichte er das untere Ende der Felsschlucht. Jake zitterte, Wut, Angst, Wachsamkeit, aber auch die letzten Reste seiner Erregung mischten sich heiß in seinem Blut. Er versuchte, seine aufgewühlten Emotionen zu bändigen, als ihm auffiel, dass Abigail nicht hier war. Eine leise Angst legte sich wie ein dünnes Band um sein Herz. Er ließ seinen Blick über die Gegend schweifen und suchte den Boden nach Blutspuren ab, doch zu seiner Erleichterung entdeckte er nur Schuhabdrücke im Schnee. Abigail schlich offenbar haarscharf am Sichtfeld des Scharfschützen entlang.

Diese verrückte Frau würde sich noch selbst umbringen.

Er folgte dem Pfad bis zum Fuß eines Hügels. Er entdeckte Abigail, als sie in ein lichtes Espenwäldchen hineinlief. Sie rannte schon wieder vor ihm davon.

Er schnalzte und lenkte Brandywine vorsichtig durch den tiefen Schnee. Das Pferd sprang über Schneewehen hinweg, doch Jake bewegte sich in ihrem Rhythmus und konnte so das Gleichgewicht halten.

Der tiefe Schnee erschwerte Abigails Flucht, dennoch kämpfte sie sich weiter voran. Sie blickte nicht zurück, hielt nicht nach Jake Ausschau.

Was dachte sich diese verdammte Frau? Sie würde ihm sowieso nicht entkommen. Und wer war da oben hinter ihnen her? Anfangs hatte er auf den verirrten Schuss eines Jägers gehofft, doch der zweite strafte ihn Naivität. Konnte es sein, dass an Abigails Geschichte doch etwas dran war?

Abigail und ihn trennten nur noch fünfzehn Meter, als ihm schlagartig klar wurde, was sie vorhatte. Es ließ sein Blut in den Adern gefrieren. „Abigail! Nein! Bleib stehen!"

Vor ihnen lag ein kleiner zugefrorener See, vielleicht einhundert Meter breit und zugeschneit. Abigail betrat, ohne zu zögern, das Eis und rutschte darüber.

Jake stoppte Brandywine am Ufer. „Abigail, halt! Das Eis ist dünn! Abigail!"

Sie ignorierte ihn.

Jake schob seinen Duster Coat von den Schultern und beobachtete Abigail atemlos. Sie musste doch wissen, dass das Eis in der Mitte des

Sees viel zu dünn war, um sie zu tragen. Gestern herrschten hier noch Temperaturen knapp über dem Gefrierpunkt. Wie verzweifelt musste sie sein, um sich so leichtsinnig zu verhalten?

Das Eis knackte laut.

Jake spürte seine Hilflosigkeit, er hatte Angst. Er trat auf das Eis. „Bleib stehen, Abigail! Verdammt, das Eis ist zu dünn."

Sie stoppte abrupt und blieb knapp dreißig Meter von ihm entfernt mit weit ausgestreckten Armen stehen. Sie rührte sich nicht und sagte kein Wort. Jake sah nur, wie ihr warmer Atem in der kalten Luft kondensierte.

„Gut! Und jetzt bleib ganz ruhig", sagte er. „Ich will, dass du tief Luft holst. Und dann möchte ich, dass du dich auf den Bauch legst und hierher zurückrutschst. Tust du das für mich?"

Abigail drehte sich langsam zu ihm um. „Lügst du mich an, Jake?"

Ihr Gesicht war beinahe so weiß wie der Schnee. „In diesem Punkt würde ich dich niemals belügen."

„Wird das Eis brechen?"

Er wusste es nicht sicher, aber es hatte bereits gefährlich geknackt. „Ich will, dass du dich sofort auf den Bauch legst."

Abigail kniete sich ganz langsam und vorsichtig nieder und legte sich anschließend auf den Bauch.

„Braves Mädchen. Und jetzt schieb dich zu mir."

„Was ist mit dem Trottel mit der Waffe?"

„Ein Unglück zurzeit, okay? Um ihn kümmern wir uns, wenn du hier bei mir bist. Beweg dich einfach nur langsam."

„Okay."

Jake rieb sich mit der Hand durchs Gesicht. Kalter Schweiß prickelte über seinen Rücken. Während Abigail über das verschneite Eis kroch, konnte er sehen, wie Wasser durch Risse auf die Eisfläche drang und den Schnee verfärbte. Abigail bemerkte es auch und hielt inne.

„Sieh mich an", sagte Jake streng. „Nun komm schon, mach weiter."

Er fing ihren Blick auf und bekam sofort wieder weiche Knie. Er erinnerte sich an ihren Kuss oben im Schnee, daran, wie weich sich ihr Körper angefühlt hatte, und an ihr befreites Lachen gestern Abend in der Hütte. Die Bilder prallten mit aller Macht in seinem Kopf aufeinander. Jake begriff, wie wichtig es ihm war, dass ihr nichts passierte.

„Du machst deine Sache gut", sagte er.

„Das hören Leute wie ich immer, kurz bevor wir es vermasseln."

„Du wirst es nicht vermasseln."

„Das dachte ich auch." Sie versuchte zu lächeln, doch Jake sah die Angst in ihren Augen. „Ich bin wirklich gut im Vermasseln, Jake. Ich tue das ständig. Mein ganzes Leben ist ein einziger großer Schlamassel."

„Nein, ist es nicht." Er rieb sich die Schläfe. „Kriech weiter."

„Ich werde nass. Das Wasser, es kommt durch die Risse."

„Wenn du nahe genug bist, werde ich dir einen Ast zuwerfen. Ich will, dass du ihn packst und dich daran festhältst. Dann komme ich und hole dich, in Ordnung?"

Das Eis knackte wieder. Es war ein widerliches Geräusch, das von den Bäumen ringsum widerhallte. Jake sah, wie Abigail zuckte und entsetzt die Augen aufriss, und dann verschluckte sie der See.

7. KAPITEL

Jake hatte schon einmal gesehen, wie jemand ins Eis einbrach und ertrank. Damals war er sechzehn Jahre alt und Jimmy Baine spielte auf einem See unweit der Madigan Ranch Eishockey. Doch dann gab die Eisfläche nach. Das Rettungsteam brauchte mehr als vierzig Minuten, um Jimmy zu bergen. An dem Tag hatte Jake beschlossen, sich im Rettungsdienst zu engagieren.

Und diese hübsche junge Frau durfte keinen so schrecklichen Tod sterben.

Knapp zwanzig Meter vom Ufer entfernt sah er Abigails Kopf über dem Wasser. Sie versuchte, den zerklüfteten Rand des Eises zu fassen und sich selbst hochzuziehen, doch das Eis brach immer wieder ab. Jake wusste, dass sie ihre Kraft in höchstens fünf Minuten verlassen würde. Noch weitere zehn und sie war zu unterkühlt, um ihren Kopf über Wasser zu halten.

„Halt durch!", schrie er. „Ich komme zu dir!"

„Jake!"

Verzweifelt suchte er nach einem langen und stabilen Ast, um Abigail daran herauszuziehen. Die Sekunden flogen nur so dahin, bis er endlich eine Espe entdeckte und einen ziemlich großen Ast vom Stamm abbrach. Er riss die kleineren Zweige ab und sprintete zurück zum gefrorenen Ufer. Er dachte nicht über die Folgen nach, als er auf das Eis trat. Von der anderen Seite des Sees knackte es schrecklich dumpf und gefährlich. Das Geräusch erinnerte Jake an eine Stromleitung, die unter Druck zerbarst. Er kniete sich nieder und kroch auf allen Vieren los. Er überwand die Distanz viel zu schnell.

„Abigail!"

„Ich bin hier." Ihre Stimme war schon ganz schwach und dünn.

Jake fürchtete, dass sie bereits unterkühlt war. Unter den aktuellen Bedingungen konnte die Unterkühlung innerhalb von Minuten einsetzen. Einen knappen Meter von Abigail entfernt stoppte er. Er durfte nicht riskieren, selbst ins Eis einzubrechen. Er schob ihr den Ast hin. „Halt dich daran fest. Ich ziehe dich heraus."

„Okay, aber beeil dich, mir ist kalt", zitterte sie schwach.

„Denk nicht an die Kälte. Mach einfach, was ich dir sage." Er lag so flach und still, wie er konnte. „Nimm den Ast."

Abigail hob ihre Hand aus dem Wasser und ergriff den Ast.

„Braves Mädchen", sagte er. „Leg beide Hände um das Holz."

Jake sah besorgt, wie blau ihre Finger bereits waren. „Okay.“

„Halt dich fest und bleib ganz ruhig. Ich werde dich jetzt herausziehen.“

Das Eis knackte unter ihm. Wasser sprudelte hervor und verwandelte den Schnee um ihn herum in Matsch. Jake wälzte sich herum und spürte, wie das Eis unter ihm nachgab.

Verdammt.

Er streckte die Arme über den Kopf, um sein Gewicht gleichmäßiger zu verteilen, dann schob er sich langsam, Zentimeter für Zentimeter, auf das Ufer zu. Er hörte das Eis um Abigail herum brechen, während er sie aus dem Wasser zu ziehen begann.

„I-Ich komme nicht h-heraus“, stammelte sie. „Es bricht immer weiter.“

Er warf ihr einen raschen Blick zu und sah die Angst in ihren Augen. Abigails Lippen waren blau, ihr Gesicht totenblass. Sie war zwar erst wenige Minuten im Wasser, aber bei den Temperaturen reichte es manchmal schon aus, um an Unterkühlung zu sterben. „Lass den Ast nicht los“, sagte er scharf.

Er schob sich auf die Knie und zerrte an dem Ast. Abigails Schultern ragten aus dem Wasser. Sie setzte ihr Knie aufs Eis. Ihr Mantel war klatschnass, ihre Haare trieften vor Nässe. Jake hielt den Atem an und betete, dass sie weiter zupacken würde und dass das Eis hielt. Er zerrte ununterbrochen an dem Ast, bis sie bäuchlings auf dem Eis lag.

Er sollte sich hüten, zu ihr zu gehen, denn das Eis konnte sie beide unmöglich halten, doch zum ersten Mal brach Jake diese Regel. Er ging zu ihr, schloss sie in seine Arme und trug sie ans Ufer.

Wenn Jake sie schon nicht umbrachte, weil sie weggelaufen war, würden die Temperaturen diesen Job mit Sicherheit übernehmen, vermutete Abigail. Die Kälte war einfach brutal. Sie überfiel Abigail wie eine gierige Bestie, die ihre fiesen Reißzähne tief in die Knochen bohrte. Die Kälte sog ihr die Luft aus den Lungen und die Wärme aus dem Blut. Die Luft war so kalt auf ihrer Haut, dass Abigail sich fühlte, als würde sie brennen. Ihr ganzer Körper zitterte heftig, als Jake sie ans Ufer trug.

All ihre Kleider waren durchnässt, es herrschten Temperaturen unterhalb des Gefrierpunkts und die wärmende Hütte war weit entfernt. Eigentlich konnte es nicht mehr viel schlimmer kommen. Na ja, wenn sie den Kerl, der auf sie geschossen hatte, vergaß.

„Sieh mich an, Abigail. Ich bringe dich jetzt zurück zur Hütte und ziehe dir diese nassen Kleider aus."

„Oh Gott, Jake, i-ich … friere."

„Rede einfach weiter, okay?"

Sie konzentrierte sich voll und ganz auf ihn, doch ihre Hoffnung wankte, als sie in sein sorgenvolles Gesicht sah. Es gab hundert Dinge, die sie so gerne sagen wollte, aber ihre Zähne klapperten unkontrollierbar. Der Schüttelfrost war so heftig, dass sie kaum sprechen konnte.

„Ich schätze, ich ha-habe es wieder vermasselt, hm?"

„Ich vermute mal, das hast du."

„E-Es tut m-mir leid."

„Ich weiß. Du musst jetzt einfach durchhalten. Wir reiten, so schnell es geht, zur Hütte zurück, okay?"

Sie versuchte zu nicken, schließlich bewegte sie nur einmal ruckartig den Kopf. „Du wirst nass", stotterte sie weiter.

„Nicht so nass wie du. Wie fühlst du dich?"

„Mir ist sehr kalt."

Aber die Kälte quälte sie nicht mehr so erbarmungslos, seit er sie in seinen Armen hielt. Sie brannte noch immer auf ihrer Haut, aber das tat nicht mehr so weh. Sobald Abigail die Augen schloss, spürte sie sogar so etwas wie Wärme. Sie entspannte sich und stellte sich vor, in Jakes Wärme zu versinken.

„Schön die Augen offen halten!"

Der scharfe Ton in seiner Stimme holte sie ins Hier und Jetzt zurück. Sie schlug die Augen auf und sah, dass Jake auf sie herunterstarrte. „Bleib wach für mich."

„Ich bin okay, Jake. Wirklich. Es ist nur, ich", sie sackte abermals weg.

„Abigail, mach deine Augen auf."

Sie hatte nicht einmal gemerkt, dass sie ihr wieder zugefallen waren. „Ich bin okay."

„Du bist unterkühlt." Er trug sie durch den Schnee zu Brandywine. „Sprich mit mir."

„Worüber?"

„Über irgendetwas, nur nicht übers Wetter."

Sie lächelte und wollte antworten, doch die Worte flogen einfach davon und nahmen alle Kraft mit sich. Eine bleierne Erschöpfung legte sich über sie. Sie wusste, dass alles in Ordnung kam, wenn Jake sich darum kümmerte. Er fühlte sich so stark, so warm und so fest an, als er sie zum Pferd trug. In seinen Armen fühlte sie sich sicher. Er hatte ihr das Leben gerettet. Mit etwas Glück schaffte sie es immer noch zu Grams' Haus.

Abigail versuchte, die Augen offen zu halten. Sie versuchte krampfhaft, sich auf etwas zu konzentrieren, was sie ihm erzählen konnte. Sie wollte ihn nach dem Scharfschützen fragen, aber ihr Verstand schien ziellos dahinzutreiben. Nur vage nahm sie wahr, wie Jake sie durch den Schnee zum Pferd trug. Er sagte etwas, aber sie hörte es nicht.

Doch dann spürte sie, wie er sie auf die Füße stellte. „Komm schon, Schätzchen. Wir laufen jetzt ein Stück. Los, ein Fuß vor den anderen. Kannst du das?"

„Okay." Abigail bemerkte, dass sie lallte. Sie fühlte sich, als hätte sie ein Glas Wein zu viel getrunken. Offenbar brachte sie die Kälte gerade um.

„Komm schon, geh."

Abigail sah, wie Jake ihren Arm um seinen Nacken legte. Ihre Füße waren taub und ihre Locken begannen einzufrieren. Sie blickte an ihren Beinen hinunter und befahl ihnen, sich zu bewegen. Sie konnte das, immerhin hatte sie ihren Körper im vergangenen halben Jahr in Topform gebracht. So ein bisschen kaltes Wasser warf sie doch nicht aus der Bahn.

Doch sobald Jake sie losließ, sackten ihre Beine zusammen.

Fluchend schloss er sie wieder in seine Arme. „Ich hätte wissen müssen, dass du nicht mitmachst."

Abigail trieb benommen dahin. Sie kämpfte gegen die Schläfrigkeit an, die sie plagte, und gegen die Verwirrung. Als Krankenschwester wusste sie, dass mit einer Unterkühlung nicht zu spaßen war. Sie steckte in ernsthaften Schwierigkeiten und sollte wirklich Angst haben, aber sie besaß einfach nicht mehr genug Kraft, um sich Sorgen zu machen.

Jake redete auf sie ein, er bedrängte sie, nervte mit Fragen, und sie versuchte, ihre Gedanken zu sammeln, um etwas zu erwidern, aber ihre Antworten gerieten jedes Mal durcheinander.

Jake Madigan war ein durchaus besonnener Mensch. Er geriet niemals in Panik. Ein solcher Gefühlsausbruch passte nicht zu seinem Persönlichkeitsbild. Panik verleitete selbst kluge Leute dazu, dumme Fehler zu machen. Panik war der Todesstoß in jeder Notsituation.

Und dennoch spürte Jake, wie eine schneidende Angst sein Herz und seinen Hals umfasste und ihm die Luft zum Atmen nahm. Die

Frau in seinen Armen wog selbst klatschnass kaum hundert Pfund. Sie wirkte so unglaublich zerbrechlich. Ihr Gesicht war leichenblass.

„Abigail. Abigail! Komm schon. Öffne die Augen. Rede mit mir."

„Ich ... bin okay."

Sie murmelte mehr, als dass sie sprach. Ihre Stimme war so leise, dass er sich ganz zu ihrem Mund hinunterbeugen musste, um sie zu verstehen. Verdammt, sie hatte die erste Stufe der Unterkühlung erreicht.

„Ich wollte es nicht vermasseln", flüsterte sie.

„Du kommst wieder in Ordnung." Sie musste einfach wieder in Ordnung kommen. Jake würde es sich nie verzeihen, wenn sie das hier nicht überleben würde. Er war für sie verantwortlich. „Halt einfach durch, okay?"

Seine Beine zitterten, als er Brandywines Zügel erfasste und Abigail behutsam in den Sattel schob. Dann schwang er sich selber aufs Pferd und trieb das Tier, so schnell es ging, durch den Schnee.

Er wusste, dass er sein Gewehr ziehen und es bereithalten sollte, um den Scharfschützen womöglich zu parieren, aber er konnte nicht gleichzeitig Abigail stützen und schießen. Also wählte er einen anderen Weg zurück zur Hütte, um den Blicken des Schützen zu entgehen. Er betete, dass der Kerl, wer auch immer es war, begriffen hatte, dass Jake bewaffnet und entschlossen war, zurückzuschlagen.

Als sie endlich die Hütte erreichten, sprang er zu Boden. Die Kate wirkte verlassen, aber Jake konnte kein Risiko eingehen. Abigail war still wie der Tod, als er sie vorsichtig vom Pferd herunterzog. Er hätte sich besser gefühlt, wenn sie gezittert hätte.

Er zog seine H & K.45 aus dem Holster, trat die Hüttentür auf und durchsuchte den Raum, doch in der Zwischenzeit war niemand hier gewesen. Jake band Brandywine und Rebel Yell am Schuppen fest, dann trug er Abigail zu den Schlafsäcken. Die Zeit drängte. Seit ihrem Einbruch ins Eis waren mehr als zwanzig Minuten vergangen. Abigail war kalt, sie war still, sie war bleich und sie atmete nur leicht. Jake musste ihr dringend die nassen Sachen ausziehen und sie wärmen. Sobald sie wieder wach genug war, musste er ihr etwas Warmes einflößen.

Jake zögerte, als er die Hand an den Reißverschluss des Overalls legte. Eigentlich wollte er nicht wissen, wie sie unter diesen Kleidern aussah, doch er war Profi genug, um sich bei der Arbeit nicht von so etwas Banalem wie Lust ablenken zu lassen. Er warf schnell noch zwei Holzscheite auf die Glut und füllte einen Eimer Schnee in den Kessel darüber, dann setzte er Abigail aufrecht hin und versuchte, ihr die Schuhe von den Füßen zu ziehen. Sie sah ihm teilnahmslos dabei zu.

„Ich muss dir die nassen Kleider ausziehen", sagte er. „Kannst du mir dabei helfen?"

Ihre Augen blitzten kurz auf. „Ich kann das."

„Sicher kannst du das. Ich unterstütze dich nur ein bisschen, okay?"

„Lass mich ..." Ihre Hände zitterten am Reißverschluss, aber ihre Finger waren zu steif, um zugreifen zu können.

„Jetzt ist keine Zeit für Scham! Ich bin Profi, du kannst mir vertrauen."

„Ich *kann* das", flüsterte sie. Ihre Finger nestelten am Metall-Haken.

„Lass mich mal, ich kümmere mich um dich, okay?"

Jake wusste, dass er nicht länger warten durfte. Jede Minute zählte. Sie waren Stunden von der nächsten medizinischen Einrichtung entfernt. Die Temperatur im Inneren der Hütte lag kaum über dem Gefrierpunkt. Jake konnte auf keine intravenöse Infusion, auf keinen erwärmten Sauerstoff und keine Wärmedecke zurückgreifen.

Er kniete sich neben sie. „Ich lege noch ein paar Holzscheite aufs Feuer. Gleich wird es hier schön warm."

Abigail hatte den Reißverschluss teilweise heruntergezogen, doch Jake sah, dass sie es nicht ganz nach unten schaffen würde, und half ihr. Als sie versuchte, seine Finger wegzuschieben, drückte er ihre Hände sanft zur Seite und zog ihr den Overall scheinbar unbeteiligt aus. Er hob sie ein wenig an, zerrte an dem nassen Stoff und warf ihn schließlich beiseite. Jetzt trug sie nur noch BH und Höschen. Ihre Haut war blass und eiskalt.

Jake reichte ihr eine der Decken. „Hier."

„Danke."

„Setz dich auf meinen Schoß." Er legte die Hände unter ihre Schultern und half ihr auf. Er guckte nicht hin, als er ihren nassen BH öffnete. Sofort kehrten die Erinnerungen an ihren verrückten Kuss zurück, doch er schob sie sofort beiseite.

Schnell wickelte er sie in seinen Schlafsack. „Besser?", fragte er.

Sie nickte.

„Zieh besser auch dein nasses, äh, die Unterwäsche aus", sagte er. „Ich werde sie am Feuer trocknen."

Verlegen griff sie unter die Decke und streifte ihr Höschen ab. Ohne einen Blick darauf zu werfen, drapierte es Jake über dem rustikalen Kaminsims. Er warf noch einen Holzscheit aufs Feuer. Langsam wurde es warm, auch wenn der Wind noch immer zwischen den Ritzen pfiff. Als das Wasser kochte, nahm er den Kessel vom Feuer und trug ihn zum Tisch. Dort bereitete er eine der Fertigsuppen aus seiner Satteltasche in einem Becher zu und brachte ihn Abigail.

„Ich möchte, dass du diese Suppe in kleinen Schlucken trinkst", sagte er. „Langsam."

Ihr Blick war endlich wieder klar und sie fröstelte. Jake atmete erleichtert auf. Das war ein gutes Zeichen, denn ihr Körper begann, sich aufzuwärmen.

„Was für eine Suppe ist das?", flüsterte sie rau.

„Eine heiße." Er kniete sich neben sie und half ihr, sich wieder hinzusetzen.

„Ich hoffe, sie ist besser als dein Kaffee."

„Ich hätte nicht gedacht, dass ich mich jemals darüber freuen würde, einen deiner Schlaumeier-Kommentare zu hören."

„Ich habe noch mehr auf Lager." Sie nahm den Becher, aber ihre Hände zitterten so heftig, dass sie ihn kaum halten konnte, also führte Jake den Becher an ihren Mund.

Abigail nippte zögernd. „Du hast mir das Leben gerettet."

Ihr Blick verfing sich in seinem, und auf einmal fühlte er einen dumpfen Kloß in seinem Magen. Wie konnte ihn diese Frau mit nur einem Blick verführen? Sie sah ihn nur mit diesen veilchenblauen Augen an und schon war er verloren! Er versuchte dieses Phänomen mit ihrer kurzzeitigen Nähe zum Tod in Verbindung zu bringen und der Angst, die damit einherging. Aber er wusste, dass sehr viel mehr zwischen ihnen vor sich ging.

„Ich hatte keine andere Wahl", sagte er.

„Ich dachte, das Eis würde halten."

„Wenn du untergegangen wärst, hätte ich dir nicht mehr helfen können." Der Gedanke verursachte ihm Übelkeit. „Zur Hölle, Abigail, du hättest ertrinken können."

„Ich habe dich gewarnt, dass ich wirklich gut darin bin, Dinge zu vermasseln, also schrei mich nicht so an."

„Ich schreie nicht. Ich versuche nur, aus dir schlau zu werden."

„Das kannst du dir sparen. Ich werde ja nicht einmal selbst aus mir schlau."

Er grübelte kurz, dann ließ er es dabei bewenden. „Du hattest versprochen, nicht mehr wegzulaufen."

Sie musterte ihn. Obwohl er wieder einen sicheren Abstand zu ihr aufgebaut hatte, berührte ihn ihr Blick. „Was würdest du auf dich nehmen, wenn du für ein Verbrechen verurteilt wurdest, das du nicht begangen hast?“, fragte sie.

„Ich würde den Rechtsweg beschreiten, bevor ich mein Leben aufs Spiel setze.“

„Dieser Rechtsweg hat mich im Stich gelassen, Jake. Er hat mich ein Jahr meines Lebens gekostet. Ein Höllenjahr, das mir niemand zurückgeben kann. Soll ich einfach dastehen und zusehen, wie dieses System mein Leben zerstört?“

„Aber der Rechtsweg ist deine einzige Möglichkeit.“

„Nein, es gibt noch die Wahrheit.“

Er hatte nicht erwartet, dass sie das sagen würde. Er spürte, wie er sich innerlich verschloss. Gleich würde sie ihm sagen, was er nicht hören wollte. Sie würde ihn bitten, ihr zu vertrauen, doch Jake war dem nicht gewachsen, weder jetzt noch irgendwann. Auch wenn in ihm Zweifel wuchsen und er begann, Teile ihrer Geschichte zu glauben.

Er stand auf, nahm sein Gewehr vom Boden auf und legte es griffbereit auf den Tisch. Dann sah er aus den Fenstern auf der Ostseite der Hütte und suchte die Gegend nach dem Scharfschützen ab, doch die Schneelandschaft lag scheinbar ruhig und friedlich vor ihm. Schließlich hob er Abigails nassen Overall und die Segeltuchschuhe auf. Der Overall war stellenweise noch gefroren. Er hängte alle drei Teile über eine Stuhllehne und schob den Stuhl näher ans Feuer. Als er sich wieder zu ihr umwandte, sah er direkt in ihre schönen, eindringlichen Augen, die ihn bis in den frühen Morgen wach gehalten hatten.

„Ist dir warm genug?“ Es war eine dumme Frage, denn ihre Zähne klapperten wie die Kugeln beim Roulette.

„Ich glaube nicht, dass mir jemals wieder warm wird.“

„Doch, das wird es.“ Er kniete sich neben sie, um ihr den Suppenbecher an die Lippen zu führen. „Du musst etwas trinken, damit dir wieder warm wird.“

Sie trank einen Schluck. „Wer hat auf uns geschossen?“

Er hielt ihr die Tasse abermals hin, damit sie noch einen Schluck Suppe trinken konnte. „Das würde ich gerne von dir wissen.“

Abigail riss erschrocken die Augen auf. Jake unterdrückte den Drang, seine Hand zu heben und ihre Wange zu streicheln.

„Vielleicht war es ein Jäger.“

„Jäger schießen nicht auf Menschen, Abigail.“

„Na ja, vielleicht war es ein Unfall. Eine verirrte Kugel.“

Jake ärgerte sich, dass Abigail ihn offenbar täuschen wollte. „Diese Schüsse wurden aus mindestens einer halben Meile Entfernung abgegeben. Die Kugeln flogen haarscharf an uns vorbei. Zu haarscharf. Da hat es jemand auf uns abgesehen. Der Typ besitzt ein Scharfschützengewehr und er weiß genau, wie man damit umgeht."

Doch wer war das? Eigentlich hatte Jake nicht vorgehabt, sich Abigails Geschichte zu Ende anzuhören, aber nach der hinterhältigen Attacke blieb ihm nichts anderes übrig. „Letzte Nacht sagtest du, dass du glaubst, jemand versuche dich umzubringen."

Sie schwieg, doch ihr Blick verriet, dass ihr allmählich etwas dämmerte. Jake erkannte einen Anflug von Furcht.

„Wer, glaubst du, will dich tot sehen?" Seine Worte hallten in seinem Kopf wider wie der Cliffhanger eines schlecht geschriebenen Theaterstücks. Jake betrachtete Abigails sanftes Gesicht und fragte sich, in was für Schwierigkeiten sie wohl tatsächlich steckte.

„Du glaubst es mir sowieso nicht", sagte sie schließlich.

„Versuch es wenigstens."

Sie zögerte und in Jakes Magen breitete sich ein seltsames Gefühl aus. Er begann zu ahnen, dass hier mehr vor sich ging, als er zunächst gedacht, und sehr viel mehr, als sie ihm bisher gebeichtet hatte. Und er wusste, dass nichts davon gut war.

„Ich schätze, Dr. Jonathan Reed will mich tot sehen", sagte sie schließlich.

„Wer ist das?"

„Der Chef der Chirurgie am Mercy General."

„Und warum will er, dass du stirbst?"

Sie zog den Schlafsack bis zu ihrem Kinn. Trotzdem konnte Jake sehen, dass ihre Kiefer vibrierten. Abigail biss offenbar ganz fest die Zähne zusammen. „Weil ich etwas über ihn weiß, was ich nicht wissen sollte."

„Und was ist das?"

Abigail antwortete nicht.

Jake musterte sie verstohlen, während sich sein mulmiges Gefühl im Bauch weiter ausbreitete. Er wusste nicht, woher diese plötzliche Wachsamkeit kam. Wurde sie durch Abigails Haltung geweckt? Sie versteifte sich mit jeder Frage von Jake mehr. Jake wusste nicht genau, was es war, aber dank seiner langjährigen Erfahrung als Polizist spürte er, dass sie nicht log. Aber warum sagte sie ihm nicht die ganze Wahrheit?

„Warum denkst du, dass er dich tot sehen will, Abigail?", wiederholte er.

Ein Zittern lief durch ihren Körper. Jake sah plötzlich, dass ihr Zittern nicht von der Kälte herrührte. Sie bebte vor Angst.

Sie wollte sich abwenden, aber Jake streckte die Hand aus und hielt Abigail am Oberarm fest. „Warum?", drängte er.

Sie befreite sich aus seinem Griff und funkelte ihn wütend an.

„Weil er ein Mörder ist. Und er weiß, dass ich es weiß."

8. KAPITEL

Abigail wusste, wie schwierig es werden würde, die Wahrheit zu sagen. Sie hatte diesen Albtraum in ihren Vernehmungen hundert Mal durchlebt. Und gefühlte weitere hundert Male in den Gesprächen mit ihren Anwälten, doch niemand hatte ihr geglaubt. Warum also sollte ihr Jake glauben?

Die Geschichte klang ja auch verrückt und Abigail konnte nichts davon beweisen. Jake würde in ihr gewiss die verzweifelte Lüge einer Mörderin sehen oder eine Vorlage für einen bizarren Hollywood-Streifen. Sie wollte aber nicht, dass er sie für eine Lügnerin hielt oder, schlimmer noch, für verrückt.

„Das ist eine ernste Anschuldigung", sagte er nachdenklich.

„Mord hat die Angewohnheit, immer ernst zu sein."

Er musterte sie seltsam abwägend. „Erzähl mir mehr." Als sie zögerte, fügte er hinzu: „Ich kann dir nicht helfen, wenn du nicht mit mir redest."

Abigail spürte das vertraute Flattern in ihrer Magengrube. Sie sehnte sich danach, ihm alles zu erzählen und alles offen auszusprechen, und doch zweifelte sie. Sie könnte es nur schwer ertragen, wenn er ihr nicht glaubte.

„Es ist eine verrückte Geschichte, Jake."

„Ich bin Polizist, schon vergessen? Mit verrückt kenne ich mich aus."

„Du wirst mir nicht glauben." Sie knetete Halt suchend ihre Hände. Bisher hatte ihr niemand geglaubt, und so hatte sie im Laufe des letzten Jahres gelernt, mit dieser Enttäuschung zu leben. Doch bei Jake wäre es noch schlimmer.

„Lass mich mir mein eigenes Bild machen", sagte er. „Erzähl einfach, was du weißt."

Abigail schloss die Augen und atmete tief durch. „Ich war schon ungefähr zwei Jahre am Mercy General, als ich Jonathan kennenlernte." Es überraschte sie, wie unbeteiligt sie klang, obwohl sie das Gefühl hatte, innerlich zu zerbrechen. Es war doch egal, was Jake von ihr hielt. Abigail *wollte*, dass es ihr egal war. Doch irgendwann in den letzten zwei Tagen war ihr seine Meinung wichtig geworden. „Jonathan war Herzchirurg. Er war begabt, engagiert, einfach brillant. Jeder hat sich gefragt, warum er an einem solch kleinen Krankenhaus blieb. Er sagte immer, das läge daran, dass man ihn dort am meisten bräuchte. Am Mercy, aber auch in allen anderen Medizinerkreisen der Welt war er sehr angesehen. Er war älter, einflussreich, und ich war Krankenschwester in der Notaufnahme. Irgendwann wurden wir … Freunde."

Abigail atmete im Stillen tief durch. Sie hatte bereits beschlossen, Jake nicht zu verraten, wie nahe sich Jonathan und sie gekommen waren. Diesen Teil der Geschichte mit dem Verrat und den Lügen des Mannes, dem sie ihr naives Herz geschenkt hatte, wollte sie weglassen. Er hatte gelogen und sie damit ans Messer geliefert, um seinen eigenen Hals zu retten. Sie wusste, dass diese persönliche Note den Fall nur noch komplizierter machen würde. Sie wollte für Jake glaubwürdig klingen, denn sie brauchte seine Hilfe.

Seine Hilfe und sein Vertrauen.

„Als mein Patient in jener Nacht starb, war ich am Boden zerstört", fuhr sie fort. „Es gab eine Ermittlung. Zuerst war es reine Routine, doch als der Obduktionsbericht vorlag, begann auch die Polizei, im Krankenhaus herumzuschnüffeln. Die Beamten befragten alle möglichen Leute, und schließlich wurde mit dem Finger auf mich gezeigt. Ich konnte es kaum glauben, als gegen mich Anklage wegen Fahrlässigkeit erhoben wurde. Ich wurde sofort ohne Bezüge beurlaubt und einige Wochen später sogar wegen Mordes verhaftet."

Abigail wandte den Kopf beschämt zu Boden. Sie erinnerte sich noch genau daran, als sei es gestern gewesen. Es war so demütigend. An einem Samstagnachmittag kamen zwei Detectives zu ihrem Apartment. Als Abigail öffnete, legten sie ihr sofort Handschellen an. Die Nachbarn beobachteten es völlig verblüfft. Die Beamten brachten sie nach Downtown und steckten sie in eine Zelle. Es war der schrecklichste Moment ihres Lebens.

„Ich habe zwei Tage gebraucht, um die Kaution aufzutreiben." Es waren zwei höllische Tage gewesen, weil sie nicht verstand, warum man sie verhaftet hatte. Abigail wusste nicht, ob oder wann sie jemals wieder freikommen würde. Zwei Nächte, in denen sie darüber grübelte, warum ihr Geliebter sich nicht anbot, ihr zu helfen. „Während dieser zwei Tage hatte ich eine Menge Zeit zum Nachdenken. Ich habe die ganze Zeit über gehofft, die Polizei würde ihren Irrtum erkennen, aber das geschah leider nicht. Meine Kaution wurde auf fünftausend Dollar festgesetzt. Meine Großmutter hat das Bargeld irgendwie aufgebracht. Da wusste ich, dass ich in ernsten Schwierigkeiten steckte."

„Und was hast du dann unternommen?"

„Sobald ich aus der Untersuchungshaft entlassen wurde, begann ich zu recherchieren."

„Was denn zu recherchieren?"

„Nun, ich hatte in den letzten Monaten im Krankenhaus einiges gesehen."

„Zum Beispiel?"

„Dinge, die einzeln betrachtet nicht viel zu bedeuten hatten", antwortete sie ausweichend. „Aber als ich sie alle zusammenzählte, wurde ich misstrauisch."

„Wieso misstrauisch?"

Sie lachte kalt. „Ich fühlte mich unglaublich schuldig, weil ein Patient unter meiner Obhut gestorben war. Mich plagten wochenlang schlimmste Albträume. Ich konnte nicht mehr aufhören, an Jim zu denken. Ich konnte den Gedanken nicht ertragen, dass ich für seinen Tod verantwortlich war. Am Ende war ich beinahe selbst davon überzeugt, dass es mein Fehler war. Vielleicht hatte ich ihm wirklich das falsche Medikament injiziert."

Sie trank einen Schluck Suppe. „Jedenfalls dachte ich in dieser Zeit sehr viel nach. Ich rief mir alles in Erinnerung, was ich in jener Nacht im Krankenhaus getan hatte und was in den letzten paar Monaten im Krankenhaus vorgefallen war. Und so erinnerte ich mich auch an einen anderen ungeklärten Todesfall, von dem ich wenige Wochen zuvor gehört hatte.

Eine gute Freundin von mir arbeitete im Krankenhaus-Archiv. Sie hieß Kim. Ich rief sie an und bat sie, die Akten dieses Patienten sehen zu dürfen. Kim weigerte sich, denn sie hatte Angst um ihren Job, aber sie mochte mich und sie kannte mich gut genug, um zu wissen, dass ich niemals einen solchen Fehler begehen würde. Schließlich stimmte sie zu, die Tür und die Aktenschränke des Archivs eines Nachts unverschlossen zu lassen.

Also schlich ich mich ins Archiv und verbrachte einige Stunden damit, die Akten durchzugehen. Und so fand ich heraus, dass Jim nicht der einzige Obdachlose war, der in diesem Krankenhaus gestorben war."

Sie holte tief Luft. „Ich hatte zwar nur wenig Zeit, trotzdem entdeckte ich in weniger als zwei Stunden, dass im vorangegangenen halben Jahr noch vier weitere mittellose Personen, es waren drei Männer und eine Frau, mit relativ geringfügigen Verletzungen oder Krankheiten in die Notaufnahme eingeliefert worden waren. Keiner von ihnen hat das Krankenhaus lebend verlassen. Es waren alles alleinstehende Menschen, ohne Familie, ohne Geld und ohne ein Dach über dem Kopf. Es interessierte niemanden, dass sie unerwartet starben. Aber bevor ich in jener Nacht im Archiv Kopien anfertigen konnte, wurde ich von einem der Sicherheitsleute erwischt."

„Oh, Abigail." Jake fuhr sich mit einer Hand durchs Haar.

„Er rief die Polizei. Gott, es war ein Albtraum. Ich wurde erneut verhaftet. Ich meine, der Typ hat mich auf frischer Tat ertappt. Ich versuchte, den Beamten zu sagen, was ich gefunden hatte, aber niemand wollte mir zuhören. Niemand hat mir geglaubt. Und alles, was ich danach zu meiner Verteidigung anbringen wollte, ging den Bach runter."

Jake nickte. Er wusste, wie die Entdeckung bei der Polizei ankam. „Sie dachten, du hättest versucht, deine Spuren zu verwischen."

Sie nickte. „Das habe ich aber nicht. Ich habe nur nach Informationen gesucht. Irgendetwas, das meine Unschuld beweist."

„Und? Hast du es gefunden?"

„Ich habe eine Weile gebraucht, um aus allem schlau zu werden, aber inzwischen weiß ich es." Abigail atmete tief durch. Dann sah sie Jake an.

Seine Augen hatten die Farbe einer Gewitterwolke angenommen, sein Gesicht war angespannt, die Miene wie in Stein gemeißelt. „Erzähl es mir", sagte er.

„Jedes Mal, wenn einer dieser Patienten starb, hatte Dr. Jonathan Reed Bereitschaftsdienst."

„Das beweist noch gar nichts."

„Jeder dieser Patienten wurde nach seinem Tod eingeäschert", sagte sie.

„Eine Menge Leute entscheiden sich heutzutage dafür, eingeäschert zu werden."

„Jedes Mal war Reed der Arzt, der sie für tot erklärt hat."

„Das ist immer noch kein Beweis."

„Es gibt einen Grund, warum diese Leute starben, Jake. Es gibt einen Grund, warum ihre Leichen eingeäschert wurden. Es gibt einen Grund, warum sie ausgewählt wurden. Und es gibt einen Grund, warum all diese Dinge während der Bereitschaft von Jonathan Reed geschahen."

„Abigail, willst du mir damit sagen, dass dieser angesehene Chirurg vier Obdachlose getötet hat? Was für ein Motiv sollte ein Mann in seiner Position dafür haben?"

Abigail schluckte. Ihr Mund war wie ausgetrocknet. Ihr Herz klopfte schnell und unregelmäßig. Sie fror immer noch, nur schien die Kälte jetzt von innen heraus in sie einzusickern. „Ich denke, Jonathan Reed hat diese Leute ermordet, um an ihre Organe zu kommen."

Jake konnte eigentlich nichts erschüttern, aber jetzt wich er zurück. Abigail stockte der Atem, sie wartete auf Jakes Erwiderungen, aber sie blieben aus. Schließlich senkte sie den Kopf und legte ihr Gesicht in ihre Hände. Sie kämpfte gegen die heißen Tränen an, die plötzlich über ihre Wangen liefen.

„Hast du Beweise, mit denen du deine Vermutung untermauern kannst?"

Sie rang nach Luft. „Nein."

„Abigail, du weißt, wie das klingt."

„Natürlich weiß ich das", sagte sie gereizt.

„Du hättest dich juristisch dagegen wehren sollen."

„Er will mich umbringen."

„Du hättest um Schutz bitten können."

„Jake, im Gefängnis sterbe ich jeden Tag ein kleines bisschen mehr", schrie sie. „Ich ertrage es nicht, dass mir Stück für Stück meine Würde genommen wird. An manchen Tagen komme ich mir nicht einmal mehr vor wie ein Mensch. Mein Verstand und mein Körper scheinen voneinander abgetrennt. Mein Gott, ich habe diesen Patienten nicht getötet. Ich kann den Gedanken nicht ertragen, den Rest meines Lebens für etwas im Gefängnis zu verbringen, das ich nicht getan habe."

Zum ersten Mal schwankte sein Blick und Abigail erkannte, dass Jake verstand. Er war Polizist, er wusste, wie ein Gefängnis von innen aussah und wie es dort war.

„Wie bist du auf den Schwarzmarkthandel mit Organen gekommen?", fragte er.

„Ich durfte im Gefängnis die Bibliothek benutzen. Als ich dort alle archivierten Zeitungen durchging, stieß ich auf einen Artikel der *Rocky Mountain News*. Sie hatte vor zwei Jahren eine Story über Jonathan Reed gebracht, als er gerade Chef der Chirurgie am Mercy General geworden war. Ein Foto zeigte ihn zusammen mit einem weiteren Chirurgen aus Paris. Die beiden hatten zusammen Medizin studiert. Dieser andere Chirurg, Dr. Jean La Rue, hatte eine vier Jahre alte Tochter, die dringend eine Lebertransplantation benötigte. Sie stand seit über einem Jahr auf der Warteliste, doch es sah nicht gut aus. Er glaubte nicht, dass sie noch rechtzeitig eine neue Leber erhalten würde.

Bei der Recherche nach Jean La Rue stieß ich zufällig in einer Pariser Zeitung auf einen Artikel. Es schien, als wäre ein Wunder geschehen, denn Dr. La Rues Tochter bekam rechtzeitig ihre neue Leber. Ihr Leben war gerettet."

„Was hat Jonathan Reed damit zu tun?"

„Der erste obdachlose Patient am Mercy starb an genau dem Tag, an dem Dr. La Rues Tochter ihre neue Leber erhielt."

„Jonathan Reed mit diesem Patienten und der Lebertransplantation in Verbindung zu bringen, klingt gewagt, Abigail. Ich meine, wie soll das praktisch umsetzbar sein?"

„Dr. Reed hat eine Privatklinik unweit von Aspen."

„Ehrlich?"

„Ja, und ich glaube, er macht dort sehr viel mehr, als ausgerenkte Schultern zu behandeln oder gebrochene Beine zu richten. Ich denke, er führt eine Warteliste. Wohlhabende Freunde höchstwahrscheinlich. Sobald ein passender Spender im Krankenhaus eingeliefert wird, ein Patient also, dessen plötzlicher Tod kaum Fragen aufwirft, füttert Dr. Reed den Computer mit allen notwendigen Informationen. Sobald der einen Treffer erzielt und den richtigen Empfänger findet, bekommt der Patient eine Spritze und Reed nimmt sich, was er braucht."

„Aber muss der Spender nicht länger am Leben erhalten werden?"

„Nur so lange, um alle Blutgruppentests und die Tests auf bestimmte Krankheiten wie Hepatitis C und HIV durchzuführen. Das geht normalerweise in sechs Stunden über die Bühne. Sobald die Ergebnisse vorliegen, können die Organe entnommen werden. Sie werden reich mit Nährstoffen und Elektrolyten versorgt und sofort gekühlt, Nieren werden darüber hinaus gespült. Dann bringt ein Spezialdienst die Organe schnell in die Transplantationsklinik, wo der Empfänger schon narkotisiert auf dem Operationstisch liegt.

Herz und Lunge können nur fünf oder sechs Stunden außerhalb des Körpers bleiben, bei Nieren und Bauchspeicheldrüse sind bis zu achtundvierzig Stunden möglich, bei einer Leber bis zu achtzehn Stunden." Sie sah Jake an. „Aspen liegt nur eine Flugstunde vom Mercy General entfernt."

„Also wäre es theoretisch möglich."

Sie nickte.

„Meine Güte." Jake seufzte. „Die Geschichte klingt logisch, aber immer noch weit hergeholt."

„Jonathan Reed befindet sich in einer scheinbar unantastbaren Position, die ihm vieles ermöglicht. Er ist ein wichtiger Mann im Krankenhaus, er gilt als vertrauenswürdig, ist angesehen und wohlhabend und verfügt über beste Beziehungen. Mein Gott, wenn einer seiner Freunde ein Spenderorgan braucht oder der Freund eines Freundes oder dessen Kind, Reed könnte über eine lange Liste möglicher Empfänger verfügen. Und er ist in der Lage, diese Operationen selbst durchzuführen. Wenn er genug bezahlt, findet er schnell den notwendigen Anästhesisten und das Pflegeteam."

Sie atmete tief durch. „Jake, er hat diese Leute umgebracht und so lange künstlich am Leben erhalten, bis er die Organe, die er brauchte, entnehmen konnte. Er hat die Organe eingefroren und sie in seine Klinik nach Aspen geflogen."

„Wie kann so etwas geheim bleiben?"

„Das Mercy General ist ein kleines, privat geführtes Krankenhaus. Vielleicht hilft ihm jemand vom Pflegepersonal, vielleicht jemand aus der Chefetage. So schrecklich es klingt, Jonathan Reed wusste, dass sich niemand für einen sterbenden Obdachlosen interessiert und dass niemand sein Handeln infrage stellen wird. Als Jim unter meiner Aufsicht starb, rechnete Reed nicht damit, dass eine Familie auftauchen und den Leichnam obduzieren lassen würde. Als das geschah, brauchte er einen Sündenbock. Ich kam ihm gelegen."

„Verdammt, Abigail, das ist eine wilde Theorie."

„Du bist Polizist, Jake. Sag du mir, dass du an Zufälle glaubst."

„Tue ich nicht."

Sie starrte ihn fassungslos an. Ihre Kehle war wie zugeschnürt. „Du könntest Jonathan Reeds Finanzen prüfen. Ich gehe jede Wette ein, dass er in den vergangenen Jahren rein zufällig mehrere sehr große Geldzuwendungen bekam."

„Alles, was wir haben, ist Theorie, Abigail. Ich kann nicht allein aufgrund von Vermutungen und ..."

„Und was? Dem Wort einer Strafgefangenen?"

„Das habe ich nicht gesagt."

„Das musst du nicht, ich sehe es an deinem Gesicht." Sie wickelte den Schlafsack enger um sich und versuchte aufzustehen.

Jake legte ihr eine Hand auf den Arm. „Lauf nicht schon wieder vor mir weg."

„Ich kann es nicht ertragen, wenn du mich so ansiehst."

„Ich versuche nur, deine Geschichte zu begreifen und mir einen Reim darauf zu machen."

Seufzend sank sie auf den Fußboden zurück. Die Luft zwischen ihnen schien vor Spannung zu knistern. Jake rieb sich mit der Hand über das stoppelige Kinn. „Du hast gesagt, jemand habe versucht, dich im Gefängnis zu töten. Glaubst du, das war Jonathan Reed?“

„Nicht persönlich, aber ich denke, er hat jemanden angeheuert. Eine Mitgefangene ist im Duschraum mit einem Messer auf mich losgegangen.“ Als sie sich erinnerte, wie knapp sie dem Tod entkommen war, erschauderte sie erneut. „Sie hätte mich beinahe erwischt, Jake. Wenn ich nicht schon so fit gewesen wäre, hätte sie mich umgebracht.“

„Aber warum sollte dich Reed jetzt noch töten wollen? Du bist rechtskräftig verurteilt und weggeschlossen.“

„Ich weiß nicht, ob du es bemerkt hast, Jake, aber ich habe ein großes Mundwerk. Ich war laut und habe Aufsehen erregt. Die Leute haben mir zwar nicht zugehört, aber mit einem Ass von Anwalt könnte ich Reeds kleinem Imperium gefährlich werden.“

„Du meinst, er will gar nicht erst das Risiko eingehen, dass dir jemand zuhört.“

„Würdest du es an seiner Stelle tun?“

„Und du meinst, er hat jemanden angeheuert, der dich hier herauf in die Berge verfolgt?“

„Das wäre sein Stil.“ Abigail lachte gequält. „Jonathan Reed erledigt seine Drecksarbeit niemals selbst. Er bringt andere Leute dazu, es für ihn zu tun. Er verfügt über jede Menge Geld. Ich wette, er hat einen Auftragsmörder engagiert.“

Jake sah sie nachdenklich an. „Wie wurdest du eigentlich überführt?“

„Erinnerst du dich, wie ich dir von der Spritze mit meinen Fingerabdrücken erzählte? Sie lag im Abfallbehälter für biogefährliche Stoffe.“ Jake nickte. „Das war gefälscht. Kein Profi behandelt einen Patienten heute noch mit bloßen Händen, und schon gar nicht gibt er ohne Handschuhe einem Obdachlosen eine Spritze. Dennoch, es waren Spuren von Valium daran und meine Fingerabdrücke. Eine Krankenschwester konnte bezeugen, dass ich Jim eine Injektion verabreicht habe. Aber wie ich dir schon sagte, ich schwöre, dass es eine Tetanusspritze war. Ich schwöre, dass mir so ein gravierender Fehler niemals unterläuft, dazu bin ich viel zu vorsichtig. Aber die Tetanusspritze war unauffindbar, niemand hat für mich Partei ergriffen.“ *Nicht einmal Jonathan Reed, der Mann, mit dem ich damals geschlafen habe*, dachte sie.

„Sie haben dich im Regen stehen gelassen."

Sie nickte. „Mit einer Schlinge um den Hals."

„Wenn du es nur beweisen könntest!"

„Ich sitze seit einem Jahr wegen Mordes im Gefängnis, Jake. Sie lassen mich nicht mal eben für die Wochenenden heraus, damit ich meine Unschuld beweisen kann." Ihre Stimme bebte vor Leidenschaft. „Aber ich weiß, dass Jonathan Reed der Schuldige ist."

„Aber warum ausgerechnet du?"

„Wie, warum ich?"

„Warum hat Jonathan Reed den Verdacht auf dich gelenkt?"

Abigail starrte Jake entsetzt an. „Weil ich verwundbar war."

„Was hat dich verwundbar gemacht?"

Natürlich. Der Mann war Deputy, er stellte die richtigen Fragen.

Als sie nicht sogleich antwortete, verhärtete sich sein Gesicht. Er war wieder Polizist. „Abigail?"

Ein Gefühl der Hoffnungslosigkeit übermannte sie. Sie wollte nicht, dass Jake alles erfuhr. Er würde ihr nicht mehr glauben, wenn er die ganze Wahrheit kannte.

„Sobald ich begriff, dass sich die Ermittlungen auf mich konzentrierten, bin ich zu Jonathan Reed gegangen", sagte sie und wich der Frage aus. „Ich hatte Angst und konnte mich an niemand anderen wenden. Ich habe ihn gebeten, mir zu helfen und der Polizei zu sagen, dass ich niemals einen solch kapitalen Fehler begangen hätte. Er hat mir versprochen zu tun, was er tun könne." Abigail schloss die Augen. „Stattdessen ist er zur Polizei gegangen und hat behauptet, ich hätte ihm gegenüber ein Geständnis abgelegt."

„Was?", fragte Jake fassungslos.

„Jonathan Reed erzählte ihnen, dass ich eine verwirrte junge Frau sei, die dringend Hilfe bräuchte, weil ich vom Tod besessen sei. Und dass ich einige Medikamente aus dem Medikamentenschrank gestohlen hätte. Kurz darauf wurde meine Kaution widerrufen."

„Es stand dein Wort gegen seins."

„Ja."

Jake kniff seine Augen zusammen und sah sie prüfend an. „Was verschweigst du mir?"

Sie fühlte sich in die Enge getrieben. „Ich habe dir alles gesagt, was wichtig ist."

„Abigail, warum warst du verwundbar?"

„Tu das nicht", bat sie.

„Verdammt, wenn du meine Hilfe willst, musst du mir vertrauen."

Diese einfache Bitte trieb ihr die Tränen in die Augen. Sie wollte ihm vertrauen, wusste aber, dass sie nie wieder so viel aufs Spiel setzen konnte. Nie wieder wollte sie sich derart ausliefern. Sie hatte Jonathan Reed vertraut und war bitter dafür bestraft worden. Ein zweites Mal hielt sie das nicht aus.

Sie biss auf ihre Lippen. „Dr. Reed kannte meine Vergangenheit und hat sie gegen mich verwendet."

„Welche Vergangenheit?"

Die Scham schien sie innerlich zu durchschneiden. „Ich bin mit siebzehn zusammengeklappt, weil ich psychische Probleme hatte. Ich habe es Reed anvertraut, und das hat ihm die entscheidenden Argumente geliefert, Jake. Darum hat er mich ausgewählt."

Zusammenbruch.

Das Wort hallte in Jakes Kopf wider. Von allem, was sie hätte sagen können, erstaunte ihn dieses Wort am meisten. Er erinnerte sich an die Worte der Strafvollzugsbeamten unten in der Rocky Mountain Search and Rescue Station. Jim Neels hatte Abigail als labil bezeichnet. Jake hatte es aus seinem Gedächtnis gestrichen, weil er keine Anzeichen für Labilität bei ihr gesehen hatte. Er hielt sich für einen ziemlich guten Menschenkenner, der die Gemütsverfassung anderer sehr schnell erfasste, und Abigail Nichols war quietschgesund.

Etwas an diesem Fall stank zum Himmel. Es wirkte nahezu grausam und kratzte an seinem Rechtsempfinden.

Nichtsdestotrotz stieg zur gleichen Zeit ein unangenehmer Zweifel in ihm auf. Er dachte an die andere Frau, der er zu helfen versucht und der er vertraut hatte, weil er sie zu lieben glaubte. Für Elaine und ihren süßen kleinen Jungen hätte er alles gegeben, deshalb ließ er zu, dass sie ihre Beziehung in etwas Hässliches verwandelte, ihn demütigte und ihm ihren Willen aufzwang.

Jake würde sich hüten, sich in Abigails Schlamassel einzumischen. Er war ihr zu nahe gekommen, deshalb dachte er nicht mehr klar. Er gab es nur ungern zu, aber sie hatte sein Herz berührt. Irgendwann in den letzten vierundzwanzig Stunden war seine emotionale Distanz verloren gegangen. Für einen Mann wie ihn, der stolz darauf war, den rechten Weg nicht zu verlassen, gab es nichts Schlimmeres.

Der Kuss hatte alles verändert. Mit ihm hatte Jake eine Grenze überschritten und eine seiner eisernen Regeln gebrochen. Jetzt brauchte er

Distanz. Er musste dringend aus dieser Hütte heraus und den Berg hinunter, bevor er einen weiteren Fehler beging. Einen Fehler, der nicht annähernd so harmlos sein würde wie ein Kuss.

Denn jedes Mal, wenn er Abigail ansah, entflammte seine Lust. Er begehrte sie so stark wie die Luft zum Atmen. Sobald er die Augen schloss, spürte er wieder die Wärme ihrer Haut, ihren weichen, unglaublich erregenden Körper und die süße Feuchte ihrer Lippen. Das Verlangen übermannte ihn und krallte sich an ihm fest wie ein gefangenes Tier.

Jake riss sich zusammen. Schweiß glitzerte auf seiner Stirn und er lockerte schnell den obersten Knopf seines Flanellhemds. Abigail starrte gedankenverloren ins Feuer. Selbst im Profil sah sie atemberaubend schön aus. Er hütete sich, die nächste Frage zu stellen, denn Abigails Antwort würde sie ihm nur einen Schritt näher bringen. Er würde diese Frau vermutlich verstehen, aber er wollte sie nicht verstehen, nein, er durfte es nicht. Nur leider war Jake noch nie vor einer Gefahr zurückgeschreckt.

„Abigail", sagte er rau. „Sieh mich bitte an."

Er sah die Gefahr nur zu deutlich. Diese Frau war zu hübsch, um den Blick von ihr abzuwenden. Die Qual, die in ihren Augen funkelte, war unverfälscht und schwer zu ertragen. Niemand konnte solche Gefühle vortäuschen. Jake wusste, dass Abigail authentisch war. Ihre Geschichte stimmte rückhaltlos.

„Wie konnte ein solcher Beweis vor Gericht Bestand haben?", fragte er.

„Sagen wir, der Staatsanwalt war gerissener als mein Pflichtverteidiger."

Jake dachte nach. „Erzähl mir etwas von deinem Zusammenbruch."

„Jake!"

„Du hast mir schon so viel erzählt. Ich muss aber alles wissen. Komm schon. Rede mit mir."

Ihr Blick glitt wieder ins Feuer. „Es geschah kurz nach dem Tod meines Vaters. Damals war ich siebzehn Jahre alt. Mein Vater und ich standen uns sehr nahe. Er war", sie schluckte, „er war ein wirklich guter Mann." Eine Träne lief über ihre Wange. „Als er eines Tages von der Arbeit kam, fuhr ihm ein Betrunkener frontal in den Wagen."

„Das tut mir leid", sagte Jake leise.

„Bei dem Unfall wurde mein Vater sehr schwer verletzt, am schlimmsten aber war das Schädeltrauma. Mein Vater fiel ins Koma.

Nach sechs Tagen zeigte ein EEG, dass es keine Hirnaktivität mehr gab.“ Abigail verzog traurig das Gesicht. „Der Neurochirurg sagte, mein Vater würde nicht überleben. Er brachte uns in ein kleines Zimmer im Krankenhaus und erklärte uns die Situation. Er bat uns, zu überlegen, die lebenserhaltenden Maßnahmen einzustellen.“

Jake fluchte leise. „Oh Mann.“

Sie nahm ihn nicht einmal wahr. Jake spürte, dass sie in ihrer Erinnerung wieder in dem kleinen Raum saß und die entsetzlichste Zwangslage durchlebte.

„Ich konnte nicht glauben, dass sie uns so etwas vorschlugen“, sagte sie. „Ich meine, ich war viel zu geschockt, um zu begreifen, dass er bereits gestorben war und niemals mehr zu uns zurückkommen würde. Und es gab noch anderes zu bedenken. Wir besaßen kaum Geld und die Versicherungen würden nicht besonders viel zahlen.“

„Du meinst die Arztrechnungen.“

Sie nickte. „Der Arzt sagte uns, es gäbe einen sechs Jahre alten Jungen in Dayton, Ohio, der bald sterben würde, wenn er keine Spender-Leber bekäme. Und er erzählte uns von einer Highschool-Schülerin in Seattle, die dringend auf ein neues Herz wartete, denn sonst würde sie ihren ersten Tag auf dem College nicht mehr erleben.“ Ihre Hände umklammerten ihren Schlafsack. „Am nächsten Tag hat Mom die Entscheidung getroffen.“

Jake hatte genug gehört, um zu verstehen, worauf Abigail hinauswollte. Er wollte es nicht hören, aber er konnte sie auch nicht aufhalten. Nicht wenn er spürte, wie stark ihr Bedürfnis war, es ihm zu erzählen. Sie wünschte sich so sehr, es offen auszusprechen, um sich von dem lang aufgestauten Schmerz befreien zu können.

„An jenem Nachmittag schalteten sie das Beatmungsgerät ab“, sagte sie. „Mom und Grams und ich waren bei ihm im Zimmer. In der einen Minute lag er noch still da und atmete, als würde er schlafen. Und dann wurde es plötzlich still und er war tot.“

Für Jake war der Tod kein Fremder. Er hasste diesen Verlust, diese Ungerechtigkeit und diesen unausweichlichen Schmerz, den er den Überlebenden bereitete. Darum war er damals Rettungssanitäter geworden. Darum hatte er sich für die Polizeiarbeit entschieden und darum arbeitete er ehrenamtlich für Rocky Mountain Search and Rescue.

Sie hob ihren Blick und sah ihn traurig an. „Ich weiß noch, wie ich mich von ihm verabschiedet habe. Ich weiß noch, wie ich aus dem

Zimmer gegangen bin und gedacht habe, jetzt ist alles vorbei. Ich wollte weinen, doch es kamen keine Tränen. Ich konnte kein Wort herausbringen. Die Leute haben mit mir gesprochen und versucht, mich zu trösten, aber meine Trauer war so dunkel und schrecklich, sie hat mich einfach erdrückt. Ich schätze, ich habe mich eingeigelt. Ich bin vollkommen in mich hineingegangen." Sie atmete zittrig. „Ich habe aufgehört, mit den Menschen um mich herum zu reden. Nach ein paar Tagen machte sich Mom Sorgen und brachte mich zum Arzt. Er empfahl einen Psychiater. Einige Tage später wies mich der Klapsdoktor in eine psychiatrische Klinik ein."

„Das tut mir sehr leid."

„Ist okay. Ich meine, jetzt bin ich okay."

„Wie lange warst du in der Klinik?"

„Knapp zwei Monate."

„Und dann wurdest du als gesund entlassen."

Sie sah ihn dankbar an, doch in ihren Augen funkelte ein tiefer, dunkler Schmerz, den die meisten Menschen niemals fühlen mussten. Und wer ihn einmal gespürt hatte, sprach niemals davon. „Das einzig Gute, was dabei herauskam, war, dass ich beschloss, danach in die Krankenpflege zu gehen."

„Ich bin sicher, dein Dad wäre stolz darauf gewesen."

Sie senkte den Blick. „Danke, dass du das sagst."

Jake wusste nicht, was er als Nächstes tun sollte. Er wollte sie gerne trösten, aber er würde sich hüten, sie zu berühren. Diese starke, traurige Frau hatte etwas an sich, was seinen Beschützerinstinkt weckte.

Doch Jake war nicht der Richtige dafür.

„Jonathan Reed wusste von dem Zusammenbruch." Sie zog den Schlafsack enger um sich. „Der Staatsanwalt brachte den Richter dazu, meine Krankenakte im Prozess als Beweismittel anzuerkennen. Er holte Jonathan Reed in den Zeugenstand, und der behauptete, dass ich aufgrund des Unfalls meines Vaters unablässig an den Tod denken würde. Er behauptete, ich hätte den Patienten deshalb getötet."

Der Gedanke an diese schmutzigen juristischen Winkelzüge störte Jakes Gerechtigkeitssinn. Sie hatten Abigail solche Schmerzen zugefügt, dass es ihn erzürnte und an seinem Ehrgefühl kratzte.

„Die Jury teilte diese Ansicht und sprach mich des vorsätzlichen Mordes schuldig. Ich bekam lebenslänglich."

Jake spürte ein schier unbezwingbares Verlangen, Abigail zu berühren. Er stellte sich vor, wie er sie an sich heranzog und sie hielt, bis sich ihr Zittern legte. Und wie er ihr Worte zuflüsterte, die die Traurigkeit aus ihren Augen vertrieben.

Er stand ruckartig auf. Sein Herz hämmerte in der Brust. Er spürte Abigails fragenden Blick, doch er erwiderte ihn nicht. Er wusste, dass er etwas sagen sollte, doch er konnte nicht. Ihm fiel es schwer sich einzugestehen, dass ihn ihre Geschichte so sehr berührte. Wenn er sich nicht bezwang, würde er etwas so Dummes tun, wie sie in den Arm zu nehmen und zu küssen, bis der Schmerz auf ihrem Gesicht verschwand.

Er hob sein Gewehr vom Tisch, ging zum Fenster hinüber und blickte suchend hinaus. Er versuchte, sich auf den hohen Gebirgskamm im Norden zu konzentrieren, aber ihre Worte ließen ihm keine Ruhe.

Er starrte weiter hinaus, obwohl er wusste, dass sie still und leidend allein neben dem Feuer saß. Er wusste, dass er ihr nicht helfen konnte. Draußen schob der Wind ein dunkles Wolkenband vor sich her. Mit etwas Pech war es ein neues Tiefdruckgebiet, das weiteren Neuschnee versprach. Sie mussten, so schnell es ging, runter von diesem Berg. Eine weitere Schlechtwetterfront war im Anmarsch und ein Scharfschütze lief frei herum. Hier oben in der Hütte waren sie nicht mehr sicher. Aber Jake wusste auch, dass sie nicht aufbrechen konnten, ehe Abigails Kleider trocken waren und sie selbst wieder so weit bei Kräften war, dass sie reiten konnte. Auf dem Pferderücken durch hüfthohen Schnee den Berg hinunterzugelangen, würde schon schwierig genug werden. Jake wusste, dass er hier oben im Hochland mit etwas so Ernstem wie einer Unterkühlung kein Risiko eingehen durfte.

Abigail starrte weiterhin in die Flammen. Sie hatte sich von ihm abgewandt, ihr Profil zeichnete sich zart vor dem flackernden Hintergrund ab. Er konnte ihre Augen nicht erkennen, aber die langen, geschwungenen Wimpern lagen weich auf ihren Wangen. Ihre blond gesträhnten Haare waren wieder zu wilden kleinen Korkenzieherlocken getrocknet, die in einer dichten Mähne auf ihre Schultern fielen. Im Schein des Feuers blitzten helle Funken durch das Blond. Es sah so weich aus.

Sein Blick glitt tiefer und stoppte auf ihrem anmutigen Hals. Jakes Mund trocknete aus. Er fragte sich, wie es wohl wäre, ihre zarte Haut dort zu küssen und mit der Zunge an der zarten Rundung entlangzufahren. Er fragte sich, ob Abigail wohl so schmeckte, wie sie roch, süß, geheimnisvoll und weich wie feuchter Samt.

Die reine, unverfälschte Lust traf ihn wie ein Faustschlag. Tief und heiß sammelte sich das Blut in seinem Bauch und sank dann zwischen seine Schenkel. Leise fluchend wandte er sich wieder dem Fenster zu und starrte blindlings hinaus auf die windumtosten Berggipfel. Er hing unanständigen Gedanken nach, Gedanken an die Frau hinter ihm und an all die Dinge, die er mit ihr anstellen wollte.

„Sind wir hier eigentlich noch sicher? Ich meine, wenn draußen so ein Typ mit einer Waffe herumläuft?"

„Willst du etwa weiter?"

Sie hielt seinem Blick stand und provozierte ihn zur nächsten Frage. „Genau genommen, ja."

„Und wohin?"

„Das kann ich dir nicht sagen."

„Das habe ich nicht anders erwartet."

„Wir könnten uns aufteilen, Jake. Du reitest den Berg wieder hinunter und berichtest den Männern vom Department of Corrections von dem Scharfschützen, während ich …"

„Wir reiten zusammen zurück, Abigail. Wenn du ein Problem mit deiner Verurteilung hast, wirst du den Rechtsweg beschreiten müssen, falls noch einer übrig ist." Er fühlte sich wie ein Mistkerl, weil er das zu ihr sagte, aber die andere Alternative war viel zu verrückt, um sie überhaupt in Erwägung zu ziehen.

Sie zischte etwas Obszönes, was keinen Zweifel an ihrer Meinung über die Justiz im Land zuließ. „Ich könnte mich einfach davonmachen."

Er lächelte säuerlich.

„Ich weiß, dass du mir nicht in den Rücken schießen wirst", sagte sie.

„Du weißt, dass ich dir folgen werde."

„Dann sitzen wir also hier fest?", fragte sie.

„Im Moment haben wir keine andere Wahl."

„Du meinst, weil ich ins Eis eingebrochen bin und kurz orientierungslos war?"

„Du bist Krankenschwester. Finde es heraus."

Sie rollte mit den Augen. „Sieh mal, ich bin nicht irgendein Gänseblümchen, das heute kurz zum Joggen hinausgegangen ist. Ich habe hierfür sechs Monate trainiert. Ich bin stark und fühle mich bestens."

„Wenn du jetzt nach deiner Unterkühlung bei Temperaturen weit unter null Grad in nassen Kleidern nach draußen gehst, forderst du den Ärger heraus."

„Ich bin gut in Form, Jake."

Er wollte nicht darüber nachdenken, in welch guter Form sie war. Er hatte ihre langen, straffen Beine gesehen, den flachen Bauch und die gut aufgebauten Muskeln an ihren Armen. Ja, sie war so gut in Form, dass er seine Augen nicht von ihr abwenden konnte.

Sie wickelte den Schlafsack noch enger um sich und kam auf ihn zu. „Lass mich gehen“, bat sie.

„Abigail!“

„Bitte.“

„Das kann ich nicht.“

„Warum nicht?“

„Weil ich Polizist bin.“

„Du weißt, dass ich die Wahrheit sage.“

Jake wollte dieses Gespräch nicht führen. Es lag nicht in seiner Macht, über ihre Schuld oder Unschuld zu urteilen oder über irgendeine Grauzone dazwischen. Er sollte sie einfach nur zurückbringen, so lautete sein Auftrag. Und er hatte vor, genau das zu tun.

Er kehrte ihr den Rücken zu. „Leg noch ein Holzscheit auf das Feuer, ja?“, bat er sie leise. „Versuch, dich etwas auszuruhen. Ich gehe die Tiere füttern und sehe mich ein wenig um.“

„Verdammt, Jake!“

„Ruh dich aus, solange du kannst, Abigail. Wir reiten bei Tagesanbruch los.“

9. KAPITEL

Es dämmerte bereits, als Jake in die Hütte endgültig zurückkehrte, nachdem er die Tiere gefüttert hatte. Jetzt füllte er etwas Schnee in den Eimer und schmolz ihn. Gegen Mittag war er mit Brandywine und dem Gewehr im Anschlag die Gegend rund um die Hütte abgeritten in der Hoffnung, eine verbrauchte Patronenhülse zu entdecken oder andere Spuren, die einen Hinweis darauf gaben, wer auf sie geschossen haben könnte. Später verbrachte er ein paar Stunden damit, trockenes Feuerholz zu suchen und in die Hütte zu schleppen. Er baute sogar ein kleines Signalfeuer für den unwahrscheinlichen Fall, dass der RMSAR-Hubschrauber draußen kreiste, um nach ihnen zu suchen. Jake wusste, dass es vergeblich war. Auch am zweiten Tag wehte der Wind sehr stark von Norden herein. Der Bell 412 hatte sehr wahrscheinlich Startverbot.

Aber selbst etwas so Vergebliches wie ein Signalfeuer zu bauen war besser, als wieder in die Hütte zu gehen und Zeit mit Abigail zu verbringen. Ihre Nähe brachte ihn an den Rand des Wahnsinns. Sie weckte Wünsche in ihm, über die er nicht einmal annähernd nachdenken durfte.

Aber irgendwann musste er wieder zurück. Seine Hände und Füße waren bereits taub und sein Gesicht kribbelte vor Kälte. Außerdem hatte er Hunger und er brauchte dringend etwas Ruhe. Immerhin würde er die Nacht über Wache halten müssen.

Zur Hölle, er würde die *Nacht* mit ihr verbringen.

Jake wollte nicht mehr über sie nachdenken. Er wollte nur noch seinen Auftrag hinter sich bringen und dann in sein Leben zurückkehren, wo die Dinge so herrlich einfach schwarz oder weiß waren.

Aber zum ersten Mal in seinem Leben waren die Dinge eben nicht eindeutig schwarz oder weiß, und er fragte sich ernsthaft, ob das Richtige zu tun auch bedeuten konnte, einer entflohenen Strafgefangenen zu helfen.

Das Licht in der Hütte war fahl, als er schließlich die Tür aufstieß. Nur das Feuer erhellte den Raum und der scharfe Geruch von Rauch hing in der Luft. Seine Augen brauchten einen Moment, um sich an die Dunkelheit zu gewöhnen. Abigail lag noch immer auf dem Boden in den Schlafsack gewickelt. Sie schlief. Sie wirkte so zerbrechlich und unschuldig und so unglaublich sexy.

Jake erstarrte.

Er stampfte den Schnee von seinen Stiefeln und ging zu dem kleinen Tisch in der Küche. Dort füllte er den Kessel mit Schnee und hängte ihn wieder übers Feuer. Abigail rekelte sich und gähnte.

„Durstig?“, fragte er.

„Ja.“ Sie rieb sich den Nacken und schaute aus dem Fenster. „Ich kann nicht glauben, dass ich den Tag verschlafen habe.“

„Das liegt an der Unterkühlung. Die Kälte hat dich geschafft.“ Er ging zu dem Fenster hinüber, das zum Gebirgskamm hinauszeigte, und zog die ausgefransten Vorhänge zu.

„Glaubst du, er ist noch da draußen?“, fragte sie leise.

„Ich weiß es nicht.“ Er spürte wieder dieses inzwischen vertraute Ziehen im Bauch. „Vermutlich.“

Jake ging zu seiner Satteltasche hinüber. „Ich habe noch zwei Fertigmahlzeiten. Möchtest du lieber jetzt etwas essen oder eher morgen?“

„Hast du noch etwas, was wir morgen zwischendurch essen könnten?“

„Nur ein paar Proteinriegel.“

„Dann lass uns lieber jetzt essen.“ Sie stand auf, den Schlafsack noch immer fest um sich geschlungen, und ging zu der Feuerstelle. Sie begutachtete ihren Overall. „Ich meine natürlich, wenn es dir nichts ausmacht. Ich bin am Verhungern.“

„Kein Problem.“

„Ich würde mich gerne anziehen.“

„Okay.“

„Würde es dir etwas ausmachen, dich kurz umzudrehen?“

„Nein, natürlich nicht.“

Da sie sich bereits von ihm abgewandt hatte, zögerte Jake einen Moment. Diese Lady hatte eindeutig einen viel zu hübschen Rücken. An ihn würde er sich noch zurückerinnern, selbst wenn die Sache hier schon lange vorbei war.

Er drehte sich weg und bereitete die beiden letzten Mahlzeiten zu, während sich Abigail wieder anzog. Wenig später saßen sie im Schneidersitz vor dem Feuer und aßen. Ab und an nippten sie am Wasser, das in einem Becher zwischen ihnen stand. Jake entspannte sich gerade, als sie zu fragen begann.

„Also, wie lange bist du schon bei der Polizei?“

„Zwölf Jahre.“

„Gefällt es dir dort?“

Er runzelte die Stirn. „Es sichert meinen Lebensunterhalt“, sagte er.

Sie spießte ein Stück Broccoli auf ihre Gabel. „Und nebenbei jobbst du bei einem Such-und-Rettungs-Team?"

„Bei der Rocky Mountain Search and Rescue." Er rätselte, worauf sie hinauswollte. „Frag mich nicht, ob es mir gefällt."

„Das wäre meine nächste Frage gewesen."

„Iss."

„Hey, ich versuche nur, mich mit dir zu unterhalten."

Abigail schwieg nur kurz. „Warst du jemals verheiratet?"

Wieder warf er ihr einen drohenden Blick zu. „Nein."

„Warum nicht?"

„Weil es niemanden gab, den ich heiraten wollte."

„Warum reagierst du denn plötzlich so gereizt?"

„Nichts für ungut, aber ich stehe nicht so auf Small Talk."

„Das verwundert mich jetzt." Sie spießte eine Karotte auf und kaute sie nachdenklich. „Du glaubst, ich bin unschuldig, nicht wahr, Jake?"

„Wie kommst du darauf?"

Sie zuckte mit den Schultern. „Ich weiß es."

Er versuchte, sich auf sein Essen zu konzentrieren, aber egal, ob Hähnchen oder Gemüse, es schmeckte plötzlich alles gleich. „Dies ist deine letzte Mahlzeit in Freiheit, Blondie. Ich schlage vor, du genießt sie, solange sie heiß ist. Und hör bitte auf, so viel zu reden."

„Du willst mich gehen lassen, aber du kannst es nicht, weil es deinem Ehrenkodex widerspricht, oder?"

Er aß unbeirrt weiter. „Ich möchte nicht darüber reden."

„Wirklich?", fragte sie scharf.

„Wirklich."

„Willst du wissen, was ich denke, Jake?"

„Eigentlich nicht." Seufzend legte er seine Gabel nieder. „Aber ich schätze, du wirst es mir trotzdem sagen."

„Ich denke, du weigerst dich, mir zu vertrauen, weil dich irgendjemand irgendwann einmal sehr verletzt hat. Ich vermute mal, es war eine Frau. Stimmt's?"

Jake verschluckte sich fast an einem Stück Karotte. Er trank einen Schluck Wasser, setzte seinen Teller ab und schüttelte den Kopf. „Ich will wirklich nicht darüber reden."

„Habe ich recht?"

„Nein."

„Wer war sie?"

„Niemand."

„Ich denke, sie war schon ein *Jemand*, Jake. Ich meine, du gehörst nicht zu der Sorte Mann, die sich einfach so mit jeder x-beliebigen Frau einlässt."

„Ich gehöre zu der Sorte Mann, die ihr Privatleben gerne privat hält."

„Aber da wir hier die nächsten Stunden zusammen festsitzen werden, könnten wir die Zeit auch nutzen, um uns besser kennenzulernen."

„Ich weiß alles, was ich wissen muss."

„Das mag ja sein, aber ich bin neugierig auf dich."

„Ich bin langweilig, glaub mir. Du musst nichts wissen."

„Du bist verschlossen."

„Verschlossen? Du solltest eher lernen, einen Wink mit dem Zaunpfahl zu verstehen."

„Du brennst doch darauf zu erfahren, was ich unter ‚verschlossen' verstehe, oder?"

„Nicht im Geringsten", antwortete er mürrisch.

„Das heißt, dass du die Menschen nicht dazu einlädst, an deinem Leben teilzunehmen. Du lässt sie nicht an deinen Gedanken oder Gefühlen teilhaben, damit sie dir nicht zu nahe kommen und dich nicht verletzen können."

„Und dickfellige Leute wie du sehen es und graben trotzdem einfach weiter, wie?"

Sein Einwurf ließ Abigail kalt. „Ich meine, sieh dich doch an. Ich stelle dir eine kleine Frage und du gerätst gleich in Panik."

„Na, das ist ja interessant."

„Du reagierst völlig überempfindlich."

Jake rang sich ein Lachen ab und aß einfach weiter. Er beschloss, diese Unterhaltung zu boykottieren. „Ich nehme an, du arbeitest in deiner Freizeit ehrenamtlich als Psychiater."

„Was hat sie dir angetan?"

„Was hat wer mir angetan?"

„Die Frau, die dich verletzt hat."

„Oh, Himmelherrgott noch mal!" Jake stand auf und trug den leeren Behälter zum Mülleimer im Küchenbereich. Abigail war noch nicht mit ihrem Essen fertig und blieb am Feuer sitzen. Jake spürte ihre brennenden Augen auf seiner Haut. Verdammt, die Frau wusste, wie sie einen Mann in den Wahnsinn treiben konnte.

Er ging zum Feuer zurück und setzte sich wieder im Schneidersitz. Vielleicht würde sie ihr Verhör endlich beenden, wenn er den Spieß umdrehte.

„Wenn wir schon Twenty Questions spielen, könntest du mir eigentlich mal erzählen, wie du aus Buena Vista ausgebrochen bist?"

„Fragst du als Polizist oder weil du neugierig bist?"

„Ich frage, weil ich mit dir nicht über mein Privatleben sprechen will. Reicht dir das als Antwort?"

Sie trank wie beiläufig einen Schluck Wasser, aber Jake spürte, dass ihr das bevorstehende Gespräch sehr naheging. „Ich habe in jener Nacht im Duschraum etwas ganz Wesentliches begriffen, nämlich, dass es da draußen jemanden gibt, der mit aller Macht verhindern will, dass ich eine bestimmte Person spreche. Ich begriff, dass ich nur überleben kann, wenn ich flüchte. Tue ich es nicht, werde ich eines Tages wieder überrascht. Dann ende ich mit einem Messer zwischen den Rippen oder sterbe bei einem tragischen Unfall."

„Die Männer vom Department of Corrections sagten, du hättest eine Waffe."

„Es war nicht direkt eine Waffe."

„Sondern?"

Sie biss sich auf die Lippe. „Kann ich es dir im Vertrauen sagen?"

„Ich bin Polizist, Abigail, ich kann nicht", er stockte.

„Doch, du kannst, Jake. Hier oben sind wir ganz allein. Wenn das alles hier vorbei ist, wirst du dein beschauliches Polizistenleben weiterführen, während man mich, obwohl unschuldig, wieder ins Gefängnis steckt."

Er seufzte. Ihre Ausdrucksweise missfiel ihm. „In Ordnung. Inoffiziell."

„Ich habe eine Freundin angerufen. Ich habe ihr von der Messerattacke erzählt. Ich wollte sie nicht mit hineinziehen, aber ich hatte Angst und ich war verzweifelt, und schließlich haben wir am Telefon einen Plan ausgeheckt."

„Und wie sah der aus?"

„Dass sie mich besucht."

„Und wie bist du dann an die Waffe gekommen?"

„Sie hat sie ins Gefängnis geschmuggelt, in ihrer …", Jake fiel ihr ins Wort.

„Hoppla!" Er riss abwehrend die Hände hoch. „Hör sofort auf."

„In ihrer Strumpfhose."

Ein erleichtertes Stöhnen entfuhr seinen Lippen.

„Und es war gar keine echte Waffe. Es war eine Wasserpistole."

„Eine Wasserpistole?"

Sie nickte. „Ich habe noch nie eine Waffe in den Händen gehalten, und wenn, würde ich vermutlich noch nicht mal ein Scheunentor treffen, selbst wenn ich davorstehe. Außerdem wird jeder Gefängnisbesucher vorab durch einen Metalldetektor geschickt."

„Du willst mir sagen, dass du mit einer *Wasser*pistole aus dem Buena Vista Corrections Center for Women ausgebrochen bist?"

„Ich habe sie nicht einmal gebraucht." Sie biss sich auf die Lippe. „Ich weiß, es klingt verrückt."

„So erscheint mir mittlerweile alles, was du erzählst."

„Offensichtlich."

„Und wie wolltest du deine Unschuld beweisen?", fragte er nach einem Moment.

„Ist das wieder so eine Ermittlerfrage?"

Er überlegte und musste innerlich nicken. Er würde ihre Antwort gegen sie verwenden, wenn er dazu gezwungen war. Er hoffte nur, dass es nicht so weit kam, denn er mochte Abigail Nichols, wenn er vergaß, dass sie eine entflohene Strafgefangene war. Er hatte sogar eine seltsame Art Respekt vor ihr entwickelt. „Vielleicht."

„In diesem Fall verweigere ich die Aussage." Sie stand auf und prüfte den Duster Coat, der neben dem Kaminsims hing. „Schön trocken", sagte sie beiläufig.

Sein Blick blieb an dem Staubmantel hängen. Plötzlich musste er an den Morgen denken. Abigail hatte den Mantel getragen, als Jake sie heute Morgen im Schnee von Brandywines Rücken und sich selbst anschließend auf sie geworfen hatte. Er verdrängte jeden Gedanken daran, wie weich sich ihr Körper unter seinem angefühlt hatte. Und dennoch roch er plötzlich wieder den Duft ihrer Haare und staunte über ihre Wendigkeit, als sie sich gegen ihn zur Wehr setzte, nur um ihren Körper wenig später sehnsuchtsvoll gegen seinen zu pressen und Jake erbarmungslos zu küssen.

Zur Hölle.

Er knetete verstohlen seine Hände. Natürlich konnte er das, was zwischen ihnen passiert war, nicht unkommentiert lassen. Seine Beziehung zu dieser Frau wurde mit jeder Minute komplizierter. Wenn er nicht aufpasste, steckte er schon bald in ernsthaften Schwierigkeiten, sofern er sich nicht schon darin befand. Sollte sie ins Gefängnis zurückkehren und ihn eines Fehlverhaltens bezichtigen, wäre seine Karriere ein für alle Mal beendet. Oh Gott, was, wenn sie ihm vorwarf, sie sexuell belästigt zu haben?

„Es gibt etwas, worüber wir reden müssen“, sagte er barsch.

Abigail schüttelte ihren Schlafsack und breitete ihn wieder ordentlich auf dem Boden aus. „Und was?“

„Na das, was heute passiert ist.“

„Heute ist eine Menge passiert“, erwiderte sie kühl. Sie setzte sich wieder auf ihren Schlafsack. Dann zog sie den Duster Coat über ihre Schultern und blickte Jake herausfordernd an. „Glaubst du, du könntest etwas deutlicher werden?“

„Du machst es mir absichtlich schwer, nicht wahr?“

„Könnte sein.“

Jakes Blick verfinsterte sich. „Ich meine den Kuss, verdammt noch mal.“

„Oh. Das.“ Abigail strich den Duster Coat glatt. „Ach, das war doch nichts Besonderes.“

Es sollte ihn nicht berühren, dass sie es so lässig aussprach, doch tatsächlich machte es ihn rasend. Er gab es nur ungern zu, aber dieser Kuss war eindeutig etwas Besonderes gewesen. Immerhin war er Police-Officer und sie eine entflohene Strafgefangene in seiner Obhut, in Jakes Augen war das Fiasko gewaltig.

„Mach das nicht noch einmal, Abigail.“

„Ich?“

„Ja, du.“

„Wenn ich mich nicht irre, gehören zwei Leute zu einem Kuss.“

Diesen Punkt hätte er nach Möglichkeit gern bestritten, nur ging das leider nicht. Jake hatte Abigail ebenso leidenschaftlich geküsst und er hasste sich dafür. Auch wenn sie womöglich die ersten Schritte unternommen hatte, hätte er sich in Zurückhaltung üben und den Kuss stoppen müssen. Er verstand nicht, warum sein Verstand in Bezug auf Abigail immer wieder aussetzte.

„Es war unangebracht. Ich bin Polizist. Ich hätte dich nicht küssen sollen.“

„Hast du Angst, dass ich es jemandem erzählen und dich damit in Schwierigkeiten bringen könnte, Jake?“

Das war sein kleinstes Problem. „Du wirst mich nicht reinlegen“, erwiderte er kalt.

„Keine Sorge, dein Geheimnis ist bei mir sicher.“

Das Gespräch entwickelte sich schon wieder nicht so wie geplant. Lief überhaupt irgendetwas nach Plan, seitdem er Abigail gefunden hatte?

Sie starrten sich eine Zeit lang herausfordernd an. Jake meinte in Abigails Gesicht auch so etwas wie Kränkung zu lesen, sicher war er sich aber nicht und das irritierte ihn. Bisher hatte er immer gewusst, was die Leute dachten und fühlten, genau das machte ihn ja zu einem so guten Polizisten, doch bei Abigail scheiterte er mit seinem Talent. Warum konnte er ihre Blicke und Gesten nicht deuten? Warum fiel es ihm so schwer, das Richtige zu tun?

„Ich kenne einen erstklassigen Strafverteidiger", sagte er unvermittelt. „Ich könnte ihn bitten, einen Blick in deinen Fall zu werfen."

Ein Kaleidoskop von Gefühlen spiegelte sich in ihrem Gesicht. Schock. Ungläubigkeit. Dankbarkeit. Jake wollte nichts davon sehen. Er wusste, dass es ihn und Abigail nur wieder einen Schritt näher zusammenbrachte. Und das wollte er vermeiden.

„Ich gehe raus, Wache halten." Jake stand unvermittelt auf. Er warf sich seinen Duster Coat über die Schultern und öffnete die Tür. Obwohl Abigail etwas erwiderte, ging Jake hinaus. Ihre Nähe wurde unerträglich für ihn. Er würde draußen warten, bis Abigail eingeschlafen war. Zumindest entging er so ihren verlockenden veilchenblauen Augen. Draußen im Schnee geriet er nicht in Versuchung, weitere Fehler zu machen.

Zumindest geriet er nicht in Versuchung, ihre Geschichte zu glauben.

Abigail wusste nicht, was sie geweckt hatte. Gerade hatte sie noch tief und fest geschlafen, doch jetzt saß sie kerzengerade da und lauschte, nur auf was?

Die Glut im Kamin zischte leise. Ein Stück von ihr entfernt lag Jake in seinem Schlafsack und atmete gleichmäßig und langsam. Die Hütte lag im Dunkeln und war eiskalt. Abigail schüttelte sich. Lag es an der Kälte oder an dem seltsamen Unbehagen, das sie plötzlich beschlich? Irgendetwas stimmte hier nicht. Sie rückte näher an den Kamin, um ihre Hände zu wärmen.

Hätte Jake sie am Morgen nicht eingeholt, wäre sie jetzt vermutlich schon in New Mexico. Sie könnte in Grams' Küche sitzen, wo es warm und sicher war.

Abigail horchte auf den Wind, der noch immer um die Hütte tobte. Die Vorstellung, sich abermals hinaus in die Kälte zu wagen, klang nicht gerade verlockend, dennoch fragte sich Abigail, ob sie nicht doch einfach weglaufen sollte. Sie wusste, dass sie ihre gerade erst abgeklungene Unterkühlung nicht auf die leichte Schulter nehmen durfte. Dieser verdankte es Abigail, dass Jake sie zur Nacht nicht wieder an den Stuhl gefesselt hatte.

Sie blickte verstohlen zu ihm hinüber. Jedes Mal, wenn sie ihn ansah, hatte sie das Gefühl, abgrundtief zu fallen. Jake wirkte selbst im Schlaf unerbittlich. Sie musterte sein Gesicht im fahlen Schein der Glut. Sein Kiefer war schlank geschnitten, seine Augenbrauen waren kräftig und seine Lippen viel zu sinnlich für einen Mann.

Bilder von ihrem innigen Kuss oben im Schnee stürmten auf sie ein. Abigail schloss die Augen vor der berauschenden Woge der Lust, die über sie hinwegschwappte. Sie wusste, dass es falsch gewesen war, Jake zu küssen, doch in seinen Armen hatte sie sich so geborgen und geliebt gefühlt. Er vermittelte ihr das Gefühl, schön und begehrenswert zu sein, und ließ sie ihr drohendes Schicksal hinter Gittern für einen Moment vergessen.

Sie drehte sich weg. Was dachte sie da? Nur weil ihr gefiel, wie er sie küsste, stürzte sie sich doch nicht gleich in ein Abenteuer. Abigail hatte von Männern endgültig die Nase voll. Jake hatte sie nur geküsst, weil sie ihn ablenken wollte. Sie wollte herausbekommen, ob sie auf ihn wirkte. Männer waren ja so berechenbar, und Mr.. Vorschrift höchstpersönlich machte da keine Ausnahme. Sobald die Zeit kam, würde sie diese Schwäche ausnutzen.

Selbst wenn sie damit ihre Seele verkaufte.

Sie wollte gerne glauben, dass er ihr wirklich helfen und ihr einen Anwalt besorgen wollte, sobald sie zurück waren. Aber Gott, wie dumm war sie eigentlich? Jonathan Reed hatte ihr das Blaue vom Himmel herunter versprochen, und sie hatte ihm vertraut und ihm geglaubt. Und wohin hatte es sie gebracht? Sie hatte ihn gedeckt und die Polizei belogen und dadurch ihre Freiheit verloren. Als Jonathan Reed an der Reihe war, seine Versprechungen einzulösen, ließ er Abigail fallen.

Jake war nicht anders. Vielleicht mochte er seine Versprechen ehrlich meinen, solange er bei ihr war und sich zu ihr hingezogen fühlte, aber sobald seine Lust wieder abgekühlt war und Abigail allein in ihrer Zelle saß, würde Jake alles Gesagte vergessen. Für eine Frau wie Abigail lehnte er sich nicht aus dem Fenster.

Wenn sie auch nur eine Spur Verstand besaß, würde sie jetzt alle Kraftreserven mobilisieren und sich sofort davonschleichen.

Sie dachte bereits ernsthaft darüber nach, als ein Geräusch an der

Tür ihre Aufmerksamkeit erregte. Abigail erstarrte. War es der Wind? Hatte Jake die Tür etwa nicht verschlossen? Das war eher unwahrscheinlich angesichts der Bedrohung, die draußen auf sie lauerte. Bei dem Gedanken sträubten sich ihr die Nackenhaare.

Die Türangel knarrte. Abigail witterte die Gefahr und trat zurück. Adrenalin jagte stechend heiß durch ihren Körper. Da draußen war jemand und er kam geradewegs in die Hütte.

„Jake!", schrie sie.

Da flog auch schon die Tür weit auf und knallte scheppernd gegen die Wand. Ein dunkler Schatten sprang auf Abigail zu.

Sie schrie erneut.

„Sei still, Schlampe!"

Sie hörte ein *Zisch*, dann spürte sie einen harten Schlag an ihrer Schläfe. Schmerz durchzuckte ihr Gesicht. Stecknadellichter blitzten vor ihrem inneren Auge auf, die zu langen gelben Lichtschweifen verschwammen. Sie taumelte rückwärts. Dieser Mistkerl hatte sie offenbar geschlagen.

„Bastard!", hörte sie sich sagen. „Niemand schlägt mich!"

Eine Waffe knallte. Markerschütternder Lärm erfüllte die Hütte und übertönte Abigails Protest. Mein Gott, dachte sie dumpf, er wird mich töten.

„Runter!" Jakes Stimme drang zu ihr vor. Starke Arme schlangen sich um sie und zogen sie zu Boden. Abigail schrie, als sie fiel, doch sie wusste, dass Jake sie nur beschützen wollte. Er riskierte sein eigenes Leben für sie.

Eine weitere Explosion erschütterte die Hütte. Abigail verlor vollends den Überblick. Ihr Herz pochte bis zum Hals. Sie spürte, dass Jake sie verließ, sah einen Schatten vor dem Fenster, der sich wie ein dunkler Schleier bewegte, doch sie konnte nicht sagen, ob es der Eindringling war oder Jake.

Sie rappelte sich auf alle Viere hoch und blickte sich um. Wo war das verflixte Gewehr? Wo hatte Jake es hingelegt? Plötzlich hörte sie, wie jemand die Hütte durchschritt, irgendwo fluchte Jake, ein weiterer Schuss knallte. Das Geräusch hallte in ihren Ohren wider. Abigails Herz schlug donnernd wie ein Güterzug in ihren Ohren und pumpte das Adrenalin nur so durch ihren Körper.

Und dann wurde es wieder still. Abigail kauerte sich zusammen. Sie fühlte sich taub und blind und die Angst kroch in ihr hoch.

„Hey."

Raue Hände erfassten ihre Schultern. Abigail versuchte, sich wegzudrehen, aber die Hände hielten sie fest und hoben sie auf die Füße.

„Bleib ganz ruhig, Abigail, ich bin es. Jake."

„Oh, Jake. Er wollte …"

„Bist du verletzt?"

„Wo ist er? Oh Gott, wo", stammelte sie.

„Pst. Nicht aufregen. Nur nicht aufregen."

„Ist er …", ihre Stimme erstarb.

„Ja, er ist weg." Jake streichelte beruhigend Abigails Arme hinauf und hinab. Abigail spürte, wie sehr er zitterte. Auch er musste sich halb zu Tode erschrocken haben.

„Bist du verletzt?", fragte er.

„Ich bin okay."

Er zögerte, als würde er ihr nicht ganz glauben, doch dann drückte er sie. „Bist du sicher?"

„Ja, mir geht es gut. Und was ist mit dir?"

„Ich ärgere mich."

„Mehr, als dir lieb ist, oder?"

„So in der Art." Er hielt ihre Schultern immer noch fest und sah zur Tür. Sie stand weit offen, Schnee und kalte Luft wirbelten in die Hütte hinein. „Bleib du hier. Ich laufe ihm nach."

Abigail nickte.

Sein Blick bohrte sich in ihre Augen. „Wir beide wissen, dass du nicht in der Verfassung bist, um wegzulaufen, nicht wahr, Abigail?"

„Ja", flüsterte sie und Jake verschwand in die Nacht.

10. KAPITEL

Das große Zittern erfasste sie nur knapp dreißig Sekunden später. Abigail stand immer noch da, wo Jake sie zurückgelassen hatte, und starrte auf die Tür, die Jake vorsorglich geschlossen hatte. Abigail zögerte, was sie als Nächstes tun sollte. Ihre Knie waren weich und ihr Magen zog sich zusammen, für einen schrecklichen Moment fürchtete sie, sich übergeben zu müssen. Sie schleppte sich bis zur Feuerstelle und lehnte sich gegen den Sims, als das Zittern wie eine riesige Schockwelle über sie hereinbrach. Es begann in ihren Händen, zog sich über ihre Arme bis hin zu ihren Zehen.

Nach dem Jahr im Gefängnis war sie eigentlich davon ausgegangen, alles aushalten zu können, doch sie hatte sich geirrt.

Die Schießerei hatte sie tief erschüttert.

Abigail ließ das Zittern regungslos über sich ergehen. Sie stützte sich nur am Kaminsims ab und lauschte ihrem schwerfälligen Atem und dem dumpfen Schlag ihres Herzens. Sie wusste nicht, wie viel Zeit verstrich. In Gedanken spielte sie das Geschehene immer und immer wieder durch. Sie spürte den Schock und den Schmerz, als der Fremde sie schlug, spürte ihre Angst und die Wucht der Detonationen. Eine Waffe blitzte in der Hand des Angreifers auf. Abigail fiel, doch der heulende Wind und die Kälte holten sie ins Hier und Jetzt zurück. Der Gestank verbrannten Sprengstoffes hing in der Luft.

Sie konnte nicht fassen, dass gerade jemand versucht hatte, sie zu töten.

Nach einer Weile ebbte der Schock ein wenig ab. Abigail legte unwillkürlich zwei Holzscheite auf das Feuer. Sie fragte sich, wo Jake wohl gerade war und ob es ihm gut ging. Sie wollte sich nicht um ihn sorgen, denn er war Polizist und konnte gut auf sich selbst aufpassen. Abigail fragte sich, was für ein Mann er wirklich war, wenn er sein Leben für das einer entflohenen Mörderin riskierte.

Sie musste etwas tun. Sie nahm den Kessel vom Feuer, trug ihn hinaus und füllte ihn mit Schnee. Dann trug sie ihn zurück in die Hütte und hängte den Kessel wieder übers Feuer, um den Schnee zu schmelzen. Als das Wasser warm war, begann sie, ihr Gesicht und ihre Hände zu waschen. Ihre Schläfe schmerzte dort, wo der Eindringling sie geschlagen hatte, aber das Wasser tat gut. Es war eigentlich zu kalt, um sich komplett zu waschen, aber das kümmerte Abigail nicht. Sie fühlte sich so schmutzig, als hätte sie der Fremde mit seiner brutalen Berührung besudelt.

Erst jetzt bemerkte sie, dass sie weinte.

Die Tränen liefen unaufhörlich über ihre Wangen und ließen Abigail ungläubig zurück. Abigail Nichols weinte nicht so leicht. Aber als das erste Licht des neuen Tages durch die schmutzigen Fenster brach, spritzte sie sich kühles Wasser über den Kopf und weinte völlig ungehemmt. Sie dachte über ihr Schicksal nach und über all die Dinge, die sie sich für ihr Leben immer erträumt hatte. Sie dachte an Jake und an all die Dinge, die sie niemals erreichen würde. Sie dachte daran, dass Grams jetzt in ihrem kleinen Haus in New Mexico auf sie wartete. Bei Gott, sie wünschte, sie könnte mit ihr sprechen.

Das Wasser kühlte ihre Haut und ihre aufgepeitschten Emotionen und wusch die Reste der Gewalt fort, die der Mann auf ihrer Haut hinterlassen hatte, doch gegen das Zittern war es machtlos. Abigail wusste nicht, warum sie zitterte. Lag es an der abflauenden Angst, an der Kälte oder an den Ereignissen der vergangenen Tage? Sie konnte einfach nicht aufhören zu zittern. Zum ersten Mal seit ihrer Flucht fürchtete sie sich. Jemand wollte, dass sie starb. Und so, wie die Sache aussah, war es ihm verdammt ernst damit.

Abigail legte gerade ein weiteres Holzscheit aufs Feuer, als die Tür aufschwang. Jake stampfte herein und mit ihm stob ein Schwall kalter Luft und Schnee in die Hütte. Er war vorhin ohne Duster Coat und Handschuhe aus der Hütte gestürmt, um den Fremden zu verfolgen. Jetzt fror er natürlich. Als sie ihn sah, fiel ihr auf, dass sie niemals zuvor einem Mann begegnet war, der so gefährlich wirken konnte wie Jake. Er zitterte vor Kälte und vor Wut und vor etwas anderem, was sie nicht in Worte fassen konnte.

„Geht es dir gut?“, fragte sie leise.

„Glänzend.“

„Und, hast du ihn gefunden?“

„Nein.“ Er trat auf sie zu. „Er saß auf einem Schneemobil.“

Sie räusperte sich. „Glaubst du, dass es ein Profikiller war?“

Er schwieg. Abigail konnte deutlich sehen, wie zornig er war. Sein Blick war hart und dunkel und er presste den Kiefer zusammen. Es war nicht zu übersehen, dass Jake nicht gerne verlor.

„Er hat dir wehgetan.“

„Es ist in Ordnung“, stammelte sie.

„Er hat dich geschlagen.“

Sie hatte es gerade vergessen, obwohl ihre Schläfe noch immer dumpf pochte. Seltsam verlegen neigte sie den Kopf. Aber Jake hob die Hand, umfasste ihr Kinn mit seinen Fingern und zog ihren Kopf zu sich herum, um die Verletzung zu begutachten.

„Dieser Hurensohn."

„Es ist okay!"

„Nein, es ist nicht okay. Gottverdammt, er hat dich *geschlagen*."

Sie lachte gequält. „Ich bin nur froh, dass er mich nicht *erschossen* hat."

Jake knurrte, als er Abigail zum Kamin hinüberführte, um die Beule noch besser ansehen zu können.

Abigail hatte ihn schon wütend erlebt, doch diese Art von Wut war ihr neu. Seine Augen flackerten nahezu bedrohlich. „Jake, mir geht es gut", beteuerte sie.

„Du bist verletzt."

„Hey, wenn man alles zusammennimmt, ist es nur eine kleine, unbedeutende Beule."

„Aber das war zu viel, Abigail! Das hast du nicht verdient. Du hast diesen ganzen Mist nicht verdient."

„Jake!"

„Er hätte dich beinahe umgebracht." Er atmete schwer.

Sie wollte kühl erwidern, dass er sich wieder beruhigen solle, und sich selbst ermahnen, dass sie mit der Impulsivität dieses Mannes umgehen könne, immerhin war sie schon mit ganz anderen Dingen fertiggeworden, doch Jakes Beschützer-Gene überwältigten sie. Und das verwirrte. Lag es vielleicht daran, dass tief in ihm doch ein echter Gentleman schlummerte?

„Ich wünschte, ich hätte es verhindern können", sagte Jake. Er sah sie durchdringend an.

Abigail konnte sich nicht bewegen. Ihr Herz schlug wie wild gegen ihre Rippen, einem rasanten Trommelwirbel gleich. Sie spürte, wie seine Wut auf sie überging.

„Ich werde gehen und etwas Schnee holen, um eine Kompresse zu machen", sagte er. „Bleib du bitte hier."

„Gut."

Er ging ohne Duster Coat zur Tür hinaus und kam mit einem Eimer Schnee zurück. Eine Handvoll davon wickelte er in ein frisches Tuch. Dann kam er wieder auf Abigail zu und drückte ihr das Tuch an ihre Schläfe.

Abigail zuckte zusammen.

„Entschuldige", sagte er. „Tut es weh?"

„Ein bisschen."

„Die Kälte wird die Schwellung stoppen. Vielleicht hilft sie sogar gegen den Bluterguss."

„Hey, bei deinem Auge und meiner Schläfe könnten wir Zwillinge sein."

Ihm war nicht nach Lachen zumute. „Ha, ha."

„Die Leute werden denken, wir wären in eine Schlägerei geraten."

„Das sind wir ja auch."

Abigail lächelte schwach.

Jake hingegen konzentrierte sich darauf, das Eis weiter gegen ihre Schläfe zu drücken. Seine linke Hand lag sanft auf ihrem Bizeps, so bemerkte Abigail auch, wie die Anspannung langsam von Jake abfiel. Die harten Linien in seinem Gesicht wurden weicher. Sein furchterregender Zug um Augen und Mund verschwand.

„Du machst es dir langsam zur Gewohnheit, mein Leben zu retten."

„Das ist mein Job."

„Na ja, du bist wirklich gut darin."

Er sah sie geradewegs an. „Ich bin auch in anderen Dingen gut."

Abigail schluckte heftig. Sie wollte geschickt kontern, aber ihr Gehirn schien unter einem Kurzschluss zu leiden. Sie wollte gerne glauben, dass es am Stress der zurückliegenden Stunden lag, am Sturm, am Schnee oder an dem verrückten Scharfschützen, aber sie wusste, dass es Jakes Schuld war. Es war die Art, wie er sie ansah.

Vor ihrem inneren Auge flackerten die Bilder von ihrem Gerangel im Schnee wieder auf. Wie Jake so machtvoll und warm auf ihr lag und sich so eng und lustvoll an sie presste. Sie durfte nicht an den Kuss denken, die Erinnerung daran würde nur Öl ins Feuer schütten, aber sie flackerte dennoch auf. Abigail erinnerte sich an seinen völlig erstaunten Blick, als sie ihre Lippen auf seine drückte. Ein Ruck war durch seinen Körper gegangen, bevor Jake sich ergab. Doch dann nahm er ihren Mund beinahe gierig in Besitz und schob sich noch näher an sie. Sie hörte ihn wieder enttäuscht stöhnen, als er begriff, dass er ihr nicht näher kommen konnte. Mit seiner Zunge hatte er in ihrem Mund wirklich unerhörte Dinge vollbracht.

Ja, dachte sie benommen, der Deputy-Sheriff weiß eindeutig, wie man eine Frau küsst. Und genau so sollte er sie noch einmal küssen. Sie wollte seinen festen Mund auf ihren Lippen spüren und erleben, wie er sich ihr ganz hingab.

Begehren loderte in ihrem Bauch wie eine heiße Flamme auf. Doch das war gewiss nicht von Dauer. Sie konnte ihrem Verlangen bedenkenlos nachgeben und den Mann vor ihr küssen. Ein Kuss würde nichts ändern, er hatte nichts zu bedeuten.

Sie sah zu Jake auf. Seine flintgrauen Augen schimmerten sanft in den Tönen dämmernden Lichts zwischen Tag und Nacht, wenn die Sterne geboren wurden und die letzten Spuren des Abendlichts am Horizont erstarben.

„Woran denkst du?“, flüsterte sie.

„An Dinge, an die ich nicht denken sollte.“

„Warum nicht?“

„Weil ich es besser weiß.“ Er malmte mit seinem Ober- und Unterkiefer. „Und du auch.“

Abigail wusste, dass sie mit dem Feuer spielten und den Flammen gerade gefährlich nahe kamen. Und vermutlich war sie es, die sich am meisten verbrannte, aber das wollte sie für den Moment vergessen. Sie wollte nicht darüber nachdenken, was richtig war und was falsch, sie wollte nur, dass sie dieser Mann küsste.

Sie wusste, dass er es tun würde, noch bevor er sich regte. Er neigte den Kopf zu ihr hinab und sah sie mit Augen an, in denen sich alle Sinnlichkeit und Lust dieser Welt widerspiegelte. Abigail dachte, sie wäre gewappnet, doch als sein Mund ihre Lippen berührte, schien alles um sie herum in hellsten Farben zu explodieren.

Jake küsste sie nicht nur, nein, er schien ihren Mund nahezu zu verschlingen, und das mit einer Lust, die all ihre Sinne binnen Sekunden verwirrte. In ihrem Kopf drehte sich alles, Abigail schien den Boden unter den Füßen zu verlieren. Zum Glück hatte sie ihre Arme um seine starken Schultern gelegt, sonst wäre sie haltlos auf die groben Planken geglitten.

Jakes Mund verschmolz mit ihrem, und Abigail blieb nichts anderes übrig, als sich all ihren aufbrodelnden Gefühlen hinzugeben. Sie genoss seine Wärme und den berauschenden Geschmack eines erregten Mannes. Eines Mannes, der wusste, was er wollte, und der keine Angst davor hatte, es sich auch zu nehmen. Sollte die Konsequenzen doch der Teufel holen. Sie hörte ein schweres, lustvolles Keuchen, aber sie wusste nicht, ob es von ihr kam oder von ihm. Helles Licht flimmerte vor ihrem inneren Auge, während Jake mit seiner Zunge in ihrem Mund immer neue Wellen der Lust weckte.

Irgendwann fiel die kalte Kompresse an ihrer Schläfe zu Boden.

Abigail spürte rastlose Hände auf ihren Schultern, Jake streichelte ihren Rücken hinunter und dann tiefer zu den Grübchen an ihrem Po. Seine Oberarme waren wie aus Stahl und voller Spannung. Abigail hatte so lange schon keinen Mann mehr berührt, wohl auch deshalb erschien ihr jede Berührung, jedes Schaudern exponentiell erhöht, während sie durch ihren Körper rasten und in ihrem Gehirn zu explodieren schienen wie eine machtvolle Droge.

Jake umfasste ihre Hüften. Es waren große Hände, die von körperlicher Arbeit schwielig waren, und doch sanft genug, um tiefe Wunden zu heilen und Schmerzen zu lindern. Mit diesen Händen drückte er sie fest an sich. Abigail konnte seine Lust hart an ihren Hüften spüren, Jake drängte sich noch mehr gegen sie und entflammte sie beinahe mit der Wucht seines Verlangens.

Sie öffnete den Mund, um nach Luft zu ringen, doch Jake nutzte die Chance und vertiefte den Kuss. Seine Zähne prallten gegen ihre, seine Zunge glitt in ihren Mund und drang tief in sie ein. Abigail nahm Jake in sich auf. Benommen, wie sie war, verlor sie das Gleichgewicht und schwankte, doch Jake fing sie auf. Sie ließ sich treiben. Weit hinten in ihrem Kopf fragte sie sich, wie sie das überleben sollte. Wenn er ihr schon allein mit einem Kuss alle Sinne raubte, was würde dann mit ihr geschehen, wenn sie die Sache weitertrieben?

Jake wusste nicht, wann er zuletzt derart den Kopf verloren hatte. Vermutlich war es an dem Tag, als Jimmy Baine ins Eis einbrach und ertrank.

Seit dem Moment, als er im RMSAR-Hauptquartier diese unglaublich veilchenblauen Augen Abigails auf dem Foto gesehen hatte, hatte er gewusst, dass er früher oder später eine große Dummheit begehen würde.

Dieser Kuss zählte eindeutig dazu.

Jake verlor die Kontrolle.

Diese Frau erregte ihn wie keine Zweite. Kaum hatte er ihren Mund gekostet, konnte er sich nicht mehr halten. Ja, er konnte nicht einmal mehr geradeaus sehen. Abigail machte ihn einfach verrückt. Sie weckte Bedürfnisse in ihm, denen er unter anderen Voraussetzungen niemals nachgegeben hätte. Seine Selbstbeherrschung, auf die er immer so stolz gewesen war, gab er leichthin auf. Ja, er fragte sich sogar, ob diese Frau es nicht vielleicht wert sei, diesen Fehler zu begehen.

Sein Verlangen und seine Enttäuschung wanden sich wie zwei kämpfende Schlangen in ihm, während er Abigail küsste. Heiß und tief züngelte die Erregung in ihm auf. Abigails Küsse trieben ihn in den Wahnsinn. Diese Frau schmeckte so süß wie eine reife, saftige Frucht und Jake wollte diese verschlingen.

Normalerweise benahm er sich Frauen gegenüber weniger hemmungslos. Jake war immer stolz darauf gewesen, ein wahrer Gentleman und als solcher behutsam und verlässlich zu sein. Er achtete die Frauen und behandelte sie mit dem notwendigen Respekt. Als Liebhaber war er einfühlsam und kontrolliert und gab sich keinem Drängen hin. Schon in jungen Jahren hielt er nicht viel von den wilden, heißen Knutschereien und dem Gefummel anderer aknegeplagter Teenager, die von ihren Hormonen in den Wahnsinn getrieben wurden.

Doch jetzt besaß seine Lust die Macht über ihn. Jake konnte einfach nicht aufhören, Abigail zu küssen und zu berühren. Die Konsequenzen kümmerten ihn nicht, er empfand auch kein Gefühl der Reue. Er verschwendete keinen Gedanken daran, wohin dies alles führen würde.

Ihr Körper war so zart, so weich und so warm. Abigails Duft stieg Jake in die Nase und verwirrte seine Sinne noch mehr. Abigail schien es ebenso zu gehen, denn sie schmiegte sich noch enger an ihn. Es trieb Jakes Begehren noch weiter an. Er küsste Abigail, fuhr mit den Fingern durch ihr Haar und vergrub sie in dem dichten Lockenmeer. Er wollte sich in diesen Haaren verlieren, er wollte in ihr sein und spüren, wie ihre feuchtwarme Hitze ihn umschlang. Jake spürte ihre festen Brüste an seiner Brust und ihr wild klopfendes Herz so nah an seinem. Seine Selbstbeherrschung löste sich Schicht für Schicht. Jake streichelte fordernd über Abigails Hüften und Rippen und schob seine Hände dann hoch zu ihren verführerischen Brüsten, deren Spitzen, wie er sah, unter dem Overall hart geworden waren. Abigail keuchte auf und schob ihm ihre Hüfte entgegen. Er massierte lustvoll ihre kleinen, festen Brüste, die seine Hand ausfüllten und sich anfühlten wie weiche, reife Früchte.

Jake stöhnte genießerisch und vertiefte den Kuss. Es war so ungemein erregend, Abigail zu berühren, die Lust durchzuckte ihn immer wieder wie ein Stromstoß. Schweiß brach ihm im Nacken aus.

Jake öffnete behutsam den Reißverschluss des Overalls und schob seine Hände in die Öffnung hinein. Abigail japste leise nach Luft. Als er endlich ihre nackte Haut unter seinen Händen spürte, wurden seine Knie weich. Er liebkoste ihre Brustwarzen mit seinen Fingerspitzen und spürte, wie eine Gänsehaut nach der anderen über Abigails Haut prickelte. Sie erschauderte in seinen Armen. Er schob die Hände über ihre feste, durchtrainierte Haut an ihrem Bauch vorbei zu ihrem weichen Baumwollhöschen. Sein Herz klopfte immer wilder in seiner Brust und mit jedem Schlag pulsierte das Verlangen heftiger in ihm. Sie flüsterte ihm etwas ins Ohr, aber er konnte es nicht verstehen. Jede Zelle in seinem Gehirn konzentrierte sich auf die Lust, die ihn durchströmte, auf den Mund, der sich auf seine Lippen drückte, auf die weiche Haut, die er spürte, und auf den Duft dieser Frau, der ihn verrückt machte vor Verlangen. Er wollte mehr.

Seine Finger fanden die krausen Löckchen unterhalb ihres Bauchnabels. Abigail versteifte sich unter seinen Händen, aber er hörte nicht auf. Er schob ihre Schenkel sanft auseinander, dann drang er mit zwei Fingern in ihre nasse Hitze ein.

Abigail zuckte und schrie leise auf.

„Ganz ruhig", flüsterte er und begann sie wieder zu streicheln. Einmal. Zweimal.

Als sie sich ihm öffnete, schloss Jake die Augen. Er war verloren. Der Schmerz der Erregung war eine physische Qual und dennoch süß, er berauschte ihn wie eine Droge. Er ließ Jake an das Unmögliche glauben und sich verrückte Dinge wünschen.

Mit einer entflohenen Strafgefangenen zu schlafen war eindeutig verrückt.

Jake hatte über die Jahre schon viele Fehler gemacht. Aus den meisten hatte er etwas gelernt und jede Lektion war den Preis wert gewesen. Aber das hier war anders. Wenn er das hier nicht stoppte, würde es sie beide am Ende weit mehr kosten, als sie zu zahlen bereit waren.

Was zur Hölle dachte er sich nur dabei, seine Karriere für eine entflohene Strafgefangene wegzuwerfen? Eine Frau, die ihn ohne Skrupel manipulierte, damit sie an ihr Ziel kam? Eine Frau, die all seine Selbstbeherrschung untergrub, so dass er bereit war, alles aufs Spiel zu setzen?

Diese Fragen brachten ihn wieder zur Vernunft. Sie erinnerten Jake wieder an seinen persönlichen Ehrenkodex, an seine Würde und seine Karriere als Polizeibeamter.

Er musste alle seine Disziplin aufbringen, um sich von Abigail loszureißen, aber es gelang. Sein Körper begehrte dagegen auf, die Enttäuschung durchfuhr ihn mit der Wucht einer Bullenpeitsche. Doch Jake Madigan würde sich hüten, für so etwas Simples wie Lust seine Zukunft aufs Spiel zu setzen.

Nur leider war das, was zwischen ihnen passierte, alles andere als simpel.

„Das dürfen wir nicht", raunte Jake.

Sie trat einen Schritt zurück, ihre Wangen waren gerötet, ihre Lippen wund von Jakes Küssen und feucht. Mit zittrigen Händen griff sie nach dem Reißverschluss ihres Overalls und riss ihn mit einem Ruck hoch bis zum Kinn. Abigail sah Jake misstrauisch an. Sie atmete schwer. Ihre Brüste hoben und senkten sich mit jedem Atemzug. Jake spürte die Wärme ihrer Haut noch an seinen Händen und ihre Nässe an seinen Fingern. Er meinte auch, ihre harten Brustspitzen zu spüren. Die Ernüchterung legte sich wie ein bleierner Schleier über ihn und zog ihn hinab. Jake begriff, wie dicht er davorgestanden hatte, einen unwiderruflichen Fehler zu begehen, und das beschämte ihn.

„Es tut mir leid", räusperte er sich. „Ich hätte mich nicht so gehen lassen dürfen."

Sie wandte sich von ihm ab und schlang Halt suchend die Arme um sich. Ihre Schultern waren starr. Den Kopf hielt sie gesenkt. Er wäre gerne zu ihr gegangen, um sie zu halten, doch er tat es nicht. Er konnte sich gut vorstellen, wie es ihr gerade ging. Sie musste sich benutzt und gedemütigt fühlen. Derweil weigerte sich Jake, sich sein brennendes Verlangen einzugestehen.

Der sonst so wortkarge Jake ertappte sich dabei, wie er um Worte rang. „Es war mein Fehler."

„Meiner auch", sagte sie. „Ich meine, normalerweise mache ich so was nicht."

„Ich auch nicht, Blondie."

Sie sah ihn an und Jake erstarrte. Ein Blick auf ihren Mund genügte, um seine Lust aufs Neue zu entfachen. Jake wollte und begehrte sie, ganz gleich, wie falsch das alles war. Abigail schien die Gefahr zu wittern, denn sie trat einen Schritt zurück. „Wir haben uns hinreißen lassen, weil wir hier zusammen eingesperrt sind. Du weißt schon, die Nähe, das kann jedem passieren."

Jake kniff sich in den Nasenrücken und lachte dünn. „Ich bin Polizist, Abigail. Hast du eine Vorstellung davon, wie schlimm mein Vergehen ist? Sexuelles Fehlverhalten gegenüber einer Gefangenen ist unentschuldbar."

„Jake!"

„Die Kerle aus dem Strafvollzug, die weibliche Insassinnen benutzen, sind schlimmer als Abschaum, Abigail. Sie nutzen die Hilflosigkeit ihrer Gefangenen immer wieder aus und ich habe gerade dasselbe getan."

Abigail brauste auf. „Ach, ich bin nur eine Insassin für dich?"

„Ich hätte dich nicht anrühren dürfen."

„Es ist ja nicht gerade so, dass du gegen meinen Willen gehandelt hast."

„Ich bin Polizist, Abigail! Es ist ein Verbrechen, wenn ich dich so anfasse."

„Ach, hast du etwa Angst um deinen Job?", fragte sie gehässig.

Es ging um viel mehr als nur um seinen Job, auch wenn er es nicht zugeben wollte. Aber das wussten sie vermutlich beide. „Das war mehr als verantwortungslos von mir, Abigail. Du hast das Recht, eine Beschwerde gegen mich beim Sheriff's Department einzureichen, sobald wir zurück sind."

„Das will ich aber gar nicht."

„Ich hätte es nicht so aus dem Ruder laufen lassen dürfen."

„Es ist nichts aus dem Ruder gelaufen. Wir sind erwachsen und übernehmen die Verantwortung für das, was wir getan haben. Also lassen wir es einfach hinter uns, okay?"

„Ich kann nicht zulassen, dass es etwas bedeutet, Abigail. Verdammt, es darf nicht sein, dass du mir etwas bedeutest."

Ein tiefer Schmerz flackerte in Abigails Augen auf. Jake sah, wie schwer sie seine Worte getroffen hatten. Sie weinte nicht, diese Blöße würde sie sich niemals geben, das wusste er. Abigail Nichols war zu stark, um zu weinen, doch der Schmerz lag unverkennbar in ihren Augen und Jake kam sich wie ein Mistkerl vor, weil er die Ursache dafür war.

Wie gern hätte er ihr den Schmerz genommen und ihr gesagt, dass alles gut werden würde. Doch das konnte und durfte er nicht tun. Nicht für Abigail Nichols. Und nicht einmal für sich selbst.

Jake fand abermals keinen Schlaf. Er verbrachte die Stunden bis zum Tagesanbruch damit, von Fenster zu Fenster zu gehen und Ausschau nach dem Schützen zu halten und gleichzeitig über all die Fehler nachzudenken, die er in den vergangenen vierundzwanzig Stunden begangen hatte. Dabei versuchte er Abigail und die Erinnerungen an ihr kurzes erotisches Intermezzo auszublenden.

Er hatte eine Grenze überschritten. Nicht nur eine Grenze beruflicher Moral, sondern auch eine ganz persönliche. Nach den Erfahrungen mit Elaine hätte ihm das nicht mehr passieren dürfen. Elaine hatte ihren weiblichen Charme und ihren Sohn benutzt, um Jakes Herz zu erobern. Er hatte sie so nah an sich herangelassen, dass er die unheilvollen Zeichen nicht mehr erkennen konnte. Er hatte sich kompromittiert und war sich untreu geworden. Und dann hatte sie sein Herz zerstört.

Wie konnte er überhaupt daran denken, diesen Fehler noch einmal zu begehen? Abigail war eine entflohene Strafgefangene, die ihn mit ihrem Körper bezirzte und ihn mit einer wahnwitzigen Geschichte über Organhandel und korrupte Ärzte von ihrer Unschuld überzeugen wollte. Sie versuchte geschickt, ihn zu manipulieren. Warum um alles in der Welt *glaubte* er ihr? Warum konnte er nicht das einzig Richtige tun, die andere Wange hinhalten und das Rechtssystem seine Arbeit machen lassen?

Weil es dich voll erwischt hat, Jake Madigan, genau wie damals bei Elaine. Und wohin hat dich das gebracht?

Es war egal, wie er für Abigail empfand, er würde sie zurückbringen müssen. Doch obwohl es die einzig richtige, vernünftige Entscheidung war, fühlte er sich dabei schlecht.

Und er konnte nicht verstehen, warum es ihm mit der Entscheidung nicht besser ging.

Der Morgen brach an und versprach einen strahlend blauen Himmel voller Sonnenschein und Temperaturen knapp unterhalb des Gefrierpunktes. Der Wind hatte sich endlich gelegt und Jake hoffte inbrünstig, dass sich Tony Colorosa und der Rest des RMSAR-Teams endlich auf die Suche nach ihnen begeben würden.

Er kochte Kaffee, weckte Abigail und reichte ihr einen dampfenden Becher. Sie sah so schön aus, wie sie da so eingerollt in ihren Schlafsack lag. Er unterdrückte jeden Drang, sie zu berühren. Mit derselben kühlen Professionalität, mit der er sonst Strafgefangene behandelte, teilte er ihr mit, dass sie in fünfzehn Minuten aufbrechen würden.

Um acht Uhr saßen sie schon lange im Sattel und ritten ostwärts auf die nächste Ranger-Station zu. Da Jake noch immer mit Angriffen des Scharfschützen rechnete, wählte er einen Nebenpfad im Schutz von Espen, Kiefern und felsigen Gebirgskämmen, der für ein Schneemobil völlig ungeeignet war. Dadurch würde sich ihr Weg bis zum Ziel zwar deutlich verlängern, aber sie waren vor Überfällen nahezu geschützt.

„Wann werden wir unser Ziel erreichen?“, fragte Abigail.

Jake spürte wieder dieses vertraute Ziehen in seiner Brust. Abigail hatte ein Band gefunden und ihr Haar zurückgebunden. Der Zopf stand ihr ausgesprochen gut. Ihre hohen Wangenknochen waren in der Kälte rosa angelaufen. Ihre Augenbrauen zeichneten sich dünn und dunkel über den veilchenblauen Augen ab. Diese Frau war einfach unvergesslich schön und ihr Bild würde Jake für lange, lange Zeit begleiten.

„Wir sollten es bis zum Abend geschafft haben", sagte er. „Wenn der Schnee uns nicht zu sehr aufhält."

„Es sieht nicht so aus, als würde dieser Pfad häufig benutzt."

„Aber der andere Weg ist zu ungeschützt."

Abigail erblasste und blickte sich ängstlich um. Für einen Moment wirkte sie wie ein gehetztes Tier, unwillkürlich griff sie nach der Beule an ihrer Schläfe. Jake hasste es zu wissen, dass jemand Abigail nach dem Leben trachtete. Er gab es zwar nur ungern zu, aber sie hatte seinen Beschützerinstinkt geweckt.

Wie wirst du dich fühlen, wenn du sie dem Department of Corrections übergibst, du Ass?

Er verzog das Gesicht. Das Gefängnis war kein Ort für eine Frau wie Abigail. Es würde sie ganz langsam zu Grunde richten, und diese Vorstellung quälte ihn. Die meisten Kriminellen, die er ins Gefängnis brachte, hatten ihren Aufenthalt dort verdient. Sie waren abgebrüht, eiskalt und gewalttätig. Abigail war anders. Sie war ausgesprochen sanft, was sie allzu menschlich machte, und sie war verletzbar, was sie allerdings gut hinter einer harten Schale verbarg. Jake konnte sich nicht vorstellen, dass sie jemandem etwas angetan hatte. Und trotzdem war er hier und brachte sie zurück.

Jake fühlte sich schuldig. Er wusste nicht genau, wann es passiert war, aber er war zu dem Schluss gekommen, dass Abigail unschuldig war. Selbst wenn sie dem Patienten eine falsche Spritze verabreicht haben sollte, war es ein Unfall. Das sagte ihm sein Bauchgefühl. Etwas an dieser Geschichte stimmte ganz und gar nicht. Und auch wenn Jake es nicht glauben wollte, sein Instinkt sagte ihm, dass dieses Etwas mit einem Dr. Jonathan Reed am Mercy General Hospital in Denver zusammenhing.

„Ich habe noch einmal über deinen Fall nachgedacht", sagte er.

Sie schwieg.

„Du hast mir so viel erzählt, dass ich weiß, dass die Anklage lückenhaft war." Als sie immer noch nichts sagte, stoppte er Brandywine und wartete, bis Abigail neben ihm stand. „Ich habe überlegt, dass ich gern einen Blick in deine Akte werfen würde, wenn wir wieder zurück sind, und die eine oder andere Sache überprüfen."

„Du fühlst dich doch nur schuldig wegen dem, was in der Hütte passiert ist."

Jake sah sie wütend an. „Das hat damit nichts zu tun."

„Sag nichts, was du später bereuen wirst. Nur weil wir, weil wir …", sie schluckte.

„Das hat nichts damit zu tun, was letzte Nacht zwischen uns passiert ist."

Sie musterte ihn boshaft. „Du fühlst dich schuldig."

„Du hast verdammt recht. Ich fühle mich schuldig."

„Weil du dich einer Gefangenen unangemessen genähert hast? Du willst mich doch nur beschwichtigen, damit niemand davon erfährt."

Jake grummelte.

„Verzeih mir, aber ich glaube dir kein Wort."

„Sieh mal, Abigail, du hast mir ein paar Dinge erzählt, die einfach noch mal überprüft werden müssen." Als sie Rebel Yell nicht stoppte, schnappte sich Jake das Führungsseil des Maultiers und hielt beide Tiere an. „Hör mir zu."

„Um Gottes willen, Jake, mach mir keine Hoffnungen." Zum ersten Mal schwang eine Emotion in ihrer Stimme mit. Sie traf Jake völlig unerwartet. „Bitte", sagte sie. „Versprich nichts, was du nicht halten kannst. Ich kann keine weiteren Enttäuschungen mehr verkraften."

„Abigail!"

„Wenn du das Richtige tun willst, dann lass mich gehen."

„Das kann ich nicht."

„Dann werde ich sterben, sobald ich zurück bin."

Jake erschrak. „Ich werde dafür sorgen, dass du gut bewacht wirst."

„Wie großzügig von dir. Eine Vierundzwanzig-Stunden-Bewachung klingt überaus verlockend!"

„Die Polizei wird überall nach dir suchen. Wenn ich dich nicht zurückbringe, wird es jemand anders tun."

„Ich werde mich nicht erwischen lassen."

„Du bist erschöpft, du hast keine Vorräte mehr, kein Geld, du wirst nicht weit kommen."

„Du könntest mir einen Vorsprung geben."

Jake lachte bitter auf. „Und für den Fall, dass du es vergessen hast, hier läuft ein Scharfschütze frei herum, der dich offenbar nicht gerne lebend sieht."

„Das Risiko gehe ich ein."

„Schalt deinen Verstand ein, Abigail. Regle das über das Rechtssystem. Ich werde dir helfen!"

„Ach, scher dich zum Teufel."

„Das ist nichts Persönliches, Abigail."

„Für mich schon. Ich nehme es sehr persönlich, wenn man mir das Leben rettet."

Jake fuhr sich mit der Hand übers Gesicht. Er rang um Geduld. Er war nicht sicher, wie er mit all der Bitterkeit und dem Schmerz umgehen sollte. „Abigail!"

Abigail ignorierte ihn und starrte stur geradeaus. Was wollte sie von ihm hören? Großer Gott, wer wusste schon, was im Kopf einer Frau vor sich ging? Er ganz sicher nicht.

„Verstehst du das?", fragte er.

„Oh ja. Ich hab Sie verstanden, Cop."

Sie ritten weiter durch den tiefen Schnee. Eine knisternde Spannung lag zwischen ihnen. In den letzten paar Tagen hatte es Jake oft genervt, dass sich Abigail so gern unterhielt. Nun fehlten ihm plötzlich ihre Schlaumeier-Kommentare, ihre trockenen Witze und ihr Sinn für Humor. Er hasste es, dass sie so mutlos war.

Aber was sollte er tun? Er konzentrierte sich auf das Pferd, um schnell voranzukommen. Er suchte die Gebirgskämme ringsum nach Anzeichen für einen Scharfschützen ab. Jake war nicht wohl dabei, über freies Gelände zu reiten. An einigen Stellen öffnete sich der Pfad und bot ein ideales Schussfeld. Bei dem Gedanken sträubten sich ihm die Nackenhaare.

Zwei Stunden später stoppte er Brandywine neben dem Maultier. „Bist du hungrig?"

„Nein."

„Du bist so still."

„Ich denke nicht, dass es noch etwas zu sagen gibt." Sie sah Jake kühl an und er wünschte, sie hätte es nicht getan. Denn der Kummer in ihren Augen versetzte ihm einen Stich.

„Aber eines möchte ich noch wissen", sagte sie.

„Was?"

„Ich muss wissen, ob du mir glaubst."

„Abigail!" Er seufzte, nicht sicher, was er als Nächstes sagen sollte.

Sie wandte den Kopf schnell wieder ab. „Ist schon gut."

„Das ist nicht fair", sagte er lahm.

Sie hob die Hand und brachte ihn zum Schweigen. „Das reicht. Das sagt mir alles, was ich wissen muss. Vergiss es, okay?"

„Das ist nicht so einfach."

„Doch, Jake, das ist es. Es ist unendlich einfach. Entweder du glaubst mir oder du glaubst mir nicht. Und offenbar glaubst du mir nicht", sagte sie gefasst. „Ich kann das akzeptieren. Nach allem, was passiert ist, musste ich es einfach wissen."

„Abigail, ich …", er rang nach Worten.

„Sag bitte nichts mehr."

„Hör mal, ob ich dir glaube, ist nicht das Problem."

„Was ist denn dann das Problem?"

„Dass ich dir tatsächlich glaube, aber nicht die geringste Ahnung habe, was ich damit anfangen soll!"

Abigail starrte ihn fassungslos an. Tränen schimmerten in ihren Augen wie flüssige blaue Edelsteine, und dann brach sie einfach zusammen. Sie ließ ihr Gesicht in die Hände sinken und begann hemmungslos zu weinen. Es war das erste Mal, dass sie in Jakes Gegenwart Schwäche zeigte. Ihre Verzweiflung ließ sein Blut in den Adern gefrieren.

„Wenn du mich zurückbringst, ist es vorbei", schluchzte sie. „Das kann ich dir nicht erlauben."

„Ich sorge dafür, dass man dich vor diesen Kerlen beschützt. Wer auch immer dir wehzutun versucht."

„Nimm's mir nicht übel, aber mein Vertrauen in den Strafvollzug ist angeschlagen."

„Ich habe Kontakte zu verschiedenen Polizeibehörden. Diese Jungs sind schlau, sie kennen sich aus. Hölle noch mal, ich werde selbst einen Blick in deine Akte werfen. Ich werde alles tun, was in meiner Macht steht, um …"

„Lass mich gehen, Jake."

„Das kann ich nicht."

„Verdammt!"

„Du kannst hier oben im Hochland nicht allein überleben! Schau dir an, mit welchen Problemen wir zu kämpfen haben, seit wir hier oben sind. Der Sturm, die Kälte, dein Einbrechen ins Eis, der Scharfschütze. Ich bin hier oben, seit ich laufen kann, aber du findest dich hier nicht zurecht. Du hast überhaupt keine Ausrüstung, du hast keine Vorräte, ja, du besitzt noch nicht einmal einen Kompass. Wenn dich ein Sturm überrascht, kommst du hier nicht mehr lebend raus."

„Ich würde lieber sterben als zurückkehren!"

Wütend zeigte er mit dem Finger auf sie. „Das will ich nicht noch mal hören."

„Warum nicht? Ich bin so oder so tot. Hier oben habe ich wenigstens eine Außenseiterchance, wenn du mich zurücklässt."

Der Gedanke, dass sie einen solch nutzlosen, sinnlosen Tod sterben würde, widerte ihn an. „Dieses Risiko gehe ich nicht ein."

„Wenn du mich zurückbringst, hast du es nicht mehr in der Hand."

Jake spürte einen Schlag in der Magenkuhle. „Ich kenne mich aus, Abigail. Ich werde mit dem Department of Corrections sprechen. Ich werde …"

„Denkst du wirklich, die Polizisten werden dir nach alldem noch glauben? Sie müssen uns nur ansehen, und dann wird es Anschuldigungen hageln."

Vermutlich hatte sie recht. Ein männlicher Officer und eine weibliche Strafgefangene auf der Flucht, zwei Tage im Schnee in einer Hütte eingeschlossen, boten ideales Futter für jedermanns Fantasie. „Sie wissen nicht, was zwischen uns passiert ist." Wie das klang!

„Und ich werde dich auch nicht daran hindern, es zu erzählen", sagte er ruhig. „Du musst mich nicht schützen, denn ich habe mich eindeutig danebenbenommen."

„Hör auf, so verdammt ehrenhaft zu sein!"

Er konnte nichts Ehrenhaftes an seinem Verhalten der letzten anderthalb Tage erkennen.

„Jake", sagte sie ruhig, „in dem Augenblick, in dem du für mich sprichst, rufst du eine ganz bestimmte Reaktion bei den Leuten hervor." Sie knetete ihre Hände. „Sag mir nicht, dass niemand voreilig Schlüsse daraus ziehen wird, dass wir zwei Tage zusammen in dieser Hütte verbracht haben."

Abigail lag vermutlich richtig. Doch Jake hasste diesen Gedanken mehr als alles andere. Er nahm seinen Hut ab, fuhr sich mit den Fingern durchs Haar und fluchte.

Was für ein Schlamassel.

Er wollte gerade vorschlagen, dass sie weiterreiten und die Sache unterwegs besprechen sollten, als ihn ein stechender Schmerz links knapp unterhalb des Brustkorbes durchzuckte. Jake ächzte, der Aufprall stieß ihn beinahe aus dem Sattel. Einen Augenblick später hallte ein Gewehrschuss wie zur Antwort durch die Stille.

Jake hörte, wie ihm Abigail etwas zurief. Er blickte an sich hinunter und sah den Riss in seinem Duster Coat. Darunter quoll langsam Blut hervor. Zur Hölle, dachte er dumpf, man hatte ihn angeschossen.

Hoch oben am Gebirgskamm glaubte er eine Bewegung zu sehen. Er zog das Gewehr aus seinem Holster. Er zielte, biss die Zähne zusammen und feuerte in schneller Folge zwei Schüsse ab.

Er hörte, wie Abigail das Maultier näher trieb. „Jake!", schrie sie. „Mein Gott, du blutest!"

„Ich bin in Ordnung." Er winkte ihr zu und zeigte auf die Baumreihe neben dem Pfad. „Geh in Deckung!"

Doch sie hörte nicht auf ihn. Also trieb Jake Brandywine voran. Er griff Rebel Yells Führungsseil und zog das Maultier mit.

„Halt durch!" Jake hielt sich die Seite. Er führte sie eine tückisch abschüssige Schlucht hinunter, auf ein Espenwäldchen zu und betete, dass die Schusswunde in seiner Seite nicht so schlimm war, wie sie sich anfühlte.

11. KAPITEL

Abigail war medizinische Extremsituationen gewohnt. Sie hatte mehr als vier Jahre in der Notaufnahme des Mercy General Hospital gearbeitet und dort alle möglichen Arten von Verletzungen gesehen. Einschließlich einer Schusswunde, die sich ein örtlicher Polizist bei einem Schusswechsel mit einem mutmaßlichen Räuber zugezogen hatte. Jakes Verwundung dürfte sie daher eigentlich nicht überraschen.

Und doch geriet Abigail in Panik. Sie schmeckte sie in ihrer Kehle wie den bitteren Nachgeschmack einer üblen Medizin. Zumindest hatte sie den Ritt an der Wand dieser verfluchten Schlucht hinab überlebt. Jake ging offenbar davon aus, dass sie sich im Kunstreiten verstand, so wie er die Tiere diesen tückischen Abhang hinunterführte. Als sie von Rebel Yell heruntterglitt, schwor sie sich, Jake umzubringen, sobald sie aus diesem Schlamassel herauskamen.

Er war bereits vom Pferd gestiegen und band die Zügel an dem niedrigen Ast einer Kiefer fest. Obwohl er ihr den Rücken zukehrte, hörte sie ihn leise fluchen.

„Hurensohn."

„Lass mich die Wunde sehen", sagte sie und trat hinter ihn.

Murrend drehte er sich zu ihr um. Abigail erschrak, als sie die Schweißtropfen auf seiner Stirn sah.

„Ich denke, er hat mich nur gestreift", stöhnte er. „Aber es tut höllisch weh."

„Lass mich mal sehen."

Er ging gebeugt zu einer umgestürzten Pinyon-Kiefer hinüber und lehnte sich gegen den knorrigen Stamm. Abigail folgte ihm. „Zeig mir die Wunde", sagte sie.

Jake riss mit einem Ruck seinen Staubmantel und die Jacke herunter, dann zog er sein Hemd aus den Jeans. „Verdammt, das brennt!"

„Das haben Kugeln so an sich, sobald sie in den Körper eindringen."

Er funkelte sie finster an. „Ich habe mich schon gefragt, wann du wieder zu schlaumeiern beginnst."

„Versuch nicht an den Schmerz zu denken." Abigail hob sein Hemd an, blickte kurz auf die Wunde hinunter und schluckte heftig. Die Kugel hatte einen längeren Riss knapp über Jakes unterster Rippe gezogen. Er würde dringend genäht werden müssen, aber es sah nicht danach aus, als ob die Kugel noch in Jakes Körper steckte. Natürlich konnte die Rippe gebrochen sein.

„Es ist nur ein Streifschuss“, sagte sie.

„Ich Glückspilz.“

„Die Wunde blutet ziemlich stark, aber ich glaube nicht, dass sie lebensbedrohlich ist.“

„Dann geht es ja wieder aufwärts“, knurrte er durch die zusammengebissenen Zähne.

Ihre Hände zitterten, als sie begann, sein Hemd aufzuknöpfen. Dabei versuchte sie jeden Blickkontakt zu vermeiden, doch sie spürte, wie er sie beobachtete. Ihr Herz pochte bis zum Hals. Waren es die letzten Ausläufer des Adrenalins oder lag es vielleicht an Jakes Nähe, dass sie so nervös war?

„Ich muss die Blutung stoppen“, sagte sie.

„Verliere ich viel Blut?“

„Mehr als genug. Wir werden nähen müssen. Wo ist die Erste-Hilfe-Tasche?“

„Satteltasche. Rechte Seite.“

Abigail stand auf, lief zu Brandywine hinüber und riss die Satteltasche auf. Sie nahm die Notfalltasche heraus und ging zurück zu Jake. „Das wird wahrscheinlich wehtun.“

„Es tut jetzt schon weh.“

„Dann wird es eben noch ein bisschen mehr wehtun. Ich muss direkten Druck ausüben, um die Blutung zu stoppen. Die Kugel ist von deiner Rippe abgeprallt. Die Rippe könnte angebrochen oder sogar gebrochen sein.“

„Das hat mir gerade noch gefehlt.“

Abigail riss die Hülle einer sterilen Gaze auf, legte sie auf die Wunde und drückte sie mit der Handfläche herunter.

Jake stöhnte auf. „Willst du mich veräppeln?“, stieß er wütend hervor.

„Tut mir leid. Die Rippe?“

Er bewegte ruckartig den Kopf. „Ja.“

Sie hasste es, ihm Schmerzen zuzufügen, aber sie waren beide Profis genug, um zu wissen, dass dies die einzige Möglichkeit war, die Blutung zu stoppen. „Das sollte nur ein paar Minuten dauern.“

„Lass dir Zeit“, zischte er.

Abigail versuchte, den Reiz seines nackten, muskulösen Bauchs zu ignorieren und auch ihre Reaktion darauf, und behielt den Druck für einige Minuten bei. Sein Bauch fühlte sich einladend hart unter ihren Fingern an. Sie musterte Jake aus dem Augenwinkel. Er lehnte gegen den Baum und hatte den Arm gehoben, damit sie besser an seine Wunde kam. Sein Oberkörper war trotz der Kälte hier draußen schweißnass. Jake stand unter Strom. Er blickte alle dreißig Sekunden über die Schulter zum Pfad hinauf.

„Ich frage mich die ganze Zeit, wie uns dieser Typ gefunden hat", sagte er.

Abigail hob die Gaze an und untersuchte die Wunde. Zu ihrer großen Erleichterung ließ die Blutung langsam nach. „Ich desinfiziere sie jetzt, okay?"

Jake nickte, aber sein Blick lag immer noch auf dem Bergkamm im Norden. „Wie kann uns dieser Typ finden, das RMSAR-Team aber nicht? Wie macht er das bloß?"

Er verzog das Gesicht, als Abigail das Antiseptikum auf die Wunde gab. Sie versuchte nicht darauf zu achten, wie sich seine Muskeln unter ihrer Hand anspannten. Auch den feinen Bogen dünner schwarzer Haare, der an seinem Waschbrettbauch hinunterlief und in der tief sitzenden Jeans verschwand, würdigte sie keines Blickes. Dennoch waren all ihre Sinne auf Jake gerichtet. Sie genoss seine Nähe und seinen Duft. Ihre Haut kribbelte bei dem Gedanken daran, dass er sie besinnungslos küssen könnte.

„Ich verstehe das nicht", sagte er. „Die einzigen Menschen, die wussten, dass ich auf diesem Weg heraufkomme, um nach dir zu suchen, waren die Teilnehmer unserer Lagebesprechung."

„Ja?" Abigail befestigte eine Bandage über der Wunde. „Und wer war das?"

„Buzz Malone. Er ist unser Teamleiter, dann zwei Sanitäter und Tony Colorosa, unser Hubschrauberpilot." Er überlegte. „Und dann noch zwei Anzugträger vom Department of Corrections."

Abigail spürte einen Eishauch den Rücken herunter prickeln. Und diese Kälte hatte nichts mit den Temperaturen hier draußen zu tun. Konnte es sein, dass jemand in einflussreicher Position im Department nicht wollte, dass sie die Ranger-Station lebend erreichte?

Sie zog Jakes Hemd hinunter und blickte auf. Er sah sie scharf an. „Irgendeine Idee, was da vor sich gehen könnte?"

„Ich weiß es nicht", sagte sie langsam.

„Jonathan Reed ist doch Arzt, oder?"

Ihr Puls schnellte hoch, als er den Namen erwähnte. „Chirurg."

„Er hat gute Beziehungen?"

Sie nickte. „Er ist Philanthrop und Wohltäter. Charismatisch. Und sehr wohlhabend."

„Mit Geld kann man eine Menge kaufen."

„Einschließlich Menschen, aber was willst du damit sagen?"

„Ich denke nur laut."

„Du glaubst, dass Jonathan Reed hinter alldem steckt, oder?"

„Du nicht?"

Sie überlegte. „Ich denke, er weiß, dass ich hinter seine Machenschaften gekommen bin. Ich kann ja leider meinen Mund nicht halten. Ich habe es jedem erzählt, der es hören wollte."

„Was man dir nicht vorwerfen kann." Jake betrachtete sie nachdenklich. „Lass uns noch einmal über den illegalen Organhandel nachdenken."

„Gut."

„Wer sind Reeds Kunden, rein hypothetisch gesprochen?"

„Wohlhabende Leute aus aller Welt. Leute, die für sich oder für ihre Kinder ein gesundes Organ brauchen. Viele stehen bereits auf einer Warteliste, aber es gibt nicht genügend Spender. Ich meine, auf legalem Weg spielt Geld letzten Endes keine Rolle, wenn du auf ein Herz, auf Nieren oder eine Leber wartest. Auf den offiziellen Wartelisten sind alle Menschen relativ gleichberechtigt. Zumindest, was das Geld anbelangt. Das Alter wird manchmal mitberücksichtigt."

„Es gibt also eine Spenderliste", sagte Jake, „aber weil es nicht genügend Spenden gibt, sterben die Leute auf der Liste manchmal, bevor das lebensrettende Organ verfügbar ist."

„Vielleicht hat Reed einen Weg gefunden, das kleine Problem zu umgehen." Bei dem Gedanken wurde Abigail schlecht. Die landesweiten Organspende-Programme waren unverzichtbar und lebensrettend und sie wurden von großzügigen Menschen ermöglicht, die sich als Spender registrieren ließen. Dass Jonathan Reed ein so ehrenwertes Programm nahm und es für Geld und dergleichen besudelte, empörte sie.

Sie erstarrte. „Wenn wir es nicht zurück schaffen, wird man es nie erfahren."

„Wir werden es zurück schaffen."

Sie fragte sich, woher er seine Gewissheit angesichts der Verletzung nahm. „Fortuna zeigt sich manchmal von ihrer schlechtesten Seite, Jake. Das musste ich im vergangenen Jahr zu oft erleben."

„Ich zeige auch gern einmal meine schlechteste Seite", erwiderte er. „Und glaub mir, das möchtest du nicht erleben."

Abigail blickte suchend in den Himmel. „Glaubst du, deine Freunde vom Such- und Rettungsdienst halten Ausschau nach uns?"

„Zweifellos. Der Hubschrauber ist oben. Der Geländewagen vielleicht auch etwas weiter unten, aber der Schnee hält sie auf. Trotzdem, du kannst dich darauf verlassen, dass sie uns suchen."

„Es tut mir leid, dass ich dein Funkgerät zerstört habe. Das war wirklich dumm."

Er sah sie ruhig an. „Wenn du es nicht getan hättest, säßest du jetzt in einer Zwei-mal-zwei-Meter-Zelle und niemand würde jemals die Wahrheit über Jonathan Reed erfahren."

Beim Gedanken an die Gefängniszelle wurde ihr schlecht. Sie wollte nicht darüber nachdenken.

Dann erst begriff sie, was er gerade gesagt hatte. Sie sah ihn fragend an.

Jake schien ihre Gedanken zu lesen, denn er lächelte. „Du hast dich in mir geirrt."

„Ich bin wohl eher verwirrt, Jake. Ich weiß echt nicht, woran ich bei dir bin."

„Ich glaube dir, was du über Reed erzählt hast", sagte er. „Ich glaube dir alles. Die einzige Frage, die bleibt, ist, wie wir damit umgehen."

Abigail war nicht nah am Wasser gebaut, selbst vor diesem ganzen Durcheinander in ihrem Leben hatte sie selten geweint, doch als sie Jakes Worte in sich aufnahm, brannten Tränen in ihren Augen. Sie blinzelte rasch, um sie zu unterdrücken, doch sie kullerten bereits über ihre Wangen.

Jake zog einen seiner Handschuhe aus und strich eine Träne mit dem Daumen fort. „Das sollte eigentlich eine gute Nachricht sein."

„Ist es auch."

„Dann wein bitte nicht. Das macht mich fertig."

„Lass es dir nicht zu sehr an die Nieren gehen. Du bist gerade erst angeschossen worden."

Er lächelte gequält. „Ich werde es beherzigen."

Sie trocknete ihre Tränen mit dem Ärmel ihres Duster Coats. „Ich weiß nicht, was das alles für uns bedeutet, Jake."

„Es bedeutet, dass wir ein riesiges Problem haben."

Sie spürte einen Stich in ihrem Herzen. Eine weitere Träne glitt ihre Wange hinab und er fing sie mit den Rückseiten seiner Finger auf. „Ich kann dir helfen und ich werde mein Bestes geben. Egal was auch passiert, ich will, dass du mir das glaubst, okay?"

Die Enttäuschung schmerzte, auch wenn Abigail keinen Grund hatte, enttäuscht zu sein. Jake würde ihr helfen. Er war Polizist. Nur weil sie sich für eine verrückte Sekunde nach mehr gesehnt hatte, hieß das nicht, dass sie es auch bekam.

Abigail wollte keine Versprechungen mehr. Sie wurden am Ende immer gebrochen. Das hatte Jonathan Reed sie gelehrt.

„Was machen wir jetzt?“, fragte sie zitternd.

Jake trat einen Schritt zurück und zog seinen Handschuh wieder über. „Erst einmal müssen wir zusehen, wie wir diesem Schützen entkommen.“

„Klingt vernünftig. Aber wie stellen wir das an?“

„Wir schlagen den Weg Richtung Süden ein. Dort ist das Gelände unwegsam und rau. Dadurch brauchen wir noch etwas länger, aber die Tiere sind erfahrene Wanderer. Unser Verfolger ist auf einem Schneemobil unterwegs. Damit ist er zwar schnell, aber nicht zu überhören.“

„Was ist mit Essen?“

„Wir haben nur noch zwei Proteinriegel.“ Er runzelte die Stirn. „Wir müssen darauf achten, viel zu trinken. Wir sind hier auf etwa zweitausendsiebenhundert Metern Höhe. Da läuft man schnell Gefahr, zu dehydrieren.“

„Gut.“

Er sah sie eindringlich an. „Sollte das Wetter umschlagen, wird es ernst, Abigail.“

Als sie die Besorgnis in seinen Augen sah, wurde ihr etwas mulmig zumute. Er sorgte sich nicht um sich, nein, er sorgte sich um sie. Sie konnte sich nicht daran erinnern, wann sich, abgesehen von Grams, jemand zuletzt um sie gesorgt hatte. Und ganz sicher war es kein Mann. „Das Wetter wird halten“, sagte sie.

„Was macht dich so sicher?“

„Ich denke, wir haben schon unser ganzes Pech aufgebraucht.“

Er lachte leise. „Das habe ich auch gerade gedacht.“

„Wie lange werden wir bis zur Ranger-Station brauchen?“

„Bis morgen früh.“

„Kannst du reiten?“

„Kein Problem. Ich habe Rippen aus Stahl.“ Er streckte sich, doch Abigail konnte sehen, wie schwer es ihm fiel, nicht das Gesicht zu verziehen. Abigail wusste, dass die Schussverletzung, selbst wenn sie nicht lebensbedrohlich war, starke Schmerzen verursachte. Es würde nicht leicht für ihn werden, auf dem Pferd durch raues Gelände und hüfthohen Schnee zu reiten.

„Du wirst ein Antibiotikum brauchen“, sagte sie. „Vielleicht eine Tetanus-Spritze.“

„Das kann warten.“ Er blickte zum Himmel hinauf. „Vielleicht haben wir Glück und sehen den Hubschrauber. Ich habe ein paar Leuchtraketen.“

„In der Satteltasche?“

Er ging zu der Satteltasche hinüber und nahm eine zylinderförmige Leuchtrakete heraus. „Halt die Rakete einfach genau in der Mitte fest, so.“ Er zeigte es ihr. „Und dann schlägst du die Spitze gegen einen Baum oder einen Felsen. Ein Ende wird brennen und wie verrückt zu rauchen beginnen.“

„Ich werde es mir merken.“

„Dann lass uns zusehen, dass wir Zeit aufholen.“

Jake roch es, bevor er den aufsteigenden Dampf sah und das Gurgeln des Wassers hörte.

„Was um alles in der Welt stinkt hier so?“, fragte Abigail.

Er hielt sein Pferd an und spähte in die zunehmende Dunkelheit. „Schwefel“, antwortete er.

Sie stoppte das Maultier neben Brandywine und blickte suchend in Richtung der Bäume. „Schwefel?“

Jake nickte. Seit fast vier Stunden ritten sie durch raues Gelände und tiefen Schnee. Doch obwohl Abigail erschöpft und verängstigt war und fror, war sie unglaublich schön. Ihre Haare hatten sich während des Ritts aus dem Zopfband gelöst und ringelten sich wieder wie Sprungfedern um ihre Schultern. Die Müdigkeit hatte dunkle Schatten auf die zarte Haut unterhalb ihrer Augen gelegt, aber ihre Augen selbst funkelten wach und lebendig. Es machte den Großteil ihrer Anziehungskraft aus. Jake hatte sich während des Nachmittags immer wieder dabei ertappt, wie er Abigail ansah. Er fragte sich, wer sie wohl einmal geliebt hatte. Und ob Abigail diese Gefühle erwidert hatte.

Mit gnadenloser Präzision verdrängte Jake den Gedanken schnell wieder. Er führte Brandywine auf eine kleine Lichtung, die von hervorspringenden Felsen und Pinyon-Kiefern umsäumt war. Unweit eines Vorsprungs aus zerklüftetem Granit stieg Nebel wie von Geisterhand aus der Erde auf.

„Ich komme mir vor, als würde ich in einen Zauberwald reiten“, sagte Abigail. „Was ist das?“

Er grinste. Er konnte es selbst beinahe nicht glauben. „Eine heiße Quelle."

„So etwas habe ich noch nie gesehen." Staunend betrachtete sie das brodelnde Wasser und die dichte, wabernde Nebelbank darüber. „Es wirkt so unwirklich."

„Es gibt etliche heiße Quellen in der Gegend. Nicht weit von Aspen befindet sich auch eine. Sie zieht das ganze Jahr über Touristen aus aller Welt an."

„Können wir darin baden?"

„Wenn das Wasser nicht zu heiß ist."

Sie konnte den Blick nicht von dem aufsteigenden Dampf wenden. „Ich weiß nichts darüber."

„Ich weiß ja nicht, wie es dir geht, aber ich bin in meinem ganzen Leben noch nie so froh gewesen, heißes Wasser zu sehen." Jake drehte sich im Sattel um und grinste. „Du wirst es lieben."

Um die Wunde an seiner Seite nicht aufzureißen, nutzte er einen Steigbügel, um vom Pferd abzusteigen. Er band Brandywine an eine stämmige Küsten-Kiefer, lockerte den Sattelgurt und ging dann auf den brodelnden Teich zu. „Ein paar junge Park-Ranger haben sich vor einigen Jahren ernsthaft verbrannt, als sie in Yellowstone in eine heiße Quelle sprangen."

„Wie schrecklich."

„Wir werden ein bisschen vorsichtiger sein." Er konnte die Hitze der Quelle spüren. Nach zwei Tagen und Nächten im Schnee und auf dem Pferd sehnte er sich nach einem kurzen Bad.

„Wie willst du herausbekommen, wie warm das Wasser wirklich ist?", fragte sie. „Wir frieren beide. Du weißt, was mit den Empfindungen eines Menschen passiert, wenn er längere Zeit der Kälte ausgesetzt ist."

Er erinnerte sich an die Erste-Hilfe-Tasche, ging wieder zu Brandywine hinüber, öffnete die Satteltasche und nahm ein Thermometer heraus. „Ich wusste, dass ich es eines Tages brauchen würde."

Abigail rutschte aus dem Sattel. Sie schob das Führungsseil über den Kopf des Maultieres und band es neben Brandywine an den Baum. Wie Abigail wohl aussehen würde, wenn sie nackt mit all dem wilden Haar ins heiße Mineralwasser tauchte?

Er wandte sich ab und ging mit großen Schritten zur Quelle. Der warme Dampf fühlte sich auf seinem kalten, spröden Gesicht einfach himmlisch an. Er hockte sich hin und tauchte das Thermometer ins

Wasser. „Wenn das Wasser unter achtunddreißig Grad warm ist, dürfte gegen ein Bad nichts einzuwenden sein."

Abigail trat zu ihm. Ihr Bein stand direkt neben seinem Gesicht. Er erinnerte sich noch genau an jenen Moment, als er es das erste Mal nackt gesehen hatte. Abigails Beine waren lang und schlank und wohlgeformt. Er wollte die Hand heben und sie berühren, aber er wagte es nicht.

Er zog das Thermometer aus dem Wasser und grinste. „Dreiunddreißig Grad."

„Das heißt, wir können baden?"

Er stand wieder auf. „Wir können noch viel mehr tun."

Die Worte hingen bedeutungsschwer zwischen ihnen. Abigail riss die Augen auf und Jake begriff, dass seine Worte ganz anders als beabsichtigt angekommen waren. Er räusperte sich verlegen. „Ich wollte damit sagen, dass wir im heißen Wasser auch etwas Schnee für die Pferde schmelzen und ihn dazu verwenden können, unseren Wassersack wieder aufzufüllen."

„Ja, klar. Ich meine, ich weiß, was du meintest."

„Genau."

„Ja." Sie nickte energisch. „Ähm, kann ich dir irgendwo helfen?"

„Ja. Füll doch bitte den Eimer mit Schnee und verzurre das Seil da oben am Ast, damit wir ihn ins Wasser hängen können. Ich gebe den Tieren derweil das restliche Getreide."

„Aber sie werden morgen hungrig sein."

Ihre Sorge um die Tiere rührte ihn. Nein, Abigail Nichols entsprach ganz und gar nicht dem Profil einer flüchtigen, kaltblütigen Mörderin. Fragte sich nur, was er daraus machte.

Du wirst sie trotzdem zurückbringen, nicht wahr, Kumpel?

Die Frage hatte ihn den ganzen Tag über gequält. Jake versuchte, sich vor sich selbst zu rechtfertigen. Er machte hier nur einen Job, den man ihm aufgetragen hatte, um Gottes willen, doch seine Schuldgefühle, vielleicht auch gemischt mit etwas Lust, spielten ein gefährliches Spiel mit ihm. Der Gedanke beschämte ihn, aber nein, seine Gefühle für Abigail waren rein oberflächlicher Natur. Alles andere könnte er kaum ertragen.

Er wusste, dass er die Sache nur regeln konnte, indem er Abigail zurückbrachte. Es wäre verrückt zu glauben, die Ungereimtheiten ließen sich mitten im Winter aus einem Versteck in den Bergen klären.

„Auch wir werden morgen wohl sehr hungrig sein." Er sah sie stirnrunzelnd an.

Sie zerrte den Eimer von der Satteltasche. Jake las in ihrem Gesicht, dass sie bereits wusste, was er als Nächstes sagen wollte.

„Wir müssen bald weiter", sagte er.

„Durch die Dunkelheit?" Verzweiflung flackerte in ihren Augen auf.

Jake wusste, dass sie auf eine weitere Nacht in Freiheit gehofft hatte und nicht nur auf wenige Stunden. Dieser Auftrag brachte ihn noch um. Aber er hatte keine Wahl, nein, verdammt, die hatte er nicht.

„Die Station des RMSAR ist noch einige Stunden entfernt. Wir werden hier eine Weile rasten, um uns zu waschen und uns auszuruhen, aber wir können nicht über Nacht bleiben. Ich will nicht riskieren, dass wir in schlechtes Wetter geraten oder dass uns der Schütze wieder aufspürt."

Sie sah auf den Eimer hinunter. Seine Worte schienen für sie wie ein Schlag in die Magengrube zu sein. Gott, wie er es hasste, sie zu verletzen. Warum zur Hölle musste das alles hier so schwierig sein? Warum bedeutete diese Frau ihm so viel?

Als Jake begriff, wie sehr ihm Abigail ans Herz gewachsen war, wurde er panisch. Sein Herz klopfte wild bis an seinen Hals. Er versuchte sich einzureden, dass es nur seine Libido war, die da sprach. Immerhin war er ein Mann und Abigail eine sehr attraktive Frau. Sie erregte ihn schon allein, wenn sie in seine Nähe kam. Er musste möglichst unpersönlich bleiben und sie zurückbringen. Das war das einzig Richtige, auch wenn es sein Herz brechen würde.

„Gut", sagte sie schließlich. „Wir reiten heute noch zurück."

„Wir haben keine andere Wahl. Es tut mir leid."

Sie sah ihn schweigend aus großen Augen an, aus denen tiefe Trauer sprach, und Jake fühlte sich wie ein Schwein.

Gott, er hasste das Ganze.

Er nahm ihr den Eimer ab. „Ich werde mich um die Tiere kümmern. Warum schnappst du dir nicht deinen Proteinriegel und gehst schon einmal ins Wasser?"

„Klar. Mach ich. Ich bin wie ausgehungert." Sie hielt inne. „Was ist eigentlich aus diesen Erdnussbutterkeksen geworden?"

Jake räusperte sich verlegen. „Mir ist das Getreide ausgegangen, deshalb habe ich sie an die Tiere verfüttert."

„Die Kekse?"

„Na ja, Brandywine liebt Erdnussbutter."

Sie starrte ihn einen Moment ungläubig an, dann brach sie in schallendes Gelächter aus. Es klang so hell und so klar wie Vogelgesang. Jake genoss diesen Laut. Sie zwinkerte ihm lachend zu und er lächelte zurück. Es war ein so schlichter, ehrlicher Moment, und genau das hatte Jake in den vergangenen beiden Tagen zu lieben gelernt. Genau diese Momente würde er schmerzlich vermissen, wenn dies hier vorbei war.

Abigail fühlte sich unbehaglich, als sie aus ihrem Overall stieg und ihn ein Stück von der Quelle entfernt über den knorrigen Ast eines niedrig wachsenden Wacholders drapierte. Es war zu kalt, um sich wohlzufühlen, und außerdem widersprach es ihrem Anstandsgefühl. Bei Temperaturen unterhalb des Gefrierpunktes ihre Kleider abzulegen, war schon schlimm genug, aber zu wissen, dass sich Jake nur ein paar Meter entfernt um die Tiere kümmerte, war noch schlimmer. Die Quelle war für ihn nicht einsehbar, und im Grunde vertraute sie ihm auch, er war unzweifelhaft ein Gentleman, aber sie misstraute diesem ärgerlichen kleinen Anfall von Sehnsucht, der sie jedes Mal überfiel, sobald sie Jake nur ansah. Und sie misstraute dieser verrückten Ahnung, dass ihre Gefühle für Jake weitaus tiefer waren und sich nicht auf die Sehnsucht ihres Körpers nach Liebe beschränkten.

Es war vollkommen verrückt, sich zu einem Mann wie Jake hingezogen zu fühlen. Er war ein Ehrenmann, der voller Versprechungen steckte und ein unerschütterliches Weltbild von dem besaß, was richtig und was falsch war. Jonathan Reed hatte Abigail eine harte Lektion erteilt und sie hatte sich geschworen, diese auf ewig zu beherzigen. Doch offenbar war der Schmerz über seinen Verrat nicht groß genug, um sie vor Jake zu schützen.

Er war so hartgesotten und kalt wie die Rocky Mountains selbst. Wenn er von etwas überzeugt war, ging er nicht den bequemeren Weg, sondern verfolgte seine Regeln, auch wenn sich diese am Ende als falsch herausstellen würden und Abigail zerstörten. Jake würde sie um jeden Preis ins Gefängnis zurückbringen.

Sie schloss die Augen. In den letzten vierundzwanzig Stunden waren die Dinge komplizierter geworden. Wenn sie entkommen und ihre Unschuld beweisen wollte, würde sie Jake und sein Versprechen, ihr helfen zu wollen, vergessen müssen. Sie hatte den Fehler gemacht und ihm vertraut. Sie hatte geglaubt, er würde ihr helfen. So, wie sie auch Jonathan Reed geglaubt hatte. Nur deshalb war sie jetzt hier.

Nein, sie durfte ihren ursprünglichen Plan nicht aus den Augen verlieren und Jake nicht die Führung überlassen. Sie hatte dem Rechtssystem genügend Möglichkeiten eingeräumt, die Wahrheit ans Licht zu holen, aber Justitia hatte sie im Stich gelassen.

Abigails Leben stand auf dem Spiel. Die Last, ihre Unschuld zu beweisen, ruhte ganz allein auf ihren Schultern. Sie durfte es nicht vermasseln. Sie würde sich in der Quelle nur ein paar Minuten aufwärmen und Kraft tanken und sich dann, sobald sie weiterritten, auf Rebel Yell aus dem Staub machen. Jake war verletzt, er würde sie nicht lange verfolgen können. Mit ein bisschen Glück saß sie bei Tagesanbruch auf dem Beifahrersitz eines Peterbilt-Trucks und war auf dem Weg zu Grams' Haus in New Mexico.

Die Luft war bitterkalt. Fröstelnd schlich sie zur Quelle hinüber, die nur knapp zwei Meter breit und von Felsen umgeben war. Abigail tauchte ihren Zeh in das brodelnde Mineralbad. Die Wärme war so verführerisch. Sie wusste, sie durfte keine Zeit vergeuden, wenn sie nicht riskieren wollte, dass Jake sie nackt sah. Sie steckte ihren ganzen Fuß ins Wasser und tastete mit den Zehen nach dem Grund, um zu sehen, wie tief es war. Einen Meter unter der Wasseroberfläche traf ihr Fuß auf Sand. Abigail glitt ins Wasser und versank darin bis zum Kinn. Die wohltuende Wärme zauberte ein Lächeln auf ihr Gesicht und jede Faser ihres Körpers entspannte sich sofort. Seufzend lehnte sie den Kopf gegen den Felsen hinter sich und blickte in den Himmel.

Der Abend war grau und kalt hereingebrochen, die Sterne ließen sich noch nicht sehen. Die Äste über dem Teich leuchteten schwarz im aufsteigenden Dampf. Abigail hörte, wie Jake drüben mit Brandywine sprach. Sie dachte lächelnd an die Erdnussbutterkekse. Der Mann hatte eindeutig eine Schwäche für seine Tiere.

Aber warum hatte er keine Schwäche für sie? Sie schloss die Augen wieder und träumte.

„Und? Wie ist das Wasser?"

Jake war näher an die Quelle herangetreten. Vor dem nachtschwarzen Hintergrund wirkte er durch die Dampfschwaden der Quelle hindurch wie eine düstere Erscheinung. Abigail beobachtete, wie er seinen Duster Coat ablegte und über einen Ast drapierte. Dann kickte er seine Stiefel von den Füßen.

Sie wollte ihm gerade antworten, aber sie begriff, dass er dabei war, sich auszuziehen. Gleich würde er splitterfasernackt zu ihr in die Quelle steigen, und das raubte ihr den Atem.

Schon jetzt wirkte er in seinen verschlissenen Jeans und dem Flanellhemd so wild und gefährlich wie ein Berglöwe. Ein schwarzer Zwei-Tage-Bart spross auf seinen hageren Wangen. Jake musterte Abigail ruhig. Sie kannte den Blick, Jake sah sie oft so an, als arbeite er sich gerade durch ein komplexes Problem. Ob sie ihn wohl auch so seltsam ansah? Ahnte er, in was für einem Gefühlschaos sie sich seit zwei Tagen befand? Und das wurde jeden Tag verworrener.

Jake öffnete seine Gürtelschnalle.

Abigail wandte den Blick ab. „Du kommst doch jetzt nicht etwa hier herein, oder?"

„Du erwartest doch nicht, dass ich hier draußen stehe und mir die Zehen abfriere, während du dich aufwärmst?"

„Nein, es ist nur so, also, es ist nur so, dass ich nichts anhabe."

„Das will ich hoffen. Wir haben hier oben nämlich keinen Wäschetrockner."

„Aber, du wirst doch nicht ...", sie rang nach Worten, „du wirst doch nicht deine Kleider ausziehen."

„Ich habe nicht vor, mit ihnen ins Wasser zu steigen."

„Wie kannst du dich einfach so ausziehen?", stammelte sie.

„Ich weiß ja nicht, ob es dir aufgefallen ist, aber ich gelte nicht gerade als schüchtern."

Das hatte sie bemerkt. Abigail erschauderte trotz der Hitze, die sich in ihrem Körper ausbreitete. Nein, Jake war alles andere als schüchtern. Er war dreist, er war selbstsicher und beunruhigend. All das sah sie und noch einiges mehr, als er aus seinen Jeans stieg und sie über seinen Duster Coat drapierte. Ihnen folgte das Flanellhemd. Abigail musterte verstohlen Jakes muskulöse Brust. Sie verjüngte sich zu einem flachen Bauch und schlanken Hüften, die in muskulöse Schenkel übergingen, auf denen ein zarter schwarzer Haar-Flaum zu erkennen war. Jake sah unglaublich sexy aus in diesen eng anliegenden Boxershorts. Als seine Finger in den Bund glitten, drehte sie den Kopf weg.

Eine Hitze, die nicht dem Wasser geschuldet war, kroch in ihre Wangen. „Ich dachte nur, du könntest mir ein paar Minuten allein in der Quelle gönnen."

„Oh, hättest du das nicht früher sagen können? Es wird ein bisschen zugig."

Seine Stimme war jetzt direkt über ihr, aber sie wagte es nicht, zu ihm aufzuschauen. Sie wollte Jake keinesfalls ohne seine Kleider sehen. „Beeil dich und komm einfach herein, ja? Und bleib auf der anderen Seite der Quelle. Ich werde einfach die Augen schließen."

Das Wasser kräuselte sich, als er hineinstieg. Jake stöhnte auf. Nach einer Weile öffnete Abigail ein Auge und blickte zu ihm hinüber. Erbarmen. Er tat so, als sei es das Natürlichste der Welt, hier nackt in einer Quelle zu stehen. Nachdem er sich an die Wärme gewöhnt hatte, sank er bis zum Hals ins Wasser. Doch er verzog das Gesicht und schob sich schnell wieder hoch, bis ihm das Wasser nur noch bis zum Bauchnabel reichte. „Ah, ich habe die Bandage vergessen."

Abigail blickte besorgt auf. Sie vergaß, dass sie nackt war, und bewegte sich auf ihn zu. „Ich weiß nicht, ob das eine gute Idee war. Die Hitze und das Wasser könnten die Wunde wieder aufreißen."

„Das ist es mir wert, solange ich nicht mehr friere."

„Ich werde eine neue Bandage anbringen, sobald wir aus dem Wasser sind."

Er lehnte sich zurück gegen den Felsen und schloss die Augen. „Ich hatte fast vergessen, wie angenehm warmes Wasser ist."

Abigail schob sich zurück auf die andere Seite der Quelle. Sie würde sich hüten, Jake ausgiebiger zu betrachten. Sie hatte schon genug Ärger am Hals und wollte keinen weiteren Kummer auf sich ziehen. Doch es fiel ihr schwer, Jake zu ignorieren und so zu tun, als seien er und sein Körper für sie völlig uninteressant. In den letzten Stunden hatte sie erfahren, dass in diesem Cop weit mehr steckte, als sie gedacht hatte. Was wohl aus ihnen geworden wäre, wenn sie sich unter anderen Umständen getroffen hätten?

Abigail unterdrückte den Gedanken, bevor der Traum zu konkret werden konnte. Sie hatte genug von den Männern, und zwar auch von einem so ehrenwerten wie Jake Madigan. Sie hatte ja auch Jonathan Reed für ehrenhaft gehalten. Die Leute vom Mercy General waren davon bis heute überzeugt. Sie wussten ja nicht, dass sich hinter der rechtschaffenen Fassade das Herz eines Killerhais verbarg. All das aufopfernde Streben, Kranke und Verwundete zu heilen, dieses anscheinend untadeligen wie talentierten Chirurgen und Philanthropen war eiskalt kalkuliert.

Er hatte auch Abigail damit geblendet. Solange sie in sein Spiel passte, hatte er sie scheinbar bedingungslos geliebt, doch sobald es gefährlich wurde, entledigte er sich ihrer wie eines Paars dreckiger Untersuchungshandschuhe. Abigail schämte sich, dass sie ihn geliebt hatte. Sie hatte ihn sogar noch geliebt, als er falsch gegen sie ausgesagt hatte.

Gott, wie naiv sie gewesen war!

„Woran denkst du?"

Abigail zuckte zusammen. Jakes Frage holte sie aus ihren Gedanken zurück. Sie öffnete die Augen und neigte sofort wieder den Kopf, da Jake sie unverwandt ansah. Unter seinem durchbohrenden Blick fühlte sie sich wie ein offenes Buch.

„An nichts", sagte sie.

„Das glaube ich dir nicht. Sobald du über etwas grübelst, bildet sich diese kleine Falte zwischen deinen Augenbrauen. Und sie kam gerade in null Komma nichts."

Abigail errötete, sie fühlte sich ertappt. Schnell sah sie zu ihren Kleidern hinüber, die ein Stück entfernt über einen Ast drapiert waren. „Ich glaube, mir ist jetzt warm genug."

„Mich beschäftigt etwas, Abigail", sagte er. „Darüber würde ich gern mit dir reden."

„Ich weiß nicht, ob jetzt die richtige Zeit dazu ist", erwiderte sie.

„Wir haben nur noch ein paar Stunden, dann ist es zu spät."

„Ich will aber nicht." Sie wollte schon nach ihrem Overall greifen, als Jake plötzlich neben ihr war und sie zurückhielt.

„Wenn ich dir helfen soll, musst du ehrlich zu mir sein", sagte er nachdrücklich.

Sie wandte sich ab. „Ich war ehrlich zu dir."

„Wirklich?"

„Wirklich."

„Warum hast du mir dann nicht erzählt, dass du in Dr. Jonathan Reed verliebt warst?"

12. KAPITEL

Die Worte schossen brennend wie Strom durch ihren Körper. Abigail erblasste und starrte Jake sprachlos an. Wie konnte er davon wissen? Sie hatte es niemandem erzählt.

„Das war ich nicht", hörte sie sich sagen. „Ich meine, das ist verrückt."

„Liebe ist manchmal verrückt", erwiderte er. „Hast du ihn deshalb gedeckt?"

„Ich habe ihn nicht gedeckt."

„Du hast die Polizei belogen."

„Ich habe nicht gelogen."

„Du hast geahnt, dass Jonathan Reed irgendetwas mit den Todesfällen zu tun hatte, aber du konntest es einfach nicht glauben."

„Mein Gott, er ist Arzt."

„Also hast du ihn gedeckt. Und als dir klar wurde, dass er nicht der Mann ist, für den du ihn gehalten hast, war es zu spät. War es so?"

„Ich habe ihn nicht gedeckt."

„Dann hast du der Polizei nicht alles gesagt."

„Ich hatte einen Verdacht, aber ich habe angenommen, dass ich mich irre. Ich konnte einfach nicht glauben, dass Jonathan", sie stockte, „ich konnte einfach nicht glauben, dass er etwas so Schreckliches tun würde."

„Du hast ihn gedeckt, weil du ihn geliebt hast, nicht wahr, Abigail?"

Sie schob entsetzt die Hände vor ihr Gesicht und sah Jake über ihre Fingerspitzen hinweg aus großen Augen an. Sie schämte sich so. „Nein."

„Du hast die Polizei angelogen, um ihn zu decken. Dadurch hast du dich aber selbst belastet und er hat dir auch noch etwas angehängt."

„Hör auf."

„War es nicht so?"

Sie bebte innerlich. „Ich will nicht darüber sprechen."

„Die Polizei hat deine Lügen sehr wohl registriert, nur dachten sie, du lügst, um deine eigene Haut zu retten! Sie konnten nicht ahnen, dass du nur diesen Hurensohn Reed beschützt."

Abigail fühlte sich schlecht. Sie kam sich dumm vor. Sie hatte einen so schrecklichen Fehler gemacht und einen Mann geliebt, der sie seit einem Jahr zerstörte.

Sie drückte eine Hand auf ihren Bauch und wandte sich von Jake ab. Sie schluchzte laut auf, als der Schmerz losbrach. Ein Schmerz, den sie so lange für sich behalten und tief in sich vergraben hatte.

„Ich will darüber nicht sprechen", flüsterte sie.

„Wir machen alle Fehler, Abigail. Wir scheitern, wir stehen wieder auf, das ist kein Weltuntergang."

„Nicht du, Jake. Du machst keine Fehler. Nicht wie ich."

Er lachte mühsam. „Du machst wohl Witze, oder? Das glaubst du nicht wirklich!"

Sie nickte. „Doch, du bist nicht so naiv wie ich."

Jake staunte, dass sie so viel Vertrauen in ihn setzte und so wenig in sich selbst. „Ich bin die Leichtgläubigkeit in Person."

„Bist du nicht."

Seltsamerweise musste er lächeln, als er zu sprechen begann. „Ich habe vor drei Jahren um die Hand einer Frau angehalten. Damals wütete oben am Elk Ridge ein höllischer Waldbrand. Er zerstörte ein halbes Dutzend Häuser. Das RMSAR-Team und ich haben mit den Feuerspringern zusammengearbeitet und die Menschen gerettet. Eine Frau und ihr kleiner Junge blieben obdachlos zurück." Manchmal sah Jake das Gesicht des Jungen noch vor sich. Er dachte immer wieder an ihn, weil er ihn in sein Herz geschlossen hatte.

„Der Ehemann und Vater hatte sie ein paar Monate zuvor verlassen. Ich konnte nicht ertragen, dass eine Mutter und ihr kleiner Sohn kein Dach über dem Kopf hatten, also lud ich sie ein, bei mir in meiner Hütte zu wohnen, bis sie einen Platz zum Leben gefunden hatten." Er war ja so naiv gewesen. „Ich ..., ich habe am Ende etwas mit dieser Frau angefangen. Ich war verrückt nach Elaine und nach ihrem Sohn Richie."

„Und was ist passiert?"

Er sah Abigail an, die ihm neugierig lauschte. Er hatte sich ihr nicht öffnen und die alten Wunden wieder aufreißen wollen, aber er brauchte ihr Vertrauen. Und das konnte er nur gewinnen, wenn er eigene Fehler mit ihr teilte.

„Ich kannte sie erst einen Monat, als ich sie bat, meine Frau zu werden. Wir schliefen miteinander, ich dachte keine Sekunde daran, dass sie mir nur etwas vorspielt." Die Demütigung nagte an ihm. „Als ich am Tag nach meinem Heiratsantrag von der Arbeit nach Hause kam, war sie weg."

„Oh, Jake, das tut mir leid."

Er hob die Hand. „Aber sie ist nicht einfach weggegangen, Abigail.

Sie hat alles mitgenommen, was nicht niet- und nagelfest war, einschließlich einiger Ersparnisse." Er blickte hart auf. „Ich bin Polizist und von Beruf her misstrauisch, aber glaubst du, ich hätte sie überprüft?" Er schüttelte den Kopf. „Ich hatte so viel Vertrauen in meine Menschenkenntnis, dass es mir nicht einmal in den Sinn kam."

„War sie behördlich erfasst? Ich meine, ist sie damit davongekommen, dass sie dein Geld genommen hat?"

„Das mit dem Geld war mein Fehler, deshalb habe ich es nicht angezeigt, aber ich habe mich um Richie gesorgt. Es fiel mir verdammt schwer, zu entscheiden, was ich machen soll." Er spürte, wie die Verbundenheit zwischen Abigail und ihm gerade in dem Moment wuchs, als er zum zweiten Mal in seinem Leben sein Urteilsvermögen infrage stellte. „Ich informierte die Child Protective Services über die Ereignisse und überließ ihnen alles Weitere."

„Es tut mir leid", sagte sie.

„Du siehst, Abigail, du bist nicht die Einzige, die in der Vergangenheit Fehler gemacht hat. Jeder macht Fehler. Sogar ich, und ich bin Polizist."

Sie sah hinunter aufs Wasser, das um sie herumwaberte, und wirkte so verloren, wie Jake es noch bei keinem anderen Menschen zuvor gesehen hatte.

„Wirst du jetzt mit mir reden?", fragte er.

Sie schwieg.

„Abigail, hast du gewusst, was Jonathan Reed tut?"

„Anfangs nicht."

„Wie hast du es herausgefunden?"

„Ich habe einmal gesehen, wie er einem Patienten ganz allein eine Spritze gab. Ich wusste, dass er mit dem anderen Patienten auch allein gewesen war. Und ich habe mitbekommen, dass er spätabends in einem alten Seitenflügel des Krankenhauses noch eine Operation durchgeführt hatte. Es war ein Seitenflügel, der nicht mehr für Operationen genutzt wurde."

„Hast du ihn deshalb zur Rede gestellt?"

„Ich habe ihn später danach gefragt, aber er sagte, er hätte dem Mann nur eine Vitamin-B12-Spritze gegeben. Und dass die Operation in Wirklichkeit eine Obduktion gewesen sei, die von einigen Assistenzärzten zu Lehrzwecken verfolgt worden sei. Ich hätte das, was ich gesehen hätte, nur falsch verstanden." Sie blickte auf. „Ich habe ihm geglaubt."

„Hat er dich gebeten, es nicht der Polizei zu erzählen?“

„Ja.“

„Und du hast dich daran gehalten?“

Sie nickte. „Ich habe geschwiegen, bis Jonathan Reed vor Gericht in den Zeugenstand getreten ist und gegen mich ausgesagt hat.“

„Oh, Abigail.“ Jake fuhr sich mit der Hand übers Gesicht. „Hast du mit ihm geschlafen?“

Die Frage durchfuhr sie wie ein Bajonett. Die Scham und die Demütigung schmerzten tief in ihr. „Ja.“

„Darum hast du ihn gedeckt, nicht wahr? Du hast die Polizei belogen, weil du ihn geliebt hast!“

„Er hat mich gebeten, nichts zu sagen.“

„Hast du dir denn keine Sorgen um dich gemacht?“

„Ich war unschuldig, ich hatte nichts zu verbergen.“ Sie ließ den Blick in die Ferne schweifen. „Es kam mir nie in den Sinn, dass er etwas Falsches getan haben und mir dafür die Schuld in die Schuhe schieben könnte.“

„Aber er hat es getan!“

„Ja.“ Sie weinte jetzt völlig ungehemmt und ihre Schluchzer waberten durch den aufsteigenden Dampf. Sie wusste, dass sie gerade die Fassung verlor und damit auch ihre Würde. Aber Jake hatte sie mit seinen Fragen dahin getrieben, und nun strömten alle lang verleugneten Gefühle völlig unkontrolliert aus ihr heraus.

„Er besuchte mich, als ich auf Kaution draußen war. Er kam mit einem Strauß Rosen und jeder Menge Versprechungen. Er sagte, dass am nächsten Tag alles vorbei sei und dass mein Prozess eingestellt werde, weil ein Dutzend Anwälte in seinem Auftrag rund um die Uhr daran arbeiten würden. Angeblich sorgte ein Heer sündhaft teurer Anwälte für meinen Freispruch.“ Sie lachte gequält. „In jener Nacht hat er mich mit seinen Lügen verführt. Er hat mich benutzt und ich war dumm genug, darauf …“

„Nein.“

Als sie den ungehaltenen Ton in Jakes Stimme hörte, riss sie den Kopf hoch. „Nein“, wiederholte er. „Du warst nicht dumm, Abigail. Ich will das nie wieder von dir hören.“

„Ich habe in jener Nacht mit ihm geschlafen, Jake. Mein Schicksal war bereits besiegelt, aber er hat mich noch ein letztes Mal getreten. Er hat behauptet, dass er mich liebt, und ich habe ihn geliebt. Wie dumm ist das? Was glaubst du, wie ich mich dabei fühle?“

„Benutzt. Verraten. Verletzt.“ Sein Kiefer malmte vor Zorn. „Aber nicht dumm, niemals.“

„Ich habe zugelassen, dass er mir das antut.“

„Er hat dich angelogen, Abigail. Du hast ihn geliebt, hast ihm vertraut. Es war nicht deine Schuld.“

Es schmerzte Jake, sie so aufgelöst zu sehen. Sie zitterte, die Tränen liefen ihr nur so über die Wangen und ihr Blick war leer. Er wollte sich davor hüten, zu ihr zu gehen, weil es nur neue Schwierigkeiten heraufbeschwören würde, aber er war zu schwach.

Bevor er es richtig mitbekam, war er schon bei ihr und zog sie in seinen Arm. Sie blinzelte verschreckt, aber das störte ihn nicht. Auch nicht, dass sie sich kurz wehrte. Sie drückte ihre Hände gegen seine Schultern, doch dann gab sie auf und schmiegte sich an seinen Körper.

Die Lust durchströmte ihn so abrupt wie ein heißer Feuerstrahl. Er war kurz davor, einen fatalen Fehler zu begehen, das wusste er, doch bevor er etwas dagegen unternehmen konnte, kollabierte sein Verstand und stürzte ab. Jake kämpfte nur kurz gegen das Verlangen an, das in ihm tobte, dann überwältigte der Genuss, Abigails weichen Körper an seinem zu spüren, den letzten Rest seines Widerstands.

Jake begriff, dass seine Gefühle für Abigail Nichols mehr als nur körperlich waren.

Ein leises Gefühl der Angst beschlich ihn, doch er verdrängte es. Egal was auch geschah, er wollte Abigail nicht mehr leiden sehen.

Jake drückte Abigail fest an sich. Er streichelte tröstend ihren Hinterkopf, ihren Nacken und ihre Schultern und versicherte ihr immer wieder leise, dass er alles in Ordnung bringen würde. Er würde die Ungereimtheiten aufdecken und ihr zu Gerechtigkeit verhelfen.

Er versprach gefährlich viel, ohne zu wissen, ob er es halten könnte.

Doch die Bedenken verpufften, als sich Abigail noch enger an ihn schmiegte. Sein Gehirn stockte, als die hart gewordenen Spitzen ihrer Brüste seine Brust streiften. Abigail spannte die seidig weiche Haut an ihrem Bauch an und wölbte ihn ihm entgegen. Jakes Lust pulsierte hart zwischen seinen Schenkeln. Er stöhnte auf, weil er wusste, dass sie es spürte, doch sie wich nicht zurück und er auch nicht.

Leise schluchzend schlang sie die Arme um ihn.

Jake streichelte sie und redete weiterhin behutsam auf sie ein. Langsam beruhigten sie sich, und er wusste, dass er sich jetzt von ihr lösen sollte. Sie spielten mit dem Feuer und liefen Gefahr, sich zu verbrennen.

Sie war eine entflohene Strafgefangene, er Polizist. Er hatte geschworen, dem Gesetz zu dienen.

Doch das zählte nicht, als sie sich von ihm zurückzog und er sah, wie sich sein Los in den veilchenblauen Tiefen ihres Blicks widerspiegelte.

„Es tut mir leid, dass er dir wehgetan hat", raunte Jake.

„Ich habe es einigermaßen überwunden."

„Es tut dir aber immer noch weh."

„Er ist der Grund, warum ich im Gefängnis sitze."

Er bekämpfte seine wieder aufflackernde Wut. „Nicht mehr lange."

Sie verspannte sich in seinen Armen, aber Jake streichelte sie unbeirrt weiter und zwang sie so, sich zu entspannen.

„Versprich nichts, was du nicht halten kannst", sagte sie.

„Wenn ich ihn finde, werde ich ihm eine verpassen und anschließend sein Leben ruinieren."

„Du bist Polizist, du kannst nicht einfach …", sie stockte.

„Ich bin aber auch ein Mann, und der kann es sehr wohl."

Seine Brust schnürte sich zusammen, als sie lächelte. Dieses Lächeln wärmte sein Herz und brachte es gleichzeitig zum Rasen. Wusste sie eigentlich, was sie ihm antat? Dass ein Blick, ein Lächeln oder ein Seufzer von ihr genügten, um ihn in den Wahnsinn zu treiben. Er litt unendliche Qualen durch sie. Nicht nur emotional, weil ihn die schreckliche Ungerechtigkeit, die ihr widerfahren war, schmerzte, sondern auch körperlich. Er wollte Abigail so sehr wie nichts auf der Welt.

„Wir spielen ein gefährliches Spiel, Abigail."

„Ich weiß. Und ich war noch nie gut darin."

„Du bist besser, als du glaubst."

„Du auch."

Er hob die Hände wieder aus dem Wasser und streichelte mit den Rückseiten seiner Finger über ihre Wangen. „Vielleicht sind wir beide ein bisschen verrückt."

„Eindeutig verrückt. Vielleicht sogar ein bisschen wahnsinnig."

„Ich werde die Sache wieder in Ordnung bringen", flüsterte er. „Ich verspreche es."

„Jake, du bist Polizist. Das, was wir hier gerade tun, könnte …", weiter kam sie nicht.

Er beugte sich vor und berührte ihre Lippen leicht mit seinen, um Abigail zum Schweigen zu bringen. Er wusste, dass sie recht hatte, doch das war ihm egal.

Jake wusste, dass es kein Zurück gab, wenn er jetzt weitermachte, aber das wollte er auch nicht. Er genoss das heiß wabernde Wasser auf seiner Haut und die langsam aufblitzenden Sterne am kalten Coloradohimmel. Er genoss Abigails warmen und weichen Körper an seinem und den Hauch ihres Atems an seiner Brust.

„Ich werde dir helfen, Abigail“, flüsterte er.

„Ich weiß es.“

Ihr Blick machte ihn fertig. Das Verlangen überwältigte Jake. Er wollte Abigail beschützen und besitzen. Irgendwo im Hinterkopf schrie eine winzige Stimme der Vernunft, dass er verrückt sei, sich darauf einzulassen, doch er würgte sie ab.

Die Frage nach Richtig oder Falsch verschwamm zu einem Grauton, Jake konnte nicht länger das eine vom anderen unterscheiden. Er wollte weder über seine Karriere noch über seine Laufbahn nachdenken, sondern nur diese einzigartige Frau hier neben ihm in den Armen halten. Und er wollte sie so sehr, dass er vor Verlangen zitterte.

„Ich weiß, dass du unschuldig bist“, sagte er heiser. „Ich weiß, dass du niemanden getötet hast, und ich werde dich aus dem Gefängnis herausholen, auch wenn es das Letzte ist, was ich tue.“

Sie drückte ihn ein wenig von sich, um ihn anzusehen, und die Tränen in ihren Augen gaben ihm den Rest. „Warum weinst du?“

„Weil du mir Hoffnung gibst.“

Er neigte den Kopf und küsste ihr die Tränen von den Wangen, erst auf der linken Seite, dann auf der rechten. „Ich will dich“, flüsterte er. „Ich weiß, ich sollte das nicht tun. Es gibt tausend Gründe, dich nicht zu wollen, und ich habe lange gegen meine Gefühle angekämpft, Abigail. Aber ich habe mich noch nie so lebendig gefühlt wie jetzt. Nichts in meinem Leben hat sich jemals richtig angefühlt, auch keine Frau. Niemals, bis du kamst.“

Er küsste ihre Schläfe, küsste ihr Ohrläppchen und strich mit seinen Lippen ihren Nacken hinunter. Sie bebte und er spürte, wie sich ihre Brustwarzen an seiner Brust erneut zusammenzogen.

„Ich will dich. Ich will dich, seit ich dich zum ersten Mal gesehen habe“, sagte er. Nackt und roh lag das Gefühl in seiner Stimme.

Die Tränen in ihren Augen glitzerten wie kleine Diamanten. „Es kann uns einige Probleme bereiten, Jake, wenn wir uns unserer Lust hingeben.“

Er hielt ihr hübsches Gesicht zwischen seinen Händen und küsste ihren Mund. „Hör auf, so unglaublich vernünftig zu sein.“

Der Geschmack ihres Mundes erregte ihn noch mehr. Die Zurückhaltung, zu der er sich ermahnte, verschwand und gab das Tier frei, das in ihm wohnte. Jake fühlte sich außer Kontrolle. Die winzige mahnende Stimme in seinem Kopf verhöhnte ihn jetzt, aber Jake scherte sich nicht darum. Alles, was ihn interessierte, war die Frau in seinen Armen. Die Frau, die verletzt und verraten worden war.

Die Frau, mit der er schlafen wollte.

Im Stillen schwor er, ihr beizustehen und dafür zu sorgen, dass der Gerechtigkeit Genüge getan wurde.

Sie seufzte und befeuerte damit sein schon loderndes Verlangen. Gierig küsste er ihren Mund und sie öffnete sich ihm und empfing stöhnend seine Zunge. Er schwelgte in der samtigen Höhle ihres Mundes. Er nährte sich an ihr wie ein Verhungernder, verschlang die Süße ihrer Lippen. Sie wölbte ihm ihren Körper entgegen und Jake glaubte, wahnsinnig zu werden. Er hatte es langsam angehen lassen und sich die Chance geben wollen, Abigail besonnen zu erobern. Es war nicht seine Art, sich kopfüber in ein Abenteuer zu stürzen. Doch genau das tat er jetzt. Er flüsterte ihren Namen, er streichelte ihre Schultern, liebkoste ihre Brüste, spielte versonnen mit ihren Brustspitzen und hörte sie nach Luft ringen. Er konnte nicht aufhören, sie zu berühren. Der Wahnsinn hatte ihn fest im Griff und Jake gab den Versuch auf, dagegen anzukämpfen.

„Steh auf", flüsterte er.

Sie sah ihn mit großen Augen an. „Jake …"

Er lächelte. „Ich liebe es, wenn du so schüchtern bist."

„Bin ich nicht. Es ist nur kalt."

„Ich halte dich warm."

Er nahm ihre Hand in seine und zog sie sanft auf die Füße. Er zitterte, als er aus dem Wasser auftauchte. Abigails Schönheit überwältigte ihn. Ungläubig starrte er sie an, das alles erschien ihm so unwirklich.

„Du raubst mir den Atem", flüsterte er.

Sie lächelte. „Das liegt nur am Wetter."

Er lachte. „Ich kenne den Unterschied, Blondie. Glaub mir, was du mit mir machst, hat nichts mit den Temperaturen zu tun."

Er schöpfte eine Handvoll Wasser aus der Quelle und ließ es über ihre Schultern und Brüste perlen. Sie erschauderte, während er sich vorbeugte und sanft ihre Lippen küsste. Ihr Geschmack berauschte ihn wie eine machtvolle Droge. Er hauchte zarte Küsse an ihrem Nacken hinab, fuhr mit der Zunge über ihre Haut und küsste die sanften Wasserperlen herunter. Dann nahm er ihre Brustwarze in seinen Mund.

Abigail legte ihre Hände an seinen Hinterkopf und zog ihn näher an sich heran. Er saugte an ihren harten Brustspitzen. Stöhnend warf sie ihren Kopf zurück. Sie vertraute ihm und Jake schwor, dass er dieses Vertrauen niemals missbrauchen würde.

Weil er nicht wollte, dass sie auskühlte, legte er seine Hände auf ihre Schultern und zog sie mit sich in die Wärme. Die Lust pulsierte in seinem Körper, er genoss die Wärme und das wabernde Wasser und den Geschmack von Abigail auf seiner Zunge. Die mystische Schönheit der Quelle und der Zauber der Berge gaben ihm den Rest. Er küsste Abigail und gab sich seinen Gefühlen ganz hin. Er riss die Barrieren nieder, die sie voneinander trennten. Er labte sich an ihrem Mund und die Süße ihres Kusses erschütterte ihn bis ins Mark. Verlangen durchfuhr ihn so stark, dass es eine neue Wunde in seinem Herzen hinterließ. Als Abigail ihre Arme um seinen Nacken schlang und ihm lustvoll seinen Namen ins Ohr flüsterte, wusste Jake, dass es jetzt wirklich kein Zurück mehr gab.

Abigail wusste, dass es tausend gute Gründe gab, nicht mit Jake zu schlafen. Sie wusste, dass er ihr am Ende wehtun würde. Und dass die ganze Geschichte hier für keinen von ihnen gut ausgehen konnte. Ihm ihr Herz zu schenken war ein Verlustgeschäft, ganz gleich, wie sie es auch drehte und wendete.

Ich weiß, dass du unschuldig bist.

Wieder und wieder erklangen seine Worte in ihrem Kopf, wie bei einer Schallplatte, die einen Sprung hatte. Sie würde ihm niemals sagen können, wie viel ihr diese Worte bedeuteten. Und wie viel es ihr bedeutete, zu wissen, dass ein Mann wie Jake ihr glaubte.

Sie war fest entschlossen, diesem Wahnsinn ein Ende zu bereiten, aber Jakes Mund verzauberte ihre Lippen und sein Geschmack weckte Wünsche und Bedürfnisse in ihr, über die sie nicht hinwegsehen konnte. Es war eine Ewigkeit her, dass jemand sie so berührt hatte.

Doch es waren nicht ihre körperlichen Empfindungen, die sie ängstigten, sondern das, was zwischen ihr und Jake bestand. Nie im Leben hätte sie sich vorstellen können, sich in einen Polizisten zu verlieben, und ganz gewiss nicht in einen, der wild entschlossen war, sie ins Gefängnis zurückzubringen.

Es gab keine Zukunft für sie. Es brach ihr das Herz und erfüllte sie mit der Verzweiflung einer Liebenden. Alles, was sie und Jake jemals haben würden, war dieser Moment. Und den konnte ihr, ganz gleich, was auch geschah, niemand mehr nehmen, selbst wenn sie für den Rest ihres Lebens ins Gefängnis wanderte.

Tränen sammelten sich hinter ihren Augenlidern, doch sie ging mit ihren Gefühlen mit und ließ sich von ihnen leiten. Jedes Nervenende in ihrem Körper summte, als Jake sie streichelte und ihre Brüste mit seinen Händen umschloss. Abigail schnappte hörbar nach Luft, als eine Woge der Lust sie überschwemmte. Ihr wurde ganz heiß und sie spürte, wie feucht sie zwischen ihren Schenkeln plötzlich war.

Mit sanften Fingerspitzen berührte er ihr Gesicht, ihren Hals, ihre Schultern und ihren Bauch, während er sie hingebungsvoll küsste. Vage spürte sie seinen drängenden Atem an ihrer Wange und seine pulsierende Lust nah an ihrem Körper. Er flüsterte ihr etwas ins Ohr, was sie nicht verstand. Sie war jenseits allen Verstehens, ihre Sinne waren überladen von Gefühlen.

Er streichelte die Rippen hinab zu ihrem Bauch, liebkoste die Rundung ihrer Hüften und strich über ihren festen Po hinunter zu ihren Schenkeln. Erregung flammte heiß und tief in ihr auf, als er ihre feuchte Mitte berührte. Er küsste sie und sie öffnete sich ihm. Als er seine Fingerkuppe sanft in die feuchte Wärme schob, schien alles in ihr zu explodieren. Abigail glaubte, Sterne zu sehen. Die Lust erschütterte sie. Sie rang nach Luft und konnte keinen zusammenhängenden Gedanken mehr formen.

„Langsam“, flüsterte er.

„Ich kann nicht mehr“, stöhnte sie.

„Das Beste kommt noch“, flüsterte er.

Sie bäumte sich beinahe aus dem Wasser heraus, als er begann, sie zu streicheln. Er berührte sie langsam, zielsicher und gekonnt und Abigail dachte, in Flammen zu stehen. Sie presste sich immer drängender an ihn, ganz benommen von all den Empfindungen, die sie durchströmten. Abigail hatte sich nie für einen sexhungrigen Menschen gehalten. Die wenigen Beziehungen, die sie bisher gehabt hatte, waren bestenfalls lauwarm verlaufen wie ein angezündetes Streichholz, das schnell herunterbrannte.

Doch Jake setzte sie in Brand.

Abigail verlor jedes Gefühl für Raum und Zeit, als er sie mit seinen Fingern verführte. Er hielt sie eng an sich, flüsterte ihr Worte ins Ohr, die ihren Verstand erschütterten und den Flammen in ihr neue Nahrung gaben. Abigail wand sich in seinen Armen, ihre Sinne explodierten. Wellen der Lust brachen ununterbrochen auf sie herein und überluden ihr Gehirn. Ihre leisen Schreie hallten von den Baumästen und Felsen ringsum wider. Ihr Körper bebte hemmungslos, während die Flammen in ihr loderten und sie verbrannten. Sie krümmte sich in seinem Arm und fühlte sich völlig hemmungslos. Jake trieb sie zu einem köstlichen Höhepunkt, und als eine wohlige Welle unfassbarer Gefühle über sie hinwegbrandete, rief sie selig seinen Namen.

Kurz danach schlang er seine Arme um sie. Er hielt Abigail fest, bis ihr Zittern abflaute. Sie lehnte ihren Kopf an seine Schulter. Ihre Gedanken drehten sich im Kreis und ihr Körper schien vor lauter Empfindungen zu vibrieren. Sie wusste, dass sie niemals wieder dieselbe sein würde. Das Zusammensein mit Jake hatte sie verändert, Jake hatte sie verändert. Sie beide würden nie wieder dieselben sein.

Jake regte sich. Sie spürte, wie er ihr einen zarten Kuss auf ihre Stirn hauchte. „Das war unglaublich."

Abigail errötete. Sie wusste nicht, wie sie ihm sagen sollte, dass er ihr gerade die schönste erotische Erfahrung ihres Lebens geschenkt hatte, und dabei hatten sie noch nicht einmal miteinander geschlafen.

„Sei nicht verlegen", flüsterte er.

Sie sah schüchtern zu ihm hinauf. „So intensiv habe ich es noch nie empfunden", sagte sie.

„Ich auch nicht." Er zog sie näher an sich heran und küsste ihre Schläfe. „Das klingt jetzt vielleicht abgedroschen, aber es war wundervoll."

So geborgen und geliebt wie in seinen Armen hatte sich Abigail noch nie gefühlt. Sie wusste, dass dieser Moment vergehen und sie ihn kein zweites Mal erleben würde, deshalb kuschelte sie sich noch tiefer in seine Arme. Sie prägte sich den Moment ganz tief ein, um sich später an jedes Detail erinnern zu können. Sie sog das Gefühl in sich auf, wie es sich anfühlte, in seinen Armen zu liegen und von ihm geküsst zu werden.

Plötzlich spürte sie, wie Jake sie schwungvoll in seine Arme hob und sie aus dem Wasser trug. Die eisige Luft biss auf ihrer feuchten Haut, aber Jake drückte sie fest an sich und wärmte sie. Im Vorbeigehen schnappte er sich ihre Kleider vom Wacholderast und trug sie mit ihr dorthin, wo er ihr Lager aufgeschlagen hatte.

„Was hast du vor?", fragte sie.

„Ich werde jetzt mit dir schlafen", sagte er.

„Im Schnee?"

Er lachte leise. „Ich dachte, wir könnten vielleicht das Zelt nehmen."

Er setzte sie ab und machte sich daran, den Reißverschluss des Zeltes zu öffnen, das er zuvor von ihr unbemerkt aufgebaut hatte. Abigail sah ihm mit wachsender Nervosität zu. Die Kälte stach in ihre feuchte Haut, belebte aber zugleich auch ihre Sinne. Eine nie gekannte Wärme schien von irgendwo tief in ihr auszustrahlen.

„Ich wünschte, ich könnte dir mehr anbieten." Er hob die Zeltklappe und führte sie hinein. „Du verdienst mehr."

„Rosen und Champagner?", fragte sie.

„Wenigstens ein hübsches Zimmer in einem Bed and Breakfast."

Sie grinste ihn an. „Eine Heizdecke?"

Er grinste zurück. „Den Job werde ich übernehmen."

Ein Schüttelfrost erfasste sie, als sie ins Zelt schlüpfte. Ihr war jetzt wirklich sehr kalt. Zitternd sah sie zu, wie Jake schnell die Reißverschlüsse ihrer Schlafsäcke miteinander verband und ihr dann ein Zeichen gab, hineinzuschlüpfen.

Abigail glitt zwischen die weichen Baumwollschichten. Jake kroch zu ihr. Sie legten sich auf die Seite und schauten in den aufsteigenden Dampf der Quelle.

„Ich finde, wir haben hier alles, was wir brauchen", sagte sie in die Stille hinein. „Sieh dich um. Wir haben die Quelle, das Eis auf den Ästen und den Dampf. Dies hier ist einer der schönsten Orte, die ich je gesehen habe."

Und das war ihr Ernst. Auch wenn der Schnee, der Sturm und das raue Gelände ihnen in den letzten Tagen arg zugesetzt hatten, so war die heiße Quelle, über die sie eher zufällig gestolpert waren, einer der herrlichsten Orte der Welt.

„Wird dir warm?", fragte er.

Sie blickte ihn unverwandt an und spürte, wie sich das wachsende Verlangen wie eine Schlange in ihrem Bauch schlängelte. „Fast schon zu warm", sagte sie.

Er spannte seinen Kiefer an. Sie wusste, er dachte an das, was vor ihnen lag. In wenigen Stunden würde er sie den Strafvollzugsbeamten übergeben, und diese Tatsache schien ihn innerlich zu zerreißen. Dennoch wusste Abigail, dass er alles in seiner Macht Stehende tun würde, um sie da rauszuholen.

„Denk nicht darüber nach", flüsterte sie.

„Ich will dich nicht verletzen", sagte er niedergeschlagen.

„Ich weiß, aber ich will nicht, dass es jetzt zwischen uns steht. Nicht jetzt."

„Abigail, wenn es irgendeine andere Möglichkeit gäbe", er überlegte.

Sie konnte diese Worte nicht ertragen. Sie beugte sich vor und küsste Jake fordernd auf den Mund. „Sag nichts", bat sie und drückte ihre Lippen auf seine Wange. „Bitte, sag einfach nichts."

Er blinzelte sie an. „Komm her!" Er zog sie in seine Arme. Abigail schloss die Augen, als ein Sturm aufwühlender Gefühle über sie hereinbrach. Sie spürte, dass etwas in ihm vorging. Bei jedem seiner Küsse schmeckte sie auch den bitteren Geschmack jener Verzweiflung, die sich in seinen Augen niederschlug. War er vorhin sanft gewesen, einzig konzentriert auf ihre Lust, wollte er sie jetzt besitzen und zeigen, dass sie sein war.

Bevor es zu spät war.

Er küsste sie gierig, aber auch hingebungsvoll, und Abigail erwiderte seine Küsse mit ebensolcher Lust. In ihrem Bauch wuchs ein heftiges, beinahe schmerzhaftes Begehren, in das sich eine anwachsende Einsamkeit einschlich.

„Ich nagele Jonathan Reed an die Wand."

Abigail schwieg. Jake machte sie glauben, er könne ihre Unschuld wirklich beweisen, damit sie frei wäre für ein Leben, das ihr gefiel. Ob Jake dann wohl Teil davon würde?

„Lass Reed aus dem Spiel", bat sie leise. „Ich will ihn hier nicht haben." Erst da bemerkte sie, dass sie weinte.

„Abigail, ach, Schätzchen. Es tut mir leid."

„Schlaf mit mir, Jake."

„Du weinst. Das habe ich nicht gewollt."

„Nein." Sie schloss die Augen gegen das Verlangen, das in ihr pochte, und gegen die Trauer, die ihre Brust verschnürte. „Bitte!"

Er küsste ihr die Tränen von den Wangen, dann schob er sich langsam über sie. Abigail spreizte ihre Schenkel für ihn und küsste ihn hingebungsvoll zurück.

„Sieh mich an", sagte er.

Sie schlug die Augen auf. Er legte eine Hand an ihre Wange und strich mit der anderen eine Haarsträhne aus ihrem Gesicht. Abigail konnte spüren, wie sehr sein Herz raste. Der Augenblick war so intensiv, dass sich alles um sie herum zu drehen begann.

„Alles wird wieder gut", sagte er.

„Ich glaube dir."

Sie schrie leise auf, als er in sie eindrang. Seine gefühlvollen Bewegungen raubten ihr den letzten Rest Selbstbeherrschung. Ihr Körper übernahm die Befehlsgewalt und Abigail vergaß alles andere. Sie hörte sich seinen Namen rufen, hörte, wie jemand ihren Namen rief, und floss dahin. Sie hob sich ihm entgegen, nahm ihn tief in sich auf und gab sich dem Rhythmus seines Körpers hin, in den sie mit einfiel. Es war zu viel und doch nicht genug. Sie seufzte. Ihre Lider flatterten, und tief in ihr drin erwachten ungeahnte Gefühle zu einer schier unerträglichen Welle der Leidenschaft.

Als sie ihre Augen wieder öffnete und zu ihm aufblickte, überwältigte sie die nackte, rohe Lust, die in seinen Augen loderte. Abigail wollte aus tiefstem Herzen lachen, sie wollte weinen, sie wollte ihn in sich aufnehmen und ihn bis zu ihrem Herzen spüren. Sie wollte eins werden mit ihm. Sie versuchte ihre Empfindungen in die richtige Perspektive zu rücken, während er sie liebte, aber die Begierde überlud ihre Sinne. Ihr Körper, ihr Herz, ihr Geist konnten nicht alles aufnehmen, was geschah. Und Jake trieb sie weiter voran zum Höhepunkt, und sie gab sich ihm hin, bis sie glaubte, vor Ekstase sterben zu müssen.

Die erste Welle ihres Höhepunktes erschütterte sie heftig. Angesichts der Macht der Empfindungen presste sie sich ganz eng an ihn. Sie liebte ihn, wie sie niemals zuvor jemanden geliebt hatte.

Abigail hatte nicht mit dieser Intensität gerechnet. Sie hätte niemals geglaubt, dass sie sich jemals die Kontrolle entreißen lassen und ihre Seele entblößen würde, doch für Jake hatte sie es getan. Er hatte sie in den Himmel gehoben.

Dann schlug die zweite Welle über ihr ein und zog sie unter die Oberfläche. Die Wucht entzog ihr den Boden unter den Füßen, schüttelte und schockierte sie. Ihr war, als ob sich ihre Empfindungen überluden und sich in einem einzigen elektrischen Schlag in jede Faser ihres Körpers bohrten. Dieser Schlag nahm ihr die Luft zum Atmen, sie keuchte und spürte einen süßen, unnachahmlichen Schmerz. Sie spürte Jake tief in sich, er küsste sie und rief ihren Namen. Sie wollte ihm so vieles sagen, doch die Lust nahm ihre Worte mit, und so blieb Abigail nichts weiter übrig, als zu fühlen.

Jake hörte nicht auf, er wartete nicht auf sie. Abigail wusste nicht, wie lange sie das alles noch aushalten würde. Die Wellen schwappten in immer schnellerer Folge über sie hinweg, jede noch mächtiger als die vorangegangene. Sie fühlte sich schon wie ein von Wellen gepeitschter Strand im Sturm. Die Lust schien sie hinfortzutragen.

Als eine weitere Welle über sie hinwegging, dachte sie, sie habe den Verstand verloren und sich in einen Mann verliebt, der sie niemals zurücklieben konnte.

13. KAPITEL

Jake galt weithin als sehr besonnener Mann. Es hatte in seinem Leben schon manch schwierige Situation gegeben, doch Jake hatte niemals die Beherrschung verloren oder etwas Unüberlegtes getan, was er später bereute.

Nun ja, mit Ausnahme der Geschichte mit Elaine.

Doch jetzt hatte er eindeutig den Kopf verloren, vielleicht sogar den Verstand, doch das war ihm so ziemlich egal. Es scherte ihn nicht. Denn Abigails Körper schloss sich nass und heiß um seinen, was ihn beinahe in den Wahnsinn trieb. Er wusste, er würde nie genug davon bekommen.

Die ganze Zeit hatte er sich eingeredet, dass es pure Lust war. Doch das war eine Illusion. Als er sah, wie viele Gefühle für ihn sich tief und wahr in ihren Augen widerspiegelten, brach etwas Elementares in seinem Inneren auf. Bedürfnisse von Körper, Herz und Geist prallten mit voller Wucht aufeinander und weckten Gefühle in ihm, an die er schon lange nicht mehr geglaubt hatte.

Er mochte Abigail, und nicht nur das, er mochte sie so sehr, dass sich sein Herz zusammenschnürte, wenn er an ihre Trennung dachte. Doch dann meldete sich wieder eine mahnende Stimme im Ohr, die ihn der Lüge bezichtigte. Nein, er liebte sie nicht.

Jake wusste, dass es zu spät war. Er empfand nicht nur Lust, sondern auch etwas Tiefes in seinem Herzen. Er hörte es in jedem heiseren Schrei aus ihrer Kehle. Auch wenn er es nicht gern zugab, Abigail hatte ihn tief berührt. Sie war ihm unter die Haut gegangen und hatte sich in seinem Kopf eingenistet. Gott im Himmel, sie war in sein Herz gelangt.

Der Gedanke jagte ihm Angst ein.

Seine Vernunft riet ihm, alles sofort zu beenden, bevor sie so weit gingen, etwas Unwiderrufliches zu tun oder zu sagen. Doch diese Grenze hatten sie bereits überschritten.

Kurz vor seinem Höhepunkt geriet er ins Schwitzen. Er küsste Abigail und nahm mit jedem Atemzug ihre lustvollen Seufzer in sich auf. Er hatte nie gedacht, dass Sex so erfüllend sein könnte. Dass ein Liebesspiel ihn so außer Kontrolle geraten ließ wie ein schleuderndes Auto auf Glatteis. Dass ihn das Zusammensein mit einer Frau aller Sinne beraubte und dahin führte, alles aufs Spiel zu setzen, an das er je geglaubt hatte. Und das für eine Frau, der er nicht vertrauen sollte.

Eine Frau, der er sein Leben anvertrauen würde.

Der Gedanke schockierte ihn. Er versuchte, ihn abzuwehren, aber es war zu spät.

Während er ihren Namen immer und immer wieder sagte, erigierte er tief in ihr drin. Er versuchte nicht darüber nachzudenken, wie teuer ihnen beiden dieses Abenteuer noch kommen würde.

Jake erwachte, weil sein Herz wie verrückt gegen die Rippen hämmerte und kalter Schweiß an seinem Nacken klebte. Er hatte geträumt, dass er Abigail zur Ranger-Station gebracht und sie dort dem D. O. C. übergeben hatte. Ihm war das Herz gebrochen, als man Abigail Handschellen anlegte. Dann zog einer der Officers eine Waffe aus dem Holster und setzte sie Abigail an den Kopf. Jake sah entsetzt zu und versuchte, zu Abigail zu gelangen, doch er konnte sich nur in Zeitlupentempo bewegen. Dann ertönte ein Schuss, Abigail fiel zu Boden, Jake hatte sie nicht retten können.

Erschrocken streckte er die Hand nach ihr aus. Er musste sie an sich spüren, lebendig und warm, doch er war allein. Ein alarmierendes Gefühl prickelte über seinen Rücken. Er sah sich suchend um, fand das Zelt aber leer vor.

Eine eiskalte Angst beschlich ihn. Der Traum wirkte noch nach wie eine böse, schleichende Krankheit. Ein ungutes Gefühl nistete sich in seinem Herzen ein. Ach was, sagte er sich, es war nur ein Traum, keine Vorahnung. An so etwas glaubte Jake nicht. Der Traum war nur Ausdruck des körperlichen wie emotionalen Stresses der vergangenen drei Tage.

Er stieg in seine Jeans, öffnete die Zeltklappe und schaute hinaus. Er atmete erleichtert auf, als er Abigail in der heißen Quelle sah. Sie hatte ihre Haare hochgesteckt, um sie trocken zu halten, und ihm den Rücken zugekehrt. Jake genoss den Anblick der graziösen Linie ihres Nackens. Sie summte vor sich hin. Es war ein altes Lied über eine sentimentale Frau, das er seit Jahren nicht mehr gehört hatte. Der lyrische Klang ihrer Stimme wärmte ihn. Er sah ihr staunend zu, weil sie so schön war.

Sie tauchte bis zum Kinn ins dampfende Nass, dann spritzte sie Wasser auf ihr Gesicht. Sie richtete sich etwas auf, rieb mit den Händen an ihren Armen hinunter und wusch sich. Trotz der Nachwirkungen seines verstörenden Traums erregte ihn ihr Anblick. Er erinnerte sich an all die Dinge, die sie erst vor wenigen Stunden miteinander geteilt hatten, und spürte abermals das vertraute Ziehen im Bauch.

Er trat aus dem Zelt. Der Morgen dämmerte bereits. Von Westen her zogen dunkle Wolken heran und deuteten weitere Schneefälle an, doch es war nicht mehr so beißend kalt. Vermutlich würde es weiter unten im Tal bereits regnen.

In seinem Traum hatte es geregnet.

Er schüttelte die beunruhigenden Gedanken ab und ging zur Quelle. „Guten Morgen."

Abigail sah auf und lächelte ihn unter den Wimpern hervor an. „Hi."

„Gut geschlafen?"

„Ja. Aber frierend aufgewacht."

„Wie ist das Wasser?"

„Einsam."

Sein Herz hüpfte, bevor es schmolz. Bilder der letzten Nacht wirbelten durch seinen Kopf, Jake musste grinsen. „Du bist ein wohltuender Anblick für meine wunden Augen an diesem Morgen."

Sie verdrehte die Augen gen Himmel. Ihre Brauen erreichten fast den Haaransatz. „Ich verpasse dir gleich ein Paar wunde Augen, das trifft es wohl eher."

„Du bist die schönste Frau, die ich je gesehen habe."

„Und du ziehst dir ernsthafte Erfrierungen zu, wenn du nicht bald ein Hemd anziehst."

„Macht es dir etwas aus, wenn ich zu dir komme?"

Sie lächelte wieder auf diese geheimnisvolle Art, die ihm Schwindel verursachte. „Nur wenn du einen Kaffee mitbringst."

„Oh ja, richtig." Jake schlüpfte in seine Stiefel, zog einen kleinen Butangaskocher aus seiner Satteltasche und stellte einen Topf mit Schnee auf die Flamme. Dann holte er zwei Becher und die Dose Fertigkaffee.

„Ich hoffe, dein Hunger hält sich in Grenzen", sagte er.

„Mach dir um mich keine Sorgen."

Er verkniff sich zu sagen, dass sie in ein paar Stunden in einem warmen Zimmer sitzen und etwas Heißes essen könnten. Es passte nicht hierher. Nicht jetzt. Er wandte den Blick von ihr ab und wartete auf den Kaffee.

Wie zur Hölle sollte er mit der Situation umgehen?

Minuten später trug er zwei dampfende Becher zum Wasser hinüber und setzte sie auf einen flachen Felsen. Er wusste, dass Abigail ihn beobachtete, als er die Knöpfe seiner Jeans öffnete und aus der Hose stieg.

Er konnte seine Erregung nicht verbergen, aber Abigail kommentierte sie nicht, sie beobachtete ihn nur mit diesen unglaublichen veilchenblauen Augen.

Er trat ins Wasser, nahm ihren Kaffee vom Felsen und trug ihn zu ihr hinüber. Sie tranken schweigend.

„Dein Kaffee ist wirklich ungenießbar“, sagte sie.

Jake versuchte zu lächeln, aber es misslang. Er konnte nicht aufhören, über seinen Traum nachzudenken. Was erwartete ihn unten an der Station? Und was erwartete Abigail?

Er hatte sich nie zuvor in seinem Leben so mies gefühlt. Schuldgefühle gefolgt von einem schlechten Gewissen plagten ihn, hinzu kam die kühle, harte Erkenntnis, dass er all seine bisherigen Überzeugungen über Bord geworfen hatte. Die Gefühle schnürten ihm die Brust zu. Er wusste nicht, was schlimmer war, Abigail zu wollen oder zu wissen, dass er niemals mit ihr zusammen sein könnte. Oder sie zu wollen und zu wissen, dass er ihr Leben aufs Spiel setzte, sollte er seinen Auftrag erfüllen.

„Jake?“, fragte sie.

„Abigail.“ Er wusste nicht, wo er anfangen sollte. Wie konnte er ihr beichten, was er für sie empfand, ohne wie ein Heuchler zu klingen? *Ich mag dich, aber ich hänge an meiner Karriere, und deshalb bringe ich dich ins Gefängnis zurück?*

Mist.

„Was ist los mit dir, Jake?“

Er merkte erst jetzt, dass seine Hände zitterten. Sie zitterten so sehr, dass der Kaffee über den Rand seines Bechers schwappte. Abigail beobachtete ihn besorgt. Sie streckte die Hand nach ihm aus. Er wich etwas zurück, doch nicht schnell genug, sodass ihre Hand seine Wange streifte.

Die nächsten Sekunden entzogen sich seiner Wahrnehmung, doch als er erwachte, umarmte er Abigail, hob sie hoch und drückte sie gegen einen Felsen. Er küsste sie, als hinge sein Leben davon ab. Abigail schien im ersten Moment schockiert, doch dann gab sie sich ihm seufzend hin.

Jake genoss es, ihren zarten Körper an seinem zu spüren und ihren Duft zu riechen. Ein zwingendes Verlangen schlängelte sich durch seinen Bauch und packte ihn schließlich. Er wusste, sie verdiente es nicht, auf diese Weise genommen zu werden, aber seine Begierde war übermächtig und er war zu schwach, diesem Trieb zu widerstehen. Er streckte die Hände nach ihren Hüften aus, packte sie und hob sie zu sich heran. Er stöhnte, als Abigail ein Bein um seine Hüften legte. Mit einem einzigen tiefen Stoß drang er in sie ein.

Abigail schrie auf. Jake hörte sich etwas sagen, nur er wusste nicht, was. Er begann, sich in Abigail zu bewegen, und sie kreiste ihre Hüften im passenden Rhythmus dazu. Erst bewegten sie sich nur langsam und testeten ihre Grenzen aus, dann wurden sie zunehmend schneller. Jake genoss all die auf ihn einstürmenden Gefühle. Er versuchte, sich auf die Lust zu konzentrieren, die seinen Körper entflammte und jede Pore benetzte, doch schon bald brandete sein Höhepunkt auf ihn zu. Jake verbat sich jeden Gedanken daran, was ihnen bevorstand, sobald sie die Station erreichten. Und schon gar nicht dachte er an seinen Traum oder an die Schuld, die an seinem Gewissen nagte. Dass er eine unschuldige Frau ins Gefängnis brachte für ein Verbrechen, das sie nicht begangen hatte, sollte ihn jetzt nicht belasten. Er versuchte sich einzureden, dass er Abigail nicht liebte, dass sie nichts anderes verbinde als pure Lust und gegenseitiger Respekt, hervorgegangen aus den Ereignissen der vergangenen drei Tage.

Sie kamen ihrem Höhepunkt nahe. Er spürte, wie sich Abigails Muskeln zusammenzogen, und schließlich gab auch er seine Beherrschung auf. Die Erlösung riss ihn wie eine Lawine mit sich fort. Er floss auf den Wellen der Lust mit und ließ sich von ihr verzehren.

Ein paar Minuten lang erfüllte nur ihr schwerer Atem die Stille des frühen Morgens. Jake hatte sich aufgerichtet, sein Oberkörper ragte halb aus dem Wasser. Sein Rücken wurde kalt. Abigail zitterte in seinen Armen.

Sanft legte er sie in das dampfende Wasser. „Du frierst."

„Nur meine Schultern sind kalt."

„Ich", er räusperte sich, „ich wollte nicht so ungestüm sein."

Sie neigte den Kopf. „Was bereitet dir solche Sorgen?"

Jake wich ihrem Blick aus. Er konnte es ihr nicht antun, nicht, nachdem er sie gerade geliebt hatte. Er kam sich vor wie ein Schwein. „Abigail …"

„Jake, ist schon gut."

„Nein, ist es nicht. Ich habe mir den Kopf zerbrochen und mir alle möglichen Alternativen überlegt, wie ich den Auftrag erfüllen kann, ohne dich dem D. O. C. zu übergeben, aber das kann ich nicht."

Sie sah ihn gequält an.

„Ich habe alles, was ich dir gesagt habe, ernst gemeint. Ich werde das hier nicht einfach auf sich beruhen lassen. Ich werde deine Unschuld beweisen.“ Er fühlte sich ihr immer noch so nahe. Er wollte sie berühren, sie lieben, aber er musste Distanz zwischen ihnen aufbauen, um das Gespräch fortzuführen. „Aber das ändert nichts an der Tatsache, dass ich dich zurückbringen muss.“

„Reite ohne mich zurück. Sag ihnen, ich sei dir entkommen. Erzähl ihnen von dem Scharfschützen.“

„Abigail, ich hasse mich dafür, das zu sagen, aber ich kann nicht lügen.“

„Du kannst, Jake. Ich denke, wir sollten Beweise gegen Jonathan Reed sammeln. Ich weiß, dass du mir glaubst. Du weißt, dass ich es …“, er fiel ihr ins Wort.

„Nein, Abigail.“

Sie ließ sich im Wasser treiben und starrte in den Himmel. „Ich verstehe, ich bin gut genug für den Sex, aber nicht gut genug, dass du für mich einstehst.“

„Das stimmt nicht“, erwiderte er knapp. „Und ich will das nie wieder von dir hören.“

„Ich muss es nicht noch einmal sagen, Jake. Deine Taten sprechen für sich.“

„Ich kann dich hier oben nicht ohne Vorräte, Wasser, entsprechende Kleidung, dafür aber mit einem Scharfschützen im Rücken zurücklassen! Wir haben darüber gesprochen, ich ändere meine Meinung in diesem Punkt nicht.“

„Und was letzte Nacht zwischen uns passiert ist, bedeutet dir nichts?“, fragte sie panisch.

„Doch, das tut es. Es bedeutet mir sogar eine ganze Menge, deshalb lasse ich dich hier oben auch nicht zum Sterben zurück!“

„Ich gehe lieber das Risiko ein, dem Scharfschützen in die Arme zu rennen.“

„Du musst zurück. Wenigstens, bis ich erste Beweise für deine Unschuld habe. Es dauert nur ein paar Tage, höchstens ein paar Wochen. Ich werde alle Hebel in Bewegung setzen, damit dir nichts passiert. Hörst du mich?“ Er ergriff ihren Arm und schüttelte sie sanft. „Du bedeutest mir so viel, Abigail, viel mehr, als du ahnst. Rede mir bitte keine Schuldgefühle ein. Ich tue das einzig Richtige, damit wir eine Zukunft haben.“

Sie schluchzte erstickt. „Vor ein paar Minuten war dir die Frage nach Richtig oder Falsch doch noch völlig egal!“

Seine Schuldgefühle wurden unerträglich. Jake löste sich bestürzt von Abigail. Er wusste, wie das alles hier für sie aussah. Sie glaubte, er habe sie nur auf die schlimmste Weise benutzt, auf die ein Mann eine Frau benutzen konnte. Sie glaubte, er würde sie gleich darauf wegschieben und vergessen.

„Du wirst mir vertrauen müssen", sagte er eindringlich.

„Der letzte Mann, der mich darum gebeten hat, hat mich ins Gefängnis gebracht."

„Ich bin nicht Jonathan Reed", erwiderte Jake verärgert.

„Nein, du gibst dich offener und ehrlicher als er."

„Bitte mach jetzt keine Dummheiten, Abigail. Ich werde das Ganze zu einem guten Ende führen. Du musst mir vertrauen."

Ihr Blick verriet ihm, dass sie es nicht tat, und das verletzte ihn. Jake spürte den Schmerz bis in seine Seele.

Als Jake und Abigail die unbefestigte Straße Richtung Ranger-Station erreichten, wandelte sich der Schnee in Nieselregen. Er drang unaufhörlich durch ihre Duster Coats und durchnässte alle Kleider. Doch Abigail nahm es nicht einmal wahr. Sie hatte keine Kraft mehr, zu zittern. Ihr Haar hing nass und formlos an ihr herunter, einige Strähnen klebten an ihrer Stirn. Sie fühlte sich so unendlich leer.

Jake ritt wie versteinert ein gutes Stück vor ihr. Jedes Mal, wenn sie ihn ansah, durchzuckte sie ein stechender Schmerz. Seit sie aufgebrochen waren, verhielt er sich äußerst wachsam. Er hatte sie mehrere Male angesprochen, aber Abigail reagierte nicht mehr. Sie wusste, dass es nicht fair von ihr war, aber sie konnte ihre Wut auf ihn einfach nicht zügeln. Er hatte sie so gedemütigt und gekränkt. Sie konnte nicht glauben, dass er seinen Auftrag nach all dem, was zwischen ihnen vorgefallen war, einfach so durchziehen und sie ausliefern würde. Sie fühlte den Verrat wie ein Messer im Rücken.

Eine Meile vor der Ranger-Station flog ein Hubschrauber tief über sie hinweg. Jake zog schnell eine Leuchtrakete aus seiner Satteltasche und schlug sie gegen die Ledersohle seines Stiefels. Die Rakete zischte und spie orangefarbenen Rauch, als Jake sie zu Boden warf.

„Sie haben uns", sagte er.

Es klang so endgültig, und das erschreckte sie. Sie wollte etwas erwidern, aber ihre Brust war wie zugeschnürt. Was sollte sie auch sagen?

„Sie werden uns erwarten." Er drehte sich zu ihr um. „Ich meinte, was ich gesagt habe, Abigail. Und ich stehe zu meinem Wort."

Statt ihn zu beachten, betrachtete sie die zerklüfteten, schneebedeckten Gipfel im Westen und den Habicht, der hoch über den Bäumen kreiste.

Erst als Jake abstieg und auf sie zuging, schenkte sie ihm ihre Aufmerksamkeit. „Komm her", befahl er barsch.

„Was hast du vor? Willst du mir etwa Handschellen anlegen?"

„Ich will dir etwas sagen, aber du hörst mir nicht zu."

„Bitte, Jake, mach es nicht komplizierter, als es eh schon ist."

„Steig von diesem Maultier ab oder ich ziehe dich herunter."

Fluchend rutschte sie von Rebell Yells Rücken. „Zufrieden?"

„Nein. Das hier bringt mich noch um."

„Ja? Dann solltest du dich mal in meine Lage versetzen. Von dort sieht es noch schlimmer aus."

Er ging auf sie zu. „Komm her."

Sie wich zurück. „Warum?"

„Weil ich dich in den Arm nehmen will."

„Willst du noch eine schnelle Nummer, bevor wir ankommen?"

„Das reicht!", herrschte er sie an. „So war es nicht und das weißt du auch. Mach das, was zwischen uns ist, nicht schlecht, nur weil dir nicht gefällt, wie ich mit deinem Fall umgehe."

„Ich muss nichts schlechtmachen, dafür sorgst du schon."

„Sag das nicht, Abigail, verdammt noch mal, das darfst du nicht einmal denken."

Ein scharfer Schmerz durchzuckte sie. Es fühlte sich an, als würde jemand ein Messer zwischen ihre Rippen rammen und es ganz langsam drehen. Abigail ertrug diesen Schmerz nicht, sie musste ihn herausbrüllen. „Ich weiß, dass ich mit dir geschlafen habe und dass du mich jetzt zurück ins Gefängnis bringst. Du behauptest, du würdest mir glauben, und dennoch tust du nichts, um mich vor der düsteren Zelle zu bewahren."

„Ich tue, was ich tun muss, um uns beide zu schützen. Ich hatte gehofft, du würdest mir ein kleines bisschen vertrauen."

„Verzeih mir, aber mein Vertrauen hat sich in Luft aufgelöst. Ich habe den Eindruck, dass du nur deine eigenen Interessen verfolgst."

„Ich kann dir nicht helfen, wenn ich meine Glaubwürdigkeit verliere."

„Und wir wollen ja nicht, dass das passiert, nicht wahr?"

Jake kniff sich in den Nasenrücken und schloss gequält die Augen. „Der richtige ist nicht immer auch der einfachste Weg, Abigail. Das solltest du gerade wissen."

Zum ersten Mal erkannte Abigail glasklare Parallelen zwischen Jonathan Reed und Jake. Sie wollte es nicht, aber eine innere Stimme mahnte sie, dass Jake sie für seine Karriere opfern und sie den Wölfen zum Fraß vorwerfen würde. Jake war zwar ein ehrenhafter Mann, doch blieb er nicht nur seinen Überzeugungen treu, sondern auch dem strengen Sittenkodex der Gesellschaft. In seinem Leben gab es keinen Platz für eine Strafgefangene.

Abigails letzte Hoffnung starb. Sie hatte das Gefühl, zu zerbrechen.

„Abigail!“ Er wollte ihr beistehen.

Doch sie hob abwehrend die Hände. „Bitte, tu mir das nicht an.“ Sie wollte sich so gerne in seine Arme flüchten und dort Trost finden, aber ihr Stolz ließ es nicht zu.

Glücklicherweise widersetzte sich Jake ihrem Wunsch und zog sie an sich. Als sie seine Wärme spürte und seinen männlichen Duft roch, war ihr, als ob sie nach Hause käme. Sie schluchzte auf. Es tat so weh, ihn so eng an sich zu drücken und dennoch zu wissen, dass sie keine Zukunft hatten. Sie schloss die Augen und weinte.

„Ich kenne einen guten Anwalt drüben in Boulder“, sagte er. „Er schuldet mir noch einen Gefallen. Außerdem ist Buzz Malone ein guter Freund von mir. Er ist ein Ex-Cop, Abigail, er wird uns helfen. Ich werde Beweise für deine Unschuld finden, das schwöre ich dir. Du bist nicht allein!“

„Das hat Reed auch gesagt.“

„Aber ich steh zu meinem Wort.“ Er versuchte, sie aufmunternd anzulächeln, doch es wirkte eher gequält. „Ich sorge dafür, dass du verlegt wirst. Selbst wenn es erst einmal in ein anderes County geht. Das wird das Erste sein, worum ich mich kümmere. Das verspreche ich.“

Sie nickte, aber sie glaubte ihm nicht.

Und dann küsste er sie hart. Und obwohl darin keine Leidenschaft lag, erregte sie dieser Kuss. Jake Madigan war der einzige Mann auf der Welt, dem das gelang, und das, obwohl er ihr gleich den Todesstoß versetzen würde. Das war wirklich Schicksal.

14. KAPITEL

Eine halbe Stunde später ritten Jake und Abigail auf den Parkplatz der Ranger-Station. Normalerweise war der Platz um diese Jahreszeit einsam und verlassen. Doch an diesem Nachmittag wimmelte es nur so von Polizisten. Zwei Fahrzeuge des Chaffee County Sheriff's Office parkten draußen vor dem gepflegten kleinen Gebäude. Daneben stand ein weißer Transporter des Department of Corrections mit einem vergitterten Kasten im hinteren Teil. Knapp zwanzig Meter davon entfernt, vor dem Tor, befand sich ein Übertragungswagen von Channel Seven mit einer Satellitenschüssel auf dem Dach und einer schick gekleideten Reporterin davor. Sein Motor grollte wie ein hungriges Raubtier, das auf Beute wartete.

Jake stoppte Brandywine in einigem Abstand zum nächsten Streifenwagen des Chaffee County. Er hörte die Tür zur Ranger-Station aufschlagen und sah, wie zwei stämmige Sheriff's Deputies auf sie zukamen. Sie trugen die Regenjacken, die das County an alle seine Polizisten ausgab.

Abigail erblasste, als sie die zwei Männer sah. Ihre Hände bebten, als sie ihre Finger in die kurze dicke Mähne des Maultiers grub. Sie atmete hektisch, als sei sie gerade mehrere Meilen gelaufen.

„Ganz ruhig", sagte Jake leise. „Alles wird gut."

Bevor sie etwas erwidern konnte, standen die Männer schon neben ihr. Einer von ihnen ergriff Rebell Yells Führungsseil, während der andere zu Jake hinüberging.

„Sind Sie okay, Deputy Madigan?"

„Mir geht's gut, danke." Er ließ die Zügel zu Boden fallen und stieg vom Pferd. „Wir frieren beide, wir sind hungrig und höllisch müde."

Die Tür der Ranger-Station wurde abermals aufgestoßen. Jake hob den Kopf und sah Buzz Malone und John Maitland näher kommen. Ihnen folgten zwei Beamte des Department of Corrections. Jake erkannte einen der Anzugträger vom Morgen der Lagebesprechung wieder. Er wurde von einer hochgewachsenen, grobknochigen Frau begleitet, die eine schlecht sitzende Uniform trug. Schon allein ihr Blick schien zu sagen: „Leg dich ja nicht mit mir an."

Jake konnte sich nicht erinnern, sich jemals zuvor so seltsam gefühlt zu haben. Etwas war vollkommen aus dem Lot geraten. Bisher hatte er seine Emotionen immer im Griff gehabt, doch jetzt beschlich ihn das beunruhigende Gefühl, dass die Leute hier sofort sahen, dass er und Abigail ein Liebespaar waren. Er konnte sich kein schnelleres Ende einer Polizeikarriere vorstellen, es sei denn, man wurde erschossen.

Er linste zu Abigail hinüber. Ihr Gesicht war immer noch kreidebleich, aber sie wirkte gefasst, obwohl sie am ganzen Körper zitterte. Ihr Haar war klitschnass und die Temperaturen eisig, dennoch zitterte Abigail ganz gewiss nicht vor Kälte.

Gott, wie er das alles hier hasste.

„Ma'am, kommen Sie von dem Maultier runter", sagte einer der Deputies zu Abigail. „Jetzt sofort."

„Bist du in Ordnung, Jake?"

Buzz Malone klopfte ihm besorgt auf die Schulter.

„Mir geht's prima", murmelte er.

„Du hast da ein Mordsveilchen."

„Ja, na ja, es waren ja auch ein paar Mordstage."

Jake wusste, dass er gehen sollte, solange ein guter Abgang noch möglich war, aber er konnte Abigail einfach nicht alleine lassen.

Er hütete sich, sie anzusehen. Denn schon jetzt rang er um Selbstbeherrschung. Er spürte, wie sehr sich Abigail fürchtete. Er hatte geahnt, dass es schwer werden würde, aber die Härte dieser Zerreißprobe überraschte ihn.

„Ma'am, ich sagte, kommen Sie von dem Maultier runter." Der stämmige Deputy zog ein Paar Handschellen aus seiner Tasche.

Jake wollte so gern mit ihr reden, sie beruhigen, ihr Mut machen.

Ohne ein Wort zu den Deputies oder zu Buzz ging er zu dem Maultier hinüber und streckte die Hand hoch, um ihr herunterzuhelfen. Er merkte nur allzu genau, dass sich die anderen Männer zurückhielten. Er konnte ihre fragenden Blicke in seinem Rücken spüren. Zum ersten Mal in seiner Berufskarriere scherte er sich nicht darum.

„Komm schon runter", sagte er. „Es ist in Ordnung."

Abigail sah ihn an. Jake zuckte unmerklich zusammen, als er den Schmerz in ihren Augen sah. „Langsam", sagte er. „Ich halte dich."

Sie glitt vom Maultier. Jake fasste sie bei den Schultern und half ihr vorsichtig auf den Boden. Er spürte ihre Anziehungskraft, roch den sanften Duft ihrer Haare und spürte ihre panische Angst.

„Vertrau mir", flüsterte er.

„Deputy Madigan, Officer Walters wird die Gefangene von hier übernehmen."

Er wandte sich ab. Vor seinem inneren Auge sah er immer noch

Abigails Gesicht. Du hast mich verraten, schien ihr Blick zu sagen. Er spürte den Nachklang ihrer Wärme, roch ihren Duft.

Buzz und John beobachteten ihn mit einem sonderbaren Ausdruck im Gesicht. Jake ging zögernd auf sie zu. Buzz musterte ihn schärfer, aber er sagte nichts. Er wusste offenbar, dass etwas nicht stimmte und dass Mr.. Vorschrift, Jake Madigan, eine Grenze überschritten hatte.

Die Beamtin des D. O. C. sprach mit Abigail. „Nichols, drehen Sie sich um und reichen Sie mir Ihre Handgelenke."

Jakes Herz trommelte gegen seine Rippen, als er die Handschellen einrasten hörte. Er hatte gewusst, dass die Beamten sie fesseln, sie durchsuchen, sie befragen würden. Es mochten Stunden vergehen, bevor man ihr trockene Kleider und etwas zu essen gab.

Plötzlich hörte er schnelle Schritte auf dem Schotter. Jake drehte sich um und sah, wie der männliche Beamte seine Hände zwischen Abigails Schulterblätter legte und sie auf den Streifenwagen zuschob. Sie stolperte und fiel auf die Knie.

Jake sah rot. Er raste auf den Mann zu, packte ihn am Kragen und zerrte ihn mit einem Ruck herum. Der Deputy starrte ihn erstaunt an. Plötzlich schlug Jake knallhart zu. Ein Schmerz schoss durch seine Fingerknöchel, aber Jake fühlte sich erleichtert. Alles war besser als diese quälenden Gefühle in seiner Brust.

Die Beamtin neben ihm schnappte hörbar nach Luft, während ihr Partner wie ein Sack Kartoffeln auf den Boden sank.

„Madigan, was machst du da?"

Buzz Malone stürzte wütend auf ihn zu. Abigail indes hatte sich nicht geregt. Jake fühlte sich seltsam. Er wollte zu ihr, aber Buzz hielt ihn am Arm zurück.

„Schalt 'nen Gang runter, Jake."

Die Wut tobte in seinem Körper. Jake versuchte, Buzz abzuschütteln, aber der zog ihn grob mit sich. „Beruhig dich, verdammt! Ich meine es ernst."

Er ließ Jakes Arm los.

„Was zur Hölle ist mit Ihnen los?" Der Deputy rappelte sich wieder auf und rieb sich den Kiefer. „Sie durchgedrehter Hurensohn! Sie haben mich geschlagen!"

Jake fuhr herum. „Wehe, ich sehe noch einmal, dass Sie ihr wehtun!"

„Sie ist gestolpert, Mann. Für wen halten Sie sich eigentlich? Das kostet Sie Ihre Dienstmarke!"

„Besser, sie kommt unversehrt in ihrer Zelle an", zischte Jake.

„Sollte das nicht der Fall sein, breche ich Ihnen alle Knochen.“

„Sie ist eine Mörderin!“ Das Gesicht des Deputys wurde rot vor Zorn. Ruckartig zeigte er mit dem Finger auf Abigail. „Vor drei Tagen hat sie den Mitarbeiter eines Sportgeschäfts erschossen und einige Waffen mitgenommen. Ich schlage vor, Sie justieren Ihre Loyalitäten neu, Partner.“

Jake starrte den Mann an. Wut und Zweifel trommelten auf ihn ein wie die Fäuste eines Boxers. „Wovon reden Sie?“

Der Deputy wischte sich mit der Rückseite der Hand das Blut vom Mund. „Ein paar Stunden, nachdem sie aus Buena Vista geflohen war, wurde ein paar Meilen vom Gefängnis entfernt ein Sportgeschäft überfallen und der Angestellte erschossen. Die Täterin nahm einige Waffen und Bargeld mit. Waffen und Bargeld wurden in einem Truck gefunden, der vier Meilen vom Gefängnis entfernt unter einer Brücke parkte. Der Wagen gehört Nichols' Großmutter.“

Jake war nicht davon ausgegangen, dass die Einsatznachbesprechung mit Sheriff Noble gut laufen würde. Dass er einen Amtskollegen geschlagen hatte, belastete ihn schwer. Ohne seinen Bericht über den Scharfschützen und die Schusswunde an seiner Rippe hätte ihn Zane Noble bestimmt auf der Stelle gefeuert.

Buzz hatte sich bereit erklärt, ihn hinüber zum RMSAR-Hauptquartier zu fahren, damit er dort duschen und die Kleider wechseln konnte, aber Jake wusste, dass hinter Buzz' Angebot mehr steckte als schlichte Freundlichkeit. Wenn jemand Jake verstand, dann war er es. Es gab niemanden, dem Jake mehr vertraute als ihm.

Die beiden Männer fuhren schweigend den kurzen Weg zum RMSAR-Hauptquartier. Jake wusste, dass Buzz die Sache mit dem Deputy nicht auf sich beruhen lassen würde. Das bewahrheitete sich, als sie zur Tür hineingingen. „Du schuldest mir eine Erklärung.“

„Ich habe keine Zeit.“

„Dann nimm sie dir.“

„Ich will duschen und dann muss ich gehen.“ Jake eilte an der Einsatzzentrale vorbei zum hinteren Teil des Hauptquartiers. Er zitterte innerlich und, zur Hölle noch mal, auch äußerlich. Er hatte gedacht, er könnte einfach so gehen, sobald man Abigail abführte. Tatsache war, dass es ihn schwer belastete.

Er konnte nicht glauben, dass die jüngsten Anschuldigungen gegen Abigail zutrafen.

„Gehen, wohin?“, knurrte Buzz hinter ihm.

Jake stand so unter Strom, dass er am liebsten auf etwas eingeschlagen hätte. Beide Männer sahen auf, als Pete Scully den Flur hinunter auf sie zukam. Der Nachwuchs-Sanitäter warf einen einzigen Blick auf Jake und ging dann wortlos an ihnen vorbei. Tony Colorosa war nicht so clever.

„Hey, Madigan, hat dir diese heiß aussehende Knastschwester das Licht ausgeknipst? Hoffentlich war sie es wert, Kumpel.“

Jake wusste, dass Tony es nur so dahersagte, doch seine Wut schien wie entfesselt. Er stürmte auf Tony zu, packte ihn bei den Schultern und schleuderte ihn gegen die Wand. „Halt deine Klappe! Kein Wort über sie!“, fuhr er ihn an.

Tony stieß Jake von sich. „Nimm deine Hände von mir, Madigan.“

Jake hielt ihn fest und drückte ihn weiter gegen die Wand. „Kein weiteres Wort über sie. Ist das klar, Süßer?“

„Madigan!“, rief Buzz. „In mein Büro. Jetzt!“ Er sah Tony Colorosa streng an. „Und du verschwinde, Tony.“

Jake schüttelte Tony noch einmal, dann schob er ihn weg. Er sah nicht zurück, als Tony ihn verfluchte.

Als er Buzz' Büro betrat, atmete Jake immer noch schwer. Er wusste, dass der Boss seinen Arsch grillen würde. Wahrscheinlich hatte er es auch verdient. Sein Benehmen war für einen Freiwilligen des Such-und-Rettungs-Teams nicht hinnehmbar, und für einen Sheriff's Deputy schon gar nicht. Morgen um diese Zeit würde er sich um beides wohl keine Gedanken mehr machen müssen, dachte er mürrisch.

Was für ein Schlamassel.

Er hatte sich in seinem ganzen Leben noch nie so ohnmächtig gefühlt. Er würde Abigails Blick nie vergessen, als die Beamtin sie weggeführt hatte. Der Ausdruck war so scharf gewesen. Du hast mich verraten, schien er zu sagen.

„Setz dich hin.“

Jake ließ sich in den Plastikschalenstuhl gegenüber dem Schreibtisch fallen.

„Was ist los?“

Jake stützte die Ellbogen auf die Knie und legte das Gesicht in seine Hände. Das war eine gute Frage. Was zur Hölle war los mit ihm? Warum machte ihn das alles hier so verrückt? Er verlor doch sonst nie die Kontrolle.

„Erzähl mir, was da oben passiert ist.“

Jake wusste nicht, wo er anfangen sollte. Sollte er Buzz überhaupt erzählen, was da oben passiert war? Er hatte sich mehr als unangemessen verhalten und wusste, dass es ihn am Ende seinen Job im Team kosten würde. Ach Mann, er wusste ja selbst nicht einmal genau, was zwischen ihm und Abigail überhaupt geschehen war.

Er wusste nur, dass er niemals zuvor in seinem Leben so sehr gelitten hatte.

„Himmelherrgott noch mal, Madigan, deine Hände zittern."

Jake sah auf seine Hände und lachte, aber es klang rau und bitter.

„Wie schlimm bist du verletzt?"

„Nicht schlimm."

„Lass mich mal sehen. Wenn ich es nicht besser wüsste, würde ich meinen, du bist im Fieberwahn."

Jake zog teilnahmslos sein Hemd hoch. Er war selbst gespannt auf die Verletzung. Die Bandage, die Abigail angelegt hatte, saß nach wie vor fest. Er löste ein Ende des Klebebands, um die Bandage abzunehmen. Darunter kam eine tiefe Wunde zum Vorschein und ein Bluterguss, der gerade begann, sich zu verfärben.

„Das muss genäht werden."

„Ich sage es dir nur ungern, Buzz, aber das ist im Moment mein geringstes Problem."

„Ich fahre dich nachher rüber ins Lake County."

„Wie wäre es mit dem Mercy General?"

Buzz sah ihn erstaunt an. „Gibt es einen besonderen Grund, einen so großen Umweg von einer Stunde zu fahren?"

„Ja." Jake blickte auf seine schmutzigen Stiefel und dachte angestrengt nach.

„Ich höre." Buzz stand auf und ging zur Kaffeemaschine hinüber. Er griff tief in den darüber hängenden Schrank und nahm einen kleinen Flachmann und zwei Becher heraus. Zurück am Schreibtisch stellte er einen der Becher vor Jake hin und füllte ihn zwei Fingerbreit mit einer bernsteinfarbenen Flüssigkeit. „Ich habe immer etwas für Notfälle da."

„Ich vermute, dies hier geht als Notfall durch."

„Ja, einem Sheriff's Deputy eine zu verpassen, ist nicht gerade geschickt."

Jake griff nach dem Becher und trank. Der Whisky brannte in seiner Kehle, trotzdem leerte Jake den Becher in einem Zug. „Ich hab's vermasselt, Buzz."

„Da kann ich dir leider nicht widersprechen."

„Nein, das meine ich nicht. Ich hab es haushoch vermasselt."

Buzz seufzte. „Diese weibliche Strafgefangene ist dir nahegegangen, nicht wahr?"

„Ich habe mit ihr geschlafen", gestand Jake.

In den zwölf Jahren, die er Buzz Malone bereits kannte, hatte Jake den Kollegen noch nie zusammenfahren sehen. *„Was?"*

„Ich sagte, ich …"

„Ich weiß, was du gesagt hast. Ich frage mich nur, warum du es mir erzählst und was du damit bezwecken willst."

„Sie ist unschuldig."

Buzz stöhnte auf. „Jake!"

„Verdammt, Buzz, sie ist wirklich unschuldig."

„Sie hat einen Verkäufer ermordet! Warum, glaubst du, war der Deputy so grob? Sie hat Geld und Waffen gestohlen und …"

„Sie war es nicht."

„Woher willst du das so genau wissen?"

„Ich weiß, das klingt verrückt", er schluckte.

„Es klingt mehr als verrückt. Es klingt so, als würdest du deine Karriere aufs Spiel setzen, weil du diese Frau nicht verwunden hast."

Jake spürte plötzlich, dass er sie auch gar nicht verwinden wollte. Die Erkenntnis erfüllte ihn mit Panik. Angst wühlte in ihm. Er hatte Angst vor der Wahrheit und Angst um die Frau, deren Leben er jetzt in seinen Händen hielt.

„Ich liebe sie." Seine Worte erschütterten ihn bis in seine Grundfesten. „Gott, Buzz, ich liebe sie."

„Du bist vor allen Dingen müde, Jake. Du bist verletzt und du warst mehrere Tage extremem psychischem Stress ausgesetzt. Gönn dir etwas Ruhe, um wieder zu Kräften zu kommen."

„Ein paar Tage werden nicht reichen." Jake schob seinen Becher über den Schreibtisch. Buzz tat ihm den Gefallen und füllte nach.

„Ich brauche deine Hilfe", sagte Jake.

„Was du brauchst, ist, dass Sheriff Noble wegschaut und es dabei bewenden lässt."

„Jemand hat sie hereingelegt."

„Jake!"

„Wenn du mir nicht hilfst, Buzz, mache ich es allein."

„Machst du was allein?"

„Ich muss ein paar Hinweise verfolgen, aber ich schaffe das nicht allein, ich brauche deine Hilfe."

„Ich bin nicht mehr bei der Polizei."

„Morgen um diese Zeit bin ich das vermutlich auch nicht mehr. Aber ich muss daran arbeiten und es schlau angehen."

„Woran du arbeiten musst, ist Schadensbegrenzung. Jake, du hast einen Deputy verdroschen. Wenn er Beschwerde einreicht, steckst du in großen Schwierigkeiten."

Jake erinnerte sich an Abigails Gesicht, als sie auf dem nassen Schotter kniete. „Der Kerl hat es verdient."

„Wenn diese Nichols dich wegen unangemessenen polizeilichen Verhaltens belangt, bist du dran."

„Das wird sie nicht."

Buzz beugte sich seufzend vor und füllte seinen eigenen Becher nach. Er sah so aus, als bräuchte er den Drink ebenso dringend wie Jake. „Ich muss dich nicht an dein glückliches Händchen bei Frauen erinnern, oder?"

Buzz spielte auf Elaine an. Er war der einzige Mensch, der die ganze Geschichte kannte. Jake dachte an Abigail und versuchte, Parallelen zwischen ihr und Elaine zu erkennen, doch das konnte er nicht. Abigail Nichols war in nichts mit Elaine zu vergleichen. Darauf würde Jake sein Leben verwetten.

„Bist du sicher, dass du für eine verurteilte Mörderin alles aufs Spiel setzen willst?"

Jake warf den leeren Becher in den Mülleimer unter Buzz' Schreibtisch und stand auf. „Ich werde jetzt duschen, dann fahre ich hinüber zum Mercy General." Er sah Buzz an. „Kommst du mit mir?"

„Willst du mich ins Bild setzen oder lässt du mich weiter im Dunkeln tappen?"

Ein Schauer der Erleichterung ging durch Jake. „Ich erkläre es dir auf dem Weg."

Zum ersten Mal an diesem Tag litt Abigail unter der Kälte. Als die Beamtin sie in ihre vorläufige Zelle brachte, brach die Kälte tief aus ihrem Inneren hervor. Abigail begann zu zittern. Ihre Zähne klapperten und ihre Hände bebten so sehr, dass sie kaum die Decke und das Kissen auf ihrer kargen Pritsche halten konnte.

Oh, Gott im Himmel, was hatte sie getan?

Die Frage war rein rhetorisch, denn Abigail kannte die Antwort nur zu gut. Sie hatte einem Mann vertraut, obwohl sie wusste, dass er sie verraten würde. Sie hatte sich ihm hingegeben und ihm erlaubt, dass er sie benutzte. Schlimmer, sie hatte ihm ihr Herz geschenkt und jetzt war es dabei zu brechen.

Oh, Jake, wie konntest du mir das antun?

Die Befragung durch die Beamten des D. O. C. war an ihr vorbeigezogen. Sie wollten wissen, wie Abigail die Flucht gelungen war, ob sie innerhalb oder außerhalb des Gefängnisses Helfer hatte und was sie nach dem Verlassen des Geländes alles getan hatte. Die Polizisten waren unhöflich und konzentrierten sich vor allem auf den Überfall auf das Sportgeschäft und den dort tot aufgefundenen Verkäufer. So wie Abigail es verstand, hatte man Grams' Truck gefunden und in ihm Waffen und Geld aus dem Überfall. Abigail wurde immer und immer wieder das Gleiche gefragt, ohne dass sie auch nur eine Antwort wusste. Und die ganze Zeit über fror sie in ihren nassen Klamotten. Als die Beamten sie nach knapp vier Stunden entließen, stand sie kurz davor, alles zuzugeben, nur um endlich etwas Trockenes zum Anziehen und etwas zu essen zu bekommen.

Die Aufnahme ins Chaffee-County-Gefängnis war ein Albtraum gewesen, doch Abigail hatte ihren Verstand ausgeschaltet und alles plump über sich ergehen lassen. Nach dem Verhör durfte sie duschen. Sie bekam einen trockenen Gefängnisoverall und wurde zu ihrer kleinen Zelle im Keller geführt, wo ihr ein weiblicher Deputy ein lauwarmes Abendessen durch die Gitterstäbe reichte. Nach der Vernehmung zur Anklage am nächsten Morgen würde man sie zurück nach Buena Vista überführen.

Wo war Jake?

Die Frage ging ihr durch den Kopf, seit sie ihn auf dem Parkplatz der Ranger-Station verlassen hatte. Sie fragte sich, ob er wohl die neuen Lügen über sie glaubte.

Er besuchte sie nicht und er hielt nicht sein Wort. Sie wurde an keinen anderen, sicheren Ort verlegt, sondern musste nach Buena Vista zurückkehren.

Warum hatte sie ihm nur vertraut?

Abigail stand in der Mitte der Zelle und starrte auf das unberührte Essenstablett. Sie wusste, dass sie etwas essen sollte. Sie hatte seit beinahe vierundzwanzig Stunden nichts mehr zu sich genommen. Aber ihr Magen war völlig verkrampft und ihr Appetit verflogen. Sie fühlte sich körperlich krank und fror bis in die Tiefen ihrer Seele.

Jake würde nicht kommen, um sie abzuholen. Er unternahm nichts, um ihre Unschuld zu beweisen. Er hatte sie nur benutzt und ihr falsche Hoffnungen gemacht. Diese grausame Erkenntnis schmerzte mehr als jeder körperliche Schlag.

Abigail schlang die Arme um sich und rutschte am Rücken die kalte Betonwand hinunter. Sie würde sich hüten, zu weinen, denn Tränen halfen ihr jetzt auch nicht weiter. Trotzdem konnte sie sie nicht länger aufhalten, sie rannen nur so aus ihren Augen. Sie weinte, weil ihr Herz blutete. Sie hatte den schlimmsten Fehler begangen, den sie begehen konnte. Sie hatte sich in Jake Madigan verliebt.

15. KAPITEL

Jake saß auf einer Krankenliege in der Notaufnahme des Mercy General Hospital in Denver und sah zu, wie die Krankenschwester ein betäubendes Medikament neben die Schusswunde an seiner Rippe spritzte. Auf dem Weg hierher hatte er Buzz alles über Abigails schrecklichen Verdacht und die üblen Machenschaften des Dr. Jonathan Reed erzählt.

Buzz hatte die meiste Zeit schweigend zugehört. Natürlich konnte er nicht zugeben, dass er diese abwegige Geschichte glaubte, vor allem nicht, wenn man bedachte, dass Abigail Jakes Quelle war. Aber Jake kannte Buzz gut genug, um zu wissen, dass sein Misstrauen geweckt war. Buzz würde ihm helfen. Und sollte er auch nur die kleinste Ungereimtheit entdecken, würde er sich darauf stürzen wie ein Wolf auf ein Kaninchen. Er hatte Jake im Schwesternzimmer zurückgelassen und mit der ungewissen und mühsamen Befragung des Personals hinsichtlich Abigail Nichols, Jonathan Reed und dem Tod eines obdachlosen Mannes namens Jim begonnen.

„Wirkt die Betäubung schon, Officer Madigan?"

Die Frage der Krankenschwester holte ihn mit einem Ruck in die Gegenwart zurück. Jake zwang sich zu einem Lächeln. „Ich spüre nichts mehr."

„Gut, denn wir werden Sie jetzt nähen müssen."

Schwester Holly Forbes war eine hübsche Frau in ihren Vierzigern. Sie hatte kräftiges braunes Haar und ein beruhigendes Lächeln. Jake sah ihr einige Minuten zu, wie sie die gebogene Nahtnadel führte. „Arbeiten Sie schon lange am Mercy General?"

„Oh, du meine Güte, nächsten Monat sind es vierzehn Jahre. Das erscheint mir wie eine Ewigkeit. Als ich hier anfing, hatten sie noch nicht einmal den neuen Flügel."

„Kannten Sie Abigail Nichols?"

Für den Bruchteil einer Sekunde hielt Holly Forbes inne. Sie sah Jake misstrauisch an. Jake vertraute auf sein Bauchgefühl. „Ich frage inoffiziell", sagte er.

Sie nähte wieder weiter. „Sie war eine sehr nette junge Frau."

„Haben Sie sie gut gekannt?"

„Wir waren Freundinnen. Haben immer in der Pause zusammen zu Abend gegessen, wenn wir Nachtdienst hatten. Es ist schrecklich, was mit ihr passiert ist." Sie setzte einen weiteren Stich, dann schnitt sie das

Fadenende mit einer Schere ab und begann den Faden zu verknoten. „Wie ich hörte, ist sie im Gefängnis."

„Das stimmt."

„Sie schien mir gar nicht der Typ für eine solche Tat zu sein. Es hat hier im Krankenhaus für einiges Aufsehen gesorgt, als im Prozess herauskam, was sie getan hat."

„Glauben Sie denn, dass sie es getan hat?"

Ihre Blicke begegneten sich. Jake kniff die Augen zusammen, um Hollys Blick richtig zu deuten. „Arbeiten Sie an ihrem Fall?", fragte sie vorsichtig.

„Nein. Ich bin ihr Freund."

„Ich vermute, sie kann einen Freund gut gebrauchen."

Jake überlegte, wie viel er ihr verraten konnte, um mehr Informationen aus ihr herauszubekommen. „Ich glaube nicht, dass das alles erst während des Prozesses herausgekommen ist. Was denken Sie?"

Ihre Hände, die bislang ruhig gewesen waren, zitterten plötzlich. „Keine Ahnung."

„Wenn Ihnen das Schicksal dieser jungen Frau nicht egal ist, sollten Sie Ihren Instinkten folgen und mir erzählen, was Sie wissen", sagte er sanft.

Mittlerweile hatte sie den letzten Stich verknotet und legte Nadel und Schere in die Edelstahlschale. „Ich weiß nicht, was Sie meinen."

„Ich verfüge über eine ziemlich gute Menschenkenntnis, Ma'am, und in Ihrem Gesicht lese ich, dass Sie weit mehr wissen, als Sie zugeben wollen."

„Deputy Madigan!"

„Abigails Leben hängt davon ab", sagte er.

Sie lächelte zögerlich. „Ich habe der Polizei alles erzählt, was ich weiß. Mir sind nur kleinere Ungereimtheiten aufgefallen, aber nichts, was sich beweisen ließe."

„Was für Ungereimtheiten?"

„Sehen Sie, ich ziehe drei kleine Kinder alleine groß und ich habe keinen Mann, der mich in irgendeiner Weise dabei unterstützt, Deputy Madigan. Ich bin auf diese Arbeit hier angewiesen, ich darf sie nicht verlieren."

„Alles, was wir hier besprechen, bleibt unter uns."

Jetzt versprach er schon wieder etwas, was er womöglich nicht halten konnte.

Eine zweite Krankenschwester betrat den Raum. Holly Forbes lächelte die Kollegin verlegen an, dann wickelte sie eine sterile Gazebinde aus. „Hier kann ich nicht mit Ihnen sprechen."

„Jemand versucht, Abigail zugrunde zu richten", sagte er leise. „Sie hat nicht viel Zeit."

Die Krankenschwester seufzte. „Die Frau, mit der Sie reden müssen, hat vor knapp einem Jahr gekündigt."

„Wie heißt sie?", drängte er.

„Donna Sullivan. Sie war Krankenschwester."

„Warum sollte ich mit ihr sprechen?"

„Weil sie mehr weiß als ich."

„Und wo finde ich sie?"

„Früher lebte sie in einer kleinen Einzimmerwohnung in Littleton, in der Nähe der Bowles. Ich weiß nicht, ob sie noch dort wohnt, sie hat nie wieder was von sich hören lassen."

Fünfzehn Minuten später waren Buzz und Jake wieder auf der Straße und steuerten auf Littleton zu, einen Vorort von Denver.

„Was glaubst du?", fragte Jake, nachdem er Buzz von dem Gespräch mit Holly Forbes berichtet hatte.

„Ich denke, wir sollten mit ihr sprechen."

„Ja."

„Es könnte natürlich vergebliche Liebesmüh sein."

„Oder es stellt sich heraus, dass jemand am Mercy General ein kleines, schmutziges Geheimnis hat."

Buzz griff nach seinem Mobiltelefon und wählte eine Nummer. Dann sprach er recht barsch mit jemandem am anderen Ende der Leitung. „Ich brauche eine Personenüberprüfung. Was wissen wir über eine gewisse Donna Sullivan, früher Krankenschwester am Mercy General?" Er lauschte und runzelte die Stirn. „Kein Geburtsdatum. Ja, ich weiß, dass ich kein Polizist mehr bin." Die Falte in seiner Stirn wurde tiefer. „Du schuldest mir noch einen Gefallen. Ja, genau. Erzähl das jemandem, den es interessiert. Ruf mich an." Nachdem er die Verbindung getrennt hatte, zwinkerte er Jake grinsend zu. „Oh Mann, manchmal vermisse ich das Polizistendasein."

Gegen Mitternacht hallte das Geräusch scheppernder Stahltüren durch den langen, engen Flur des Chaffee-County-Gefängnisses. Abigail lag auf der schäbigen Pritsche. Sie hatte die Decke bis ans Kinn gezogen und starrte an die Decke. Wortfetzen drangen an ihr Ohr, doch es war nicht Jake, der zu ihr kam. Wie dumm war sie eigentlich, zu glauben, er würde sich bei ihr sehen lassen. Trotzdem erwachte Hoffnung tief in ihr.

Ihr Herz klopfte aufgeregt bei dem Gedanken, ihn wiederzusehen. Gott, sie musste schrecklich aussehen. Ihre Haare standen zu Berge, ihre Augen fühlten sich vom vielen Weinen ganz geschwollen an und ihr Gesicht war wahrscheinlich totenblass. Schnell fuhr sie sich mit den Fingern durchs Haar und kniff sich in die Wangen, um wenigstens etwas Farbe zu provozieren. Sie sprang auf die Füße, lief zu den Gitterstäben hinüber und gab sich alle Mühe, einen Blick den Flur hinunter zu werfen.

Sie spürte einen Stich in der Magengrube, als sie einen weiblichen Deputy entdeckte, der von zwei Anzugträgern begleitet wurde. Abigail kannte die Männer nicht, vielleicht hatte die D. O. C. sie geschickt.

„Nichols, treten Sie von der Tür zurück", befahl der weibliche Deputy.

Der Gefängnisdrill war ihr so in Fleisch und Blut übergegangen, dass Abigail sofort zurücktrat. Die Beamtin schloss die Tür auf, während die Anzugträger Abigail teilnahmslos betrachteten.

„Was geht hier vor?", fragte Abigail hastig.

Der weibliche Deputy betrat die Zelle. „Drehen Sie sich um und reichen Sie mir Ihre Handgelenke."

Abigails Puls raste. Kalte Angst überfiel sie. Sie ermahnte sich, ruhig zu bleiben, weil die Überführung jetzt nur legitim sein konnte. „Bitte sagen Sie mir, worum es hier eigentlich geht."

„Sie werden zurück nach Buena Vista überstellt."

„Aber ich dachte, ich soll morgen früh in Chaffee County zwecks Anklage verhört werden."

„Geben Sie mir Ihre Handgelenke", betonte die Beamtin erneut.

Abigail ignorierte den Befehl und blickte die Männer an. „Kann ich bitte Ihren Ausweis sehen?"

Einer der Männer lachte.

„Ihre Hände", sagte die Aufseherin. „Jetzt."

Abigail wollte einen Schritt zurück machen, aber die Frau packte grob ihre Arme und drehte sie um. „Stellen Sie meine Geduld nicht auf die Probe, Nichols. Ich bin nicht in der Stimmung."

Plötzlich überkam Abigail ein ungutes Gefühl. Obwohl die Panik in jede Faser ihres Körpers kroch, versuchte sie ruhig zu bleiben. „Bitte, zeigen Sie mir doch einfach Ihren Ausweis."

Fluchend ging der weibliche Deputy auf sie los. „Bringen Sie mich nicht dazu, das Pfefferspray einzusetzen."

Schnell drehte sich Abigail von der Frau fort und stürzte zur Tür. Einer der Männer versperrte ihr den Weg. Sie versuchte, sich an ihm vorbeizudrängen, aber er war zu groß und zu stark. Er legte seine Hände auf ihre Schultern und drückte hart zu. „Beruhigen Sie sich. Wir überführen Sie nur nach Buena Vista."

Abigail zuckte zusammen. Als sie sich umwandte, sah sie, dass die Polizistin das Pfefferspray aus dem Gürtel gezogen hatte. „Drehen Sie sich um und strecken Sie Ihre Hände aus!", befahl die Frau schroff.

„Diese Männer sind nicht vom D. O. C.", schrie Abigail. „Bitte, rufen Sie den Richter an. Rufen Sie Deputy Madigan an. Bitte, sie wollen mich töten."

Einer der Männer sah die Polizistin schulterzuckend an.

„Drehen Sie sich jetzt um!", keifte diese schrill.

Weil sie wusste, dass sie keine Alternative hatte, fügte sich Abigail ihrem Schicksal. Die Frau zog Abigails Hände grob auf den Rücken und fixierte sie mit einer Art Kabelbindern aus Nylon.

„Dann wären wir ja endlich so weit." Einer der Männer packte Abigails Arm. „Müssen wir noch etwas unterschreiben?"

Der Deputy reichte dem anderen Mann ein Formular herüber und er kritzelte schnell seinen Namen darauf. „Danke."

Abigail starrte den weiblichen Deputy an. „Bitte", sagte sie. „Bitte rufen Sie Deputy Madigan an. Er wird Ihnen alles erklären. Bitte!"

„Auf geht's, Nichols." Die Hand um ihren Arm griff fester zu und schob sie vorwärts. Abigail schaute zurück zu dem Deputy und sah, wie die Frau den Kopf schüttelte.

Ein schreckliches Gefühl der Hilflosigkeit lähmte sie. Oh Gott, dachte sie, niemand glaubt mir. Sie musterte die Männer zu ihren Seiten und ihre Angst wurde übermächtig.

„Wohin bringen Sie mich wirklich?", fragte sie, als ein weiterer weiblicher Deputy eine Sicherheitstür aufschloss, die zu den Empfangsräumen führte.

Der Mann auf ihrer Linken nickte der Beamtin zu und verdrehte die Augen. Die Frau lächelte.

Abigail starrte die Beamtin wütend an. „Rufen Sie in Buena Vista an", rief sie. „Ich werde dort nicht erwartet. Bitte! Rufen Sie Jake Madigan an."

Die Frau schüttelte den Kopf. „Fahrt vorsichtig“, sagte sie zu den zwei Männern und schloss die Tür hinter ihnen.

Jake wusste, dass Donna Sullivan log, sobald sie nur den Mund aufmachte. Die Angst um Abigail machte ihn zunehmend gereizt. Seine Geduld war schon lange am Ende. Er hörte aufmerksam zu, als Donna Sullivan behauptete, nichts über Jonathan Reed zu wissen und auch nichts über den Tod der beiden obdachlosen Patienten, die während ihrer Arbeit in der Notaufnahme des Mercy General gestorben waren. Als ihr nichts weiter einfiel, schwiegen sie, und Jake ließ das Schweigen unangenehm anwachsen, in der Hoffnung, dass Donna zu den Menschen gehörte, die ein langes, unbehagliches Schweigen nicht ertrugen.

Irgendwann schob er die Hände in die Hosentaschen und ging im Zimmer auf und ab. Sie beobachtete ihn ängstlich. Ihre Nervosität wuchs. Das Apartment war klein, aber komfortabel eingerichtet. Gerahmte Fotografien von zwei kleinen Mädchen in verschiedenen Stadien der Kindheit schmückten die Wände. Es waren hübsche kleine Mädchen mit Zöpfchen und rosa Kleidern. Auf einem Foto trugen die zwei schmutzige Sneakers und grinsten widerspenstig in die Kamera.

Jake fragte sich, welche Frau ihre Kinder so sehr lieben und dennoch über ein solch abscheuliches Verbrechen schweigen konnte.

„Das ist alles, was ich weiß“, sagte sie.

„Ich denke, Sie wissen weit mehr, als Sie uns sagen, Miss Sullivan“, sagte Jake.

„Wie bitte?“ Sie versuchte, ungehalten auszusehen, aber es gelang ihr nicht ganz. „Sehen Sie, ich habe der Polizei mehrmals gesagt, was ich weiß. Ich verstehe nicht, warum Sie es noch einmal hören wollen. Ich meine, das ist so lange her. Der Prozess ist vorbei und die Verantwortliche wurde bestraft.“

„Wissen Sie, dass es ein Verbrechen ist, die Polizei anzulügen?“

„Bezichtigen Sie mich der Lüge?“

„Ich hebe nur einen Tatbestand hervor, über den Sie sich womöglich nicht ganz im Klaren sind.“

„Sehen Sie, ich habe Ihnen alles erzählt, was ich weiß“, wiederholte sie. „Ich habe Abigail Nichols in jener Nacht in der Apotheke der Notaufnahme gesehen. Eine Stunde später war ihr Patient an einer Überdosis Valium gestorben. Ich habe das bezeugt. Das ist alles, was ich weiß.“

„Wir haben aber etwas ganz anderes erfahren", sagte Jake.

„Was? Von wem?" Sie kniff die Augen zusammen und sah ihn forschend an. „Ich weiß, wer Sie sind. Sie sind der Polizist vom RMSAR-Team, der vorhin in den Nachrichten war. Vielleicht denken Sie ja mit einem Teil Ihres Körpers, der nicht mit Ihrem Kopf verbunden ist."

Jake spürte, wie die Wut in ihm anschwoll. Wäre Donna Sullivan ein Mann gewesen, sähe sich Jake möglicherweise einem weiteren Vorwurf wegen Körperverletzung gegenüber.

„Lass uns gehen", sagte Buzz vom anderen Ende des Zimmers her.

Jake war noch nicht so weit. „Es geht hier um Leben und Tod, Miss Sullivan. Abigail Nichols hat dem Mann kein Valium gespritzt, und das wissen Sie genauso gut wie ich."

„Ich weiß nichts davon."

„Wenn ich herausfinde, dass Sie mich anlügen, mache ich Sie fertig."

Donna errötete. „Drohen Sie mir nicht. Ich habe der Polizei bereits alles gesagt, was ich weiß. Ich habe nichts Falsches getan. Verschwinden Sie jetzt aus meiner Wohnung. Verschwinden Sie, bevor ich die Polizei rufe."

Buzz versuchte, Jake am Arm zu nehmen, aber Jake schüttelte ihn ab. Er zeigte mit zitternden Fingern auf die Frau. „Ich komme wieder, verlassen Sie sich drauf."

„Es ist vorbei", sagte Buzz.

Jake stieß die Tür auf und schwang sie knallend gegen die Wand. Er atmete schwer. Er fühlte sich verzweifelt. Er musste unentwegt an Abigail denken und daran, was sie wohl genau in dieser Minute durchmachte.

Oh Gott, er konnte nicht glauben, dass er sich in eine Frau verliebt hatte, die sich schon bald einer weiteren Mordanklage gegenüber sah. Darauf stand die Todesstrafe. Bei dem Gedanken wurde ihm schlecht.

Jake ging in Riesenschritten über den Parkplatz zu Buzz' Bronco hinüber und legte seine Hände auf die Kühlerhaube. Er war am Ende seiner Kraft. Ihm entglitten die Fäden in diesem Fall.

„Immer mit der Ruhe, Mann."

„Ich brauche dein Telefon."

Seufzend griff Buzz in seine Tasche und reichte ihm das Telefon.

Aus dem Gedächtnis wählte Jake die Nummer des Chaffee-County-Gefängnisses. „Hier ist Deputy Madigan. Ich möchte bitte Abigail Nichols sprechen." Er wartete ungeduldig und murmelte etwas in seinen Bart, während sein Gespräch zum Gefängnis weitergeleitet wurde.

Sobald er die Aufsichtsbeamtin in der Leitung hatte, wiederholte er seine Bitte.

„Es tut mir leid, Deputy Madigan, Sie können Nichols nicht sprechen."

Jake schloss die Augen. Er hatte gewusst, dass das passieren würde, aber das machte es nicht leichter. Er musste unbedingt Abigails Stimme hören und erfahren, wie es ihr ging.

„Holen Sie sie an das verdammte Telefon", befahl er mürrisch. „Jetzt."

„Das ist nicht möglich."

„Und warum?"

„Weil sie vor fünfzehn Minuten von zwei Officers vom D. O. C. abgeholt wurde."

Jake schob Buzz wie paralysiert das Telefon in die Hand. Die Worte hallten in seinem Kopf wider. Wütend schlug er mit der Faust auf den Kotflügel. „Verdammt!"

„He, langsam." Buzz' Stimme brach durch den Schleier aus panischer Angst. „Was ist passiert?"

„Sie haben sie mitgenommen", würgte Jake hervor.

„Wer?"

Jake drehte sich zu Buzz Malone um. „Die Gefängniswärterin sagte, sie seien vom D. O. C. gekommen, aber das glaube ich nicht."

„Wer war es dann?", Buzz unterbrach sich.

Jake sah, dass ihn eine Ahnung beschlich. Er spürte, wie sich die Schlinge der Angst um seine Kehle zusammenzog. „Sie werden sie umbringen."

Buzz hämmerte Zahlen ins Telefon. „Wir bleiben dran."

„Wir sind zu spät." Jake war verzweifelt. Es war seine Schuld, dass Abigail in großer Gefahr war. Wenn diese Kerle ihr irgendetwas antaten, würde er es sich niemals verzeihen.

Der Schmerz zermürbte ihn. Schuldgefühle machten sich in ihm breit und nahmen ihm die Luft zum Atmen. Er hörte, wie Buzz mit irgendwem telefonierte, und starrte in die Nacht. Was konnte er nur tun?

„Lass uns ins Chaffee County fahren", sagte Buzz und reichte ihm das Telefon. „Wir werden dort anfangen."

Benommen nahm Jake das Telefon und glitt hinter das Steuerrad von Buzz' Geländewagen. Buzz ließ ihn gewähren. Jake startete den Motor und schaltete die Scheinwerfer an. Er konnte das Gefühl nicht abschütteln, dass er etwas übersah. Dass er kurz davorstand, einen Fehler zu begehen. Aber welchen?

Er fuhr langsam an und blickte noch einmal zu dem Apartment hinauf, in dem Donna Sullivan lebte. Der Vorhang bewegte sich. Natürlich, Donna Sullivan beobachtete sie. Er begriff, dass sie der Schlüssel war und seine größte Hoffnung. Seine einzige Hoffnung.

Jake trat hart auf die Bremse und brachte den Geländewagen schleudernd zum Stehen.

„Was zur Hölle soll das?“, schimpfte Buzz.

Jake ignorierte ihn. Er klemmte den Schalthebel auf Parkposition, warf die Tür mit einem Schwung auf und sprang hinaus.

„Was hast du vor?“, fragte Buzz gebieterisch.

„Das willst du nicht wissen.“ Jake hatte plötzlich alles wieder im Griff. Er rannte auf das Haus zu. Er klopfte nicht an Donna Sullivans Apartmenttür, sondern trat sie einfach ein.

Donna Sullivan stand mitten im Wohnzimmer. Sie hielt ein Telefon in der Hand und starrte Jake entgeistert an. „Was, was machen Sie da?“, stotterte sie schrill.

In zwei Schritten war Jake bei ihr und riss ihr das Telefon aus der Hand. „Was meinen Sie, wen ich am anderen Ende in der Leitung habe, wenn ich auf Wahlwiederholung drücke?“

Donna Sullivan wurde kreidebleich. „I-Ich …“

„Wen!“, brüllte er.

„Bitte, nicht!“

„Vor wem haben Sie Angst?“

„Verschwinden Sie aus meiner Wohnung. Bitte, verschwinden Sie sofort.“

Jake drückte auf die Wahlwiederholungstaste.

Der Frau traten die Tränen in die Augen. „Er hat gedroht, meine Töchter umzubringen. Bitte zwingen Sie mich nicht, mit Ihnen zu sprechen.“

Jake erinnerte sich an die Fotos an der Wand. Er fragte sich, wo die beiden Kleinen jetzt wohl waren. Und was für ein Monster Jonathan Reed sein musste, wenn er eine so entsetzliche Drohung aussprach. „Ihren Kindern wird nichts geschehen, das verspreche ich Ihnen“, sagte er ruhig. „Aber ich brauche einen Namen, und ich brauche ihn *sofort*.“

„Er wird meinen Kindern wehtun. Ich kenne ihn. Er ist verrückt.“

„Bevor er das tun kann, ziehe ich ihn aus dem Verkehr. Aber dazu brauche ich Ihre Hilfe. Und ich habe nicht mehr viel Zeit. *Bitte.*“

Sie presste ihre Hand an den Bauch und schluchzte. Tränen strömten über ihre Wangen, aber Donna Sullivan begann zu reden.

Abigail fühlte sich wie ein wildes Tier in Gefangenschaft. Seit knapp einer Stunde versuchte sie bereits die Nylonfesseln abzuschütteln, indem sie sie verdrehte und gegen die Kante der Sitzbank rieb, bis ihre Armmuskeln zitterten und ihre Handgelenke bluteten. Aber es nützte nichts.

Oh, Jake, wo bist du?

Sie dachte unentwegt an ihn. Ob er wohl auch an sie dachte? Hatte er sich im Gefängnis nach ihr erkundigt und erfahren, dass sie fortgebracht worden war? Wusste er, in welch großer Gefahr sie sich befand, und würde er kommen, um nach ihr zu suchen? Es brach ihr das Herz, dass sie die Antworten nicht kannte.

Der Fahrer des Transporters drosselte das Tempo. Abigail rutschte über die harte Sitzbank im hinteren Wagen und lehnte die Schulter gegen das stabile Drahtgeflecht. „Wohin bringen Sie mich?“, fragte sie den Fahrer.

„Das erfahren Sie noch früh genug.“

Sie versuchte, sich anhand der Natur draußen zu orientieren, so gut das von der Rückbank des Transporters aus möglich war. Im hinteren Teil gab es keine Fenster, aber Abigail konnte einzelne Fragmente durch die Frontscheibe sehen. Sie hatten inzwischen die Berge erreicht, aber die Straße, auf der sie fuhren, führte nicht zum Gefängnis in Buena Vista. Der fehlenden Kommunikationsausrüstung nach zu urteilen befand sich Abigail auch nicht in einem Transporter des D. O. C.

Was ging hier vor?

Ihre Frage beantwortete sich wenige Minuten später wie von selbst, als der Transporter in eine unbefestigte Straße einbog und über Spurrillen und Steine langsam bergauf rumpelte. Die Scheinwerfer schlugen eine Schneise aus Licht durch den dichten Kiefernwald. Einige Zentimeter Schnee bedeckten hier die Erde. Bald erreichten sie eine Lichtung. Der Fahrer schaltete den Motor ab und die beiden Männer stiegen aus.

Abigail spürte die vertraute Angst, die sie so lange schon begleitete, und doch bohrte sie sich wieder frisch und dumpf in ihr Herz, als die beiden Männer die Hecktüren des Transporters aufschwangen und zu ihr hereinblickten. Eiskalter Schweiß rann Abigails Rücken entlang. Sie zitterte und in ihrem Kopf kreisten viele entsetzliche Gedanken.

Vor ihr standen ihre Mörder. Sie hatten noch kein Wort gesagt, aber Abigail erkannte es an der abschätzigen Art, mit der sie sie ansahen. In den Augen dieser Kerle war sie ein Stück Müll, das sie beseitigen würden.

„Steigen Sie aus“, sagte der Größere von ihnen.

Abigail hatte nicht vor, es ihnen leicht zu machen. Sie würde ihr Leben nicht kampflos aufgeben. Als der stämmige Mann nach ihr griff, lehnte sie sich zurück und trat mit den Füßen auf ihn ein. Ihr rechter Fuß traf den Widerling am Kinn. Er fluchte, während sich sein Kumpan knurrend auf Abigail stürzte. Sie wehrte sich wie verrückt, doch bevor sie zurückspringen und noch einmal zutreten konnte, ergriff er ihren Knöchel und zog sie aus der Ladefläche.

Abigail landete unsanft mit dem Rücken auf Kies. Sie rang kurz nach Atem, doch das hielt sie nicht auf. Sie drehte sich von dem Mann weg und versuchte, sich aufzurappeln. Sie schaffte es gerade bis auf die Knie, als er sie grob an den Schultern packte und auf die Füße zog.

Ein weiteres Fahrzeug erreichte die Lichtung. Es hielt genau auf Abigail zu, die Scheinwerfer blendeten sie. Keuchend kniff sie die Augen zusammen. Auch wenn es unmöglich war, hoffte sie, dass Jake herausgefunden hatte, wohin man sie gebracht hatte. Sie träumte, dass er mit gezogener Waffe auf sie zustürzen und sie retten würde, flankiert von einer Armee aus Deputies. Und während diese Deputies die Männer verhafteten, die sie entführt hatten, würde Jake sie in seine Arme nehmen und trösten. Er würde sie sanft und liebevoll küssen und ihr sagen, wie sehr er sie liebte.

Das Auto stoppte nur drei Meter vor ihr und holte sie eiskalt in die Gegenwart zurück. Ein Mann stieg aus. Doch obwohl Abigail im Licht der Scheinwerfer nur seine Silhouette erkennen konnte, war er ihr erschreckend vertraut.

„Hallo, Abigail.“

Das Blut gefror in ihren Adern, als sie Jonathan Reeds Stimme vernahm.

„Jonathan, mein Gott!“

Er trat in ihr Blickfeld. Abigail starrte ihn mit offenem Mund an. Sie war fassungslos. Jonathan blieb einen Fußbreit vor ihr stehen. Ein amüsierter Zug umspielte seinen Mund und er wirkte ein bisschen ungeduldig, aber er gab wie immer den wohlhabenden, gebildeten Arzt. Er trug marineblaue Hosen mit perfekter Bügelfalte, eine teure Lederjacke und Ziegenleder-Handschuhe. Kühl musterte er ihren Körper.

Er zog langsam einen seiner Handschuhe aus. „Das Gefängnis konnte deiner Schönheit nichts anhaben. Ich freue mich, dich wiederzusehen."

Sie schauderte, als er die Hand ausstreckte und ihr sanft das Haar aus den Augen strich. „Was willst du von mir?", fragte sie.

„Abby, Abby, Abby." Er schüttelte den Kopf, als hätte sie ihn enttäuscht. „Warum konntest du nicht einfach brav deine Zeit in der Zelle absitzen?"

„Die Polizei weiß, dass du hinter der Sache steckst." Ihre Stimme zitterte, aber das kümmerte sie nicht.

„Die Polizei?" Er lupfte eine Augenbraue, als amüsiere ihn der Gedanke. „Oh, du meinst diesen strammen Kerl, deinen geilen Deputy?" Er schnalzte mit der Zunge. „Bitte, Abigail, du solltest wirklich vorsichtiger sein, mit wem du verkehrst und warum."

Sie begann nach ihm zu treten, aber Jonathan Reed drehte sich rechtzeitig zur Seite. Der Mann, der ihre Arme festhielt, zerrte sie mit einem Ruck zurück. „Ich sehe, dass du im Gefängnis leider nichts von deiner Reizbarkeit verloren hast. Ich wette, du hasst es, vierundzwanzig Stunden am Tag Leute um dich herum zu haben, die dir sagen, was du zu tun und zu lassen hast."

„Warum die zwei Trottel, Jonathan? Fürchtest du, du wirst nicht allein mit mir fertig?"

„Du weißt immer noch, wie man andere auf die Palme bringt!"

„Ein so unsicherer Wurm wie du bietet einfach zu viel Angriffsfläche."

Zorn funkelte in seinen Augen auf, aber Jonathan Reed verhüllte ihn mit einem Lächeln. „Und noch immer dieses große Mundwerk, das mochte ich schon damals an dir." Er zog ganz langsam den zweiten Handschuh aus. „Ein Mann in meiner Position muss ein wenig, sagen wir, Kraft und Einfluss haben."

„Du meinst jemanden, der die Drecksarbeit für dich erledigt."

„Meine letzte Organtransplantation hat mir über zwei Millionen Dollar eingebracht. Das erfordert gewisse Schutzmaßnahmen."

„Die Polizei weiß von deinem widerwärtigen Geschäft. Sie werden nicht lange brauchen, um dir auf die Schliche zu kommen. Vielleicht hältst du dich für klug, aber du bist nicht klug genug. Selbst ich habe es schnell herausgefunden."

Zum ersten Mal sah er sie beinahe wie einen ebenbürtigen Gegner an. „Das macht es mir leichter, dich zu töten."

„Du kanntest noch nie Skrupel, wenn es darum ging, jemanden zu töten."

„Sag mir, Abigail, Liebes, was ist so schrecklich falsch an dem, was ich tue? Was für eine Bedeutung hat ein ungebildeter obdachloser Saufbruder für die Welt im Vergleich zu einem Genwissenschaftler mit dem IQ eines Genies, der nur ein paar Jahre davon entfernt ist, Herzkrankheiten oder Krebs zu heilen?"

Abigail betrachtete ihn. Sie wusste, was als Nächstes kommen würde, und es entsetzte sie. Er war wirklich fest überzeugt von dem, was er da sagte, das wusste sie.

„Warum sollte der Obdachlose sein jämmerliches Leben nicht für das Wohl der Gemeinschaft opfern?" Jonathan Reed trat auf sie zu und nahm ihr Kinn in seine Hand. „Ich verwende diese Organe nicht für jeden X-Beliebigen. Meine Kunden bezahlen. Wir reden über viele Millionen Dollar, Abigail. Es sind allesamt Leute, die ein produktives Leben führen, die Familien, Karrieren und einen hohen Anteil am Gemeinwohl haben."

„Du hast nicht das Recht, über Tod oder Leben zu entscheiden."

„Ich habe mir dieses Recht verliehen."

„Ich habe der Polizei alles gesagt, was ich weiß. Sie sind deinem krankhaften Betrug auf der Spur. Sobald sie Beweise haben, wirst du untergehen."

Jonathan Reed lachte grausam auf. „Sobald die Medien mit deinem süßen Polizisten fertig sind, wird jeder Bürger in Colorado wissen, dass er mit einer entflohenen Mörderin heißen Sex hatte, während er mit ihr in dieser gemütlichen Hütte festsaß. Die Fotografien dürften das untermauern, vorausgesetzt, die Redakteure pixeln die besonders anschaulichen Details nicht für empfindsame Leser heraus."

Empörung wallte in Abigail auf.

„Stell dir nur die Schlagzeilen vor: ‚Deputy verführt Strafgefangene in Liebesnest in den Bergen'." Er lachte leise. „Nein, ich glaube nicht, dass dein Polizist ein Problem darstellen wird."

„Er weiß von deinen Schwarzmarktorganen", würgte sie hervor. „Ich habe ihm alles erzählt und er hat mir geglaubt." Abigail schloss die Augen gegen die heißen Tränen, die plötzlich über ihre Wangen liefen. Sie wusste nicht, ob Jake ihr wirklich glaubte, aber das durfte Jonathan Reed nicht erfahren. „Er wird deine dreckigen Geschäfte auffliegen lassen."

Jonathan Reed hatte genug. Wut blitzte in seinen Augen auf, und so packte er grob Abigails Kinn und herrschte sie an. „Du überschätzt deine Reize, Abigail. Der geile Typ konnte sich ihrer in der Hütte nicht erwehren, aber glaube nicht, dass er sich dir so verbunden fühlt wie du ihm. Männer können sehr berechnend sein, wenn es um Sex geht."

„Er ist anders."

„Du bist eine verurteilte Mörderin und nicht mehr wert als ein Fleck unter seiner Schuhsohle. Vielleicht wollte dir der Typ auch nur einen Gefallen tun. Vielleicht hat er gedacht, er verschafft dir noch einen letzten Nervenkitzel, bevor du den Rest deines Lebens hinter Gitter wanderst."

Abigail wollte die Worte nicht an sich heranlassen, doch sie bohrten sich wie ein Messer in ihr Herz. Sie wusste, dass Jonathan log, aber der Zweifel war gesät und nagte an ihr.

„Er wird dich fertigmachen", zischte sie. „Er sorgt dafür, dass du den Rest deines erbärmlichen Lebens in einer Zelle verbringst."

„Genug. Du langweilst mich mit deinem theatralischen Gewäsch." Er nickte den Männern zu, die sie festhielten. „Schafft sie weg."

Panische Angst stach in ihrer Brust. Abigail begriff, dass ihr Leben hier und jetzt enden würde. In dieser schrecklichen Nacht und durch die Hand eines Mannes, dem sie einmal vertraut hatte. Oh Gott, warum hatte sie nicht ihren Mund gehalten? Sie hatte Jonathan verhöhnt, während sie hätte versuchen sollen, Zeit für sich zu gewinnen.

„Warum tust du das?", fragte sie. „Ich saß doch schon im Gefängnis. Ich war keine Bedrohung mehr für dich."

Seine Augen glitzerten mörderisch auf. Er kehrte wieder zu ihr zurück und presste seinen Mund auf ihre Lippen. Abigail schluckte, um den Ekel, der in ihr aufstieg, zu verdrängen. Als er von ihr abließ, spuckte sie aus.

Jonathan Reed lächelte. „Ich habe deine Reize am eigenen Leib erfahren. Sagen wir es mal so, jeder Mann, der eine Kostprobe von dir bekommen kann, ist eine Gefahr für mich, denn er könnte auf dich hereinfallen und sich so heftig in dich verlieben, dass er dir tatsächlich glaubt. Dieses Risiko kann ich unmöglich eingehen, selbst bei diesem Landei von Polizisten nicht." Er drehte sich um und sprach im Weggehen mit den Männern. „Bringt sie möglichst weit hinaus auf den See. Dort durchschneidet ihr das Eis, beschwert ihren Körper mit Gewichten und werft sie hinein. Verstanden?"

Jake fuhr wie ein Verrückter durch die Dunkelheit. Er trieb den Geländewagen mit einer Geschwindigkeit an, die selbst auf einem Highway gefährlich geworden wäre, ganz zu schweigen von einer unbefestigten Straße mitten in der Nacht. Die ganze Zeit über klangen ihm Donna Sullivans Worte in den Ohren.

Reed hat gesagt, dass er sich um sie kümmern werde. Ich weiß nicht genau, was er damit gemeint hat, aber ich vermute, er will sie umbringen. Das Letzte, was er erwähnt hatte, war der Antero Reservoir.

Jake hatte Buzz beim Chaffee-County-Gefängnis abgesetzt, um diesem Ansatz nachzugehen. Er selbst fuhr weiter, um Abigail zu finden. Der Antero Reservoir lag nahe der Route 285, nicht weit von Fairplay entfernt. Auf der Fahrt nach Westen überschritt Jake jede Geschwindigkeitsbegrenzung, der Tacho zeigte zeitweise über hundert Meilen pro Stunde. Jetzt war er weniger als eine Meile vom Stausee entfernt und hatte Angst vor dem, was er dort vorfinden würde. Vielleicht kam er schon zu spät oder Reed hatte sie gar nicht erst dorthin gebracht.

Vielleicht hatte er sich am Ende in allem geirrt und Abigail starb gerade nur wegen ihm.

Eine mörderische Angst beschlich ihn. Wenn Jonathan Reed Abigail tatsächlich zum Stausee gebracht hatte, dann gab es dafür nur einen Grund. Der Antero Reservoir war tief und fast den ganzen Winter über zugefroren. Wenn man ein Loch in das Eis hackte und einen mit Gewichten beschwerten Körper ins Wasser warf, würde dieser nie wieder auftauchen.

Abigail versuchte nicht daran zu denken, wie es wohl sein würde, in dem eisigen Wasser des Stausees zu ertrinken, wenn die Gewichte ihren Körper in die Tiefe zogen und das tiefschwarze Wasser sich um sie schloss. Die Panik drohte sie zu überwältigen, aber Abigail kämpfte dagegen an. Sie konnte es sich jetzt nicht leisten, in Panik zu verfallen. Sie brauchte einen klaren Kopf und einen Plan. Sie musste doch irgendetwas tun können, um sich zu retten.

Jonathan Reed ging ohne einen Blick zurück. Sie sah ihm nach und dachte an die beiden Männer, die an ihrer Seite standen, und an die Nylonfesseln, die in ihre Handgelenke schnitten. Ihr Herz schlug ein wildes Stakkato und jeder Schlag pumpte neues Adrenalin durch ihre Adern.

„Los geht's."

Einer der Männer zog sie am Arm zum Ufer des zugefrorenen Sees. Der andere Mann ging ihnen mit einer Axt in der einen und einem Seil in der anderen Hand voraus.

Abigails Verstand kapitulierte angesichts dessen, was ihr bevorstand. Das alles ging viel zu schnell. Ihr Leben konnte doch nicht so einfach zu Ende gehen. Es gab doch noch so viel, für das es sich zu leben lohnte. Sie dachte an Jake und an all die Dinge, die sie ihm sagen wollte. Und sie dachte an all die Dinge, die sie noch nicht beendet hatte. Ihr fiel auf, dass Jake ihr nie gesagt hatte, dass er sie liebe. Sie wollte es so gern aus seinem Mund hören.

Abigail schloss die Augen und schluckte. Sie wusste, dass er sie liebte. Es war unmöglich, sie so zu verführen, wenn er nicht tief für sie empfand. Sie hatte es in seinen Augen gesehen, es in seiner Stimme gehört, in seinen Berührungen gespürt.

Oh, Jake, wo bist du?

„Wie weit wollen wir sie rausbringen?“, fragte der stämmige Mann.

„Ungefähr bis zur Mitte. Das Eis ist noch nicht allzu dick. Es dürfte nicht schwer sein, ein Loch hineinzuhacken.“

Der Mann riss Abigail mit sich. „Komm schon. Wir haben nicht den ganzen Tag Zeit.“

Krank vor Angst betrat Abigail das Eis. Doch der Mann, der ihren Arm hielt, rutschte aus. Seine Füße glitten einfach unter ihm weg und er fiel hart auf sein Hinterteil.

Plötzlich flammte Hoffnung in Abigail auf. Sie sprang nach hinten und löste sich so aus der Umklammerung. Der andere Mann drehte sich um, ließ das Seil fallen und die Axt. Als die Werkzeuge auf den Boden aufschlugen, lief Abigail bereits zum Ufer.

Sie hörte einen Schrei. Sie blickte hastig über die Schulter und sah, dass auch der zweite Mann gefallen war. Hoffnung loderte in ihr auf. Der Transporter stand nur etwa zehn Meter entfernt, sie rannte darauf zu.

„Stopp!“

Ein Schuss peitschte durch die Luft. Abigail ließ sich davon nicht beirren. Sie rannte im Zickzack-Kurs weiter und blickte nicht zurück. Sie betete nur, dass der Schütze im Dunkeln nicht traf.

Schon erreichte sie den Transporter. Abigail drehte sich mit dem Rücken zur Tür, um sie trotz der Handfesseln zu öffnen. Dann riss sie die Tür mit einem Ruck auf und warf sich auf den Sitz. Der Schlüssel steckte noch im Zündschloss, also verrenkte sie sich und startete den Motor.

Ein weiterer Schuss peitschte durch die Nacht und die Windschutzscheibe zersprang. Abigail schrie auf und sah, wie einer der Männer auf sie zurannte. Er zielte mit der Waffe auf ihren Rücken. „Stopp!“, rief er.

Irgendwie bekam Abigail ihre Hände an den Schaltknüppel. Sie zerrte rabiat daran und rammte so einen Gang rein. Als der Mann wieder schoss, ließ sie sich seitlich auf den Sitz fallen. Sie trat das Gaspedal durch und der Transporter schoss rückwärts. Die Wucht des Antriebs warf sie beinahe zu Boden. Abigail gab weiter Gas, Kies schleuderte unter den Reifen hervor. Durch die offen stehende Fahrertür sah Abigail nur verschwommen Erde an ihr vorbeiziehen. Sie musste eine möglichst große Distanz zwischen sich und die Männer bringen. Mit etwas Glück konnte sie dann aus dem Wagen springen und in die Wälder flüchten.

Die Fahrertür knallte gegen einen Baum und riss ab. Es knarrte und knallte laut, doch Abigail nahm den Fuß nicht vom Gas. Sie versuchte sich aufzusetzen, da stoppte etwas Hartes die Weiterfahrt. Der Motor stotterte und erstarb. Abigail blickte durch die zersplitterte Windschutzscheibe und versuchte, sich zu orientieren. Sie hatte in den dichten Wald zurückgesetzt, der an den Parkplatz grenzte.

Plötzlich leuchteten Scheinwerfer vor ihr auf und blendeten sie. Ein Fahrzeug näherte sich in hohem Tempo. Das musste Jonathan Reed sein, dachte sie verängstigt. Das Auto stoppte. Ein Mann sprang heraus und rannte auf sie zu. Es war schwierig, ein Auto mit gefesselten Händen zu starten, dennoch gelang es Abigail irgendwie, den Zündschlüssel abermals zu packen. Sie drehte ihn, der Motor stöhnte auf.

„Starte!“, schrie sie.

Aus dem Augenwinkel sah sie, wie der Mann schlitternd an der Tür stehen blieb. Er beugte sich zu ihr und griff nach ihr. Abigail trat schreiend um sich. „Geh weg!“

„Ganz ruhig, Schätzchen, ich bin’s!“

Nur langsam drang die Stimme zu ihr durch. Abigail holte gerade zu einem weiteren Tritt aus, als sie verharrte. Sie ließ die Beine sinken, drehte sich zu dem Mann um und spürte, wie sich ihr Herz in der Brust überschlug. „Jake?“

Er rief ihren Namen, streckte die Hand nach ihr aus und zog sie aus dem Transporter in seine Arme. Sie schluchzte, als sich seine starken Arme um sie schlossen. Alle Angst und Verzweiflung fiel langsam von ihr ab. „Alles wird gut, glaub mir, ich habe dich.“

Ihre Beine knickten weg, doch Jake fing Abigail rechtzeitig auf. „Herzchen, bist du verletzt?"

„Oh Gott, Jake, du bist gekommen, du bist tatsächlich hier. Ich dachte schon ...", ihre Stimme erstarb.

„Dass ich dich im Stich lasse? Nein, ich habe jede Sekunde an dich gedacht!" Er sah über die Kühlerhaube des Transporters hinweg zum Stausee.

„Bist du in Ordnung?"

„Ja, ich bin okay."

„Wo ist Reed?"

Sie schluckte. „Ich weiß nicht. Er war hier."

„Wie viele sind es?"

„Mit ihm drei."

„Gut." Er zog das Funkgerät von seinem Gürtel. „RMSAR Homer Zwo, hier ist Coyote Eins, kannst du mich hören? Over."

Das Funkgerät knisterte, dann antwortete eine Stimme. „Hier ist Homer. Was ist los, Jake?"

„Ich bin oben am Antero Reservoir. Drei Verdächtige. Bewaffnet und sehr gefährlich. Ich frage mich, ob ihr Colorosas Arsch aus dem Bett bekommt und ihn hier hochschaffen könnt. Ich werde mich mit Buzz in Verbindung setzen."

„Der Hubschrauber ist schon unterwegs. Buzz hat vor zehn Minuten angerufen. Voraussichtliche Ankunftszeit ist ... jetzt."

„Ich hoffe, er hat das Nachtsichtgerät dabei."

„Das hat er."

„Over and out."

Jake sah rasch von einer Seite zur anderen, dann zog er seine Dienstwaffe aus dem Holster. „Bist du sicher, dass du in Ordnung bist? Haben sie dir nichts getan?"

„Mir geht es gut. Ich bin nur froh, dass du jetzt gekommen bist. Das war knapp."

Jake streichelte ihre Schultern und ihre Arme hinab und Abigail spürte, wie seine Hände zitterten.

„Sag mal, könntest du mich von diesen Fesseln befreien?"

Das Heulen einer Polizeisirene zerriss die Stille. Ein Fahrzeug des Sheriffs raste auf die Lichtung zu und kam schlitternd vor ihnen zum Stehen. Zwei Deputies stiegen aus, als Jake die Nylonbänder an Abigails Händen mit einem Messer durchschnitt.

„Es tut mir leid, was dir widerfahren ist", sagte er leise.

„Sie wollten mich umbringen."

„Ich weiß." Er nahm ihre Hände in seine und rieb sie, bis das Gefühl in ihre Handgelenke zurückkehrte. „Du bist verletzt."

Sie blickte auf die Stellen, wo sich das Nylon in ihre Handgelenke geschnitten hatte. „Ach, das ist nichts weiter."

„Ist es doch."

Sie blickte durch die gesplitterte Windschutzscheibe auf die blinkenden Stroboskoplichter dahinter. In der Ferne hörten sie die Rotoren eines sich nähernden Hubschraubers.

Über das Funkgerät hörten sie, dass die Deputies Jonathan Reed und seine Gehilfen festgenommen hatten. Die drei hatten sich im Klohäuschen nahe der Pumpstation versteckt. Jake lächelte Abigail an. „Das ist eine wirklich angemessene Umgebung."

„Was geschieht jetzt mit ihm?", fragte sie.

„Er wird für sehr lange Zeit hinter Gitter wandern." Jake horchte einen Moment auf die Stimmen der Deputies, die über das Funkgerät knisterten, dann blickte er zu Abigail. „Donna Sullivan hat alles gestanden."

Abigail sah erschüttert auf. „Donna hat es gewusst?"

„Reed hatte ihre Kinder bedroht. Sie hat die Wahrheit für sich behalten, weil sie Angst um das Leben ihrer beiden Töchter hatte."

„Wie schrecklich!"

„Ich habe ihr Polizeischutz angeboten und ihr Immunität versprochen, wenn sie gegen ihn aussagt. Ihre Angaben reichen, um dich zu entlasten."

Als sie begriff, was er sagte, brach sie beinahe zusammen. Sie würde ihre Freiheit zurückbekommen, ihr ganzes Leben und ihre Karriere. Sie war zu überwältigt, um zu sprechen. „Oh, Jake", stammelte sie.

„Es tut mir so leid, dass ich nicht für dich da war, als du mich brauchtest. Ich hätte dich nicht dem D. O. C. übergeben dürfen."

„Aber jetzt bist du hier, das ist alles, was zählt."

Er beugte sich zu ihr und küsste sie voller Leidenschaft. Es war ein kraftvoller Kuss, der all die verwirrten Gefühle, die Angst, die Erleichterung und Jakes Liebe vereinte. „Davon träume ich, seit ich dich verlassen habe", sagte er.

„Ich wusste nicht, ob du kommst, ich wusste nicht …"

Er schlang seine Arme noch fester um sie und brachte sie zum Schweigen. Abigail blickte selig auf und war überrascht, Tränen in seinen Augen schimmern zu sehen. Sie erwartete, dass er beschämt wegschauen und seine Gefühle verbergen würde, aber er ließ seinen Tränen freien Lauf. „Es tut mir leid, dass ich nicht an dich geglaubt habe, dass ich dich im Stich gelassen habe."

„Ich weiß, dass du das jetzt nicht hören willst", sagte sie.

Abermals zwang er sie mit einem Kuss zum Schweigen. Und dieser Kuss war ein Versprechen. „Ich hätte dich beinahe verloren", flüsterte Jake.

„Hast du nicht. Ich bin hier. Jake, wir sind zusammen."

„Ich liebe dich", sagte er rau. „Ich liebe dich mehr als die Luft, die ich atme."

Abigail hüstelte verlegen, während die Worte nur so aus ihm herauspurzelten. „Ich bedaure, dass ich nicht den Mumm hatte, es früher zuzugeben."

„Du hast dich in einer schwierigen Lage befunden."

„Du hast dich in einer schwierigen Lage befunden. Ich wusste, dass du unschuldig bist, ja, ich *wusste* es genau, trotzdem konnte ich nicht über meinen Schatten springen. Gott, Abigail, ich hätte dich beinahe umgebracht."

„Bei allem gebotenen Respekt, Deputy Madigan, du hast mir gerade das Leben gerettet."

Mit der Rückseite seiner Hand wischte er die Tränen auf seinen Wangen fort, dann sah er Abigail streng an. „Hat dir eigentlich nie jemand gesagt, dass du nicht mit einem Polizisten streiten sollst?"

„Du hast es doch gern, wenn ich Widerworte habe."

Er grinste. „Habe ich erwähnt, dass ich dich liebe?"

„Ich hörte so etwas."

„Aber du hast nichts erwidert." Er schwankte. „Weißt du, Abigail, ich habe es ganz schön vermasselt. Ich meine, ich werfe es dir nicht vor, wenn …", stammelte er.

„Jake, du warst so schnell, du hast mir gar keine Chance gegeben, etwas zu erwidern."

Er blinzelte.

„Ich liebe dich auch", sagte sie schließlich.

Selig nahm Jake ihre Hand und führte sie an seine Lippen. „Du hast mir den Glauben an die Liebe wiedergegeben, Abigail. Als ich so zynisch war zu glauben, dass ich niemandem mehr vertrauen könnte, hast du mir Vertrauen geschenkt." Jake kämpfte gegen seine überwältigenden Gefühle an.

„Ich glaube, ich liebe dich seit dem ersten Tag oben auf dem Berg", sagte sie.

Er grinste. „Und mich hat es erwischt, als du mir das Veilchen verpasst hast."

„Oh, dabei war das wirklich ein Unfall."

„Klar!"

Er lachte hemmungslos und Abigail fiel mit ein. Ihr Lachen klang nach Leben im Angesicht des Todes und nach Hoffnung auf eine Zukunft, die so strahlend war wie ein Sonnenaufgang in den Bergen.

„Was hältst du davon, einen Polizisten zu heiraten?", fragte er nach einer Weile.

„Ich weiß nicht. Ich habe bekanntlich ein ziemlich freches Mundwerk, und das schätzen Polizisten, wie ich hörte, ganz und gar nicht. Glaubst du, du könntest damit leben?"

„Ich liebe deinen Mund." Er küsste sie. „Und ich habe vor, mich in den nächsten Jahrzehnten so intensiv mit ihm zu beschäftigen, dass er kaum zum Streiten kommt."

„Das Gleiche gilt für dich, Cowboy Cop."

„Darauf verlasse ich mich." Er küsste ihre Nasenspitze. „Heißt das, du nimmst meinen Antrag an?"

„Das ist ein eindeutiges Ja. Nimm es an oder lass es sein."

„Ich nehme an." Er küsste sie wieder voller Inbrunst und sein Mund bebte. „Ich werde dich bis ans Ende meines Lebens lieben."

Abigail schmiegte sich eng an ihn. Ihr Herz war so erfüllt von tiefer, ehrlicher Liebe, dass es zu bersten drohte. Sie berührten sich mit den Nasen und grinsten einander selig an. „Du machst mich unglaublich glücklich", sagte sie.

„Und das Beste kommt noch", sagte er und hob sie mit Schwung in seine Arme.

– ENDE –